Qui es-tu, belle captive ?

KATHLEEN E. WOODIWISS

Quand l'ouragan s'apaise	*J'ai lu* 772/**4**
Le loup et la colombe	*J'ai lu* 820/**4**
Shanna	*J'ai lu* 1983/**5**
Cendres dans le vent	*J'ai lu* 2421/**7**
Une rose en hiver	*J'ai lu* 1816/**5**
L'inconnue du Mississippi	*J'ai lu* 2509/**3**
Qui es-tu, belle captive?	*J'ai lu* 2998/**6**
Pour toujours, dans tes bras	

Kathleen E. Woodiwiss

Qui es-tu, belle captive?

traduit de l'anglais
par Jean-Paul MARTIN

Éditions J'ai lu

A ma petite-fille Alexa, âgée de quatre ans,
dont s'inspire le personnage d'Élise

Titre original :

SO WORTHY MY LOVE
Publication of Avon Books, New York

PROLOGUE

L'homme n'avait guère plus de trente-cinq ans, mais la fatigue, les récentes privations et la barbe de plusieurs jours qui lui ombrait les joues et le menton vieillissaient son visage par ailleurs séduisant. Il était assis sur un gros bloc de pierre grossièrement équarri, éboulé du tas de ruines derrière lui. A ses pieds, sur une couverture, une fillette de deux ou trois ans tirait inlassablement sur les cheveux de laine d'une poupée.

L'homme rejeta la tête en arrière pour goûter la tiédeur du soleil de midi et inhala profondément la brise douce et fraîche qui charriait depuis la lande la senteur forte de la bruyère. Les élancements, dans sa tête, étaient la rançon de ses récents excès et d'une nuit sans sommeil. Ses mains pendaient mollement sur ses genoux et le chagrin lui serrait la poitrine.

Après un moment, la douleur s'apaisa un peu dans son crâne et il eut un soupir de soulagement. Il était revenu là pour retrouver le souvenir des jours heureux. Ils étaient trois, à l'époque, et ils gambadaient, joyeux, sur ces mêmes pentes. Élise, la fillette, était trop jeune pour comprendre le caractère irréversible de ce que l'on a perdu. Elle savait seulement qu'en cet endroit, une dame douce et tiède avait joué avec elle, ri joyeusement avec elle en roulant dans l'herbe qui sentait si bon. Elle attendait avec impatience le retour de l'être aimé, mais les jours passaient sans qu'elle revînt.

Au-dessus d'eux, les nuages vinrent masquer le soleil. Le vent vira au nord, soudain frisquet. De nouveau, l'homme soupira puis ouvrit des yeux rougis quand une légère caresse effleura sa main : la fillette levait maintenant vers lui un regard interrogateur, un regard plein de tristesse, comme si elle comprenait que jamais les souvenirs ne redeviendraient réalité et qu'il était inutile de demeurer là plus longtemps.

L'homme retrouvait, dans ce regard bleu profond, ces cheveux couleur de feuille morte, dans l'ovale délicat du menton et la douceur expressive des lèvres, un peu de la femme qu'il avait tant aimée. Il prit l'enfant dans ses bras, la serra contre lui, contractant sa poitrine pour étouffer ses sanglots. Il ne put cependant retenir deux grosses larmes qui, lentement, glissèrent sur ses joues et tombèrent sur les boucles rousses de sa fille.

L'homme toussa, tint la petite à bout de bras et de nouveau leurs regards se croisèrent. Au cours de ce long instant se noua entre eux un lien que rien au monde ne pourrait rompre. A jamais ils partageraient cet instant, malgré la distance qui pourrait les séparer, tant qu'ils se souviendraient de celle qu'ils avaient tant chérie.

1

L'agitation gagnait Londres et l'on parlait fréquemment de trahison et de récompense. La peur perturbait la vie de la cité, tandis que les agents de la reine tentaient de déjouer les complots des conspirateurs. Souvent, aux heures les plus sombres de la nuit, des cris furieux et des bruits de galopades déchiraient le silence, bientôt suivis du martèlement insistant des poings sur une porte solidement bouclée. Ensuite, c'étaient les interrogatoires à la lueur des torches, qui se traduisaient parfois par des pendaisons et des têtes exposées sur le pont de Londres. Les attentats contre la reine se multipliaient. Marie Stuart était prisonnière de l'Angleterre, Élisabeth Tudor était sur le trône, et chacune risquait autant que l'autre de perdre la vie.

Le 7 novembre 1585,
près du village de Burford,
comté d'Oxford, Angleterre.

Les flammes des chandelles semblaient danser avec la même joie que les invités de la noce. La musique des ménestrels emplissait la grande salle de Bradbury Hall, se mêlant aux rires des seigneurs et de leurs dames. L'événement que l'on fêtait était de taille: après les nombreuses fiançailles arrangées et les mariages avortés de la très belle Arabella Stamford, on célébrait enfin une véritable union. Et, fait surprenant, aucune catastrophe ne s'était abattue sur le soupirant qui depuis quelques mois attendait avec zèle la main de la belle. De ses six prédécesseurs, il semblait qu'aucun n'eût survécu, y compris le marquis de Bradbury chez qui les invités étaient maintenant réunis. Reland Huxford, comte de Chadwick, avait écarté toute possibilité de malédiction sur une aussi charmante dame et mené une cour assidue, insouciant du sort de ses devanciers. Triomphalement marié, il se trouvait maintenant lié à son épouse par une guirlande de verdure tandis que tout autour d'eux on levait des chopes gainées de cuir et des gobelets d'argent pour porter un toast bruyant aux jeunes mariés. Les bières fortes et les vins capiteux contribuaient à la liesse générale. Les serviteurs se hâtaient de mettre en perce de nouveaux fûts de bière brune et des barriques et des outres de vin de Bordeaux pour éviter que l'ambiance ne retombe.

Edward Stamford rayonnait d'avoir enfin un gendre à la fois riche et titré, mais ce n'était pas sans une certaine douleur qu'il avait consenti à accorder la main de sa fille. Il avait admis à regret que le banquet de noce devait offrir bien davantage que des mets et des boissons ordinaires et il regardait d'un œil torve l'arrivée devant ses hôtes affamés des cochons de lait, des chevreaux farcis et autres volailles tapageusement décorées. Il eut une grimace trahissant sa pingrerie devant les succulentes viandes, les desserts élaborés et les savoureuses douceurs que dévoraient avec gloutonnerie ceux qui étaient venus profiter d'un de ses rares moments de générosité. Si certains avaient remarqué le manque manifeste d'appétit de leur hôte, ils ne le montraient guère.

Il était exceptionnel, en effet, qu'Edward Stamford fît montre d'une telle prodigalité et d'une telle amabilité. On disait de lui, au contraire, qu'il était une espèce d'opportuniste dont la fortune avait été bâtie sur les malheurs ou les folies d'autrui. Nul n'aurait pu affirmer que cette manne était le fruit de quelque habile manœuvre, mais Edward ne ratait jamais l'occasion de récolter ce qu'il pouvait de ce que d'autres avaient semé. Son donateur le plus célèbre, bien qu'il ne pût s'en flatter, était l'ex-seigneur de Bradbury Hall.

Nul ne savait le sacrifice suprême consenti par Edward afin qu'on ignore son rôle dans le meurtre de l'agent de la reine. En rejetant l'accusation sur Seymour, il avait, à son grand regret, renoncé aux honneurs et avantages espérés de l'union de sa fille avec cet homme. Mais s'il avait échoué, n'aurait-il pas perdu plus encore ? Ma foi, les dangers courus avaient été trop énormes pour même y songer. Outre la menace de représailles de Sa Majesté, on avait tenu le marquis, pour un temps, comme le plus grand des champions de la reine, et l'on avait abondamment commenté ses prouesses à l'épée. Dans ses cauchemars les plus doux, Edward s'était vu embroché contre un mur par la longue et brillante rapière à deux tranchants du gentilhomme.

Curieusement, il avait tissé son mensonge tandis qu'Élisabeth prêtait l'oreille à ses accusations, mais il avait sous-estimé la sympathie de la souveraine pour Seymour. Furieuse, elle s'était montrée exaspérée qu'un seigneur aussi en vue pût être accusé de trahison par quelqu'un que l'on tenait en aussi piètre estime. Il fallut que des témoins affirment que l'on avait découvert les gants du marquis près du cadavre de l'agent pour qu'Edward bénéficie de l'appui qui lui faisait défaut. Finalement, la reine s'était laissé fléchir et d'un geste vengeur avait scellé le sort de Seymour en ordonnant qu'on l'exécutât sur l'heure. Rendant rapide justice contre les traîtres, elle l'avait dépouillé de son titre, de ses biens et de ses terres, remettant celles-ci avec mépris à son accusateur. Edward en avait conçu une joie immense, bientôt remplacée par la peur quand Seymour jura, depuis sa cellule de Lambeth Palace, qu'il traînerait en justice ceux qui avaient provoqué sa perte. Bien qu'il sût que le gentilhomme devait connaître la hache du bourreau, Edward avait cru périr sous les assauts de la peur, évitant même de fermer les yeux de crainte de ne pouvoir les rouvrir. C'était l'intelligence de Seymour qui l'avait terrorisé, et à juste titre : le marquis avait prévu d'échapper à ses gardiens quand ils passeraient le pont menant à la Tour. Le destin, cependant, en décida autrement, et Seymour fut abattu par un garde qui tentait de l'arrêter. Edward avait appris la nouvelle avec soulagement et jugé qu'il pouvait enfin transférer sans risque ses pénates de son domaine plutôt médiocre à celui plus riche du marquis.

La rapidité avec laquelle il avait mené cette affaire constituait l'un de ses plus remarquables exploits, mais désormais, quand il manifestait sa sympathie ou ouvrait sa maison ou sa bourse pour apporter son aide, d'aucuns croyaient volontiers que le but de la manœuvre était d'en retirer quelque important avantage. Ce qui sembla précisément le cas quand il offrit son hospitalité à Élise Radborne, fille d'une sœur de lait décédée quinze ans plus tôt. La disparition du père d'Élise et diverses circonstances avaient contraint la jeune fille à fuir le manoir familial de Londres tandis qu'Edward, qui avait entendu bien des rumeurs sur l'existence d'un trésor caché, s'était empressé de lui ouvrir une aile de sa demeure. Sa nature ne le poussait cependant pas à une excessive générosité. Puisqu'il était le seul parent vers qui la jeune fille pût se tourner, il avait tiré avantage de cette situation, exigeant un loyer exorbitant et pressant Élise de devenir la maîtresse de maison de son nouveau domaine de Bradbury Hall. Avec une certaine désinvolture, il avait prétendu qu'il ne pouvait ennuyer sa fille avec des tâches aussi viles alors qu'elle veillait aux préparatifs de son mariage avec le comte de Chadwick. Pour le jour même de la noce, Edward avait ordonné à Élise de consacrer toute son attention à la direction des domestiques. Il convenait de ne pas gaspiller la moindre miette, lui avait-il sévèrement recommandé, et, surtout, il fallait surveiller les laquais.

Bien qu'à peine âgée de dix-sept ans, Élise Radborne était une jeune fille pleine de ressources qui possédait en outre une certaine expérience de la marche d'une grande maison, ayant tenu plusieurs années celle de son père. Mais à Bradbourg Hall, elle se trouvait au milieu d'étrangers, chargée de diriger une équipe de serviteurs ayant conservé leur sympathie au défunt marquis. Ces domestiques se montraient tout aussi loyaux à la mémoire de Seymour que critiques et pleins de ressentiment à l'égard du nouveau maître, car le bruit courait parmi eux qu'Edward Stamford avait fait main basse sur Bradbury par d'odieux mensonges.

Quant à Élise, elle ne pouvait déterminer la part de vérité de ces rumeurs. Arrivée à Bradbury plusieurs mois après que le marquis eut été tué dans sa tentative d'évasion, elle ne connaissait de Seymour que le portrait accroché dans l'aile où elle résidait. Avant son arrivée, les lieux étaient demeurés clos, mais dans la petite pièce où elle avait découvert le tableau, les traces dans la poussière et la housse toute nouvelle qui le recouvrait témoignaient qu'il ne se trouvait là que depuis peu. Curieuse de savoir pourquoi on avait écarté, dissimulé même, une si belle œuvre, elle avait discrètement tenté de se renseigner. Le nouveau seigneur des lieux, apprit-elle, avait demandé que l'on détruise le portrait peu après son arrivée, mais les serviteurs, prenant ombrage de cet ordre, avaient dissimulé le tableau dans l'aile réservée à Élise.

La jeune fille pouvait difficilement blâmer les serviteurs de leur loyauté, même si elle était convaincue que les crimes du marquis ne méritaient pas une telle dévotion. Après tout, il avait été reconnu coupable de complot contre la sûreté extérieure du pays, de conspiration en vue d'assassiner la reine et de tentative de dissimuler tout cela en tuant l'agent de Sa Majesté. Cependant, bon nombre de ces serviteurs se trouvaient à Bradbury depuis fort longtemps, certains même avant la naissance de Lord Seymour. Élise comprenait donc pourquoi ils se refusaient à croire à l'évidence de sa culpabilité et demeuraient fidèles à sa mémoire.

Mais elle était bien décidée à rester tout aussi sensible aux raisons qu'avait son oncle de débarrasser la maison de ce qui pouvait rappeler le défunt marquis. Si le portrait donnait une image fidèle de l'homme, on concevait qu'il eût fortement impressionné Arabella. Toute femme en eût voulu à un père d'avoir en quelque sorte provoqué la perte d'un aussi séduisant soupirant. Ne fût-ce que pour préserver la paix dans sa petite famille, Edward avait eu raison de cacher le tableau.

Depuis son arrivée, Élise se trouvait donc confrontée au défi de traiter avec des serviteurs qui détestaient leur nouveau maître. Bien que continuant à assurer les devoirs de leur charge, ils le faisaient surtout par respect pour l'ancien seigneur des lieux. Mais ils n'avaient aucun droit de discuter les ordres du nouveau châtelain, leur précisa Élise, aussi insensés qu'ils puissent paraître.

Ce soir-là faisait moins que jamais exception à la règle. Elle en avait déjà tancé plusieurs pour leurs comparaisons entre leur ancien maître et le nouveau, évidemment défavorables à celui-ci, quand elle en remarqua un qui lambinait devant un fût en perce. L'homme portait une tunique dont le capuchon lui couvrait la tête, dissimulant ses traits. Il se tenait voûté, ses larges épaules empêchant Élise de voir ce qu'il faisait, mais lui laissant à penser qu'il prenait des libertés avec le breuvage, péché impardonnable aux yeux de son oncle.

Se préparant à une nouvelle réprimande, Élise se redressa et lissa sa robe de velours noir sur ses cerceaux pour affirmer sa position de maîtresse de maison. Pour quelqu'un d'aussi jeune, elle paraissait très décidée et particulièrement élégante dans sa mise simple mais luxueuse. Une fraise blanche bordée de dentelle, traditionnelle et étroite comparée à l'excessive prodigalité des robes de cour, s'évasait autour de sa gorge et montait un peu plus haut sur sa nuque, soulignant la beauté et l'ovale de son visage. Une touche de rose éclairait des pommettes délicates et mettait un éclat dans ses yeux d'un bleu de pierre précieuse. Ces yeux saphir étaient bordés d'épais cils soyeux d'un noir de jais. Ses sourcils, qu'elle n'avait pas rasés comme nombre d'autres femmes, marquaient de traits brunroux une peau d'un éclat sans défaut. Une raie médiane séparait son abondante chevelure auburn que retenait un voile coquin de velours noir. Autour de son cou pendaient deux longs rangs de perles. Une armature enchâssée de rubis faisait saillir le doux renflement de sa jeune poitrine. Y était accroché un camée en émail représentant le profil d'une femme dont son père avait souvent prétendu qu'elle ressemblait à la mère d'Élise.

Elle souhaitait paraître aussi impressionnante que cette effigie. Ainsi, le serviteur lui témoignerait sans doute davantage de respect. Elle s'arrêta derrière l'homme, tout près, et lui demanda, presque gentiment :

— Le vin vous convient-il ?

Lentement, la tête se tourna, mais le capuchon, bien tiré sur le visage du domestique, le dissimulait à demi et, bien que son regard sombre reflétât la lueur des chandelles toutes proches, Élise ne put distinguer ses traits. Il paraissait beaucoup plus grand et différent des autres serviteurs, et on pouvait penser qu'il venait de quelque autre terre du marquis.

— 'Mande pardon, m'dame. Le vieux sommelier m'a commandé de goûter pour voir s'il n'était pas aigre et n'allait pas gâter la langue de ces gens.

Malgré le rude accent du vulgaire, la voix était profonde, riche et chaleureuse. L'homme leva son pichet, l'inclina un peu et le contempla pensivement avant de le cogner du bout du doigt.

— Pouvez me croire, m'dame, ce jus-là c'est du vieux. L'a un bon goût. Pas comme la bibine que sert ce Stamford.

Élise regarda l'homme, déconcertée par l'audace de son offense. Elle se reprit, pourtant, et sa voix se fit tranchante et ironique.

— Je doute que *Messire* Stamford se soucie de votre mine *ou* de votre opinion. Misérable hère ! Qui êtes-vous pour décrier ainsi les bonnes intentions de qui vous paie vos gages ? Quelle honte !

— C'est dommage, vrai, c'est dommage. Triste condition ! soupira le serviteur.

Élise, les mains posées fièrement sur sa taille, lui lança un regard noir avant de le réprimander.

— Non, mais voyez-vous cela ! On se plaint ! Par exemple ! Le maître accepterait plus volontiers les doléances des mendiants des rues que de ceux de sa cuisine. Dites-moi, mon brave, est-ce que ma présence gêne vos libations ?

L'homme souleva une main enveloppée de guenilles et se la passa sur la bouche.

— Le maître ferait bien de goûter son vin. C'est pitié de faire boire à ces gens la lie qu'on devrait jeter.

— Seriez-vous le champion des sommeliers ou est-ce l'effet de votre insolence naturelle ? demanda Élise, méprisante.

— Insolent ? gloussa l'homme avec un certain reproche. Ben ça alors ! Vous pouvez dire que j'en ai ma part. Ça fait si longtemps que je vis parmi vous.

Élise s'en étouffa d'indignation.

— Vous en avez bien plus que votre part, je vous assure !

Nullement ému par la réprimande, l'homme haussa les épaules.

— C'est point tant l'insolence que de savoir reconnaître le bon du mauvais, le bien du mal... Faut parfois un brin de jugeote pour faire la différence. (Et, se tournant vers le tonneau, il se mit à remplir un autre pichet.) Pa'ce que quand Sa Seigneurie était ici...

— Suffit ! Assez de lamentations sur la disparition du défunt marquis ! Jamais je n'en ai entendu autant de la part de serviteurs rebelles !

Élise remarqua l'arrivée d'autres domestiques et, avec un geste impatient, elle les renvoya vers la table voisine, voulant d'abord remettre le malotru à sa place.

— Dites-moi, cet homme n'a-t-il pas réussi à vous inculquer quelque bonne manière ?

— Oui, pour sûr, grommela sous la cagoule la voix profonde. Sa Seigneurie... le marquis, c'est comme lui que je fais.

— Je vous assure, dans ce cas, que vous avez eu un bien piètre exemple, coupa vivement Élise. Il est de notoriété que Lord Seymour était un meurtrier et un traître à la reine. Vous seriez mieux avisé d'aller chercher ailleurs vos exemples.

— J'ai bien entendu ces racontars moi-même, reprit l'homme avec un petit rire méprisant. Mais j'y accorde pas beaucoup de crédit.

— Il s'agit de bien plus que de racontars. Du moins à ce qu'en a pensé la reine, qui a dépouillé cet homme de ses biens au profit de mon oncle. Manifestement, son choix s'est porté sur le meilleur.

Le serviteur reposa le pichet avec un bruit sourd et se pencha comme pour opposer à Élise une dénégation. Dans son geste, le capuchon glissa et découvrit le bas de son visage, révélant une barbe hirsute et brune, des moustaches tombantes et une bouche féroce.

— Qui vous permet de le juger ? Vous ne l'avez jamais vu. Et comment pouvez-vous dire que la reine a choisi le meilleur ?

Élise croisa un regard devenu étrangement perçant. Elle demeura un instant figée sous la colère qu'elle y vit brûler, puis, avec un mouvement hautain du menton, elle contre-attaqua :

— Êtes-vous quelque sage antique pour savoir que je ne l'ai jamais vu ?

Se redressant de toute sa taille, l'homme recula légèrement, croisa les bras sur sa poitrine et la considéra avec une ironie amusée. Élise était plus petite que lui d'une bonne tête et il lui fallait lever les yeux pour le regarder.

— 'Mande pardon, m'dame, dit-il, portant la main à son cœur et s'inclinant dans un geste de feinte excuse. Jamais je ne vous ai vue ici quand Lord Seymour était le maître, et j'ai pensé que vous ne l'aviez jamais rencontré.

— De fait, je ne l'ai jamais rencontré, reconnut Élise, piquée par ses manières. (Elle ne devait à cet impertinent aucune explication et elle se demanda pourquoi elle se souciait seulement de lui en donner une. Elle croisa son regard sarcastique et lui dit, appuyant sur chaque mot :) Ce qui ne m'empêche pas de le connaître.

— Vrai ? fit l'homme avec un regard en coin sous son capuchon. Et vous auriez pu savoir qui il était rien qu'en le regardant dans les yeux ?

Devant cette nouvelle insolence, Élise sentit la colère la gagner. Manifestement, le bonhomme ne la croyait pas, et seul un reste de bon sens, peut-être, l'empêchait de la traiter de menteuse. Mais des souvenirs plus récents trottaient dans l'esprit de la jeune fille et elle concevait une certaine frustration à se sentir poursuivie par quelque chose qu'elle eût préféré oublier... le portrait du marquis. Elle avait d'abord attribué son admiration à l'aspect général du tableau. La tenue de chasse verte du marquis y ajoutait quelque chose de débonnaire, et les deux chiens-loups, vigilants à ses côtés, y apportaient une touche d'aventure. Mais c'était, en fait, le visage aristocratique et séduisant, les yeux verts et leurs cils sombres ainsi que le sourire légèrement railleur qui l'avaient séduite et poussée à revenir une ou deux fois le contempler.

Élise se rendit compte que le domestique déguenillé attendait qu'elle lui réponde, le regard indulgent, comme s'il prenait son silence pour la preuve d'une fanfaronnade. Avec un agacement croissant qui ajouta à la dureté de sa voix, elle lui dit :

— Manifestement, vous souriez parce que vous savez que je ne peux rien prouver. Le marquis a été tué en tentant de s'évader.

— Ouais, c'est ce que j'ai entendu dire. Alors qu'on le conduisait à la Tour, il a essayé d'échapper aux gardes et on l'a abattu. (De nouveau, l'homme se pencha en avant et chuchota, comme voulant avouer un secret :) Mais qui peut rapporter avec certitude ce qui est arrivé au marquis une fois tombé du pont ? Nul ne l'a revu et on n'a pas retrouvé son cadavre. Ouais, on peut dire que les poissons se sont régalés toute la nuit, pour sûr.

Élise frissonna à cette évocation morbide et elle s'en voulut de se laisser gagner par le trouble devant ce domestique. Elle préféra en revenir à des préoccupations plus immédiates.

— Ce sont les réjouissances de ce jour qui nous occupent... (Elle s'arrêta, ne sachant pas comment appeler l'homme.) Je suppose que votre mère vous a donné un nom.

— Oui, m'dame. C'est Taylor. Taylor tout court.

D'un geste en direction des autres serviteurs qui s'activaient aux tables posées sur des tréteaux, elle lui indiqua qu'il devait les rejoindre.

— Eh bien, Taylor, allez donc veiller sans lambiner sur les gobelets destinés aux invités.

Avec un grand geste de son bras couvert de guenilles, Taylor s'inclina dans une ostentatoire révérence.

— Serviteur, madame.

Élise fut quelque peu surprise par l'élégance du geste et ne put s'empêcher d'un commentaire :

— Vous copiez assez bien les manières de votre maître, Taylor.

Celui-ci fit entendre un petit rire en rabattant davantage le capuchon sur son visage.

— Dans sa jeunesse, Sa Seigneurie avait autant de maîtres que verrues sur un crapaud. Et je m'amusais à copier ce qu'on lui enseignait.

— Et pourquoi, demanda Élise, gardez-vous la tête couverte et le visage caché ? Il n'y a pas de courant d'air, ici, que je sache.

— Non, madame, ce n'est pas le froid mais un accident à la naissance. Certains invités pourraient défaillir à la vue de mon pauvre visage. Ce serait un spectacle bien trop horrible pour ces honnêtes gens.

Élise se garda de s'informer plus avant, n'ayant nul désir de voir les disgrâces de l'homme. Elle le congédia d'un mot et s'assura qu'il se mettait bien à la tâche assignée. Il se déplaçait autour des tréteaux, remplissant un pichet par-ci, tendant un gobelet par-là, passant d'un flacon à l'autre, servant de celui-ci aux dames et aux invités les plus âgés, de celui-là aux messieurs buveurs de bière. Élise eut un hochement de tête approbateur, admirant qu'il sût prévoir un vin plus doux pour les moins vaillants.

Puis le regard de la maîtresse de maison passa de table en table, voyant ce qui pouvait y manquer. Absorbée par cette tâche, elle n'entendit pas s'approcher un des invités, qui, placé juste derrière elle, se pencha pour déposer un baiser léger sous son oreille, juste au-dessus de la fraise.

— Élise... douce fleur parfumée de la nuit, ronronna une voix enfiévrée. Mon âme brûle d'obtenir vos faveurs, douce amie. Montrez-vous bonne pour un pauvre garçon et laissez-moi goûter au nectar de vos lèvres.

Élise éclata, furieuse. Elle n'était pas femme à tolérer de telles privautés et allait remettre ce malotru à sa place ! Elle se retourna, main levée, toute prête à châtier le rustre arrogant qui l'avait si inconsidérément abordée. Bien que ferme, elle se préparait à concentrer toute sa force dans sa main et à porter à l'homme un coup dont il se souviendrait. Elle pensait tomber sur Devlin Huxford, le cousin plein de suffisance de Reland, car elle avait remarqué sa façon de la lorgner depuis le début de la soirée. Les yeux d'Élise flamboyaient d'indignation à la pensée d'une telle audace, mais quand elle se trouva face à l'homme, elle sentit qu'il emprisonnait son poignet. Son regard furieux tomba sur des yeux bruns rieurs dans un visage au teint basané.

— Quentin ! souffla-t-elle, soulagée. Que fais-tu ici ?

Il sourit et porta à ses lèvres les fines mains d'Élise.

— Tu es ravissante ce soir, cousine. Et certainement davantage encore d'avoir échappé à la malveillance des Radborne, dit-il avec un sourire taquin. Ma mère ne pardonnera peut-être jamais à mes frères de t'avoir laissée partir.

— Comment peux-tu plaisanter ainsi à propos des tiens ? Ils avaient bien l'intention de me nuire et ce fut miracle que j'aie pu m'échapper.

— Ce pauvre Forsworth ne s'est pas remis du coup dont tu as gratifié sa tête. Il jure que tu l'as frappé avec un gourdin et, bien sûr, mère lui reproche surtout de t'avoir tourné le dos, dit Quentin avec un soupir et un hochement de tête de fausse compassion. Le pauvre garçon ne sera plus jamais le même. Je suis convaincu que tu l'auras écervelé.

— *Lord* Forsworth, comme il se prétend, était écervelé bien avant que je le touche. Sincèrement, je suis stupéfaite que tu sois des leurs. Il est manifeste que tu les dépasses de cent coudées en esprit et en sagesse, pour ne rien dire des bonnes manières.

La main pressée sur la riche étoffe de son pourpoint, Quentin s'inclina légèrement pour remercier du compliment.

— Toute ma gratitude, belle demoiselle. Il y a certains avantages à être l'aîné. Comme tu le sais, père m'a laissé les terres et les biens de la famille à la campagne, outre ceux de mère. Cette aisance me permet de rester spectateur des rivalités et intrigues de ma famille.

Élise eut un mouvement de tête, signifiant qu'elle refusait toute excuse à la famille de Quentin. La veuve et les plus jeunes fils de Bardolf Radborne appartenaient à ces aristocrates hautains qui exerçaient leur pouvoir avec autant d'impartialité qu'ils maniaient leur lourde épée sur un champ de bataille, abattant tout ce qui se trouvait sur leur chemin.

— L'oncle Bardolf ne s'est pas montré moins généreux avec Cassandra et il y avait plus qu'assez de biens et de richesses pour ta mère et tes frères. Si sa fortune est en train de fondre, sa sottise en est seule responsable. Elle convoite ce que mon père a pu protéger et prétend que cela revient à ses fils comme partie de l'héritage des Radborne, mais maudite soit-elle ainsi que tes trois frères s'ils croient à ses mensonges. Tu sais parfaitement qu'en sa qualité de fils cadet, mon père a dû faire lui-même sa fortune, de sorte que rien de ce qui est à nous n'appartient à ta famille. S'ils ne m'avaient séquestrée et tenté de me faire dire où mon père avait caché l'or, je serais tentée de croire qu'ils sont responsables de son enlèvement.

Quentin fronça les sourcils, songeur, les mains croisées dans le dos.

— Tout à fait d'accord. Il est peu probable qu'ils auraient tenté de t'arracher le renseignement si l'oncle Ramsey s'était déjà trouvé entre leurs mains. (Quentin soupira et reprit :) Je ne cesse de m'affliger devant les jeux auxquels se livrent ma mère et mes frères pour obtenir toujours plus de richesses.

— C'est bien pire que des jeux, rectifia Élise, glaciale. Cassandra et ses gourdes de rejetons avaient l'intention de me nuire. (Elle ne poursuivit pas, consciente que ses médisances pourraient l'offenser.) Je suis désolée, Quentin. Je t'ai blessé et ce n'était pas dans mes intentions. Tu es si différent du reste de la famille que j'oublie parfois de tenir ma langue quand je suis avec toi. Je ne comprends pas pourquoi tu as provoqué la colère de ta mère et m'as enlevée à eux.

— Je crains d'avoir fait montre d'une bravoure à courte vue, répondit-il avec un petit rire. J'aurais dû protéger ma maison contre leur invasion. Ainsi n'aurais-tu pas eu à t'enfuir une deuxième fois.

— Tes frères sont arrivés alors que tu étais absent, se glissant chez vous comme des voleurs pour me traîner de nouveau à Londres. Tu ne peux pas t'en vouloir, Quentin.

— Je me suis demandé... commença-t-il, plongeant son regard sombre dans le regard bleu d'Élise. Je crois qu'il faut que je te pose la question. Que t'a fait ma famille ?

Élise eut un haussement d'épaules résigné, ne souhaitant pas évoquer les cruautés de sa tante et de ses cousins, qui n'avaient pas hésité à l'interroger avec la manière forte. Devant le peu de résultat de ces méthodes, on l'avait privée de nourriture et fait de sa chambre un lieu de tourments. Maintenant qu'elle était libre, elle se disait que mieux valait chasser ces souvenirs, pour son bien et le repos de son esprit.

— En fait, Quentin, ils ne m'ont rien fait de très grave, se borna-t-elle à dire.

Malgré ces paroles charitables, Élise réalisa que les cauchemars de sa détention la faisaient toujours trembler. Elle se contraignit à sourire, regarda son cousin et lui demanda :

— Tu ne m'as pas dit pourquoi tu te trouvais ici. Je croyais que tu détestais l'oncle Edward.

— Je ne saurais le nier, reconnut-il avec un petit rire, mais j'ai voulu braver le nid de vautours pour contempler le plus beau joyau.

— Tu arrives trop tard, Quentin, dit-elle d'un ton plus léger. Arabella est désormais mariée au comte.

— Ma très charmante Élise, ce n'est pas pour Arabella que je suis venu, mais pour toi ! déclara-t-il avec ferveur.

— Trêve de taquineries, mon cousin. Tu aurais davantage de chances de me convaincre de ta sincérité si tu me disais que tu es venu pour l'oncle Edward. Arabella est une incontestable beauté et je suis persuadée que plus d'un prétendant éconduit est venu ce soir dans l'espoir d'un tendre adieu.

Le sourire de Quentin traduisait une étincelle de

désir lorsqu'il se pencha pour souffler à l'oreille de sa cousine :

— Aucun galant troubadour n'a-t-il jamais chanté des sonnets célébrant ta beauté, douce Élise ? Ou étaient-ils rendus muets par ta perfection ? demanda-t-il avec un soupir exagéré sous le regard de reproche sceptique d'Élise. Douce damoiselle, je ne mens pas ! Tes yeux sont des pierres précieuses, les plus précieux des saphirs. Étincelant sous leur écrin noir, tes sourcils sont des oiseaux prenant leur envol, et tes cheveux ont la riche et chaude nuance du cerisier, leur parfum m'enivre délicieusement. Ta peau a le doux éclat de la perle... et promet d'être succulente.

Élise continuait à le regarder avec une incrédulité amusée, insensible à ses ardentes déclarations.

— Le vin t'a certainement troublé l'esprit si tu penses que je vais croire ces sottises.

— Je n'ai pas bu la moindre goutte ! se défendit-il avec passion.

— J'ai entendu bien des choses sur ton compte, Quentin, poursuivit-elle, négligeant sa protestation. Tant de choses, oserais-je dire, que tes belles paroles sont usées car plus d'une damoiselle a dû les entendre.

— Par exemple, douce amie ! s'exclama Quentin, la main sur le cœur. Tu me fais grave injustice.

— Et vous, monsieur, vous froissez en vain votre pourpoint. Nous savons l'un et l'autre que je ne t'accuse pas injustement et que tu es un grand roué, dit-elle avec un sourire taquin. Il y a quinze jours à peine, ne tenais-tu pas le même discours à Arabella ?

— Serais-tu jalouse, belle Élise ? demanda Quentin, plein d'espoir.

Elle ne releva pas sa remarque et poursuivit :

— Je suis convaincue qu'Arabella, dûment promise à Reland, a eu le bon sens de te prier de partir. Et en ma qualité de cousine, je ne veux pas t'accabler.

— Oh, douce amie, vous jouez de votre langue avec l'habileté et le zèle d'une mégère et vous me désespérez.

— J'en doute, dit Élise, retenant son rire.

Femme déjà, elle comprenait bien que ce beau ténébreux de Quentin Radborne possédait le charme nécessaire pour faire tomber dans ses rets d'innombrables admiratrices, et elle était convaincue que plus d'une avait succombé à ses belles paroles et à ses ardentes attentions. Bien que goûtant sa compagnie, elle ne souhaitait pas que l'on associât trop son nom à celui de cet homme.

Elle entendit qu'on l'appelait depuis l'autre bout de la salle et vit le geste impatient de son oncle dont le visage rembruni trahissait le déplaisir. Il était inutile d'en chercher la raison. Dire qu'il supportait à peine Quentin eût été un euphémisme.

— Allons, par ici et vite ! lança-t-il durement.

— Hélas, voilà ton cerbère qui t'appelle, remarqua Quentin, méprisant.

— Mon cerbère ? demanda Élise, levant un sourcil interrogateur.

— Si Edward le pouvait, expliqua Quentin avec un sourire contraint, il te bouclerait dans une tour et jetterait la clé, simplement pour m'empêcher de t'approcher. Il craint que tu ne perdes le trésor qu'il bigle ou cet autre trésor que l'on nomme chasteté.

— Dans ce cas, ses craintes sont vaines, dit Élise. Non pas que tu ne tentes d'obtenir l'un ou l'autre. Mais je ne veux ni que l'on me prenne ma bourse ni que l'on m'ajoute à la longue liste de tes conquêtes.

Rejetant la tête en arrière, Quentin fit entendre un rire tonitruant. Il ne pouvait s'empêcher d'admirer cette impertinente jeune femme qui n'hésitait pas à dire ce qu'elle pensait. Elle constituait un défi pour tout homme et une récompense qui valait l'effort de la gagner.

Élise joua les timides, sachant combien l'air joyeux de Quentin irriterait son oncle. Non qu'elle eût peur d'Edward car elle se réservait le droit de quitter le manoir s'il se montrait trop sévère ou exigeant, mais elle n'en souhaitait pas moins, autant que possible, que règne la paix. Et en ce jour du mariage d'Arabella il convenait plus que jamais d'y songer.

— Navrée de devoir quitter si agréable compagnie, mon cousin, dit-elle avec une rapide révérence, mais, ainsi que tu le dis, mon cerbère m'appelle.

— Peut-être échappes-tu cette fois au méchant loup, belle demoiselle, mais je puis t'assurer qu'une autre occasion se présentera.

Élise alla rejoindre son oncle qui regardait d'un œil méprisant le jeune homme.

— Ne t'ai-je pas dit de t'en tenir à tes devoirs ? gronda-t-il, furieux. Je ne te permets pas d'aller courir la prétentaine avec ce Quentin. N'as-tu pas honte ?

— Honte de quoi ? demanda Élise d'une voix douce qui provoqua un regard noir de son oncle. J'ai simplement échangé un mot ou deux avec mon cousin en présence de vos invités. Je n'y vois rien de répréhensible.

La tête ronde d'Edward se tassa dans ses épaules épaisses.

— Oui, gronda-t-il, je vous ai vus rire et glousser comme si vous racontiez quelque méchante histoire.

Élise haussa ses sourcils de surprise. Elle regarda le visage dur de son oncle dont les lèvres prenaient ce pli grossier qui exaspérait la jeune fille. De plus en plus elle détestait ses manières. Elle s'était sentie bien aise que sa mère n'eût aucun lien réel de parenté avec Edward. Tout enfant, on l'avait simplement abandonnée dans la chapelle de la petite ferme de celui-ci. Ce seul fait exemptait la jeune fille de la fidélité et du dévouement qu'exigeaient les liens du sang. Aussi se sentait-elle de plus en plus gênée quand il fallait gourmander les autres pour leur manque de respect.

— Tu devrais avoir honte de la façon dont tu te conduis avec ce vaurien, la réprimanda Edward.

Il brandit un doigt accusateur pour désigner Quentin mais s'arrêta net en le découvrant maintenant à côté de sa fille. Manifestement, Quentin et la mariée échangeaient des propos amusants car l'un et l'autre riaient.

— Regardez-le ! lança Edward qui se hérissa comme un coq furieux. Regardez-le se comporter avec les dames.

— La reine a-t-elle déclaré une période de deuil, qu'il nous faille refréner notre gaieté et notre bonne humeur ?

Quelque peu décontenancé par la remarque d'Élise, Edward fronça les sourcils et durcit sa voix :

— Je te serais obligé, dit-il, de mesurer tes paroles et de cesser ces sottises ! Veille donc un peu plus à tes devoirs pour que je n'aie pas à te les rappeler.

Pareille arrogance piqua au vif l'amour-propre d'Élise. Malgré un effort désespéré pour conserver ses bonnes manières, elle ne put s'empêcher de s'emporter :

— Je paie un loyer pour l'aile est, mon oncle, et plus que raisonnable. En outre, je ne manque pas de vous aider et de vous rendre service et je le fais volontiers. Mais je n'ai pas à gagner ma subsistance car mon père a laissé bien assez pour cela à ses banquiers. Pas plus que je ne suis contrainte de demeurer ici si je souhaite partir. Si cet arrangement ne vous convient plus, donnez-moi mon congé et je trouverai refuge ailleurs !

Edward allait vertement répliquer mais il se montra assez avisé pour ne pas laisser éclater sa fureur. D'ordinaire, il ne tolérait guère que l'on discute ses ordres, surtout quand on était une femme. Son épouse lui avait humblement obéi pendant tout leur mariage, se réfugiant dans sa chambre quand il s'emportait, et trouvant l'apaisement à ses sentiments outragés dans les bouteilles de porto. De même, Arabella s'était toujours soumise à l'autorité de son père comme si elle ne nourrissait aucun désir personnel. Élise, en revanche, avait déjà montré qu'elle était d'un bois tout à fait différent. Or, avec elle, l'enjeu dépassait les simples loyers, encore qu'ils fussent confortables. C'est pourquoi il valait mieux se calmer.

Edward avait pu mesurer depuis l'arrivée de sa nièce à Bradbury combien la jeune femme avait ses idées et sa volonté. Sa ferme résolution de retrouver son père lui avait fait courir des dangers dans lesquels Edward l'aurait volontiers abandonnée s'il n'avait autant convoité sa fortune. Il avait eu la démonstration de sa farouche détermination le jour où elle avait revêtu les haillons d'un garnement sans le sou et s'était rendue à Londres à l'arrière d'une charrette pour tenter d'obtenir des renseignements auprès des gredins tirant dans le quartier sans loi d'Alsatia. Quand l'incessante obsession d'un trésor caché avait enfin contraint Edward à faire quelque chose, il avait envoyé un de ses serviteurs pour la retrouver et la ramener. Peu après son retour, la jeune femme s'était encore signalée par d'autres scandales dont le moins notable n'avait pas été la choquante confrontation avec Reland. Cela seul avait contribué à convaincre Edward qu'Élise Radborne possédait un talent particulier pour faire naître les ennuis.

A peine le calme était-il revenu sous son toit que de nouveau elle avait filé, aux Stilliards cette fois, où son père s'était prétendument rendu pour échanger certains de ses biens contre des coffres d'or. S'il avait pensé craindre la faune d'Alsatia, Edward n'avait pas tardé à réaliser qu'il était littéralement terrorisé par ces horribles étrangers de la Ligue hanséatique. Ils avaient le pouvoir et la richesse pour influencer rois et princes, et bien que la reine Élisabeth se soit révélée peu malléable, nombre de ses sujets étaient devenus la proie de la Hanse. Edward avait perdu l'espoir de jamais revoir sa nièce et fut bien surpris de la voir reparaître un matin, poliment escortée d'un jeune hanséatique et vêtue comme lui. « Une fille en culottes ! avait-il raillé en la voyant. C'est inconcevable ! »

Manifestement, s'il avait su à quel point sa nièce allait bouleverser sa vie, Edward aurait exigé d'elle un loyer plus élevé. Les choses étant ce qu'elles étaient, il demeurait persuadé que la fille avait fait la meilleure affaire. Il eut cependant bien soin de ne pas la heurter et prit un air blessé en lui donnant une bonne excuse :

— Je ne m'inquiète que de ta réputation. Quentin n'est pas un homme à fréquenter. Je ne puis que te conseiller de ne rien lui céder.

— Ne vous inquiétez pas, mon oncle. Je n'ai nulle intention de me laisser égarer par aucun homme, dit-elle, sachant parfaitement bien ce qu'il guignait et ce qu'il craignait que Quentin n'obtînt. Il était moins habile qu'il ne le pensait à cacher sa cupidité.

Edward ne saisit pas toute la subtilité de la raillerie et continua sa critique. Après tout, elle s'était réfugiée chez lui car elle craignait pour sa vie.

— Chacun sait que ton père a vendu ses biens et caché son or pour te mettre à l'abri du besoin et surtout pour empêcher Cassandra de s'emparer de sa fortune après sa mort. Je puis t'assurer, ma fille, que tant que ce trésor demeurera caché, c'est un terrible fardeau que tu porteras. Tous les roués du monde vont tenter de t'en dépouiller. Oserais-je te rappeler que c'est précisément pour cela que tu es ici, pour que je puisse te protéger des cousins de ton père ? Et voici justement l'un de ces diables de Radborne qui veut mettre la main sur ce qui t'appartient.

— Quentin a sa propre fortune, lui rappela-t-elle. Il n'a guère besoin de la mienne.

— Hmmph ! Je ne connais pas un homme qui ne souhaiterait un peu plus d'or dans ses coffres. Quentin est homme à déployer son charme auprès de toi pour mieux te dépouiller de ta bourse. Crois-m'en, ma fille. Garde-toi de Quentin et de ses semblables et peut-être un jour trouveras-tu un homme comme Reland ou son cousin Devlin.

« Dieu m'en garde ! » se dit Élise, écœurée.

— La débauche a peut-être ses bons côtés, eut-elle l'humour de répondre.

— Que dis-tu là ? s'exclama Edward, prenant offense de la plaisanterie et serrant les poings pour apaiser son penchant naturel à la violence. Tu as perdu l'esprit si tu penses que ton cousin est préférable à Reland !

— Peut-être, dit Élise avec un haussement d'épaules dubitatif.

Et elle s'éloigna, laissant un Edward quelque peu perplexe. Élise s'inquiétait bien trop de son père pour accepter de se laisser courtiser par quelque homme que ce fût, et moins encore par ceux de la tribu des Huxford.

2

Nombreux sont ceux pour qui la cupidité est une malédiction car elle les empêche de jouir de la plupart des plaisirs. Ils ne peuvent voir partir la plus petite pièce sans regret ou sans l'angoissant espoir que le sacrifice en vaudra la peine. Edward Stamford était de ceux-là et la satisfaction qu'il ressentait au mariage de sa fille était affreusement gâchée par l'allégresse et les excès de ses invités. La mauvaise grâce avec laquelle il avait ouvert sa demeure avait apparemment fort réjoui les importuns qui étaient venus pour satisfaire leur gloutonnerie et leurs rires augmentaient encore le ressentiment d'Edward.

« Regardez-les donc ! se disait-il, méprisant, en comptant ceux qui avaient déjà sombré dans la torpeur de l'ivresse. Ils se sont tellement goinfrés de mes victuailles et de mon vin qu'ils se vautrent dans leur auge. J'aurais pu faire l'économie de quelques bonnes pièces si j'avais su qu'ils succomberaient si facilement. »

Il parcourut lentement la salle du regard et s'arrêta sur Taylor, à une table voisine.

— Toi, là ! Cesse de lambiner avec ce pichet et emplis mon gobelet !

Le serviteur se tourna, surpris, et passa le dos de sa main sur sa bouche, mais quand Edward lui fit signe d'approcher, il fit un pas de côté et murmura :

— Je vais immédiatement vous chercher un pot de bière fraîche, messire.

— Holà ! Je me moque de ta bière, lança Edward irrité de ne pas être obéi. Je prendrai ce que tu as.

— Ce n'est pas bon, messire, dit Taylor, la voix étouffée sous le capuchon qu'il tira sur son visage. Il ne reste là que la lie. Je vais aller vous chercher une bonne bière. Je n'en ai que pour un instant.

Et avant que l'autre ne proteste davantage, il disparut.

Grinçant des dents de contrariété, Edward frappa la table de son gobelet gainé de cuir tout en jurant. D'un geste vif il aplatit sur son crâne grisonnant son couvre-chef emplumé et se leva, prêt à bondir après le serviteur. Mais il eut l'impression que le ciel venait de lui tomber dessus car un élancement soudain dans la tête manqua de le faire choir sur ses genoux. Il attendit, prudemment immobile, que s'estompe le premier assaut de la douleur et, évitant tout mouvement brusque, scruta la salle à la recherche de l'impertinent serviteur, ne voulant pas le laisser partir sans une sérieuse remontrance. « Je ferai nettoyer sa sale carcasse par les corbeaux », grinça-t-il.

Son regard tomba de nouveau sur Élise et la fureur le reprit car, semblait-il, elle était sur le point de provoquer d'autres ennuis. Devlin Huxford, son jeune soupirant, essayait avec insistance d'entraîner la jeune fille parmi les autres danseurs. Proche parent de Reland, le roué s'attendait à quelque récompense qu'on ne pouvait lui refuser. C'était bien là, cependant, ce que comptait faire Élise si l'on en jugeait par sa mâchoire serrée, prête à l'affront, et le jeune homme aurait bien de la chance s'il échappait sans mal à cette furie.

Edward se rembrunit encore et, oubliant les élancements dans sa tête, traversa les rangs de ses invités en s'aidant des coudes. Il lui fallait arriver jusqu'à Élise avant qu'elle ne cause un scandale.

— Ne comprenez-vous pas, milord, que je ne connais pas cette danse ? entendit-il sa nièce expliquer.

Mais, malgré la sécheresse de son ton, l'empressé Devlin ne la lâchait pas. Exaspérée, Élise se dégagea d'un brusque mouvement et jeta un regard noir à son admirateur.

— Et, pour l'instant, je ne désire pas apprendre, ajouta-t-elle.

Gloussant de feint amusement, Edward passa un bras apaisant autour des épaules d'Élise.

— Allons donc, ma nièce. Veux-tu que ce charmant garçon te prenne pour une vieille fille acariâtre qui ignore les bonnes manières ? Voyons, c'est le jeune Devlin Huxford. (Il laissa retomber son bras pour qu'Élise assimile bien cette nouvelle puis ajouta, d'un ton plein de sous-entendus :) Le cousin de Reland.

Le sourire naissant d'Élise pouvait passer pour une excuse, et Devlin, commençant à se renfrogner, poussa l'audace jusqu'à enlacer la taille de la jeune fille.

— Pardonnez-moi, mon oncle, dit-elle, tentant de se dégager, même s'il était le fils de la reine je le prierais d'aller chasser sur d'autres terres. (Et, avec un coup de coude dans les côtes de Devlin, elle ajouta, acerbe :) Je ne supporte pas qu'il me serre ainsi.

Edward eut du mal à se contenir. Devlin, lui, avait prudemment reculé d'un pas. Il attendait quelque manifestation d'autorité qui contraindrait Élise, mais Edward se rendait bien trop compte de l'inanité d'une telle intervention. Sa nièce ne le supporterait pas et il perdrait tout espoir de retrouver le trésor caché.

Il refoula avec peine sa colère et serra davantage Élise qui pouvait sentir son haleine chargée de bière.

— Veux-tu donc nous mettre les Huxford à dos ? murmura-t-il d'une voix sourde. Reland est encore furieux de votre dernière rencontre et voilà que tu t'opposes maintenant à un autre Huxford. Je te rappelle que Reland va s'installer dans l'aile ouest.

— Ne m'avez-vous pas donné pour instruction de veiller sur les serviteurs ? demanda suavement Élise, l'attaquant là où il était le plus vulnérable. Sans moi ils boiraient votre cave et videraient votre garde-manger. Mais si vous préférez qu'il en soit ainsi, permettez-moi d'aller danser.

Edward rougit, gêné, puis prit fermement le jeune homme par le bras et l'entraîna.

— Venez donc, Devlin, lui dit-il aimablement, il y a là une jeune dame certainement digne de vos talents.

Élise croisa les mains avec une modestie affectée et regarda s'éloigner les deux hommes. Devlin l'avait renforcée dans sa conviction qu'il était un rustre et un grossier, fanfaronnant sur ses exploits et bien digne en cela de son cousin Reland.

Edward ne s'attarda pas à présenter Devlin à une jeune et gracieuse veuve, préférant rejoindre rapidement sa nièce. Il lui paraissait prudent de trouver à l'occuper hors de la grande salle avant qu'il ne se morde les doigts de sa présence.

— Je voudrais que tu accompagnes Arabella à sa chambre maintenant, lui dit-il. Que tu l'aides à se préparer à recevoir Reland. Dès que tu en auras terminé, reviens me rendre compte. Je veillerai à ce que l'on escorte Reland jusqu'à elle, qu'il puisse ou non monter. Il faut arrêter ces réjouissances avant que je sois totalement ruiné.

Edward prit un pot de bière à un domestique qui passait et, sans plus s'occuper d'Élise, en avala une longue lampée. Il aurait volontiers bu un tonneau entier pour apaiser le bouleversement qu'il sentait monter en lui.

Élise quitta son oncle, quelque peu hésitante quant à ses nouvelles directives. Non pas qu'elle fût ignorante de la façon dont une jeune mariée devait recevoir son époux, mais il lui paraissait qu'Arabella eût été mieux conseillée par une femme plus âgée et mariée. Qu'allait-elle dire à la jeune épousée alors qu'elle-même était vierge ?

Elle inspecta la salle du regard pour découvrir le jeune couple. Arabella était une fleur délicate et fragile, grande et mince, avec de doux cheveux bruns et des clairs yeux gris noyés de mélancolie. De caractère docile, elle ressemblait au roseau qui plie sous le vent et donnait l'impression de ne pas avoir le courage de s'opposer à la volonté des autres. Bien différent était Reland avec sa barbe noire et son torse solide planté sur une taille mince. Bel homme, avec une bonne éducation, il n'en manifestait pas moins une forte propension à la fureur et à l'entêtement. Avec une grossière arrogance, il se plaisait à éprouver tous ceux dont il croisait le chemin et ne manquait jamais, disait-on, de se réjouir bruyamment de la frayeur des autres. Il se montrait tyrannique jusqu'à ce qu'on lui cède, après quoi il se conduisait de nouveau en gentilhomme.

Élise se rappela sa première rencontre avec Reland. Bien avant son arrivée au domaine elle connaissait sa suffisance par ouï-dire mais pensait qu'il s'agissait de ragots. Elle avait aperçu Reland pour la première fois le jour de son arrivée dans la cour, montant l'étalon noir du défunt marquis, offert par Edward comme cadeau de fiançailles. Dans l'instant, Élise avait conçu une profonde aversion pour ce cavalier pompeux. Elle avait deviné le plaisir que procurait à cet homme la crainte qu'il inspirait, impression confirmée en l'entendant éclater d'un rire gras à la vue des serviteurs qui se hâtaient de s'éloigner de son chemin.

Élise s'était arrêtée au bas du perron pour admirer la magnifique monture. Ne pouvant imaginer qu'elle offensait le comte en ne s'enfuyant pas terrorisée comme les autres, elle avait calmement continué à caresser le chat qu'elle tenait dans ses bras. Cela avait tari le rire tonitruant de Reland et altéré sa bonne humeur. Non content d'effrayer laquais et servantes, le comte avait tiré sur les rênes du cheval pour le lancer sur elle. Élise se souvint de son inquiétude quand elle avait réalisé qu'il la chargeait, mais cet instant de panique n'avait paru qu'encourager Reland qui avait retrouvé son rire démoniaque. Par obstination et défi, elle n'avait pas bougé, refusant de céder tandis que l'énorme animal arrivait sur elle. Luttant contre une irrépressible envie de fuir, elle avait serré contre son sein le chat terrorisé jusqu'à ce que la brute tire sur les rênes et arrête sa monture. Alors elle avait libéré le chat qui s'était jeté, crachant et soufflant, sur l'étalon et lui avait profondément planté ses griffes dans le museau. Le coursier avait poussé un hennissement de terreur avant de se cabrer et de se secouer pour se libérer du félin toujours accroché. Le cavalier tenait moins bien. Surpris, désarçonné, Reland était parti dans les airs, battant des bras, pour retomber lourdement sur le dos avec un « ouf » qui lui coupa le souffle. Furieux et jurant, il s'était redressé plus menaçant que jamais.

Devant cette nouvelle menace, Élise avait voulu battre en retraite, mais Reland, furieux d'avoir été désarçonné par une femme, s'était rué sur elle sans se rendre compte que la frêle Élise était bien plus agile que lui. Elle l'avait laissé approcher mais, à l'ultime instant, avait plongé de côté.

Avant même qu'Élise ait fini de se retourner, elle avait entendu un grand bruit : Reland venait de tomber, la tête la première, dans un bassin voisin. Il s'était lourdement relevé, crachant et jurant, à genoux d'abord, offrant aux domestiques un spectacle si drôle qu'ils avaient eu du mal à réprimer leurs rires. La plume de son couvre-chef pendait lamentablement sur son nez et jusque dans sa bouche, l'obligeant à cracher pour s'en débarrasser. Lorsqu'il avait levé les mains pour s'essuyer le visage, ses hauts gants avaient déversé des torrents d'eau tandis que ses fourrures dégouttaient tout autour de lui.

Sous le cri de fureur de Reland, l'ombrageux étalon s'était cabré avant de considérer avec inquiétude le chat perché en sécurité au sommet d'un mur. Vainqueur manifeste du combat, le félin se léchait la patte et lissait sa fourrure.

Lentement, le regard de Reland avait fait taire les rieurs avant de se poser sur l'insolente qui venait si imprudemment de défier son autorité. Élise avait calmement croisé son regard et souri avec un certain humour, bien consciente qu'il manœuvrait délibérément pour la coincer dans un coin de la cour.

Elle avait reculé jusqu'à sentir le mur de pierre dans son dos puis s'était préparée face à l'énorme masse de Reland. Avec un juron, celui-ci l'avait saisie par le cou pour la soulever et la secouer violemment. Elle avait aussitôt réagi et la fureur du chat, un instant plus tôt, ne fut rien comparée à celle de la mégère qu'elle était devenue en luttant contre son agresseur. Griffant, mordant, cognant, visant les yeux, elle s'était changée en un petit animal furieux jusqu'à ce que le peu galant comte pousse un cri de douleur.

— Petite garce ! avait soufflé Reland, s'apprêtant à la gifler.

— Par le sang du grand César ! avait lancé Edward depuis le balcon. Que se passe-t-il ?

Dégringolant les escaliers et aidé des serviteurs, il avait séparé les adversaires, non sans qu'Élise eût envoyé un solide coup de pied au tibia de Reland.

— Espèce de puant fils de coquin ! De quel antre sortez-vous ? avait-elle juré, de façon fort peu distinguée.

— Élise ! Calmez-vous, mon enfant. C'est le fiancé d'Arabella...

— Pauvre Arabella ! Ce mufle la fera mourir !

— Chut, allons ! avait fait Edward, se tordant les mains tout en essayant d'apaiser son futur gendre. (Jamais il ne s'était trouvé dans une telle situation qui exigeait tout son calme. Il ne pouvait se retourner contre sa nièce de crainte de perdre une fortune, ni s'opposer au comte et risquer son courroux.) Je vous en prie, Reland, excusez-la. Elle ne sait plus ce qu'elle dit. C'est une de mes parentes qui vient à peine d'arriver. Comme vous le voyez, elle a beaucoup à apprendre. Je vous en prie, calmez-vous et réglons cela gentiment.

— Elle a estropié mon cheval ! avait clamé Reland avec un grand geste de son gant dégoulinant, désignant le mufle de l'animal maculé de fines traînées de sang. Il va en garder la marque jusqu'à sa mort ! Et elle a failli me faire répandre ma cervelle sur les pavés !

— Rien à craindre, milord, avait raillé Élise. Votre crâne était vide avant la chute.

— Espèce d'idiote ! Simple d'esprit ! D'où sortez-vous pour ne pas voir qu'Eddy aurait pu vous tuer ? La prochaine fois, je le laisserai vous piétiner dans la boue !

— Maintenant que je vous connais, monsieur, la *prochaine fois* je me méfierai de ce que vous pourrez commander à cette bête.

— Reland, pardonnez-lui, s'était hâté de couper Edward. Elle ne sait pas...

— Souvenez-vous de moi, fille, avait grondé le comte, ignorant l'intervention de son futur beau-père. Cachez-vous la prochaine fois que vous entendrez arriver Reland Huxford, comte de Chadwick, et son grand Tourbillon. Je vous aurai prévenue.

— Tourbillon. Grand Tourbillon... Tourbillon Reland... Reland Grand Tourbillon, avait chanté Élise, comme une enfant déclamant une comptine, marquant par là son dédain et pour l'homme et pour le cheval. C'est un bien beau coursier dont on vous a fait présent. Trop beau pour vous, manifestement. Je m'efforcerai de ne pas l'oublier.

Le visage de Reland était devenu congestionné sous le regard de défi de la jeune fille. Edward s'était précipité, le prenant par le bras.

— Venez, mon gendre. Allons boire une pinte de bière et nous asseoir devant le feu.

Et, avec des gestes impatients, il avait invité les domestiques à s'occuper du comte dégoulinant. Quand il fut assez éloigné pour ne pouvoir entendre, Edward s'en prit à sa nièce :

— As-tu perdu l'esprit ? Veux-tu provoquer une rupture avec Arabella ? Ou nuire à mes affaires en humiliant chez moi ce brave garçon ?

— C'est *sa* bouffonnerie qui a provoqué cela ! Il a failli me renverser avec son animal ! Cela ne vous gêne-t-il pas que ce Reland soit un arrogant dément ?

— Chut ! avait lancé Edward avec un regard inquiet par-dessus son épaule pour s'assurer que le comte ne pouvait entendre. Ignores-tu que c'est peut-être le dernier espoir d'Arabella ? avait-il ajouté en prenant le bras d'Élise et en chuchotant à son oreille.

— Mieux vaut rester vieille fille que de partager sa couche avec *ça* ! avait lancé Élise en se libérant avec une fureur mal contenue.

Son oncle n'avait cessé, au cours des jours qui avaient suivi, de lui demander de faire ses excuses au comte, mais Élise, les dents serrées, lui avait dit qu'elle préférait se jeter dans un buisson d'épines. La sachant capable de tout, Edward avait fini par renoncer.

Et voilà qu'elle le retrouvait le jour de son mariage et qu'on lui demandait de prêter assistance à une vierge offerte en sacrifice à ce pourceau ! Élise se sentait pleine de compassion pour sa cousine.

Rapidement, elle effaça le dégoût de son visage en voyant qu'Arabella avait rencontré son regard. Élise lui répondit par un signe de tête hésitant, lisant dans les yeux gris une requête inexprimée. La jeune mariée glissa un mot à son époux puis se leva. Reland la regarda s'éloigner avec des yeux concupiscents avant de tourner vers ses amis un regard de conquérant. A n'en pas douter, il considérait qu'Arabella était devenue un autre de ses biens. Élise en frissonna d'indignation.

Un pâle sourire aux lèvres, la jeune mariée traversa la salle avec une calme dignité au milieu des cris et des rires grivois, gardant le silence jusqu'à l'escalier qu'elle monta avec Élise.

— Que de sottises autour de moi, murmura-t-elle lugubrement.

Élise regarda sa cousine, se demandant ce qui avait pu provoquer un tel changement dans l'humeur d'Arabella, d'ordinaire si calme dans l'adversité, et alors même qu'elle avait paru désireuse d'épouser le comte. Pour autant qu'Élise le sût, jamais elle n'avait fait entendre la moindre doléance contre Reland.

— Qu'est-ce qui te préoccupe, Arabella ? Pourquoi dis-tu cela ? lui demanda sa jeune cousine.

— Oh, Élise, essaie de comprendre. Reland est un homme délicat et bon... séduisant même...

Élise comprenait l'hésitation de sa cousine et le malaise que pouvait provoquer Reland dans le cœur d'une jeune épousée. En fait, à la place d'Arabella, et si elle avait dû épouser le comte, elle aurait trouvé mille raisons de s'attrister.

— Un sort cruel me poursuit, continua Arabella d'une voix sourde, s'arrêtant sur une marche, la tête mollement appuyée sur le mur de pierre, sans se soucier des ornements de sa coiffure. Jusqu'à ce jour, tous ceux qui ont demandé ma main m'ont été arrachés par quelque cruelle tragédie. Où sont-ils maintenant ? Tous ont connu un sort affreux. La mort ou quelque catastrophe les a arrachés à moi. J'ai d'abord pensé que c'était pure coïncidence quand les deux premiers succombèrent à un mal inconnu, puis quand le troisième perdit la vie, agressé par des bandits dans la rue. Il y a trois ans à peine, à l'époque de Pâques, la terre a tremblé, faisant écrouler sur nous les pierres d'une église et tuant mon pauvre William. Nous n'étions fiancés que depuis une semaine. Le cinquième fut enlevé par des scélérats et je gage qu'un jour nous retrouverons ses os. Quant au sixième...

— N'était-ce pas le marquis de Bradbury ?

— Oui... Maxim... il était le sixième.

— Tu ne peux certainement pas pleurer un traître et un assassin, dit Élise en posant une main délicate sur la manche de sa cousine.

Sans répondre, Arabella reprit son ascension, traversa le couloir et entra dans ses appartements. Elle passa l'antichambre et alla se tenir devant la cheminée puis retira son voile qu'elle rejeta d'un geste négligent.

— Oui, c'est exact. Ce qu'a fait le marquis fut pis que tout. Accusé de meurtre et de complot contre la reine avec Marie Stuart, il a mérité qu'on le pourchasse et qu'on le tue. Il n'aurait pu faire plus pour mériter ma haine !

Ne sachant que répondre, Élise examina la vaste chambre richement ornée, se demandant ce qui avait conduit l'homme qui avait naguère vécu en ces lieux à se lancer dans d'aussi malsaines alliances. Ce qui avait pu faire de lui l'ennemi de la reine... de cette même reine qui l'avait chaleureusement comparé à l'autre Seymour de sa jeunesse. Thomas Seymour avait gagné son affection, Maxim Seymour avait-il mérité sa haine ?

— Tu as certainement tort de croire à une malédiction, Arabella. Il semblerait plutôt que tu aies eu la chance d'échapper par six fois à des hommes indignes de toi.

— Comment te faire comprendre, ma chère enfant ? Tu es si jeune et je suis si lasse et... si vieille...

— Vieille ? répéta Élise, stupéfaite. A vingt-cinq ans ? Non, tu es toujours jeune, Arabella, et tu as la vie devant toi. Ta nuit de noces est arrivée... et tu dois te préparer pour ton mari...

Élise vit les larmes qui embuaient les yeux gris argent. On lisait la douleur dans le pâle sourire, une douleur que ni l'une ni l'autre ne pouvait apaiser.

— Je voudrais rester seule quelques instants, souffla Arabella dans un désespoir soudain. Retiens-les jusqu'à ce que j'envoie un serviteur les chercher.

— Ton père m'a demandé de m'occuper de toi, murmura Élise. Que faut-il que je lui dise ?

Arabella vit l'air inquiet de sa cousine et se hâta de la rassurer.

— Prie-le de me laisser un moment pour mieux me préparer à accueillir Reland. Quelques instants seulement... jusqu'à ce que je me sois calmée. Après quoi tu pourras revenir m'aider.

— Reland est un homme très séduisant, dit Élise dans l'espoir de redonner du baume au cœur de sa cousine. Tu vas faire beaucoup d'envieuses.

— Pas aussi séduisant qu'un autre homme que j'ai connu, répondit Arabella d'une voix lointaine.

Élise eut un froncement de sourcils fugitif.

— Regrettes-tu si vivement un mort, Arabella ?

— Un mort ? De qui veux-tu parler ?

— Du marquis de Bradbury, bien sûr. Est-ce qu'il te trouble toujours ?

— Oh, c'était bien un homme à émouvoir le cœur d'une femme, dit Arabella, caressant le velours d'une draperie, l'air rêveur, comme perdue dans un tendre souvenir. Il avait grande allure... et il était si séduisant. Et quel gentilhomme... toujours... Mais assez de tout cela ! ajouta-t-elle, se tirant de sa rêverie. Il faut que je reste seule. (Elle posa les mains sur les épaules d'Élise qu'elle poussa doucement vers la porte, avouant devant l'hésitation de la jeune fille :) Je souhaite seulement disposer d'un moment avant l'arrivée de mon mari. C'est tout ce que je demande.

— Je vais en informer ton père, dit Élise, se retirant à regret.

En refermant la porte derrière elle, elle se demanda comment aborder Edward sans lui révéler d'abord la raison de son retour. Si seulement elle pouvait appeler son attention sans que les autres le remarquent et lui parler en privé, peut-être se montrerait-il plus conciliant, tandis qu'au milieu d'un auditoire de fêtards avinés il faudrait plus subtilement tenir compte de son amour-propre.

Les escaliers de pierre, abrupts, virevoltaient autour d'un pilier très orné. Élise, en passant, fit vaciller les flammes des bougies dans leurs niches et danser devant elle une foule d'ombres. La tête lui tourna légèrement. Elle se hâtait, tout en veillant prudemment à ne pas glisser.

Le bruit des tambourins, des harpes celtiques et des luths, mêlé aux rires des invités, couvrait les pas de quelqu'un qui montait l'escalier au même moment. Surpris, Élise et l'homme essayèrent de s'éviter, firent l'un et l'autre un pas du même côté et se heurtèrent. Élise trébucha, poussa un petit cri et allait tomber quand un bras aussi vigoureux qu'une branche de chêne l'enlaça. Un bref instant, elle s'appuya, soulagée, contre la solide poitrine, puis de longs doigts prirent sa taille fine pour la déposer, en équilibre moins précaire, sur la marche supérieure. Elle ouvrit des yeux qu'elle ne savait pas avoir fermés et les ouvrit plus grands encore en reconnaissant la grossière tunique du domestique Taylor. Le capuchon avait glissé et elle vit non pas le visage qu'elle s'attendait à découvrir, hideux et couturé, mais celui d'un homme remarquablement séduisant, aux cheveux fauves et aux traits aristocratiques masqués par une barbe hirsute.

— Est-ce que ça va, madame ? demanda le serviteur, inquiet.

Élise acquiesça d'un signe de tête hésitant, encore choquée, quand l'homme lui lâcha la taille et poursuivit son ascension. Aussitôt, Élise reprit ses esprits.

— Holà ! cria-t-elle. Qu'avez-vous à faire là-haut dans les appartements ?

L'homme s'arrêta, se tourna lentement, laissant un flambeau tout proche éclairer ses traits. Les yeux verts semblèrent la vriller d'un regard si audacieux que pendant un instant Élise en demeura figée, le souffle coupé.

— Vous ! s'exclama-t-elle, luttant contre ce regard

hypnotique et réalisant que l'homme n'était pas un serviteur.

Ce visage barbu, gravé dans sa mémoire, était celui du portrait ! Maxim Seymour, marquis de Bradbury, et très bel homme, se tenait là devant elle en chair et en os.

— Vous... vous êtes vivant !

Il se rembrunit un bref instant, puis un sourire découvrit des dents d'une blancheur éclatante. Quand il s'adressa de nouveau à Élise, ce ne fut plus dans son jargon guttural mais dans la langue châtiée et précise d'un gentilhomme.

— Vous m'avez contraint à me révéler plus tôt que je ne le souhaitais, belle demoiselle. Et je dois terminer ce que j'ai à faire avant que vous ne vous mettiez à crier.

Le marquis jeta un coup d'œil attristé vers le haut des escaliers et soupira, comme navré de la décision qu'il était contraint de prendre. Il se retourna, saisit le bras d'Élise et l'attira dans une descente trop rapide qui lui coupa le souffle.

— Désolé, mais je ne peux vous libérer trop tôt. Quand on saura, vous pourrez vous rendre où vous voulez...

— Arrêtez ! S'il vous plaît ! haleta Élise, essayant de ne pas trébucher. Je ne peux...

Lord Seymour s'arrêta, glissa un bras autour des épaules de la jeune fille et un autre sous ses genoux. Il la souleva contre sa poitrine et reprit sa descente, comme si son fardeau n'était que soies et dentelles. Il arriva dans la grande salle du banquet, curieusement plus calme depuis le départ d'Élise et comme plongée dans une profonde léthargie. Les serviteurs étaient retournés à la cuisine, attendant que le cortège gagne la chambre nuptiale, et les hôtes semblaient frappés de langueur, hébétés, endormis, comme attendant quelque événement. Certains semblaient vaguement conscients de ce qui se passait tandis que d'autres paraissaient amusés par les bouffonneries de cet homme aussi grossièrement vêtu.

Maxim gagna la table la plus proche et installa Élise

sans cérémonie dans une chaise à haut dossier. Il se pencha, brandit un index sous le nez de la jeune fille, la fixa de ses yeux verts et lui dit :

— Je vous en conjure, madame, restez tranquille. Vous serez peut-être surprise par ce que vous allez entendre.

Il se tourna, saisit l'extrémité d'une longue nappe qui couvrait une table, la tira vers lui et projeta sur le sol, dans un grand fracas, tout ce qui était posé dessus.

— Holà ! Hôtes de Bradbury Hall, lança-t-il. Maintenant que vous avez bien mangé et bu mieux encore, il vous faut vous distraire.

Les invités, avec une lenteur hébétée, le fixèrent d'un regard vide, ne paraissant pas reconnaître cet inconnu si pauvrement vêtu. Le silence se fit dans la salle, mais leur esprit embrumé ne put clairement saisir ce qui se passait.

— C'est lui ! parvint enfin à bredouiller, s'étouffant à demi, un des invités les plus proches. C'est lui ! Resurgi de l'enfer !

La confusion augmenta, et quelques-uns hasardèrent des questions, sans grande conviction.

— Que dites-vous ? Qu'y a-t-il ?

Celui qui avait reconnu Seymour leva les bras au ciel, incrédule.

— Qui, demandez-vous ? Sainte Mère de Dieu, ne reconnaissez-vous pas cette canaille ? C'est le marquis de Bradbury en personne !

— Lord Seymour ? bafouilla un des convives avant de s'écrouler, le visage dans un plat.

D'autres cris de surprise s'élevèrent, on regarda le marquis. Celui-ci, debout sur la table, conservait son sourire amusé en promenant son regard sur la salle.

— Non ! Non ! C'est impossible, lança un autre, confus. Le marquis est mort. Il a été tué.

La salle retentit d'un petit rire qui fit frissonner Élise.

— Alors vous m'avez cru mort, hein ? dit Maxim qui décrocha une épée du mur et bondit sur la table. Gentes dames et nobles seigneurs, si vous me croyez mort, venez donc presser vos poitrines contre ma lame et ne craignez point qu'un fantôme vous blesse. Allons, venez !

Et il eut un rire moqueur en voyant que personne ne bougeait. Il domina la salle d'un regard hardi, accusateur, et plus d'un sentit sa nuque se hérisser.

— Je ne vous ai pas quittés comme d'aucuns l'auraient souhaité... pas *ainsi* du moins. Peut-être m'a-t-on oublié, en effet, reprit Seymour, haussant ses larges épaules et parcourant la table d'un pas tranquille. Certes, j'ai été sérieusement blessé sur le pont par ces larbins qui ont tenté de m'empêcher de fuir, et je suis tombé à l'eau et mon heure semblait avoir sonné... mais, comme recueilli par des anges... je me suis retrouvé entre des mains amies qui m'ont sauvé des boueuses profondeurs. Regardez-moi donc et écoutez-moi, mes seigneurs ! Et faites savoir que Maxim Seymour est venu crier vengeance à ce voleur qui par mensonge s'est emparé de ses biens et a donné sa fiancée à un autre. Je suis ici pour réclamer ce qui est mien et rendre justice ! Vous m'entendez, Edward Stamford ?

Maxim bondit sur une autre table qu'il traversa, éparpillant sur le sol, d'un coup de botte, les plats de victuailles et les fûts de bière et de vin. Les invités, stupéfaits, reculèrent en hâte, apeurés. Certains, dans la panique, trébuchèrent et s'écroulèrent. D'autres regardaient autour d'eux, incapables de sortir de leur état d'hébétude. Trop apathiques et embrumés pour fuir, ils glissèrent dans leur siège, certains jusqu'à terre.

— Saisissez-vous de lui ! Ne le laissez pas s'échapper ! cria, depuis la porte, Edward qui revenait de se soulager et tombait sur un homme dont il se croyait débarrassé. Qu'on l'estoque ! Qu'on le perce ! C'est un assassin ! Un traître à la couronne ! La reine saura vous récompenser pour sa mort. Je vous le demande, continua-t-il avec un geste de la main vers ceux qui s'étaient écroulés, ces braves gens ont-ils eu l'esprit troublé par quelque breuvage ? Ou est-ce l'œuvre d'un horrible démon qui nous aura empoisonnés ?

Des sanglots et des cris de terreur témoignaient que les invités étaient tout prêts à le croire. Élise tenta de se rappeler ce qu'était en train de faire le marquis avec le tonneau de vin quand elle l'avait interrompu. Elle le revit avec ses deux pichets, en train de servir, et elle le regarda avec une terreur croissante, craignant bien que son oncle eût raison.

Plusieurs hommes s'avancèrent en titubant pour se venger de l'horreur dont ils étaient les victimes, mais Maxim Seymour posa les mains sur la garde de son épée et se mit à rire, attendant calmement. Tout à fait confiant, semblait-il, il hocha doucement la tête et les réprimanda.

— Réfléchissez, messieurs. Il est exact que la potion que j'ai ajoutée à vos gobelets vous a quelque peu hébétés, mais il ne s'agit pas de ciguë et vous ne connaîtrez pas le sort de Socrate. Au pire, le breuvage vous plongera dans une longue nuit de sommeil, mais si vous souhaitez vous mesurer à ma lame, il en ira peut-être moins bien. Je vous le demande, allez-vous risquer votre vie pour ce Judas ?

— Saisissez-le ! Ne le laissez pas s'échapper ! hurla Edward Stamford, de plus en plus paniqué.

L'un des invités se précipita et les lames se croisèrent alors que Maxim parait la botte. Trois autres se ruèrent pour se mesurer au marquis, mais ils furent vite battus. L'aisance avec laquelle Seymour parait les assauts en dissuada plus d'un de répondre à l'appel de leur hôte. Après tout, ils étaient venus à Bradbury Hall pour festoyer et s'amuser, pas pour se battre avec un talentueux escrimeur.

— N'avez-vous pas apporté suffisamment de peine sur cette maison ? lança Élise en se dressant, exaspérée que cet homme puisse tenir en respect toute la salle. Faut-il que vous gâchiez la nuit de noces d'Arabella par d'autres douleurs et chagrins ?

Les yeux verts prirent la dureté de l'acier en se posant sur elle.

— C'était ici chez moi, et cette nuit de noces eût été la mienne sans les mensonges de cet individu. Que faudrait-il que je fasse d'après vous, jeune dame ? Que je cède sans combattre ? Regardez donc si c'est là ce que je vais faire !

— N'y a-t-il personne d'assez brave pour s'opposer à lui ? cria Edward. C'est un traître ! Il mérite la mort !

Reland, le marié, avait levé son verre bien plus que d'autres. Maladroit et lent, il posa ses deux larges mains sur la table et se dressa. Aussitôt, les invités s'écartèrent, ouvrant un passage entre les deux hommes, car le marquis avait bien là un adversaire à sa taille.

— Arabella est mienne ! tonna Reland, essayant de fixer son regard trouble sur Maxim, secouant la tête pour en chasser la brume et abattant son poing sur la table. Je tuerai le premier qui essaiera de me la prendre !

Edward fit vivement signe à un invité de faire passer l'épée d'Huxford qu'il remit à son gendre.

— Prenez-le par surprise, si possible, conseilla-t-il. Le marquis est adroit.

— C'est moi que vous chargez de vos basses besognes, petite fouine ? ricana le comte.

Le front d'Edward ruisselait maintenant de gouttes de sueur. Il remua les lèvres, sans un mot, cherchant une réponse acceptable.

— Je... euh... ne peux défendre ma fille, Reland. Je ne suis pas assez habile avec une épée en main pour me mesurer à Sa Seigneurie, dit-il, avec un signe de tête en direction du marquis. C'est un loup, Reland, et vous savez bien qu'une fouine ne peut battre un loup. Vous êtes davantage un adversaire à sa taille. Un ours contre un loup. Voilà ce qui doit être.

Calmé, Reland avança d'un pas titubant, les paupières lourdes. Bien qu'une courte distance les séparât, il parut à Reland qu'il voyait son adversaire à travers un long couloir étroit. Imperceptiblement, tout s'obscurcit autour de lui, jusqu'à ce que n'apparaisse qu'une petite lueur tout au bout, où se tenait son ennemi et même cette lueur faiblissait. Ses membres étaient trop lourds pour qu'il pût les soulever. Il se sentait las. Il lui fallait se reposer un instant... un instant seulement...

Reland Huxford tomba à genoux, et là, la tête basse, se redressa obstinément sur des bras raides jusqu'à ce que, comme un ours blessé à mort, il s'effondrât en avant sur le sol.

Edward était paniqué. Il courut vers Reland, ramassa son épée et la brandit.

— Qui relèvera le défi ? Qui de vous, Huxford, prendra l'épée de son cousin ?

Nul ne se présenta et Devlin lança, depuis le seuil où il était adossé, avec un sourire narquois :

— C'est vous qui avez l'épée, monseigneur. A vous de relever le défi.

Edward en demeura bouche bée, convaincu que Devlin avait perdu l'esprit, mais sous le sourire moqueur du jeune homme, il baissa les yeux. Horrifié, il contempla l'épée dans ses mains, réalisant que nul ne viendrait le défendre. Tremblant, il leva le regard sur l'homme qu'il avait fait passer pour un traître et, malgré le sourire railleur du marquis, il ne trouva pas le courage de lever l'épée et charger son ennemi.

— Venez donc, Edward, lui dit Maxim, moqueur. Avez-vous perdu le goût de répandre le sang ? Je suis là, je vous attends.

Glacée de peur, Élise regardait les deux hommes, bien consciente de l'issue du combat s'il s'engageait. De toute évidence, Lord Seymour avait l'intention de tuer Edward.

Son esprit hurlait contre cette injustice et elle réalisa soudain que la seule personne capable d'arrêter Seymour ne se trouvait pas dans la pièce.

Elle se tourna et fila, traversant la salle, soulevant ses lourdes jupes jusqu'aux genoux, grimpant les escaliers aussi vite que le lui permit sa tête qui tournait. La porte de la chambre d'Arabella était entrouverte et, sans s'arrêter pour frapper, Élise se précipita, appelant sa cousine.

Les appartements étaient plongés dans l'obscurité. Seule une maigre lueur filtrant de la pièce voisine éclairait l'antichambre.

Tout était terriblement silencieux et sombre. On avait délibérément éteint les bougies et l'odeur de la cire flottait encore dans l'air.

Élise fut prise d'un étrange pressentiment en se précipitant dans la chambre où ne brûlait qu'une unique bougie tandis que dans la cheminée les flammes dorées du feu dansaient sur une bûche, projetant sur le sol les ombres démesurées des sièges à haut dossier. Les rideaux de velours du lit massif étaient ouverts, laissant voir le couvre-lit richement brodé, toujours bien tiré sur le matelas de plumes. Rien, dans la pièce, ne pouvait évoquer la douce tiédeur d'une jeune épousée attendant son mari.

Élise sortit sur le balcon et scruta la cour, ses ombres et ses porches. Elle entendit quelqu'un qui sifflait doucement un air et fouilla l'obscurité vaguement éclairée par la lueur d'une lanterne jusqu'à repérer Quentin qui avançait sans se presser vers la salle de réception. Elle ne l'avait pas vu sortir, mais à son allure il ignorait manifestement ce qui se passait. Et il n'allait pas voler au secours d'Edward qu'il n'aimait pas plus que Maxim Seymour.

En silence, Élise revint dans la chambre d'Arabella. Si elle ne trouvait pas bientôt sa cousine, Edward devrait relever le défi du marquis et celui-ci ne manquerait pas d'avoir sa revanche.

Elle sentit la chaleur du feu dans son dos, mais une soudaine crainte la fit frissonner. Elle leva les yeux et aperçut l'ombre de sa silhouette sur le mur, en face. Elle vit aussi, qui arrivaient furtivement de chaque côté, deux autres silhouettes, solides et masculines. Les appartements n'étaient pas vides !

Élise bondit en avant, échappant aux bras qui tentaient de la saisir. Et puis elle entendit un bruit sourd, un coup, prouvant que les deux silhouettes n'étaient pas simple illusion. À l'endroit où elle se tenait un instant plus tôt, deux hommes de bonne taille étaient en train de lutter en jurant.

— Bon Dieu, Fitch ! Tu m'as cassé le nez ! Lâche-moi !

— Elle file ! Rattrape-la !

Une main essaya de l'agripper et, légère comme une biche effarouchée, Élise se retourna pour fuir mais elle percuta une des silhouettes. Aussi surpris qu'elle, l'homme tenta de la saisir de ses bras épais. Il fit tomber la coiffe de la jeune fille qui se retrouva bientôt serrée contre les plis rugueux de la tunique du brigand, dans une odeur de laine mouillée et de poisson cuit. Les bras étaient forts, mais elle se débattait avec l'énergie du désespoir, terrorisée par ce qui pouvait l'attendre si ces hommes s'emparaient d'elle. Sa main se prit dans le collier de perles et elle se rendit vaguement compte qu'il se rompait et se répandait sur le sol, mais la perte du précieux bijou n'arrêta pas pour autant sa lutte alors qu'une main rude tentait d'étouffer ses cris. Ce fut l'homme qui grogna de douleur quand les dents d'Élise se plantèrent dans sa paume épaisse. Il retira vivement sa main, mais à l'instant où elle allait crier, Élise sentit qu'un bâillon lui sciait la bouche.

Le talon pointu de sa chaussure s'enfonça dans le cou-de-pied botté de cuir souple de l'homme. Aussitôt après, elle poussa de toute sa force contre un ventre qui saillait. Et soudain elle réalisa qu'elle était libre. N'étant pas femme à perdre connaissance ou à renoncer sans lutter, elle se préparait à un rude combat, mais avant de pouvoir faire un pas elle se retrouva enveloppée dans les plis d'une tenture arrachée d'une fenêtre. Rapidement, elle fut ficelée de la tête aux pieds. La frustration et la peur se changèrent en fureur. Un bras épais lui enserra le cou, plaquant l'étoffe sur son visage au point qu'elle ne pouvait plus respirer. Plus elle luttait et plus l'étreinte se resserrait. Quand elle cessa de gigoter, la pression se relâcha. Le message était clair : d'une manière ou d'une autre, on allait l'emmener.

— Spence, où que tu es ? demanda celui qui s'appelait Fitch. Filons d'ici.

— Je trouve pas le manteau de la dame.

— Faudra qu'elle se contente de ce qu'elle a. Filons avant que quelqu'un vienne.

On utilisa, pour serrer le rideau autour d'elle, l'épais cordon de la fenêtre. Elle se sentit soulevée et se retrouva sur de larges épaules. Bâillonnée et ficelée comme une oie, Élise ne put que gémir et gigoter pour protester tandis qu'on la portait sur le balcon et qu'on la faisait descendre dans la cour par les escaliers extérieurs. Une fois à terre, les deux hommes se mirent à courir, les secousses lui coupant le souffle, avant de se glisser à travers une haie qui bordait la cour. Et soudain Élise se sentit enlevée dans les airs. Son cri fut étouffé par le bâillon et elle retomba sur une épaisse couche de paille. Elle ressentit un mouvement confus quand un cheval broncha nerveusement et elle comprit qu'on l'avait jetée dans une charrette. La voix étouffée du conducteur apaisa l'animal tandis qu'on la recouvrait de paille et la voiture s'ébranla à l'instant où les deux hommes y sautaient. Ils s'étendirent sur la paille et Élise, écrasée par leur poids, pouvait à peine respirer et moins encore bouger.

Le conducteur fit décrire une large courbe à l'attelage qui se retrouva devant le presbytère. Bien que n'étant que depuis peu à Bradbury, Élise put dire l'instant exact où les roues de bois de la charrette abordèrent l'allée car le roulement se fit plus doux. Là, elle eût souhaité pouvoir crier et alerter quelqu'un, mais ses ravisseurs s'étaient assurés de son silence. Pardessus les grincements de la charrette, elle entendit les notes d'un rossignol et trouva bien curieux que l'oiseau fût si proche en ce piquant soir d'hiver.

Maxim Seymour redressa légèrement la tête en entendant au-dehors le chant du rossignol.

— Le loup va accorder un sursis à la fouine, dit-il avec un sourire railleur à Edward qui transpirait. J'ai maintenant ce que je suis venu chercher et vous allez le payer cher.

Maxim bondit, jetant un regard rapide sur la salle. Une vingtaine d'hommes à peine étaient en état de le poursuivre, mais certains ne débordaient pas d'enthousiasme. Ceux qui étaient fidèles à Edward se regroupèrent à son appel.

— Il s'enfuit ! Ne le laissez pas filer ! C'est un traître à la reine !

Maxim arracha une tenture de velours d'une fenêtre et la lança sur ses poursuivants. Tandis qu'ils essayaient de s'en dépêtrer, il retourna sur eux une longue table, sauta sur une autre et, de là, lança sur eux des plats de victuailles et des flacons de vin. Il paraissait de fort bonne humeur en s'arrêtant sur le seuil d'où il salua Edward de son épée.

— L'heure est venue de vous dire adieu, messire. Je gage que vous ne regretterez pas beaucoup mon départ.

Et, d'un mouvement rapide du bras, il envoya l'épée se ficher dans le plateau d'une table où elle vibra un instant.

— Adieu, messire, répéta Maxim en saluant. Je vous laisse un souvenir pour vous rappeler que je reviendrai. Vous pouvez vous ceindre les reins en prévision de ce jour, ou fuir et espérer que je ne vous retrouverai pas.

Edward restait figé devant l'éclat de l'épée qui tremblait encore. Lentement, le mouvement s'arrêta et Edward prit conscience que son ennemi avait disparu.

— Sus à lui ! cria-t-il, considérant ceux qui se trouvaient autour de lui et qui ne s'empressaient guère de réagir. Voulez-vous que la reine pense que nous nous sommes tous montrés lâches devant un seul homme ? Elle aura nos têtes si personne ne tente de l'arrêter.

Laborieusement, on repoussa la lourde table et les hommes, grotesquement parés de diverses sauces ou coquettement coiffés de carcasses de volailles rôties, luttaient pour se relever puis suivaient Edward hors de la salle.

Ils entendirent un bruit de sabots sur le sentier devant le presbytère. Sous la voûte des arbres dénudés par l'hiver qui bordaient la route, ils aperçurent la silhouette d'un homme chevauchant l'étalon noir.

Edward jura en regardant s'éloigner le cavalier et sa monture puis il se tourna vers les hommes autour de lui et leur lança :

— A cheval ! A cheval ! Nous ne pouvons le laisser s'enfuir !

3

L'étouffant confinement de son cocon de drap et le poids des deux hommes sur son dos étaient une véritable torture physique pour Élise. Mais sa peur et son inquiétude étaient des tourments tout aussi aigus. Pleine d'appréhension, elle suivait le sourd grondement des roues de bois qui, sur le chemin semé d'ornières, semblait faire un écho lointain à son cœur qui battait follement. Si elle avait été le moins du monde encline à céder à la panique, peut-être se serait-elle débattue et aurait-elle tenté de se libérer de ses entraves, mais par crainte des représailles de ces brutes, elle avait décidé de se tenir tranquille, pour le moment du moins. Il eût été tout à fait stupide de les provoquer alors qu'elle était si vulnérable.

Sa cheville et sa hanche étaient écrasées contre les planches, sous elle, là où la paille, moins épaisse, n'offrait plus de protection. A chaque secousse de la voiture c'était une nouvelle douleur. Lentement, avec constance, elle parvint à glisser une main sous sa hanche pour amortir les chocs et trouva une ouverture dans les plis de la tenture. Concentrant ses efforts, elle y passa la main, tâtonnant la corde de soie à la recherche du nœud qui retenait le tout. Elle s'arrêta, entendant un roulement lointain. Elle prêta l'oreille et reprit espoir en reconnaissant le galop d'un cheval qui approchait rapidement. Quelqu'un poursuivait ses ravisseurs ! On allait certainement venir à son secours !

Le cœur battant d'espoir, osant à peine respirer, elle attendit que le cavalier les rattrape, mais elle fut cruellement déçue quand une violente secousse lui indiqua que la charrette quittait le sentier, sautant et cahotant avant de s'arrêter. Le bruit de galop s'éloigna et, un instant plus tard, elle fut de nouveau secouée quand l'un des hommes descendit. Après quoi le calme et le silence retombèrent, seulement troublés par les bruits de la nuit. Et puis un autre grondement retentit. Cette fois, c'était au moins une douzaine de chevaux lancés au galop sur la route. Élise entendit quelques éclats de voix inintelligibles mais où elle reconnut tout de même les encouragements sourds de son oncle.

— Plus vite, les amis. Nous allons abattre ce fils de Satan au cœur noir et nous le pendrons pour de bon cette fois ! Il ne nous échappera pas !

Élise s'agita, tentant de signaler sa présence aux cavaliers, mais un coup de pied autoritaire, assené à travers la tenture, lui signifia de rester tranquille. Des larmes de frustration roulèrent sur ses joues quand s'estompa le bruit de la poursuite et que retomba le silence. Dans leur hâte à rattraper le cavalier fuyant devant eux, ses poursuivants ne s'étaient même pas aperçus que quelqu'un, tout proche, avait désespérément besoin d'aide.

Prudemment, le conducteur regagna la route et poursuivit son chemin pendant un temps qui parut une éternité à Élise. Sa main n'avait pu découvrir le nœud qui l'aurait libérée et, forcée de gigoter constamment pour trouver sur le lit de paille un minimum de confort, elle ne put bientôt plus supporter les trous et les bosses sous la charrette. Elle se sentait de plus en plus épuisée et engourdie, convaincue qu'on ne pouvait connaître pire torture.

Pour tenter d'oublier sa détresse, elle essaya de trouver quelque raison à son enlèvement. Pourquoi ces inconnus s'étaient-ils emparés d'elle ? Quelle était leur intention et qui était le cavalier solitaire sur la route ? L'image de Maxim Seymour se fit plus précise, plus insistante. Sans doute l'apostrophe d'Edward lui était-elle destinée ? Qui d'autre aurait-il poursuivi avec ses hommes ? Mais Élise ne parvenait pas à comprendre en quoi son enlèvement pouvait servir un tel homme. S'il avait été dans ses intentions de la capturer, il aurait sans doute empêché qu'elle ne quitte la salle. Au lieu de quoi il l'avait laissée partir, la regardant à peine, sans se soucier de savoir où elle se rendait. Non, ce n'était pas ce perfide renégat. D'autres avaient davantage de raisons. Cassandra et ses fils, par exemple. Élise frissonna. Si elle retombait entre les mains de sa tante et de ses cousins, Cassandra n'allait plus perdre de temps avec elle et en arriverait rapidement au fait.

Élise avait entendu chuchoter bien des choses sur le caractère vindicatif de sa tante au cours de son enfance, notamment de la part de serviteurs. Selon les commérages, Cassandra, la veuve, avait été amoureuse de Ramsey Radborne — le père d'Élise — alors même que Bardolf, le frère de celui-ci, vivait encore. Elle avait haï la jolie femme aux cheveux auburn que Ramsey avait épousée, répétant que Deirdre n'était qu'une fille sans nom dont il avait eu pitié, tout comme les Stamford qui avaient recueilli Élise enfant. La flamme s'était attisée sous le chaudron de la jalousie et de la haine quand la jeune épouse avait donné naissance à une fille. Méprisante, Cassandra avait refusé de reconnaître la fillette comme faisant partie de la famille, laissant entendre effrontément qu'Élise n'était pas une Radborne mais le souvenir laissé par quelque poète errant, tout comme sa mère. Et puis était arrivé ce triste jour où Deirdre avait succombé à une étrange maladie sur la fin de sa seconde grossesse. Ramsey avait beaucoup pleuré la mort de sa femme, mais pour la plus grande contrariété de sa belle-sœur, il avait reporté toute son affection sur sa jeune enfant.

Les années passant, la situation financière de plus en plus critique de Cassandra finit par inquiéter Ramsey qui craignait le piètre avenir attendant sa fille s'il venait à disparaître sans mettre pour elle sa fortune et ses biens en sécurité. La cupidité de Cassandra était telle que, s'il ne prenait aucune précaution, Élise risquait fort de se voir dépouillée de son héritage et de se retrouver tributaire de la douteuse charité des autres. Pour prévenir une telle injustice, Ramsey avait ouvert pour elle un compte auprès de banquiers qui étaient de proches amis de la famille. On prétendit aussi qu'au cours des derniers mois il s'était mis à vendre ses biens et à faire d'étranges voyages vers les Stilliards, provoquant la curiosité des Radborne. Ceux-ci s'étaient bien tourmentés en apprenant d'un serviteur que Ramsey avait déménagé de son manoir, pendant la nuit, plusieurs grands coffres.

Élise grimaça de douleur au moment où la charrette fit une embardée en virant. Oui, certainement ! Elle ne pouvait devoir qu'à ses cousins l'affreux traitement qui était aujourd'hui le sien. De fait, les Radborne savaient se montrer sans merci quand cela servait leurs buts. Malgré toutes les accusations chuchotées et ce que l'on racontait des mauvaises actions de sa tante, Élise demeurait ébahie par l'insatiable cupidité de Cassandra. Après l'enlèvement de Ramsey, Cassandra et ses fils avaient assumé la charge du manoir de Radborne, non pour veiller au bien-être matériel de sa fille, mais pour prétendre qu'il était mort, qu'aucune femme ne pouvait hériter de ses biens et de sa fortune sans le consentement de la reine et qu'en conséquence, tout devenait dûment la propriété des fils de Bardolf Radborne par droit de naissance. Élise avait irrité sa tante en refusant de lui céder quoi que ce fût. Cassandra avait également fort mal pris que Quentin se mêlât d'emmener Élise dans ses terres et elle s'était montrée plus furieuse encore lorsque la jeune fille s'était enfuie au grand dam de Forsworth.

Et voilà que cela recommençait, se dit Élise, sombrement. Voilà qu'elle se retrouvait emportée au fond d'une charrette vers quelque lieu inconnu, par des hommes qu'elle n'avait jamais vus. Cela ne présageait rien de bon, elle en était convaincue, aussi eut-elle très peur quand le conducteur arrêta le chariot et que l'un des deux hommes retira la paille et la fit descendre. Délivrée de la tenture et du bâillon, Élise découvrit pour la première fois ses ravisseurs à la faible lueur d'une lanterne. Elle avait connu son lot de canailles au cours de ces derniers mois, depuis l'élégante Cassandra et ses séduisants rejetons, jusqu'aux voleurs déguenillés et sales d'Alsatia. A sa surprise, ces hommes ne lui parurent pas particulièrement effrayants. Spence était grand, maigre mais solide, avec des cheveux châtain clair et des yeux gris plutôt doux, tandis que Fitch était plus petit, plus rond, un peu en forme de poire, avec des cheveux fous et une lueur joyeuse dans son regard bleu. Ni l'un ni l'autre ne paraissait capable de la mauvaise action qu'ils venaient de faire.

Élise reconnut dans le conducteur un des serviteurs qui travaillaient aux écuries de Bradbury et elle se promit qu'on n'ignorerait rien de son rôle si jamais elle revoyait ces lieux. Pour l'instant, l'homme faisait faire demi-tour à son cheval pour rentrer.

Regardant autour d'elle, Élise vit qu'on l'avait amenée au bord d'une rivière. Elle n'aperçut aucun bateau ou monture avec quoi quitter les lieux et elle commença à se demander si elle sortirait vivante de là, aussi folle que parût cette idée. Si ce n'était pour l'assassiner, elle pouvait supposer que les deux hommes l'avaient amenée jusque-là pour leur sordide plaisir. Elle se sentit envahie d'une terreur glaciale, déchirante, qui fit furieusement cogner son cœur. Mais elle était bien résolue, du moins, à lutter de toutes ses forces contre ces canailles. Alors qu'elle était très jeune, le fils d'une fille de cuisine lui avait appris à se défendre, de façon fort peu digne d'une dame, et bien que n'étant pas de tempérament querelleur elle pouvait tenir tête à un adversaire beaucoup plus solide qu'elle.

Elle remarqua une branche cassée au creux d'un arbre voisin et recula doucement jusqu'à pouvoir la saisir. Quand Fitch approcha, elle le frappa à la tête de toute sa force. Avec un cri aigu, l'homme partit en arrière, allant heurter son compagnon surpris. Mais Élise ne s'arrêta pas. Elle releva ses jupes de velours et s'enfonça dans un taillis voisin. Les deux hommes se mirent à crier en reprenant leurs esprits. Spence prit une lanterne et les deux complices se mirent à la poursuite de la jeune fille, mais la nuit était noire comme de la poix et la robe sombre d'Élise l'avantageait. Si la lanterne de Spence éclairait les deux hommes et projetait un vague cercle de lumière leur permettant de voir le sentier devant eux, elle était insuffisante pour percer l'ombre où filait Élise. Elle avait pris une bonne avance et ses minces chaussons restaient silencieux sur l'épaisse couche de feuilles qui recouvrait le chemin. Pareille à un elfe, Élise glissait entre les arbres. Jetant un coup d'œil par-dessus son épaule, elle trouva un réconfort supplémentaire dans la lenteur de ses poursuivants. Son cœur se mit à battre plus vite. Elle allait pouvoir s'échapper, semblait-il.

Ce ne fut malheureusement pas aussi facile. Traversant une étroite clairière, elle vit son chemin barré par des fourrés impénétrables. Elle chercha avidement un passage où elle aurait pu se glisser, mais toutes ses tentatives furent vaines. Cependant, après toutes les épreuves rencontrées jusque-là, Élise n'était pas près d'accepter la défaite, sachant ce qui pouvait l'attendre si elle ne réussissait pas.

Elle choisit de se cacher et, traversant de nouveau la clairière, disparut dans l'obscurité complice des arbres. Quand approcha le cercle de lumière qui trahissait ses poursuivants, elle recula, se fondant dans la nuit, le cœur battant, immobile, craignant même de respirer.

Sans s'apercevoir qu'elle était toute proche, les deux hommes continuèrent jusqu'à se trouver arrêtés eux aussi par les épais fourrés. Ils se séparèrent alors et partirent chacun dans une direction, cherchant à contourner le taillis tandis qu'Élise quittait sa retraite avec précaution. Relevant de nouveau ses jupes, elle remonta sa propre piste. Ses pieds volaient sur le sol jonché de feuilles et cette fois encore elle crut qu'elle allait s'échapper. Soudain le monde bascula quand son pied se prit dans une racine. Elle poussa un cri de surprise et s'étala. Avant qu'elle ait recouvré ses esprits, Fitch et Spence s'étaient regroupés et arrivaient en courant. Ce fut moins la douleur de sa cheville que de se savoir inévitablement capturée qui fit gémir Élise.

— Lâchez-moi ! lança-t-elle, furieuse, alors que ses deux ravisseurs essayaient de la remettre sur ses pieds.

Curieusement, ils obéirent et reculèrent, attendant. A la lumière de la lanterne, elle débarrassa ses cheveux et sa robe de velours des feuilles mortes qui la salissaient. Satisfaite d'avoir mis à l'épreuve la patience des deux hommes, elle tendit une main à Spence.

— Doucement, je suis blessée, prévint-elle, le souffle coupé par une nouvelle douleur à sa cheville, provoquée par la hâte de Spence à la relever. (Avec de telles attentions, ce qui n'était qu'une simple contusion n'allait pas tarder à s'aggraver.) Doucement ! Ma cheville ! répéta-t-elle.

— Je suis terriblement désolé, s'excusa Spence qui se pencha pour la soulever dans ses bras, avec davantage de précautions cette fois.

Élise fut surprise par la politesse de son ravisseur. Ces hommes étaient décidément étranges. Sans doute n'allait-elle pas tarder à en apprendre davantage... si elle vivait assez longtemps.

— J'aimerais savoir ce que vous avez l'intention de faire de moi, dit-elle. Pourquoi m'a-t-on enlevée ?

Malgré le mutisme des deux hommes, elle continua :

— Avez-vous été payés par les Radborne ? Vous ont-ils promis une bourse si vous me rameniez ?

— Non, madame, répondit Spence, surpris, nous n'avons rien à voir avec les Radborne.

Pour autant, cela n'apaisa guère les inquiétudes d'Élise. Sa tante et ses cousins auraient pu facilement donner un autre nom à leurs complices. Depuis quelque temps, Élise avait pris l'habitude de glisser une bourse sous ses vêtements, en cas de besoin. L'instant semblait venu d'en faire usage, mais plutôt que de faire savoir à ses ravisseurs qu'elle tenait cela sur elle, elle préférait laisser entendre que leur récompense les attendait au manoir de son oncle.

— Je puis vous promettre une jolie bourse pour votre peine si vous me ramenez à Bradbury Hall. Plus que vous ne pouvez en attendre de ceux qui vous ont commandé ce forfait, je vous assure. Oh, je vous en prie... il faut me ramener. Je vous paierai bien.

— Sa Seigneurie nous a dit de vous conduire à Londres, madame, et c'est ce que nous allons faire.

— Lord Forsworth, peut-être ? demanda Élise avec un petit rire de dérision. Laissez-moi vous assurer, braves gens, que si c'est lui qui vous a commandé, il n'est *pas* lord du tout. De plus il est pauvre comme Job.

— Ne vous inquiétez pas de sa fortune, madame. Avec nous, Sa Seigneurie n'a pas besoin d'argent. Nous lui sommes aussi loyaux que le poisson à sa rivière, dit calmement Spence, indiquant par là qu'on ne le détournerait pas de sa mission.

Fitch éclaira le chemin avec une lanterne tandis que son compagnon transportait Élise jusqu'au fleuve. Posant la lampe à terre, le solide bonhomme retira des roseaux une corde qu'il enroula autour de son bras jusqu'à ce qu'apparaisse une barque. Il étendit plusieurs vêtements de fourrure sur la proue du bateau et Spence y déposa la captive. L'esquif se balança quand le gros bonhomme y grimpa par l'arrière.

Fitch s'installa au milieu et, la lanterne posée à côté de lui, se mit aux avirons. Souquant avec une force surprenante, il gagna le lit navigable où il installa une dérive et un mât trapu après lequel les deux hommes hissèrent une petite voile triangulaire. L'esquif se mit à danser et ballotter sur l'eau soumise au gré de la brise jusqu'à ce que Spence, plongeant le gouvernail dans l'eau et pesant sur la barre, redresse le bateau qui continua sa course vers l'aval.

On éteignit la lanterne et ils se retrouvèrent plongés dans l'obscurité. Les yeux d'Élise s'y accoutumèrent et elle put distinguer la rive de chaque côté. Bercée par le grincement du mât, la jeune femme se drapa dans les fourrures et, convaincue que ses ravisseurs étaient chargés de quelque mission et n'avaient nulle intention de la violer ou de la tuer, elle céda au sommeil.

A peine un instant plus tard, lui sembla-t-il, un bruit sourd la tira de sa somnolence et elle ouvrit aussitôt les yeux. Elle vit l'immense dais que formaient les branches d'un gros arbre au-dessus de son petit lit flottant. Au loin, des nuages bas d'un gris monotone dérivaient sur fond de ciel morne tandis qu'une brise frisquette agitait les ramures. Des feuilles, libérées, tombaient, tourbillonnant devant le regard captif d'Élise avant de venir se poser sur ses fourrures. Retenu par sa longue amarre, le bateau dérapa sur l'eau jusqu'à aller heurter une souche avant de revenir, comme répondant à un appel, dans les roseaux de la rive.

En toute autre occasion, Élise eût goûté ce spectacle, mais les circonstances la privèrent de ce plaisir. Ses luttes de la veille l'avaient laissée ankylosée et endolorie, aussi s'étira-t-elle avec précaution, jusqu'à ce que ses muscles se détendent un peu et qu'elle puisse se redresser. Elle aperçut aussitôt Fitch qui dormait sur la rive, sous le même arbre qui s'étendait au-dessus d'elle. L'homme avait retiré son justaucorps dont il s'était fait un oreiller et étendu sous lui une couverture qui le protégeait du froid humide du sol.

Paresseusement, elle suivit du regard la longue amarre qui allait se terminer par une double boucle autour d'une branche, au-dessus d'elle. On avait laissé assez de mou pour que l'embarcation demeure éloignée du bord. Sans le vent qui se faisait plus fort, elle serait restée où l'on avait prévu qu'elle demeure.

Le regard d'Élise continua à suivre la corde depuis le nœud jusqu'à l'endroit où elle plongeait dans l'eau avant de remonter vers l'arbre où était grimpé Spence. Il avait manifestement pris la dernière garde et s'était installé dans une fourche d'où il pouvait la surveiller. Il avait passé l'extrémité de la corde plusieurs fois autour de sa cheville, pour le cas où il s'endormirait. Apparemment satisfait de ses précautions, il avait sombré dans un profond sommeil, car ses ronflements rivalisaient en intensité avec ceux de son compagnon.

Élise étudia la situation. Si elle réussissait à sauter du bateau au moment où il venait cogner contre la souche, sa cheville encore trop douloureuse l'empêcherait de courir. La meilleure solution était de filer avec la barque, mais même si elle parvenait à défaire la corde de sa branche, il resterait Spence.

Alors qu'elle réfléchissait, le destin déclencha toute une cascade d'événements. Le vent s'était levé et la barque, tirée par le courant, s'était déplacée, tendant l'amarre. La traction exercée brisa soudain, avec un grand *crrraac*, la branche qui tomba dans l'eau et libéra le nœud. L'embarcation partit vers un courant plus vif et Élise s'agrippa tandis que le vent gonflait la voile. Avec le seul poids d'Élise, situé très en avant, la barque se mit à tournoyer, emmêlant l'amarre dans le gouvernail avant de descendre droit vers l'aval. La corde se tendit, son extrémité uniquement retenue par la cheville de l'homme endormi. Spence prit la secousse de plein fouet et, arraché de son perchoir, fut précipité dans le vide, instantanément réveillé mais ne comprenant rien à la situation. Il poussa un cri de terreur et tenta de s'accrocher à tout ce qui lui tombait sous la main. Il ne saisit qu'une poignée de feuilles, rencontra l'eau et, jambes et bras en l'air, disparut aussitôt. Dans l'eau peu profonde, son pied put brièvement trouver de quoi se caler, mais l'élan du bateau était tel que Spence fut arraché du fond et partit en faisant la roue, pareil à quelque monstre marin. Son cri de détresse grimpa dans l'aigu, aussitôt couvert par un autre plongeon.

Tiré de son sommeil, Fitch bondit sur ses pieds, offrant un spectacle curieux dans ses chausses lâches, sa chemise défaite et ses pieds nus. Stupéfait, il regarda son compagnon entraîné par la barque qui partait dans le courant, la poupe haute. En un éclair, il revit Sa Seigneurie leur enjoignant, à l'un et à l'autre, de « ne laisser en aucun cas leur captive s'échapper ». Soulevant haut ses pieds nus, agitant les bras pour gagner de la vitesse, il se précipita le long de la rive vers un endroit où, espérait-il, il pourrait intercepter le bateau fou.

Pendant ce temps, Élise observait Spence. Il était parvenu à se saisir de la corde et, soufflant et crachant, tirait dessus pour se rapprocher de l'esquif. Élise gagna la barre, mais la corde s'était fermement enroulée au gouvernail, alourdi encore par le poids de l'homme au point qu'elle ne put le bouger. Elle saisit un aviron qu'elle parvint, avec un effort désespéré, à sortir de sa dame. Elle le passa par-dessus la poupe et s'en servit pour repousser un Spence à demi noyé qui lui lançait des menaces.

La coque racla le fond et Élise comprit que Fitch atteindrait son objectif. Avec un grand cri de victoire, il plongea à quelques mètres de l'embarcation et, dans des grands mouvements de bras, il progressa vers Élise.

La barque fit une embardée et Élise vit, en se tournant, que les énormes mains de Spence s'agrippaient à la poupe. Elle tenta de balancer la rame, qui se révéla trop longue et trop malcommode pour faire une arme efficace. Son extrémité heurta le mât et faillit précipiter la jeune fille par-dessus bord. Après une nouvelle secousse, elle vit deux mains accrochées au plat-bord, une de chaque côté de la proue. Lentement commença à émerger un homme luttant, dégoulinant. Avec un petit cri de fureur et de dépit, Élise avança, bien décidée à le repousser avec la rame, mais elle chancela, en équilibre instable, tandis que Spence passait une jambe par-dessus le plat-bord, heurtant la barre par inadvertance. Libérée du poids qui la retenait, la barre revint vivement et l'embarcation se mit à donner de la bande et à zigzaguer comme quelque morse en pleine euphorie amoureuse.

Élise, sans lâcher la rame, agrippa un coin de la voile mais la toile rude et humide lui glissa des mains et le poids de la lourde rame la fit basculer dans le fleuve. Sous le choc provoqué par l'eau glacée, il lui fallut toute sa volonté pour ne pas s'étouffer et risquer de couler. Elle lâcha la rame et se mit à battre frénétiquement des mains, essayant de se rétablir. Sa tête émergea et elle respira avidement jusqu'à ce que s'estompe le choc provoqué par le froid.

Elle serra les dents en voyant que les deux hommes se trouvaient maintenant l'un à l'avant de la barque, l'autre à l'arrière. Ils la regardaient, comme figés, et elle imaginait parfaitement le spectacle qu'elle devait offrir, couronnée par un fatras de roseaux brisés, les cheveux plaqués sur le visage et sa fraise, naguère si raide, pendant lamentablement autour du cou.

Bien que le fleuve fût peu profond, le poids de ses vêtements trempés empêchait Élise de se relever. Elle ramena ses jambes sous elle et poussa, grimaçant de dégoût en sentant ses délicates chaussures s'enfoncer dans la vase du fond. Elle ne parvint qu'à s'accroupir à demi, se débarrassa avec un cri de fureur des roseaux emmêlés et saisit la rame, tirant dessus, parvenant à libérer un de ses pieds mais pas la chaussure. Elle tenta d'avancer, la rame lui échappa et vint lui cogner la tête en retombant. Les lèvres pincées, plus vexée que jamais, elle repoussa la rame dans un geste de colère. Fitch s'en saisit, la planta dans la vase, poussa l'embarcation vers elle et, s'efforçant de garder un visage impassible, lui tendit la main.

Élise eut un mouvement méprisant du menton et parvint à tourner le dos à Fitch alors qu'on la tirait en terrain plus ferme. La mâchoire serrée pour s'empêcher de claquer des dents, elle vit les deux hommes haler le bateau sur la rive où ils entreprirent de faire un feu avant de tendre une corde entre deux arbres et d'y accrocher une couverture afin d'offrir un peu d'intimité à la dame.

Élise en profita pour retirer ses vêtements et dissimuler provisoirement sa bourse au creux d'un arbre. Pendant ce temps, Spence réussit à tuer un lièvre, bientôt dépouillé, embroché à une branche et mis à cuire au-dessus du feu. Du pain, du fromage et du vin complétèrent le repas, et bien que le lièvre fût sec et insipide, Élise put apaiser sa faim et consentit à remercier les deux hommes.

— Vous feriez mieux de vous reposer, madame, conseilla Spence. Nous repartirons au crépuscule.

Ce qui ne permettrait pas à sa robe de velours de sécher, songea Élise.

— Que voulez-vous que je me mette sur le dos ? demanda-t-elle. Ma robe est fichue ! J'ai perdu une chaussure et tout le reste est trempé !

Spence s'éloigna un instant et revint avec une paire de chaussures de peau, une robe de laine effrangée et une cape grossièrement tissée.

— Voilà de quoi vous habiller, si vous le voulez bien. Cela suffira pour aller jusqu'où nous vous conduisons.

Le regard d'Élise témoignait avec éloquence de ce qu'elle pensait de la tenue. Elle ne savait où ils l'emmenaient dans un pareil accoutrement, mais certainement pas dans le monde. Elle accepta les vêtements, sachant bien qu'il était fou de vouloir porter une robe trempée ou cacher sa pudeur sous de simples fourrures. Elle sécha ses cheveux près du feu, les coiffant de ses doigts avant de les laisser tomber librement. Quand ses jupons furent assez secs, elle retourna derrière la tenture improvisée et arrangea son vertugadin de manière à y accrocher sa bourse. Elle passa la robe de laine, serra le corsage à sa taille et enfila les chaussures de peau. La cape la protégea un peu du froid et elle en rabattit le capuchon sur sa tête.

La nuit n'était pas encore tout à fait tombée sur le fleuve quand on la secoua doucement pour la réveiller. En protestant, elle abandonna les fourrures dont Spence et Fitch lui firent un siège confortable dans la barque.

— Je vais attraper la mort, ainsi, se plaignit-elle, mais qu'importe aux deux canailles que vous êtes ? Je jure que j'appellerai vengeance sur vous depuis ma tombe.

— Non, madame ! Votre sécurité nous est plus précieuse que la nôtre, affirma Spence.

— Eh bien, je puis attester que vous avez manqué à vos devoirs et je vous prie de renoncer à vos hypocrites attentions que je ne saurais endurer davantage.

Spence ne sut comment apaiser la fureur de la jeune fille. Elle avait bien des raisons de se sentir offensée et il ne pouvait l'en blâmer. Sa Seigneurie leur avait fait jurer le secret et il ne pouvait se parjurer, même s'il commençait à se faire l'effet d'un ogre.

Au moins essaya-t-il d'arranger un coin confortable pour la jeune fille dans la barque, avec des fourrures épaisses pour la protéger du froid de la nuit. Puis il embarqua Élise et la couvrit de son mieux, car c'était là une précieuse cargaison qu'on leur avait confiée.

4

La nuit étendait toujours son linceul sur le fleuve tandis que l'embarcation suivait le courant, traversant Londres. Élise s'éveilla pour voir défiler, sur les deux rives, de sombres bâtisses. Le petit esquif faisait des embardées et tanguait pendant que Fitch pesait sur la barre pour gagner des ombres plus profondes. Spence lâcha un instant la voile et s'adressa à Élise, pelotonnée dans son nid de fourrure.

— Ne bougez pas, madame. Faites-vous toute petite comme une souris, et sans un mot. Je vais descendre ce mât, alors attention à votre tête.

Élise acquiesça et, comme on le lui demandait, évita le mât qu'on couchait. Quand tout fut en place, les hommes se mirent aux avirons et glissèrent d'une ombre à l'autre, pareils à des ombres eux-mêmes. Une fine brume montait des eaux du fleuve, dissimulant en partie l'étrange embarcation. Dans un silence que rompait seulement le grincement cadencé des avirons, ils passèrent devant des palais, magnifiques ou décrépis. La beauté lentement déclinante du Savoy était masquée par l'obscurité, mais aucune pénombre ne pouvait cacher la splendeur des maisons d'Arundel et de Leicester. Passé les temples, les édifices du bord du fleuve se changèrent en simples constructions de bois et peu engageants entrepôts. Là, les deux hommes freinèrent la barque en plongeant leurs rames plus profondément dans l'eau et accostèrent doucement à un débarcadère d'où partaient des escaliers de pierre. Élise se redressa, curieuse, et comprit que le sort ne lui était guère favorable en reconnaissant les lieux où, sous l'apparence d'une vagabonde, elle était naguère allée à la recherche de son père. Il semblait logique qu'on l'eût amenée ici car Alsatia était le repaire des renégats, assassins, vagabonds et autres catins. De par un édit royal, le quartier ne connaissait ni loi ni justice et offrait donc un refuge très sûr à ses ravisseurs, qui se retrouveraient parmi leurs semblables.

Spence descendit et, à la lueur d'une lanterne sourde, assura l'amarre à un lourd pilier. Fitch suivit plus maladroitement puis se tourna pour aider Élise à quitter l'embarcation, mais la jeune fille refusa d'un signe de tête irrité. Pour l'instant, elle n'avait d'autre choix que se résigner à être leur captive, mais elle ne serait pas une captive docile.

— Je descendrai toute seule, dit-elle à voix basse, sachant qu'en ce lieu de perdition il ne faisait pas bon éveiller la curiosité d'autres individus qui pouvaient se révéler pis encore que ces deux-là. (Fitch insistant pour l'aider, elle lui lança :) Je n'ai pas l'intention de me laisser brutaliser alors que vous m'entraînerez là où je n'ai nulle envie d'aller. Pour l'instant, je suis votre prisonnière et je ne peux que vous suivre, mais je n'accepterai que votre bras !

Fitch écarta les bras, s'apprêtant à discuter encore, mais sous le regard d'Élise il hocha la tête et se borna à lui tendre la main. Élise la prit, releva sa jupe de son autre main et sauta à terre, prudemment à cause de sa cheville. Spence ne la quittait pas des yeux tout en aidant Fitch à décharger la barque, mais la précaution était inutile. Élise n'avait nulle intention de fuir tant qu'elle se trouverait en ces lieux. Il y avait pires bandits que Fitch et Spence dans l'ombre de ce quartier maudit.

Un brouillard pénétrant et chargé d'odeurs de moisi leur glaçait les os. Élise frissonna ; à la sensation de froid s'ajoutait l'inquiétude d'être conduite de force dans des lieux qu'elle savait — pour les avoir fréquentés quand elle recherchait son père — peuplés de gens peu recommandables. Ici vivait la lie de la société.

Paraissant tout aussi nerveux qu'elle, ses deux ravisseurs lancèrent des regards furtifs le long de la berge avant de grimper les escaliers. Solidement encadrée, Élise fut entraînée à travers un dédale de ruelles et de passages où la puanteur faillit lui donner des haut-le-cœur. Ils arrivèrent enfin à un édifice à pignons, étroit et haut. Au-dessus de la porte, une enseigne rongée par les intempéries annonçait « Auberge du Moine Rouge ».

Tous trois se blottirent sous le porche et, après avoir jeté un coup d'œil à droite et à gauche, Fitch frappa légèrement à la porte de chêne. Aucune réponse ne vint et Fitch se passa nerveusement la langue sur les lèvres avant de frapper de nouveau, plus fort cette fois. Une voix répondit de l'intérieur, puis on entendit des pas, un bruit de chaînes, le choc d'une barre et le grincement de gonds rouillés. La porte s'entrebâilla, laissant filtrer un rai de lumière. Puis apparut, au-dessus d'une chandelle, le visage d'une femme aux yeux encore bouffis de sommeil.

— C'est vous, Ramonda ? demanda prudemment Fitch.

Le regard de la femme quitta Fitch pour lentement examiner Élise. Un sourire en coin, quelque peu sardonique, découvrit des dents noires, puis les petits yeux revinrent se poser sur l'homme.

— Ouais, je me souviens bien de vous. C'est vous qui m'avez amené Sa Seigneurie.

— C'est ça, confirma Fitch avec un regard inquiet par-dessus son épaule avant de se coller davantage contre la porte. Le maître a dit qu'on trouverait refuge ici.

La porte s'ouvrit, avec un nouveau grincement de protestation, et Ramonda les fit entrer.

— Venez vite, avant qu'on vous voie.

Fitch tira sur la cape de laine de sa captive.

— Allons, venez, madame, implora-t-il, souhaitant qu'elle obéisse sans se débattre, car il se sentait lui-même très mal à l'aise en ces lieux. Nous allons pouvoir nous restaurer et nous reposer un moment.

Flanquée par ces deux gaillards, Élise n'avait manifestement pas le choix. Elle se drapa dans sa cape et passa la porte, suivie de près par Fitch et Spence. Quand tous furent à l'intérieur, l'aubergiste claqua et boucla la porte.

— Plus la peine de vous presser maintenant, dit Ramonda avec un sourire suffisant, tendant une chandelle allumée à Fitch. Ici, vous êtes en sécurité.

Les deux hommes ne paraissaient pas entièrement convaincus. Au-delà du cercle de lumière tremblotante de la bougie, la salle demeurait plongée dans une profonde obscurité qui recelait peut-être quelque danger. Un feu mourait dans la cheminée, attendant de revivre au matin. L'odeur de la bière aigre, de la fumée de tourbe et de la sueur semblait peser au-dessus d'eux, collée au plafond bas.

Élise sentit le regard curieux de Ramonda et le lui retourna hardiment, avec des yeux froids et méfiants. C'était là un autre visage qu'elle était bien décidée à ne pas oublier, si l'heure de la justice sonnait jamais. La femme devait avoir une trentaine d'années et restait séduisante malgré les stigmates d'une vie rude qui marquaient son visage. Elle avait jeté un vaste châle sur sa chemise de nuit, mais il était presque caché par une flamboyante chevelure en désordre.

— On est bien jeune, observa Ramonda sur un ton presque étonné.

— Je suis peut-être jeune, madame, mais assez âgée pour savoir qu'on vous pendra à Tyburn avec cette paire de fripouilles si vous avez l'intention de me nuire.

Rejetant ses longs cheveux par-dessus son épaule d'un geste désinvolte, Ramonda voulut montrer sa bonne conscience en répondant, avec un profond rire de gorge :

— Pas la peine de vous mettre dans ces états, ma petite dame. On va bien s'occuper de vous, malgré que j'ignore pourquoi vous êtes là. Mais je connais trop Sa Seigneurie pour ne pas faire attention.

— Et qui est ce fameux seigneur ? demanda Élise, regardant la femme.

Elle se doutait bien que Reland Huxford tout comme Forsworth Radborne pouvaient souhaiter se venger d'elle, mais lequel des deux avait décidé de l'enlever ?

— Vous le saurez bien assez tôt, répondit tranquillement Ramonda.

Elle haussa les épaules et indiqua le chemin à suivre dans un couloir puis dans un escalier étroit et délabré. Après une longue montée, ils arrivèrent à un palier et leur guide leur fit signe de faire silence. Élise elle-même craignit de faire du bruit dans ce long corridor bordé de nombreuses portes. Tout au bout, une autre porte ouvrait sur un autre escalier abrupt et une autre longue ascension. Élise avait la cheville et les jambes douloureuses en arrivant au second étage.

Les précédant dans un petit couloir, Ramonda entra dans une pièce blottie sous le toit en pignon de l'auberge et posa une chandelle sur la table. Tandis qu'Élise et les deux hommes suivaient, elle montra d'une main constellée de taches de rousseur la fenêtre munie de barreaux.

— La petite dame sera en sécurité ici pendant que vous irez aux Stilliards faire vos affaires.

Élise remarqua tout de suite que l'on avait bloqué la fenêtre avec des chevilles pour qu'on ne puisse l'ouvrir de l'intérieur. Non seulement elle ne pouvait pas s'enfuir mais il lui serait impossible d'appeler à l'aide d'éventuels passants. La minuscule chambre serait donc sa prison, une prison assez confortable tout de même avec son étroit lit de corde, sa chaise et une table où dîner. Plus une console de toilette avec une cuvette et un broc, une serviette et un petit morceau de savon.

— Comme vous le voyez, l'oiseau ne s'envolera pas du nid, fanfaronna Ramonda.

— Ne la perdez pas de vue quand même, conseilla Fitch. Elle est rusée et on ne peut lui faire confiance.

Ramonda leva un sourcil interrogateur en regardant la mince jeune femme et les deux solides gaillards. En s'approchant d'eux, elle remarqua la contusion sur la joue de Fitch.

— C'est cette petite idiote qui vous a fait ça ? demanda-t-elle.

— C'est elle, oui. Une mégère a de meilleures manières. Sa Seigneurie aura du mal à la mater.

— Ouais, Sa Seigneurie pourrait bien regretter le jour où il vous a dit d'aller la prendre, convint Ramonda.

— Allons, railla Élise. Si vous pensez que je vais perturber à ce point la vie de ce pauvre lord, qui que soit ce vaurien, pourquoi ne pas lui rendre le service de me libérer ? Je pourrais même me montrer généreuse et oublier que je vous ai jamais vus, tous les trois.

— Et nous faire bien des ennuis avec Sa Seigneurie, pour sûr, observa le gros homme.

Ramonda garda les yeux baissés, de peur qu'on y lise ses sentiments. Il lui était difficile de cacher la jalousie et la haine quand elles étaient si proches de se révéler.

Spence avait jusqu'ici gardé le silence, mais il intervint d'un ton brusque, s'adressant à Ramonda.

— La fille a besoin de se reposer et de manger. Vous y veillerez en notre absence, après quoi vous aurez la bourse promise... si vous avez fait votre travail.

Spence poussa Fitch du coude et les deux hommes sortirent, refermant la porte derrière eux. Le regard de Ramonda devint haineux en se tournant vers Élise. Elle aurait volontiers rampé pour être agréable à Sa Seigneurie, mais maintenant, à la vue de la beauté de cette fille qu'il avait enlevée, elle sut qu'il avait trop exigé d'elle. En aidant à la faire sortir du pays, elle allait contribuer à lui mettre une autre femme dans les bras, dans des bras où elle-même brûlait désespérément de se retrouver. Trop d'émotions se bousculaient en elle tandis qu'elle regardait cette mignonne et jeune petite chose. La haine. L'envie. La jalousie. Que de cruelles pointes à ce fouet qui la tourmentait sans merci et lui déchirait le cœur et l'âme.

Oh, elle savait bien toute la vanité de ses aspirations. Ses chances étaient minces de voir ses sentiments pour Sa Seigneurie couronnés de succès. Il était demeuré si peu de temps à l'auberge qu'il n'avait pu se rendre compte de l'amour de Ramonda. Et quand bien même cela eût été, trop de barrières les séparaient.

Ramonda considéra dédaigneusement les vêtements grossiers de la fille. Certes, la pauvre robe n'était pas celle d'une dame, mais cette peau crémeuse, ce port royal, ces ongles soignés témoignaient de sa position, d'une position que Ramonda n'atteindrait jamais.

— Vous êtes peut-être bien une lady, railla-t-elle, mais la vie ne sera pas aussi clémente, là où vous allez vous retrouver.

— Et où vais-je me retrouver ? demanda Élise, espérant une réponse tout en sachant qu'elle ne viendrait pas.

— En enfer, peut-être, glousse Ramonda, goûtant sa petite revanche sur sa rivale.

Élise eut un haussement d'épaules désinvolte.

— J'imagine que ce ne serait pas pire qu'ici.

Les yeux de Ramonda brillèrent d'une lueur mauvaise. Sa vengeance était moins douce quand on faisait ainsi fi de ses paroles. Elle avait tant envie de se venger sur cette fille pour tout ce qu'elle souffrait maintenant, mais jamais elle n'oserait, sachant qu'elle ne pourrait supporter son humiliation si Sa Seigneurie apprenait ses méfaits. Pourtant, elle irait jusqu'à laisser s'enfuir la gamine si elle était sûre de pouvoir en rejeter le blâme sur un tiers.

— Je suis chargée de vous donner à manger, dit-elle sèchement. Voudrez-vous un peu de gruau maintenant... ou plus tard ?

L'offre n'était guère alléchante et Élise refusa avec un sourire narquois.

— Je crois que je vais attendre un peu.

— Comme vous voudrez. Je ne vais pas forcer une grande dame comme vous à manger mon gruau. Ça pourrait gâter votre appétit après tous les riches mets auxquels vous êtes habituée.

Trop lasse pour discuter, Élise garda le silence. Dépitée, Ramonda finit par prendre sa chandelle et sortir, bouclant la porte derrière elle. Élise se laissa tomber sur le lit, remerciant le Ciel qu'on ne se fût pas livré sur elle à des sévices qui l'auraient contrainte de réagir. Non pas qu'elle eût peur de Ramonda, bien que la femme fît bien une tête et une vingtaine de livres de plus qu'elle. Non, elle se rappelait simplement le conseil du fils de la femme de cuisine selon lequel, lorsqu'on ne pouvait éviter de se battre, du moins fallait-il essayer de choisir son heure et son lieu pour en tirer avantage.

Élise se déchaussa et se blottit sous la couverture. Elle se sentait terriblement épuisée et avait grand besoin de repos. Ses paupières se fermèrent, son esprit s'apaisa et le sommeil la gagna.

Elle se réveilla en sursaut, écoutant les craquements et gémissements des lieux tandis qu'elle fouillait lentement du regard la petite pièce pour découvrir ce qui avait troublé son sommeil. La minuscule flamme de la chandelle brûlait toujours mais, curieusement, elle s'était mise à vaciller comme sous un courant d'air. Élise regarda la porte, seul endroit d'où le souffle pouvait venir, et vit qu'elle s'ouvrait doucement. Son cœur s'emballa dans sa poitrine. Elle se rappela les innombrables portes devant lesquelles elle était passée, à l'étage au-dessous, et Dieu savait ce qu'on pouvait y trouver derrière.

Élise soupira presque de soulagement quand Ramonda entra, mais elle ne bougea pas, observant à travers ses yeux à demi clos, la femme qui gagnait la table avec un plateau de victuailles, du pain et une cruche. Aussitôt, le regard d'Élise se reporta sur la porte ouverte et son cœur s'accéléra de nouveau. Elle vit une occasion de fuir, une occasion à saisir sans tarder. Quel qu'en soit le résultat, il fallait tenter l'aventure !

Elle n'hésita pas davantage. Bondissant sur ses pieds, elle se précipita vers la porte, repoussant vivement Ramonda au passage avec une force dont elle ne s'imaginait pas capable. Elle passa la porte et la claqua derrière elle. La clé était restée dans la serrure et elle la tourna. Alors seulement elle osa respirer pour apaiser le tremblement qui la secouait.

Elle déglutit, la gorge sèche, et se rua dans l'escalier. Elle tremblait encore en le descendant, ignorant ce qu'elle rencontrerait aux étages inférieurs. Elle n'avait pas oublié les recommandations de Ramonda de faire silence en passant au premier étage et elle pria pour pouvoir traverser le couloir sans être découverte.

Arrivée presque au bas des marches, Élise ralentit et s'approcha doucement de la porte, y colla l'oreille et sentit la déception l'envahir en entendant des pas et les voix étouffées de plusieurs hommes marchant dans le couloir. Elle attendit, espérant qu'ils allaient entrer dans une chambre et lui laisser la voie libre. Mais les pas se rapprochaient et elle réfléchit rapidement car les hommes allaient sans doute ouvrir la porte. Mille questions l'assaillirent. Où aller ? Où se cacher ? Où irait-elle alors qu'elle ne pouvait même pas espérer remonter les marches sans que les hommes la découvrent. Impossible ou pas, elle n'avait pas le choix !

Elle regrimpa les escaliers, au rythme des battements de son cœur, mais à peine se trouvait-elle au milieu que la porte, au-dessous d'elle, s'ouvrit brutalement et que Fitch lança :

— Hé ! C'est elle ! Elle s'enfuit.

Des pas lourds ébranlèrent le fragile escalier et Élise découvrit un inconnu de haute taille, aux cheveux blonds, qui s'était élancé à sa poursuite. Spence et Fitch suivaient, ce dernier portant un gros coffre sur le dos.

Élise concentra toutes ses forces dans ses mollets mais l'inconnu, avec ses longues jambes, avalait les marches trois par trois et la rattrapait rapidement. Il lui saisit la taille, lui faisant perdre pied, et elle se retrouva plaquée contre une solide poitrine. Élise n'était pas femme à supporter pareil traitement. Cognant de ses pieds nus les tibias de l'homme, elle poussa un grand cri indigné qui réussit à mettre Fitch en fureur : il imaginait déjà toute une troupe hargneuse franchissant la porte du palier inférieur pour bouter ces étrangers hors des lieux. Il serait impossible de s'expliquer, d'apaiser les soupçons. Avec une inquiétude croissante, Fitch se retourna pour s'assurer que la porte, derrière lui, demeurait close. Il en oublia l'encombrant coffre qui cogna le mur et se libéra. Fitch tenta de le rattraper en le sentant glisser sur son dos, mais perdit l'équilibre. Vacillant au bord d'une marche, il vit le coffre dégringoler les escaliers dans un grand fracas. Il poussa un gémissement et suivit le coffre dans sa chute.

Une grosse main se posa sur la bouche d'Élise, étouffant son cri, et elle se sentit soulevée par des bras solides. Malgré ses efforts pour se libérer, l'homme lui fit franchir les dernières marches et la déposa sans peine sur le palier. Devant la porte de la chambre, il s'effaça pour laisser Spence ouvrir. Ramonda quitta la fenêtre par laquelle elle regardait, pleine d'espoir, et constata, déçue, que l'on ramenait celle qu'elle souhaitait voir fuir. Une cascade de cheveux auburn masquait le visage de la jeune fille, mais Ramonda sut qu'elle avait échoué sans qu'elle eût besoin de reconnaître les yeux d'Élise.

Soudain, l'inconnu jura en retirant vivement sa main des dents pointues qui s'enfonçaient dans sa paume. Il lâcha Élise et se recula pour éviter le méchant coup de poing qu'elle lui destinait. L'homme lui saisit les deux poignets et n'eut aucun mal à les immobiliser d'une seule main, malgré les furieux efforts de la jeune fille pour se libérer.

D'un mouvement de tête, Élise chassa ses cheveux de son visage, les rejetant dans son dos, et fixa de beaux yeux bleus, furieux derrière leurs cils clairs. L'homme était vêtu comme un seigneur, d'un pourpoint de velours et d'une culotte bouffante bleu foncé où passaient des fils d'or. Lentement, son regard descendit, s'attardant effrontément sur la poitrine d'Élise dont le visage s'empourpra. Quand, de nouveau, il revint au visage, il arborait un grand sourire de manifeste approbation.

— Maintenant je comprends, murmura-t-il comme pour lui-même, avant de se présenter, d'une voix un peu plus haute : *Kapitän* Von Reijn, de la Ligue hanséatique, à votre service, *vrouwelin*, annonça-t-il avec un accent allemand. Ou, si vous préférez... Nicholas, pour vous et pour mes amis.

— Espèce de... de voyou ! cracha Élise, furieuse. Lâchez-moi !

— *Nein, nein*, la gourmanda le capitaine Von Reijn en la menaçant d'un long doigt qu'il agita devant le nez mignon d'Élise. Pas avant que vous ne soyez bouclée derrière cette porte.

Il fit signe à Spence d'aider Fitch qui remontait péniblement les marches, traînant le coffre. Spence l'aida à franchir les derniers mètres.

Grimaçant, Fitch referma la porte et s'y appuya pour essuyer la sueur de son visage congestionné. De sous son chapeau bizarrement écrasé, ses cheveux jaillissaient, droits et raides, comme s'il avait entendu le cri d'une sorcière en dégringolant les escaliers.

— A votre service, *vrouwelin*, dit le capitaine Von Reijn en libérant sa prisonnière.

— Soyez tous maudits, leur lança Élise en se frottant les poignets. Et vous ! Malgré vos beaux atours et vos belles paroles, vous ne valez pas mieux que ces canailles qui vous obéissent.

— Certes, convint Nicholas, riant de son regard noir, nous faisons une bien fine équipe, n'est-ce pas ?

— Pour sûr, railla Élise. Du moins... dans Alsatia.

— Votre amabilité me confond, *vrouwelin*, dit Nicholas en s'inclinant.

Ramonda se glissait doucement vers la porte, espérant s'éclipser aussi discrètement que possible, mais le capitaine de la Hanse se tourna vers elle.

— Ne vous a-t-on pas promis une bourse pour garder cette jeune dame ?

— La petite peste m'a frappée sur la tête, accusa Ramonda en se frottant le crâne. Vous voyez bien que c'est une vraie sorcière. Elle a attendu que j'aie le dos tourné.

— Eh bien, ma chère, railla Élise, imitant l'accent de la femme, à la façon dont vous avez laissé la porte grande ouverte, j'ai cru que c'était une invitation à filer.

— Menteuse ! cria Ramonda qui leva le bras pour frapper Élise dont le regard glacial la figea.

Car si la fille n'était pas solidement bâtie, quelque chose dans ses yeux promettait que la partie serait rude. Fitch en avait fait l'expérience et Ramonda jugea plus sage de ne pas insister. Mieux valait laisser les choses se tasser, et peut-être tout serait-il oublié avant qu'on rapporte l'affaire à Sa Seigneurie.

Le capitaine Von Reijn n'avait pas tenté le moindre geste pour s'interposer et il considéra les deux femmes avec un intérêt amusé jusqu'à ce que Ramonda baisse les yeux, vaincue.

Nicholas se baissa sur le coffre, l'ouvrit et souleva le couvercle bombé, puis fronça les sourcils en passant la main à l'intérieur.

— Ce n'est pas très commode, mais il faudra bien que cela fasse l'affaire, dit-il.

Élise jeta un regard curieux à l'intérieur et demanda, méprisante :

— Pour abriter vos trésors, monsieur ?

Le capitaine se mit à rire et répondit par une autre question.

— Qu'en pensez-vous, *vrouwelin* ?

Élise tira sur les vêtements qu'elle portait et remarqua, narquoise :

— J'ai du mal à croire que c'est pour y ranger ma somptueuse garde-robe.

— Ce n'est ni pour mes trésors, ni pour vos atours, mais pour vous conduire à mon navire.

Élise se mit à rire, à son tour, jusqu'à ce qu'elle réalise qu'il était sérieux.

— Monsieur ! Ou bien vous êtes fou, ou vous êtes ivre.

— Je suis tout à fait sain d'esprit, je vous assure, dit Nicholas, caressant d'un geste entendu un cabillot passé à sa ceinture. Et, bien que je ne sois pas homme à faire violence à une dame, vous irez. Éveillée ou endormie. Le choix vous appartient.

Élise leva un sourcil arrogant et croisa son regard, essayant de lui faire baisser les yeux, comme elle l'avait fait avec Ramonda. Le capitaine ne broncha pas. Seuls les coins de sa bouche se relevèrent un peu. Son intérêt pour cette séduisante et retorse jeune femme croissait en même temps que son admiration pour le caractère indomptable dont elle faisait montre.

Plus Élise le fixait et plus le sourire de Von Reijn s'élargissait, et ce fut elle qui dut détourner les yeux, confuse. Elle trouva une excuse en voyant Ramonda ramasser la nourriture répandue au sol.

— Voilà bien longtemps que je n'ai rien mangé, protesta-t-elle. Si longtemps que je ne sais plus quand j'ai pris mon dernier repas.

Spence leva le doigt pour la couper.

— C'était hier soir, madame, au bord du fleuve... dit-il.

Et le souvenir de cette soirée, où il se revit traîné derrière la barque, lui empourpra les joues. Surtout quand le capitaine tourna vers lui un regard curieux.

Fitch brûlait de se montrer utile. Il prit le plateau des mains de Ramonda, le posa sur la table et ramassa le pain. Il essuya la petite miche à son pourpoint déjà constellé de taches et la posa sur la serviette froissée. Après quoi, d'un revers de manche il ôta la poussière du fromage et le plaça à côté du pain. Et, avec un sourire timide, il tendit le tout à Élise.

La jeune fille considéra l'offrande avec une certaine répugnance et ce fut le capitaine qui s'empara finalement du plateau. Il rabattit les quatre coins de la serviette, les noua et la présenta à Élise.

— Toutes mes excuses, *vrouwelin*. Il se fait tard et je dois regagner mon navire avant l'aube. Si vous en avez envie, vous pourrez dîner dans votre chaise.

— Puis-je savoir où vous m'emmenez ? Et pourquoi l'on doit me transporter dans cette malle ?

— Simple précaution. Personne ne trouvera curieux que je transporte un coffre à mon bord, mais une gigotante demoiselle ne manquerait pas de soulever un intérêt déplacé.

— Et ensuite ? demanda Élise avec un sentiment d'abattement. (Les navires étaient faits pour voyager vers d'autres villes ou d'autres pays. La question de sa destination était pour elle de la plus haute importance.) Où m'emmènerez-vous, une fois à bord de votre navire ? insista-t-elle.

— Je vous dirai notre destination quand nous aurons levé l'ancre.

— Avez-vous l'intention de me faire quitter l'Angleterre ?

— Oui.

— Je n'irai pas ! cria-t-elle, de plus en plus paniquée.

— Vous n'avez pas le choix, *vrouwelin*, je suis désolé.

Élise lui lança un regard si incendiaire, qu'il aurait dû réduire en cendres le capitaine de la Hanse, mais Nicholas se borna à indiquer de nouveau le coffre d'un signe de tête et attendit qu'elle s'exécute. Grommelant des menaces, Élise frappa la serviette nouée qu'il tenait, la projetant au sol, et entra dans le coffre. Elle se cogna contre les parois de bois et railla de nouveau :

— Eh bien ! Quel confort ! Il se pourrait que je n'y survive pas.

— *Entschuldigen Sie*, s'excusa Nicholas, tirant du lit un édredron qu'il plia, le posant au fond de la malle avant d'y ajouter un oreiller. (Un sourcil levé, il croisa les bras et la regarda, demandant :) Autre chose, *Engländerin* ?

Élise se détourna, prit un air guindé et s'accroupit à regret. On lui confia ses chaussures de peau et le capitaine s'accroupit à son tour à côté du coffre.

— Maintenant, *vrouwelin*, je vous demanderai de me jurer solennellement...

— Vous *êtes bien* fou !

Nicholas ignora l'interruption.

— Donnez-moi votre parole que vous ne ferez rien pour attirer l'attention sur ce coffre et je renoncerai à vous bâillonner et à vous ligoter. La plupart du temps, vous pourrez toujours crier, mais si l'occasion se présentait, je veux que vous me donniez l'assurance que vous ne soufflerez mot avant que nous soyons à bord de mon navire. Le voyage vous sera moins pénible ainsi.

— Quel choix me laissez-vous, là encore ? demanda-t-elle, amère. Vous pourriez faire de ce coffre mon cercueil si l'envie vous en prenait, et que pourrais-je objecter ?

— Rien. Mais je puis vous donner l'assurance, en échange, que vous arriverez saine et sauve à mon bord si vous tenez parole.

Le regard qui fixait les yeux bleus de la jeune fille était froid comme de l'acier.

— Je tiens à ma vie, monsieur, et il apparaît que je dois vous donner ma parole. Eh bien, vous l'avez.

Nicholas lui appuya doucement sur la tête et ferma le couvercle. Élise remarqua avec soulagement plusieurs rais de lumière pénétrant par de petits trous forés dans le coffre pour permettre le passage de l'air. Du moins pouvait-elle trouver quelque consolation en se disant que ces mécréants n'avaient pas pour intention de la faire périr étouffée.

On boucla la courroie et Spence et Fitch passèrent des cordes autour du coffre pour pouvoir descendre plus commodément leur encombrant fardeau. Nicholas ouvrit vivement la porte et s'assura que la voie était libre avant de s'effacer. Spence passa devant, supportant le poids du coffre tandis que Fitch le guidait, derrière. Ensemble, ils transportèrent l'encombrant fardeau en haut des marches, considérant la tâche qui les attendait. Après sa récente expérience, Fitch se montrait légitimement inquiet. Il essuya ses paumes moites à son justaucorps et, saisissant la poignée, arracha le coffre du sol. Avec un luxe de précautions, ils descendirent les escaliers.

Le capitaine Von Reijn précédait les deux hommes et, son cabillot en main, entrouvrit la porte. Il s'assura que la voie était libre avant de laisser avancer Fitch et Spence qui passèrent les cordes à l'épaule puis franchirent le seuil avec le coffre.

Élise pouvait les entendre progresser à petits pas tandis qu'ils gagnaient la sortie. Ils s'arrêtèrent un instant dans la ruelle puis soulevèrent de nouveau leur fardeau, un peu plus haut cette fois. D'après les secousses, bruits et balancements, Élise devina qu'on avait hissé le coffre sur une petite charrette à bras. Elle en eut la confirmation en entendant les rapides directives données quant à la route à suivre. Totalement impuissante, elle ne pouvait que grimacer sous les cahots et se caler contre les parois de sa prison pour éviter des désagréments plus sérieux.

A un moment, une des roues de la charrette se bloqua dans une ornière et le coffre, entraîné par le mouvement, glissa en avant. Élise crut un instant que son univers vacillait au bord de quelque précipice mais le coffre fut arrêté dans sa course. En entendant le soupir des hommes et le bruit de quelque chose qui tombait dans le fleuve, elle se dit qu'elle l'avait sans doute échappé belle et frissonna en imaginant la lourde malle s'enfoncer dans les eaux glauques de la Tamise.

Elle se sentit de nouveau soulevée puis convoyée à

petits pas prudents sur ce qui devait être une passerelle au-dessus du vide. Après une ultime secousse, le coffre fut déposé dans une petite embarcation, peut-être celle avec laquelle ils étaient arrivés à Londres. Élise entendit le clapotis de l'eau contre la coque et, un instant plus tard, le grincement des avirons.

Il lui parut que des heures s'étaient écoulées avant qu'elle ne perçoive le choc de la Saigne contre une autre coque de bois. Le coffre fut ballotté une nouvelle fois puis hissé, jusqu'au ciel sembla-t-il. Quand on le reposa, ce fut encore une série de tours et détours jusqu'à ce qu'Élise se sente déposée sur un sol ferme, du moins à ce qu'il lui parut. Elle entendit alors le sourd craquement d'un navire à l'ancre dans le courant. Une dernière fois on souleva sa prison, un bref instant seulement. Une porte se referma, on s'activa sur le coffre que perça un rai de lumière quand des doigts soulevèrent le couvercle.

Élise se protégea les yeux de la lumière de la lanterne qu'on brandissait au-dessus d'elle. Elle put distinguer trois silhouettes d'hommes et, derrière, le plafond bas d'une cabine de navire. Les hommes, incapables de tout mouvement, sembla-t-il, la regardaient et l'écoutaient vitupérer. Avec un grognement furieux, elle parvint à se soulever un peu et à glisser un bras sous elle. Ses jambes refusèrent d'obéir tandis qu'elle tentait de s'extraire du coffre. Élise chassa les mèches qui tombaient sur ses yeux et lança aux trois hommes un regard noir.

— Si *jamais* j'ai la chance de vous voir fouetter jusqu'au sang, je sacrifierai ce qui m'est le plus précieux pour qu'on serve thé et gâteaux à votre bourreau afin qu'il manifeste une belle ardeur à sa tâche.

Elle se redressa, mais ses jambes demeurèrent pliées sous elle. Nicholas Von Reijn fut le plus rapide à l'aider, suivi de Spence puis de Fitch, brûlant de se montrer utiles. Le capitaine repoussa les autres et, lui passant un bras autour de la taille et l'autre sous les genoux, la souleva et la mit doucement sur ses pieds.

Le rétablissement de la circulation dans ses jambes lui fit l'effet de piqûres de milliers d'aiguilles. Alors que Nicholas la lâchait, Élise se sentit tituber. Aussitôt, Nicholas lui passa un bras autour des épaules et la soutint contre sa large poitrine.

— Si vous le permettez, *vrouwelin*, laissez-moi vous aider.

Élise mesura le zèle de son ravisseur, son empressement à la soutenir, et elle songea à une possible raison à son enlèvement. Elle se sentit envahie par la panique. Elle poussa un cri, battit des bras, se libéra, recula maladroitement jusqu'à s'appuyer à une table où était posé un gourdin de chêne noueux. En tâtonnant pour retrouver son équilibre, sa main effleura le manche lisse de l'arme. Avec un grondement hargneux, elle s'en saisit et en balaya l'espace devant elle, faisant reculer les trois hommes. Échevelée et sale, Élise s'appuyait à la table, faisant songer à une furie avec ses longues mèches auburn qui lui tombaient sur le visage et son nez noirci de poussière. Ses yeux lançaient des éclairs de défi.

— Messieurs... ou autres rebuts du genre humain, écoutez-moi bien. Voilà des heures que l'on me malmène, que l'on me brutalise et que l'on me secoue. Que l'on me trousse comme une oie à rôtir ! Que l'on me promène à l'épaule comme quelque bagage ! Et l'on m'a arrachée de chez moi pour me conduire dans ce... ce... (Elle fit le tour de la cabine du regard, cherchant sans le trouver un qualificatif au lieu.) Peut-être serez-vous récompensés pour ce méfait, mais je vous préviens... (Là, elle brandit son gourdin d'un geste menaçant.) Si l'on me fait de nouveau violence, je vous jure bien que vous serez immédiatement châtiés, seriez-vous le grand-duc d'Angleterre ou quelque coquin ! Et même si je dois y laisser la vie, qui osera poser la main sur moi le paiera très cher !

Curieusement, aucun des trois hommes ne parut en douter. Ils avaient toute raison de la croire : ne s'était-elle pas révélée une captive des moins accommodantes ?

Le capitaine Von Reijn claqua les talons et s'inclina, avec un petit rire.

— De nouveau je dois vous faire toutes mes excuses,

vrouwelin. Je ne vous croyais pas aussi fragile et je voulais seulement vous aider.

— Fragile, vraiment ! lança Élise, brandissant le gourdin. Je vais vous montrer ma fragilité. Vous pourrez bien me faire périr par l'épée ou la hallebarde. Je sais seulement que j'en ai assez de vos traitements et que je ne les supporterai plus.

— Ne craignez rien, *vrouwelin,* dit le capitaine qui se voulait rassurant. Je vous jure que nous ne vous voulons aucun mal, mais seulement vous amener à bon port après un voyage dont vous jugerez plus tard qu'il était pour votre bien. Vous pouvez être assurée de nos bons soins et de notre protection jusqu'à ce que vous soyez remise entre les mains de qui vous a fait enlever.

— Votre protection ! railla Élise, cognant du gourdin sur le sol. Dieu du Ciel ! Si je devais supporter plus longtemps une telle protection, je pourrais bien y laisser la vie. Je préférerais avoir affaire à une meute de loups. *Vos bons soins ? Votre protection ?*

— Ce qui a pu vous être imposé, *vrouwelin,* l'a été sans mauvaise intention, insista Nicholas. Je vous répète que nous sommes à votre service. Avez-vous quelque désir que nous puissions exaucer ?

— Certainement, capitaine ! Mon plus ardent désir est de filer d'ici et de rentrer chez moi !

— Malheureusement, *vrouwelin,* dit Von Reijn avec une certaine irritation cette fois, c'est là un service que nous ne pouvons vous rendre, pour le moment du moins.

— Eh bien, après cela mon plus pressant désir est que vous filiez *hors de ma vue* !

Von Reijn signifia son acquiescement et adressa un signe de tête aux deux autres hommes qui furent heureux de quitter les lieux. Le capitaine les suivit mais s'arrêta un instant à la porte, tirant de sa poche une grosse clé de cuivre.

— Jusqu'à ce que nous soyons en mer, vous devrez rester ici, dit-il, agitant la clé sous les yeux d'Élise. Bien entendu, la porte demeurera fermée. Et à moins que vous ne souhaitiez vous perdre dans la mer du Nord avec mon équipage et moi, je vous prierai de ne rien déranger ici. Ma cabine étant la seule du bord à pouvoir recevoir une dame, je dois vous demander de me permettre de passer de temps à autre pour consulter mes cartes ou prendre quelque instrument. Mais soyez assurée, *vrouwelin*, que je respecterai votre intimité autant que faire se pourra.

— Je n'y croirai que lorsqu'on me donnera un verrou pour me protéger de vos inopportunes intrusions, capitaine.

— Je m'annoncerai en frappant très fort, *vrouwelin*. Je ne puis mieux faire.

— Comme c'est aimable à vous, capitaine, railla de nouveau Élise.

Nicholas ne releva pas l'ironie et la salua.

— Je vous dis au revoir car je dois vaquer à mes occupations. Quand nous aurons quitté l'Angleterre, vous serez autorisée à monter sur le pont. *Guten Abend, vrouwelin*.

5

Le navire plongea dans un creux et de son étrave trapue souleva des gerbes d'écume rabattues avec violence sur le pont. Élise eut le souffle coupé sous la rafale qui la glaça jusqu'aux os. S'accrochant prudemment à la rambarde, elle gagna avec peine le gaillard d'arrière où se tenait Nicholas Von Reijn, les mains dans le dos, les jambes solidement plantées pour lutter contre le roulis et le tangage de son navire. Son regard ne s'attarda qu'un bref instant sur Élise avant de revenir à l'habitacle où officiait l'homme de barre. Élise se drapa davantage encore dans sa cape de laine rude et chercha un endroit proche de la poupe et hors du chemin — et peut-être aussi hors de la vue — du capitaine. Elle en avait assez d'être enfermée, et sur le pont, du moins avait-elle une impression de liberté, moyennant le lourd sacrifice de son confort. Elle préférait s'exposer au vent et aux embruns que se morfondre dans sa cabine-cellule.

Le capitaine Von Reijn balaya du regard les mâts et la voilure durement éprouvés, puis il s'éloigna du barreur. Inspectant soigneusement le moindre espar, les moindres agrès, il parcourait le pont comme s'il se sentait dans son élément. Bien campé sur ses jambes solides, il avançait d'une démarche un peu chaloupée et se rapprochait, dans son inspection, du coin où s'était réfugiée Élise.

Elle se raidit en l'entendant approcher et quand il s'arrêta à côté d'elle elle se tourna, le visage rembruni, et vit qu'il la regardait, impassible.

— Tout va bien, *vrouwelin* ? demanda-t-il, juste assez fort pour être entendu par-dessus le vent, mais d'une voix profonde et douce.

Élise croisa son regard de ses yeux qui s'étaient assombris, virant au gris acier comme le ciel au-dessus d'elle.

— Capitaine ! Si vous aviez le moindre sens de l'honneur, la moindre décence, lui lança-t-elle, vous me ramèneriez en Angleterre. En n'importe quel lieu. Je saurais retrouver mon chemin.

— Tous mes regrets, *vrouwelin*, c'est impossible.

— Évidemment. Vous ne voudriez pas perdre la récompense promise. Vous ne m'avez encore rien dit, capitaine, et je suis curieuse de connaître notre destination. Est-ce un noir secret que je dois continuer à ignorer, ou puis-je enfin savoir ? Si l'on me demandait de deviner, je dirais que nous nous rendons dans un port hanséatique, puisque vous êtes membre de cette ligue.

Nicholas approuva d'un léger signe de tête.

— Et vous ne vous tromperiez pas, *Engländerin*. Quand nous aurons traversé la mer du Nord, nous remonterons l'Elbe jusqu'au port de Hambourg où, en temps utile, vous rencontrerez votre bienfaiteur.

Le vent cinglait sa cape sans relâche, mais Élise parvint à surmonter la sensation de froid pour demander, sarcastique :

— S'agit-il d'un Allemand comme vous-même, capitaine ?

— Peut-être que oui... peut-être que non, répondit Nicholas avec un haussement d'épaules nonchalant. Le temps vous le dira.

— Oui, et le temps verra pendre les brigands de votre espèce.

— Cela aussi reste à voir, murmura-t-il avec un petit sourire avant de saluer et de retourner aux côtés du barreur.

Élise se blottit dans sa cape. La chaleur du vêtement était toute relative et elle dut serrer la mâchoire pour ne pas claquer des dents.

Le navire continuait sa course hésitante, gagnant le bief nord du chenal. Le vent força et devint difficilement supportable. Élise endura les éléments jusqu'à ce que les embruns glacés lui fassent chercher son souffle et que chaque rafale la perce de froid, la laissant frissonnante. Chaque instant qui passait lui rappelait le confort de sa cabine. Elle se décida, la mort dans l'âme, à y retourner en titubant. La porte claqua derrière elle tandis que le navire plongeait dans un nouveau creux et elle s'appuya à la paroi pour assurer son équilibre, goûtant la tiédeur des lieux en retirant lentement sa cape trempée. Jamais elle n'avait eu si froid, et dans son esprit l'auteur de son enlèvement en était cause.

Pendant son absence, on avait apporté un gros coffre gainé de cuir que l'on avait posé près de l'étroite couchette. Elle se sentit devenir méfiante, se souvenant avec dégoût d'un autre coffre de même taille dans lequel on l'avait transportée. Le trouvant solidement bouclé, elle se glissa sous le lourd édredon de sa couchette et attendit d'apprendre à quel usage on destinait cette autre malle.

Midi approchait et on frappa à la porte. Mais avant qu'Élise pût répondre, le navire piqua du nez et le garçon de cabine entra en trébuchant, s'efforçant de ne pas renverser son plateau. Il adressa à la jeune fille un rapide signe d'excuse et murmura quelque chose en une langue qu'elle ne comprit pas avant de poser le plateau sur la table.

Élise montra le coffre et, convaincue que c'était lui qui l'avait apporté, demanda :

— Qu'est-ce que c'est et que fait-il ici ?

Le jeune homme haussa les épaules pour manifester qu'il ne comprenait pas et ne put que lui dire :

— *Kapitän* Von Reijn.

Ainsi, il faudrait qu'elle pose la question à l'intéressé, ce dont elle se doutait en fait. Le garçon l'interrogea du regard et elle lui fit signe qu'il pouvait se retirer.

Une odeur agréable montait de la table. Élise s'approcha du plateau et remarqua deux gobelets en étain ainsi que d'autres ustensiles en double exemplaire, ce qui laissait deviner qu'elle ne déjeunerait pas seule. Et qui donc pouvait avoir l'outrecuidance de s'inviter, sinon le bon capitaine ?

Élise se sentit gagnée par une soudaine colère. « Ce voyou se leurre s'il compte trouver en moi une compagnie empressée », se dit-elle. Presque aussitôt, on frappa sèchement à la porte et, après avoir prié d'entrer, Élise se retourna, stoïque, sachant qui arrivait. Elle ne se trompait pas. Nicholas entra, ôtant son bonnet de fourrure.

— Aarrgh ! Avec ce vent il va nous falloir nous battre contre la mer du Nord avant demain, lança-t-il tout en retirant la pelisse qu'il portait sur le pont.

Il la secoua pour en faire tomber les gouttes d'eau salée et la suspendit à un portemanteau. Après quoi il s'approcha, se frottant vigoureusement les mains pour activer la circulation dans ses doigts glacés. Le regard d'Élise n'était pas moins glacé et il la considéra avec une lueur amusée dans l'œil tandis qu'elle se dressait devant lui, les bras croisés sur la poitrine, l'air têtu.

— Avez-vous à faire dans cette cabine ? demanda-t-elle sèchement.

— Il m'est venu à l'esprit que nous pourrions partager le repas préparé par mon cuisinier, répondit Nicholas, jovial. Il est, comme moi, grand amateur de fine cuisine. Je crois que *Herr* Dietrich a préparé quelque chose tout spécialement pour vous. Un ragoût avec des huîtres de votre Tamise. J'aimerais le partager avec vous... si vous n'y voyez pas d'objection, *vrouwelin*.

— Je peux difficilement *exiger* que vous vous retiriez. Je ne peux qu'*espérer* que vous le ferez.

— Après le repas, n'est-ce pas ? gloussa Nicholas, comme s'il n'avait pas remarqué sa mauvaise humeur. (Il s'approcha de la table et servit deux bols de ragoût puis coupa deux tranches de pain. Et il montra d'un geste désinvolte le siège en face du sien.) S'il vous plaît, madame. Je vous assure que je ne vous mordrai pas.

Élise se hérissa en entendant le ton moqueur de sa voix.

— Si vous croyez que j'ai peur de vous, capitaine, dit-elle, essayant de sourire à son tour, je préfère vous détromper tout de suite : vous n'êtes pour moi qu'un pitre bravache qu'il faut surtout ignorer. Et, comme vous l'aurez sans doute compris, je n'ai nulle envie de déjeuner avec mon ravisseur.

— Si vous préférez mourir de faim, à votre guise.

Nicholas rabattit le haut de ses bottes et s'assit. Il regarda Élise, posa un coude sur la table et ajouta, un index pensif sur les lèvres :

— Si vous changiez d'avis, *vrouwelin*, je serais heureux de votre compagnie... quand vous le voudrez, bien sûr.

Il était cruel de vouloir ignorer la délicieuse odeur qui s'élevait de la table, mais Élise, têtue, ne bougea pas tandis que le capitaine apaisait sa faim. Quand il eut fini, elle eut un pincement au cœur en voyant le garçon de cabine débarrasser la table sans rien laisser.

— Après le quart du soir, nous réduirons les voiles pour la nuit et nous nous écarterons un peu du vent, lui dit Nicholas. Dietrich sait préparer d'excellents soupers. J'espère que vous vous joindrez à moi.

Élise releva le menton d'un geste de défi. S'il comptait qu'elle accepte docilement, il se trompait encore.

— Rien de particulier pour moi, je vous prie, capitaine. Je me sens tout à fait bien et je comprends parfaitement que je suis ici prisonnière, à la merci de votre volonté.

— Madame, c'est mon plaisir que je cherche. La bonne cuisine est ma seconde passion et je vous demande seulement de la partager tandis que nous connaissons ensemble... *ach !* Comment dites-vous cela... la même infortune ? *Ja ?* Il est inutile que ce voyage soit pénible pour moi... (Il se leva, arrêtant sa protestation d'un geste du doigt.) Ou pour vous.

— Ma seule présence à bord de ce navire me remplit d'indignation. J'ignore quel sort m'attend et je ne trouve aucun réconfort à vos bavardages. On m'a arrachée de chez moi et jetée sur ce navire sans aucune assurance que je verrais la fin de ce voyage. La même infortune, dites-vous ? Je ne vois pas que vous connaissiez une infortune.

Les poings sur les hanches, elle se dressait devant lui, belle et furieuse. Malgré son piètre accoutrement, c'était là un spectacle à réchauffer le cœur de tout homme et le regard de Nicholas s'attarda sur chacune des courbes révélées par la robe de laine. Élise pouvait difficilement faire fi de ce regard, car elle se savait prisonnière et elle ne pourrait fuir s'il voulait y voir de plus près. Mais Nicholas se contenta de s'approcher du coffre. Il tira une clé de son pourpoint de cuir, ouvrit la serrure, souleva le couvercle et s'accroupit, examinant de nouveau Élise de la tête aux pieds.

— *Ja! Ja!* Cela ira parfaitement, je crois. Nous ne nous sommes pas trompés.

Curieuse, Élise le vit tirer du coffre deux gros paquets enveloppés dans de la toile. Il les posa à côté de lui, en sortit un autre plus petit, puis un quatrième plus petit encore.

Il laissa le coffre et alla ouvrir les paquets sur la couchette pour dévoiler leur contenu à Élise.

— Vous vous sentirez sans doute beaucoup mieux dans ces vêtements ce soir, *Engländerin*, ce qui me ferait le plus grand plaisir. *Ach!* dit-il, se reculant soudain, je ne puis rester davantage. Mes devoirs m'appellent, mais je reviendrai à la nuit.

Il décrocha son bonnet, passa de nouveau sa pelisse pour gagner le pont et referma la porte derrière lui. Élise, intriguée, ne résista qu'un instant avant d'aller voir de près les deux plus gros paquets. Elle y découvrit de somptueux vêtements de velours bleu roi soigneusement pliés : dans le premier une riche cape doublée de fourrure argentée et dans l'autre une robe au col garni d'une fraise blanche à dentelle argentée et manches longues bouffant aux épaules et brodées de fils d'argent. Un autre paquet contenait un vertugadin et de délicats jupons tandis que dans le quatrième elle trouva une paire de chaussures de soie assorties à la robe. Des vêtements beaucoup plus riches, sans doute, qu'aucune prisonnière ne pouvait l'espérer.

Élise lissa la douce fourrure et caressa le velours de la robe, comme étourdie, soudain envahie du désir de se voir élégante. Il lui semblait qu'elle n'avait pas goûté depuis une éternité au plaisir d'un bain chaud et parfumé et de vêtements comme ceux qu'elle avait devant elle.

Elle se rembrunit en songeant au capitaine et elle replia le tout. Elle ignorait le but visé par Von Reijn, mais il devait exister quelque raison à ces présents, une raison qu'elle n'apprécierait sans doute pas. Il pourrait facilement la contraindre par la force, mais s'il nourrissait quelque espoir de faire d'elle une compagne consentante et ardente par des cadeaux, des mets raffinés et de riches vêtements, il se trompait lourdement. On n'achèterait pas ses faveurs, à aucun prix.

L'obscurité tombait et les mâts et les vergues craquaient et grinçaient au-dessus d'elle, comme si l'on changeait de route. Peu à peu, l'incessant roulis s'apaisa et Élise sut que Nicholas Von Reijn, fidèle à sa parole, avait effectivement modifié la route du navire, tournant davantage vent arrière.

Le garçon de cabine vint préparer la table pour le souper, y posant du linge fin, des couteaux au manche d'émail, des plats et gobelets d'argent. Quand tout fut prêt, il amena des pigeons pochés aux groseilles, du saumon mariné et divers plats d'accompagnement. Lorsque le garçon quitta la cabine, Élise commença à s'inquiéter de ce que lui réservait la soirée. Avec son goût pour la bonne chère, le capitaine n'allait plus tarder. A chaque instant qui passait, Élise se rendait un peu plus compte de sa dangereuse situation. Si elle refusait de lui céder, il pourrait aisément recourir à la force, et pas un seul des matelots du bord ne viendrait la protéger. Quant à Fitch et Spence, même si elle les apercevait de temps à autre, le mal de mer en avait fait des loques. De toute façon, elle n'aurait pu compter sur eux. Pour autant qu'elle pût le savoir, ils obéissaient aux ordres de Von Reijn et n'oseraient pas s'élever contre lui s'il leur commandait de disparaître.

Malgré sa ténacité coutumière, Élise se sentait démunie pour la bataille et terriblement inquiète. Les conseils du fils de la cuisinière ne pouvaient lui être d'aucune aide en l'occurrence. La force de son adversaire constituait un obstacle insurmontable, quels que soient le lieu et l'heure choisis. Elle ne pouvait compter que sur son intelligence et elle craignait que la peur ne la paralyse.

Soudain on frappa à la porte. Avant de répondre, Élise lissa le rude tissu de sa robe et se rapprocha du bureau où se trouvait le gourdin. Elle respira lentement, profondément, se préparant à la bataille, et fit face à la porte comme attendant héroïquement l'assaut d'un farouche ennemi. Sur son invitation, Nicholas ouvrit et s'arrêta sur le seuil, les sourcils froncés. Il l'examina de la tête aux pieds, manifestant sa contrariété devant le refus d'Élise de porter les vêtements neufs.

— Ainsi vous avez décidé de jouer les pauvres captives malheureuses.

— N'est-ce pas là exactement ce que je suis, capitaine ? demanda Élise, le menton levé, croisant le regard de Von Reijn.

Nicholas avança, vêtu avec élégance d'un pourpoint de velours brun piqué de fils d'or sur lequel il avait passé un chamarre de même tissu doublé de fourrure. D'autres fils de soie et d'or parsemaient les crevés de ses hauts-de-chausse courts. Des bas collants et des chaussures basses complétaient sa tenue. Ces riches vêtements contrastaient avec ceux d'Élise et un observateur ignorant la condition de la jeune fille aurait pu se représenter une pauvresse confrontée à un prince.

— Avez-vous l'intention de me laisser dîner seul ? demanda-t-il, bourru.

— Je serai heureuse de me joindre à vous, répondit Élise qui ne pouvait se résoudre, quoi qu'elle en eût, à se laisser mourir de faim.

— *Wunderbar!* s'exclama Nicholas en s'inclinant devant elle avant de lui offrir son bras jusqu'à la table.

Ils commencèrent à dîner et le capitaine ne parut se soucier, pendant un long moment, que d'apaiser sa faim. Élise, tout en savourant les mets délicieux, se demandait quand la joute allait commencer.

Elle avait eu l'occasion d'entendre Von Reijn réprimander sévèrement un de ses hommes, et, bien que n'ayant pas compris un mot de la dispute, elle n'aurait pas voulu se trouver à la place du garçon.

Elle s'attendit au pire quand Nicholas recula sa chaise et la regarda un long instant, l'air perplexe.

— Vous n'êtes pas prisonnière ici, *Engländerin*. Vous pouvez jouir du confort de ma cabine et, dans la limite du raisonnable, de l'hospitalité de mon navire. Et malgré cela, vous persistez à jouer les vaincues, à conserver ces pauvres vêtements et à douter de mes intentions.

Élise avait levé les yeux sur lui, sans rien perdre de son attitude distante.

— Peut-être n'aimez-vous pas ces vêtements que je vous ai fait porter ? demanda doucement Nicholas.

— Bien au contraire, capitaine, ils sont très beaux. Mais vous ne m'en avez pas encore indiqué le prix. (Elle laissa ses paroles faire leur effet avant de poursuivre :) Et d'aussi riches vêtements ont sans doute un prix dont je ne puis m'acquitter dans les circonstances actuelles, ou que peut-être je ne souhaite pas payer.

Nicholas la considéra, l'air contrarié, avant de se rincer les doigts dans un bol d'eau de rose.

— Puisque vous savez que j'appartiens à la Hanse, vous devez aussi savoir que les capitaines de nos navires marchands font vœu de célibat tant qu'ils n'ont pas fait fortune.

— Pour certains, ces engagements ne représentent que peu de chose. Et bien que vous vous disiez homme d'honneur, je n'en ai guère eu témoignage. Je ne vous connais pas, mais je sais ce que vous avez fait.

Il pinça les lèvres, s'apprêtant à répliquer, mais décida de recourir à un argument différent.

— Vous avez mal interprété mes intentions, *vrouwelin*. Les présents ne viennent pas de moi mais de votre bienfaiteur. C'est lui qui en a payé le prix et n'est-il pas normal qu'il remplace la robe que vous avez perdue ?

Élise, songeuse, promena le doigt autour de son gobelet et demanda :

— Je me suis interrogée sur les raisons de mon enlèvement et je me suis demandé si ma captivité n'avait pas un rapport avec mon père. Serait-ce possible ?

Nicholas haussa ses larges épaules pour signifier son ignorance.

— Si l'on me le demandait, je répondrais bien *ja*, mais je ne peux savoir avec certitude ce qui se trouve dans le cœur d'un homme. Vous êtes une récompense digne d'être convoitée, et il n'y a rien d'extraordinaire à ce qu'un homme soit conquis.

— Conquis ? Que voulez-vous dire ?

— Jugez-vous tellement surprenant qu'un homme soit amoureux de vous ?

— Certainement ! répondit sèchement Élise, car aucun des hommes qui lui avaient fait la cour n'avait paru assez fou d'amour pour recourir à ces méthodes.

— Croyez-moi, *Engländerin*, tout cela me paraît très simple.

Élise soutint son regard et fut troublée par la lueur étrange, presque passionnée, des yeux bleus. S'il s'agissait bien de passion, elle n'avait encore jamais rien vu d'aussi doux.

— Après ce que j'ai connu, j'aurais tendance à penser que l'homme qui a ordonné mon enlèvement nourrit une haine solide pour moi.

— *Nein*, pas du tout, dit Nicholas avec un petit rire. Et je ne vous conduirais pas à lui si je pensais que son intention est de vous tourmenter.

— Pourquoi ne pas me dire qui il est ?

— Sa Seigneurie a souhaité que l'on taise son nom jusqu'à ce qu'il puisse s'expliquer lui-même. Il a jugé préférable que vous ne conceviez pour lui aucun ressentiment avant qu'il puisse présenter sa défense.

— Je puis vous assurer, capitaine, qu'il n'a pas atteint son but. Quel que soit son nom, je le détesterai toujours autant.

Au matin, le vent avait molli, mais le froid avait redoublé, comme pour punir l'équipage d'avoir osé affronter la mer du Nord si près de l'hiver. Pour ne pas qu'on voie en elle une mauviette, Élise retourna pourtant sur le gaillard d'avant. En quelques minutes, elle eut les doigts gourds de froid.

Nicholas approcha, comme la veille, et lui adressa un sourire qui adoucit son visage rougi par le vent.

— Je rends hommage à votre courage, *Engländerin*. On dit que pour un marin c'est tenter Dieu que de s'aventurer dans les mers du Nord après la Saint-Martin. Je dirais que pour une femme s'aventurer sur un pont par ce temps c'est se montrer digne d'un grand marin.

— Est-ce là une proposition, capitaine ?

Nicholas secoua la tête avec un grand rire.

— *Nein.* Bien que la tentation soit grande, je suis tenu par l'honneur.

— Parfait ! Cela vous épargnera un refus, répliqua-t-elle, caustique.

Et, sans un mot de plus, elle lui tourna le dos, laissant Nicholas la regarder avec amusement. Malgré sa pauvre robe, elle arpentait le pont avec la dignité d'une grande dame, ne trahissant rien de son inconfort dont il savait qu'il était grand.

— Bon courage, *Engländerin*, murmura-t-il pour lui-même.

Ce soir-là, en se préparant pour le dîner, Élise considéra le piètre état de ses vêtements et se résolut à passer la robe de velours bleu. Après tout, c'était justice que le responsable de la perte de ses beaux vêtements les remplaçât. Elle en avait assez supporté de sa part. Elle pouvait bien goûter un peu du luxe qu'il s'offrait à lui fournir.

Elle se para avec soin et remonta ses cheveux sur sa nuque, utilisant un plateau argenté en guise de miroir. Si elle nourrissait le moindre doute quant à son apparence, il fut bientôt dissipé quand Nicholas pénétra dans la cabine. Son sourire s'élargit, ses yeux brillèrent et il eut un lent hochement de tête approbateur en la regardant.

— La robe vous va à ravir, *vrouwelin*.

— C'est une très belle robe, concéda-t-elle, faute de mieux, et ne sachant plus comment réagir quand Nicholas la regardait ainsi. Mon bienfaiteur, comme vous l'appelez, est sans doute riche pour se permettre d'acheter de tels vêtements.

— Il n'a pas encore reçu la note, dit Nicholas en riant presque.

— Ce n'est donc pas son idée ?

— Certainement, mais il m'en a laissé les détails car

il était pressé par le temps. Je n'ai fait que demander à une couturière de confectionner quelque chose de très chaud et de très beau pour une dame, en utilisant des fourrures que j'ai pu acquérir de mon commerce avec les gens de Novgorod. Ils ont fermé leurs ports à la Hanse, mais je parviens de temps à autre à conclure un marché avec un de leurs capitaines. Les vêtements sont l'œuvre de la couturière. Je n'ai pas fixé de limite à leur prix.

— Peut-être mon bienfaiteur sera-t-il fâché de votre prodigalité.

— Un seul regard sur vous, *vrouwelin*, dissipera la moindre irritation.

Élise demeura un instant silencieuse, considérant son geôlier. Vraiment, il ne paraissait pas homme à s'acoquiner avec des brigands pour enlever une jeune femme sans défense. Elle était curieuse de savoir ce qui l'y avait poussé.

— Comme capitaine de ce navire, vous devez tirer grand profit de vos voyages, dit-elle.

— Quelques pièces, répondit Nicholas avec un haussement d'épaules qui n'engageait à rien.

Élise eut un petit rire incrédule.

— On serait davantage porté à vous croire si vous disiez une fortune ou deux.

— La Hanse se consacre activement au commerce, répondit Nicholas, se demandant où elle voulait en venir.

— C'est ce que j'ai entendu dire... Êtes-vous marié, capitaine Von Reijn ?

— Pas encore, dit Nicholas qui s'amusait des tentatives de la jeune femme pour évaluer sa fortune.

— Je crois cependant deviner que votre fortune est plus importante que vous ne voulez l'admettre et je présume que vous n'avez pas à recourir au vol ou au rapt pour gagner votre vie. J'imagine donc que votre prix est élevé et qu'on a dû fort bien payer votre rôle dans cette affaire.

Nicholas eut un geste désinvolte de la main.

— J'ai seulement rendu service à un vieil ami, madame. Rien d'autre.

— Si l'on peut vous acheter, insista-t-elle, ignorant sa dénégation, combien demanderiez-vous pour me reconduire en Angleterre ?

Nicholas éclata de rire, haussa les épaules et écarta les bras dans un geste d'excuse.

— J'ai donné ma parole à un ami, *vrouwelin*. Je ne puis que la tenir.

— Que signifie une parole pour un brigand ? Vous parlez de l'honneur qu'il y a à tenir votre promesse, capitaine, mais votre promesse est-elle honorable ? Existe-t-il une telle estime chez les brigands que vous puissiez vous flatter de votre réputation alors même que vous détroussez vos victimes ? ou que vous emmenez une captive sous d'autres cieux ?

Nicholas allait protester mais Élise leva la main pour l'en empêcher.

— Laissez-moi terminer, capitaine. Puisque vos mauvaises actions ne paraissent pas vous troubler, il sera sans doute futile de ma part de tenter de vous raisonner. Je demande cependant à être entendue. Vous avez conclu un pacte avec le diable et je me trouve prise au piège avec vous comme gardien. Toute innocente que je sois, je vais me retrouver plongée dans la poix brûlante de ce brigand sans nom alors que vous invoquez votre honneur. Eh bien, monsieur, votre honneur sent fort la barbarie. Vous et votre complice au cœur noir êtes résolus à la pire des mauvaises actions et vous êtes tout autant coupable que lui.

— Je ne puis plaider ma cause, convint Nicholas avec un sourire accommodant, surpris par le regard éclatant d'Élise quand on la provoquait. Je suis coupable de ce dont on m'accuse.

Élise, qui avait espéré le convaincre par la logique de son raisonnement, vit qu'elle avait échoué. L'homme s'était voué à une tâche indélicate en parfaite connaissance de cause, et il n'en ressentait apparemment nul chagrin.

Nicholas, de son côté, songeait à ce que venait de lui dire Élise. Il se demandait si l'avenir révélerait que ses actes étaient aussi vils qu'elle le prétendait ou s'il serait pleinement pardonné. Bien qu'à sa merci pour l'instant, la jeune femme était restée inébranlable. Elle continuait à faire montre d'une grâce altière, d'une dignité innée, d'une verve intarissable et d'une promptitude de réaction dont peu d'hommes pouvaient se flatter.

Il tira doucement sur la manche d'Élise, comme un gamin capricieux essayant de se faire pardonner.

— Vous pourrez me faire fouetter si dans un an vous regrettez ce voyage, murmura-t-il d'une voix douce. Je suis convaincu qu'il se révélera profitable, tant pour vous que pour mon ami.

Élise croisa le regard chaleureux de ces yeux brillants et, après un long silence, s'éloigna. Nicholas soupira doucement, luttant contre un désir croissant de réconforter Élise, de l'assurer de sa protection comme son champion et soupirant. Il commençait à comprendre comment un homme pouvait être séduit par une femme au point d'en oublier son honneur et sa parole.

6

Le navire pénétra dans l'embouchure de l'Elbe, et tandis que des vigies guettaient pour signaler les bancs de sable ou les glaces flottantes, Élise se tenait sur le pont, désireuse de découvrir ce pays où l'on allait la retenir prisonnière. Elle vit surtout des marécages et des terres basses jusqu'à ce que les rives commencent à s'élever un peu vers le nord. Un manteau de givre couvrait les arbres et, le long des berges, d'énormes plaques de glace déchiquetées marquaient la limite de l'eau. De temps à autre, une rafale balayait le silence, davantage pour rappeler la proximité de l'hiver que pour annoncer une tempête.

Finalement, le navire accosta à Hambourg et les marins s'activèrent pour amener les voiles et assurer les amarres. L'air froid s'insinuait dans les vêtements d'Élise tandis qu'avec Fitch et Spence elle attendait le signal du débarquement. Elle traversa alors la passerelle la première, Fitch et Spence suivant de près, portant le coffre contenant ses effets. En posant le pied sur le quai, elle sentit le regard du capitaine sur elle et se retourna pour le voir, accoudé à la lisse. Il ne lui adressa qu'un léger signe de tête en guise d'adieu, auquel Élise répondit, troublée plus qu'elle ne voulait se l'avouer par ce geste discret. Nicholas s'était montré très distant avec elle depuis le soir où elle lui avait demandé de la reconduire en Angleterre, et sauf lors des brèves occasions où il avait eu besoin d'une carte ou d'un instrument, il avait évité la cabine. Elle ne regrettait pas à proprement parler cette soudaine réserve car jamais il ne lui avait laissé le choix d'accepter ou de refuser sa compagnie. Mais parce qu'il avait paru goûter ces échanges avant ce soir-là, elle se demandait ce qui avait pu si brutalement le faire changer.

Élise et ses deux gardes se fondirent dans la foule bruyante du quai. Autour d'eux, sous la neige qui tombait en flocons légers, des vendeurs aboyaient dans une langue qu'elle ne comprenait pas, des commerçants marchandaient les cargaisons que l'on débarquait.

Fitch, qui avait pris la tête pour traverser la foule, se tourna pour expliquer à Élise :

— Faut que j'aille chercher la clé de la demeure louée par Sa Seigneurie. Donnez-moi votre parole que vous resterez là avec Spence à attendre mon retour.

— Si Spence reste, ne croyez-vous pas qu'il me rattrapera si je tente de m'enfuir ? Et où irais-je me réfugier dans ce pays étranger si je réussissais à m'enfuir ? Je ne connais même pas la langue que parlent ces gens.

Fitch réfléchit et se rangea finalement à la logique de ce raisonnement. Il laissa la jeune fille à la garde de son compagnon et disparut dans une rue.

Une marchande qui vendait des plats chauds avait allumé un feu près de sa charrette ; les flammes joyeuses promettaient à Élise la chaleur qu'elle recherchait. Elle s'approcha, tendit ses doigts glacés vers le feu et presque aussitôt une femme joviale aux joues rouges la pressa, en une langue inconnue, de prendre une courte saucisse piquée sur un bâtonnet. Élise hésita à refuser de crainte d'avoir à s'éloigner du feu et elle jeta un regard implorant à Spence qui avait posé le coffre un peu plus loin. Il parut heureux d'accepter et déposa dans la main avide de la marchande une pièce qu'elle prit avec un jovial « *Danke, danke !* » avant de tendre à Élise la juteuse saucisse. Elle en passa une autre à Spence qui l'avala rapidement. Encouragée par un tel appétit, la femme le pressa d'en prendre une autre et eut un petit rire joyeux quand il accepta. Élise grignota lentement la saucisse, plus intéressée par le réconfort du feu que par le mets, bien qu'elle trouvât agréable sa saveur, nouvelle pour elle.

Ils eurent le temps d'avaler plusieurs saucisses en attendant le retour de Fitch. Élise commençait à se demander s'il n'avait pas perdu son chemin quand elle l'aperçut qui arrivait d'un pas lourd. A voir son expression douloureuse, on aurait pu croire qu'il portait toute la misère du monde sur ses épaules.

— Il y a du changement, annonça-t-il, lugubre. Nous allons nous installer à un autre endroit, plus au nord. Il va nous falloir des montures pour nous y emmener... et du ravitaillement en attendant l'arrivée de Sa Seigneurie.

Spence fronça les sourcils, surpris.

— Mais Sa Seigneurie a dit qu'il avait loué un manoir ici à Hambourg et qu'il avait payé pour cela.

Fitch poussa un long soupir qui le fit paraître plus abattu encore.

— Et Rubert dit que la maison est prise, qu'elle n'est plus libre.

Spence fixa son compagnon, mais celui-ci garda la tête basse. Avec un grognement irrité, il tendit la main pour que l'autre lui remette la bourse.

— Je vais aller m'occuper des chevaux et du ravitaillement pendant que tu attendras ici avec la dame.

Fitch acquiesça, sans un mot, et avec un autre soupir se laissa tomber sur un tas de bois. Le menton dans les mains, l'air affligé, il ne prêta aucune attention à la marchande qui insistait pour qu'il lui achète des saucisses. Ce ne fut que lorsque l'odeur de la viande grillée lui chatouilla les narines qu'il se mit à fouiller dans son justaucorps pour en tirer une pièce.

Il fallut attendre Spence un certain temps. A voir ce qu'il ramenait des écuries des quais, Élise se prit à douter de son jugement en matière de chevaux. La sellerie paraissait venue d'un lointain passé et l'on pouvait en dire autant des bêtes, quatre canassons aux jambes courtes et au poil long, hirsute, avançant d'un pas lent, sans désir d'aller plus vite. Les provisions, achetées dans les boutiques des quais et installées en ballots sur leur dos, n'auraient guère constitué un fardeau pour des coursiers ordinaires, mais les deux hongres qui les portaient semblaient peiner sous la charge.

Nourrissant de sérieux doutes quant à la solidité de sa monture, Élise se jucha avec précaution sur son dos. Le vent qui se levait la fit frissonner sous sa cape de laine. Elle se drapa étroitement dans le vêtement, sur sa selle d'amazone, et aiguillonna du talon l'animal jusqu'à ce qu'il consente à suivre Spence qui avançait en tête. Fitch fermait la marche, tenant les rênes des bêtes de bât tout en gardant un œil sur la jeune fille.

La petite caravane traversa les rues tortueuses de Hambourg, passant sur des ponts de pierre les canaux et les étroites voies d'eau, jusqu'aux limites de la ville où l'on suivit une route qui coupait une épaisse forêt en direction du nord. Bien qu'on fût au début de l'après-midi, des nuages bas et gris estompaient la lumière du soleil et assombrissaient encore la pénombre des arbres. De petits flocons de neige giflaient le visage des voyageurs avant de se déposer sur les feuilles pourrissantes du chemin. Ils arrivèrent enfin à un sentier assez large pour une charrette mais en piteux état. Sans un mot, sans un signe, Fitch y engagea sa monture. Par un chemin qui s'élevait graduellement, ils avancèrent à travers une forêt qui s'éclaircissait, évitant de grosses pierres éboulées encombrant leur route.

Le vent poussait sa plainte lugubre dans les arbres, en parfaite harmonie, semblait-il, avec l'humeur des trois voyageurs. Fitch et Spence ne paraissaient guère mieux connaître le chemin que leur prisonnière et, aux questions qu'ils échangeaient, on devinait leur curiosité quant à ce qu'ils allaient trouver au bout.

Élise, elle, brûlait de savoir dans quelle demeure, donjon ou forteresse, elle allait se retrouver.

Après une crête, ils découvrirent, à la surprise d'Élise, que le sentier menait à un vieux château perché sur une éminence peu élevée, à quelque distance. Aussi gris et sinistres que le ciel d'hiver, les murs se dressaient au-dessus d'un éboulis rocheux proche d'un ruisseau pris par la glace et présentaient des brèches en plusieurs endroits. Des touffes d'herbe sèche perçaient, çà et là, la neige qui couvrait le rempart. Un pont étroit, en poutres solides, permettait de franchir le fossé et d'arriver jusqu'à la gueule béante du corps de garde. Au-dessus de l'entrée pendait de guingois une herse rouillée retenue par une unique chaîne. Les trois voyageurs passèrent dessous et pénétrèrent dans la cour. Élise n'y vit guère de quoi apaiser ses inquiétudes. Contre le mur ouest, l'entrepôt et les communs menaçaient ruine. A l'est se dressait une écurie délabrée où Spence conduisit les chevaux de bât. Le logis principal demeurait intact à l'angle des murs est et nord, mais la plupart des volets et nombre de fenêtres des premier et deuxième étages, de même que le toit d'ardoise pentu, avaient sérieusement besoin de réparations. Quelques fenêtres étaient ouvertes, comme pour accueillir les oiseaux qui voletaient autour.

Fitch eut un regard consterné pour ce qui l'entourait. Il finit par descendre de sa monture et s'approcha de la jeune femme, semblant vouloir éviter son regard. Sans un mot, il l'aida à mettre pied à terre et la suivit à distance tandis qu'elle montait les marches de l'entrée voûtée du donjon. La grande et lourde porte béait, n'offrant que maigre protection contre le vent. Élise scruta la pénombre de l'intérieur et avança prudemment, se demandant quelle créature, humaine ou non, elle risquait de rencontrer dans l'obscurité de la grande salle. Les sens en alerte, guettant le moindre mouvement, elle descendit les deux marches. Aucune bête féroce ne jaillit ; seule l'odeur des lieux l'agressa. Apparemment, le château n'avait pas connu de présence et d'attention humaines depuis bien longtemps.

D'énormes toiles d'araignée grisâtres pendaient du plafond aux poutres sombres et barraient les portes, les coins et recoins tandis que de minuscules déjections témoignaient du passage de petits rongeurs. Élise avança, ses jupes écrêtant les monticules de poussière accumulés par les courants d'air. Devant l'immense cheminée gisait une table, renversée, à côté de bancs empilés, dont certains brisés comme pour alimenter le feu. L'intérieur de l'âtre, tapissé de suie, disait l'utilisation intensive qu'on en avait faite. Une grosse bouilloire de fer pendait encore à un crochet et, à une poutre, diverses marmites et ustensiles couverts d'une épaisse couche de poussière.

Des escaliers de pierre montaient au premier étage, bordés de part et d'autre par de solides balustrades de bois. Un palier donnait accès à un autre escalier.

— Médiocre campement, soupira Élise, mais du moins serons-nous à l'abri du vent. La demeure de votre maître est-elle encore loin ? demanda-t-elle, se tournant vers Fitch.

— Je vous demande pardon, madame, grommela celui-ci, je crains que nous y soyons.

— Que nous y soyons ? Que voulez-vous dire ? Où sommes-nous ?

Fitch jeta un regard écœuré autour de lui, bien conscient que le lieu convenait difficilement pour s'abriter une seule nuit et moins encore pour y héberger une lady.

— Au château de Faulder, madame. C'est là ce que m'a indiqué l'agent.

Élise, toujours aussi stupéfaite, avait du mal à comprendre. Ils n'allaient certainement pas vivre dans ce logis délabré.

— Voulez-vous dire, demanda-t-elle d'un ton glacial, que nous allons vivre dans cette... porcherie ?

L'homme baissa la tête et gratta la poussière du bout du pied.

— Oui, madame. Du moins jusqu'à l'arrivée de Sa Seigneurie.

— C'est une plaisanterie ! dit-elle d'une voix faible.

— Je vous demande pardon, madame, dit Fitch, retirant son chapeau qu'il tordit dans ses mains inquiètes avant de s'éclaircir la gorge comme si les mots ne voulaient pas sortir. Je crains que ce ne soit pas une plaisanterie. C'est le château de Faulder, sans aucun doute.

— Vous ne pensez tout de même pas que je vais rester ici ! lança Élise, incrédule. (Elle se sentait soudain lasse, épuisée, plongée dans le désespoir à la pensée d'avoir à chercher refuge dans un tel antre.) Si votre seigneur et maître, reprit-elle, est assez riche et puissant pour s'assurer la loyauté de gens comme vous... et même d'un capitaine de la Hanse... et de bien d'autres encore... allez-vous prétendre qu'il ne peut nous fournir meilleur logis ? Devons-nous nous installer dans cette vermine ? (D'un geste, elle indiqua de minuscules traces de pattes laissées dans la poussière.) Quel homme est-ce pour nous envoyer dans de telles ruines ! Ce taudis doit dater de Charlemagne ou de quelque autre seigneur du passé.

Fitch continuait à triturer son chapeau tout en cherchant à excuser son maître.

— Ce n'est pas la faute de Sa Seigneurie, madame. Il a payé un loyer pour un manoir à Hambourg. C'est l'agent, Hans Rubert, le responsable. Il avait entendu dire que nous avions fait naufrage et a donné la maison payée par Sa Seigneurie à sa pauvre sœur veuve.

— Et je suppose que le bon Hans Rubert vous a laissé ce taudis pour une bouchée de pain.

Fitch, la tête basse, grommela, comme répugnant à parler de cela :

— Oui, pour une bouchée de pain.

Élise, les mains sur les hanches, éclata :

— Eh bien, mon bon ami, vous avez payé une bouchée de pain de trop ! Regardez autour de vous et dites-moi si l'on peut vivre dans une telle saleté.

Fitch écrasa son chapeau dans ses grosses pattes et répondit par une autre question :

— Peut-être avec un bon nettoyage ?

Élise, bouche bée, stupéfaite, demanda :

— Que dites-vous, Fitch ? Proposez-vous vos services ? Allez-vous vous mettre à quatre pattes et frotter le sol jusqu'à ce qu'il brille ? Allez-vous réparer la porte ? Gratter la cheminée ?

L'homme recula sous cet assaut de questions, mais Élise poursuivit, insistant :

— Allez-vous réparer les fenêtres, clouer les volets, ramoner les cheminées, fabriquer des tapis de sparterie pour réchauffer la pierre de ce sol ?

Fitch, le dos au mur, battit désespérément des bras.

— Nous n'avons pas le choix, madame. Jusqu'à

l'arrivée de Sa Seigneurie, nous n'avons pas de quoi louer meilleur logis.

— Hans Rubert vous a-t-il réglé la différence de loyer ? demanda-t-elle, devinant déjà la réponse.

— Non, madame, avoua Fitch à regret. Hans Rubert a prétendu que Sa Seigneurie lui devait de l'argent et il n'a pas voulu discuter avec un serviteur. J'ai dû puiser dans ma bourse pour le payer et je n'avais pas les moyens de faire mieux, avec tout ce qu'il nous fallait.

Élise regarda autour d'elle avec une stupeur croissante. Sans savoir pourquoi elle avait imaginé une riche demeure où elle pourrait trouver un bain, un appartement privé et une couche de plumes. Elle n'avait pu fermer l'œil de la nuit, sachant qu'on allait accoster. La longue attente dans le froid après le débarquement et la fatigante chevauchée n'avaient guère contribué à apaiser son impatience.

— De fait, il semblerait que nous n'ayons guère le choix. Demain, il nous faudra faire le compte de l'argent qui vous reste et savoir ce dont nous aurons besoin en priorité. Pour ce soir, nous devrons nous contenter de ce que nous trouverons.

— Une sacrée tâche, madame, pour sûr, commenta Fitch, lugubre.

Élise frissonna sous le courant d'air qui balayait la pièce.

— Un feu ne serait pas inutile, et peut-être quelque chose pour bloquer ces fenêtres qu'on ne peut fermer.

— Spence s'occupe des chevaux. Je vais aller chercher du bois et le ravitaillement. Ensuite je verrai ce qu'on peut faire pour arranger les fenêtres et les volets.

Le serviteur fila et Élise regarda l'escalier, se demandant si les chambres étaient en meilleur état que la grande pièce du bas. Elle releva ses jupes et grimpa les marches de pierre jusqu'au premier étage. Un petit couloir partait du palier. Il y avait là deux chambres, une petite qui convenait pour la femme de chambre d'une dame et une plus grande, dont la porte entrebâillée laissait passer un rai de lumière. Les gonds rouillés protestèrent quand elle poussa la porte. Avec dégoût, elle repoussa les toiles d'araignée et entra. Le sol était couvert d'une épaisse couche de poussière. Le jour pénétrait par plusieurs petites fenêtres étroites aux vitres colorées. Quelques-unes étaient ouvertes aux oiseaux et aux courants d'air tandis que les volets battaient au vent. Des poutres grossièrement équarries soutenaient le plafond et des toiles d'araignée décoraient le baldaquin d'un lit fermé par de solides panneaux de bois sculpté. Il ne restait, sur ce lit, que des lambeaux d'un matelas de plume. Entre la cheminée et les fenêtres, une autre espèce de baldaquin, en cuivre et bois, abritait une grande baignoire circulaire en cuivre. Ses tentures jadis élégantes n'étaient plus que de longues peluches de tissu qu'agitait le courant d'air. Des buffets, coffres, fauteuils et armoires sculptés complétaient le mobilier, intact mais couvert de poussière.

Élise imaginait parfaitement que la distance et la difficulté d'accéder au château avaient découragé les pillards. Son pire ennemi avait été la négligence.

Une paire de tabourets bas trônaient devant l'immense cheminée. Au même mur, plus près de la porte, pendait du plafond au sol une tapisserie qui recouvrait les panneaux de bois. Une couche de poussière grisâtre en cachait le dessin et Élise s'approcha pour voir comment le tissu avait supporté l'épreuve du temps. Remarquant un cordon qui pendait à côté, elle tira dessus, curieuse de voir à quoi il servait. Le cordon refusa de céder à sa légère traction et elle finit, exaspérée, par tirer violemment dessus. Un grincement de clou rouillé arraché du bois se fit entendre et Élise leva la tête. D'un seul coup, la tapisserie, la tringle à laquelle elle était accrochée et le lambrequin de bois dégringolèrent majestueusement tandis que les attaches cédaient l'une après l'autre dans des volutes de poussière grise et étouffante.

Élise, suffoquant, recula en titubant, remarquant à peine l'ouverture d'une porte qui s'était trouvée masquée par la tapisserie. En un instant, l'air se mit à grouiller de petites créatures noires et glapissantes qui voletaient autour d'elle. Saisie par l'horreur, Élise poussa un cri perçant et s'effondra.

Un bruit de pas se fit entendre dans l'escalier et Fitch

fit irruption dans la chambre, une lourde hache au poing, prêt à livrer bataille avec ours, loups ou tout autre assaillant.

— *Des chauves-souris!* cria-t-il en s'arrêtant au milieu de la pièce. (Tandis que repassaient dans son esprit les centaines d'horribles histoires courant sur ces créatures, il fendit l'air à coups de hache tout en hurlant :) Filez, madame ! Allez vous mettre à l'abri ! Je m'en occupe !

La hache sifflait dans l'air, sans grand résultat. Ses chausses au vent, debout sur un pied, Fitch continuait à frapper à grands coups circulaires.

Élise resta accroupie et rampa jusqu'à la porte. Quand elle reprit son souffle, elle vit que Fitch avait bravement chassé de la pièce les créatures ailées, avec un succès tel qu'il n'en demeurait aucune.

— Arrêtez, Fitch ! Vous avez remporté la victoire !

L'homme s'arrêta brutalement, bras écartés, la hache toujours prête, chancelant, roulant des yeux. Quand enfin il retrouva son équilibre et fut certain qu'il ne restait aucun ennemi, Élise jugea qu'elle pouvait sans risque se relever et secouer la poussière de sa robe.

— Regardez, Fitch, elles ont fui comme des démons devant un ange exterminateur.

— Oui, madame, haleta Fitch. Et j'ai dû en tuer... (il chercha autour de lui les preuves du carnage et fut troublé de ne rien voir)... au moins... une centaine...

— Oui, Fitch, dit Élise en riant. Mais je crains que la puissance de vos coups ne les ait projetées par les fenêtres. Par précaution, mieux vaut les fermer pour éviter leur retour

— Certainement ! dit Fitch qui se mit aussitôt au travail.

— Il va falloir bien nettoyer ce coin, observa Élise, montrant les saletés laissées par les chauves-souris. Quant à la tapisserie, elle exigerait davantage de soins.

Discrètement, Élise examina la porte qu'avait dissimulée la tapisserie, se demandant sur quoi elle pouvait donner. Mais il ne fallait pas éveiller l'intérêt de Fitch si elle voulait utiliser cette porte plus tard pour s'évader. Elle attendait d'être seule.

Élise n'était cependant pas la seule à s'intéresser à cette porte. Fitch se dit qu'il lui faudrait peut-être la boucler d'une manière ou d'une autre pour le cas où elle s'ouvrirait sur un passage secret qui pourrait faciliter une éventuelle évasion de la dame.

Élise sortit sur le palier et leva les yeux, se demandant quel abri pourraient offrir les pièces du second étage et ce qu'on y trouverait. Ne voulant pas risquer seule une nouvelle aventure, elle invita Fitch à l'accompagner.

— Venez. Vous veillerez sur moi pendant que j'examinerai les lieux. Si nous devions tomber sur d'autres bêtes, je préfère que vous soyez tout près avec votre force et votre vaillance.

— Oui, madame, dit Fitch en se rengorgeant. Mieux vaut que nous restions ensemble.

Élise suivit l'homme dans les escaliers de bois qui montaient en colimaçon à l'étage supérieur. Sur la gauche, le couloir menait au mur extérieur, percé de créneaux tous les deux ou trois pas. Sur la droite, comme à l'étage plus bas, il y avait deux portes dont la plus grande pendait sur ses gonds. L'autre s'ouvrait sur une pièce manifestement destinée à un serviteur car elle était pauvrement meublée et à peine plus grande qu'un vestiaire ou un cabinet.

Fitch essayait de jouer les désinvoltes, mais Élise remarqua que sa hache le précédait tandis qu'il repoussait la grande porte afin de l'ouvrir davantage. Il passa la tête dans la pièce et, en l'absence de danger immédiat, laissa Élise entrer. Apparemment, se trouvaient là les appartements du seigneur des lieux, avec une grande chambre, un vestiaire et un cabinet. Sans doute la pièce avait-elle été habitée, mais un trou béant dans le toit laissait voir une large portion de ciel. Sous l'ouverture un petit tas de neige avait gelé sur le plancher.

— Je crois que je vais prendre la chambre du dessous, dit Élise. Peut-être votre maître a-t-il un certain goût pour l'air vif de ce pays, mais pas moi.

Fitch demeura bouche bée en réalisant soudain qu'il n'y avait pas d'autre solution et que Sa Seigneurie serait fort fâchée de ces appartements. Perdu dans ses pensées, il ne suivit pas Élise quand elle fit demi-tour.

— Moi et Spence, murmura-t-il autant pour lui-même que pour la jeune fille, faudra qu'on arrange ce toit dès que possible.

Le sourire d'Élise montrait à l'évidence qu'elle ne se souciait guère de Sa Seigneurie.

— D'autres travaux sont prioritaires afin de rendre l'endroit habitable pour nous. Puisque votre maître ne doit pas arriver tout de suite, le toit attendra. Allons, venez, il y a beaucoup à faire avant de revenir à ce toit.

A regret, Fitch la suivit en bas, en grommelant dans sa barbe. Comment ce petit bout de femme avait-il pris la direction des opérations ?

— Nous allons commencer par balayer, ôter la poussière et laver. Il fait heureusement encore assez jour pour que nous puissions améliorer l'aspect des lieux avant la nuit.

La cape de laine tourbillonna autour d'elle, soulevant de petits nuages de poussière dans les escaliers. Élise descendait si vite que Fitch avait du mal à suivre. Quand elle s'arrêta brusquement, il faillit lui marcher sur les talons et dut l'éviter d'un pas de côté.

— Y a-t-il un puits d'où nous pourrions tirer de l'eau ? demanda-t-elle.

— Oui, madame. Il y en a un dans la cour. Et un autre dans l'écurie.

— Parfait. Il va nous falloir beaucoup d'eau pour nettoyer ce tas de pierres, lui lança-t-elle par-dessus l'épaule tout en reprenant sa descente. Et d'autres choses ! Qu'il vous faudra trouver, fabriquer ou emprunter. Des balais ! Des seaux ! Du savon ! Des chiffons ! Et de bons bras ! Mais pour l'instant je me contenterai de Spence et de vous.

Élise arriva sur le palier proche de la chambre qu'elle avait déclarée sienne et continua vers la pièce du bas.

— Il y avait ici une bouilloire...

Après quoi le seul souvenir de Fitch et Spence pour le reste de la journée fut le travail, le travail et le travail !

7

Élise chancelait, au bord de l'épuisement, quand elle se retira ce soir-là. Elle avait les membres si lourds qu'elle put à peine grimper jusqu'à sa chambre. Les progrès réalisés avaient été minimes compte tenu de la tâche monumentale à laquelle ils étaient confrontés. Élise se sentait abattue et quand elle eut refermé derrière elle la porte de sa chambre, elle tomba à genoux devant la cheminée et fixa les flammes dans un état d'hébétude. Des larmes brillèrent dans ses yeux tandis que l'assaillaient les souvenirs de son père et que d'angoissantes questions venaient l'obséder. Était-il en quelque prison ? Est-ce qu'on le torturait ? Était-il même encore vivant ?

Elle ferma les yeux et les larmes roulèrent sur ses joues. Une image hantait son esprit : celle de son père arpentant de long en large une cellule sombre, des fers aux poignets et aux chevilles, le visage émacié. Il portait des vêtements déchirés et sales, son manteau naguère luxueux était étroitement drapé sur ses épaules, seule protection contre le froid. Il fixait d'un regard vide le mur de sa prison tandis que tombaient lentement de ses lèvres des mots inintelligibles.

Élise, le visage dans les mains, se mit à sangloter. Elle souhaitait désespérément sortir d'ici, faire libérer son père, se retrouver chez elle dans ses bras protecteurs. Elle avait peur pour lui et était lasse d'être enlevée, brutalisée, avilie, lasse d'être captive, de ses cousins d'abord puis de la douteuse hospitalité d'un oncle cupide et de ces scélérats maintenant. Sa jeunesse aspirait à une autre vie plus gaie, à un père aimant, à des soupirants lui disant des sonnets passionnés et lui murmurant des déclarations de dévotion éternelle. Elle avait envie de danser, de sourire, de baisser timidement les yeux sous des propos galants. Elle aurait voulu vivre comme si la vie n'était faite que pour elle, comme si le monde, à ses pieds, attendait qu'elle le découvre.

Hélas, il n'en était pas ainsi et peut-être ne connaîtrait-elle jamais cette félicité !

Lentement, ses sanglots s'apaisèrent et elle leva la tête pour contempler la chambre sordide à travers ses larmes. Avec Fitch et Spence, ils avaient balayé, lavé les murs et nettoyé un coin de la chambre pour qu'elle puisse s'étendre sur des fourrures devant le feu, mais la réalité était là, dans ce lieu froid, sale et nu, avec son odeur de moisi et ses courants d'air qui sifflaient à travers les moindres interstices. Et son père était retenu captif quelque part, à moins qu'il ne fût mort.

Les faits étaient là, durs, réels, froids, et Élise réalisa que si elle cédait à ses rêves d'un monde meilleur sans commencer par améliorer sa situation dans celui-ci, elle demeurerait à jamais vaincue. Si elle souhaitait une vie plus douce, ou une vie de magnificence et d'exaltation, il lui faudrait travailler dur.

Elle réussit à maîtriser ses émotions, s'assit sur ses talons et essuya ses larmes. Elle poussa un long soupir apaisant tout en continuant à regarder autour d'elle. Avec quelques petites réparations, un bon nettoyage, une nouvelle toile pour le matelas, un peu de tissu, beaucoup de courage, d'astuces et de patience, on pouvait faire de cette pièce une chambre assez agréable.

Au matin, ses fermes résolutions faillirent chanceler devant le peu appétissant petit déjeuner : pain dur, viande salée et porridge gluant. En voyant la cuillère qui y restait collée, elle déclina l'offre de Fitch. Quand elle évoqua l'éventualité de faire venir une cuisinière de Hambourg, Fitch eut un pauvre haussement d'épaules et se préparait à donner les raisons qui s'y opposaient quand Élise l'arrêta.

— Peu importe, soupira-t-elle. Inutile de me le dire. Vous n'avez pas assez d'argent.

— Je suis désolé, madame, dit Fitch avec son sourire malheureux.

— Nous le serons tous si l'un d'entre nous n'apprend pas rapidement à faire la cuisine. J'ai dirigé des serviteurs pendant des années, mais je n'ai jamais fait la cuisine.

Fitch et Spence se consultèrent du regard et répondirent l'un et l'autre par la négative. Élise soupira et se mit à grignoter un morceau de pain. Elle se prenait à espérer une arrivée rapide de Sa Seigneurie avant qu'ils ne meurent tous de faim.

— Quand, exactement, doit venir ce seigneur, comte ou duc ? demanda-t-elle. Où est-il en ce moment et pourquoi n'est-il pas présent pour s'occuper de ces questions d'argent ?

— Il avait une importante affaire à régler, madame. Il sera là dans quelques jours.

— Une sombre histoire, sans doute, grommela Élise qui prit un air écœuré en tentant d'ôter une tache de sa robe de laine.

Peut-être eût-elle été de meilleure humeur si elle avait eu autre chose à se mettre pour nettoyer les lieux. Mais elle se refusait à ruiner ses beaux vêtements de velours bleu dans des travaux aussi salissants.

— Il va nous falloir retourner à Hambourg, annonça Spence. Il nous reste à peine de quoi manger pour aujourd'hui.

— Et nous n'avons plus beaucoup d'argent, lui rappela Fitch.

— Il va nous falloir trouver un marchand qui accepte de nous faire crédit jusqu'à l'arrivée de Sa Seigneurie.

— Et si Hans Rubert fait courir le bruit que Sa Seigneurie a péri en mer ? Entre toi et moi, Spence, combien crois-tu qu'on nous prêtera ?

— Il faut tout de même essayer ! dit Spence, cognant du poing dans sa paume pour souligner cette nécessité. Nous verrons bien si on nous refuse.

On convint qu'il fallait faire le voyage et l'on s'aperçut que bien des problèmes se présentaient. Spence ne faisait pas confiance à Fitch pour trouver un commerçant qui leur prêterait une oreille sympathique et il ne le croyait pas davantage capable de surveiller la jeune femme. Leur prisonnière avait déjà montré qu'elle était plus vive d'esprit que lui.

Fitch, pour sa part, doutait lui aussi des capacités de son compagnon au vu des canassons qu'il avait achetés.

— Il est sûr que tu n'as pas le coup d'œil pour ce qui est des chevaux.

— Avec les quelques sous dont on disposait, fulmina Spence pour sa défense, qu'espérais-tu après avoir vidé la bourse de Sa Seigneurie pour ce tas de pierres ? Je n'ai rien pu trouver de mieux pour le prix !

— Puis-je émettre une suggestion ? demanda suavement Élise. Si vous me permettiez de me joindre à vous, je pourrais me montrer utile. Si je ne sais pas la langue allemande, je connais en revanche les manières et affaires des nobles seigneurs et de leurs dames. Il est bien connu qu'on ne prête pas aux pauvres.

Fitch rejeta aussitôt une telle idée d'une forte dénégation.

— Si elle s'évade, nous aurons affaire à Sa Seigneurie.

— Et nous aurons affaire à lui si le toit n'est pas réparé, railla Spence. Moi je dis qu'elle a raison. Ce n'est pas à nous d'aller demander du crédit.

— Tu sais comme elle est rusée ! Et qu'est-ce qu'on va dire si elle raconte que nous l'avons enlevée ? Nous aurons tout Hambourg aux trousses.

— Qui s'en soucierait à Hambourg ? C'est une Anglaise.

— Et fort jolie fille ! observa Fitch. Elle pourrait plaire à quelqu'un qui la recueillerait.

— Moi je dis qu'il faut qu'elle vienne. On la gardera à l'œil... et on gardera un œil encore plus attentif sur les hommes.

Fitch leva les bras au ciel, s'avouant vaincu.

— Elle sera notre mort, tu peux me croire ! Si les marchands ne nous pendent pas, Sa Seigneurie pourrait bien s'en charger.

Les inquiétudes de Fitch ne firent que croître quand il vit Élise descendre les escaliers élégamment vêtue de sa robe de velours bleu et drapée dans sa cape. Les cheveux séparés par une raie médiane et arrangés en une coiffure floue laissaient échapper quelques mèches bouclées du ruban noué sur sa nuque. Elle avait fière allure et ne ressemblait en rien à la jeune femme crottée qui avait rivalisé avec eux dans les travaux de nettoyage, lavant, grattant, frottant et raccommodant.

Le voyage jusqu'à Hambourg parut moins long à Élise que lors de son arrivée sous le vent glacial. Peut-être se sentait-elle de meilleure humeur à la perspective de retrouver la civilisation et de pouvoir parler à d'autres gens. Même s'il allait lui être difficile de se faire comprendre, elle ne serait plus totalement prisonnière, et peut-être se présenterait quelque occasion de fuite quand elle se trouverait dans la cité portuaire.

Avant même de parvenir à la place du marché, d'appétissants effluves lui arrivèrent d'une auberge voisine. Le voyage matinal n'avait rien valu à son estomac qui protestait.

Fitch leva le nez et se mit à humer l'air comme un chien de chasse affamé sur la piste d'une oie blessée. Ils n'eurent pas besoin de paroles pour diriger, d'un commun accord, leurs montures vers l'auberge. Chacun semblait vouloir y arriver le premier et, une fois descendus de cheval, les deux hommes se retirèrent pour compter les pièces restant dans la bourse de Sa Seigneurie.

— C'est ma foi vrai ! s'exclama Spence, surpris. Il y a tout juste de quoi attendre l'arrivée du maître. Et combien as-tu donné à Hans Rubert ?

Les joues de Fitch prirent une belle teinte pourpre tandis qu'il croisait les bras, outragé.

— Et toi, tu veux me dire combien tu as payé ces fringants coursiers ? Il est clair qu'on t'a pris pour un idiot.

— Holà, bonhomme ! C'est moi le responsable, maintenant ? Si tu avais insisté, Hans Rubert nous aurait donné la maison louée par Sa Seigneurie et nous n'aurions pas eu besoin de montures.

— Ça suffit ! Va conduire la dame à l'auberge pendant que je reste là à garder ces méchants bidets.

— Oh, non ! Je n'ai pas envie de t'écouter gémir et te plaindre que je suis allé me remplir la panse pendant que tu restais au froid.

Les deux hommes, presque nez à nez, se poussaient mutuellement du doigt, tellement plongés dans leur querelle qu'ils ne virent pas Élise s'éloigner à pied. Elle avait aperçu les mâts des navires au bout de la rue et profitait de l'inattention de ses gardiens.

Ses espoirs se précisèrent quand elle arriva près du quai, mais elle ralentit le pas pour plus de précaution, essayant de repérer le capitaine Von Reijn. On était toujours en train de décharger son navire, mais, s'il se trouvait à bord, peut-être ne la remarquerait-il pas au milieu de l'activité du quai. Se faufilant entre les étals et les charrettes des commerçants, elle regarda attentivement les navires à l'ancre. Elle rabattit le capuchon sur sa tête, sans se rendre compte de l'intérêt qu'elle avait soulevé parmi les marins et les marchands. On ne voyait guère de dames sur les quais, à moins qu'elles ne fussent à la recherche de quelques pièces à gagner, et celle-ci paraissait des plus séduisantes. Elle était jeune, belle et bien habillée, ce qui indiquait déjà son prix. Manifestement, elle n'était pas pour de vulgaires matelots mais pour des hommes qui pouvaient s'offrir une friandise de choix.

Un vieux capitaine aux cheveux blancs donna un coup de coude à son voisin plus jeune pour appeler son attention sur la femme. Ses beaux yeux bleus s'arrondirent de surprise avant de briller d'une lueur amusée. Murmurant une excuse, Nicholas quitta le vieux capitaine pour se frayer un chemin dans la foule. Il avait espéré oublier jusqu'au souvenir de la beauté d'Élise, mais en s'arrêtant près d'elle il fut surpris de ce qu'elle provoquait en lui. Il avait trente-quatre ans, mais cette fille lui fouettait le sang comme un cerf à son premier rut.

Nicholas retira son chapeau, découvrant le chaume de ses cheveux, et souffla à Élise ce mot qui était devenu comme un nom :

— *Vrouwelin ?*

Élise se retourna, le souffle coupé. Elle le regarda, stupéfaite, incapable de croire à une telle malchance. Tomber sur le capitaine Von Reijn, au milieu de tous ces gens !

Nicholas, la tête légèrement penchée, la considérait avec un petit sourire.

— Auriez-vous échappé à vos gardiens et seriez-vous à la recherche d'un navire pour rentrer en Angleterre ?

Élise, furieuse, se détourna, lui présentant son profil.

— Vous ne me croiriez pas si je vous disais le contraire, alors pourquoi vous répondre ?

— Bien peu de navires vont quitter le port avec l'hiver qui approche, *vrouwelin*.

Elle lui jeta un vague regard puis, le nez en l'air, fixa le lointain avec insistance.

— Où avez-vous laissé Fitch et Spence ? demanda le capitaine.

— Là-bas, répondit Élise avec un petit geste du menton. En train de discuter pour savoir qui de nous mangera.

— Un problème ? interrogea Nicholas.

— Rien que ne pourrait résoudre une bourse plus pleine et de meilleurs cuisiniers. Sa Seigneurie, le Ciel la bénisse, a laissé la gestion de ses finances à deux faibles d'esprit. Il ne leur reste que quelques pièces jusqu'à son retour et aucun des deux n'a le moindre talent de cuisinier.

— Pour moi, le crédit de Sa Seigneurie est excellent. Que leur faut-il ?

— Tout ! A commencer par un toit.

Un petit rire secoua les larges épaules de l'homme.

— Ce ne peut-être aussi noir que vous le dites. Je connais bien le manoir loué par Sa Seigneurie. C'est une belle maison.

— Ah ! L'endroit où nous sommes est le château de Faulder, qui se trouve loin de la ville et n'est pas beau du tout.

— Le château de Faulder ? répéta Nicholas, réfléchissant un instant avant de rire de bon cœur. Ainsi, Hans Rubert a osé ! Eh bien, il ne va pas tarder à le regretter. Sa Seigneurie ne va pas être contente du tout.

— *Si* jamais elle revient.

— C'est une joie de vous revoir, *Engländerin*, affirma Nicholas, en laissant son regard s'attarder sur Élise. Et je vais conclure un marché avec vous, *ja* ? Si, au printemps, vous tenez toujours à rentrer en Angleterre, je vous ramènerai sur mon navire.

— Vous me donnez votre parole ? demanda Élise avec une surprise manifeste.

— *Ja*, je vous donne ma parole que je le ferai.

— Et à quel prix ?

— Je n'ai que faire de votre argent, *vrouwelin*. Votre compagnie me suffira.

— Je peux payer, dit-elle sèchement, peu désireuse de paraître vouloir accepter ses attentions. Je n'ai pas besoin de votre charité.

— Gardez donc votre argent, ou mieux : placez-le où il vous rapportera un bon intérêt pendant que vous êtes ici.

— Et à qui m'adresserai-je pour cela ? A Hans Rubert ?

— J'ai le sentiment que Hans Rubert ne va pas tarder à connaître des difficultés. *Nein, vrouwelin*, je vous rendrai ce service. Et pour vous prouver que vous pouvez me faire confiance, je puiserai dans ma bourse jusqu'à ce que vous ayez des intérêts. Dites-moi seulement combien vous souhaitez investir.

Élise réfléchit un moment et décida qu'on pouvait se fier à sa parole, du moins pour ce qui était de sa fortune. Elle tira de sa cape une bourse de cuir où elle avait placé un tiers de son argent, le reste se trouvant en sécurité sous ses jupes.

— Voici cinquante souverains d'or pour en faire le meilleur usage possible. Dans un mois, j'attendrai la restitution de mon investissement et un gain substantiel. Est-ce un délai trop court, capitaine ?

Nicholas fit sauter la bourse dans sa main pour apprécier son poids, puis il sourit.

— Le délai est suffisant, *vrouwelin*. En fait, je sais déjà qui en aura l'utilisation.

— Cap'taine Von Reijn ! lança Spence, arrivant en courant, agitant les bras, suivi de près par Fitch qui affichait un sourire de soulagement.

— Vous l'avez retrouvée, murmura celui-ci, tout joyeux. Ô Sainte Mère, j'ai failli perdre l'esprit en voyant qu'elle avait disparu. Elle ne nous échappera plus, ajouta-t-il, empoignant fermement la cape d'Élise. Je m'en assurerai. Nous allons la garder bouclée jusqu'à l'arrivée de Sa Seigneurie.

Élise lui jeta un regard noir qui aurait dû le consumer, mais il parut se rasséréner en acceptant une lourde bourse du capitaine.

— Voilà qui devrait satisfaire vos besoins jusqu'au retour de Sa Seigneurie, dit Nicholas. Je suis convaincu que la question du château de Faulder et d'Hans Rubert ne tardera pas à être résolue. (Puis, se tournant pour s'incliner devant Élise :) *Guten Tag, Engländerin*. Nous nous reverrons dans un mois.

Élise sourit et acquiesça d'un signe de tête.

— Dans un mois, donc, capitaine.

8

La porte d'entrée s'ouvrit brutalement sous une forte bourrasque et, au milieu d'un tourbillon de neige, une haute silhouette drapée dans une cape franchit le seuil, comme projetée par le vent. L'homme retroussa le capuchon qui lui couvrait la tête et se tourna vers la cheminée d'où Fitch et Spence le regardaient, figés par la surprise. Ses épais cheveux clairs avaient été coupés court et il avait rasé la barbe qui naguère ornait son menton solide. Après un instant pendant lequel ils semblèrent incapables de mouvement, Fitch et Spence bondirent en reconnaissant l'homme, manquant renverser la table sur laquelle ils étaient en train de dîner, et se précipitèrent pour accueillir le visiteur.

— Lord Seymour ! On vous reconnaît à peine sans votre barbe, s'exclama Fitch, s'étouffant à demi avec une bouchée de lapin qu'il tentait d'avaler. Nous sommes bien soulagés de vous voir, milord. On disait que vous aviez péri en mer.

Gêné, Fitch tentait de dissimuler son profil au marquis pour qu'il ne pût distinguer la longue éraflure rouge qui lui marquait la joue.

Seymour leva un sourcil intrigué quand Spence s'avança pour prendre sa cape trempée par la neige : il avait une bosse au front et un œil au beurre noir.

— Qu'est-ce qui se passe ? On dirait que vous êtes tombés sur une bande de gredins. Vous êtes-vous encore battus pour quelques sous ? Ou avez-vous été assez fous pour tenter d'empêcher qu'on vous enlève cette triste demeure avant mon arrivée ? Par Dieu, vous auriez mieux fait de la laisser prendre. C'est un pauvre abri, en vérité. Pourquoi êtes-vous ici et non au manoir que j'ai loué ?

Se tordant les mains d'inquiétude, Fitch expliqua, avec un timide haussement d'épaules :

— Nous sommes allés chercher les clés auprès d'Hans Rubert comme vous nous l'aviez indiqué, milord, mais l'agent a prétendu que vous aviez péri en mer, à ce qu'on racontait, et qu'il avait laissé la demeure à sa sœur qui était veuve.

— Et la bourse que je lui avais remise pour qu'il me conserve la maison ? demanda Maxim dont la voix trahissait l'irritation. Où est-elle ?

Incapable de croiser le regard acéré du marquis, Fitch recula, descendant vivement les deux marches de l'entrée.

— Il ne m'a rien donné, milord, mais il a dit que le château était à vous pour le temps qu'il vous plairait.

— *Le diable t'emporte !* tonna Maxim, marchant sur Fitch qui recula en trébuchant.

— Nous ne savions pas quoi faire, milord, intervint Spence pour tenter de calmer le courroux de Sa Seigneurie. Ce n'était pas un endroit où amener une dame, pour sûr, mais avant que le capitaine Von Reijn nous donne une bourse nous n'avions guère d'argent pour louer une autre demeure.

— Je m'occuperai d'Hans Rubert en son temps, promit Maxim. Il est heureux que le capitaine Von Reijn soit venu m'accueillir au port et m'ait dit où vous étiez, sans quoi je ne vous aurais jamais trouvés. Le capitaine ne m'a donné aucune explication. Il m'a seulement parlé d'un petit ennui. C'est donc cela ? Et la dame ? Est-ce que tout va bien en ce qui la concerne ?

— Oui, milord, dit Fitch, roulant des yeux vers son compagnon, comme s'il ne souhaitait guère évoquer cette question. Nous pouvons vous assurer qu'elle est solide et en bonne santé.

— Pour sûr, s'empressa de confirmer Spence. La

jeune dame est aussi fraîche qu'un matin de printemps.

— Et que vous est-il arrivé que vous me présentiez ces visages meurtris ?

Les deux hommes s'empressèrent, l'un de secouer la neige de la cape qu'il tenait, l'autre d'inviter le marquis, d'un geste de la main, à s'approcher de la cheminée.

— Venez vous réchauffer devant le feu, milord. Et partager notre repas, encore qu'il ne sera sûrement pas à votre goût, proposa Fitch en installant une lourde chaise à haut dossier au bout de la table, près de l'âtre.

Maxim les observait, le regard soupçonneux, se demandant ce qu'ils essayaient de cacher. On aurait dit des enfants surpris à quelque bêtise.

— Eh bien ? Êtes-vous devenus muets ? Je voudrais savoir ce qui s'est passé ici.

Les deux hommes sursautèrent et Fitch fut le premier à réagir.

— C'est la jeune dame, milord. Elle s'est fâchée contre nous parce que nous l'avions enfermée dans sa chambre et que nous ne voulions pas qu'elle en sorte.

— Allons, j'attendais de vous une histoire plus vraisemblable, dit Maxim, doutant que la douce et frêle beauté qu'il avait connue pût s'emporter avec tant de violence.

Et cependant ses hommes paraissaient sincères.

— Vrai, milord, après qu'elle eut tenté de s'échapper, à Hambourg, nous l'avons ramenée et bouclée dans sa chambre.

— Elle était enragée contre nous, confirma Spence. Nous lançant des malédictions et tout ce qui lui tombait sous la main. Fitch lui apportait à manger quand elle l'a frappé à la tête avec une bûche et essayé de filer. Moi, elle m'a poché un œil quand je l'ai saisie et elle m'a cogné la tête en refermant la porte quand je l'ai ramenée à sa chambre. Elle ne voulait pas qu'on l'enferme.

— Et la dame ? Elle n'a pas été blessée dans tout cela ?

— Non, milord ! répondit vivement Spence. Elle est simplement furieuse contre nous, c'est tout.

Maxim était tenté de juger leur récit très exagéré, toute cette violence ne cadrait guère avec l'image de la fragile beauté qu'il avait connue. Il voulait en savoir plus.

— Je m'occuperai de la dame moi-même, dit-il, traversant la salle et grimpant les marches deux à deux, impatient de satisfaire sa curiosité. Arrivé à l'étage, il traversa le couloir et s'arrêta devant la massive porte de chêne. Il frappa légèrement.

— Madame, êtes-vous vêtue ? J'aimerais vous parler.

Seul le silence lui répondit, et après plusieurs tentatives infructueuses, Maxim souleva le loquet et poussa la porte. La pièce où il pénétra lui parut vide.

— Arabella ? Où êtes-vous ?

Élise, plaquée contre le mur, s'était préparée à attaquer ce mortel assez stupide pour oser entrer dans sa chambre. Mais elle s'était figée en reconnaissant la voix chaude qui évoquait pour elle un escalier obscur de Bradbury Hall, et elle baissa le bras qui brandissait le tabouret avec lequel elle avait eu l'intention d'assommer le visiteur. L'homme était maintenant vêtu comme un riche seigneur, il avait rasé sa barbe, mais on ne pouvait s'y tromper: c'était bien le séduisant brigand.

— Que diable... ? Que faites-vous ici ? lui demanda-t-il en la découvrant.

— Ainsi c'était vous ! fulmina Élise avec une lueur d'indignation dans les yeux. C'est vous qui leur avez ordonné de m'enlever ! Et pendant tout ce temps j'ai cru... aah !

Le tabouret, vivement relevé, fut balancé avec toute la force d'une fureur outragée. Maxim bondit en arrière pour l'éviter et, alors qu'il regardait, stupéfait, cette furie, un deuxième tabouret le menaça à nouveau. Il devenait urgent de désarmer cette femme et il se précipita sur elle.

— Où est Arabella ? demanda-t-il sèchement, inspectant la pièce d'un regard rapide.

— Ainsi, c'est Arabella ? gronda haineusement Élise. (Il avait demandé à ses hommes de se saisir d'Arabella et c'était elle qu'ils avaient enlevée. Elle lui répondit, avec une moue méprisante:) Arabella se trouve sans doute où doit être une bonne épouse... aux côtés de son mari... très certainement en Angleterre.

— *En Angleterre ?* éclata Maxim qui comprenait maintenant. (Il ne se souvenait que trop bien de cette mégère. Au moment où il montait l'escalier de Bradbury Hall pour expliquer à Arabella la raison de son enlèvement, il avait dû modifier ses plans en tombant sur cette femme qui l'avait reconnu. Et voilà qu'elle se trouvait maintenant là, à la place de son ancienne fiancée. Et elle en était sans doute responsable, par calcul ou malchance.) Pour quelle raison êtes-vous ici ? demanda-t-il.

Avec un haussement d'épaules désinvolte, Élise avança la main vers la porte.

— Demandez à vos hommes. Ce sont eux qui m'ont enlevée.

— Je leur avais donné pour instruction d'amener Arabella ici. Que faites-vous à sa place ?

— Espèce de bouffon stupide ! Vous n'entendez pas ce que je vous dis. Demandez donc à vos acolytes ! Cette paire de gourdes m'attendaient dans la chambre d'Arabella. Et ils m'ont aussitôt emmenée !

— Je vais les étrangler de mes propres mains ! gronda Maxim, sortant en trombe de la pièce, continuant à tonner en dégringolant les marches trois à trois. Fitch ! Spence ! Où diable êtes-vous ?

Les deux hommes se trouvaient dehors, à quelques mètres du manoir, quand la voix de Maxim les figea. Se hâtant de faire demi-tour, ils passèrent le seuil en même temps, réussissant à s'y coincer, jurant et criant avant de parvenir à se dégager. Haletants, ils s'approchèrent du marquis qui, les poings sur les hanches, les fixait avec un tel regard qu'il désamorça leur timide sourire.

— Savez-vous *ce que vous avez fait* ? gronda Maxim.

Ils se regardèrent, confus. Un bruit de pas leur fit lever des yeux inquiets sur la jeune femme qui descendait lentement les escaliers, l'air ravi, comme goûtant déjà la scène à venir. Quel venin avaient-ils éveillé dans son cœur pour qu'elle se réjouisse à l'idée de ce qui les attendait ?

Leur regard passa de leur maître à la jeune fille et ils comprirent que ni l'un ni l'autre n'exprimait la félicité de deux amants réunis. Le marquis était vraiment furieux, cela ne faisait aucun doute. On lisait la colère dans ses yeux verts et un tic agitait ses pommettes. Ce signe, qu'ils avaient appris à connaître, ne présageait rien de bon.

En se tournant vers l'escalier, Maxim demanda, d'une voix qu'il s'efforça de rendre calme :

— Voulez-vous être assez aimable, madame, pour nous dire qui vous êtes ?

Élise continua à descendre lentement les marches avec la dignité distante d'une reine.

— Je suis Élise Madselin Radborne, dit-elle, sa voix résonnant dans la pièce. Unique descendante de Sir Ramsey Radborne, unique nièce d'Edward Stamford et cousine de sa fille, Arabella.

Les deux serviteurs en demeurèrent bouche bée, fixant Élise comme s'ils ne parvenaient pas à y croire. Puis ils se tournèrent timidement vers le marquis, comprenant enfin la raison de sa colère. Lui aussi regardait Élise, tout aussi surpris, parut-il, par ce qu'il venait d'entendre, mais toujours aussi furieux quand il revint à ses hommes.

— Vous comprenez maintenant ce que vous avez fait ? gronda-t-il.

— S'il vous plaît, milord, risqua Fitch. Nous ne savions pas !

— Vous auriez dû vous en assurer ! Ne vous avais-je pas dit comment elle était... ?

— Oui, et nous étions certains que c'était bien elle.

— Brune, avais-je dit !

Fitch leva la main, comme pour appeler l'attention du marquis sur les longs cheveux qui tombaient sur les épaules d'Élise.

— Et est-ce que ce ne sont pas là des cheveux bruns, milord ?

— Es-tu aveugle ? Ne vois-tu pas qu'ils sont roux ?

— Brun-roux ? risqua de nouveau Fitch.

— Les yeux gris ! Pas bleus !

Renonçant à discuter plus avant avec un maître

enragé, Fitch se glissa derrière son compagnon d'infortune, le laissant répondre.

— On pouvait aisément se tromper, milord, dit Spence. La chambre que vous nous aviez indiquée était plongée dans l'obscurité. Et pendant que nous attendions, seule cette dame est entrée. Il n'y avait personne d'autre, milord.

— On vous avait dit d'enlever Arabella ! hurla Maxim, si fort qu'il fit également sursauter Élise. (Celle-ci comprit la terreur des deux serviteurs. Par sa seule présence, le marquis dominait toute la pièce. Il se tournait vers eux, maintenant, leur lançant, au sommet de sa fureur :) Au lieu de quoi vous m'avez encombré de cette gamine excitée ! Et dont je n'ai rien à faire ! Edward Stamford s'intéresse bien trop à ses richesses pour se soucier de sa disparition.

— Vous pouvez toujours me renvoyer, coupa Élise.

Maxim la regarda, comme abasourdi par une telle idée, et il reprit, du même ton furieux :

— Croyez-moi, madame, je n'y manquerais pas si c'était possible, mais je crains que votre retour ne soit hors de question pour l'instant.

— Si vous craignez que je révèle votre cachette ou que je raconte que c'est vous qui m'avez enlevée, je vous promets de garder le silence. Vous avez ma parole.

— On m'accuse de meurtre et de trahison, madame, dit Maxim, sarcastique. Je doute que vous puissiez entacher davantage ma réputation. Songez en outre, madame, qu'Élisabeth n'a ici nulle autorité et que je suis donc à l'abri de la hache du bourreau.

— Vous n'avez pas besoin de moi ici. Vous l'avez dit vous-même. Je vous prie de me laisser partir.

— Néanmoins, madame, vous resterez.

Élise cogna du pied, furieuse à son tour.

— Vous devez me laisser partir. Il faut que je rentre pour retrouver mon père ! Il est peut-être quelque part, blessé... ou pis encore ! Et je suis la seule à me soucier de lui. Il a besoin de moi. Vous ne comprenez donc pas ?

— Je sais qu'on a pris Sir Ramsey Radborne. Si vous êtes vraiment sa fille, je peux même ajouter qu'il aurait été emmené à bord d'un navire qui devait quitter l'Angleterre. Si ce renseignement est exact, il vous serait donc inutile d'y retourner pour le chercher.

Élise le regarda, frappée d'horreur.

— Pourquoi l'aurait-on pris ? Où l'aurait-on emmené ? Et pour quelle raison ?

— N'importe où, répondit laconiquement Maxim.

— Je ne resterai pas ici ! lança Élise, au bord des larmes.

Comment pouvait-elle espérer retrouver son père quand il lui fallait maintenant fouiller le monde entier ?

— Pour l'instant, vous n'avez d'autre choix que d'accepter mon hospitalité, dit Maxim, se tournant et s'inclinant légèrement. Toutes mes excuses.

Elle traversa vivement la pièce et vint s'accrocher à son bras jusqu'à ce qu'il consente à la regarder de nouveau. Il baissa les yeux, amusé, avec un sourire presque méprisant, et Élise eut le désir soudain de labourer de ses ongles ce visage séduisant.

— Votre bande de brigands m'a arrachée de chez mon oncle. Ils m'ont enfermée dans un coffre et amenée dans ce tas de ruines. Et voilà que vous me demandez pardon. Eh bien, Monsieur l'Assassin, je vous dirai que vos piètres excuses ne suffisent pas à me faire oublier ce que j'ai enduré.

— Et que voudriez-vous que je fasse, madame, pour obtenir votre pardon ?

— Je n'aurai de cesse que mon père soit retrouvé. Ne comprenez-vous pas ? En Angleterre, du moins, aurai-je davantage de chances de rencontrer quelqu'un qui saura où on l'a emmené. Vous devez me ramener immédiatement.

— Impossible, dit Maxim, avec un haussement d'épaules désinvolte.

Élise grinça des dents et se dressa sur la pointe des pieds pour lui lancer ses menaces au visage.

— Monsieur, je dois vous dire de prendre garde ! Vous n'aurez pas un instant de répit dans ce tas de pierres tant que j'y demeurerai ! Je vous ferai une telle vie que vous regretterez le jour où vous avez ordonné d'enlever Arabella. Peut-être ma cousine aurait-elle consenti à vous donner son amour et sa compagnie mais de moi vous n'aurez que haine et mépris. Le cri des sorcières vous réveillera, et le soir venu vous souhaiterez un repos que vous ne trouverez jamais.

Maxim eut un petit rire sceptique.

— Allons, madame, vous êtes bien trop faible pour donner corps à vos menaces. (La voyant devenir pâle de rage, il lui posa sur l'épaule une main apaisante.) Calmez-vous et songez à ce que vous dites. Je l'ai emporté sur des hommes qui faisaient deux fois votre taille. Ce serait folie de ma part que de songer à me défendre d'un aussi faible ennemi.

— Je ne vous en tourmenterai pas moins, monsieur, jusqu'à ce qu'on me libère, cracha Élise, en se dégageant.

Comprenant qu'elle parlait sérieusement, Maxim ne put qu'admirer la ténacité de la jeune femme. Jamais il n'en avait rencontré de semblable.

— Soyez raisonnable. Si vous m'importunez par trop, je vous ferai de nouveau boucler et ni vous ni moi...

— Il faudra me tuer, lança Élise dont le bras menaçait le souriant visage.

Maxim l'arrêta sans mal et bloqua le poignet dans l'étau de ses doigts.

— Voyez comme vos menaces sont folles, gronda-t-il presque gentiment, lui tordant la main devant ses tentatives répétées de se libérer. Ma foi, si j'étais bon juge, je dirais que vous êtes... euh, plutôt frêle... comme toutes les jeunes filles.

N'étant pas femme à supporter les dénigrements, Élise tenta de lui donner un coup de pied, mais Maxim esquiva, lui enlaça la taille et la souleva, la plaquant contre lui. Avec un cri de surprise outragée, elle s'accrocha à ses épaules pour ne pas tomber, horrifiée qu'il pût se montrer si désinvolte avec elle. La robe de laine informe ne contribuait guère à préserver sa pudeur, et elle avait affreusement conscience de l'audacieuse position des mains de cet homme sur le bas de ses reins, des mains dont elle ressentait la tiédeur à travers la mince étoffe, lui empourprant les joues.

— Que dites-vous, jeune fille ? demanda Maxim dont

le regard s'attarda un instant sur la poitrine d'Élise qui se soulevait à un rythme accéléré. Qui sera le renard et qui le lièvre ? Je vous croquerai sûrement. Et comme un délicieux morceau, je pense.

Élise ne protesta pas, et même elle se fit plus douce. Si elle ne pouvait se montrer la plus forte contre les muscles puissants de ce gredin, elle allait user de toute sa ruse féminine. Avec un sourire timide, elle s'abandonna, feignant un émoi qui aurait désarmé n'importe quel homme, et qui eut sur Maxim un effet foudroyant. Ce corps souple et peu vêtu qui glissait contre le sien alors qu'il desserrait son étreinte, cette douce poitrine qui lui effleurait le visage, toute cette féminité réveillèrent ses sens depuis longtemps sevrés. L'abandon apparent d'Élise le désarma et elle en profita pour lui saisir fermement l'oreille entre les dents et tirer dessus.

Dans le même temps qu'il poussait un cri, Maxim la libéra et Élise bondit, rapide comme un lièvre effrayé, et fila se réfugier derrière la table d'où elle regarda le marquis qui tenait son oreille ensanglantée. L'attaque d'Élise lui avait fait l'effet d'une douche glacée qui ne calma cependant pas sa fureur.

— Attrape-moi si tu le peux, renard, railla Élise en riant. (Puis, feignant la commisération, elle demanda :) Ai-je fait très mal au renardeau ?

Exaspéré par la malice de cette petite peste, et bien décidé à lui apprendre sur les hommes une leçon qu'elle n'oublierait pas de sitôt, Maxim l'approcha comme si elle était un animal sauvage menaçant de filer à tout instant. Élise le suivait des yeux, méfiante, attendant le moment où il n'aurait plus qu'à étendre la main pour la saisir. Elle l'esquiva alors avec une agilité qui le surprit, puis elle s'empara d'une bassinoire à long manche suspendue au-dessus de la cheminée, dont elle réussit à lui donner un coup sur le côté du crâne.

— *Suffit, espèce de mégère !* tonna Maxim, convaincu qu'elle avait bel et bien eu l'intention de l'assommer.

Élise fila vers les escaliers, consciente du danger qui l'attendait.

— Milord, épargnez-la ! lança Spence, agitant frénétiquement les bras.

Maxim, hors de lui, ne lui prêta aucune attention et bondit après la jeune fille. Fitch et Spence suivirent, maladroits, ne sachant trop ce qu'ils pourraient faire pour l'arrêter s'il donnait libre cours à sa violence. Jamais ils ne s'étaient trouvés devant un tel dilemme car Sa Seigneurie se comportait d'ordinaire fort civilement avec les dames. Ayant fait l'expérience de la malveillance de la jeune fille, ils comprenaient cependant que le marquis fût excédé. De fait, elle constituait une rude adversaire, pour des manants comme pour un seigneur.

Élise passa devant un lourd candélabre qui trônait près de la rampe et, avec l'énergie du désespoir, elle le fit dégringoler derrière elle. Dans sa chute, il heurta Maxim en travers du tibia et l'envoya dans les escaliers. Il leva les yeux pour voir disparaître les jupes d'Élise sur le palier. Une porte claqua, puis ce fut le bruit d'une barre retombant en place qui se répercuta à travers le château.

— Milord ! Êtes-vous blessé ? demanda Spence, inquiet, prenant le bras du marquis et soulagé que les circonstances n'aient pas nécessité l'emploi de la force pour l'arrêter.

— Au large ! grogna Maxim en se dégageant, les yeux fixés sur le palier supérieur.

Il était ulcéré de constater que la jeune fille n'était pas aussi impuissante qu'il l'avait pensé. Ce n'était pas le faible lièvre qu'il avait imaginé mais plutôt une tigresse insoumise.

Portant la main à son oreille blessée, il s'en prit aux deux serviteurs qui restaient là à le regarder :

— Alors ! Qu'avez-vous à dire pour essayer de vous justifier ?

— Que dire, milord ? répondit Fitch, se passant nerveusement les mains sur son gros ventre. Nous avons commis une terrible erreur, pour sûr, et si vous décidiez de nous couper les mains nous le mériterions.

— Spence ? fit le marquis, le sourcil levé, attendant l'explication de l'autre.

— Je me sens tout contrit à son propos, milord. Surtout que nous avons tout fait rater. Si vous vouliez bien me le permettre, je la ramènerais chez son oncle où nous l'avons prise.

— Il y a une autre raison qui m'empêche de la laisser partir, répondit Maxim après avoir lentement regardé Spence.

— Laquelle, milord ?

— Son père a été enlevé et je suis persuadé qu'elle serait en grand danger si nous la ramenions en Angleterre avant qu'il ne soit libre. Elle n'a personne pour la protéger à part Edward et je connais le bonhomme.

— Dans ce cas, milord, c'est pour son bien que nous devons la garder.

— Exactement.

— N'allez-vous pas lui dire le danger qui l'attendrait ?

— Me croirait-elle ?

— Non, milord, mais elle va vous détester pour la garder ici.

— J'ai déjà connu la haine d'ennemis plus farouches, dit Maxim avec un bref haussement d'épaules.

— Humph ! dit Fitch, sceptique. Attendez de mieux la connaître. Vous changerez d'avis. Je n'ai jamais vu pareille furie.

— Tu as raison, Fitch, dit Maxim en se frottant le crâne.

— Mais... et votre fiancée, milord ? demanda Spence.

Après un long moment de réflexion, Maxim poussa un soupir résigné.

— Elle est perdue pour moi, semble-t-il. Je ne puis retourner courir l'Angleterre après elle. Là, Edward a gagné. Il a sa fille, mes biens et la fortune de Reland à ajouter à ses coffres. Bien des mois s'écouleront avant que je retourne le défier.

— Oui, milord, parfois tout va de travers, dit Spence, compatissant. Mais parfois on dirait presque que des mains plus sages ont tenu les rênes. Si Fitch et moi, de par notre bourde, avons sauvé Élise d'un plus grand danger, j'en serai heureux pour elle, mais désolé pour vous.

Maxim ne répondit pas. Il ne pouvait nier le bien-fondé de ces paroles, mais la logique n'apaisait guère la douleur de son cœur. Lentement, il monta les escaliers tout en donnant ses instructions :

— Apportez dans ma chambre de quoi manger, de la bière et un seau d'eau. Ensuite, laissez-moi jusqu'à demain. J'ai besoin d'une bonne nuit de repos sur un matelas frais...

— Euh... je vous demande pardon, milord... commença Fitch, de nouveau inquiet.

Maxim s'arrêta sur les escaliers et se retourna avec le sentiment qu'on avait autre chose à lui dire. A voir l'hésitation de Fitch, ce ne devait guère être agréable.

— Euh... nous... euh... avons entrepris de nettoyer aussitôt les lieux, milord. Nous avons frotté le sol de la grande pièce et les escaliers, et nous avons passé pas mal de temps à arranger la chambre de la dame...

— Continue, fit Maxim, se demandant où l'autre voulait en venir.

— Eh bien, milord, nous avons eu tellement de travail, reprit Fitch en passant de nouveau nerveusement ses mains sur son ventre, que nous n'avons pas eu le temps de nous occuper de vos appartements.

Maxim le regarda avec une certaine irritation car il lui suffisait d'une paillasse propre pour reposer son corps fatigué.

— Eh bien, cela attendra demain. J'ai seulement besoin de sommeil.

— Euh, milord... reprit Fitch, écœuré.

Les pommettes de Maxim se tendirent. Son serviteur lui cachait quelque chose de plus sérieux.

— Qu'y a-t-il, Fitch ? demanda sèchement Maxim. Qu'est-ce qui ne va pas ?

— Le toit ! Nous ne l'avons pas encore réparé.

— Et qu'est-ce qui ne va pas avec le toit ?

— Il y a un trou de la taille d'une marmite, milord. Ce ne sera pas très confortable là-haut dans la chambre des maîtres. Est-ce qu'il ne vaudrait pas mieux que vous vous installiez ici à côté du feu, où il fait chaud ?

Maxim jeta à Fitch un regard glacial et lui demanda d'un ton tout aussi peu chaleureux :

— Combien de temps faudra-t-il pour réparer le toit et rendre mes appartements habitables ?

— Oh, pas plus d'une journée pour arranger les volets et la porte qui ne ferme pas, et ensuite un jour ou deux, peut-être trois, pour le toit. Et je ne parle pas du nettoyage.

Maxim redescendit lentement les marches.

— Je vais dîner près du feu. Mais avant de me retirer je veux que ma chambre soit prête pour y passer la nuit, même si vous devez suspendre des peaux pour protéger le lit de la neige et du froid. Si ce n'est pas fait, vous passerez l'hiver à l'écurie avec Tourbillon. Est-ce que c'est clair ?

— Parfaitement, milord, se hâta de répondre Fitch qui, déjà, réfléchissait à toutes les tâches qui l'attendaient. Je vous prépare un plateau de viande et j'y vais immédiatement.

— Laisse, je peux me servir. Tu n'as pas de temps à perdre.

— Bien, milord.

Spence filait déjà pour aller prendre un balai et un seau. Il n'avait nulle envie de devenir le compagnon de Tourbillon. Certes, il y avait une pièce avec une cheminée, derrière l'écurie, mais Sa Seigneurie n'allait sûrement pas leur laisser un tel confort s'ils ne réparaient promptement sa chambre. Lui, Spence, ne savait pas à quoi ressembleraient les prochains mois dans ce glacial pays du Nord, mais il appréciait une cheminée bien garnie et une paillasse bien rembourrée pour rendre plus agréable une nuit de sommeil.

9

Élise repoussa les couvertures de fourrure, laissant l'air frais de la chambre lui caresser le visage et les épaules et dissiper les dernières brumes du sommeil. Le froid la pénétra, lui donnant l'envie d'éternuer, malgré le doigt sous son nez. Elle se mit à haleter, à respirer par petits coups avant de céder à une série d'éternuements qui la laissèrent reniflante et les yeux rouges.

« Le diable emporte cette canaille ! » se dit-elle en se laissant retomber sur le lit, fort fâchée, se demandant comment le seigneur de ce château se sentait dans sa chambre du haut. La veille, elle l'avait entendu passer sur le palier, puis plus rien jusqu'à présent. Ce n'était que justice qu'il souffre davantage qu'elle, car il était responsable, par ses bévues, de son enlèvement. Il méritait de sentir la morsure de ce matin glacial d'une façon qu'il n'oublierait jamais. Et si le toit s'écroulait sur lui et le laissait meurtri et contusionné au milieu des poutres et des planches, son désir de vengeance n'en serait pas apaisé pour autant.

Elle remonta les fourrures sous son menton et se blottit dans leur tiédeur. La pluie, la neige et la boue de la veille s'étaient figées en une croûte de glace sur les fenêtres. Le pâle soleil de l'aube brillait sans réchauffer la chambre de ses rayons. Élise songea bien à quitter son nid douillet pour se précipiter jusqu'à la cheminée et y remettre des bûches, mais elle retardait cet instant, espérant l'arrivée des serviteurs pour venir s'occuper du feu. Jusque-là, elle s'était toujours débrouillée seule, du moins l'avait-elle cru, mais c'était avant d'arriver dans ce pays. Elle réalisait maintenant que les serviteurs se chargeaient de bien des tâches fort utiles à son confort telles que ranimer un feu mourant, préparer de délicieux repas, apporter des seaux d'eau pour son bain — autant de services qu'elle avait tenus pour acquis et dont maintenant elle ressentait cruellement la disparition. Ce qui constituait une autre raison de protester contre sa captivité et elle se jura bien qu'à l'avenir Maxim Seymour ne cesserait d'entendre ses plaintes.

— Pour ce qui est des mauvais traitements, lança-t-elle à la pièce vide, les Radborne pourraient prendre des leçons auprès de ce butor ! Par sa bêtise il a de loin éclipsé tout ce que mes cousins pouvaient imaginer en matière de tortures. Je vais lui montrer comment je sais me venger.

Arrêtant de son doigt un nouvel éternuement, Élise se redressa, s'assit au bord du lit et frictionna la chair de poule qui hérissait ses bras. Elle jeta sur ses épaules une des fourrures encore tièdes et se mit à réfléchir à sa fâcheuse position. En se déshabillant, la veille, elle avait stupidement laissé ses vêtements sur une chaise près de la cheminée maintenant froide, chaise qui se trouvait à bonne distance du lit.

Elle sortit timidement un pied qu'elle se hâta de rentrer après un premier contact avec le sol glacial. De nouveau, elle prit son courage à deux mains. Après tout, ce ne serait pas long. Grinçant des dents, se raidissant contre le froid, elle laissa tomber la fourrure et bondit de son tiède cocon. Elle s'empara vivement de ses effets et se précipita de nouveau sous les fourrures. Les vêtements étaient glacés sur sa peau nue, mais elle les enfila sous la protection des couvertures. Elle se dressa comme un oisillon hors de son nid, tourna son visage vers la fenêtre pour capter un rayon de soleil et s'assit sur ses talons. Elle passa ses doigts à travers ses cheveux emmêlés, les coiffant du mieux qu'elle put sans peigne ni brosse. Pour une toilette plus complète, il lui faudrait attendre d'avoir un bain d'eau chaude.

Elle n'aimait guère se laver à l'eau froide et, avec la température de la pièce, elle était sûre que de la glace s'était formée sur le seau que Fitch avait monté la veille.

Soudain, une idée lui traversa l'esprit et elle se mit à lorgner le seau de bois d'un œil intéressé. Si jamais elle voulait que le marquis prenne ses menaces au sérieux et comprenne qu'on ne se débarrassait pas d'elle aussi facilement, il y avait certainement là de quoi capter son attention sans partage. Si ce haut et puissant seigneur dormait encore, elle allait pouvoir lancer son premier assaut contre cette forteresse d'orgueil masculin.

Élise enfila ses chaussures de peau et se rendit à la cheminée pour juger de la température de l'eau dans le seau. Elle la trouva assez froide pour tirer le plus endormi des dormeurs du plus profond des sommeils. Elle prit le seau, gagna la porte, s'arrêta pour y coller une oreille et écouter. N'entendant aucun bruit, elle ôta silencieusement la barre intérieure et se glissa dans le couloir. Les ronflements sonores de Fitch et Spence montaient du rez-de-chaussée : tout allait bien de ce côté. Pour ce qui était de la chambre du maître, les choses risquaient d'être différentes.

Elle attendit, écouta, mais le second étage paraissait tout aussi silencieux. Le cœur battant, elle monta l'escalier et gagna sur la pointe des pieds la porte de la chambre qui était toujours de guingois. Osant à peine respirer, elle risqua un œil à travers les planches disjointes dans la pièce où dormait son ravisseur.

Effectivement, sous le baldaquin, elle découvrit son adversaire, totalement à sa merci, le visage tourné vers elle, les yeux clos. Un vêtement de fourrure couvrait le bas de son corps jusqu'à la taille, laissant le torse nu. Même au repos, la force de l'homme était évidente, avec les muscles des épaules et des bras qui saillaient, souples. Une épaisse toison bouclée, brun clair, lui couvrait la poitrine et descendait sous la fourrure en une ligne mince. Plusieurs cicatrices anciennes lui marquaient la poitrine et les épaules, témoignant de nombre de combats contre des ennemis dont il était sorti vainqueur.

Par précaution, Élise s'assura que la voie de repli était libre, sachant qu'il allait lui falloir fuir rapidement quand elle aurait déversé le seau sur lui. Son cœur se mit à battre plus vite et elle se sentit trembler. Fitch et Spence avaient bien montré combien ils craignaient leur maître, n'était-ce pas folie de sa part que de provoquer sa colère ?

Elle chassa résolument ses hésitations. Cette canaille méritait bien ce qui l'attendait. Le lit était tout proche et l'occasion excellente de se venger. Elle ne la gâcha pas. Mordant sa lèvre qui tremblait, elle leva le seau et lança son contenu.

L'eau glacée réveilla brutalement le dormeur. Maxim se redressa d'un bond et poussa un hurlement de fureur.

Élise s'était figée une seconde peut-être, pour goûter la réaction de Maxim, mais elle se demanda si c'était bien sage. Elle recula en trébuchant tandis qu'il rejetait les fourrures qui le couvraient, révélant une nudité qui faillit la paralyser. Elle ne s'attendait pas à cela. Jamais, en fait, elle n'avait imaginé contempler cet homme totalement nu... mais elle conserverait à jamais l'image de cet Apollon bondissant de son lit. D'autant que ce n'était pas là un dieu de marbre, mais un homme de chair et de sang, un homme vigoureux et *furieux*.

Craignant pour sa vie, Élise s'enfuit et entendit à peine les pas lourds de Maxim lancé sur ses traces, tant son cœur cognait. Si elle n'atteignait pas l'asile de sa chambre avant qu'il la rattrape, elle nourrissait des craintes sur son sort. Dans une tentative désespérée de le retarder, elle jeta le seau vide derrière elle, lâchant l'anse de corde. Elle sut qu'elle avait touché son poursuivant en entendant son grognement de douleur, un bruit de chute et une malédiction bien sentie. Elle n'osa pas se retourner, concentrant toutes ses forces à gagner du terrain.

Elle traversa le palier en trombe, vira autour de la rampe et descendit les escaliers mi-trébuchant, mi-glissant. Elle entendit Maxim qui avait repris sa poursuite. Elle franchit enfin la porte de sa chambre qu'elle claqua et verrouilla derrière elle. Haletante, elle s'y appuya, tremblant de soulagement. Elle était sauve !

Mais de justesse. Elle sursauta quand Maxim frappa la porte du plat de sa main, et elle l'entendit proférer sa menace d'une voix grondante.

— J'arracherai cette porte de ses gonds si jamais vous recommencez !

Bien qu'heureuse de sentir cette barrière entre eux, Élise n'avait pas grande confiance dans sa solidité et elle se retint de répliquer. Il lui parut stupide de défier un homme en colère qui mettrait certainement ses menaces à exécution. Il était beaucoup plus sage de le laisser se calmer pour revenir le piquer à un autre moment de surprise.

Il était midi passé quand elle puisa assez de courage pour sortir de sa chambre. Elle espérait que le marquis avait quitté le château et elle se trouvait au milieu de l'escalier quand elle découvrit qu'il était assis au bout de la table, un plateau à demi plein devant lui. Quand elle s'arrêta pour battre furtivement en retraite, elle entendit sa voix résonner dans le silence de la salle.

— Venez vous joindre à moi, madame, pria-t-il en désignant l'autre bout de la table. Je préfère vous voir en face de moi que vous sentir dans mon dos.

Élise continua de descendre à regret, convaincue qu'il allait lui arriver malheur. Le regard tranquille de Maxim la suivit mais elle se refusa à laisser voir qu'elle tremblait. Très digne, elle gagna son couvert et, comme il ne faisait aucun geste pour l'aider à prendre place, elle se glissa, guindée, dans le massif fauteuil qui l'attendait. Maxim la regarda longuement.

— Je comprends, madame, que vous puissiez être quelque peu fâchée contre moi, commença-t-il enfin, du ton d'un juge rendant sa sentence contre un brigand.

— Quelque peu ? railla Élise. Dites-moi donc, milord, ce que vous entendez par là. Dites-vous « quelque peu » pour une inondation ou une grande calamité ?

— Je reprends donc. Je comprends que vous soyez grandement fâchée contre moi.

— Et vous êtes encore bien au-dessous de la vérité, répliqua Élise à qui la chaleur du feu semblait redonner courage au point de croiser le regard de l'homme sans broncher.

Maxim eut un sourire narquois.

— Je crois donc pouvoir dire sans me tromper que vous me considérez comme un être méprisable et vil pour vous avoir mise dans cette situation.

Élise confirma, d'un bref clignement des paupières.

— Jusqu'à ce que je trouve un qualificatif plus juste, je me contenterai de celui-là.

— Il est manifeste que nous n'avons pas grande sympathie l'un pour l'autre, mais je crains que nous ne nous trouvions pris dans un piège dont il n'est pas aisé de sortir. Je ne peux, pour des raisons évidentes, vous renvoyer chez vous, et vous n'avez nulle envie de rester. Je suggère donc que nous nous accommodions au mieux de cette situation.

— Je n'accepterai un accord avec vous que lorsque vous serez décidé à me renvoyer par le premier navire. Sans cela, je ne m'engagerai à rien.

— Quoi qu'il en soit, dit Maxim, croisant son regard, je désire vivre en paix chez moi...

— Dans ce cas laissez-moi partir !

— Je ne suis guère séduit à l'idée d'une guerre entre nous et d'incessantes batailles...

— Vous n'avez pas à me retenir prisonnière !

— Je me considère comme un gentilhomme...

— Vous êtes bien le seul, je puis vous en assurer.

— ... plein d'attentions à l'égard des dames bien nées.

— Ainsi que vous l'avez montré en m'enlevant ?

— Tentative malheureuse d'empêcher le mariage d'une gente dame avec une brute titrée...

— Dites-moi, milord, êtes-vous parent de Reland ? Vous lui ressemblez fort, tant par les manières que par le caractère.

— Et vous, madame, vous ressemblez fort à une ennuyeuse idiote ! répliqua Maxim qui demeura ensuite un instant silencieux, fâché de s'être laissé emporter.

— Vous pouvez toujours me libérer, murmura calmement Élise.

— Je ne le puis ! lança-t-il en abattant la main sur la table. Pourquoi êtes-vous si entêtée ?

— Dans ce cas, c'est la guerre, milord, annonça Élise avec un sourire glacial.

— Élise... commença Maxim d'une voix plus douce, cherchant à aborder leur différend sous un meilleur jour. (Élise haussa les sourcils en l'entendant l'appeler par son prénom, mais il ignora son regard de défi et poursuivit :) L'Elbe est déjà en train d'être prise par les glaces et la mer du Nord est traître en hiver. Pensez à votre sécurité lorsque vous songez à partir en ce moment. Même les plus hardis marins attendent le retour d'un temps plus clément.

— N'est-il pas possible de voyager par terre jusqu'à Calais d'où je pourrais trouver un navire pour l'Angleterre ?

— Un voyage long et dangereux à cette époque de l'année. Je ne puis ni vous emmener ni permettre qu'on vous emmène.

— C'est très aimable à vous, Taylor, dit-elle, insistant sur le nom qu'il avait prétendu être le sien le soir de leur rencontre pour le ridiculiser.

Pénétrer chez son oncle en se faisant passer pour un serviteur, avec l'intention d'enlever la fille du maître des lieux, constituait un acte méprisable, pour un manant comme pour un gentilhomme. Elle ne lui permettrait pas de l'oublier.

— Maxim, s'il vous plaît, corrigea-t-il sèchement.

Une bûche qui s'effondra dans le feu projeta une pluie d'étincelles et relâcha la tension. Maxim se leva pour rajouter d'autres bûches dans le foyer puis se tourna vers Élise, s'essuyant les mains. Elle évita de croiser son regard, ayant pu jauger l'homme tandis qu'il alimentait le feu. Il n'était pas vêtu de manière voyante mais d'une façon très élégante qui semblait souligner son mâle aspect. Les manches de son pourpoint vert foncé ainsi que sa culotte bouffante étaient rehaussées de crevés ornés de fils de soie. Il portait haute et serrée la blanche fraise de sa chemise et l'on apercevait les mêmes rappels de linge blanc sous les parements de son pourpoint ajusté qui faisait ressortir ses larges épaules et sa taille mince. Malgré les bottes qui montaient à mi-cuisse par-dessus des bas de couleur foncée, elle avait pu voir les muscles solides de ses longues jambes.

Élise se sentit gênée, soudain, se faisant l'effet d'une petite souris mal fagotée perchée au bord d'un immense fauteuil. La robe de laine effrangée qu'elle portait ne la mettait pas à son avantage et le regard désinvolte de Maxim la blessa dans son orgueil. Elle imaginait parfaitement à quoi elle devait ressembler et quitta son fauteuil fort irritée.

— Je suis convaincue que vos excuses auraient été encore plus ridicules si Arabella s'était trouvée là à ma place. Et si elle avait résisté, elle vous aurait certainement détesté à jamais. En fait, milord, vos crimes eussent été bien plus grands si vous aviez réussi à prendre le bon lièvre. Les choses étant ce qu'elles sont, nous nous retrouvons face à face, vous et moi, comme une paire de chats crachant de fureur et sans pouvoir nous séparer. En vérité, monsieur, vous ne témoignez guère plus de considération pour une dame que pour cette bûche que vous venez de jeter dans le feu.

— Vous n'ignorez certainement pas qu'on crie haro sur moi en Angleterre. Si je devais y retourner maintenant, on me conduirait tout droit au billot.

Croisant les bras sur sa poitrine, Élise lui présenta son profil, le nez levé, tandis qu'elle frappait le sol d'un pied suffisant.

— Et ce serait justice, lança-t-elle avec un grand geste de sa main qui s'abattit comme une hache avant de reprendre : C'est le châtiment auquel pourrait s'attendre un bandit de grand chemin ou un barbare des pays du Nord, mais nous avons là un *seigneur* du royaume, un gentilhomme aux grandes manières, ainsi qu'un assassin et un traître à sa reine !

Maxim lui jeta un regard noir. Jamais il n'avait eu affaire à une femme qui pouvait si facilement le pousser à bout.

— Vous auriez obtenu vengeance, continua Élise, en privant une malheureuse épousée de sa nuit la plus heureuse et en l'enlevant à son époux légitime. Oui, louée soit la justice ! Vos infâmes projets ont été contrariés. Vos hommes de main ont stupidement échoué dans l'accomplissement de leur tâche et c'est ainsi que je me retrouve victime de cette sinistre farce. Est-ce trop exiger de vous, milord, de vous demander de me ramener en Angleterre ? Allez-vous me contraindre à demeurer à jamais dans cette prison glaciale et pleine de courants d'air ?

Maxim grommela dans sa barbe, ravalant un chapelet de jurons peu dignes d'un gentilhomme mais qu'il avait fort envie de déverser sur cette femme et toutes ses sœurs. Comment supporter pareil venin ? Arabella, même à ses pires moments, n'apparaissait en comparaison que comme une jeune femme boudeuse. Et sa fragile beauté demeurait un souvenir plus agréable que cette méchante mégère.

Il quitta son siège et traversa la salle comme quelque géant furieux d'un conte ancien. Fitch et Spence choisirent bien mal leur moment pour entrer. En se retrouvant face à leur maître, ils frissonnèrent soudain d'inquiétude alors qu'il s'arrêtait devant eux, visiblement excédé.

— Si vous ne pouvez faire mieux en mon absence, veillez sur elle et, si vous tenez à votre vie, arrangez la porte de ma chambre...

Élise écoutait, les mains sagement croisées, avec un air d'une telle innocence qu'il eût fait honte à une pure vierge.

— ... que je puisse passer une nuit paisible, à l'abri des attentions... (Maxim eut un geste du pouce pardessus son épaule)... de cette dangereuse folle.

« Quant à vous, ajouta-t-il sèchement en se tournant vers Élise, il serait fort à propos que vous utilisiez votre temps à aider ces deux infortunés.

Ayant déversé sa bile, il allait quitter les lieux quand Élise l'arrêta, une main levée, vivante statue de la vertu.

— Ô milord, je ne le puis pas ! Car, voyez-vous, je suis une prisonnière tenue de ne pas quitter sa chambre pour ne pas faire souci à ses gardiens.

Maxim faillit lever les bras au ciel de désespoir. Elle retournait ses moindres propos contre lui ! Grommelant, il décrocha son manteau mais, avant d'arriver à la porte, il l'entendit qui lui lançait encore :

— Il serait souhaitable, milord, que vous rameniez

de la ville au moins une cuisinière pour préparer des repas décents, à défaut d'une ou deux femmes de chambre pour s'occuper convenablement des lieux. Je crains que vos hommes ne soient guère doués pour les tâches ménagères.

Maxim voulut claquer derrière lui la lourde porte qui se détacha de ses charnières fatiguées et s'abattit dans un épais nuage de poussière. Il grommela de nouveau quelques commentaires menaçants, se drapa dans son manteau contre la morsure du vent glacial et gagna les écuries. Quelques instants plus tard, quand il traversa la cour au galop de son noir coursier, ses deux valets s'efforçaient toujours de remettre la porte en place.

Hans Rubert était demeuré dans sa petite boutique des quais au-delà de son heure habituelle de fermeture, à midi ce samedi, pour compléter ses livres de comptes. Perché sur un haut tabouret derrière sa caisse, il jouait habilement de sa plume d'oie sur le parchemin quand un courant d'air glacial lui balaya le dos : quelqu'un venait de pousser la porte d'entrée. On ne savait jamais avec quelles intentions arrivaient les clients, dans ce coin, et il posa la main sur un solide gourdin de chêne en se retournant sur son tabouret.

Son visiteur était un homme grand, et bien que son visage fût caché par le capuchon de son manteau, il lui parut vaguement familier. L'homme secoua la neige et la boue gelée de ses élégantes bottes de cuir et Hans Rubert descendit de son siège, rassuré par l'attitude du visiteur et la qualité de ses vêtements.

— Je vous demande pardon, *mein Herr*, commença-t-il. Y a-t-il quelque chose que je puisse faire... (Là l'homme leva la tête et Rubert le reconnut.) Herr Seymour !

Sa gorge était devenue sèche, soudain. Les yeux verts de Maxim le contemplaient avec une dureté qui le fit frissonner.

— Maître Rubert ! dit Maxim d'une voix si calme qu'elle ne pouvait qu'être inquiétante.

— Je... euh... *jaaa* ! Je ne savais pas que vous étiez à Hambourg, *mein Herr* !

Le marquis, sans répondre, retira ses gants de cuir et se débarrassa de son manteau qu'il posa sur le dos d'une chaise. Quand, de nouveau, il daigna se tourner vers Rubert, celui-ci avait le front brillant de transpiration.

— Je vous ai payé une confortable avance pour louer un an durant une maison de ville digne de ce nom. Mille ducats, je crois. Mais, à ma surprise, j'arrive et je vois mes gens installés dans un tas de ruines plein de courants d'air et infesté de vermine.

— Le château de Faulder ? fit Rubert, se voulant surpris par la description de l'Anglais. Eh bien, la dernière fois que je m'y suis rendu...

— Je gagerais que les derniers occupants ont péri aux Croisades, coupa Maxim.

Hans n'insista pas. Il se voyait déjà perdre de l'argent et des chiffres défilaient dans sa tête tandis qu'il cherchait d'autres arguments.

— Sans doute, *mein Herr*, vous souvenez-vous que selon ce qui était convenu si vous ne pouviez occuper les lieux avant la nouvelle année, je ne pouvais en être responsable. Et le bruit courait que vous aviez connu un triste sort.

Maxim avança d'un pas vers l'homme qui se hâta de mettre la longue table entre eux. Le marquis y appuya les poings et se pencha, fixant l'autre d'un regard perçant.

— Je dois dire que vous ne m'avez pas été chaleureusement recommandé...

Maxim s'arrêta un instant tandis que Rubert déglutissait nerveusement.

— ... cependant ! Je sais qu'il y a peut-être un an, certains membres de la Hanse ont payé une belle somme à un agent pour des logements dans une autre ville. Quand ils ont demandé à en prendre possession, ils ont découvert qu'aucun argent n'avait été versé et qu'il était impossible de retrouver leur agent. On est gens rancuniers, à la Hanse, et guère enclins à se satisfaire d'un procès. S'ils avaient vent du lieu où se trouve cet agent, je crains qu'ils n'aillent le trouver avec de méchantes intentions.

Malgré le froid qui régnait dans sa boutique, Rubert

tira un mouchoir pour s'essuyer le front d'une main tremblante. L'homme était des plus persuasifs. Maxim baissa la voix et lui dit d'un ton confidentiel :

— Je me fiche de la Hanse. Ce sont en général des gens cruels, avides et sans pitié. Si j'avais connaissance d'un honnête homme qui leur aurait pris une poignée de pièces ou deux, je répugnerais à le dénoncer.

— Je... euh... bien sûr, Herr Seymour, bégaya Hans. Ainsi que vous le dites, je suis un honnête homme.

— Mes hommes ont payé assez en loyers pour acheter le château de Faulder et toutes ses terres.

— Tout à fait d'accord ! convint vivement Hans, cherchant un papier, le trouvant enfin et y apposant son sceau et sa signature avant d'y répandre du sable pour en sécher l'encre et le tendre à Maxim. Tenez ! dit-il. Le château est devenu une plaie depuis que je l'ai acheté et je suis heureux de m'en défaire ! Il est maintenant à vous.

Maxim prit le parchemin, le lut, souffla doucement dessus pour en chasser le sable, puis le plia et le glissa dans son pourpoint.

— Quant à l'avance payée pour la maison...

— Nous la remboursons, bien entendu ! J'ai loué les lieux à ma pauvre sœur devenue veuve... après avoir entendu dire que vous aviez disparu, évidemment, se hâta d'ajouter Rubert. Je pouvais difficilement, en toute honnêteté, faire payer un double loyer.

Maxim hocha lentement la tête et l'agent tira de derrière le comptoir un coffre de bois cerclé de fer d'où il sortit et compta les pièces, les glissa dans un sac et griffonna un reçu. Quand Maxim l'eut signé, Hans poussa le lourd sac vers lui.

— Un remboursement intégral, Herr Seymour, comme promis, dit-il avec un large sourire. Y a-t-il autre chose ?

Maxim souleva le sac puis le laissa tomber dans sa bourse. Il passa son manteau et prit ses gants.

— J'ai plaisir à conclure des affaires avec un homme qui connaît toute la valeur de... euh... l'honnêteté.

Hans Rubert laissa échapper un long soupir et rassembla tout son courage pour demander enfin :

— Dans ce cas, la Hanse ne saura jamais... fit-il, avalant nerveusement.

— Pas par moi, répondit Maxim qui, après un bref salut, sortit, referma la porte derrière lui et disparut.

Hans regagna lentement son tabouret, tourna tristement plusieurs pages de son livre de comptes pour y apporter diverses corrections. Avec un nouveau soupir, il referma enfin le livre. Il avait été mis à rude épreuve, aujourd'hui, mais son esprit de décision et son honnêteté l'avaient sorti — bien que plus pauvre — de ce mauvais pas.

Pendant ce temps, Maxim s'était frayé un chemin dans la rue boueuse et avait pénétré dans une salle d'auberge enfumée. Il eut à peine le temps de secouer la neige de son manteau qu'une voix joviale lui lançait :

— Ho, Maxim !

D'un revers de main, il essuya ses yeux irrités par la fumée et repéra Nicholas Von Reijn assis à une table bien garnie. Maxim lui fit un petit signe avant d'ôter son manteau qu'il accrocha pour le faire sécher à une patère. Il retira ses gants et traversa la salle jusqu'à la cheminée où il resta un moment à goûter la chaleur du feu en se frottant les mains pour les réchauffer. Il gagna enfin la table de Von Reijn, appela la servante et tira une chaise pour s'installer en face du capitaine.

— *Ich möchte Branntwein, Fräulein,* ordonna-t-il quand arriva une jeune femme bien en chair et transpirant dans un chemisier audacieusement décolleté. (Il s'assit, inclina sa chaise sur ses pieds de derrière.) *Einen heissen Krug, bitte.*

— *Ja, mein Herr. Danke,* répondit la jeune femme qui disparut dans un tourbillon de jupes après une brève révérence.

Nicholas Von Reijn regarda un instant son compagnon tout en attaquant un gigot de mouton bien épicé. S'il devait en penser quoi que ce fût, il aurait dit que son ami avait quelque souci en tête car il paraissait perdu dans ses réflexions et un sillon marquait son front tandis qu'il promenait sur la salle un regard absent.

Et soudain, Nicholas décida que son ami avait besoin

de se confier. A moins que ce ne fût lui-même qui brûlât de curiosité. Il reposa un os soigneusement rongé et, repoussant le plat, s'essuya la bouche à l'aide d'un large mouchoir de lin après y avoir poliment étouffé un rot sonore.

— Maxim ? appela-t-il. (Puis, plus fort devant l'absence de réaction :) *Maxim ?*

Le marquis se tourna, le sourcil levé, interrogateur, mais la serveuse arriva pour poser une chope de brandy chaud et épicé devant lui. Elle baissa son plateau et attendit qu'on la paie.

Irrité par l'arrivée inopportune de la jeune femme, le capitaine de la Hanse tapota sa bourse et, devant son air, elle s'éloigna. Maxim remercia son ami d'un signe de tête et porta la chope à ses lèvres, savourant la chaleur du breuvage où le miel et les épices faisaient monter un parfum piquant.

— Il ne fait pas bon dehors, hein ? La journée ne se prête guère à une longue chevauchée, dit Von Reijn.

Maxim répondit par un vague grognement en se chauffant les mains à la chaleur de sa chope, le regard de nouveau perdu sur la salle.

— Ce vieux château est froid et plein de courants d'air par un tel temps, reprit Nicholas. Les chambres sont probablement inconfortables...

Il laissa en suspens sa phrase qui appelait une réponse, mais Maxim se borna à hocher la tête et à avaler quelques gorgées de son breuvage.

Nicholas Von Reijn, capitaine de la marine marchande, parlant sept langues et versé dans les subtiles nuances des différentes cultures pour négocier une affaire avec succès, fit appel à tout son talent pour tirer son ami de ses rêveries.

— *Ja, ja!* Mais la jeune femme est très agréable, non ?

Le lent hochement de tête s'arrêta soudain, les sourcils se froncèrent et les yeux verts brillèrent de fureur.

Von Reijn attendit un instant. Avait-il réussi à abattre le rempart ? Il allait insister, avec plus d'audace encore, quand la chaise sur laquelle se balançait Maxim faillit partir à la renverse. Maxim se redressa, les coudes sur la table, et éclata :

— Les femmes ! Bah ! Je vous le dis, mon ami, cette engeance redoutable est le poison du genre humain. Elles ont résolu de nous faire mettre à genoux de désespoir. Il n'y a aucune raison à leur logique ! Pas une sur vingt n'a le moindre sens de l'honnêteté et de la justice !

Les paroles de Maxim ne firent qu'augmenter la confusion dans l'esprit rationnel du capitaine.

— *Ja*, dit-il avec un sourire, cherchant à éclairer un peu cette affaire. *Ja*, mais votre *Liebling*... pardon, votre fiancée...

— Par Dieu, éclata Maxim en abattant sa main sur la table, je *suis* un homme responsable, et c'est pour moi un tourment que mes hommes aient pris une femme qui n'était pas la bonne, qu'Arabella demeure avec son mari et qu'on m'ait amené sa cousine à la place !

Plongé dans sa tirade, Maxim ne remarqua pas que Von Reijn, qui n'osait pas poser la question à haute voix, la murmurait du bout des lèvres.

— Une femme qui n'était pas la bonne ?

— Ah ! Pauvre Arabella, si délicate et si douce, sacrifiée à l'avarice de son père et contrainte de se marier contre sa volonté... tandis que moi, ignorant de la bourde, je me précipitais pour retrouver ma fiancée et tombais sur une furie !

Maxim ne remarquait toujours pas que Von Reijn se tenait figé sur sa chaise maintenant, le visage congestionné, essayant de retenir le rire qui lui secouait le ventre. Maxim abattit la main sur la table et regarda sans le voir son compagnon qui baissa la tête et s'empressa d'essuyer avec une serviette les larmes dégoulinant sur ses joues.

— J'ai assuré cette petite peste que je ne pouvais, pour son bien, la renvoyer sur une mer secouée par les tempêtes, mais elle est bien décidée à demeurer une épine profondément fichée dans mon flanc pour me torturer jusqu'à ce qu'elle ait disparu. Elle ne comprend pas que je risque ma tête si jamais je retourne en Angleterre.

Von Reijn avala une longue gorgée de vin et parvint à se maîtriser tandis que Maxim se calmait un peu et buvait lui aussi.

— Ah-ha ! dit Nicholas. Je comprends bien votre triste situation, Maxim. Mais, dites-moi, et cette demoiselle ? Qui est-elle ? Certainement, quelqu'un d'aussi charmant et gracieux...

— *Charmant ?* aboya presque Maxim. *Gracieux ?* Pour moi, un loup enragé me causerait moins de tracas. La prudence commande de ne s'en approcher qu'avec la lame à demi tirée et le bouclier prêt si l'on tient à sa peau.

Maxim avala de nouveau quelques gorgées de sa chope et sentit la faim qui le tenaillait. Il mordit dans une côtelette avant de répondre à la question de son ami.

— Elle s'appelle Élise Radborne. C'est une cousine des Stamford. Arabella a dû quitter sa chambre pour quelque raison et cette fille se trouvait là quand mes hommes, sans le savoir, l'ont prise et amenée ici. (De nouveau, son front se rembrunit.) Que vais-je en faire, Nicholas ? Elle me pousse à bout. Je serais fort soulagé de la voir partie, mais ils décolleraient ma tête de sur mes épaules si je m'aventurais en Angleterre.

Nicholas haussa les épaules.

— La réponse me paraît simple si vous tenez à votre tête, mon ami. Il faut supporter sa présence, pendant un temps du moins. Mais, dites-moi, Maxim... continua Nicholas qui avait du mal à cacher son impatience en abordant le sujet qui le taraudait, puisque vous n'avez pas la moindre sympathie pour cette... euh... personne... peut-être ne verriez-vous pas d'objection à ce que la dame accepte la compagnie de... euh... d'un soupirant, comme vous dites en Angleterre ?

— Que dites-vous, Nicholas ? demanda Maxim, se redressant et considérant son ami d'un regard atterré, le croyant soudain devenu fou. Vous lui feriez la cour ?

Nicholas se tassa et pencha la tête avec un petit sourire.

— Je trouve la dame... (il s'arrêta, joua avec son verre)... tout à fait délec... je veux dire tout à fait charmante. C'est assurément un esprit fort... mais elle a beaucoup de grâce. Quel défi pour un homme habile et patient !

— Je n'ai rien à dire, répondit Maxim après un vague grognement. Je n'en suis pas responsable. Si elle vous accepte, eh bien tant mieux. Cela la distraira peut-être de son envie de se venger de moi. Je ne puis que vous souhaiter bonne chance et bonne fortune.

— C'est parfait, gloussa Von Reijn qui se redressa, piqua une prune confite avec sa dague et l'avala. Allez-vous retourner au château ce soir ?

Maxim jeta un coup d'œil à la porte. Dehors, le vent soufflait, la neige tourbillonnait comme un derviche fou, ne lui donnant guère envie de sortir. Mais il le fallait.

— Je suppose que je le dois, soupira-t-il. Avant qu'elle ne rende chèvres ces deux têtes de bois.

Von Reijn choisit une pomme rôtie et, après l'avoir pelée, mordit délicatement dans la chair tendre.

— Il y a ici de quoi vous restaurer, mon ami, et il vous faut bien vous lester pour ce voyage. Je vous invite, dit Nicholas en tirant un caneton rôti devant lui et en se frottant les mains. Je vous jure que votre histoire a ravivé ma faim.

Les deux hommes mangèrent un moment en silence. Quand Maxim fut repu, il avala la dernière gorgée de son brandy et refusa un plat d'émincé de bœuf.

— Non, merci. Cela suffit. Je vais m'endormir en selle malgré le froid.

Le capitaine leva la main pour retenir son ami.

— Pendant que vous êtes mon invité... (il avala une bouchée de canard qu'il fit descendre avec un verre de vin)... je vous demanderai une autre faveur. Quand vous verrez la demoiselle, Élise, voulez-vous lui faire part de mon intention de venir lui rendre visite vendredi prochain ? Sur le coup de midi. J'apporterai, bien sûr, une légère collation. On m'a dit que la table était pauvre.

Maxim rit, se leva et donna une claque sur l'épaule de Von Reijn.

— Vous allez voir vos espoirs cruellement déçus, je le crains, mais je vais risquer ma tranquillité et annoncer votre visite à la jeune dame. (Il tira de sa bourse le sac de pièces et annonça :) Je vais vous payer mes dettes comme on le ferait à un ami mourant. Vous ne survivrez peut-être pas au choc.

— Vous ne me permettrez guère de vous prendre beaucoup d'intérêts, Maxim, dit Nicholas avec un sourire peiné. Il va maintenant me falloir investir ailleurs pour trouver la somme que j'ai garantie.

— Vous n'aurez aucun mal, répondit Maxim comptant les pièces. Ainsi vous aurez davantage pour placer ailleurs.

— Non, aucun mal, soupira le capitaine de la Hanse. Je pourrais facilement mettre une part de mon capital dans un autre voyage. Qui me rapporterait sans doute davantage d'argent mais moins de plaisir.

— De plaisir ? Qui donc investit dans mon aventure ?

— Ne faites pas attention à mes divagations, mon ami. Rappelez-moi simplement au souvenir de la dame, dit Nicholas en riant.

Quand Maxim rentra au château de Faulder ce soir-là, il était près de minuit. Tout était silencieux à part les sonores ronflements de ses serviteurs qui dormaient comme des souches sur leurs paillasses près de la cheminée. Il glissa doucement la barre derrière la porte réparée et grimpa sans bruit les escaliers. Avant de monter au deuxième étage, il resta un long moment devant la porte de la jeune fille, à écouter. Il n'entendit pas le moindre souffle, le plus léger mouvement. Curieux, il essaya d'ouvrir la porte qu'il trouva solidement fermée de l'intérieur. Il hocha pensivement la tête. Il ne s'était pas trompé ; Élise prenait toujours grand soin de sa sécurité quand il se trouvait dans les environs.

Il grimpa jusqu'à sa chambre et fut heureux de la tiédeur du feu qui l'attendait. On avait posé près de la cheminée un bon tas de bois ainsi qu'une petite bouilloire pour faire chauffer l'eau du seau, à côté. Il leva les yeux et fut surpris de constater que ses hommes avaient bouché le trou du toit à l'aide d'une porte d'écurie. Mais de légers courants d'air faisant danser les flammes montraient que la réparation n'était pas un succès total. A côté de la cheminée, on avait mis les fourrures à sécher et jeté sur le lit une paillasse fraîche en remplacement de celle qui avait été mouillée. Cela lui rappela qu'il lui fallait se protéger, et après avoir disposé devant le feu son manteau et son pourpoint, il alla voir ce que ses hommes avaient préparé. Ils avaient fixé d'énormes crochets sur l'encadrement et une poutre attendait qu'on l'y glisse. Il la mit en place avec un sourire piteux et la coinça avec des cales. On aurait bien du mal à l'enfoncer et il pouvait désormais se considérer à l'abri des bouffonneries de cette frêle jeune fille.

Satisfait, Maxim tira un banc près de la cheminée et ôta avec précaution ses bottes trempées qu'il mit à sécher à la tiédeur du foyer. Quelques nouvelles bûches firent joyeusement pétiller le feu et Maxim arpenta sa chambre, défaisant la fraise de sa chemise. Toujours agité, il alla inspecter le cabinet et le vestiaire, remarquant que Fitch et Spence y avaient apporté son coffre et utilisé les patères du mur, mais il ne trouva rien pour le tirer des vagabondages de son esprit.

Revenant auprès du feu, il étendit la main pour s'appuyer au mur et fut surpris de voir qu'une partie du lambrissage cédait sous son poids. Tout le panneau se trouvait dissimulé dans l'ombre d'un recoin formé par la cheminée et l'âtre, mais en y promenant les doigts vers le bas il tomba sur un petit loquet de fer forgé habilement dissimulé derrière une saillie du bois. Il le souleva et appuya jusqu'à ce que tout le panneau s'ouvre vers l'intérieur sur une petite pièce obscure. Maxim alla prendre une chandelle, l'alluma au feu, revint pousser complètement le panneau et pénétra dans la pièce. Soulevant bien haut son lumignon, il découvrit qu'il s'agissait d'un espace étroit ménagé entre le fond de la cheminée et un autre mur. L'alcôve se rétrécissait au-dessus de sa tête et, un pas plus loin à peine, un escalier abrupt et étroit descendait en s'incurvant. Maxim porta la main à sa dague et, rassuré par la présence de l'arme, s'engagea dans le passage, curieux de ce qu'il allait découvrir. Les marches étaient solides et ses pieds chaussés de bas ne faisaient pas le moindre bruit. Il avait descendu la hauteur d'un étage quand l'escalier se termina brusquement sur un bref couloir. Sur le mur droit, une unique porte offrait la seule issue.

Maxim tira un petit loquet et la porte céda facilement. Bien qu'il ne l'eût guère plus ouverte que de la largeur d'une main, il fut stupéfait de se retrouver sur le seuil de la chambre d'Élise Radborne.

Le feu était presque éteint dans la cheminée et la dame dormait profondément sous plusieurs épaisseurs de fourrures. Il repoussa la porte et traversa la chambre sans bruit. A la lumière de sa chandelle il contempla la jeune femme avec le sentiment qu'il venait par hasard de remporter une sorte de victoire. Ses longs cils ombrant ses joues, ses douces lèvres légèrement entrouvertes, Élise respirait régulièrement, plongée dans le plus profond des sommeils. Ses cheveux épars formaient un halo sur l'oreiller, un bras d'ivoire reposait au-dessus de sa tête, offrant au regard de Maxim, qui s'attarda à ce spectacle, la nudité d'une épaule et les courbes d'une poitrine. A coup sûr, c'était là bien plus une femme qu'une enfant.

Il se pencha légèrement pour la contempler de plus près. Dans son sommeil, Élise paraissait toute innocence avec ses traits délicats et sa peau crémeuse.

« Peut-être Nicholas en a-t-il vu davantage que je le puis », se dit-il.

Elle était d'une beauté peu courante, certainement plus éclatante et plus vivante que la pâleur translucide d'Arabella. Alors que l'une évoquait une vision troublante de dentelle et d'ivoire, l'autre personnifiait l'essence même de la vie. L'une et l'autre, par leur beauté et leur grâce, ne pouvaient passer inaperçues.

Maxim alla précautionneusement glisser des bûches sur les braises du feu puis se retira en silence. Rentré dans sa chambre, il alimenta son feu, arrangea les fourrures sur son lit, retira ce qu'il lui restait de vêtements et chercha un coin tiède où se glisser pour dormir. Avec un petit sourire il évoqua la vision qu'il venait de contempler et, sombrant dans le sommeil, il ne rêva plus d'Arabella.

10

Les premiers rayons du soleil balayèrent le paysage, dardant de longs rais de lumière sur le ciel immense. Des nuages blancs, frangés d'or, étincelaient en dérivant dans l'azur. Sur cette magnificence se détachait fièrement tout en haut de la colline la silhouette sombre du château. Ses murailles érodées témoignaient devant le monde de la fragilité des entreprises humaines face à des créations plus divines et éternelles.

Maxim ouvrit une des fenêtres aux petits carreaux givrés pour contempler le paysage. Il frissonna sous l'air vif du matin qui caressait son corps nu et chassait les dernières brumes du sommeil. Il étira les bras et eut une légère grimace en sentant dans les muscles de son dos un élancement qui lui rappela sa plus récente blessure.

Il frissonna encore sous la brise glacée et alla jeter un manteau de laine sur ses épaules. Il se pencha, promena son regard sur le lointain avant de revenir sur la cour et ses murs affaissés. Il eut un pâle sourire en contemplant son nouveau domaine. Près d'une semaine s'était écoulée depuis sa rencontre avec Hans Rubert, mais il n'était pas sorti le plus riche de cette acquisition. Dire qu'il avait perdu de sa superbe eût été un euphémisme ; par décision de la reine elle-même, il avait perdu tout droit à sa fortune et à ses titres. Si jamais on lui permettait de rentrer en Angleterre pour récupérer ses biens, il lui faudrait d'abord apporter à Élisabeth la preuve de son innocence. Comment y parvenir, c'était là une autre question et il ne serait sans doute pas facile de la résoudre.

Maxim entendit les chevaux hennir après leur pitance matinale et sut que Fitch et Spence se trouvaient aux écuries. Son regard passa sur le chemin qui s'étendait au-delà de la grille principale. Piqué par une soudaine curiosité, il baissa les yeux sur les fenêtres situées juste au-dessous de la sienne. Il ne décela rien qui lui indiquât que la petite peste était levée et s'occupait à quelque chicanerie. Les vitres étaient étroitement closes contre le froid, mais à l'instant même où il regardait il vit une croisée s'ouvrir et la jeune femme apparaître, seulement vêtue d'une fourrure assez lâche et ouverte sur la poitrine. Lorsqu'elle jeta un seau d'eau usée dans la cour, il eut le plaisir de découvrir brièvement deux seins crémeux blancs et roses, offerts nus à son regard.

Élise ne leva pas les yeux. Elle rentra et referma la fenêtre, ignorant le spectacle qu'elle avait donné à son ravisseur. Celui-ci frotta ses mains glacées, autant pour se réjouir que pour se réchauffer, et il rit de bon cœur, se sentant plein d'une vitalité nouvelle avec laquelle affronter la journée. Désormais du moins, quand il jouerait les tyrans, il n'aurait plus à penser à elle comme à une enfant mal élevée ayant besoin qu'on la gourmande. Il trouverait un certain plaisir à affronter une jeune femme aussi séduisante et agréablement faite.

Sifflotant un air gai, il referma la fenêtre et mit une bouilloire d'eau à chauffer sur le feu. Il se lava et se rasa soigneusement puis se vêtit d'une culotte de daim, de bas sombres et d'une fine chemise de lin sur laquelle il passa un pourpoint de cuir souple avant d'enfiler ses hautes bottes et de quitter sa chambre.

D'excellente humeur, il descendit les escaliers, remarquant que la porte de la jeune femme était entrebâillée lorsqu'il arriva sur le palier. Un bruit de marmites de cuivre appela son attention vers la cheminée alors qu'il descendait les dernières marches. Il trouva

Élise en train de préparer le repas du matin. Au cours de ces derniers jours, il l'avait évitée autant que possible, se levant tôt pour aller chasser ou flâner dans son nouveau domaine. Elle aussi avait gardé ses distances, demeurant dans sa chambre ou restant à un bout de la grande pièce du bas quand il était présent. Ainsi, ce matin, eut-il presque l'impression de la redécouvrir, avec un regard plus neuf. Elle était réellement très séduisante. Même vêtue de sa grossière robe de laine, elle aurait éclipsé d'autres femmes plus richement parées. Un mince ruban de tissu effrangé retenait ses cheveux, à la manière grecque, sur le dessus de la tête, laissant librement tomber sur ses épaules ses longues boucles. Un instant, Maxim songea au trésor qui lui avait été révélé depuis sa fenêtre. Une fois, à Florence, il avait eu l'occasion de contempler la *Naissance de Vénus*, de Botticelli. Il avait admiré le talent de l'artiste dans la restitution de son sujet, mais aujourd'hui le souvenir de cette déesse inanimée revivait dans la vision de cette merveilleuse créature.

— J'ai plaisir à voir que vous avez suivi mon conseil et que vous vous livrez à des tâches utiles, dit-il pour la piquer. J'étais certain que vous y parviendriez si seulement vous vous y appliquiez.

Élise se tourna, le regard étincelant. Elle brûlait de lui dire à quel point elle s'était échinée pour rendre plus propre ce tas de pierres, mais s'il était assez aveugle pour ne pas se rendre compte qu'il fallait à ses hommes un exemple et une main ferme pour les guider, elle le laisserait à sa stupidité.

— Eh bien ! répondit-elle, les mains sur sa taille fine, le bon maître des lieux nous fait enfin la grâce de sa présence ce matin. Avez-vous trop dormi, milord ? Je jure que j'ai vu le soleil se lever il y a quelques heures.

— Une heure tout au plus, répliqua joyeusement Maxim.

— Au moins ! Et voici un festin spécialement préparé pour vous, dit Élise qui versa du porridge dans un bol qu'elle posa sur la table devant Maxim avec un petit sourire. A votre service, milord.

— Vous êtes très aimable, dit-il en s'inclinant. Et

très élégante également. Je gage que si les dames de la cour pouvaient voir votre accoutrement, elles se précipiteraient chez les couturières. Votre robe est éblouissante.

La moquerie de Maxim indigna Élise.

— Oui ! C'est un beau témoignage de la générosité de mon seigneur. Voyez comme il se refuse à accorder à d'autres ce qu'il se permet. Ses atours ont dû coûter... (Un long et lourd couteau fendit l'air et vint tailler une tranche dans une miche de pain posée sur un plateau tout à côté de Maxim, le faisant sursauter. A un cheveu près, il y laissait un doigt. Élise sourit, le fixant, les yeux mi-clos, avant de terminer avec un haussement d'épaules :)... quelques souverains d'or pour le moins.

Maxim grogna et l'ignora, goûtant son repas du matin, avant de la regarder avec une moue écœurée.

— Vous avez de piètres talents de cuisinière, madame. Ce serait peut-être meilleur avec un peu de sel.

— Certainement, milord.

Élise reprit le bol et se tourna vers la cheminée avant de reposer délicatement le bol de bois devant Maxim et de lui demander :

— Est-ce davantage à votre convenance ?

Tandis qu'elle se penchait, Maxim perçut son agréable odeur de femme fraîchement lavée et, baissant le regard sur l'échancrure de sa robe, il eut le fugitif mais plaisant aperçu d'une peau nacrée. Sous le double effet du spectacle et du parfum, il s'agita, tout ému.

Élise se redressa et constata, surprise, que le marquis la suivait des yeux, comme peiné de quitter son décolleté. Elle rougit et lui demanda, moqueuse :

— Envisagez-vous de remplacer Arabella, milord ?

— Ce serait pour vous une tâche impossible, jeune dame. Aussi, ne vous bercez pas d'illusions.

Satisfait de sa réplique, il porta une cuillerée de porridge à sa bouche, grimaça et avala vivement une longue gorgée d'eau.

— Y a-t-il assez de sel, milord ? demanda-t-elle, suave, mais regrettant de ne pas lui avoir coupé le doigt en même temps que le pain.

Maxim la regarda, se leva, alla vider le contenu du bol dans le feu où il grésilla avant de se changer en fumée. Puis il se servit une nouvelle portion de porridge, y ajouta une pincée de sel et retourna s'asseoir.

Élise sentit son regard et se détourna alors qu'il se remettait à manger. D'un air innocent, elle s'affaira autour de la cheminée, redressant ceci, nettoyant cela. Elle balaya ensuite la pièce, tirant et repoussant les tabourets, comme prise d'une véritable frénésie. Tout d'abord, la poussière s'éleva en petites volutes pour devenir de véritables nuages alors qu'elle s'activait avec plus de vigueur. La table en fut bientôt enveloppée et Maxim étouffait. Il abattit soudain sa main sur la table et hurla à Élise, d'une voix à faire trembler le plafond :

— Assez, sorcière !

Élise obéit et lui demanda, avec un regard de mépris par-dessus son épaule :

— Milord n'est-il pas satisfait de mon travail ?

Maxim toussa et brassa l'air de sa main pour tenter d'éloigner la poussière de son visage.

— Asseyez-vous, femme ! lui lança-t-il, montrant l'autre extrémité de la table.

— Sorcière ? Femme ? Sorcière ? Est-ce à moi que vous vous adressez, milord ?

— Oui ! Et à vos semblables, qu'elles soient mégères, sorcières, femmes ou dames, éclata Maxim, les bras et les yeux au ciel, en un air de supplication qui s'attira une cinglante repartie d'Élise.

— Ce n'est pas de là-haut qu'il faut attendre du secours, milord. Votre complice est dans la direction opposée, attendant de rôtir votre méchante carcasse.

Maxim la contempla d'un œil torve puis hocha lentement la tête, comme profondément désolé.

— Je l'ai dit à Nicholas, mais il n'a rien voulu entendre.

— Nicholas ? demanda Élise, sa curiosité piquée.

— Oui, Nicholas. Il m'a demandé s'il pouvait vous faire la cour.

— Vraiment ! Et le lui avez-vous permis, milord ?

— Il sera ici aujourd'hui, vers midi.

Ce fut elle, maintenant, qui bondit de sa chaise et abattit sa main sur la table.

— C'est si aimable à vous d'avoir donné votre consentement, *maître* Seymour !

— Je ne lui ai rien donné qu'un excellent conseil, répondit Maxim, désinvolte. Je n'ai pas qualité pour lui dire oui ou non mais je l'ai prié de venir chercher votre réponse lui-même. En toute honnêteté, je l'ai mis en garde et je lui ai conseillé de passer une cuirasse et un heaume s'il tenait à sa peau.

— Oh, espèce de... ! lança Élise, les yeux étincelant de fureur. Vous osez ternir ma réputation devant vos bons amis ! *Oh !*

Les poings serrés, incapable de supporter plus longtemps le sourire moqueur de Maxim, elle tourna les talons et battit en retraite dans sa chambre. Mais si cet idiot pensait l'avoir emporté, il allait payer cher sa naïveté. Elle s'arrêta sur le palier et lança, d'un ton vif :

— Voulez-vous m'envoyer Fitch et Spence avec des seaux d'eau ? Beaucoup de seaux d'eau ! Je suis d'humeur à essayer cette baignoire de cuivre qui se trouve dans ma chambre.

Peu avant midi, Maxim, qui était rentré d'une promenade à cheval sur les terres de son nouveau domaine, aperçut, par la fenêtre de sa chambre, le capitaine Von Reijn qui remontait la route du château avec son escorte. Maxim ouvrit la croisée pour mieux voir et se mit à rire devant le réjouissant spectacle. Nicholas avait un faible pour l'ostentation, et là il s'était surpassé. Il était vêtu comme un roi et son justaucorps brodé de fils d'or avait de quoi aveugler. Il chevauchait comme par une belle matinée de printemps, les rênes dans une main gantée, l'autre main à la hanche pour tenir ouverte une extravagante cape et révéler un pourpoint et une culotte de velours cramoisi. Sa toque à plume était posée d'un air crâne et, de là où il se trouvait, Maxim pouvait même distinguer une lourde chaîne d'or et de pierres étincelantes qui brillait au cou du capitaine.

Des gardes à cheval, en cuirasse de cuivre poli, le précédaient et le suivaient, armés de hallebardes qui témoignaient de leur intention de défendre leur maître contre tout brigand qui tenterait de l'assaillir. Fermant la marche, un serviteur plutôt rondelet traînait un cheval de bât chargé de paquets, de tonneaux et de tout un assortiment de marmites et casseroles de cuivre qui tintinnabulaient.

— Voyez ! Le soupirant arrive, observa Maxim avec un rire amusé.

Il quitta sa chambre, descendit et sortit pour accueillir son hôte, debout en haut des marches, bien campé sur ses jambes, les mains aux hanches tandis que la brise ébouriffait ses cheveux taillés court. Le capitaine de la Hanse avait abordé avec un haut-le-cœur le château en ruine qui respirait l'abandon. En apercevant son ami, il éperonna sa monture et franchit le fossé, précédant son escorte.

— Maxim ! s'écria Von Reijn, tout enjoué. Comment va mon bon ami aujourd'hui ?

— Gentiment. J'ai eu, ce matin, d'agréables spectacles pour me réjouir l'œil.

— *Ja*, nous avons eu un très beau lever de soleil, dit Nicholas qui ajouta, après un coup d'œil sur les murs et les bâtiments délabrés : Encore qu'il soit difficile d'imaginer un spectacle agréable depuis un tas de pierres.

— On ne sait jamais où l'on peut contempler des merveilles. On les a parfois juste sous le nez, dit Maxim, qui songea au spectacle découvert depuis sa fenêtre.

— Pas ici ! affirma Nicholas avec conviction.

Maxim se mit à rire et descendit les marches de pierre.

— Je vois que vous avez négligé mes mises en garde pour vous aventurer dans votre quête hasardeuse. Pendant que vous possédez encore tous vos abattis, mettez donc pied à terre et venez vous réchauffer devant la cheminée.

Nicholas descendit de selle et lança ses rênes à Spence au moment où celui-ci arrivait avec son compagnon pour assister les hôtes. Le capitaine tourna lentement sur lui-même pour regarder la cour et les bâtiments qui l'entouraient.

— J'espérais trouver au moins un abri pour les chevaux.

— Il est là, dit Maxim, montrant l'écurie. Assez solide et protégé du vent. Derrière, on trouve même une pièce avec une cheminée, où vos hommes pourront se reposer. Fitch veillera à ce qu'ils aient de quoi manger et une pinte ou deux de bière pour leur fouetter le sang.

— Pas trop de bière, conseilla Nicholas. Il faut qu'ils gardent l'œil vif pour le retour ce soir.

Le gros homme qui l'accompagnait saisit une pleine brassée de marmites et de plats et pénétra dans le château dans un bruit de ferraille sous le regard amusé de Maxim.

— J'ai amené Herr Dietrich, mon cuisinier, pour qu'il nous prépare un repas digne de cette journée, expliqua Nicholas. Je suis sûr que certaines personnes, ici, seront heureuses de l'apprendre.

— Tout vaut mieux que du gruau trop salé. J'en ai eu tout mon soûl cette semaine.

Nicholas se mit à rire et avança, tendant une main que Maxim serra chaleureusement.

— C'est une importante escorte que vous avez là pour une promenade d'une heure en dehors de la ville, observa celui-ci.

— On n'est jamais trop prudent. En vérité, je pensais impressionner la dame.

— J'aurais plutôt pensé qu'il s'agissait d'une protection contre la dame, dit Maxim en riant tandis que son ami s'arrêtait, confus.

Avec une claque dans le dos, Maxim escorta le capitaine dans la grande salle. Nicholas arpenta la pièce avant de s'arrêter dans la pose chère à Henri VIII d'Angleterre, bien campé sur ses pieds, le manteau rejeté en arrière, les poings sur les hanches.

— *Ja*, je comprends pourquoi les gens de la ville ne viennent jamais ici. Ils pensent que le château est hanté, et à le voir...

Fitch et Spence, qui entraient à ce moment-là, se figèrent net sur le seuil, jetant des regards prudents autour d'eux, comme s'ils s'attendaient désormais à voir quelque fantôme jaillir de l'ombre pour se précipiter sur eux.

— L'endroit est sombre et sinistre, continua Nicholas. C'est une injure au mot *château*.

— Encore y venez-vous après qu'on y a apporté quelques améliorations, répondit Maxim avec un petit sourire. Imaginez ce que cela devait être à l'arrivée de la jeune dame.

— Difficile d'imaginer pire.

Le marquis conduisit son ami à des sièges disposés un peu plus loin.

— Venez donc vous asseoir.

Tout en retirant ses gants, Nicholas se laissa tomber sur une chaise et se pencha en avant. Un coude sur la jambe gauche, le poing sur l'autre, il fixa son hôte.

— Alors ? Que dites-vous ? La dame est-elle favorable ?

Maxim répondit d'un haussement d'épaules qui n'engageait à rien.

— Difficile à dire, Nicholas. Elle a son caractère et ne me confie rien de ce qu'elle pense.

— Mais vous le lui avez dit ? insista le capitaine.

— Je le lui ai dit.

— Et elle n'a rien répondu ?

— Rien qui puisse indiquer ses intentions.

— *Ach !* fit Nicholas, se giflant la cuisse de ses gants en signe de frustration. Cette terrible incertitude me ronge !

Maxim alla chercher une carafe d'hydromel, en versa dans un gobelet et le tendit à son ami affligé.

— Tenez, voilà de quoi vous redonner courage.

Von Reijn vida le gobelet d'une traite et le tendit à Maxim pour qu'il le resserve.

— Je ne vous ai encore jamais vu dans cet état à cause d'une femme, observa-t-il en se rasseyant. Je me souviens que lorsque vous êtes venu chez moi pour battre les environs à la recherche de quelque dame acceptable, vous n'avez pas limité vos attentions à une seule...

— Allons, Maxim, vous savez bien que je suis un vrai saint.

— Attention, Von Reijn ! Vous risquez d'attirer la foudre sur nos têtes, et je vous prie de ne pas oublier que c'est là le seul toit dont je dispose en ce moment.

— Que voulez-vous dire ? lança Nicholas, feignant la vertu outragée. J'exige une explication.

Maxim eut un petit sourire sceptique.

— Je connais les vœux prétendument faits par les membres de la Ligue hanséatique, mais nombreux sont ceux qui ont une conception personnelle de ces vœux et ne sont, dans le secret de leur cœur, que de fieffés roués prêts à se lancer à la conquête de la première jolie fille qui leur attire l'œil. Je me fiche d'ailleurs que vous soyez chaste ou non. Vous êtes une canaille depuis le berceau et je me sens quelque responsabilité pour avoir amené cette fille ici. Je sais que vous n'êtes pas un petit innocent.

— Ma foi, pas plus que vous !

— Je ne l'ai jamais prétendu, dit Maxim en riant.

— Vous êtes en train de ruiner ma réputation.

— Impossible ! Vous vous en êtes déjà chargé vous-même.

— Entre vous et moi, mon ami, je reconnais être une sorte de coquin.

— Ce que je sais depuis un certain temps.

— Mais cette fille est différente des autres. Elle a touché mon cœur.

Maxim eut un grognement de dérision.

— Attention à ce que vous remettrez entre ses mains, je vous en conjure, Nicholas. Si vous lui offrez votre cœur, elle en fera du hachis, dit-il, ne se souvenant que trop de son oreille. C'est une vraie sorcière.

— N'ai-je pas traversé la mer du Nord en sa compagnie ? fit observer Nicholas pour défendre la jeune fille. Une sorcière ? *Nein!* Elle lutte seulement pour sa liberté. N'en feriez-vous pas autant ?

— Du moins écouterais-je la raison.

— N'est-il pas raisonnable qu'elle souhaite rentrer chez elle ? Cet enlèvement était déraisonnable.

— Ce fut une erreur, convint Maxim. Si mes hommes avaient enlevé Arabella, je suis certain qu'elle aurait été heureuse de rester.

— Le lui avez-vous demandé ?

A cette simple question, Maxim prit un regard noir.

— J'en avais l'intention, dit-il, faisant tournoyer son hydromel au fond de son gobelet. Je voulais le faire le soir du mariage. Je voulais apaiser ses craintes quant à son enlèvement de Bradbury. J'en ai été empêché en tombant par hasard sur miss Radborne qui m'a reconnu. Il semble qu'elle ait toujours été dans mes jambes.

— *Ja!* fit bruyamment Nicholas. J'ai entendu parler de votre équipée à Bradbury Hall. Vous avez proprement nargué Edward, et chez vous encore ! On prétend maintenant qu'il dort derrière une porte bouclée et gardée. Vous avez mis la peur dans l'âme du bonhomme. (De nouveau il éclata de rire avant de poursuivre :) Vous êtes peut-être allé trop loin et avec trop d'audace, et c'est pourquoi vous pensez que cette fille est toujours dans vos jambes.

Maxim poussa un grognement irrité.

— Dès le début elle a contrarié mes plans.

— Quels étaient-ils exactement, Maxim ? Qu'est-ce qui vous a poussé ? L'amour d'Arabella ou le désir de vous venger de son père ?

— Je voulais empêcher la consommation du mariage jusqu'à... (Maxim serra les mâchoires et se rembrunit d'être contraint de se justifier.) Bon sang, l'ami, pensez-vous que j'aurais souhaité épouser Arabella si je ne l'avais pas chérie plus que toute autre femme ?

Nicholas se cala dans son siège et regarda pensivement son ami.

— D'après ce que vous m'en avez dit, répondit-il songeur, elle est à la fois belle et douce. Il semble donc logique qu'on souhaite l'épouser. Elle saurait se montrer souple, peu portée à la colère ou à la révolte, et sans exigences déraisonnables. (Il s'arrêta un instant pour avoir toute l'attention de Maxim.) Vous avez assez souvent dit qu'il vous fallait une femme et des enfants, pour transmettre le nom. Je me demande donc, mon ami, si vous avez choisi Arabella avec votre tête ou avec votre cœur. Et si, une fois trahi par son père, vous l'avez désirée par esprit de rancune ou par passion brûlante.

— Je suis certain qu'une véritable dynastie serait née de notre union, insista Maxim, têtu.

— Vous ne pouvez en vouloir à la demoiselle d'être allée en chercher un autre. On vous croyait mort.

— C'est la cupidité d'Edward qui l'a contrainte à épouser Reland.

— Allons, fit gentiment Nicholas. Vous étiez à peine plus qu'un cadavre quand vos hommes vous ont amené sur mon navire. C'est grâce à Ramonda que vous avez survécu, mais il vous a fallu un mois avant de pouvoir remarcher. Montrez-vous compréhensif à l'égard d'Arabella. Elle a été certainement beaucoup touchée par votre mort mais d'un autre côté elle brûlait de se marier. Vous devriez vous montrer heureux d'être encore vivant pour chercher une autre femme qui réchauffe votre lit.

— Je suis *heureux* d'être vivant ! Heureux que Spence et Fitch se soient trouvés dans un bateau dissimulé sous le pont, comme prévu, pour mon évasion. Ils ont incontestablement prouvé leur loyauté à mon égard, jusqu'à me sauver la vie au péril de la leur. Ce fut un triste coup du sort qu'ils n'aient jamais vu Arabella et qu'ils se soient trompés. Mais n'allez pas me croire abattu au point de ne pas apprécier d'être en vie !

Nicholas resta silencieux un long moment puis murmura :

— Si vous appréciez d'être en vie, je voudrais vous mettre en garde contre autre chose.

Maxim le regarda, surpris et curieux, attendant qu'il poursuive.

— Vous avez rencontré Karr Hilliard, un grand capitaine de la confrérie ?

— Oui. A mon retour d'Angleterre. Vous savez sans doute que je suis rentré sur son navire.

— Karr Hilliard possède nombre de navires de la Hanse, et il est très soucieux de ses intérêts. Il est agent de la Hanse jusqu'à la prochaine élection de la Diète, en été, et il sera probablement réélu. C'est l'homme le plus riche et le plus puissant de la ligue.

— Il m'a demandé de passer le voir si je me rendais à Lübeck, dit Maxim, circonspect, tirant de son pourpoint un cachet de cire. Il m'a remis ceci pour pouvoir accéder jusqu'à lui.

Nicholas prit le cachet et l'examina avant de tirer de sa chemise une chaîne d'or à laquelle était accroché un sceau de cuivre, au dessin plus petit mais identique.

— C'est le sceau de la Hanse. Chaque capitaine en possède un et jure de le conserver sur lui en permanence. (Il rendit le sceau à Maxim.) Celui-ci vous ouvrira bien des portes. Sa taille témoigne de son importance. Je ne vous ai pas dit que Karr Hilliard est également l'homme le plus dangereux que vous rencontrerez jamais. Il a livré plusieurs hommes à la hache du bourreau. A Lübeck, son pouvoir est absolu, et il se consacre à la cause bien plus que moi, mon ami. Je ne suis certainement pas le meilleur exemple pour la Hanse. Je n'ai jamais été tellement porté à m'abstraire du monde qui m'entoure ni à conserver les secrets que la ligue garde si jalousement. Lorsque j'étais jeune apprenti de la Hanse, je dormais dans des *Kontors* non chauffés et non éclairés, comme les autres. Nous étions sept ou huit par pièce. J'ai même survécu à des initiations qui en ont tué d'autres, et avec tout cela je me suis fait ma propre opinion sur la ligue. Karr Hilliard est d'humeur changeante ; il est l'un des premiers à prendre part aux rituels d'initiation des jeunes... et il en a tué certains qui poussaient les épreuves au-delà du raisonnable. C'est un homme mauvais, et j'ai entendu dire qu'il avait ordonné depuis Lübeck que l'on se renseigne sur les raisons de votre présence à Hambourg.

— Pourquoi s'intéresserait-il à moi ? demanda Maxim, les yeux baissés sur son gobelet.

— Il est furieux contre ce qui arrive à nos ports et à notre commerce. On est lentement en train de nous étouffer. Il y a cent ans, nous régnions sur le commerce, de la Baltique à la Méditerranée. Maintenant nous luttons pour survivre. Élisabeth est hostile à la présence de nos *Kontors* en Angleterre et Hilliard en a pris offense. Il a déjà perdu deux navires par la faute de ce pirate de Drake.

— Oui, je l'ai entendu dire. Ils étaient en route pour l'Espagne. Il semble que la confiscation des navires de céréales anglais par Philippe dans les ports basques ait fourni à la reine une bonne raison d'armer Drake contre les Espagnols.

— Drake est devenu pour nous une menace depuis qu'il a repris la mer ! Il adore aller tirer les oreilles des Portugais et des Espagnols, et maintenant c'est à nous qu'il s'en prend !

— Je ne déborde pas d'affection pour Élisabeth après l'injustice qu'elle m'a faite. Mais rendez-vous compte que les gens de la Hanse, depuis deux ou trois cents ans, étranglent le commerce anglais du fait de leurs immenses monopoles. Ils ne paient à l'Angleterre ni taxes ni péages. Depuis qu'Édouard III a emprunté de l'argent à la ligue et gagé les joyaux de la Couronne, les marchands anglais ont eu à souffrir jusque chez eux. Chaque fois que les marins anglais s'aventuraient dans les ports de la Hanse, on les jetait en prison et on les traitait comme vermine. Peut-être Élisabeth se souvient-elle des quatre-vingt-seize pêcheurs anglais capturés au large de Bergen avant d'être jetés pieds et poings liés dans la mer par les membres de votre ligue. Mais, quels que soient ses sentiments à l'égard de la Hanse, c'est après l'Espagne qu'elle en a, actuellement.

— Mon ami, Hilliard ne doit pas savoir que vous dites pareilles choses. Il vous ferait arrêter comme espion. Même ici à Hambourg, la Hanse a fait prendre une fois cent cinquante étrangers et les a fait décapiter comme pirates. Dois-je vous dire que vous subirez le même sort si vous ne vous montrez pas prudent avec Karr Hilliard ?

— Si j'étais un espion, dit Maxim en riant, croyez-vous que j'aurais été aussi proche de perdre la vie quand on m'a emmené à bord de votre navire puis ici à Hambourg ? Si j'étais venu pour quelque mission, les hommes d'Élisabeth ont bien failli me tuer avant que je ne l'accomplisse.

— Mon ami, je serai le premier à témoigner que vous ne travaillez pas pour Élisabeth, mais Karr Hilliard n'en demeure pas moins un homme dangereux. S'il le pouvait, il ferait monter Marie Stuart sur le trône pour arriver à ses fins. (Nicholas se tut un instant, répugnant à poursuivre, mais il savait la menace qui pesait sur son ami et il ne put cacher son inquiétude.) Il a été vivement intéressé par le complot de Throgmorton et en mettrait volontiers un autre sur pied pour éliminer la reine.

— Sait-il que j'ai été accusé de trahison ?

— *Ja*, il le sait, et je crois que c'est pour cela qu'il s'intéresse à vous. Peut-être veut-il s'attacher vos services.

— Il lui suffit de demander, et je lui dirai ce qu'il souhaite savoir.

— Hilliard est aussi un homme prudent, Maxim. Il se méfie des étrangers et il vous démasquera avant que vous n'ayez la moindre chance.

Maxim montra la pièce d'un geste circulaire.

— Voyez-vous des gardes tapis dans l'ombre, prêts à bondir sur qui se présentera ? Je n'ai plus rien ; on m'a dépouillé de mes biens. Qu'ai-je à défendre ?

— Ce que vous avez de plus précieux, mon ami. Votre vie.

Maxim avala son hydromel et les deux hommes demeurèrent longtemps silencieux. Gagné par l'impatience, Nicholas jeta un regard vers les escaliers qu'il montra de la main.

— Vous dites que la dame est dans sa chambre ? Sait-elle que je suis arrivé ?

— Ses fenêtres donnent sur la cour. Elle n'a pu rater votre arrivée. Elle met sans doute votre patience à l'épreuve.

— Je vais aller la chercher ! s'exclama Nicholas, jaillissant de son siège.

— Je vous conseillerais de ne pas la provoquer, grommela Maxim, le nez dans sa tasse avant de lever les yeux sur les escaliers en entendant un léger bruit venu de l'étage. (Il eut un petit sourire et ajouta, moqueur :) Attention, la belle demoiselle a finalement daigné nous faire la grâce de sa présence.

Nicholas se tourna avec une impatience manifeste et, à longues enjambées, traversa la pièce pour aller attendre la jeune fille au pied des marches. Maxim l'observa avec un amusement détaché, curieux de voir comment Élise s'était vêtue pour accueillir son hôte, elle qui n'avait rien porté d'autre, depuis son arrivée au château, que sa robe de laine souillée. Au nombre de seaux d'eau que ses hommes avaient montés dans la chambre, il se dit qu'au moins elle serait propre.

Maxim aperçut d'abord, en haut des escaliers, une chaussure de soie sous une robe de velours bleu. Tandis qu'Élise apparaissait complètement, il posa un bras sur l'accoudoir de son siège et se prit le menton entre le pouce et l'index, pour s'empêcher de béer. Il la regarda qui saluait gracieusement et aimablement Nicholas et il la jugea bien transformée ; il avait devant lui la plus séduisante jeune femme qu'il eût jamais vue.

Élise posa une main légère sur le bras du capitaine qui l'escorta à travers la pièce. Cette fois, Maxim se leva pour porter témoignage de ses bonnes manières, mais elle ne lui prêta aucune attention tandis qu'elle complimentait Nicholas.

— Je suis fascinée par l'élégance de votre tenue, capitaine.

— Nicholas, s'il vous plaît.

— Comme il vous plaira... Nicholas, murmura-t-elle avec un petit signe de tête pour manifester son accord. Vous me faites honneur.

Maxim roula des yeux incrédules. La rusée coquine avait la langue plus déliée que tous les serpents de l'Éden !

— Je suis venu pour vous poser une question fort à propos, bredouilla Nicholas. Si vous le voulez bien, je souhaiterais que vous y répondiez.

Élise s'assit avec un beau sourire, pleine d'attention pour les paroles du capitaine. Nicholas, débordant d'enthousiasme, tira son fauteuil en face d'elle et se pencha pour lui prendre les mains.

— Ma chère Élise... jamais je n'ai rencontré une femme qui m'intrigue davantage... et ma position au sein de la Hanse me permet de courtiser qui me plaît...

Élise voulut le taquiner :

— Eh bien, Nicholas, je crois me souvenir que vous souhaitiez éviter de parler de votre fortune alors que nous étions sur votre navire. Qu'est-ce qui a provoqué ce changement ?

Nicholas s'éclaircit la gorge et jeta par-dessus son épaule un regard à Maxim qui avait maintenant allongé ses jambes devant lui. Il paraissait grandement se divertir de leur conversation car il les observait d'un regard curieux et goûtait chacune de leurs paroles. Après avoir grommelé dans sa barbe, le capitaine se tourna de nouveau vers Élise.

— Maxim m'a confié, la semaine dernière, que vous n'étiez pas sa fiancée.

— Me l'eussiez-vous demandé quand j'étais à bord de votre navire, Nicholas, que je vous aurais dit ne pas même connaître cet homme. Mais vous teniez tellement à garder secrète l'identité de mon ravisseur que vous n'avez pas envisagé la possibilité d'une erreur. Si vous aviez parlé, cette stupide histoire n'en serait peut-être pas arrivée là.

— Je n'avais aucune raison de penser que Fitch et Spence avaient commis une telle bourde. Pensant que vous apparteniez à un autre, je me suis efforcé de demeurer aussi neutre que possible. (Il se tut un instant, baissa les yeux et caressa de son pouce la douce main d'Élise.) Et j'ai lamentablement échoué.

Élise jeta un regard à Maxim et se sentit de nouveau gagnée par l'irritation contre lui. Derrière le dos de Nicholas, il levait les bras et applaudissait silencieusement, moqueur, le numéro d'Élise. Comme elle aurait voulu lui arracher ce sourire narquois !

— Nicholas ? fit-elle d'une voix pleine de douceur. Lord Seymour m'a fait part de votre désir et je suis heureuse de l'intérêt que me porte un tel gentilhomme.

— Je vous ai apporté un présent, annonça Nicholas qui se leva et se précipita pour prendre un paquet apporté par Spence. C'était un long cylindre enveloppé de tissu duquel il tira un luxueux tapis de Turquie. Voici pour mettre dans votre chambre et protéger vos pieds du froid, dit-il.

— Ô Nicholas, c'est un bien rare et beau présent que vous me faites !

— Pour une bien rare et belle dame, murmura-t-il.

— Je suis confuse d'une telle générosité et navrée de ne pouvoir rien vous offrir en échange.

— Votre compagnie m'est un présent que je chéris grandement.

Maxim se leva avec un certain agacement.

— Je vous ai assez entendus roucouler, dit-il. Je vais emmener Tourbillon faire un tour. A plus tard.

— Inutile de vous presser, répondit Nicholas, heureux de son départ. Nous ne nous ennuierons pas en votre absence.

— J'en suis convaincu ! lança Maxim, avec un effort pour ne pas se montrer sarcastique.

Il traversa la salle, gravit les deux marches et sortit.

— Le pauvre homme, dit Élise, cachant sa raillerie. Il rumine toujours l'absence d'Arabella. (Puis, revenant au capitaine qui se redressait dans son fauteuil :) Dites-moi, Nicholas, comment vont mes placements ?

Maxim rentra tard ce soir-là et trouva Fitch et Spence assis dos à dos sur un banc devant la cheminée. Chacun surveillait une moitié de la pièce d'un œil inquiet, un gourdin à la main pour le cas où quelque fantôme se manifesterait. Mais quand le seigneur des lieux poussa la porte d'entrée, ils bondirent sur leurs pieds avec des cris de frayeur.

Maxim n'était pas homme à croire aux fantômes, mais leurs hurlements faillirent lui faire dresser les cheveux sur la tête.

— Assez ! lança-t-il. Vous réveilleriez les morts !

— 'Mande pardon, milord, s'excusa Fitch, essayant de ne pas chevroter. Nous craignions que les morts ne soient déjà réveillés.

— Il n'y a pas de fantômes ici ! affirma Maxim en retirant ses gants. Si vous le souhaitez, vous pouvez aller dormir dans la pièce derrière l'écurie.

— Bien, milord.

Les deux hommes prirent leur gourdin et leur paillasse et se hâtèrent de quitter la grande pièce, traversant la cour avec leurs basques flottant au vent. Lentement, Maxim traversa la salle et grimpa les escaliers. Il se sentait glacé jusqu'aux os après sa longue chevauchée et il dut réprimer un frisson persistant. Il rabattit le revers de son manteau sur sa poitrine et se drapa plus étroitement contre les courants d'air.

Une lumière vacillante, à l'étage, souleva sa curiosité, et il alla scruter les ombres du palier. Élise se tenait dans l'encadrement de sa porte, sa silhouette se découpant sur le fond flamboyant d'un feu de cheminée. Elle avait jeté sur ses épaules une fourrure d'où dépassait le bas de son jupon de dentelle. Elle avait les pieds nus sur le sol de pierre, des pieds qui devaient être froids comme de la glace.

— Qu'y a-t-il ? demanda Maxim, s'avançant vers elle. Il la vit trembler et se demanda si la seule cause en était les courants d'air. La chandelle qu'elle tenait révélait l'inquiétude de son regard.

— J'ai fait un cauchemar, murmura-t-elle, comme si elle essayait de faire la part de la réalité et du rêve. J'ai rêvé que je voyais mon père que l'on hissait dans une cheminée. La fumée était si épaisse qu'il ne pouvait respirer, et on le laissait là, pendu, pour le torturer.

— Nicholas vous a raconté des histoires sur les rites de la Hanse...

— Cela a-t-il un rapport ? demanda-t-elle, levant sur lui un regard confus.

Maxim poussa un lourd soupir.

— Ils sont censés garder secrets les rites de leur initiation, mais Nicholas ne respecte pas toujours les règles. Il se considère comme une espèce de paria. Il est choqué par certains agissements de la fraternité, mais il se sent aussi tenu à une certaine loyauté envers elle. Sa mère est hollandaise et vit à Lübeck. Son père est mort, mais c'était jadis un des grands maîtres de la ligue. (Il se tut un instant, fouillant le regard troublé d'Élise, puis ajouta, lointain :) J'espère qu'un jour Nicholas rompra avec eux.

« Mais vous êtes glacée, observa-t-il en la voyant frissonner. (Il poussa la porte de sa chambre où le feu était bas dans la cheminée, maintenant.) Si vous le permettez, madame, je vais ajouter quelques bûches au feu.

— Comme vous voudrez, répondit Élise qui s'appuya sur un siège à haut dossier près de la cheminée.

A genoux devant le foyer, Maxim tisonna les braises,

y posa du petit bois puis plusieurs bûches sur les flammes qui remontaient déjà.

— Là, voilà qui devrait chasser le froid.

— Lord Seymour... commença-t-elle d'une toute petite voix.

— Inutile d'être si protocolaire, Élise. Je n'ai plus droit à aucun titre.

— Situation que vous devez sans doute à mon oncle.

— Vous avez probablement entendu l'histoire de nombreuses fois. Mes explications sont inutiles.

Élise croisa les mains sur ses genoux et promena son regard sur la pièce jusqu'à ce que Maxim se baisse pour tisonner le feu. Elle revint alors à lui, curieuse. Les flammes, léchant l'écorce rude des bûches, nimbaient d'une lumière dorée le profil du marquis. Jamais, à sa souvenance, elle n'avait regardé un homme d'aussi près et avec autant d'attention, et jamais elle n'en avait contemplé un qui symbolisât autant pour elle l'Apollon des récits antiques. Elle brûlait d'avoir une réponse à la question qu'elle se posait : un tel homme pouvait-il être un assassin ?

— J'ai entendu bien des choses sur vous, milord, et je m'interroge souvent quant à ce qu'il y a de vrai.

Maxim eut un petit rire et, levant les yeux, posa un bras sur son genou drapé de cuir.

— Avez-vous des frissons quand vous êtes seule avec moi, à la pensée que je suis un assassin ?

— Je n'ai pas peur de vous, répondit Élise, irritée, avec un mouvement volontaire du menton.

— Non... je ne crois pas, dit-il, hochant lentement la tête en se disant que cette femme ne manquait pas de cran. Du moins n'avez-vous jamais montré que vous aviez peur.

— Eh bien ?

— Ma chère Élise, commença-t-il sur le ton d'un sermon, j'ai dû parfois tirer l'épée et tuer un homme dans l'accomplissement de mon devoir, mais je vous prie de croire que jamais je n'ai assassiné quiconque et encore moins sous mon propre toit. Je venais de rentrer chez moi ce soir-là, afin de m'habiller pour un banquet en l'honneur d'Arabella. Un de mes serviteurs m'annonça qu'un agent de la reine m'attendait. Quand je suis allé trouver l'homme, il gisait à côté de la cheminée. Il était tombé, semblait-il, et dans sa chute il s'était cogné la tête car il portait une vilaine blessure au front et le manteau de la cheminée était maculé de sang. Mais on découvrit ensuite qu'il avait été poignardé. Cela me troubla beaucoup car quand je m'étais tout d'abord penché sur lui il ne portait pas trace d'une telle blessure. En fait, il était encore vivant et j'allais appeler à l'aide quand j'entendis un bruit sur la loggia et que je me précipitai pour voir qui pouvait s'y cacher. Mon entrevue avec l'agent devait rester secrète, mais Edward déclara plus tard devant la reine qu'il m'avait vu là avec l'homme. S'il m'avait vu, c'était lui qui devait se dissimuler sur la loggia.

— Voulez-vous dire que mon oncle est entré après que vous aviez quitté l'homme et qu'il l'aurait poignardé ? Je ne puis le croire. L'oncle Edward est incapable de tuer quiconque ! Il est trop timoré pour cela.

Maxim sourit de sa naïveté.

— Je l'ai cru, moi aussi, mais de toute évidence il m'a vu. Pourquoi m'accuser d'avoir tué cet homme s'il était lui-même innocent de ce crime ?

— Haïssez-vous mon oncle parce qu'il a rejeté la faute sur vous pour couvrir son propre crime ? Il m'a bien semblé que vous aviez l'intention de le tuer quand j'ai quitté la salle le soir du banquet.

— Je ne souhaite pas voir Edward mort. Du moins pas encore. Je voudrais qu'il connaisse l'humiliation d'être convaincu de mensonge, de vol et de lâcheté. Je ne pourrais jurer qu'il a assassiné l'homme, mais on prouvera sa culpabilité, je n'en doute pas.

— Même si vous devez provoquer cela ?

— Pour l'instant, Edward ne craint rien de moi. Peut-être êtes-vous heureuse, pour votre oncle, que je ne puisse retourner en Angleterre.

— Je ne suis pas parente d'Edward par le sang, avoua Élise, songeuse. Ma mère était orpheline et elle fut abandonnée, tout enfant, sur les terres des Stamford.

— Je vous vois avec d'autres yeux, maintenant que

je sais cela, dit Maxim avec un petit sourire. Il y a de l'espoir en ce qui vous concerne.

— Et Arabella ? Y a-t-il de l'espoir pour elle qui est sa fille ?

— Jamais je ne comprendrai comment Edward a pu engendrer une aussi belle créature.

La tiédeur du feu caressa la joue d'Élise, et pour la première fois de la soirée elle ressentit un confort et un bien-être qu'elle n'avait pas connus depuis des jours. Du coin de l'œil elle observa de nouveau Maxim tandis qu'il présentait ses longs doigts minces à la flamme et elle se demanda vaguement si sa présence au château avait un quelconque rapport avec ce sentiment de bien-être. Doutait-elle à ce point de la protection de Fitch et Spence qu'elle se sente en sécurité dans la compagnie d'un gredin ?

— Nicholas s'y connaît en beaux présents, fit Maxim avec un signe de tête en direction du tapis posé près du lit. Il ne compte pas, pour vous voir heureuse.

— On m'a dit que vous aviez payé de vos deniers la robe que je portais cet après-midi... (Elle haussa un sourcil et demanda, taquine :) Ou dois-je accepter ce présent en remplacement de mes vêtements abîmés lors de ma capture ?

Il la regarda, amusé. La jeune femme n'était pas seulement charmante, elle avait également de l'esprit et de l'humour, ce qui manquait parfois à Arabella.

— Je vous adresserai à une couturière demain, dit-il, souriant. Vous pourrez choisir plusieurs robes. Elle me connaît et mettra cela sur mon compte.

— Je suis confondue par votre générosité, milord.

Maxim saisit l'ironie de la remarque et se leva.

— Je crois avoir abusé de votre hospitalité. Voilà que l'air se fait de nouveau plus frais, observa-t-il.

La cheminée dispensait plus de chaleur qu'auparavant, mais Élise haussa effrontément les épaules, faisant mine d'ignorer le sous-entendu.

— Comme il vous plaira, milord.

Maxim prit son manteau et gagna la porte. Sur le seuil, il s'arrêta pour la regarder encore.

— Il vous faudra des chaussons et des chaussures

pour que vous n'ayez pas froid aux pieds. Je connais également un cordonnier à Hambourg où vous pourrez trouver ce qu'il vous faut.

— Irai-je avec Fitch et Spence ? demanda-t-elle innocemment.

— Certainement pas ! A peine seriez-vous arrivés qu'ils se trouveraient piégés par vos soins. J'aurai l'honneur de vous accompagner moi-même.

— Vais-je y aller comme votre prisonnière ? Dans ce cas, n'espérez pas que je supporte des essayages en votre présence.

— Ne craignez rien, madame. Je vous laisserai. Et la couturière saura vous garder, j'en suis sûr.

Élise se laissa tomber dans sa chaise, renfrognée. Quel genre de couturière était-ce là qu'il puisse à ce point lui faire confiance ?

Maxim allait quitter la pièce, mais elle lui fit signe d'attendre.

— Un instant, milord. Je voulais vous annoncer que j'ai embauché un cuisinier.

— Vraiment ? Et où l'avez-vous trouvé ?

— Nicholas m'a permis de conserver le sien.

— Après avoir joué de votre air implorant, sans aucun doute ! lança Maxim qui se demanda pourquoi il s'irritait ainsi. Nicholas n'aurait jamais accepté de me laisser son cuisinier. Il aura fallu quelque douce promesse de votre part...

— Vous ne semblez guère vous rendre compte que nous aurions pu mourir de faim si nous avions compté sur *vous* pour trouver un cuisinier. Je pense que Nicholas a fait montre d'une grande gentillesse en permettant à *son* cuisinier de venir travailler pour *vous*.

— *Vous pensez !* hurla Maxim. Vous ne voyez même pas que Nicholas a l'intention de faire de vous...

— ... sa femme ! le coupa sèchement Élise en sachant qu'il allait dire autre chose.

Maxim fit demi-tour et revint jusqu'à elle. Il se pencha, fixant Élise.

— Vous voulez dire *sa maîtresse*, gronda-t-il, furieux.

Ses yeux lançaient des éclairs. Élise tenta de le repousser mais ne parvint qu'à faire glisser son vêtement qui lui dénuda les épaules tandis que Maxim ne bougeait pas d'un pouce. Hors d'elle, ne songeant même plus à son apparence, elle lui martela la poitrine.

— Sortez ! lança-t-elle. Hors d'ici !

Maxim baissa le regard sur le galbe des seins moulés par la fine chemise sous laquelle pointaient deux mamelons nacrés. La désinvolture avec laquelle elle se montrait à lui fit inexplicablement monter sa colère. Était-elle donc si insolente ? Si peu chaste ? Si impudique ? Si elle se montrait ainsi à lui, quels trésors réservait-elle à Nicholas ?

L'irritation de Maxim fut balayée par un désir brûlant qui ne fit qu'attiser son humeur. Les muscles de ses pommettes se contractèrent sous les efforts qu'il faisait pour se dominer. Le sang lui cognait aux oreilles. Il avait devant lui une garce ardente et sensuelle qui réveillait ses appétits. Ses seins brillaient comme des perles. Maxim se sentit soudain possédé par l'envie irrésistible de prendre cette femme et d'apaiser une passion longtemps réprimée.

Les dents serrées, il se pencha sur elle davantage encore, emplissant ses yeux de ce spectacle tandis que montait vers lui un parfum grisant qui enflammait ses sens.

— Me prenez-vous pour un eunuque, femme ? Couvrez-vous avant que je ne verse votre sang de vierge !

Élise, suffoquée, recula en titubant, les joues en feu, tirant vivement le vêtement de fourrure sur ses épaules. Alors seulement elle osa lever les yeux, humiliée par un reproche qui lui fit douloureusement prendre conscience de sa conduite irréfléchie.

Maxim la regardait toujours, luttant contre son désir, les narines frémissantes.

— Je suis allé en Angleterre chercher une épouse, lui dit-il, et sans vous je l'aurais, consentante et affectueuse. C'est un désir d'homme qui me tenaille, et si vous n'y prenez garde, madame, c'est vous qui allez l'assouvir. Je n'ai pas pour habitude de faire violence aux dames, mais maintenant qu'Arabella est à jamais perdue pour moi, la première garce venue fera l'affaire.

Il se tourna brusquement et quitta la pièce, laissant Élise stupéfaite mais bientôt gagnée elle aussi par la fureur. Elle alla claquer la porte derrière Maxim. Cet homme osait la menacer de viol ! Elle laissa tomber la barre derrière la porte.

Est-ce qu'il la prenait pour quelque catin sur qui assouvir ses plus viles passions ? Par Dieu, il allait voir dès demain, se dit-elle en marchant de long en large devant la cheminée. Elle cinglerait ce coq de quelques paroles bien senties !

11

La main de Maxim reposait sur le pommeau de sa selle. Au bas de la colline boisée où il s'était arrêté serpentait paresseusement une rivière aux rives couvertes d'une croûte de glace. Sur la berge, des plaques de neige brillaient entre des bosquets de jeunes sapins tandis qu'on apercevait de temps à autre quelque petit animal à fourrure en quête de nourriture.

Maxim regarda s'égailler un vol d'oiseaux au-dessus du vallon, sur fond de ciel bleu azur. De rares nuages passaient de temps à autre, projetant leur ombre, tandis qu'une brise du sud soufflait sa douceur sur les arbres, les prés enneigés et les clairières. Maxim regardait, mais il ne voyait rien car son esprit était ailleurs. Il ne pouvait se détacher du souvenir d'un regard de saphir, étincelant, et de longs cheveux auburn cascadant en une glorieuse splendeur sur un sein découvert. Et cette vision le hantait. Il se trouvait pris dans un piège qu'il avait lui-même tendu. Les affres d'une longue abstinence l'avaient conduit à la limite du supportable, et ce n'était qu'à force de volonté qu'il avait évité le précipice ouvert devant lui, qu'il avait refoulé l'ardent désir de prendre Élise dans ses bras et de la porter sur son lit. Il demeurait tout contrit de la violence de son attitude et des mots qu'il avait prononcés alors.

Il détourna ses pensées vagabondes sur un sujet plus

agréable : sa fiancée naguère chérie et qui méritait sa pleine attention par sa douceur et sa réserve tranquille. On ne pouvait nier qu'Arabella était, de par sa nature, l'exemple même de la gente dame et de la beauté sereine. Maxim avait toujours trouvé du réconfort dans l'évocation de leurs souvenirs communs et il s'en sentit presque apaisé. Mais il avait beau se concentrer, il ne parvenait pas à retrouver le contour exact des traits d'Arabella. Le dessin de ses lèvres, la forme de son nez et de son menton lui échappaient, se fondaient en un brouillard confus tandis qu'il essayait de recomposer son visage. Il ne revoyait que son petit sourire d'assentiment quand il lui avait annoncé qu'il allait demander sa main à Edward. Ce souvenir n'éveilla rien en son cœur ni dans ses reins. N'avait-il été animé que par un esprit de vengeance, comme l'avait laissé entendre Von Reijn, quand il avait voulu enlever Arabella ?

Avec précaution, comme pour retirer un charbon ardent des braises de son esprit, Maxim voulut tester la fidélité de sa mémoire en évoquant deux magnifiques seins nacrés négligemment drapés sous une fourrure et leurs pointes raidies par le froid. Sa volonté le trahit et son esprit se mit à vagabonder vers bien d'autres visions. Il revoyait les lèvres d'Élise pincées en un sourire moqueur, puis plus douces, entrouvertes dans son sommeil. Dans le souvenir de Maxim, les cheveux couleur de feuilles mortes de la jeune fille lui encadraient le visage, formant un halo sombre sur l'oreiller. Ses cils reposaient comme des ombres douces sur ses joues ou bordaient de grands yeux bleus brûlants de colère. Il la retrouvait les mâchoires serrées alors qu'elle fulminait contre lui, il imaginait la mince colonne de son cou, du lobe de l'oreille au galbe de l'épaule, ainsi que la douce rondeur de ses seins quand elle se dressait effrontément devant lui pour le contrer.

Maxim jura dans sa barbe en réalisant tout ce que lui arrachaient ces impressions. Colère et frustration croissaient à la mesure de son désir. Qui était donc cette jeune fille hargneuse qu'il retrouvait toujours face à lui, le mettant sans cesse à l'épreuve, poussant sa patience à bout, le contrariant inlassablement ? Il n'avait rien à faire d'une telle femme qui venait lui brouiller l'esprit avec ses regards charmeurs et les courbes harmonieuses de son corps. Il était un homme sans patrie, un banni, et avant de pouvoir de nouveau revendiquer sa place dans la société, il lui fallait mettre de l'ordre dans ses affaires, au péril de sa vie. Il n'avait guère de temps à consacrer à ses appétits qui le laissaient plein de désir inassouvi pour une friponne obstinée et peu disposée à céder.

L'étalon noir de Maxim broncha soudain, inquiet, comme s'il ressentait le tracas de son maître. Maxim lui piqua les flancs de ses talons et l'animal bondit dans un galop qui chassa le trouble de l'esprit de son maître. Pendant un moment, le cheval et son cavalier suivirent la ligne de crête qui se fit plus basse tandis que la rivière, libérée du confinement de la falaise, débordait pour former un étang marécageux où brillaient de longs ajoncs sous le soleil.

Mettant Tourbillon au pas, Maxim consacra toute son attention à la chasse. Il fit avancer la bête jusqu'à une eau peu profonde où une série de rides indiquait un gué. Arrivé sur l'autre rive, il descendit de son cheval qu'il attacha sous un chêne grandi en lisière d'une étroite clairière. Il tira son arc, en posa l'extrémité sur son pied, le plia et, d'un mouvement rapide, y accrocha la corde. Silencieux, il avança ensuite vers l'étang où cacardaient des oies attardées. La flèche partit, atteignant un des volatiles qui, après un unique battement d'ailes, demeura immobile à la surface de l'étang ridé par la brise.

Maxim alla récupérer l'oie qu'il accrocha à sa selle. Son regard fut attiré par un mouvement dans les arbres et, scrutant les broussailles basses qui bordaient la rive, il repéra un cerf de trois ans qui avançait en jetant des regards prudents autour de lui avant de s'abreuver. Les premiers rayons du soleil frappaient la brume qui montait de la clairière glacée, semblant porter chacune des couleurs, chacun des bruits à leur perfection. Maxim mit un genou en terre, encocha une flèche acérée et tira. Le cerf broncha sous le choc tandis que la pointe lui perçait le cœur. Il fit un unique bond, tomba à genoux et s'écroula.

Maxim considéra sa proie, songeur. S'il ne se montrait prudent, il pourrait bien tomber, lui aussi, sous les flèches cruelles de cette séduisante petite peste. Oui, elle finirait par le mener par le bout du nez, comme ce grand balourd de Von Reijn. Et il allait se retrouver frustré et désespéré.

Élise se tenait dans la grande pièce, les mains sur les hanches, les doigts pianotant nerveusement sur sa taille. Elle s'était préparée à cingler de ses paroles le pompeux orgueil du seigneur des lieux et elle était de fort méchante humeur en constatant qu'il n'était pas là.

— Et où Lord Seymour a-t-il filé à cette heure matinale ? demanda-t-elle à Fitch.

— Sa Seigneurie est allée chasser. Ramener de la viande fraîche pour le cuisinier, répondit le domestique. (Il connaissait la jeune fille depuis suffisamment longtemps maintenant pour savoir quand quelque chose l'ennuyait, et il poursuivit, dans le souci de détendre l'atmosphère :) Oui, avec Sa Seigneurie vous pouvez être certaine que nous n'allons pas mourir de faim. Et le maître m'a prié de vous dire, madame, qu'il vous conduirait à Hambourg à son retour, vers midi. Il a demandé que vous soyez prête.

— Qu'il en soit fait selon la volonté de Sa Seigneurie, dit Élise avec une feinte humilité.

Devant cette réplique acerbe, Fitch se hâta de s'excuser et de filer vers l'écurie où il entreprit de panser le cheval de la dame comme le lui avait demandé son maître. Peut-être, en améliorant l'apparence du bidet, pourrait-il apaiser l'humeur d'Élise et empêcher un nouvel éclat avec Sa Seigneurie.

Elise ne souhaitait pas retourner immédiatement dans sa chambre ni aller s'habiller. Le marquis ne rentrerait pas avant un moment et elle avait besoin d'un répit pour sortir un peu de ce château et flâner à son gré dans les collines.

Son rêve de la nuit précédente revint la hanter tandis qu'elle passait sa cape. Elle ne pouvait se fier aux vagabondages de son esprit ni tenir la moindre part de son rêve pour réalité sans bien peser la question. Elle n'avait pas la plus petite preuve que son père eût été pris par les gens de la Hanse, mais cela demeurait dans le domaine du possible car il s'était fréquemment rendu aux Stilliards au cours des mois ayant précédé son enlèvement. Il allait lui falloir ouvrir l'œil et l'oreille dans ces villes où elle passerait, dans l'espoir de glaner quelque renseignement le concernant.

Elle rabattit le capuchon sur sa tête, sortit sur le seuil et regarda autour d'elle. Bien que le soleil brillât de tout son éclat, se réfléchissant dans les fenêtres et les plaques de neige gelée, une petite brise fraîche témoignait de la rigueur de ce matin de décembre. Lentement, elle descendit les escaliers et traversa la cour. Nul ne lui cria après alors qu'elle passait le pont pour suivre le sentier bordant le fossé, où les murs du château la protégeaient des rafales de vent glacé.

Sur une petite éminence baignée de soleil, elle s'arrêta, trouvant son chemin barré par un épais enchevêtrement de ronces et de bruyères. Des masses de neige écrasaient l'herbe dense qui poussait sous les buissons épineux et elle ne voyait pas trace d'un chemin au-delà. Elle se retourna pour revenir sur ses pas quand elle sentit une piqûre à sa cheville. Elle souleva sa jupe pour retirer le chardon du haut de sa chaussure de peau et sursauta quand les pointes minuscules se plantèrent dans sa chair. Elle regarda le bout de son doigt et se mit à songer, avec un petit sourire mauvais. Elle se demanda soudain comment réagirait le seigneur du château s'il trouvait de petits piquants dans son lit. Oh, quelle douce revanche ce serait pour elle, et cette fois sans qu'il soit besoin de se mettre en mauvaise posture ou d'avoir à courir plus vite que lui dans les escaliers. Elle resterait en sécurité dans sa chambre, la porte bouclée contre l'intrusion de Seymour.

Riant tout haut, Élise souleva ses jupes, dénoua un cordon et se débarrassa de son jupon. La façon la plus rapide de recueillir les chardons était de promener sur l'herbe et les fourrés un vêtement où ils se fixeraient. La méthode serait certainement moins douloureuse que de les ramasser un à un. Très vite, elle en eut assez pour ce qu'elle voulait en faire et elle roula le jupon en boule pour se protéger des piqûres puis se hâta de regagner le château. Il fallait faire vite maintenant. Maxim pouvait revenir à tout instant.

Élise retraversa la cour, s'assurant que Fitch et Spence n'étaient pas dans les lieux, avant de monter dans sa chambre. Elle y prit le peigne que Maxim avait daigné lui donner et grimpa au deuxième étage. Elle ôta les fourrures du lit, tira le drap et se mit au travail. Délicatement, à l'aide du peigne, elle ôta les chardons du jupon et les répandit sur l'épaisse toile du matelas. Cela fait, elle tira le drap par-dessus et replaça les fourrures exactement comme elles étaient.

Gagnant furtivement la porte sur la pointe des pieds, elle s'assura que la voie était libre avant de quitter la chambre. Il était temps de s'apprêter pour le voyage à Hambourg et elle ne perdit pas une minute. Elle se sentait toute gaie et pleine d'impertinence quand, un peu plus tard, Maxim vint frapper à sa porte.

— Je viens, répondit-elle, ramassant sa cape. (A peine eut-elle ouvert sa porte qu'elle s'arrêta, figée sous le regard de Maxim qui l'examinait des pieds à la tête.) La prochaine fois que vous me déshabillerez, milord, observa-t-elle, laissez-moi au moins ma chemise. Il fait plutôt froid dans le couloir.

— J'admirais seulement la robe, protesta Maxim alors que tout en lui ajoutait : « Et tout ce qu'elle contient. »

— Je pense que vous destiniez ces vêtements à Arabella, continua Élise, voulant délibérément l'agacer. Mais étant donné les circonstances, je suis certaine qu'elle n'y fera aucune objection puisqu'elle a un mari qui se charge de sa garde-robe.

Maxim se rembrunit. Il n'aimait guère qu'on lui rappelle Arabella, mais, curieusement, pour d'autres raisons que celles qu'il aurait pu croire. Il se sentait coupable, comme s'il avait tourné le dos à tout ce qui avait pu le lier à Arabella. C'était pourtant elle qui en avait accepté un autre, aussitôt après l'annonce de la mort de son fiancé. Elle ne l'avait pas beaucoup pleuré, quand il y songeait.

— Partons-nous ? demanda-t-il avec un petit signe de tête vers les escaliers.

Élise se hâta de traverser le couloir et de descendre les marches sous le regard de Maxim, surpris qu'elle fût si pressée. Il la rejoignit, de ses grandes enjambées, mais Élise ne voulut pas se tourner vers lui, de crainte qu'il ne pût lire dans ses yeux ce qui ressemblait fort à de l'admiration. Il avait grande allure et paraissait bien joyeux dans son pourpoint vert bordé de cuir et sa culotte collante. Si elle avait toute raison de le détester, il lui fallait bien reconnaître qu'il était probablement l'homme le plus séduisant qu'elle eût jamais rencontré.

— Permettez-moi, lui dit-il, prenant la cape d'Élise avant de lui ouvrir la porte en s'inclinant.

Surprise par ces manières, elle se sentit décontenancée. Il était beaucoup plus facile de demeurer distante et froide quand il fulminait et tempêtait. Elle franchit le seuil avec un petit signe de remerciement et s'arrêta à l'abri du vent tandis que Maxim allait prendre un manteau avant de la rejoindre.

Fitch, qui attendait avec Tourbillon, passa les rênes à son maître puis retourna chercher la monture d'Élise. Tourbillon frotta doucement sa tête contre Maxim qui lui caressa le nez d'un geste affectueux, s'arrêtant quand ses doigts rencontrèrent de fines cicatrices sur les naseaux, puis reculant pour mieux voir.

— Qu'est-ce que tu as là ? demanda-t-il. Où es-tu allé te fourrer ? On dirait que tu t'es battu avec un chat.

Le regard de Tourbillon parut se poser, accusateur, sur Élise qui chassa de son esprit une telle idée. Elle enfila ses gants et se retourna en entendant Fitch arriver avec sa monture, une petite jument épaisse et hirsute qu'elle avait baptisée Chérubin. C'était là un bien piètre palefroi, indigne d'une dame de qualité, surtout à côté du puissant étalon noir. Affublé d'une collection de petites clochettes et de rubans de couleur en lambeaux passés dans une crinière rebelle, l'animal avait en outre l'air parfaitement ridicule.

A cette vue, Maxim éclata de rire jusqu'à ce qu'il remarque l'air stupéfait et peiné de Fitch, réalisant que celui-ci avait probablement consacré une grande partie de la matinée à essayer de rendre la jument présentable.

Élise s'était sentie vexée en entendant le rire de Maxim et elle aurait volontiers éclaté si elle ne s'était dit que Fitch avait cru lui faire plaisir. Elle ne pouvait le blesser. C'était sur son maître qu'elle souhaitait passer sa colère et elle lui lança un regard noir avant de tendre gracieusement la main au serviteur ébahi.

Élise s'installa sur le canasson décoré et resta un instant à arranger sa robe et son manteau avant de prendre les rênes des mains de Fitch. De sa courte cravache, elle encouragea l'animal à prendre son allure la plus rapide et passa devant Maxim sans même un regard. Les petits sabots claquèrent en traversant le pont, bientôt suivis de ceux, plus lourds, de Tourbillon dans son trot élégant. La dépassant avec un petit rire, Maxim prit la tête et ralentit son cheval à l'allure du pas pesant de la jument. De temps à autre, il se retournait sur sa selle pour jouir du spectacle et son rire se répercutait dans les collines.

Le vent se calma tout comme finit par se calmer l'hilarité de Sa Seigneurie, et la température se fit agréable avec le soleil qui montait dans le ciel. La neige fondait et le chemin devint plus mou sous les sabots de Tourbillon. La jument aux jambes courtes d'Élise pataugeait dans les traces plus profondes, se crottant jusqu'au ventre.

Les clochettes de l'animal tintaient dans le silence des collines et des bois. Le bruit n'était pas désagréable et Élise sentit son irritation diminuer tandis qu'elle commençait à goûter la promenade. Bien que l'importante escorte de Von Reijn lui eût rappelé les dangers que l'on pouvait rencontrer en s'éloignant ainsi des chemins les plus fréquentés, elle se sentait curieusement en sécurité. Peut-être, grâce à toutes les aventures qu'elle avait vécues, était-elle devenue moins peureuse. Ou était-ce la présence de son compagnon qui la réconfortait ?

Maxim avait accroché bien en évidence derrière sa selle un solide arc anglais et un carquois de flèches. La seule vue du pur-sang noir avait déjà de quoi rendre prudents les plus téméraires. Les larges sabots se levaient et retombaient avec une lourde régularité mais aussi avec une aisance qui laissait présager une belle aptitude au galop.

Élise reporta son attention sur Maxim. Bien que paraissant très à l'aise, il n'en scrutait pas moins chaque buisson, bosquet ou fourré d'où pouvait surgir un danger. Si un oiseau s'envolait brusquement, son œil le suivait. Si une branche s'agitait, il s'assurait que ce n'était que le vent. Élise s'interrogeait sur cette attitude. Il paraissait se soucier de sa sécurité et de son confort à elle, et il tournait fréquemment la tête pour s'en assurer.

Élise se sentit vaguement gênée au souvenir des chardons glissés sous le drap mais ne tarda pas à chasser ce bref trouble de sa conscience. Il méritait bien pis, compte tenu de ce qu'elle avait dû subir par sa faute, et il lui tardait de voir sa réaction.

Un instant plus tard, Maxim s'arrêta, se laissa rattraper et lui demanda :

— Tout va bien, Élise ? Avez-vous assez chaud ? Êtes-vous à l'aise ?

Élise hocha la tête, sans un mot.

— Parfait. Mais si vous désirez quelque chose, appelez-moi.

Et Tourbillon, comme de sa propre initiative, reprit sa place en tête.

« Curieux », se dit Élise en regardant l'homme et le cheval qui semblaient ne faire qu'un. Quand Reland montait le coursier, il lui fallait accompagner ses ordres d'une lourde traction sur les rênes et de coups de talons insistants. Fréquemment, le comte avait fait usage d'éperons et de lourds gantelets et, pour s'en excuser, il avait fait observer combien Tourbillon était rétif. Il s'était rengorgé et avait eu un petit sourire satisfait devant la crainte admirative de son auditoire, disant : « Il faut un homme solide et une main de fer pour mater un tel cheval. »

De tels propos étaient démentis par la légèreté dont Maxim tenait les rênes. Jamais il ne se servait de ses éperons, et le cheval n'en dansait pas moins sous lui, comme heureux de le sentir sur son dos. « S'il se comporte de la même façon avec les dames, songea Élise avec une certaine ironie, elles doivent sans aucun doute réagir favorablement. Mais pas moi, bien sûr. J'ai déjà eu mon compte de guenilles, de liens, de coffres et autres. Il en faudrait plus pour m'impressionner. »

Son regard passa de Tourbillon aux larges épaules de son cavalier. « Maxim semble davantage dans son élément face au danger que devant une jeune femme, se dit-elle. Si seulement il pouvait comprendre...

« *Maxim ?* C'est la deuxième fois aujourd'hui que je l'appelle ainsi dans mes pensées. Pourquoi cela ? Mes rêveries me trahiraient donc ? Mon cœur deviendrait-il plus tendre pour cet homme ? »

Timidement, elle essaya de se représenter, richement vêtue, pénétrant au bras de Maxim, somptueusement habillé lui aussi, dans quelque salle majestueuse, sous les murmures de l'assistance et le regard admiratif des dames. Elle se sentit gagnée par une trouble émotion.

Gênée, Élise revint à la réalité et reporta son regard sur un vol d'oiseaux qui s'élevait d'un fourré. Délibérément, elle se remémora toutes les injures faites à sa personne, repassant soigneusement chaque incident jusqu'à retrouver sa colère et son ressentiment. Seule une petite voix, tout au fond d'elle-même, lui conseillait la prudence. Il faudrait bien des soins à cette haine passionnée pour survivre et il ne lui fallait pas laisser vagabonder son esprit si elle voulait que cet homme ait sa juste récompense.

Bientôt ils arrivèrent dans les faubourgs de Hambourg et ressentirent l'activité de la ville. Maxim chevauchait à côté d'Élise et ils ne tardèrent pas à s'arrêter devant un groupe de petites boutiques. Élise aurait préféré ne pas descendre de cheval de crainte d'abîmer à jamais ses chaussures et de souiller le bas de sa robe. La neige de la veille et la tiédeur de la journée avaient transformé les rues en un véritable bourbier. Une paire de hautes bottes aurait bien arrangé les choses, mais il ne lui restait plus qu'à quitter sa selle avec autant de grâce que possible. Elle ne pouvait guère traverser la rue pieds nus.

Élise tarda autant qu'elle pouvait, cherchant un coin

plus sec, et elle jeta un regard inquiet sur Maxim quand il se présenta devant sa jument.

— Avez-vous besoin d'aide ? lui demanda-t-il avec un sourire amusé.

— Me proposez-vous la vôtre ?

— Certainement, madame.

— Dans ce cas, je l'accepte volontiers.

Maxim retira sa coiffure et la salua galamment.

— Votre serviteur, madame, dit-il avec un grand sourire qui découvrit ses dents blanches avant de reposer son chapeau sur sa tête d'un geste désinvolte. Passant un bras derrière le dos d'Élise, l'autre sous ses genoux, il la souleva de sa selle, la prit contre lui et recula de plusieurs pas tandis que la boue lui collait aux bottes.

Élise retint son souffle et ferma les yeux, s'attendant à se retrouver plongée dans le bourbier à tout instant. Puis le mouvement s'arrêta. Elle ouvrit prudemment les yeux pour se trouver face à d'autres yeux, verts, tout proches, qui la fixaient. Maxim continua à sonder tranquillement le regard de saphir jusqu'à ce qu'elle réalise qu'elle lui avait solidement noué les bras autour du cou, dans sa panique.

Voyant le visage d'Élise s'empourprer, Maxim hocha la tête et lui dit d'une voix douce, qui embarrassa davantage encore la jeune femme :

— C'est un plaisir pour moi, madame, je vous assure.

La main droite d'Élise lâcha le cou de Maxim, mais son bras gauche n'avait nul autre endroit où se poser. Elle pouvait sentir le solide torse de l'homme contre le sien et la fermeté de ses bras. Dans son esprit revint, indésirable, l'image d'un précédent matin et elle rougit encore.

Ils atteignirent la porte de la boutique et elle sentit sous elle le bras de Maxim qui remontait tandis qu'il soulevait le loquet et poussait la porte de l'épaule. Il entra et la déposa avec une précaution qui l'émut. Elle détourna un moment les yeux jusqu'à se recomposer une attitude par un violent effort de volonté. Elle avait presque retrouvé son habituel regard hautain, mais il s'évanouit quand Maxim lui glissa dans la main une bourse de belle taille.

— Voici qui devrait vous permettre de vous vêtir raisonnablement pour l'instant, murmura-t-il.

Élise scruta son visage mais n'y vit rien qui pût attiser son ressentiment. Disparus la raillerie et le dédain qu'elle s'attendait à y trouver. En fait, ses yeux étaient doux et souriaient presque tendrement tandis qu'il pressait dans ses mains la main d'Élise qui tenait la bourse.

— Pour l'instant, je dois vous demander de vous satisfaire de ce que permettra cette bourse, en attendant que je puisse vous offrir une plus riche garde-robe.

— Inutile de gaspiller pour moi votre argent, milord, répliqua Élise, retrouvant un peu de distance. Étant votre prisonnière, je puis difficilement espérer des cadeaux de votre part.

— A moins que vous n'ayez du goût pour l'exotisme, dit Maxim, je pense que ces nouvelles robes ne seront pas un gaspillage. Quoi qu'il en soit, le choix vous appartient. N'importe quoi vaudra mieux que cette guenille que vous portez au château.

Un pas lourd se fit entendre du fond de la boutique et Maxim se retourna pour saluer la grosse femme qui apparut.

— *Guten Tag, Frau Reinhardt. Mein Name ist Maxim Seymour. Ich bin Freund mit Kapitän Von Reijn...*

— Mais bien sûr ! répondit la couturière en un excellent anglais et avec un rire exubérant. Je suis heureuse de vous rencontrer. Le capitaine Von Reijn m'a annoncé votre visite.

— Von Reijn est un homme bien prévoyant. Il sait reconnaître la qualité et il vous a chaleureusement recommandée à moi.

Le visage rond rougit de plaisir. Madame Reinhardt, anglaise de cœur, était veuve depuis trois ans environ et, bien que prenant de l'âge, elle n'en demeurait pas moins sensible au charme d'un courtois gentilhomme anglais, surtout s'il était séduisant.

— Le capitaine est trop bon, dit-elle. (Puis, montrant la robe que portait Élise :) Je me souviens quand il nous a commandé cette robe. C'est une joie de la voir tellement à son avantage.

— Devant cette preuve de vos talents, madame, nous sommes venus vous voir pour d'autres robes. Voulez-vous vous en charger ?

— Certainement, monsieur. Madame est votre... commença la couturière, curieuse, mais s'interdisant d'insister, par bienséance.

Seule une sotte gâcherait une occasion de profit pour n'avoir pas su contrôler sa langue. Néanmoins, ces deux-là formaient un couple bien séduisant et les affaires de cœur l'avaient toujours passionnée.

— Madame a été confiée à mes bons soins, compléta Maxim qui s'éclaircit la gorge tout en examinant un tissu. Elle a... euh... été malencontreusement séparée de son oncle, sans qu'elle y soit pour rien, bien sûr. (Il se tourna et, prenant la main de la veuve, lui adressa un sourire si tendre qu'il lui fit oublier totalement sa question.) Pour sa propre sécurité, continua-t-il à voix basse, je préférerais que la jeune dame reste chez vous jusqu'à mon retour.

— Certainement, maître Seymour. Les rues peuvent être dangereuses pour une charmante jeune dame si elle n'est pas accompagnée comme il convient.

Maxim n'osa pas tourner les yeux vers Élise de crainte d'y lire son regard.

— Dans ce cas, vous comprenez la nécessité qu'il y a à veiller sur elle. Elle peut se montrer très obstinée, parfois.

— Certainement, monsieur. Ne vous inquiétez pas.

— Parfait, dans ce cas je vais prendre congé. (Il se décida à regarder Élise qui, les sourcils froncés, manifestait clairement qu'elle n'appréciait pas sa manière de faire avec cette femme.) Soyez une bonne fille en mon absence, lui dit-il, se penchant pour lui poser un baiser léger sur la joue et la sentant se raidir. Je reviens dès que possible.

— Oh, je suis convaincue que nous nous passerons parfaitement de vous, milord. Inutile de vous presser.

Élise glissa la bourse de Maxim dans la sienne tandis qu'il refermait la porte derrière lui. Elle retira ses gants et le vit emmener Tourbillon et la malheureuse jument, ne lui laissant aucun moyen de fuir sinon à pied. « Toujours aussi méfiant, se dit-elle. On pourrait croire qu'il veut me garder prisonnière. » Et elle se tourna brusquement vers madame Reinhardt.

— Je voudrais faire parvenir un message au capitaine Von Reijn, lui dit-elle. Pouvez-vous envoyer quelqu'un ?

La veuve croisa et recroisa ses mains avec nervosité. Il y avait dans le ton de cette jeune femme une fermeté, une résolution qui ne présageaient rien de bon pour maître Seymour.

— Je... pense que je pourrais envoyer le fils de la voisine...

— Parfait ! Je paierai un prix raisonnable, dit Élise, retirant son manteau pour le mettre sur une chaise tandis que madame Reinhardt se sentait bien embarrassée. Élise vit son hésitation et posa en riant une main apaisante sur son bras.

— Madame Reinhardt, tout cela est très simple. Bien que Lord Seymour soit mon... s'occupe de moi pour l'instant, c'est le capitaine Von Reijn qui a la charge de mes finances, et si je dois payer mes vêtements, il me faut prendre contact avec lui. Envoyez donc ce garçon et voyons ce que vous avez.

Soulagée, madame Reinhardt s'empressa d'aller trouver le gamin et, avec la promesse d'une récompense, l'expédia. A son retour, elle trouva sa cliente déjà en train de choisir parmi les tissus d'une collection qu'elle conservait dans une armoire de sa boutique. Réalisant qu'elle avait laissé l'armoire ouverte, la femme se sentit de nouveau inquiète car la jeune fille examinait ses tissus les plus beaux et les plus coûteux. Seules ses clientes les plus riches pouvaient se permettre un tel luxe. Doutant qu'Élise fût très fortunée, elle déballa plusieurs coupes de tissus moins chers.

— Je suis persuadée que ceux-ci vous iraient très bien, dit-elle.

Avec bonne grâce Élise regarda tout ce que madame Reinhardt lui présentait mais fit chaque fois non de la tête.

— Je préfère les autres, dit-elle, montrant les soies fines, les luxueux velours et les riches brocarts de l'armoire. Y a-t-il quelque difficulté ?

— Seul leur prix, ma chère enfant ! Ces étoffes sont très chères ! Êtes-vous sûre de pouvoir payer ?

Elise tira une bourse de sous sa robe et compta une petite pile de souverains.

— Voilà qui servira d'acompte. Le capitaine Von Reijn vous confirmera que je puis régler le solde.

La couturière soupesa les lourdes pièces et en caressa l'or. Elle se tourna un instant pour s'assurer, de ses dents, de leur bon aloi puis elle les compta. Toutes les pièces étaient neuves, sans aucune rayure.

— Un acompte ? Ma foi, voilà de quoi payer deux robes de ce tissu.

— Je sais parfaitement ce qu'on peut avoir pour ce prix, madame, mais je souhaite compléter mes toilettes au mieux. Je me suis montrée quelque peu négligente ces derniers temps et j'ai l'intention de réparer cela au plus tôt. (Elle se pencha et murmura, avec une feinte timidité :) Voyez-vous, je suis courtisée par deux riches admirateurs et vous comprendrez que je ne puisse paraître indigente en leur compagnie, sans quoi ils douteraient de ma sincérité.

Ce qui était en grande partie exact. Nicholas était riche et souhaitait lui faire la cour. Par ailleurs, bien qu'ayant toujours porté des vêtements de la plus belle qualité, Élise s'était montrée plutôt sage dans ses choix, n'achetant que ce qui lui était nécessaire et, même alors, se limitant aux teintes sombres et discrètes. Elle ressentait maintenant un désir de changement, se disant que c'était surtout pour être prête à toute éventualité dans la recherche de son père. De fait, si Nicholas lui présentait des membres influents de la ligue hanséatique, ses robes devaient convenir pour l'occasion. Qui savait quels renseignements elle pourrait glaner de telles rencontres ?

Elle avait d'autres raisons plus personnelles, qu'il lui était cependant difficile de préciser. Arabella avait toujours veillé avec le plus grand soin à sa mise, ce qui n'avait jamais gêné Élise jusqu'alors, mais elle était maintenant rongée par le souvenir du persiflage du marquis : il lui avait fait entendre qu'elle ne saurait être un substitut acceptable de sa cousine. Et si elle n'éprouvait pour son ravisseur que de l'exécration, elle ressentait le pressant besoin de lui faire ravaler ses paroles. Elle se sentait piquée à l'idée qu'il puisse la juger indigne des attentions d'un homme. Certes, il avait clairement montré qu'il la jugeait digne de satisfaire ses plus bas instincts, mais quant à son amour, il réservait cet honneur à quelques très rares femmes.

L'enthousiasme de madame Reinhardt croissait avec son imagination. Une jeune femme aussi séduisante allait attirer toute une cour de soupirants et on pouvait penser, sans trop s'avancer, qu'elle trouverait parmi eux un riche gentilhomme pour mari. Et, bien sûr, cet homme souhaiterait que son épouse fût bien habillée, ce qui signifiait d'autres bénéfices possibles pour sa petite boutique.

— Pensez-vous que vous pourrez faire cela ? demanda Élise.

— Vous ne trouverez pas de meilleure couturière dans tout Hambourg et ailleurs, répondit *Frau* Reinhardt en se redressant fièrement.

Élise caressa de sa main les tissus qu'elle avait choisis.

— Je vois que vous êtes pleine de talent, madame. Je n'ai aucune crainte à cet égard. Je me demande seulement si vous pourrez terminer les robes avant la fin du mois. C'est bien court, mais je n'ai rien d'autre à me mettre pour la saison.

— J'y veillerai. Je ne pourrai peut-être pas les livrer toutes en si peu de temps, compte tenu de l'importance de votre commande, mais je ne vous laisserai pas démunie.

— Parfait, commençons donc. J'ai d'autres achats à effectuer.

— Mais Lord Seymour... a dit que vous ne deviez pas quitter la boutique...

Élise eut un petit rire amusé.

— Vous pouvez me suivre si vous le souhaitez, madame, mais j'ai l'intention de m'acheter des chaussures, des chapeaux et d'autres accessoires avant la fin de la journée. Et l'on ne m'en empêchera pas.

Madame Reinhardt croisa humblement les mains et

n'insista pas. Il était clair que la jeune femme ne se laisserait pas faire.

Il fallut plusieurs heures pour trouver Nicholas Von Reijn. Il vint aussitôt et après être passé dans toutes les boutiques où Élise avait fait des heureux chez les commerçants, il la trouva finalement en train de choisir un très beau cuir destiné à des bottes de femme. Le cordonnier, ravi de la commande, promit de l'honorer rapidement et de la faire porter au château.

Nicholas réprima un sourire quand l'homme baisa les longs doigts d'Élise pour lui témoigner sa reconnaissance.

— Vous avez illuminé sa journée, *vrouwelin,* lui dit le capitaine quand ils eurent quitté la boutique. (Et, caressant la fourrure qui garnissait le manteau d'Élise, il ajouta, pour la taquiner:) Et moi qui me disais : « Voilà au moins une dame qui ne gaspille pas sa fortune en bagatelles. »

— En bagatelles ! De quoi parlez-vous, Nicholas ? A l'exception de ce que je porte, je n'ai rien. Si je devais renoncer à ces achats, je n'aurais bientôt plus rien à me mettre.

Nicholas pencha la tête, songeur, imaginant le spectacle. Il traverserait bien toute l'Europe à pied pour voir cela.

— C'est à Maxim qu'il appartient de s'en charger. Laissez-le faire.

— Je m'occuperai de mes vêtements sans son aide. A propos... dit Élise, tirant la bourse que Maxim lui avait confiée, je souhaiterais que vous placiez également cette somme au meilleur intérêt possible pour un délai très court. Pourrez-vous le faire ?

— Je vous ai gâtée, jusque-là, *vrouwelin,* observa Nicholas, consterné.

Élise eut un sourire charmant en posant la main sur le bras du capitaine.

— C'est vrai, bien sûr. Jamais je n'aurais espéré que mon investissement me rapporte autant. Vous vous êtes montré bien trop généreux et je comprendrais que vous me refusiez...

— Vous refuser ? dit vivement Nicholas, prenant la

main d'Élise. Si vous me demandiez mon cœur, je vous le donnerais avec joie.

Élise retira sa main. La lueur d'adoration qu'elle lisait dans les yeux bleus de Nicholas la troublait sans qu'elle sache pourquoi. Quand il était venu la voir au château, elle s'était sentie curieusement grisée et avait même encouragé ses attentions. Elle avait voulu par là effacer le sourire railleur de Maxim en lui montrant qu'un autre homme pouvait la désirer autant que lui-même avait désiré Arabella. Son bel enthousiasme s'était évanoui quand Maxim avait filé du château.

En sortant de la boutique au bras de Nicholas, Élise se retrouva confrontée au même dilemme de la rue boueuse.

— Sa Seigneurie a emmené les chevaux et m'a laissée à pied. Je vais certainement ruiner mes chaussures si j'essaie de traverser.

— Ne vous faites donc pas de souci, ma chère Élise, je vais prendre une voiture pour vous accompagner à l'auberge. Et nous dînerons en attendant le retour de Maxim.

— Vous devinez tout, Nicholas. Je meurs littéralement de faim.

— Comment cela ? Et mon cuisinier ? *Nein, nein,* il vous fera prendre un peu d'embonpoint. (Il pencha la tête et tenta d'évaluer les formes dissimulées par le manteau.) Tout compte fait, je crois que je vais rappeler Herr Dietrich. Il risquerait de changer une silhouette dont la vue me ravit.

— Voyons, Nicholas, dit Élise avec un sourire de coquette, on croirait davantage entendre quelque coquin qu'un sévère capitaine de la Hanse.

— *Ach!* Vous m'avez deviné. Et que vous dire de plus ? Que je suis assez bon juge en matière de *Fraülein* et que vous en êtes le fleuron ?

— Êtes-vous bon juge ou avez-vous seulement pris pitié d'une pauvre fille enlevée de chez elle ?

Les pouces passés dans sa ceinture, Nicholas rejeta la tête en arrière et éclata de rire.

— Et n'ai-je pas des yeux pour voir que vous êtes la femme la plus merveilleuse qui puisse me faire la grâce de sa compagnie ?

Élise se sentit rougir devant le regard des passants qui s'étaient arrêtés. On pouvait dire que le capitaine de la Hanse savait appeler l'attention sur lui avec sa voix tonnante.

— Partons-nous, Nicholas ? Je crains que nous ne devenions objets de curiosité pour ces gens.

— C'est la rareté du joyau qu'ils voient qui les attire. Et dont la beauté ravit le cœur de tout homme qui y pose les yeux.

Élise répondit par un petit rire avant de demander :

— Dites-moi, Nicholas, pourquoi Sa Seigneurie me déteste-t-elle tant ?

— Bah, il est aveugle. Il se languit de ce qu'il ne peut avoir et ne voit pas le trésor qu'il a sous les yeux. Je lui apprendrais les femmes, si j'avais le temps, mais ce serait sans doute en vain avec un bonhomme aussi entêté.

12

Le demi-jour de la fin d'après-midi avait rendu plus profondes les ombres de la salle commune de l'auberge. Pour se prévenir contre l'obscurité qui tombait, on avait allumé plusieurs chandelles et alimenté le feu dans l'immense cheminée pour chasser le froid. Ce peu de lumière suffit à Maxim pour repérer la table de Von Reijn. Même si le capitaine ne s'était pas trouvé à sa place habituelle, son rire tonitruant l'eût fait remarquer comme un phare par une nuit de tempête, ou plutôt comme le cri de défi d'un vainqueur devant les dépouilles de ses ennemis. Dans sa quête pour retrouver Élise, Maxim avait visité une succession d'échoppes où elle avait fait des achats d'un montant très supérieur à celui de la bourse qu'il lui avait laissée. On lui avait dit, dans les dernières boutiques, qu'elle était accompagnée par un très prévenant capitaine de la Hanse, ce qui avait encore assombri davantage l'humeur de Seymour. S'il ne s'était agi que d'un simple caprice de la part d'Élise, il l'eût accepté de meilleure grâce, mais il se disait qu'elle avait dû trouver là une belle occasion de se venger en dépensant beaucoup plus que permis dans le seul but de ruiner son crédit et sa réputation auprès des commerçants de la ville.

Maxim se sentit d'autant plus irrité quand il découvrit Élise assise à la table habituelle du capitaine. Nicholas faisait le joli cœur en se penchant vers la jeune femme pour lui parler. Elle avait séparé ses cheveux par une raie médiane puis les avait nattés en deux longues tresses avant de les ramener sur sa tête en une seyante couronne auburn. De petites boucles s'échappaient sur les tempes et la nuque. Le visage nimbé par la lumière de la chandelle et avec le feu qui, dans son dos, l'entourait d'un chaud halo, elle était la vivante statue de la douce féminité. Maxim se souvint de son parfum délicat quand il l'avait prise dans ses bras, tout à l'heure, un parfum qui maintenant devait enflammer les sens de Nicholas.

— Bonsoir, lança Maxim d'un ton brusque en s'arrêtant à côté de leur table.

— Maxim ! s'exclama, jovial, Nicholas qui se leva pour donner une accolade chaleureuse à son ami. Nous nous demandions où vous étiez passé. Venez donc vous joindre à nous, ajouta-t-il en désignant une place à sa gauche.

Sans répondre à l'invitation, Maxim regarda Élise en retirant ses gants. Devant ces yeux perçants, Élise se sentit mal à l'aise. Jamais, se dit-elle, elle ne les avait vus si froids, si furieux. Maxim laissa tomber ses gants sur la table et, retirant sa cape, s'installa à sa droite.

— Vous devez mourir de faim, madame, observa-t-il sèchement. Tous les commerçants chez qui vous êtes passée m'ont fait part de votre zèle d'acheteuse. Et avec quelles louanges ! Jamais je n'en ai entendu autant. Une charmante jeune dame, au goût excellent, ont-ils été unanimes à me dire. Elle n'a choisi que ce que nous avions de plus beau... tout ce que nous avions de plus beau !

— Oh, milord, j'en ai certainement laissé derrière moi, railla Élise d'une voix douce, comprenant les raisons de la mauvaise humeur de Maxim. Je n'ai pu me montrer *aussi* prodigue.

— Nous n'avons manifestement pas la même conception de la prodigalité. Mais nous en reparlerons en privé. Inutile d'étaler nos différends devant des étrangers.

— On croirait, à vous entendre, que nous sommes autre chose l'un pour l'autre et que nous sommes mariés depuis vingt ans. Je pense qu'on peut s'attendre à de petites divergences de vues entre ravisseur et victime. Il n'y a pas là de quoi choquer le bon capitaine.

La mâchoire de Maxim se contractait sous une irritation croissante.

— Je vois que j'aurais dû me méfier davantage de votre prodigalité. Au lieu de quoi je vous ai fait confiance...

— N'est-ce pas justice, railla Élise, que je puisse posséder ce que vous destiniez à Arabella ? N'en ai-je pas supporté autant... ou davantage ?

— Oseriez-vous dire que je vous ai refusé un confort identique ? demanda Maxim, luttant pour se maîtriser face à cette adorable teigne qui avait le don de le piquer au-delà du raisonnable. Si c'était là votre raison, vous êtes allée beaucoup trop loin. Je vous ai accordé ce que je pouvais, pas moins !

— Voyons, Maxim, intervint Nicholas. La dame a pu...

Il fut coupé par un choc sur son tibia, ressemblant fort à un coup lancé par un pied féminin. Il se tourna vers Élise et vit, à son rapide froncement de sourcils, qu'elle ne voulait pas qu'on parle de ses placements. Maxim devait ignorer qu'elle pouvait payer ce qu'elle avait commandé. Nicholas se reprit avec un petit sourire :

— Je suis certain qu'elle a trouvé beaucoup de plaisir à ses emplettes.

— Sans aucun doute ! lança sèchement Maxim, surpris par sa rancœur à l'égard d'un homme qui était depuis des années un ami très cher. Son animosité croissante allait de pair avec l'intérêt qu'il portait à Élise et, bien qu'il se refusât à lui donner un nom, cela ressemblait fort à de la jalousie.

Maxim se carra dans sa chaise et prit la chope de bière que lui apportait la serveuse. Il jeta une pièce sur la table, que la fille empocha tandis qu'il goûtait le mousseux breuvage. Il s'essuya la bouche d'un revers de main et revint à Élise. De toutes les femmes qu'il avait connues, elle était la seule à pouvoir le bouleverser ainsi. Bien que voulant prendre sa revanche pour ce qu'elle lui avait fait aujourd'hui, il n'en conservait pas moins en lui ce désir lancinant de la mieux connaître, de la connaître intimement.

— Cette jeune personne a déclaré qu'elle tirerait vengeance de ceux qui lui ont fait tort, et je crois bien qu'elle aura réglé son compte avec moi aujourd'hui, dit-il avec un sourire contrit à l'intention de son ami. Vous devriez vous méfier, Nicholas, nous pourrions bien nous retrouver pendus avant qu'elle en ait terminé avec nous.

— Vous seul, milord, précisa Élise presque aimablement, croisant son regard. C'est *vous* qui êtes responsable de mon enlèvement ! C'est *vous* qui devrez en subir les conséquences !

— Voulez-vous dire que Nicholas n'a rien à redouter de vous ? (Il attendit qu'elle confirme d'un signe de tête et insista, plus durement :) Mais que si je tombais entre vos mains je risquerais ma vie ?

Élise détourna la tête de façon éloquente.

— Eh bien ? continua-t-il. Vous ai-je offensée ? Voyons, madame, dites que ce n'est pas vrai et voyez si je vais vous croire. Vous avez juré de me tourmenter chaque fois que l'occasion s'en présenterait et n'est-ce pas exactement ce que vous avez fait ?

— C'est exact, admit Élise, hautaine.

— Pourquoi penserais-je différemment, dans ce cas ?

— Vous pouvez penser ce qu'il vous plaît, milord. Il ne m'appartient pas de vous dire ce qu'il convient de penser de moi.

— Vos actes témoignent assez de vos intentions. Ce serait folie de croire autre chose.

— La folie est un état auquel l'homme parvient tout seul, comme vous l'avez amplement démontré, milord. Elle est imperméable à la discussion.

Nicholas éclata de rire en se renversant dans sa chaise. Il était rare de voir une jeune femme faire montre d'un tel acharnement face au marquis. D'ordinaire, les dames se jetaient à sa tête pour avoir ses faveurs, promettant de ne lui en refuser aucune. Pourtant, jamais une seule de ces créatures adorables n'avait vraiment compris toute la complexité de cet homme.

Maxim était de ceux qui préfèrent le défi d'une quête difficile, un tournoi gagné de haute lutte. Il ne prisait guère les trophées aisément enlevés. Nicholas restait songeur devant ces deux-là et leur éternelle lutte. Si son ami n'était pas aussi obnubilé par le souvenir d'Arabella, Élise aurait constitué une candidate de premier ordre pour la chasse. Il suffirait donc à un galant épris de la jeune femme de rappeler sans cesse au marquis son amour perdu pour le détourner du rare bijou qu'il avait à sa portée. Nicholas attaqua donc :

— J'ai entendu dire que Reland et Arabella se sont rendus à Londres quelques jours après le mariage et qu'elle avait commandé une nouvelle garde-robe complète pour paraître à la cour. J'ai également entendu dire que cela avait coûté à Reland une petite fortune.

Pour laquelle il aura été bien récompensé, j'en suis convaincu.

— Du moins Reland sait-il traiter une dame, persifla Élise d'une voix douce, regardant Maxim qui eut un grognement de mépris.

— Vous seriez fort marrie, ma chère Élise, si je devais adopter les manières de ce rustre. Le bonhomme culbuterait une dame dans sa frénésie romanesque et s'attendrait ensuite qu'elle lui manifeste sa gratitude pour son attention.

— Ternissez-vous la réputation d'un homme en son absence, milord ? demanda Élise, feignant l'innocence. (Bien que partageant totalement son opinion sur Reland, elle n'allait pas lui donner la satisfaction de l'avouer.) Avez-vous tant épié Reland que vous sachiez ses défauts, ou êtes-vous tellement confiant dans votre connaissance des dames que vous vous érigiez en juge ?

Maxim se reprit à rire.

— Je n'ai pas besoin d'épier un homme pour sonder les abîmes de son cynisme. Mais pour le reste... oui ! (Il se pencha, plongea son regard dans celui d'Élise et ajouta :) Vous avez été le témoin des rodomontades de Reland, belle Élise, et vous savez qu'il se moque bien d'être agréable à une dame, ne se souciant que de son propre plaisir. Quel homme peut fanfaronner en laissant son amour se languir ?

Nicholas s'inquiéta en voyant Élise devenir songeuse, provoquant un sourire chez Maxim. Manifestement, elle n'avait pas la moindre idée de ce qu'il voulait dire et lui, Nicholas, craignait que la naïveté de la jeune fille n'éveille la curiosité de son ami au point qu'il souhaite s'assurer de ce qu'elle savait... ou ignorait.

Il accueillit avec soulagement l'arrivée du repas. Les mets qu'on leur servit auraient satisfait l'appétit du plus affamé des hommes et le capitaine de la Hanse se frotta les mains d'impatience, montrant autant d'enthousiasme pour chacun des plats. Quant au marquis, il ne quittait pas des yeux la jeune femme.

— Allons, Maxim, dit Nicholas, charmeur. Il y a là bien assez pour tous.

— Sans aucun doute. Mais je préfère souper chez moi.

— Chez vous ? fit Nicholas, surpris. Vous parlez comme si vous commenciez à vous attacher à Faulder.

— Il vaut mieux que certains bouges où j'ai trouvé refuge et n'est pas pire que bien d'autres. Il y a une cheminée pour me réchauffer, un bon lit et assez de toit pour m'abriter.

Élise toussa pour dégager sa gorge soudain nouée au souvenir du piège qu'elle lui avait préparé. Pendant un bref instant sa conscience la tourmenta bien au-delà de ce qu'allait connaître Maxim, mais sa compassion s'évanouit à la pensée qu'il en méritait davantage. Sous le regard interrogateur des deux hommes, elle déglutit délicatement et, avec un sourire, se replongea dans son repas.

Nicholas revint à son sujet pour essayer d'empêcher Maxim de faire presser la jeune femme et de quitter l'auberge.

— Je me sentirais offensé, mon ami, si vous refusiez mon invitation. Tenez, dit-il en passant à Maxim un plateau de bois, goûtez donc ce que vous avez devant vous et cessez de rêver à ce qui est bien loin d'ici.

Maxim se carra de nouveau dans sa chaise et réfléchit au conseil de Nicholas dont il devina bien plus les intentions que ne le souhaitait celui-ci. Il n'était pas si difficile d'oublier ce qu'il avait laissé derrière lui en

Angleterre quand ce qu'il voyait autour de lui était si séduisant.

— Votre sagesse me confond, Nicholas. Je vais donc partager votre repas, répondit-il en prenant une tranche de cochon de lait avant de renvoyer la politesse à Von Reïjn comme le capitaine s'y attendait : Bien entendu, vous viendrez souper avec nous au château quand vous le pourrez.

— Certainement ! s'empressa d'accepter Nicholas qui proposa à son tour : Je dois aller rendre visite à ma mère à Lübeck le mois prochain. Comme elle ne jugerait pas convenable qu'Élise et moi voyagions seuls, j'espère que vous voudrez bien vous joindre à nous, Maxim.

— Je ne vois rien qui pourrait s'y opposer. Je pourrais peut-être en profiter pour aller voir Karr Hilliard pendant que je serai à Lübeck.

— Combien de fois avez-vous risqué votre vie, mon ami ? Vous êtes déjà revenu une fois de la vallée de la mort, et dois-je vous rappeler qu'il s'en est fallu de peu que vous n'y restiez ? Combien de temps allez-vous encore la narguer avant d'admettre que vous êtes mortel ?

Élise posa sa fourchette, ayant brusquement perdu son appétit. Comment croire qu'elle pouvait s'inquiéter pour cet homme qui l'avait arrachée de force de chez elle ? Et cependant l'avertissement de Nicholas l'emplissait d'une inexplicable crainte.

— Allons, allons, Nicholas, dit Maxim avec un petit rire, vous gâchez le repas avec votre pessimisme. Nous avons bien des sujets de nous réjouir.

— *Ja*, c'est tout à fait vrai. Je suis, en effet, un homme heureux, admit Nicholas avec un regard sur Élise dont l'éloquence n'échappa pas à Maxim. (De toute évidence, le capitaine était de plus en plus entiché de la jeune fille. Il abattit sa main sur la table et ajouta :) Quant à vous, mon ami, vous vous faites une nouvelle vie à Hambourg et vous êtes manifestement satisfait d'être toujours vivant. Ainsi que vous le dites, nous avons bien des sujets de nous réjouir.

— Et tout est pour le mieux, ajouta Maxim.

Il regarda Élise qui paraissait songeuse et se demanda où vagabondait son esprit. Songeait-elle encore à son enlèvement ou évoquait-elle quelque souvenir cher ?

— Qu'en pensez-vous, madame ? lui demanda-t-il. Avez-vous quelque sujet de vous réjouir ?

Le regard bleu vint croiser celui de Maxim un court instant pendant lequel elle tenta de déceler la moquerie qu'elle soupçonnait dans ces yeux verts. Mais elle n'y trouva que curiosité sincère et déférence.

— Je me réjouis d'être vivante, répondit-elle doucement. Mais il ne suffit pas d'être vivante car cela n'empêche pas d'être malheureuse. C'est le cœur qui décide des raisons de se réjouir, de respirer et de vivre. Le secret ne réside ni dans la gloire ni dans la fortune. Le pauvre peut être heureux de son sort tandis que certains qui ont la fortune pensent à la mort comme à une délivrance. Le secret se trouve dans le cœur de chacun.

— Vous êtes une vraie sage, dit Maxim, admiratif et surpris de trouver autant de bon sens chez quelqu'un d'aussi jeune. (Il se prit à songer que lorsqu'il faisait sa cour à Arabella, jamais il n'avait été frappé par ses qualités intellectuelles.) Et qu'est-ce donc qui brûle en votre cœur, madame ? demanda-t-il. Qu'allez-vous faire de votre vie et où irez-vous ?

— Je désire retrouver mon père et le libérer. Je n'aurai pas de repos que je n'y sois parvenue.

— Vous ne dites rien de votre désir d'être libre vous-même, observa Maxim.

Curieusement, sa liberté avait cessé d'être son besoin le plus pressant. Ce n'était que lorsqu'elle songeait à voler au secours de son père que cette liberté devenait indispensable.

— J'ai répondu à votre question. Vous connaissez déjà mon sentiment à cet égard, dit-elle.

Nicholas ne se sentait guère heureux d'être ainsi exclu de leur conversation, même si c'était involontaire. On aurait presque pu croire qu'ils avaient oublié sa présence. Il avala une gorgée de vin, cherchant quel sujet aborder pour regagner leur intérêt, et se racla bruyamment la gorge afin d'appeler leur attention.

— *Ja*, vous pouvez être certains que le temps va changer avant demain. Il fait rarement si tiède vers la fin de l'année.

Maxim retrouva ses bonnes manières et revint à une matière dans laquelle le capitaine pouvait se montrer plus à l'aise.

— Qu'avez-vous appris des commandants de navires, Nicholas ? Que se passe-t-il dans le monde ?

— Le monde tourne lentement à cette époque, répondit Nicholas avec un haussement d'épaules. Mais j'ai entendu dire qu'avec la chute d'Anvers, Élisabeth avait accepté d'envoyer un important contingent d'hommes sous les ordres de Leicester pour venir en aide aux provinces de Hollande. Après l'assassinat de Guillaume d'Orange, Farnese est devenu le dragon vengeur de l'Espagne et constitue une menace pour l'Angleterre. Jusque-là, Élisabeth s'est retenue de déclarer la guerre à l'Espagne mais elle n'en continue pas moins à se livrer à de petits jeux avec Philippe, envoyant ses navires pour lui dérober son or. Ses loups de mer font la chasse aux vaisseaux espagnols pour les piller. Le récent traité qu'elle a signé avec les Pays-Bas devrait entraîner un conflit ouvert entre l'Angleterre et l'Espagne. (Nicholas eut un petit rire et poursuivit :) Les Espagnols ont toute raison de craindre la présence de cette femme sur le trône d'Angleterre. Elle est certainement très rusée.

Maxim promena pensivement son index autour de sa chope.

— Il semble que Philippe finira par se lasser d'une lutte avec les Hollandais qui dure depuis plus de vingt ans, observa-t-il.

— *Ja*, avec l'aide de ses inquisiteurs, il a tenté d'évincer les calvinistes des Pays-Bas depuis que son père lui a laissé le gouvernement des provinces. La tutelle de l'Espagne a été une lutte incessante dans ce pays depuis lors, mais tous les jours augmentent les risques de guerre.

— Vous ne devez pas beaucoup aimer les Espagnols, avec votre mère qui est hollandaise, observa Maxim.

— *Ach!* Ma mère les déteste ! Il y a dix-sept ans, son

frère a été exécuté sur décision du duc d'Albe et de son Conseil du Sang. Il ne lui plaît pas beaucoup que la Hanse continue à commercer avec l'Espagne. (Il eut un sourire contrit et ajouta :) Si elle ne m'aimait pas autant, je serais honni par ma propre famille.

Ils terminèrent leur repas presque en silence et lorsque Maxim parla de partir, prétextant qu'il serait trop dangereux de voyager trop tard dans la nuit, Nicholas prit les choses en main. Il demanda à deux de ses hommes, assis à une table voisine, d'escorter Élise et Maxim. Il ne voulut rien entendre de la part de celui-ci, disant qu'il s'inquiétait surtout pour Élise. Maxim ne put que s'incliner tandis que le capitaine accompagnait Élise jusqu'à la porte.

Obéissant aux ordres, ses deux hommes allèrent chercher leurs chevaux et ceux du marquis, laissés à l'écurie. Sur le seuil de l'auberge, Élise contemplait la boue qui durcissait et songeait de nouveau à ses chaussures. Elle ne leva les yeux qu'en entendant le sifflement admiratif de Nicholas.

— *Ja*, Maxim, voilà une bien belle jument... une vraie beauté.

Songeant à la courtaude jument blanche, Élise se demanda si Nicholas avait tout son bon sens. A sa surprise, elle vit que les deux hommes admiraient une magnifique jument alezane aux grands yeux expressifs, à la tête bien plantée, à la longue crinière et à l'encolure gracieuse. C'était un superbe animal aux longues jambes fines et bien droites, une monture de qualité pour une dame, bien loin de la pauvre jument qu'elle avait appelée, par dérision, Chérubin.

Maxim prit les rênes et amena l'animal devant Élise.

— Peut-être serez-vous heureuse d'apprendre que j'ai vendu l'autre et acheté celle-ci pour vous. Elle me semble une monture fort convenable.

— Tout à fait, milord, dit Élise, stupéfaite et ne comprenant pas pourquoi il avait vendu la petite jument trapue quand il s'amusait tant au spectacle de sa cavalière. (Pourquoi une monture si élégante pour elle ? Et avec une nouvelle selle et tout le harnachement ?) J'en suis tout interdite, milord. Je ne m'attendais pas à cela de votre part et je vous en remercie.

Captivé par le sourire d'Élise, le premier qu'elle lui eût jamais adressé, Maxim ne voulait plus la quitter des yeux, mais Nicholas s'avança pour l'aider à se mettre en selle et il dut s'effacer et leur tourner le dos. Il ajusta sa propre selle et caressa l'encolure de Tourbillon en écoutant le murmure de leurs voix. Dans son esprit défilaient les images de son ami baisant la joue d'Élise ou ses longs doigts, plongeant dans le regard de ses yeux bleus avec la même adoration que dans l'auberge.

Maxim fut soudain pris du désir de partir immédiatement. Il sauta en selle et se tourna vers eux, impatient.

Nicholas pressa la main d'Élise en un silencieux au revoir et tira avec sollicitude le manteau de la jeune femme sur ses jupes avant de se reculer.

— Soyez prudent, dit-il à Maxim. Et à bientôt.

Maxim lui adressa un petit salut désinvolte de la main et, avec une légère pression des talons sur les flancs de Tourbillon, partit au petit trot. Élise fit un bref signe d'adieu à la silhouette solitaire plantée dans la rue et rattrapa Sa Seigneurie dans leur longue chevauchée jusqu'au château de Faulder.

Pas un souffle d'air n'agitait la nuit. On aurait dit que le monde entier retenait sa respiration. Au-dessus des collines, la pleine lune nimbait d'argent un paysage parsemé de recoins sombres. De grands arbres drapés dans leur manteau blanc se dressaient et l'on entendait crisser la neige glacée sous les sabots des chevaux. Élise releva le col de son manteau et s'enfonça dans sa tiédeur, bien consciente que Maxim retenait son cheval, le mettant au pas de la jument. Il fallait une main ferme pour juguler le fringant coursier, et cependant Maxim le faisait avec une aisance qui témoignait d'une longue et habile pratique.

A Faulder, au même moment, Fitch se glissait dans une niche située entre le puits et l'abreuvoir, à égale distance de la grille principale et de la porte du château. Un peu plus tôt, il avait regardé le crépuscule d'hiver se faire plus sombre et le ciel se changer en une tapisserie de velours noir parsemée d'étoiles. C'était l'instant que Fitch redoutait le plus, l'instant où descendait la nuit et où les esprits sortaient de leur tombe.

Pour ce qui était des fantômes, Spence avait postulé que s'ils existaient ils se cantonnaient au château. Aussi, drapé dans son innocence et d'épaisses fourrures, il s'était installé dans les écuries et n'avait pas tardé à ronfler comme un sonneur. Mais pas Fitch qui montait la garde et se remémorait une foule de récits qui le hantaient. Pressé de quitter le château après que Herr Dietrich se fut retiré, il avait rapidement couvert le feu dans la grande salle, bouclé les portes et saisi en sortant un gourdin de chêne aussi haut que lui et gros comme le bras. En parcourant la cour, il n'avait vu aucun spectre. Mais son imagination l'avait empêché de garder son calme et sa sérénité. De longues ombres, projetées par une lune brillante, s'étendaient dans la cour et sa nuque se hérissait à l'idée que dans chacune un fantôme pouvait se tapir. Il jeta un regard aux murailles de pierre qui se dressaient au-dessus de lui et, en frissonnant, se drapa dans ses fourrures. Tremblait-il de froid ou de quelque peur, il n'aurait su le dire, mais il gardait un œil vigilant sur la porte pour le cas où quelque chose apparaîtrait.

La nuit était fraîche mais les fourrures tièdes. Les paupières de Fitch devenaient plus lourdes avec les heures. Sa tête dodelinait, se redressait, retombait tandis que le gourdin glissait sur ses genoux. Son sommeil était agité et ses rêves peuplés de toutes sortes de spectres issus des contes de son enfance et autres histoires rabâchées et bien exagérées.

Des torches fichées de part et d'autre de la porte dispensaient une bienfaisante lumière dans la nuit, guidant la petite troupe qui rentrait. La neige étouffa le bruit des sabots des chevaux jusqu'à ce qu'ils parviennent près du puits où l'eau avait gelé en une flaque dangereuse. Quand Tourbillon y arriva, ses lourds sabots brisèrent la glace et firent un bruit d'os rompus qui se répercuta dans toute la cour.

Fitch ouvrit les yeux, mais il avait l'esprit toujours embrumé par ses ténébreux cauchemars. Quatre spectres drapés dans des manteaux et encapuchonnés, chevauchant des coursiers noirs comme la nuit, se présentaient à son regard, pareils à quelque horde maléfique sortie des profondeurs de l'enfer. Leurs longues ombres se profilaient jusqu'au-dessus de lui et dansaient, sinistres, à la lueur des torches. Convaincu que les esprits de la nuit allaient s'emparer de lui et le mettre à mort, il poussa un hurlement de terreur et tenta de bondir sur ses pieds. Pris entre le puits et l'abreuvoir, le gourdin oublié résista au mouvement brutal avant de se libérer, projeté en l'air, tandis que les pieds de Fitch griffaient le sol gelé. Ses efforts pour se mettre à courir n'aboutirent qu'à une glissade sur la glace. Le gourdin retomba devant la jument d'Élise et rebondit sur l'animal qui se cabra, paniqué, et arracha les rênes des mains de sa cavalière, prêt à s'emballer.

Lançant un ordre qui ramena Fitch sur terre, Maxim poussa son cheval tout contre la jument, la contraignant à reculer. Ses antérieurs quittèrent le sol et elle se cabra de nouveau. D'un mouvement rapide du bras et sans effort apparent, Maxim enleva Élise de sa selle. La jument s'agitait, cherchant à se libérer. Un des hommes de l'escorte attrapa les rênes qui traînaient et la ramena, l'apaisant de la voix.

Maxim serra Élise tout contre lui et il la sentit trembler tandis qu'elle se cramponnait à son cou. Il se sentit envahi par le parfum de la chevelure auburn et céda un instant à son désir de le savourer plus pleinement en y enfouissant son visage.

— Ça va ? murmura-t-il, les lèvres tout près de l'oreille d'Élise.

Oui, fit la jeune femme d'un signe de tête, noyant son regard dans les yeux verts pendant un long instant. Sans un mot, Maxim fit rapprocher Tourbillon de l'entrée. Fitch, dépité et brûlant de se racheter, se précipita pour aider Élise, s'excusant du trouble provoqué. Elle posa pied à terre et le bras de Maxim quitta sa taille. Il garda son cheval immobile, attendit qu'elle lève les yeux sur lui. A la lumière tremblotante des torches, leurs regards se croisèrent, longuement, jusqu'à ce que Maxim lui dise, d'une voix qu'elle ressentit comme une caresse :

— Vous allez peupler mes rêves cette nuit, belle dame. Soyez-en assurée.

Élise, plus confuse encore, ne sachant que lui répondre, fila rapidement dans la grande salle, grimpa les escaliers et gagna sa chambre avec une seule image en tête : les chardons ! Jamais elle n'avait autant regretté de les avoir glissés dans le lit de Maxim. Comment le regarder en face demain quand il serait tombé dans son piège ? Si seulement il ne s'était pas montré aussi généreux avec elle ! Un retour au château sur l'indigne jument blanche l'eût renforcée dans son désir de le voir puni.

Elle barricada soigneusement sa porte pour prévenir toute intrusion. Après quoi elle retira son manteau et se mit à arpenter sa chambre, se tourmentant de ce qui allait se produire dans celle de Maxim. Il s'écoula une éternité, lui parut-il, avant qu'elle entende le lointain gémissement de la rampe et le bruit des bottes dans les escaliers. Elle n'allait pas tarder, maintenant, à entendre aussi le cri de rage du marquis et peut-être ses poings cognant à sa porte. Elle attendit, nerveuse, guettant les bruits du château, les doigts glacés, frissonnant sans cesse. Malgré les bûches entassées dans la cheminée, elle ne put s'empêcher de trembler. Le temps s'écoulait et elle entreprit de se déshabiller, lentement. La peau hérissée par la chair de poule, elle se glissa, nue, sous les fourrures et resta longtemps à fixer le plafond, attendant, se demandant pourquoi elle n'avait encore entendu ni mouvement ni vocifération venant de la chambre du dessus.

Maxim avait retiré ses bottes et parcourait, agité, le couloir du haut, scrutant l'obscurité au-delà des créneaux. Il n'avait pas envie de dormir. Ses pensées erraient comme les oiseaux de la nuit, sans trouver où se poser. Il était assailli par les images de Nicholas et Élise. Peut-être devait-il s'effacer, se dit-il, et laisser Von Reijn faire sa cour sans le gêner. N'avait-il pas, lui, Maxim, exprimé clairement son manque d'intérêt pour la jeune fille et donné son accord tacite à Nicholas ? Cependant, à chaque instant qui passait, il se rendait davantage compte de sa répugnance croissante à la voir courtisée par un autre. Et cela l'étonnait de se sentir de plus en plus désireux de se réserver ce droit.

Les sourcils froncés, mécontent, Maxim s'appuya au mur de pierre et contempla la nuit par l'étroite ouverture d'un créneau. Une brume nuageuse, poussée par le vent qui se levait, dérivait devant le disque lunaire, plongeant le ciel dans une obscurité opaque. Les ombres de la nuit ne lui apportèrent aucun apaisement et il recommença à marcher de long en large. Il se trouvait devant un dilemme. Il ne pouvait supporter l'idée de voir son meilleur ami courtiser Élise. Et il ne pouvait justifier sa position de soupirant. Il savait bien que pour la jeune femme il était le ravisseur, le scélérat. Le destin l'avait mis dans une situation qu'il devait subir jusqu'à ce que quelque événement imprévu l'en libère.

Non ! Maxim réfléchit à son rôle dans l'enlèvement d'Élise. Le destin, le hasard n'y étaient pour rien. C'était lui qui avait conçu le plan, avait follement fait confiance à sa réalisation, laissant perpétrer une bourde qui s'était traduite par une frustration réciproque.

La lune continuait son ascension dans le ciel, insouciante du conflit qui agitait Maxim. Dans la chambre, le feu était presque éteint et Maxim consacra un moment à disposer un tas de petit bois et de bûches sur les braises avant de commencer à se déshabiller. Ne gardant que des chausses très collantes, il se tint devant le feu, campé sur ses jambes comme un marin sur le pont d'un navire. De nouveau, son esprit s'évada tandis qu'il levait les yeux sur le mur lambrissé dissimulant la porte secrète. Il fit soigneusement renaître l'image d'Élise endormie dans son lit. Elle devait être en ce moment plongée dans le sommeil, les cheveux épars sur l'oreiller. Un spectacle qu'aucun homme ne pouvait oublier.

Il avança jusqu'à son lit, posa la main sur le baldaquin, songeant à d'autres spectacles qu'il lui restait à découvrir. Il imaginait ce corps mince, délicieusement féminin, la rondeur de ses seins nacrés, ses longues jambes douces.

Il se secoua pour chasser ces troublantes pensées et

respira plusieurs fois, lentement, profondément, pour calmer ses ardeurs éveillées. Il frotta de sa main son torse nu, regardant autour de lui, s'attendant presque à la découvrir dans les ombres de sa chambre. Délibérément, il pensa à autre chose et entreprit de défaire son lit. Il s'assit au bord, bien décidé à la chasser de son esprit assez longtemps pour pouvoir s'endormir, mais il savait que ce serait difficile.

Il poussa un soupir de frustration et se laissa tomber sur le lit. Soudain, ses yeux s'arrondirent de surprise quand il ressentit un millier de petites piqûres et il bondit sur ses jambes. Il tira le drap et passa la main sur le matelas de plumes, grimaçant lorsque quelques chardons se plantèrent dans sa paume. Il examina sa main à la lueur du feu, arracha un des piquants et se tourna vers la porte.

— Ainsi la petite peste n'a pas renoncé à ses jeux ! dit-il à haute voix.

Il fut pris du désir d'aller la trouver immédiatement, mais il s'arrêta avec un petit sourire. Une meilleure idée lui était venue. Il rabattit soigneusement le drap et les fourrures sur le lit pour qu'on ne voie pas qu'il avait été défait, alla prendre un manteau doublé, s'en enveloppa et traîna près du feu un fauteuil à haut dossier où il s'installa, allongeant tranquillement les jambes pour se chauffer les pieds. Lui aussi pouvait se montrer rusé, et il resterait là à dormir pour confondre, en bon renard, le chien qui était sur ses traces.

L'aube se leva et Élise s'éveilla en sursaut, réalisant qu'elle avait dû s'endormir alors qu'elle guettait l'explosion de fureur de Maxim. Manifestement, il n'était pas descendu cogner à sa porte. Que faire maintenant et qu'attendre de la part de son ravisseur ? Était-il même prudent pour elle de quitter sa chambre ?

Elle passa une fourrure sur son corps nu, alla jusqu'à la cheminée, tisonna les cendres avec une vieille épée rouillée trouvée dans les appartements et y posa une poignée de petit bois. Elle tira sous elle le bas de la fourrure et s'agenouilla sur la pierre pour souffler sur les tisons. Une mince fumée s'éleva, puis une petite flamme qui entreprit de dévorer le bois sec. Élise ajouta plusieurs bûches, s'assit sur ses talons et regarda le feu dont la tiédeur chassa le froid. Elle brossa alors ses longs cheveux jusqu'à ce qu'ils tombent, souples, sur ses épaules. Elle crut voir des yeux verts, froids et accusateurs, qui la regardaient. Elle laissa tomber ses mains sur ses genoux et fixa les flammes. Si seulement Maxim n'avait pas acheté cette jument pour elle... si seulement il ne l'avait pas arrachée du dos de l'animal effrayé pour la serrer contre lui... si seulement il ne lui avait pas parlé avec tant de chaleur devant la porte d'entrée... peut-être ne se tourmenterait-elle pas maintenant pour ce qu'elle avait fait.

Le battement persistant d'un volet l'attira à la fenêtre. Elle appuya le front à la vitre pour voir défiler des nuages gris chassés par le vent qui tourbillonnait dans la cour comme un fantôme vengeur, faisant claquer les battants et balayant la terre gelée. Le ciel promettait une journée agitée, mais la tempête qui s'annonçait ne pouvait être pire que celle qui couvait entre elle et le maître des lieux.

Fitch apparut, sortant du château. Une soudaine rafale de vent lui arracha son chapeau après lequel il se mit à courir en zigzaguant. Avec un soupir, Élise revint à la cheminée, recherchant la tiédeur qui n'avait pas encore gagné l'extrémité de sa chambre. Elle se prépara pour la journée, passant ses habituels vieux vêtements, et descendit les escaliers, l'humeur sombre.

Herr Dietrich l'accueillit avec un sourire jovial tandis qu'elle gagnait la cheminée.

— *Guten Morgen, Frau. Wie geht es Ihnen ?*

Élise lui répondit par un petit signe de tête. Ce qu'elle savait d'allemand se résumait à quelques mots.

— Bonjour, Herr Dietrich.

Le cuisinier lui répondit par un autre signe de tête et continua à jouer de sa louche dans diverses marmites et bouilloires d'où s'échappaient de délicieuses odeurs. Élise se dit que la présence de Herr Dietrich dans la pièce lui assurerait la meilleure des protections car il était loyal à Von Reijn, ce qui obligerait Maxim à se maîtriser devant lui. Elle gagna lentement la table, ne voulant pas trop s'éloigner de l'illusoire protection du cuisinier.

Les minutes s'écoulaient avec une terrible lenteur et les nerfs d'Élise étaient tendus à se rompre. Elle attendait que quelque bruit lui signale l'arrivée de Maxim et elle sursautait au moindre craquement. Finalement, elle se laissa tomber dans un fauteuil au bout de la table et imagina une demi-douzaine de réponses possibles à ses accusations. Elle les rejeta l'une après l'autre. Maxim ne les accepterait jamais.

Le claquement d'un volet poussé par le vent la fit presque bondir de son siège. Elle se reprit, croisa les bras, se cala au fond du fauteuil, se cuirassant pour l'instant qu'elle redoutait. Enfin, une porte grinça à l'étage, puis se referma, et des pas tranquilles se firent entendre dans l'escalier. Élise ferma les yeux pour écouter. Le bruit ne présageait rien de bon.

Herr Dietrich ne remarqua pas sa détresse en déposant devant elle un petit gobelet de cidre fumant, agrémenté de romarin et de sucre. Elle serra ses mains glacées autour du gobelet et adressa au cuisinier un petit sourire timide, ne sachant comment lui exprimer sa reconnaissance. Heureux du regard d'Élise, l'homme retourna à sa cheminée en fredonnant.

— Bonjour ! lança Maxim depuis les escaliers, et Élise vit qu'il arborait un sourire aimable et chaleureux et qu'on ne lisait pas dans ses yeux cette colère glaciale qu'elle appréhendait.

— Bonjour, milord, répondit-elle avec un regard inquiet par-dessus son gobelet, le suivant jusqu'à ce qu'il arrive près d'elle.

Elle posa alors sa chope sur la table, avec précaution, et croisa les mains sur ses genoux, guindée mais prête à bondir s'il devenait menaçant.

— Vous paraissez reposée, Élise. Avez-vous bien dormi ?

— Très bien, milord, merci.

D'un geste désinvolte, Maxim chassa une boucle de l'épaule d'Élise dont le cœur bondit. La main du marquis était légère, mais la jeune femme eut l'impression qu'elle la clouait à son siège. Elle posa la question qui lui brûlait les lèvres :

— Et vous, milord, avez-vous bien dormi ?

Maxim croisa ses bras sur sa poitrine et leva les yeux sur les poutres du plafond, songeur, avant de revenir à Élise.

— Assez bien, je pense, si l'on considère...

Élise attendit la suite, pensant qu'il allait la lui hurler à l'oreille.

— ... que j'avais l'esprit agité, finit-il doucement. Et je me suis installé dans un fauteuil à côté de la cheminée. J'ai fini par m'y endormir et c'est là que j'ai passé la nuit.

Élise ressentit un soulagement qu'elle n'espérait pas.

— Quelle était la raison de cette agitation, milord ?

Maxim souleva une boucle de la jeune fille, se baissa pour en goûter le parfum et répondit avec un grand sourire :

— Je pensais à vous, belle dame, comme je vous l'avais promis.

— A moi ? fit-elle, levant sur lui un regard surpris, se demandant à quel jeu il jouait.

Maxim laissa tomber la boucle soyeuse, eut un petit rire, passa de l'autre côté de la table où il prit un gobelet de cidre des mains du cuisinier et s'installa dans son fauteuil.

— Je me demandais ce que j'allais pouvoir vendre pour payer les vêtements que vous avez achetés, dit-il.

— Oh, fit seulement Élise d'une toute petite voix, déçue. (Mais s'attendait-elle vraiment qu'il exprime quelque autre sentiment ? Elle ajouta, plus sèchement :) Vous n'avez pas à vous inquiéter, milord. Je n'ai nul besoin de votre argent.

— Comment cela ? demanda Maxim, surpris.

— C'est tout simple. J'ai suffisamment d'argent personnel pour payer ce qui reste à livrer.

Il la regarda, stupéfait. Il n'aurait su dire ce qu'il avait fait pour la changer ainsi, mais elle avait retrouvé ce même air de défi qu'à son arrivée. S'il avait perdu du terrain dans la discussion, se dit-elle, c'était elle qui l'avait gagné.

Herr Dietrich posa un plateau devant Sa Seigneurie et un autre devant Élise. Les mains croisées sur son long tablier, il recula, attendant leur jugement. Chacun se régala de délicieuses saucisses, de pain et de croustillantes tartes aux fruits avant d'adresser au cuisinier des compliments bien mérités.

— Délicieux ! assura Élise avec un sourire enjoué. Merci à vous.

— *Es ist gut*, confirma Maxim. *Danke*.

Le sourire de Herr Dietrich s'élargit encore et il hocha la tête avec enthousiasme. Puis il redevint sérieux. Il prit une grande inspiration et carra ses lourdes épaules pour articuler avec difficulté :

— Merzi, mad-ame... milord.

Élise rit et applaudit. Herr Dietrich ravi retourna à ses occupations, laissant Maxim reprendre la conversation avec un froncement de sourcils perplexe.

— Vous dites que vous disposez d'assez d'argent personnel pour payer les vêtements, mais comment aviez-vous une telle somme sur vous quand vous avez été enlevée ?

Si Élise baissa les yeux et se détourna, Maxim eut l'impression que son nez se relevait, hautain et dédaigneux.

— Un ami m'a aidée, répondit-elle, son intuition féminine lui disant à quelle conclusion erronée il allait logiquement en arriver. Sans autre explication elle le laissa à son amertume.

Von Reijn ! conclut Maxim. Ce ne pouvait être que lui. S'agissait-il d'un cadeau pur et simple ? Ou d'une compensation pour... ? Son esprit se rebellait à cette pensée et il se défendit contre la fureur qui montait en lui.

— Vous paraissez beaucoup apprécier Nicholas, lança-t-il avec quelque brusquerie. Mais je me demande si vous seriez heureuse d'être la femme d'un capitaine de la Hanse.

— Je ne vois pas en quoi cela pourrait vous concerner, milord. Je suis certaine que vous songez bien trop à Arabella pour vous inquiéter du choix de mon mari. Peut-être m'avez-vous enlevée, mais nul ne vous a chargé de veiller sur moi.

— Je crois avoir certaines obligations.

— Votre seule obligation est de me faire ramener chez moi au plus tôt, de me nourrir et de veiller à mes besoins tant que je suis votre prisonnière. A part cela, ma vie privée ne vous regarde pas.

Sur quoi Élise se leva et, avec une sèche révérence, le planta là.

13

Le vent hurlait avec une furie vengeresse contre les murailles du château de Faulder, sondant chaque trou, chaque fissure jusqu'à ce que son souffle glacial semble pénétrer dans toutes les pièces. Élise frissonna ; autour d'elle, les courants d'air dispersaient la chaleur que pouvaient dispenser les cheminées. Elle avait les doigts glacés et sous ses jupes le froid engourdissait ses pieds. Elle entendit Maxim lancer un ordre dans la cour. Un instant plus tard, Fitch et Spence passèrent le seuil en trébuchant et déposèrent des outils avant de se plaquer l'un et l'autre contre la porte pour la fermer sur les rafales chargées de neige. Ils s'étaient tous les deux enveloppés dans des fourrures pour venir de l'écurie, et sous leur manteau de blanc floconneux ils ressemblaient à de neigeuses créatures du Grand Nord. Les deux hommes s'arrêtèrent un instant à la cheminée, ouvrant leur vêtement pour en faire fondre la neige et la glace, puis Fitch se saisit d'une scie et d'une brassée de planches tandis que Spence prenait une boîte pleine de clous, de charnières ainsi qu'une paire de marteaux. En passant devant Élise, Fitch lui lança un rapide bonjour et continua sans attendre de réponse. Lestés de leur matériel, les deux hommes montèrent bruyamment les escaliers, luttant à qui passerait le premier. Arrivés à la chambre du maître, ils trouvèrent Sa Seigneurie qui les attendait, les poings aux hanches, les jambes légèrement écartées derrière un voile de flocons de neige. Son visage rembruni trahissait son irritation et il leva les yeux vers le plafond où leur réparation de fortune avait été arrachée par les violents coups de vent. Sans un mot, ils s'attelèrent à la tâche, avec cette fois l'aide et les directives du maître des lieux.

Tandis que les hommes travaillaient, Élise se lançait dans le ménage, se disant que ce pourrait être une excuse pour pénétrer dans la chambre de Maxim. Elle se consacra avec diligence aux pièces du bas, balayant, époussetant et frottant les meubles, les escaliers et le sol. Midi arriva et, pendant qu'elle attendait que les hommes quittent l'étage supérieur pour le déjeuner, Herr Dietrich passa devant elle avec un plateau chargé de nourritures, anéantissant son projet d'entrer dans la pièce en leur absence.

Beaucoup plus tard, alors qu'elle calfeutrait les fenêtres avec des chiffons pour arrêter les courants d'air qui pénétraient dans sa chambre, les hommes continuaient toujours de travailler dans la pièce du haut. Les heures passant, il devint évident que si elle n'ôtait pas les piquants du lit de Maxim avant qu'il ne se retire pour dormir, elle allait passer une autre nuit dans l'angoisse, à se demander quand il allait les découvrir et éclater de fureur.

Elle laissa les fenêtres après avoir fait tout son possible pour arrêter l'air glacial qui s'engouffrait par les interstices, mais elle n'en sentait pas moins un courant d'air persistant. Elle en cherchait l'origine quand elle tomba sur la porte naguère dissimulée derrière la tapisserie. Ses précédentes tentatives pour l'ouvrir s'étaient révélées vaines et elle n'eut pas davantage de succès, la porte étant solidement fermée de l'autre côté. Mais les courants d'air venaient de là.

Depuis qu'elle s'était consacrée à améliorer l'état des lieux, elle avait nettoyé la tapisserie avec les plus grandes précautions. Elle la savait assez lourde pour fournir une bonne protection contre l'air froid, mais restait à voir si Élise était assez forte pour la raccrocher toute seule.

Elle tira la tapisserie roulée au pied du mur où elle devait être suspendue. Commença alors une lutte épique entre la fragile jeune femme et la monstrueuse tapisserie. Chaque fois qu'elle en soulevait une extrémité, l'autre bout, semblait-il, se trouvait sous ses pieds et si elle se tenait suffisamment loin pour ne pas marcher dessus elle n'avait pas la force de la soulever. Finalement, elle se retrouva dessous, presque écrasée par le poids. Elle se cala contre le mur et parvint ainsi à glisser une extrémité de la barre dans son logement, à l'intersection du mur et des poutres du plafond. Elle recula alors jusqu'à avoir bien en main l'autre extrémité, mais sans qu'elle fût plus avancée car la barre demeurait trop loin de son logement au-dessus de sa tête. Élise évalua la situation avec une certaine frustration. Si elle lâchait, l'autre extrémité de la barre glisserait ou toute la tapisserie lui tomberait dessus. Il y avait bien une chaise près de la cheminée, très lourde. Si elle parvenait à l'atteindre, elle aurait une solution à son dilemme.

S'éloignant du mur jusqu'à ce que le support dans lequel était engagée la barre gémisse sous la contrainte, Élise retint fermement l'autre extrémité puis se tint sur une jambe et tira, tira sur son corps, parvenant enfin à attraper le pied de la chaise. Les joues rougies par sa victoire, elle l'amena lentement à elle puis la poussa contre le mur. Elle resta un moment à souffler puis respira une bonne fois et grimpa sur le siège tandis que l'énorme et lourde tapisserie menaçait de céder en plusieurs endroits. Avec un dernier sursaut d'énergie, Élise finit par se dresser mais grinça des dents de désespoir car le support se mit de travers quand elle tenta d'y engager la barre. Elle s'arrêta un instant pour reprendre son souffle, s'essuyant le front d'un revers de manche. Elle était si près du but qu'elle répugnait à tout laisser tomber pour recommencer.

De nouveau elle s'essuya le front et se figea en entendant un petit rire derrière elle. Ses bras tremblaient de fatigue, mais elle parvint à se tourner assez pour jeter un regard par-dessus son épaule. Maxim, la chemise pendant sur ses chaussures, était paresseusement appuyé au chambranle de la porte, le regard remontant des chevilles découvertes d'Élise à la courbe de sa hanche et de ses reins où se plaquait la robe de laine.

— La porte était entrouverte, expliqua-t-il avec un haussement d'épaules. J'ai entendu la... euh... lutte et je me demandais si tout se passait bien.

— Ça ne se passe pas bien du tout ! Alors ne restez pas planté à sourire comme un idiot ! Venez donc m'aider ! lança Élise désespérée car elle craignait de céder à tout moment sous le poids.

Maxim sauta aussitôt sur la chaise, lui ôta la barre de ses bras tremblants, la retint aisément d'une main tandis que de l'autre il mettait le support en place. Bien que quasiment étouffée par Maxim, Élise tenta de l'aider et souleva un pli de la tapisserie pour l'alléger. Il était si près qu'il semblait faire corps avec elle, et ce ne fut pas une mince tâche que de rester calme dans de telles conditions.

Maxim se pencha en avant pour enfoncer le support du plat de la main et Élise se sentit rougir sous la pression de sa poitrine contre son épaule, de la légère caresse de son ventre sur ses reins. Le parfum frais de ce corps d'homme l'envahit, parcourut ses sens, l'inonda d'une sorte de plaisir. Jamais elle n'avait ressenti une telle chaleur, une chaleur nouvelle pour elle mais curieusement enivrante, aussi. Elle demeura un instant immobile puis se tourna pour découvrir le regard plongeant de Maxim par-dessus son épaule. Elle suivit son regard et découvrit que le corsage de sa robe, très écarté de son corps, révélait une part généreuse de sa poitrine.

Elle baissa rapidement les bras et, soudain furieuse, frappa du coude les côtes de Maxim avant de se dégager et de sauter à terre. Si tout s'était écroulé, la tapisserie, l'homme, la barre et la chaise, ce n'eût été que justice, se dit-elle.

— Espèce de butor lubrique ! Espèce de roué ! Je dois me garder à chaque instant ! Je ne puis vous faire confiance ! lui lança-t-elle, les joues en feu.

Le support tint bon tandis que Maxim y engageait la barre avant de se retourner avec un petit sourire et de sauter légèrement à terre. Il repoussa la chaise près de la cheminée et vint se planter devant Élise, les mains aux hanches.

— Ma chère Élise, il ne s'agit pas de confiance. Je n'ai rien tenté avec vous, mais vous en montrez bien plus que je n'en souhaite voir. Tout homme agit de la sorte quand se présente l'occasion d'admirer une jeune femme aussi joliment faite.

— Vous me suivez des yeux comme un cerf en rut ! Vraiment, il vous faut une épouse pour apaiser vos ardeurs ! répondit-elle, troublée par sa taille, par la toison dorée de sa poitrine quand bâillait sa chemise, par la virilité qui émanait de lui et qui agaçait sa féminité. Mais elle chassa ce curieux sentiment derrière un visage rembruni.

Maxim eut un petit sourire et haussa un sourcil de feinte surprise.

— Me proposeriez-vous donc le mariage, belle dame ? demanda-t-il.

— Certainement pas ! fit Élise dont le regard bleu lançait des éclairs d'indignation.

Maxim se mit à rire, haussa les épaules, traversa la pièce, lui fit un petit geste désinvolte et dit :

— Il vous suffit de demander, et il en sera fait selon vos désirs.

— Je ne suggérais pas que vous m'épousiez ! cracha-t-elle, furieuse.

— Je parlais des travaux auxquels vous vous occupiez, mais si vous en ressentez le besoin, je pense que je pourrais consentir à vous épouser, considérant que j'ai compromis votre réputation en vous emmenant ici.

— Vous êtes bien le dernier que j'accepterais d'épouser ! Vous êtes... vous êtes méprisable !

— Peut-être bien, répondit Maxim en passant un doigt désinvolte sur la moulure de la porte. Mais je saurais comment traiter celle que j'épouserais.

— *Comment ?* railla Élise. En l'emportant dans vos appartements et en refusant de l'en laisser sortir ? Elle serait tout autant prisonnière que je le suis maintenant ou qu'Arabella l'eût été !

— Je serais un mari des plus attentionnés. Et vous,

belle dame, vous ne manqueriez pas souvent de compagnie par les longues nuits d'hiver.

— Voulez-vous dire que je serais souvent seule, mariée avec Nicholas ?

— Nicholas serait pour vous un excellent mari... quand il serait au port.

Élise pencha la tête et le considéra d'un regard sceptique.

— Pouvez-vous m'assurer que vous seriez toujours auprès de moi ?

— Je ne peux rien promettre si le destin en décide autrement, belle dame, mais quand le devoir ne m'appellerait pas, je serais là, ardent et dévoué.

Élise détourna le regard pour manifester son impatience, mais elle se sentait troublée par ses mots, par la lueur dans ses yeux, la chaleur de sa voix. Comment croire à sa ferveur alors qu'ils savaient l'un et l'autre qu'il était amoureux d'Arabella ? Il était vrai qu'un homme n'avait nul besoin d'être amoureux d'une femme pour prendre son plaisir avec elle. Et c'était là tout ce qu'il voulait.

Élise voulait discuter encore mais elle fut surprise de constater qu'il n'était plus là. Il était sorti sans bruit. Brusquement, Élise ressentit le désir de l'avoir près d'elle. De fait, leurs disputes étaient plus agréables qu'une conversation avec les quatre murs de sa chambre.

« Que veut-il ? se demanda-t-elle. Seulement se moquer de moi ? Cela l'amuserait sans doute beaucoup de me faire la cour et, si je cédais, de se servir de moi et de me rejeter ensuite. Mieux vaut me méfier. Non, le jeu est beaucoup, beaucoup plus agréable quand on le joue à deux. »

Elle n'en était pas moins troublée, brûlant de toutes les parties de son corps où il l'avait effleurée, comme s'il l'avait marquée de sa flamme. Comment Arabella avait-elle pu oublier la séduction du marquis pour céder, si peu de temps après sa prétendue mort, aux brutales attentions d'un Reland Huxford ? Où donc était la femme en Arabella pour ne pas l'avoir pleuré dix ans au moins ?

Prétextant une indisposition, Élise passa le reste de la journée dans sa chambre, refusant même de descendre pour le repas du soir. Elle craignait de ne pouvoir, dans la confusion de ses pensées, supporter les assauts de Maxim. Elle pourrait bien succomber, comme une péronnelle à l'esprit faible.

Curieux d'en savoir plus que ce que lui avait rapporté Spence, Maxim vint frapper à sa porte.

— Spence me dit que vous êtes malade. Voulez-vous que j'aille chercher un médecin ? demanda-t-il à travers la porte.

— Dieu vous en garde ! Je préfère mourir tranquillement plutôt que d'être tâtée et palpée par un charlatan qui ne comprendrait pas un mot de ce que je lui dirais !

Maxim croisa les bras sur sa poitrine et sourit. Du moins n'avait-elle rien perdu de ses reparties.

— Je vais vous envoyer Herr Dietrich avec un plateau. Dois-je lui demander d'aller quérir quelques écailles de dragon ou une racine de ciguë pour votre chaudron, madame ?

Il l'imaginait parfaitement derrière sa porte, bien plantée sur ses jambes, les poings aux hanches, prête à répliquer.

— Oui, et bien d'autres choses encore. Un œil de triton ! Une langue de chauve-souris ! Un cœur de colombe affligée ! Voyez vos oreilles, milord. N'allongent-elles pas ? Tâtez votre nez. Ne devient-il pas long et poilu ? Vos mains et vos pieds ne prennent-ils pas l'aspect de sabots ? Une queue de mulet ne pend-elle pas à votre dos ? Une sorcière, oui ! Si j'en étais une, vous seriez changé en âne pour être en harmonie avec votre esprit. Filez donc d'ici, Messire Brute, avant que je mette ma marmite à bouillir !

— Me voilà donc tout à fait rassuré, belle dame, quant à votre bonne santé et votre heureux caractère.

Après un rire amusé, le silence retomba et Élise sut qu'il était parti. Cela n'apaisa guère son irritation.

— Une sorcière ! Je suis une sorcière ! lança-t-elle en se glissant dans son lit ce soir-là. Il n'aura pas volé les piqûres des chardons.

Malgré cela, elle ne dormit guère, s'agitant sans

cesse, et, en dépit du vent qui hurlait autour du château, elle ne pouvait s'ôter de l'esprit le souvenir des mains de Maxim sur sa robe et la fureur qui serait la sienne en découvrant son piège.

Arriva le matin. Élise guetta longuement un éventuel bruit de pas dans les escaliers avant de sortir pour trouver Maxim appuyé au mur en haut des marches. Il semblait l'attendre.

Aussitôt sur la défensive, elle ralentit, le regardant avec une certaine appréhension. Elle pensait entendre sa réprimande pour ce qu'elle avait fait mais, curieusement, il l'accueillit avec un grand sourire.

— Quelle horrible malchance, soupira-t-il avec un hochement de tête compatissant. Voilà que vous êtes malade.

— Je me sens parfaitement bien maintenant, répliqua Élise, détournant les yeux.

— En êtes-vous certaine ? insista-t-il. (Il s'approcha, lui souleva le menton, examina les couleurs de ses joues.) J'espère que l'orage ne vous a pas empêchée de dormir.

— Un peu. Avez-vous... euh... bien dormi, milord ?

— Hélas non. Après les réparations de mon toit, Fitch a mis tant de bûches dans le feu que j'ai eu trop chaud. J'ai pris une fourrure et je suis allé dormir en bas.

Élise se sentit soulagée à l'idée d'une nouvelle journée de répit. Peut-être parviendrait-elle à retirer les piquants avant qu'il ne les découvre.

— Je suis certaine que Fitch croyait bien faire, dit-elle. Trop bien, parfois.

— Oui, sans doute. Mais désormais je ferai attention et je fermerai ma porte.

Ce qui anéantit provisoirement les espoirs d'Élise, mais elle reprit rapidement ses esprits et lui proposa :

— Je vais faire votre chambre. Je suis sûre qu'après les travaux d'hier elle a besoin d'un bon nettoyage.

— Fitch l'a faite hier soir et il est donc inutile que vous preniez cette peine.

— Ce n'est rien, je vous assure.

— Quoi qu'il en soit, je ne puis le permettre. Vous

avez été malade et je ne veux pas vous voir alitée de nouveau.

Toute discussion semblait donc inutile et elle accepta provisoirement sa défaite. Mais au cours des jours qui suivirent elle se prit à douter. Maxim trouvait sans cesse des excuses pour éviter de coucher dans son lit. Élise commençait à croire qu'il attendait son heure pour se venger d'elle.

Dehors, la tempête faisait toujours rage. Le vent accumulait la neige et seuls subsistaient d'étroits passages dans la cour, laborieusement ouverts à la pelle par Fitch et Spence quand les circonstances l'exigeaient.

Le quatrième jour, Élise s'attendait à une nouvelle excuse et elle s'assit dans la salle du bas avec un sourire doucereux en attendant les explications de Maxim.

— Quelle tristesse, milord, que vous n'ayez pu coucher dans votre lit de toute cette semaine, lui dit-elle. A vous voir éviter votre couche, on croirait que vous vous êtes pris d'aversion pour elle.

— Il est exact que je n'y ai guère trouvé de repos ces jours-ci. Le mauvais temps qui m'a empêché de sortir et de chasser m'a sans doute rendu nerveux.

— Oui, la captivité a quelque chose de lassant. Le capitaine ne viendra sans doute pas aujourd'hui comme il en avait l'intention.

— Bien au contraire, madame, Nicholas *va* venir, dit-il avant d'aller ouvrir la porte pour voir le temps. (Le ciel était toujours bas, plombé et lugubre, mais le vent s'était apaisé. Maxim referma la porte et revint se chauffer les mains devant la cheminée, confirmant :) Oui, vous pouvez être sûre qu'à cette heure Nicholas est en route.

— Comment pouvez-vous en être si certain ? demanda Élise, sceptique, songeant à l'épaisse couche de neige qui couvrait les chemins. Il a assez de bon sens pour ne pas s'aventurer dehors par un tel temps. La tempête pourrait reprendre d'un instant à l'autre.

Maxim regarda longuement puis s'approcha de la table, posa un pied sur le banc, le coude sur son genou et le menton dans sa main, avec un petit sourire diabolique.

— Je gagerais qu'il sera là avant midi, observa-t-il. Je suis prêt à parier une nuit dans mon lit.

Élise l'arrêta d'un geste de la main, devinant son stratagème.

— Je vous crois sur parole, fit-elle sèchement. Et si Nicholas doit venir, il faut que je sois présentable. Fitch ! Spence ! Je voudrais prendre un bain sur-le-champ. Apportez de l'eau chaude dans ma chambre... Vite !

Elle grimpa vivement les escaliers sous le regard moqueur de Maxim. Il observa ensuite ses deux loyaux serviteurs qui se précipitaient pour tirer de l'eau à l'immense chaudron pendu en permanence au-dessus du feu et la monter dans la chambre de la dame. Maxim pria Fitch d'aller chercher pour lui un seau d'eau froide, ce qui surprit celui-ci car son maître s'était déjà lavé plus tôt dans la matinée.

Lorsque tout fut prêt, Élise boucla sa porte. Sous le regard étonné de Fitch et Spence, Maxim s'empara de son seau et grimpa silencieusement les escaliers. Ils poussèrent un soupir de soulagement lorsqu'il dépassa la porte d'Élise et continua jusqu'à sa chambre. Alors, ils s'installèrent pour se tailler des tranches d'un pain fraîchement cuit par le cuisinier.

« Le rusé coquin, se dit Élise en s'enfonçant plus profondément dans la baignoire de cuivre. Il croit donc me duper. »

Bien à l'abri dans sa chambre, elle s'allongea, savourant la tiédeur de l'eau sur son corps. Après un long moment de béatitude, elle rajusta son épais chignon, le remontant un peu, et entreprit de se savonner les épaules avec un savon parfumé acheté à Hambourg. Elle s'allongea de nouveau et ferma les yeux tandis que le contact de l'eau dissipait ses derniers frissons. Elle poussa un long soupir et remua doucement pour brasser le bain autour de son corps.

Une goutte d'eau glacée lui tomba sur la poitrine, la faisant suffoquer. Elle ouvrit les yeux et se retrouva face à un seau de chêne d'où une autre goutte s'apprêtait à tomber. Derrière le seau apparut le visage souriant de Maxim Seymour.

Élise comprit aussitôt quelle vengeance il entendait tirer et elle se redressa, poussant un grand cri et agitant les bras au-dessus de sa tête dans l'attente de la douche glacée. Elle attendit... attendit... Puis ouvrit les yeux, leva la tête et vit qu'il avait posé le seau et fixait l'eau du bain, trop peu troublée par le savon pour qu'il ne pût découvrir tout ce qu'il souhaitait voir.

Elle croisa les bras sur sa poitrine et lui lança un regard indigné.

— *Eh bien ?* Êtes-vous venu pour lorgner ou pour vous venger ?

— Ma chère Élise, commença Maxim avec un sourire moqueur, je crains que la plus douce des vengeances ne perde soudain de sa saveur au moment d'être dégustée. On ne maltraite pas une beauté comme la vôtre et le pardon possède ses joies. Je suis assez récompensé par ce que je découvre. Quant aux chardons, ils ont été retirés et brûlés.

— Ooohh ! Espèce de voyou lubrique ! Comment osez-vous... alors que je suis dans mon bain... lui lança Élise pour qui sa pitié moqueuse était pire que l'eau glacée.

— Le bain d'une dame est aussi sacré que le lit d'un homme, répliqua Maxim en riant de sa fureur. Je crois que la punition convient parfaitement au crime.

Élise poussa un cri de rage tandis que ses doigts tâtonnaient à la recherche du savon. Elle leva un bras, insouciante d'une pudeur mise à rude épreuve, et l'eau glissa sur ses seins rosis. Maxim lui adressa un petit geste désinvolte de la main avant de traverser la pièce, de repousser le fauteuil et d'ouvrir la porte. Il évita de justesse le projectile qui vint frapper le montant et l'ultime regard qu'il jeta derrière lui lui montra une Élise enragée et la merveilleuse rondeur de deux seins nus.

— Si votre bain est trop chaud, vous pouvez utiliser l'eau du seau, railla Maxim avant de lui envoyer un baiser.

Élise saisit un flacon d'huile parfumée sur une table à côté de la baignoire et le lança. Maxim referma la porte à temps et le flacon vint s'écraser contre le bois.

Élise laissa échapper un chapelet d'injures avant de se calmer assez pour se redresser et s'essuyer. Elle se souvint alors avoir vu Maxim déverrouiller la porte d'entrée de sa chambre pour sortir.

Son regard se porta sur la tapisserie et elle pensa à l'ouverture dissimulée derrière.

— Le misérable ! gronda-t-elle. J'aurais dû davantage me méfier.

14

Le soleil s'était couché la veille derrière de lourds nuages gris, mais dans la matinée, il fit une brillante apparition, apportant un heureux répit à la brume glaciale qui depuis quelques jours enveloppait le château. Nicholas s'était risqué jusqu'à Faulder, comme Maxim l'avait prévu, avec une escorte de cavaliers. Il avait apporté en présents des travaux de couture, du fil et un canevas pour Élise et, pour Maxim, un tonnelet de vin vieux. Sa visite avait duré plusieurs jours pendant lesquels Élise s'était montrée pleine d'attentions. Quand Maxim se trouvait là, elle pouvait sentir ses yeux sur elle et, de fait, elle croisait, chaque fois qu'elle se retournait, son regard tantôt interrogateur, tantôt perplexe ou simplement songeur, mais qu'elle ne pouvait ignorer. Et bien qu'elle se fût juré de demeurer distante et de ne pas s'occuper de lui, elle avait ressenti de la frustration en constatant son échec. S'il s'était promis de la perturber, il fallait convenir qu'il y était parvenu.

Nicholas avait fait ses adieux, assurant qu'à sa prochaine visite il viendrait avec un véhicule pour les conduire jusqu'à Lübeck.

Plus tard ce soir-là, après le repas, Élise demanda à Spence d'aller alimenter le feu dans sa chambre. En présence de Maxim, elle pria également le serviteur de poser un verrou sur la porte cachée derrière la tapisserie puis elle se retira dans la solitude de ses appartements, laissant Maxim attablé tout seul dans la grande pièce. Naguère, il aurait apprécié la tranquillité d'une soirée solitaire ; maintenant il trouvait cette solitude oppressante. Il s'était habitué à la compagnie de la jeune femme et, bien que la plus grande partie de leur temps se passât en joutes, il réalisait qu'il appréciait chacun des instants partagés avec elle.

Après le repas, Herr Dietrich avait débarrassé avant de gagner son lit tandis que Fitch et Spence, sentant que tout n'allait pas pour le mieux entre le maître et la dame, vaquaient à leurs corvées sans oser broncher. Alors que Fitch préparait la chambre de Sa Seigneurie pour la nuit, Spence traversa la pièce avec, dans les bras, un chargement de bois destiné à la chambre d'Élise.

Maxim eut tôt fait d'envisager l'alternative qui s'offrait à lui. S'il ne voulait passer le reste de la soirée seul, il lui fallait rechercher la compagnie de la jeune femme. Sans s'arrêter pour prendre sa décision, il se leva immédiatement. Par habitude, il prit son épée, toujours sous la main quand venait le soir, et il suivit Spence jusqu'à la porte d'Élise. Appuyé au chambranle, il regarda le serviteur empiler du bois près de la cheminée. Deux chandelles brûlaient sur la table à côté d'Élise, nimbant son visage de leur douce lumière. D'où il se tenait, Maxim ne pouvait voir le rouge qui lui empourprait les joues ; il savait seulement qu'il souhaitait savourer le doux nectar de sa chair.

Il s'écoula un long silence tandis qu'elle tendait délicatement un morceau de lin sur un cadre de tapisserie.

— Avez-vous l'intention de passer la soirée seule, ou permettez-vous que je me joigne à vous ? demanda-t-il.

Elle leva le nez pour lui signifier sa mauvaise humeur et lui lança un regard glacial.

— Vous ferez ce que vous voudrez, milord. Je puis difficilement vous interdire de circuler dans votre propre maison. (Elle parcourut sa chambre du regard, haussa les épaules et ajouta :) Étant donné son état.

Spence se hâta de filer, jetant un coup d'œil inquiet par-dessus son épaule après avoir dépassé Sa Seigneurie. La jeune femme paraissait toute petite, toute menue derrière le grand corps musculeux du maître. Spence se disait que Lord Seymour s'était toujours conduit en gentilhomme avec les dames, et bien que la jeune fille et lui semblassent fâchés, il n'allait certainement pas laisser libre cours à sa colère comme il l'avait fait le premier jour.

Maxim eut un petit sourire en approchant de la cheminée un fauteuil à haut dossier où il s'installa.

— Je vois que vous ne m'avez pas encore pardonné.

— J'ignorais que vous souhaitiez l'être, milord. Manifestement, vous considériez vos actions comme tout à fait légitimes.

— Du moins vous ai-je épargné un seau entier d'eau glacée, dit Maxim avec un geste désinvolte de la main.

— Humph ! fit Élise en s'appliquant à séparer les fils de sa tapisserie avant de les nouer solidement sur le cadre.

Maxim l'observait, le regard soudain plus doux. Fâchée ou non, elle offrait la séduisante vision de la tranquillité domestique. Il trouvait beaucoup de plaisir à sa présence malgré leur désaccord, plus de plaisir qu'à celle d'aucune autre femme qu'il eût connue. Le souvenir d'Arabella s'était estompé pour n'être plus qu'une ombre dans son passé, et il sut que si jamais Élise lui ouvrait les bras, elle seule compterait désormais.

Maxim essaya plusieurs fois d'amorcer la conversation, mais Élise se cantonna dans un silence obstiné jusqu'à ce qu'il finisse par renoncer. Manifestement, elle était d'humeur boudeuse et continuerait à jouer les offensées jusqu'à ce qu'elle se décide à lui pardonner.

Découragé par les regards noirs de la jeune femme, Maxim s'enfonça dans son fauteuil, étendit ses longues jambes et croisa les pieds sur le rebord surélevé de la cheminée où il pouvait se chauffer. Il posa en travers de ses cuisses son épée dans son fourreau et ferma les yeux, se concentrant sur le souvenir de cet instant où, debout à côté de la baignoire, il avait contemplé la nudité d'Élise. Même si elle refusait de lui parler, il n'avait nulle envie de se retirer dans sa chambre ou de retourner dans la grande salle, du moins pas encore. Il trouvait davantage de plaisir à la voir furieuse qu'à ne pas la voir du tout.

Élise continuait à séparer ses fils tout en regardant subrepticement l'homme qu'elle considérait comme son tourmenteur, celui qui avait ordonné son enlèvement et était responsable de tout ce qu'elle avait connu, celui qui l'avait emmenée en un pays étranger dont elle ne comprenait pas la langue, celui qui s'était introduit chez elle pour trouver une revanche alors qu'elle prenait son bain. Et malgré cela, la présence de cet homme éveillait en elle un trouble étrange chaque fois qu'elle le regardait.

Elle réalisa bientôt que la respiration de Maxim s'était faite plus profonde et régulière. L'idée qu'il pût sommeiller en sa présence la rendit furieuse. Elle se sentit offensée par sa désinvolture. Et plus elle considérait le visage de l'homme, plus elle se considérait comme insultée.

Elle posa son ouvrage, se leva et marcha jusqu'à Maxim, se drapant dans son châle. « Ce balourd ne peut être un seigneur, se dit-elle. Regardez-le donc qui trouve ses aises dans ce taudis, comme s'il n'avait jamais connu autre chose ! »

Élise fit le tour de la pièce du regard. De hautes ombres dansaient sur les murs et le plafond. Une bûche presque consumée s'effondra dans la cheminée, faisant jaillir une pluie d'étincelles. Les flammes diminuèrent et elle eut l'impression qu'un froid insidieux l'envahissait.

— Le mufle pompeux ! lança-t-elle, les dents serrées, en se drapant plus étroitement dans son châle.

Elle s'approcha de la cheminée et jeta une brassée de bois sur les tisons. De nouvelles flammes vinrent fiévreusement lécher les bûches. Élise tourna le dos au foyer et souleva ses jupes, pour se chauffer. Elle en profita pour observer Maxim comme elle n'avait jamais pu le faire encore : ses longues cuisses musclées, ses hanches étroites. Il s'habillait avec beaucoup de goût, sans ostentation ni extravagance. En toute honnêteté, elle n'avait jamais vu pareil visage, pareil corps.

Élise se reprit en voyant où l'entraînaient ses pensées. Elle se redressa, durcit son cœur. Cet homme allait voir, une bonne fois pour toutes !

D'un coup de pied rageur, elle chassa les jambes de Maxim de la cheminée. La rapidité de la réaction du marquis la laissa bouche bée. Il bondit sur ses jambes, le fourreau de son épée alla tinter sur le sol et la lame nue jaillit en un éclair. Il balaya la chambre du regard, n'y découvrant d'autre menace que la mince jeune femme. Il se dressa, rejeta son arme et se planta devant elle.

— Vous vouliez me parler, madame ? demanda-t-il d'une voix neutre.

Élise ne put qu'admirer son calme alors qu'elle essayait d'attiser sa colère.

— Me prêtez-vous toute votre attention, milord ?

— Toute l'attention que je puis prêter à une dame, répondit Maxim avec un sourire malicieux. Et peut-être le regretterez-vous. (Sous son regard insistant, elle finit par rougir.) J'en ai connu dont les manières auraient pu être châtiées par une bonne fessée. Mais je n'ai jamais levé la main sur aucune d'entre elles, malgré mon vif désir, parfois.

— Vous avez un bien curieux sens des convenances, milord. Vous menacez de me punir pour mon offense, mais vous pénétrez chez moi et violez mon intimité comme si tel était votre droit de seigneur et maître.

Maxim remarqua le pouls qui battait sur la gorge d'Élise, puis son regard descendit jusque sur la poitrine que moulait la robe. De nouveau il croisa ses yeux et demanda :

— N'en avez-vous pas fait autant en venant m'agresser pendant que je dormais ?

Avec un mouvement de tête désinvolte, Élise fit quelques pas de part et d'autre de la cheminée, sans se rendre compte du spectacle qu'elle lui offrait avec le feu qui soulignait sa silhouette et mettait de l'or dans ses cheveux. Elle revint se planter devant lui.

— Brûlez-vous vraiment de poser la main sur moi comme si j'étais quelque gamine rétive ? demanda-t-elle, tirant sur les lacets de la chemise de Maxim et lui passant un doigt négligent sur la poitrine, comme pour éprouver les effets de sa coquetterie, curieuse de voir s'il se montrait aussi sensible que Nicholas à son contact. Vous ai-je à ce point offensé ? ajouta-t-elle.

Maxim avait appris à se méfier d'elle et il la regarda, se demandant où elle voulait en venir.

— Oui ! Et il y avait bien offense.

Elle baissa les yeux avec une feinte timidité.

— Était-ce à ce point intolérable que vous souhaitiez me battre pour apaiser votre courroux, milord ?

Ce n'était pas là la peste qu'il avait appris à connaître, mais il continuait de se méfier. Au contact de la poitrine d'Élise contre la sienne, il lutta contre l'ardent désir qui le prenait d'étouffer ses questions sous des baisers brûlants.

— Jamais je ne vous ai voulu le moindre mal, Élise, répondit-il d'une voix rauque.

— *Que dites-vous là!* lança-t-elle, se redressant comme s'il l'avait piquée, le regard furieux. Vos bontés m'ont pourtant été bien pénibles. Ne m'avez-vous pas fait enlever de chez mon oncle ? Ne m'avez-vous pas fait traîner au milieu de la lie d'Alsatia, jeter dans un coffre, transporter sur un navire jusqu'en terre étrangère et retenue prisonnière au milieu d'inconnus ?

Élise martela de ses deux poings la poitrine de Maxim tout en continuant :

— N'avez-vous pas fait de moi votre esclave ?

Maxim tenta de battre en retraite mais il fut arrêté par le lit sur lequel il vint buter. Il s'y laissa tomber lourdement cependant qu'Élise continuait d'avancer, en poursuivant sa litanie, comme s'adressant à un enfant.

— Pour qui me prenez-vous ? Pour une fille à soldats ? Je ne suis pas en campagne ! Et je n'ai aucun goût pour ce tas de pierres où vous semblez vous complaire. Je suis aussi robuste qu'une autre, mais je n'aime guère votre palais des courants d'air. Je crains de quitter mon lit chaque matin. (Elle se calma un peu et ajouta :) En vérité, milord, je préférerais un lit plus chaud et, si possible, une femme pour m'aider.

Elle s'éloigna de lui et, abattue maintenant, resta un

long moment à fixer le feu qui baissait. Elle se retourna enfin et Maxim fut surpris de voir des larmes briller dans ses yeux.

— Je n'exige pas tout le luxe que vous auriez offert à votre très chère Arabella, murmura-t-elle, sa colère retombée. Je ne vous ai pas demandé de me renvoyer chez moi avant le printemps. Je souhaiterais seulement que nous tentions de vivre en paix pendant que nous sommes ici prisonniers ensemble. Je suis lasse de ces joutes, et j'ai beau savoir que vous préféreriez la compagnie de la douce Arabella, nous ne pouvons, ni vous ni moi, porter remède à l'erreur que vous avez commise.

Troublée par son emportement, Élise alla se tenir à côté de la porte ouverte.

— Je vous prie de me laisser maintenant, milord, dit-elle d'une toute petite voix. Je vous souhaite bonne nuit.

Maxim se leva, assailli par des pensées contradictoires, ramassa son épée, la remit au fourreau et gagna la porte, s'arrêtant près d'Élise. Il ne put rien lui dire, car elle eût pris pour un stratagème toute dénégation de son amour pour Arabella. Il quitta donc la pièce.

Les gonds grincèrent légèrement quand Élise referma derrière lui la porte où elle s'appuya avec un profond soupir. A cet instant, elle se sentait bien lasse et bien seule. Il semblait que chaque fois qu'ils se retrouvaient ensemble, elle finissait toujours par jouer les mégères, incapable de passer ne fût-ce qu'une heure avec lui sans lui chercher querelle. Comme s'il la mettait en contradiction avec elle-même.

Une pâle lumière grisâtre annonçait l'arrivée du matin. Élise se réveilla brusquement au bruit d'une porte qui s'ouvrait et se refermait quelque part dans le château. Sortant une main des fourrures, elle tira ses vêtements à elle et les enfila sous les couvertures. Ainsi protégée du froid, elle se leva et se chaussa. Elle s'enveloppa les épaules d'un châle et se hâta d'aller raviver le feu.

Un peu plus tard, le visage et les mains rougis par

la toilette et les cheveux ramenés en un lourd chignon sur sa tête, elle quitta sa chambre et descendit, encore toute contrite par sa fureur de la veille. Que devait-il penser de sa conduite ? Jamais Arabella n'aurait agi de la sorte !

Spence était assis devant la cheminée surélevée, suivant avidement des yeux Herr Dietrich qui sortait des petits pains frais du four jouxtant l'âtre. En la voyant approcher, il bondit sur ses pieds et lui tira une chaise. Il était rare de voir Spence sans son compagnon et Élise s'en inquiéta.

— Dites-moi, Spence, qu'avez-vous fait de Fitch ? Est-il malade ?

— Ne vous souciez pas de lui, madame. Il est parti pour Hambourg avec Sa Seigneurie au petit jour.

Derrière le dos du cuisinier, Spence prit un petit pain et fila, juste à temps pour éviter une louche balancée par Dietrich. Avec un sourire au cuisinier, il s'installa sur un tabouret tout au bout de la table, à l'abri des représailles.

— A Hambourg ? demanda Élise, surprise, se demandant si Maxim, excédé, n'avait pas quitté le château. Va-t-il revenir ?... Je veux dire : vont-ils rentrer bientôt ?

— Je l'ignore, madame. Sa Seigneurie ne m'en a rien dit.

— Après tout, tant mieux. Cela me permettra de rester seule un moment.

Spence, qui dévorait le petit pain, ne remarqua pas son désarroi.

— Oui, c'est sans doute ce que s'est dit Sa Seigneurie en partant.

Élise parvint à sourire.

— Il aura de la chance s'il peut éviter le mauvais temps. Le ciel gris n'annonce rien de bon.

Comme pour en porter témoignage, un épais brouillard s'abattit sur la campagne cet après-midi-là, voilant les lointaines collines jusqu'à ne laisser subsister que de vagues formes sombres. Parfois même elles disparaissaient totalement. En regardant par sa fenêtre, Élise avait la sinistre impression qu'elle et le château se trouvaient abandonnés au sommet de quelque pic dans un univers hostile et que jamais elle ne reverrait l'Angleterre. Pour chasser ces pensées de son esprit, elle se lança dans un vigoureux nettoyage de la chambre de Maxim. Elle mit de l'ordre dans son vestiaire et lissa les pourpoints de velours en les rangeant. Le désordre de la pièce laissait deviner qu'elle était celle d'un homme habitué à abandonner ces tâches à des serviteurs.

De temps à autre parvenaient à Élise les échos d'un air fredonné par Herr Dietrich ou les vigoureux coups de marteau assenés par Spence dans l'écurie. Des bruits qui la rassuraient, mais les heures se faisaient longues depuis le départ de Maxim, et il devint pénible de les remplir. Elle était surprise par l'impression de vide qui pesait sur le château, comme si la présence du maître lui donnait vie. Et, bien qu'elle essayât de le nier, elle commençait à se rendre compte qu'elle s'était accoutumée à sa compagnie et qu'il lui manquait quand il n'était pas là.

Tard dans l'après-midi, Spence passa la porte, semblant inquiet. Il traversa rapidement la grande pièce pour aller prendre son arc et un carquois.

— Que se passe-t-il ? demanda Élise, inquiète elle aussi.

— N'ayez crainte, madame. J'entends seulement des voix inconnues sur le chemin et j'ai pensé que mieux valait être prudent, avec tous ces voleurs et ces vagabonds qui traînent dans les collines.

Après avoir fait signe à Herr Dietrich de replacer la barre sur la porte, derrière lui, Spence se glissa dehors et traversa la cour. Tandis que le cuisinier refermait, Élise grimpa dans sa chambre et, ouvrant la fenêtre, regarda Spence gagner le rempart à côté de la grille. Elle entendit, au loin, les sabots de plusieurs chevaux arrivant sur le chemin enneigé, puis un appel étouffé, qui sonnait bizarrement. Quels que soient les brigands qui parcouraient ces plaines désolées, l'unique défenseur du château aurait besoin d'aide pour repousser leur attaque car apparemment ils arrivaient en force.

Par-dessus le mur ébréché, elle pouvait voir la ligne vague et plus sombre de la crête. Une ombre se déplaça dans la brume, qui ressemblait à un fantomatique cavalier. Et derrière lui un autre. Derrière encore, une ombre plus grande se métamorphosa en charrette tirée par des bœufs. Puis un second véhicule apparut.

Un petit cri s'échappa d'Élise quand son regard revint au cheval de tête dont elle reconnut l'allure caracolante. En voyant la haute et droite silhouette du cavalier, elle comprit, aux battements de son cœur, qu'elle ressentait plus que du soulagement.

« Maxim est de retour ! » se dit-elle, et cette pensée l'emplit de joie.

Elle releva ses jupes, se précipita hors de sa chambre et dégringola les escaliers pour aller retirer la lourde barre de la porte. Le temps qu'elle arrive sur le seuil, Maxim et Fitch étaient dans la cour. Suivait une charrette pleine de barriques, de caisses à claire-voie contenant des poulets et une paire de petits canons. Sur le siège, à côté du conducteur, se tenait une grosse femme solidement bâtie, drapée dans un manteau à capuchon. Dans l'autre charrette étaient empilés des planches, deux grands coffres, des coupes de tissu, des matelas de plume roulés et enveloppés de toiles pour les protéger des intempéries. Une femme plus âgée, bien tenue et vêtue, avait pris place à côté du conducteur et tenait sur ses genoux une boîte recouverte de tapisserie. Et, derrière, arrivaient toutes sortes d'animaux : une vache, un petit troupeau de moutons conduits par un homme portant un grand bâton, avec un chien à longs poils qui gambadait à côté de lui.

Maxim descendit de cheval et lança les rênes à Fitch avant de gagner la porte. Il retira ses gants et s'arrêta devant Élise.

— Ainsi que vous l'avez demandé, madame, dit-il, souriant et montrant les inconnus d'un geste de la main, voici des maçons et des charpentiers pour m'aider aux réparations, une femme pour faire le ménage, une autre pour manier l'aiguille quand nécessaire, des animaux pour la viande et un garçon pour s'en occuper.

— Mais comment payer tout cela ? demanda Élise, confuse.

— Nicholas m'a prêté de l'argent sur les biens du marquis de Bradbury. D'aucuns le jugeraient fou, mais il a manifestement confiance en mon retour en grâce auprès de la reine.

— Que faites-vous d'Edward et de ses mensonges ? murmura-t-elle.

— Je n'ai guère pensé à lui ces derniers temps, répondit-il, chassant délicatement une boucle rebelle de la joue d'Élise. Peut-être ma haine pour lui s'apaise-t-elle avec l'agréable présence de sa nièce.

Elle se sentit pleine de gratitude, mais alors qu'il était si élégant, avec son manteau doublé de fourrure, son pourpoint de velours, ses fines bottes de cuir, elle ne pouvait ignorer la façon dont *elle* était vêtue. Elle se frotta la joue, où Maxim avait posé la main, y étalant davantage encore la poussière récoltée lors de ses travaux.

— Vous vous êtes montré bien généreux, milord, dit-elle.

Les deux femmes arrivaient, suivies par Fitch avec leurs bagages. Élise leur tint la porte. La plus âgée eut un sourire aimable, mais l'autre arbora un air pincé. Elle s'arrêta à quelques pas d'Élise, jeta sur l'intérieur un regard circulaire et méprisant puis se tourna pour considérer la jeune femme avec tout autant de dédain.

Fitch se trouvait confronté à la tâche délicate de faire franchir la porte à son corps rondelet en même temps qu'aux bagages. Après plusieurs vaines tentatives, il décida de passer en biais et jaillit comme un bouchon d'un flacon de vin fermenté. Malgré tous ses efforts pour les retenir, les bagages s'écroulèrent.

— Oh, regarde donc ce que tu as fait, espèce de balourd ! gronda la grosse femme avec un léger accent allemand et un geste impérieux à Élise pour qu'elle aide Fitch. Allons, ma fille, lui lança-t-elle, ne lambinez pas ! Aidez-le et conduisez-nous à nos chambres !

— Non, madame ! Je vous en prie ! cria Fitch, paniqué.

— Madame ? répéta la grosse femme, sceptique, regardant des pieds à la tête Élise qui en rougit d'humiliation mais ne trouva rien à répliquer, bien consciente qu'avec ses pauvres vêtements on pouvait s'y tromper.

Maxim fit les présentations.

— *Frau* Hanz, voici votre nouvelle maîtresse... Madame Radborne.

— Alors... commença la femme avec un regard dédaigneux sur la robe de laine usée — ce n'est pas la marquise ?

Maxim fut irrité du sourire de mépris qui se lisait sur le visage épais de Frau Hanz.

— J'ai loué vos services pour vous occuper de la maison, Frau Hanz, et vous devrez faire tout ce que vous commandera madame Radborne. Si cela ne vous convient pas, vous pourrez partir dès demain. Je vous ferai reconduire.

La femme se raidit sous la réprimande et elle finit par répondre :

— *Entschuldigen Sie, mein Herr.* Je ne voulais offenser personne.

— Veillez à ne pas recommencer à l'avenir, conseilla Maxim qui ajouta, avec un brusque signe de tête à Fitch : Montrez leurs chambres aux femmes.

Dans le silence qui suivit leur départ, il regarda Élise qui paraissait figée.

— Il n'est pas facile de trouver de bons domestiques en si peu de temps, murmura-t-il. Si vous n'êtes pas satisfaite de Frau Hanz, nous pouvons la renvoyer.

— Je dois vous prier de m'excuser, dit Élise, réalisant qu'elle tremblait.

Elle fila vers les escaliers avant qu'il ne puisse répondre.

Il la suivit des yeux, confus. Il avait remarqué le bouleversement de son visage et il le comprenait, mais pour quelque obscure raison il avait le sentiment qu'elle le tenait pour responsable de tout cela.

Il la rattrapa sur la troisième marche, la retint et la tourna doucement vers lui. Il vit ses yeux pleins de larmes qui refusaient de croiser les siens.

— Je vois qu'il ne s'agit pas d'un simple agacement, souffla-t-il. Qu'y a-t-il ?

— Vous... vous m'avez fait honte, milord, sanglota-t-elle.

— Comment cela ? demanda-t-il sans pouvoir s'empêcher d'être brusque.

— N'avez-vous pas compris ce qu'elle a pensé de moi ?

Maxim ne discuta pas.

— Je sais que je vous ai gravement compromise, mais à part vous épouser, Élise, je ne puis faire davantage. Nous pouvons renvoyer Frau Hanz aussi facilement que nous l'avons amenée ici. Il vous suffit de le demander.

— Elle m'a regardée... comme un être répugnant, dit Élise, baissant les yeux sur sa robe et la tirant entre ses doigts, écœurée. Et c'était tout à fait légitime. Je... j'ai l'air d'une... femme de ménage, ajouta-t-elle en reniflant et s'essuyant les joues d'un revers de main. Comment puis-je regarder les domestiques que vous avez amenés ici ainsi vêtue, sans parler d'aller à Lübeck avec Nicholas ?

Maxim se rembrunit. Ainsi c'était cela ! Nicholas ! Elle voulait paraître à son avantage devant lui.

— Vous avez accepté son argent pour payer vos vêtements. Qu'ai-je à y voir maintenant ?

Élise leva les mains, suppliante.

— Je suis arrivée ici avec de l'argent qui m'appartenait, caché sous mes jupes, et je l'ai confié à Nicholas. Je n'ai accepté rien d'autre de lui. La bourse que vous m'avez remise a été investie auprès des banquiers pour porter intérêt. Nicholas peut justifier la moindre pièce.

Maxim, les mains dans le dos, la considéra, le visage fermé, comme s'il cachait une surprise jusqu'à l'ultime instant.

— Ah, les femmes, murmura-t-il. Jamais je ne les comprendrai. Elles me causent grande peine et me déconcertent davantage encore. Vous auriez pu m'expliquer tout cela alors que vous m'avez laissé croire que vous preniez l'argent de Nicholas et le mien.

— Laissez-moi regagner ma chambre avant le retour de Frau Hanz. Je n'aimerais pas qu'elle nous voie ainsi.

— Encore un instant, Élise. Je voudrais vous montrer que lorsque Frau Reinhardt juge qu'on est digne de son attention on est très vite servi. (Il remarqua qu'Élise fronçait les sourcils, perplexe, et eut un petit sourire.) Les robes sont prêtes et je vous les ai rapportées. A votre place, je me hâterais de monter dans ma chambre et je m'apprêterais à les recevoir...

Un petit cri l'interrompit et soudain Élise se dressa sur la pointe des pieds et lui lança les bras autour du cou, l'attira à elle et lui baisa la joue.

— Oh, merci, Maxim. Merci, murmura-t-elle à son oreille et, avant qu'il ait pu refermer les bras autour de sa taille, elle se dégageait et filait dans les escaliers.

— Frau Reinhardt a dépêché la couturière pour s'assurer que les robes sont à la bonne taille, lui lança Maxim, avant d'entendre la porte de la chambre d'Élise se refermer.

Il redescendit et alla se chauffer les mains à la cheminée. Le souvenir du visage radieux de la jeune femme le réchauffa davantage que n'auraient pu le faire tous les feux de la terre.

Élise se réveilla brusquement, le corps baigné d'une sueur glacée, encore dans les brumes d'un cauchemar où elle avait vu son père enfermé en un lieu sombre et sinistre, les mains et les pieds enchaînés. Sa prison était défendue par des barreaux scellés dans un mur de pierre. Des yeux immenses et transparents comme un voile fin se superposaient à cette vision, des yeux dont Élise avait eu l'impression qu'ils la fixaient, profondément tristes, et qui l'avaient tirée de son sommeil.

Agitée maintenant, elle quitta le confort du matelas de plume et le recouvrit avec les fourrures pour lui conserver le plus de chaleur possible jusqu'à son retour. Elle passa sur son corps une longue robe de chambre de velours et une paire de mules, sans prêter grande attention à ce luxe dont elle disposait maintenant. Qu'importaient ces vêtements alors que son père connaissait peut-être de terribles souffrances ?

Le feu était bien bas et elle plaça quelques bûches sur les tisons avant de tirer une chaise et de poser les pieds sur le rebord de la cheminée, dans l'espoir d'apaiser son esprit.

Elle ne put s'empêcher de passer en revue les événements des semaines écoulées, dans tous leurs détails. Bientôt les images de Maxim dissipèrent sa tristesse. Il s'était montré un soupirant irrésistible par ses manières et son charme. Il avait cajolé, choyé, taquiné, séduit. Pour la première fois de sa vie, Élise était courtisée par un homme suffisamment mûr pour savoir ce qu'il faisait, un homme sûr de lui et de ses pouvoirs de séduction. Un léger effleurement de ses longs doigts minces sur son bras ou sa joue provoquait chez elle un vertige qui l'étourdissait.

L'époque de l'Avent était arrivée puis passée et les maîtres comme les serviteurs avaient bien festoyé. Frau Hanz elle-même avait ri une ou deux fois en écoutant les récits drôles que chacun racontait autour de l'âtre. En privé, Maxim avait offert à Élise un luxueux coffret à bijoux et lui avait demandé d'une voix douce et un peu rauque de n'y mettre que les cœurs qu'elle aurait conquis. Élise se souvenait parfaitement de l'émoi et de la tiédeur ressentis quand il lui avait baisé les doigts.

L'un et l'autre avaient été occupés à diverses tâches ; elle à instruire Frau Hanz de ses devoirs, lui à diriger les travaux de réparation des menuisiers et charpentiers. On avait demandé à la couturière des tentures pour la chambre d'Élise, assez lourdes pour empêcher les courants d'air de passer. On avait disposé des tapis sur le sol, aux endroits où l'on se tenait le plus, et l'on avait recouvert les fauteuils de tissus de laine.

La chambre d'Élise avait pris un aspect douillet grâce aux rideaux de velours des fenêtres. Les nouvelles tentures du lit ajoutaient une note chaleureuse et il était devenu presque agréable de se glisser sous les édredons de duvet avant de sombrer dans le sommeil. Même la baignoire de cuivre, dans son coin sombre, resplendissait maintenant après avoir été sérieusement astiquée.

Avec l'amélioration du temps, Élise ressentait un sentiment croissant de sécurité. Elle ne craignait plus, maintenant, la tombée de la nuit. En outre, les petits canons apportés par Maxim trônaient sur les murs de façade et la herse, désormais dotée de chaînes, pouvait être baissée derrière la grille nouvellement réparée.

Les semaines écoulées n'en avaient pas moins été irritantes pour elle. Les nombreuses heures passées en compagnie de Maxim dans le confinement du château de Faulder avaient commencé à éroder les défenses naguère solides de la jeune femme. La chaleur et la gentillesse du maître des lieux provoquaient un changement en elle qui ne présageait rien de bon pour sa volonté faiblissante. Jamais elle n'avait ressenti le besoin de la compagnie d'un homme comme maintenant avec Maxim. Elle prenait plaisir à être avec lui, à être l'objet de ses attentions. Son esprit se mettait à vagabonder dès que son regard tombait sur lui et elle enregistrait les moindres détails de ce corps grand, musclé, séduisant. Souvent elle baissait les yeux, les joues brûlantes, pour tenter de cacher sa fascination croissante, mais son imagination refusait de s'arrêter aux vêtements du marquis. Tout ce qu'elle avait découvert, en impudique qu'elle était, elle désirait le revoir.

Élise quitta la cheminée pour aller et venir dans la pièce. Elle n'était pas la seule à se sentir ainsi tenaillée, car plusieurs fois Maxim n'avait pas caché qu'il la désirait comme un homme désire une femme. Elle s'y était toujours refusée, mais de plus en plus souvent son envie refoulée revenait la hanter, l'empêchant, comme en ce moment, de trouver le repos.

Ses yeux se tournèrent, comme attirés, vers la tapisserie. Elle pensait savoir, maintenant, sur quoi s'ouvrait la porte et elle se sentit piquée par une vive curiosité. Quel meilleur moment pour éclaircir ce mystère que lorsque Maxim dormait ? Il ignorerait tout.

Elle alluma une chandelle et, bien décidée, se glissa derrière la tapisserie, prenant soin de ne pas la brûler. Doucement, elle tira le verrou que Spence avait fixé à la porte, libéra le panneau et l'ouvrit avec précaution.

Soulevant haut la chandelle pour s'éclairer, Élise avança dans l'étroit passage derrière la cheminée et gagna l'escalier abrupt. Tâtant chaque marche du pied, elle grimpa doucement jusqu'à un petit palier barré par une porte fermée d'un verrou. Elle baissa sa chandelle pour l'éclairer et le libéra. Le panneau pivota doucement, sans le moindre bruit. Elle franchit le seuil et entendit la respiration lente et régulière de Maxim en train de dormir. Le feu, qui était tombé, donnait davantage d'ombres que de lumière tandis que les lourdes draperies de velours plongeaient le lit dans l'obscurité.

Élise, les nerfs tendus, avança jusqu'au baldaquin. On ne pouvait s'y tromper : c'était bien la tête aux cheveux fauves du seigneur de Faulder, couché sur le côté gauche, ses hanches étroites à peine couvertes par les fourrures. Une méchante cicatrice violacée lui marquait le dos, rappelant à Élise les fois où, fugitivement, elle l'avait vu grimacer et s'étirer, comme aux prises avec quelque élancement douloureux.

Elle se sentit soudain pleine de compassion à la pensée de ce qu'il avait dû souffrir quand Fitch et Spence l'avaient tiré des profondeurs boueuses du fleuve. Selon Nicholas, il avait été bien près de perdre la vie et toute l'Angleterre avait été convaincue de sa mort. Élise était bien heureuse qu'il n'en fût rien.

Elle retint son souffle pendant que Maxim s'agitait dans son sommeil et se tournait sur le dos avec un long soupir, étendant un bras au-dessus de la tête, le visage légèrement de profil. Elle n'osait bouger ni respirer mais laissait son regard divaguer. Lentement, ses yeux descendirent sur la poitrine, la taille fine, le ventre ferme et plat. L'ombre d'une autre cicatrice barrait les côtes sur le côté gauche et, curieuse de savoir jusqu'où elle allait, Élise se pencha sur le lit, le rose aux joues.

Soudain de longs doigts nerveux se refermèrent sur son bras. Elle poussa un petit cri et se sentit basculer par-dessus l'homme étendu. Maxim roula sur le côté, l'attirant contre lui, la retenant d'un bras ferme autour de la taille. Un instant étourdie, elle essaya de dévisager son assaillant tandis que la lueur de la cheminée nimbait d'une lumière dorée une tête, la courbe d'une épaule solide et, plus bas, un flanc nu et une jambe que recouvrait la robe de chambre ouverte d'Élise. Elle distingua la blancheur des dents et, malgré l'obscurité, crut deviner un sourire avide.

— Quoi ? Pas de seau d'eau glacée ? N'avez-vous rien apporté pour me tirer de mon lit ?

— Lâchez-moi, souffla Élise, tentant de repousser la poitrine nue de Maxim et se débattant pour se relever.

— Pas encore, murmura-t-il alors qu'il glissait son bras gauche sous la nuque de la jeune femme et approchait son visage.

Élise détourna la tête mais il la ramena face à lui et la retint dans l'étau de ses bras. Il prit tout son temps, posant des baisers légers sur ses lèvres, éveillant insidieusement sa passion. Elle cessa bientôt de s'agiter et s'apaisa sous la douceur persuasive de Maxim dont les lèvres s'ouvrirent, se firent plus insistantes. Élise se sentit soudain grisée et, devinant ce changement, il devint plus ardent encore. Sa bouche descendit sur la gorge de la jeune femme qui laissa échapper un soupir. Sa robe glissa, dégageant ses seins nus caressés par une main avide, par la tiédeur de lèvres douces et humides qui lui coupèrent le souffle de plaisir.

Une bûche s'écroula dans la cheminée avec un crépitement d'étincelles, ramenant Élise sur terre. Elle ouvrit les yeux, repoussa Maxim d'une secousse et parvint à quitter le lit, se souciant peu du prix payé par sa pudeur, le bas de sa robe s'étant complètement ouvert. Elle reprit sa chandelle, courut jusqu'à la porte, l'ouvrit, la claqua derrière elle puis dégringola les escaliers, faisant trembler la flamme de son chandelier. Une fois dans sa chambre, elle boucla la porte derrière la tapisserie et tomba à genoux devant la cheminée, tremblant de tous ses membres sans que le froid en fût responsable. Comment sa passion avait-elle pu la changer ainsi ?

De l'autre côté du panneau, on gratta doucement.

— Élise ? Ouvrez-moi.

Elle se glissa sous la tapisserie et, le front appuyé contre le bois, elle le supplia :

— Maxim, je vous en prie, partez.

— Je vous veux. J'ai besoin de vous.

Ce n'était qu'un murmure, mais il parut retentir comme un cri dans l'obscurité.

Malgré le froid, Élise se sentait brûlante et ses mains tremblaient.

— Partez, Maxim. Laissez-moi. Oubliez que je suis jamais venue.

Elle entendit un petit rire de dérision.

— Oublier que j'ai un cœur qui bat la chamade ? Une main qui ne cesse de trembler ? Un désir d'homme qui n'est pas apaisé ? Voulez-vous donc que j'aille en chercher une autre ?

— *Non!* lança-t-elle sans pouvoir s'en empêcher.

Et elle se mit à sangloter, le cœur douloureux de ce qu'elle venait d'entendre. Elle ne voulait pas céder déjà à leur passion brûlante. Ils avaient encore tant de choses à se dire.

15

Le capitaine de la Hanse arriva au château de Faulder, toujours aussi enjoué. En apercevant Élise, il lui fit un grand signe de la main.

— Oh, oh ! Que vois-je ? Une belle dame devenue plus radieuse encore sous les cieux du Nord ? Dites-moi donc ce qui a provoqué cette métamorphose ? Est-ce la nouvelle robe que vous portez ? *Nein*, je crois qu'il y a autre chose. Je gagerais que le froid vif a mis une étincelle dans ces yeux et des couleurs sur ces joues. (Il se pencha et ajouta, avec un petit rire malicieux :) Vraiment, *vrouwelin*, on pourrait croire que vous êtes heureuse ici.

— Et on pourrait croire à vous entendre, capitaine Von Reijn, que vous avez la langue bien pendue d'un Irlandais, répondit Élise avec un ensorcelant sourire, posant la main sur le bras de Nicholas. En fait, ce froid ravive mon teint et votre aimable compagnie réchauffe mon cœur. Nous vous souhaitons la bienvenue au château de Faulder.

— Vous êtes aussi gracieuse que belle, *vrouwelin*.

Maxim ne pouvait qu'opiner aux observations de son ami. Il semblait que chaque jour la beauté d'Élise se faisait plus exquise. Ce soir, elle était particulièrement éblouissante dans sa robe noir et or, choisie pour faire honneur à leur hôte. Une fraise de dentelle ornait sa gorge fine et des chaînes d'or entrelacées de perles et de pierres précieuses, cadeau de Nicholas, pendaient à son cou. Ses lourds cheveux auburn avaient été ramenés en un haut chignon sur la tête, lui donnant un port de reine qui avait même impressionné Frau Hanz.

Devant tant de beauté, Nicholas se livrait à une cour assidue. C'était là un rôle que Maxim ne prisait guère. Il lui était extrêmement difficile de jouer les spectateurs désintéressés et d'ignorer les affres de la jalousie. S'il n'avait été assez stupide pour autoriser Nicholas à faire sa cour, il se serait lui-même empressé avec ferveur.

— Herr Dietrich a consacré sa journée à vous préparer un vrai festin, capitaine, dit Élise, montrant la table. Il n'attend que votre bon plaisir.

— Quelqu'un a lu dans mes pensées, répondit Nicholas avec un grand sourire, les doigts passés dans sa luxueuse ceinture.

— C'était inutile, capitaine. Nous connaissons votre goût pour la bonne chère.

On se mit à table et le temps passa agréablement. Beaucoup plus tard, Frau Hanz débarrassa les derniers plats tandis que Herr Dietrich préparait un plateau de douceurs à servir avec du vin chaud et épicé. Nicholas s'installa dans un lourd fauteuil mais Maxim demeura à table, observant avec quelle grâce Élise servait le vin.

— Vous êtes d'une beauté exquise et incomparable dans votre nouvelle robe, chanta Nicholas, l'œil étincelant de plaisir tandis qu'elle le servait en vin chaud. (Puis, s'adressant à Maxim, resté impassible :) Je ne sais si je puis continuer à me fier à vous alors que vous avez un tel spectacle sous les yeux, mon ami.

Élise croisa le regard de Maxim et ne put résister à une pique.

— Je doute que Sa Seigneurie remarque même mon existence. Il a l'esprit si plein du souvenir d'Arabella.

— Maxim n'a pas vécu assez longtemps dans ces pays du Nord, dit Nicholas qui se leva pour aller remplir son gobelet. Les nuits froides tendent à réchauffer le cœur de l'homme et à le rendre plus réceptif à la présence d'une dame. Cela devient... euh... une question de survie... mais Sa Seigneurie a bien montré qu'elle avait la volonté de survivre.

— N'est-ce pas le cas de chacun d'entre nous ? demanda Élise avec un sourire énigmatique.

— Certes, *vrouwelin ! Im Leben bleiben !* On ne peut connaître le courage d'un homme tant qu'il n'est pas mis à l'épreuve. Face au danger, certains tournent les talons tandis que d'autres font face et se battent. J'ai toujours été prêt à me battre, mais j'aime aussi la vie et les femmes. Dieu seul sait ce que je ferais face à la mort. Alors, comment connaître la vérité avant cette mise à l'épreuve ? Avec mon ami, c'est différent. Il a affronté l'ennemi et l'a vaincu.

Maxim eut un petit sourire désabusé.

— J'ai aussi fui pour sauver ma vie. Mais les gardes ont bien failli y mettre un terme avant que j'échappe à leurs bons soins.

Nicholas se cala dans son fauteuil et croisa ses doigts sur sa poitrine.

— Vous ne dites rien de votre vaillance, mon ami, et vous plaisantez sur votre évasion. Bien peu cependant ont échappé aux hommes d'Élisabeth et sont encore là pour en badiner.

— Et vous, vous exagérez, dit Maxim avec un haussement d'épaules désinvolte. J'ai perdu le renom que j'ai pu avoir au service d'Élisabeth et on m'a dépouillé de mes biens et de mon honneur.

— De vos biens, peut-être, précisa Nicholas. Mais pas de votre honneur.

— Je crains qu'Élise ne partage pas votre avis. Elle considère que l'honneur n'existe pas chez les brigands ou les vagabonds.

— Sans doute, milord. Les pirates, brigands et ravisseurs n'ont pas plus d'honneur que les plus vils rebuts, dit Élise. Mais je suis encore ignorante de ce qu'un homme peut faire par amour ; peut-être changerai-je d'avis un jour. Vous êtes allé très loin pour avoir Arabella près de vous. (Elle s'approcha de Maxim jusqu'à le toucher, leva sur lui un regard faussement innocent et osa le piquer :) Votre dévotion pour elle était bien la seule raison de votre projet d'enlèvement, n'est-ce pas, milord ?

Maxim sentit son pouls s'accélérer du fait de la proximité d'Élise. Au cours de ces derniers jours, il avait réalisé qu'elle pouvait, d'un regard, d'un frôlement ou d'un sourire, éveiller en lui les désirs les plus fous, et cela sans paraître s'en rendre compte. Ou était-il assez bon pour croire qu'elle n'était pas née avec les ruses d'une tentatrice ?

— Vous avez perdu votre langue, milord ? Vous ne pouvez parler ! Êtes-vous offensé ? demanda-t-elle.

Maxim se contenta d'un demi-sourire équivoque.

— Oh, vous *êtes* d'humeur rêveuse, observa-t-elle.

— Curieux que vous me disiez cela.

Élise se mit à rire avec un mouvement de tête cavalier.

— Je ne vois pas ce que vous voulez dire, milord, répondit-elle, feignant l'innocence. (Elle approcha le plateau qu'elle tenait et proposa :) Voulez-vous une douceur ?

Maxim croisa son regard, sans un geste vers le plateau, les bras toujours sur la poitrine. Il connaissait maintenant sa malice, mais jouait-elle ainsi avec lui pour le simple plaisir, ou s'agissait-il des manières d'une femme devenant peu à peu amoureuse de son prétendant ? Il faudrait s'en assurer.

— De fait, madame, je me sens assez rêveur ces temps-ci.

Élise, envahie par une délicieuse chaleur, dissimula pourtant ce qu'elle ressentait. Elle comprit parfaitement le sous-entendu et demanda :

— Lequel puis-je vous offrir, milord ?

— Celui que vous voudrez. Il sera pour moi le plus doux, murmura-t-il d'une voix suave comme une caresse qui amena le rouge aux joues d'Élise.

La banalité de l'échange n'avait pas appelé l'attention de Nicholas. Élise choisit une minuscule tarte aux fruits et la tendit au marquis. Là encore, Maxim ne bougea pas, continuant à fixer la jeune femme de son regard brûlant, avant de se pencher et d'ouvrir la bouche pour recevoir la friandise. Élise la porta à ses lèvres et son cœur s'accéléra en sentant la rapide caresse de la langue de Maxim sur ses doigts avant qu'il ne referme la bouche. Caresse furtive mais qui lui fit mesurer le danger qu'il y avait à vouloir s'amuser à ces petits jeux avec lui.

— J'oublie notre hôte ! s'écria-t-elle, détachant son regard des yeux verts et parvenant à émettre un petit rire en arrivant devant Nicholas. Lequel vous tente, capitaine ?

Nicholas choisit soigneusement une friandise et la dégusta avec son habituel plaisir. Après quoi il se tourna vers Maxim et leva son gobelet.

— Peut-être vous morfondez-vous sur la perte d'Arabella, mon ami, mais, personnellement, je suis heureux de l'échec de vos plans. Sans cela, jamais je n'aurais connu Élise, ce qui eût été un grand malheur pour moi. Quant à votre sottise, puisse-t-elle vous apporter un jour autant de plaisir qu'à moi.

Maxim leva son gobelet avec un petit signe de tête en remerciement du toast.

— Que la Providence nous soit clémente à tous.

Nicholas vida son gobelet d'un coup, le reposa et poussa un soupir de profonde satisfaction.

— En fait, la Providence s'est montrée assez bonne pour moi ces temps-ci, dit-il en tirant de sa poche un petit brin de verdure fanée qu'il leur montra. Regardez donc ce que j'ai pu avoir par un Anglais en visite à Hambourg.

— Qu'est-ce que c'est ? demanda Élise, s'approchant pour mieux voir.

— Du gui.

— Pour quoi faire ?

— Bien des choses, m'a-t-on dit, répondit Nicholas qui attacha un ruban à la branche de gui avant de grimper sur un banc et de le suspendre à une poutre. Les druides prétendaient que le gui avait des vertus médicinales, notamment comme remède contre les poisons.

— Quelle curieuse idée, Nicholas ! s'exclama Élise, fâchée. Vous ne pensez tout de même pas qu'on va vous empoisonner ici, surtout après avoir fait grand honneur à la cuisine de Herr Dietrich.

— Pas le moins du monde. En fait, quand on se tient dessous, le gui peut permettre de connaître une expérience des plus intéressantes.

Élise s'avança jusque sous la branche et jeta au capitaine un regard sceptique.

— Êtes-vous certain de n'avoir pas eu affaire à un charlatan, Nicholas ? Je ne ressens rien.

— Vous ne serez pas déçue, assura Nicholas. Pline l'Ancien a parlé des bienfaits du gui il y a bien longtemps déjà. Vous savez qui il était ?

— Êtes-vous certain qu'il ait existé ? Sa réputation est peut-être aussi farfelue que les vertus qu'il prête au gui.

— Oh, il a bien existé, dit Maxim en se levant. Ce bonhomme vivait il y a... environ quinze cents ans. Son fils adoptif fut un des consuls de Rome vers la fin du premier siècle.

Nicholas lui adressa un petit salut admiratif.

— Vous connaissez bien votre histoire, mon ami.

Maxim eut un geste désinvolte.

— Mes précepteurs ont souvent eu recours aux lettres de Pline le Jeune pour m'apprendre l'histoire de Rome. Mais je dois avouer mon ignorance en ce qui concerne le gui.

— La vérité se mêle étroitement à la superstition, répondit Nicholas. Les druides ont largement contribué à répandre bien des contes. Par exemple, l'agréable coutume de s'embrasser sous le gui a fait naître la légende selon laquelle un tel geste conduit inévitablement au mariage. Y croiriez-vous si je vous embrassais ?

Sans lui laisser le temps de répondre, Nicholas la prit dans ses bras et lui posa un baiser avide sur les lèvres, sans se soucier de Maxim qui bondit, fort mécontent, puis se reprit. Le capitaine la lâcha et sourit à son regard stupéfait.

— Ce fut pour moi une expérience des plus agréables, *vrouwelin,* sinon pour vous. Voudriez-vous considérer que nous sommes fiancés ?

— Certainement pas ! lança Élise, le rouge aux joues, gênée. Je suis tout à fait capable de décider seule sans qu'il soit utile de recourir à la ruse ou à un piège... ce que vous venez de faire.

Nicholas s'inclina devant elle de façon ostentatoire.

— C'est une friandise que je vais emporter sur mon oreiller pour y rêver, *vrouwelin. Ja*, il se fait tard et je dois vous presser d'aller au lit si nous voulons partir pour Lübeck avant l'aube. Nous aurons besoin de repos. Je vous souhaite *gute Nacht* à tous les deux.

Avec un petit signe à Maxim, Nicholas traversa la salle et grimpa rapidement les escaliers.

Encore furieuse de la bouffonnerie du capitaine, Élise le suivit des yeux avant de se rendre compte que Maxim était tout près d'elle. Elle retint son souffle tandis que les longs doigts minces glissaient sur son bras avant de lui prendre doucement mais fermement le coude. Son pouls s'accéléra et elle se retourna pour voir le sourire bizarre de Maxim.

— Nous devons respecter la tradition, non ? fit-il doucement, montrant le gui au-dessus de leurs têtes.

Et, sous la boule accrochée par Nicholas, il posa ses lèvres entrouvertes sur celles d'Élise en une lente caresse qui la laissa sans résistance, les jambes molles et l'esprit plein des tourbillonnants souvenirs de ce qu'elle avait déjà connu sur le lit de cet homme.

Quand la bouche de Maxim quitta la sienne, elle soupira, comme sortant d'un rêve agréable. Elle ouvrit les yeux, le regarda. Puis elle se dressa sur la pointe des pieds et lui passa les bras autour du cou, surprenant Maxim. Le baiser qu'elle lui donna lui troubla l'esprit comme quelque fort breuvage. Il l'enlaça et goûta pleinement sa tiédeur et sa passion. Il pouvait sentir, pressés contre lui, ses seins dont les pointes se durcirent quand il lui caressa le dos.

Soudain, ils entendirent près de la cheminée quelqu'un pousser un « Humph ! » vigoureux et méprisant. Élise se détacha de Maxim, soudain gênée. Elle avait oublié la présence des serviteurs.

— Frau Hanz, dit Élise de nouveau très digne, je ne suis pas contente de vous. J'ai dressé une liste de ce que vous deviez faire en mon absence. A mon retour, j'entends que cela soit fait. Sans quoi il vous faudra aller chercher du travail ailleurs.

Si Frau Hanz espérait quelque parole du maître des lieux qui contredirait les ordres de la jeune femme, elle fut déçue. En gardant le silence, Maxim donnait son approbation à l'ultimatum. Ne trouvant aucun soutien, la femme se tourna vers Élise, très raide.

— Comme vous voudrez, madame.

— Je vois que nous nous comprenons, dit Élise presque aimablement. Reste cependant une dernière question.

— Laquelle, madame ?

— Celle de vos manières. Elles sont détestables.

— J'ai toujours essayé de me conduire comme l'exige ma condition, répondit la servante, hautaine. Si cela vous a offensée, j'en suis désolée.

Élise croisa calmement le regard glacial de Frau Hanz.

— Je vous conseillerai de songer à les améliorer en mon absence. Dans le cas contraire, nous devrons nous séparer de vous.

— Nous ? fit la femme, regardant le marquis. Milord, êtes-vous d'accord ?

— Évidemment.

— Eh bien ! s'exclama la servante, fâchée, je suppose que je n'ai d'autre choix que d'obéir ou d'être renvoyée.

— C'est exactement cela, Frau Hanz, confirma Maxim.

— Si c'est tout, milord, je voudrais retourner à mes devoirs... pour me rendre utile.

Maxim se tourna vers Élise pour quêter son accord, renforçant ainsi son autorité. Elle eut un petit signe de tête, reconnaissante de son soutien.

Frau Hanz retourna à ses occupations mais quelques instants plus tard à peine elle essaya de passer son humeur sur Herr Dietrich, qui n'était pas homme à se laisser faire. Il s'ensuivit une bruyante querelle, au milieu du bruit des casseroles et des marmites.

— Qu'est-ce que j'ai fait là ! se lamenta Élise.

— Ne craignez rien, madame, dit Maxim en riant. Herr Dietrich est capable de se défendre tout seul.

— Je l'espère, soupira Élise. Il est préférable que je me retire maintenant. Je serais tentée de renvoyer Frau Hanz à Hambourg dès demain.

— Ne pensez plus à elle. Elle aura tout le temps de réfléchir en votre absence. Si elle ne s'est pas améliorée à votre retour, elle partira.

— Eh bien, je vous souhaite bonne nuit, milord. A demain, avant le lever du jour.

— Que la félicité du soir vous berce et vous endorme, belle dame, dit Maxim en s'inclinant joliment.

Quelques instants plus tard, Élise se glissait dans son lit, souriant et soupirant, et elle serra ses draps sur son sein nu, agitée par d'étranges sensations. Ses rêves furent peuplés de fantasmes où elle se trouvait emportée dans des bras solides. Confuse et haletante, elle luttait, se débattait mais son cœur battait follement tandis qu'elle attendait le baiser qui la remplirait d'extase. L'amour s'était glissé dans sa vie et jamais, plus jamais, Élise ne serait la même.

16

Des flocons duveteux descendaient lentement, légers, se nichant sur les branches des sapins et recouvrant d'un manteau blanc les vallons et les collines. Au bord d'un ruisseau à demi gelé une biche couleur de feuille morte leva un museau dégoulinant et se mit à humer l'air. Ses longues oreilles se tendaient d'un côté, de l'autre, alors qu'un lointain tintement se faisait entendre dans le silence matinal. Un bruit de voix et un martèlement assourdi de sabots confirma l'intrusion d'étrangers et la biche fila en bondissant entre les arbres.

Bientôt apparurent quatre solides chevaux, traînant un véhicule qui ressemblait à un long coffre en bois. Trois autres chevaux étaient attachés derrière le traîneau, suivis par Tourbillon. Les capes rouges bordées de bleu des six cavaliers de l'escorte apportaient une touche de couleur à la forêt. Leur tenue témoignait du goût du capitaine Von Reijn pour l'ostentation. De fait, Nicholas se plaisait à impressionner Élise et il ne négligeait aucun détail. Il avait fait construire le luxueux véhicule pour faire voyager ses amis en grand équipage, s'inspirant du carrosse introduit quelques années plus tôt en Angleterre par le comte d'Arundel. En été, on pouvait y adapter d'énormes roues et l'hiver des patins lui permettaient de glisser sur la neige et la glace.

L'intérieur était plus impressionnant encore. Des volets abondamment décorés pouvaient s'ouvrir pour laisser pénétrer les douces brises de l'été ou se fermer aux vents glacials de l'hiver. Pour se protéger des courants d'air et du froid, on avait suspendu des tentures de velours sur les parois. Les sièges lourdement rembourrés étaient garnis de coussins et de fourrures qui ajoutaient au confort. Entre les sièges, sur des supports, des chaufferettes réchauffaient les pieds des voyageurs.

Nicholas avait même pensé aux repas et l'on pouvait installer une table pliante si on le désirait. Il avait emporté différents vins et Herr Dietrich avait empli plusieurs paniers de mets succulents.

Pour ce qui était de la bonne chère, du luxe ou des riches vêtements, nul ne pouvait rivaliser avec Nicholas. Pas même Élise qui, après avoir remarqué le bagage austère de Maxim, s'était jugée quelque peu outrancière en faisant charger deux coffres de même taille. Mais elle s'était sentie rassurée à la vue des quatre énormes malles du capitaine, reconnaissables à ses initiales inscrites dans un écu blasonné.

Dès le début du voyage, Nicholas avait joué les hôtes et attribué les places au mieux de ses intérêts : Élise à côté de lui et Maxim en face. Le capitaine, affirmant des droits hautement présumés sur la jeune femme, lui narrait l'histoire de la Ligue hanséatique. A l'origine, plusieurs marchands allemands s'étaient groupés dans le but de se protéger des pirates et des hors-la-loi. Il s'ensuivit trois siècles de prospérité pendant lesquels les puissants marchands de la Hanse régnèrent sur les ports étrangers et les mers. Nicholas évoquait maintenant le fléchissement dans les affaires ou la fermeture des bastions hanséatiques de la Tamise, de Novgorod et d'ailleurs, se montrant songeur quant à l'avenir.

— Parfois, *vrouwelin*, je me demande si la brise ne charrie pas les premiers effluves de notre ruine prochaine et si nous ne sommes pas trop fiers pour la sentir.

Voyant s'assombrir l'humeur de Nicholas, Élise s'agita sur son siège et étendit les pieds vers sa chaufferette. Elle se pencha, chercha le regard du capitaine, voulut infléchir la conversation.

— Dites-moi, Nicholas, la Hanse garde-t-elle parfois des prisonniers dans l'attente d'une rançon ?

— Nous avons pris des otages, çà et là, surtout à la suite de délits contre notre ligue. (Soudain soupçonneux, il leva les yeux et la regarda.) Pensez-vous à quelqu'un en particulier ?

— Évidemment. Mon père a fait plusieurs voyages aux Stilliards avant d'être enlevé et certains ont pensé qu'il avait été pris par des membres de la Hanse. Je ne puis m'empêcher de me demander s'il n'y a pas du vrai là-dedans.

— D'ordinaire, nous faisons le commerce des marchandises, *vrouwelin*, pas des hommes.

Élise insista, ne voulant pas que Nicholas s'en tire si facilement.

— Le bruit a couru que mon père aurait échangé nombre de ses trésors contre l'or de la Hanse. Un coffre plein d'or n'intéresserait-il pas quelqu'un de la ligue ?

— Évidemment, il y en a toujours qui recherchent des richesses, mais comme je n'ai rien entendu de tel, au sujet de votre père, je crains de ne pouvoir vous aider... autant que je le souhaiterais, *vrouwelin*. Si je pouvais vous rendre votre père, je gagnerais sans doute votre amour et ce serait pour moi la plus belle des récompenses.

— Qui donc pourrait être au courant ? insista encore Élise, faisant fi du désir de Nicholas de changer de conversation. A qui pourrais-je poser la question ?

Le capitaine montra Maxim, avec un petit sourire hésitant.

— Peut-être mon ami, dit-il. Il a ses espions.

— Votre humour m'échappe, Nicholas, protesta Maxim en levant brusquement les yeux. De quels espions parlez-vous ?

— Mais de Spence et de Fitch, bien sûr. Une paire de gaillards rusés. Vous les avez envoyés espionner Arabella et ils sont revenus avec ce joyau. S'ils pouvaient me faire de telles faveurs, je vous prierais de les charger à nouveau d'une même mission. Demandez-leur de retrouver le père d'Élise et qui sait ce qu'ils ramèneront.

— Je n'ose plus leur faire confiance, répondit Maxim qui se carra dans son siège et regarda Élise. Je ne suis pas certain de pouvoir supporter une autre surprise de cette taille.

— Est-ce que j'entends les jérémiades d'un couard, milord ? demanda Élise avec un sourire plein de séduction.

— N'ai-je pas toutes les raisons d'en être un, madame ? C'est à vous que je le dois.

Elle eut un petit rire en se renversant dans les coussins.

— Vous êtes en train de jouer les innocents, mais nous savons tous que vous avez bien mérité ce qui vous est arrivé.

— C'est tout à fait discutable. Je suis convaincu que mes hommes sont allés au bout de la terre pour trouver un aussi talentueux tourmenteur, protesta Maxim, désignant Élise dont le visage rayonnait. Non pas une femme ordinaire, mais une dame des plus retorses. Je doute que même Arabella aurait pu apporter de tels bouleversements dans ma vie.

La repartie d'Élise lui échappa :

— Arabella est bien trop timide pour un homme tel que... (Confuse, elle s'arrêta, ne sachant comment terminer.) Je veux dire... euh... tel que...

— Un homme tel que moi ? Est-ce là ce que vous alliez dire ?

Elle s'employa à tirer une fourrure sur ses jambes, tentant de reprendre ses esprits.

— Je voulais dire que vous paraissez si... euh... audacieux parfois.

Maxim avait conçu nombre d'inquiétudes quant à ce voyage à Lübeck, sachant qu'il serait rudement mis à l'épreuve par la cour pressante que Nicholas ne manquerait pas de faire à Élise. Mais voilà qu'il entrevoyait maintenant l'espoir d'un voyage plus agréable...

— Pensez-vous qu'une femme plus audacieuse me conviendrait mieux ? lui demanda-t-il, d'un air moqueur.

— Comment le saurais-je ? Je ne vous connais que depuis quelques mois, certainement pas depuis assez longtemps pour juger.

— Tout de même ! lança Maxim, ne la laissant pas esquiver sa question. Vous avez bien une opinion et je brûle de la connaître. Manifestement, vous pensez qu'Arabella et moi n'aurions pas fait un couple assorti, mais vous ne dites pas ce qui eût été préférable. Pensez-vous que quelqu'un comme vous aurait mieux convenu ?

Élise ouvrit la bouche pour se défendre mais ne put dire un seul mot. Comment aurait-elle pu nier ce qu'elle ressentait ?

— *Nein, nein*, fit Nicholas, volant à son secours, car il n'appréciait guère le tour pris par la conversation et l'hésitation d'Élise à répondre. (Depuis des années, il avait vu des femmes de tous les pays s'intéresser à Maxim. Il n'y aurait rien d'étonnant à ce qu'Élise commence aussi à se montrer sensible à son charme. C'est pourquoi il se hâta d'ajouter :) Vous êtes un esprit fort et décidé, Maxim. Une femme douce et soumise serait parfaite pour vous. Arabella était incontestablement le meilleur choix.

— Et vous, capitaine ? demanda Élise, que troublait cette assurance. (Comment Nicholas pouvait-il prétendre qu'Arabella, timide et indécise, imperméable, semblait-il, à tout sentiment ardent, convenait mieux qu'elle à Maxim ? Oh, non, songea-t-elle, il lui fallait une fille ardente beaucoup plus qu'une frêle et craintive petite souris. Elle pencha la tête, regarda Nicholas, songeuse, et précisa sa question :) Quel genre de femme cherchez-vous, capitaine ? Quelqu'un de caractère aimable et au regard mélancolique ?

— La réponse est évidente, *mein Liebchen*, dit Nicholas, posant une main sur celles d'Élise.

Maxim se rembrunit et regarda la jeune femme qui n'osa pas lever les yeux sur lui. Elle craignait qu'il n'y lise sa gêne et se sentait aujourd'hui contrite d'avoir naguère encouragé Nicholas. Elle ne souhaitait maintenant que son amitié et rien de plus. Elle ne savait cependant comment aborder la question et se demandait de quelle façon dissuader judicieusement le capitaine de poursuivre sa cour.

Maxim s'enfonça davantage dans son coin et fixa le paysage, l'humeur assombrie et l'esprit en plein tumulte. Nicholas était son ami depuis des années, mais cette rivalité entre eux risquait d'y mettre un terme. Il souhaitait qu'Élise calme au plus vite les ardeurs du capitaine.

Les voyageurs s'arrêtèrent à midi pour laisser reposer les chevaux et prendre leur repas à un buffet bien garni. On fit un feu dans une clairière abritée et, après une petite promenade pour se dégourdir les jambes, les serviteurs et les cavaliers de l'escorte s'installèrent devant les flammes pour apaiser leur faim tandis que le capitaine et ses hôtes goûtaient un repas plus intime à l'intérieur du véhicule.

Après le déjeuner, Nicholas partit dans les bois pour une promenade digestive. En son absence, Maxim fixa ouvertement Élise jusqu'à ce qu'elle ne puisse plus ignorer son regard insistant.

— Milord ? Suis-je soudain couverte de verrues ?

— Une question me trouble énormément, madame, et je voudrais la tirer au clair.

La curiosité d'Élise fut piquée. Il y avait dans le regard ardent de Maxim une intensité qui révélait toute son anxiété.

— Vous pouvez parler, milord. Vous aurais-je offensé ?

Bien que Maxim eût longuement ruminé ses mots dans son esprit, il se lança avec la fougue d'un soupirant impatient.

— Votre seule offense est de tarder à dire à Nicholas que vous n'êtes pas amoureuse de lui.

Élise le regarda, stupéfaite.

— Milord, vous parlez bien audacieusement d'un sujet qui paraissait vous amuser naguère. Comment pouvez-vous connaître mes sentiments sans que je les exprime ?

— Ainsi que je vous l'ai déjà dit, madame, je suis un homme bien décidé à prendre femme...

— N'importe quelle femme, milord ? demanda-t-elle

avec, dans le ton, une douceur qui révélait davantage encore son scepticisme.

Ignorant la pique, Maxim insista.

— Je voudrais savoir si je suis un sot.

— Pourrais-je vous rassurer en vous disant que vous n'en êtes pas un ?

— Oui, madame ! Vous le pouvez ! En me confirmant que je n'ai pas imaginé ce que me disaient vos baisers. Vous jouez avec moi comme une femme que poussent ses désirs, et je m'approche sans cesse davantage de l'instant où je briserai les liens de la retenue pour vous porter à mon lit. Si vous ne souhaitez pas que cela se produise, comme maîtresse ou comme épouse, dites-le-moi maintenant et je ne vous demanderai plus de parler à Nicholas. Pour l'amour de Dieu, ne jouez pas avec moi comme vous jouez avec Nicholas.

— Et Arabella, milord ? Ne l'aimez-vous donc plus ? osa questionner Élise.

— Elle n'est rien de plus pour moi qu'un vague souvenir. Désormais, c'est vous qui occupez ma vie.

Élise aurait volontiers exulté, emportée par un tourbillon de félicité, mais elle était prudente. Il n'avait pas parlé d'amour, mais seulement de désir, et cela ne suffisait pas. Elle voulait son cœur, son esprit et sa passion pour elle seule. Elle ne se satisferait pas de partager son amour avec une autre.

— Ce n'est peut-être rien de plus qu'un caprice passager. Présent aujourd'hui, dissipé demain.

— Je ne suis pas un jeune inconstant, madame. Je sais ce que j'ai en tête.

— Mais dans le cœur ? Vous étiez si convaincu autrefois de votre amour pour Arabella dont vous dites maintenant qu'elle est presque oubliée. Pouvez-vous m'assurer que je ne connaîtrai pas le même sort dans quelque temps ?

— Madame, vous ignorez quels étaient mes sentiments pour Arabella.

— Que dites-vous ? Que vous n'aimiez pas Arabella ?

Maxim répugnait à donner une réponse qui le ferait apparaître comme un scélérat aux yeux d'Élise. Il choisit soigneusement ses mots :

— J'ai de l'aversion pour quiconque me prend par la force ce qui m'appartient. En songeant à ma colère contre Edward, je crois que je voulais surtout me venger.

Cette réponse attisa la curiosité d'Élise.

— Ce n'est pas là ce que vous m'avez dit. En vérité, j'étais convaincue que votre amour pour Arabella était la cause de mon enlèvement.

Maxim jura dans sa barbe. Cette fâcheuse discussion usait sa patience. Il voulait Élise et se sentait frustré parce qu'elle refusait de le croire. Il tenta une autre approche, par la raison.

— Madame, je m'offre à vous donner ma protection et mon nom, tel qu'il est. Ne serait-il pas logique que nous nous mariions ? Après tout, je suis responsable de votre enlèvement et j'ai ainsi compromis votre nom et votre réputation.

— Vous me détestiez naguère, vous vous souvenez ?

— Jamais !

— J'en étais persuadée, lui dit Élise, offensée.

— Pour accepter une union convenant à vous comme à moi, avez-vous besoin de fouiller mon cœur de si près qu'il vous faudrait me l'arracher de la poitrine ? Ne sommes-nous pas l'un et l'autre seuls au monde ? Je n'ai pas de famille et vous ne pouvez guère faire confiance à celle qui vous reste. Nous ignorons ce qui est arrivé à votre père. Ne serait-ce que pour réunir nos solitudes, n'accepterez-vous pas ma proposition ?

Élise se refusa à admettre cette logique. Elle attendait du mariage beaucoup plus qu'un accord de raison.

— Êtes-vous bien certain de ce que vous voulez, Maxim ? demanda-t-elle tranquillement. Peut-être une autre surgira-t-elle dans votre vie que vous désirerez davantage que moi. Et peut-être voudrez-vous l'épouser.

— Madame, jamais je n'ai rencontré une femme... (Il s'arrêta un instant pour ménager son effet et se pencha pour la fixer d'un regard intense.)... aussi exaspérante que vous !

Élise, qui s'attendait à des protestations, à d'autres aveux de son désir, ouvrit plusieurs fois la bouche, à court de mots. Elle se redressa sur son siège et parvint à lui dire, fâchée :

— Si vous me trouvez si exaspérante, milord, pourquoi donc me demander de devenir votre femme ?

— Parce que jamais je n'ai désiré une femme autant que vous, lui répondit-il avec un petit sourire.

Élise demeura un long moment songeuse.

— Votre proposition est bien soudaine, lui dit-elle enfin d'un ton mesuré car elle n'était pas sûre d'elle-même, d'une part, et parce qu'elle sentait, d'autre part, qu'il fallait se montrer prudente avec lui.

Séduisant comme il l'était, il ne manquerait pas de femmes prêtes à n'importe quoi pour l'avoir, ne serait-ce qu'une nuit ou une heure. Et comment pourrait-elle empêcher cela ? Oh, elle lui aurait bien volontiers dit oui si seulement elle avait été certaine qu'une autre, un jour, ne lui ferait pas regretter ce mariage.

— Avant de vous répondre, il me faut savoir ce qu'en dit mon cœur, acheva-t-elle.

Elle lut la déception de Maxim dans ses yeux verts.

— Comme vous voudrez, Élise... mais je vous en prie... pensez-y et soyez prudente. Mes sentiments sont mis à rude épreuve quand je vous vois courtisée par un autre.

— Je serai prudente, milord, murmura-t-elle d'une voix douce, comprenant parfaitement la jalousie qui pouvait être la sienne.

Ressentant le besoin de sortir dans l'air frais où elle pourrait réfléchir plus clairement, elle prit ses vieilles bottes de cuir.

— Si vous voulez bien m'excuser, milord, je voudrais aller marcher un peu.

— La neige est tombée abondamment, fit observer Maxim. Vous allez y abîmer votre robe en marchant dedans.

— Je ne serai absente que quelques instants. Peut-être le dommage ne sera-t-il pas si grave.

Maxim s'agenouilla devant elle, lui prit une des bottes et la lui passa.

— Je doute qu'elles suffisent à vous garder les pieds chauds, dit-il.

— Je n'ose pas mettre mes bottes neuves.

— S'il faut que vous sortiez, laissez-moi vous aider.

— Si vous voulez, milord.

Retirant l'autre chaussure d'Élise, il posa le pied de la jeune femme sur sa cuisse et se prépara à lui passer la seconde botte. Elle ressentit du plaisir à ce contact et, si ce qu'il faisait là était somme toute peu de chose, cela montrait tout de même quel homme il était. Il avait lutté, affronté l'adversité, mais ne manquait pas de douceur. Ils s'entendaient bien depuis quelques semaines, songea Élise. Leur vie commune forcée les avait rapprochés. Peut-être était-ce folie de sa part d'exiger immédiatement toutes les réponses à ses questions. Sans doute saurait-il se montrer l'époux prévenant qu'elle souhaitait, et cela suffisait peut-être. Avec le temps, l'amour finirait bien par gagner le cœur de Maxim.

Il se releva, lui prit la main, la tira de ses coussins et la serra un long moment contre lui, cherchant ses yeux.

— Osez me dire que vous ne ressentez pas ce que je ressens quand je vous tiens dans mes bras, lui dit-il d'une voix qui fit cogner le cœur d'Élise, troublée par son parfum d'homme. (Elle pouvait l'entendre, le sentir, éprouver son contact, ses lèvres qui frôlaient les siennes.) Dites-moi que vous ne tremblez pas contre moi, continua Maxim, et prétendez-moi que vous ne voulez pas que je vous fasse l'amour.

Le souffle court, Élise leva les yeux sur lui, sachant qu'elle aurait dû se montrer offensée par ses paroles, et qu'au contraire elles la plongeaient dans la confusion.

— Il ne faut pas parler ainsi, Maxim.

— Pourquoi ? demanda-t-il, le regard brûlant, lisant le désir dans les yeux saphir d'Élise. Avez-vous peur d'entendre la vérité ? Vous avez besoin d'amour, madame. Par Dieu, c'est mon tourment de vous vouloir ici et maintenant !

Il était trop proche ! Elle ne pouvait respirer !

Elle se libéra, avança en trébuchant jusqu'à la portière, mais Maxim la suivit, la pressa contre lui, glissa sa main sous le manteau, lui prit la poitrine et enfouit son visage dans ses cheveux. Elle sentit à son oreille son souffle haletant. Et puis, avec un grognement de frustration, il la lâcha et lui tourna le dos.

— Voilà qui est amusant, railla-t-il par-dessus son épaule. Depuis des semaines je vous ai là, toute proche, et bien que vous ayez éveillé mes ardeurs à un point insupportable, je n'ai jamais essayé de vous contraindre. Vous faut-il une autre preuve de mes sentiments à votre égard ? Croyez-moi, moins vêtue que cela, vous auriez certainement succombé à mon plaisir.

Le cœur d'Élise continuait à battre la chamade, mais elle parvint à murmurer, avec toute la dignité qu'elle put conserver :

— Je serais tout à fait heureuse que vous m'escortiez dans la neige, milord.

Il releva brusquement la tête et la regarda, surpris. Sans aucun doute, elle était bouleversée. Il oubliait parfois qu'elle était très jeune et ignorait tout des hommes et de leurs appétits.

— C'est ma faute, Élise, lui dit-il, rassurant. Vous n'avez rien fait pour mériter ma brusquerie.

Il descendit du véhicule et resta là un instant à laisser l'air glacé lui rafraîchir les esprits. Les hommes de l'escorte, serrés autour du feu, bavardaient et se chauffaient les mains, mais quand il prit Élise dans ses bras pour la faire descendre, il put sentir leurs regards. Nicholas avait rendu si manifestes ses prétentions qu'il ne tarderait pas à être mis au courant de cet empiétement sur son territoire.

Élise s'accrocha au cou de Maxim, mais quand il essaya de croiser ses yeux, elle détourna le regard. Il ne pouvait lui en vouloir car il ne s'était guère mieux conduit que ce mufle de Reland.

Il avança dans la neige jusqu'à une clairière entourée de taillis. A l'abri des arbres, seule une mince couche de neige recouvrait le sol. Le coin était paisible et ravissant, avec les branches lourdement givrées et la neige qui craquait sous les pieds.

Soudain, Maxim partit d'un grand rire et, pour détendre l'atmosphère, il se mit à tournoyer avec Élise dans ses bras, la serrant à lui couper le souffle. Quand il s'arrêta, elle pressa son front contre le sien et souffla, un peu étourdie :

— Je vous en prie, mon cœur tourne aussi vite que ma tête.

— Ainsi voudrais-je vous faire pâmer sous mes baisers, belle dame, murmura-t-il, tournant la tête jusqu'à effleurer les lèvres d'Élise.

Inconsciemment, elle passait ses doigts dans les courts cheveux de sa nuque.

— Êtes-vous si sûr de tellement me dominer, Maxim ?

— Je ne suis sûr de rien, sauf de votre emprise sur moi, avoua-t-il. J'aimerais qu'il en soit de même pour vous.

Élise faillit se laisser aller à des aveux qu'elle ne souhaitait pas faire encore.

— Je ne peux pas envisager ma vie avec vous sans beaucoup de réflexion et de prudence, se borna-t-elle à répondre, car je ne cesserais de craindre que vous n'enleviez encore quelque jeune dame dans votre palais. Ou encore que vous ne puissiez charger Fitch et Spence de m'emporter vers quelque port étranger pour vous débarrasser de moi. Si cela devait arriver, je fais le serment de vous voir noyé et écartelé.

— Diable ! Peut-être devrais-je m'inquiéter !

— Tout autant que je devrais me méfier de vous, répliqua Élise qui, sentant de nouveau ses défenses faiblir, lui posa la main sur la poitrine pour le repousser jusqu'à pouvoir le regarder. Maintenant, soyez sage, mauvais garçon. Je voudrais m'isoler un moment.

Maxim sourit et montra de la tête un épais bosquet.

— Cet endroit vous conviendra-t-il, madame ?

— Vous êtes un impertinent et un effronté.

Maxim frotta sa nuque contre les doigts qui jouaient inconsciemment avec les boucles de ses cheveux.

— Je n'ai rien d'autre à vous offrir que moi-même, souffla-t-il, effleurant le front d'Élise de ses lèvres. Aussi imparfait que je sois, c'est tout ce que j'ai.

Elle sentit son cœur se réchauffer, alors qu'elle fouillait le regard de Maxim et y découvrait une étrange sincérité. Ils restèrent ainsi si longtemps à se regarder que le monde parut s'être arrêté. Et puis une voix forte se fit entendre à travers la forêt, rompant le charme.

— Maxim ? Élise ? Où êtes-vous ?

Maxim la laissa glisser jusqu'au sol et il se baissa pour rabattre et défroisser ses jupes. Derrière lui, il entendit le pas lourd de Nicholas.

Comme si elle n'était qu'une poupée de bois incapable de mouvement, Maxim prit Élise aux épaules et la poussa doucement vers le bosquet.

— Allez, madame. On nous a découverts.

Reprenant ses esprits, il la regarda s'enfoncer dans un fourré puis se tourna vers Nicholas qui arrivait.

— Ah, vous voilà ! s'exclama celui-ci, tout essoufflé par sa marche dans la neige et manifestement au courant, dans sa hâte à les rejoindre, de leur escapade. Mais où est Élise ? demanda-t-il en constatant l'absence de la jeune femme. Je pensais que vous étiez ensemble.

— Elle va revenir dans un instant, répondit Maxim, montrant les traces de pas.

Nicholas considéra les petites empreintes puis se retourna vers Maxim, l'air interrogateur.

— Je ne pouvais la laisser se battre toute seule avec la neige, dit-il. Elle craignait d'abîmer sa robe et je lui ai offert mon aide.

— J'aurais pu le faire moi-même, observa Nicholas, un peu fâché de l'audace de son ami.

— Vous étiez occupé, lui rappela Maxim. Et la dame était pressée.

— Inutile de l'attendre. Je la ramènerai moi-même à la voiture.

— Comme vous voudrez.

Le front rembruni, Nicholas regarda s'éloigner Maxim. Ne sachant trop où il en était avec Élise, il se demanda s'il avait été bien sage de demander à son ami de les accompagner. Il n'était pas assez sot pour sous-estimer la séduction de Sa Seigneurie ni son succès auprès des dames. Mais il s'était longtemps senti sans rival quand les deux autres se querellaient et se plaignaient indéfiniment. Il n'avait pas même mis en doute la sincérité de leurs disputes car ils avaient toutes raisons de se détester.

Élise ressentit un instant de déception en constatant, à son retour, que Nicholas était seul à l'attendre. Elle se trouva soudain très coupable en présence du capitaine, et bien que refusant de s'avouer son amour pour Maxim, elle savait qu'il lui fallait dissuader Nicholas de poursuivre sa cour. Elle chercha les mots qui pourraient gentiment le lui faire comprendre. Elle souhaitait conserver son amitié et voulait donc trouver des paroles aimables. Faute d'inspiration, elle se contenta d'un commentaire sur le temps.

— On dirait qu'il neige moins, maintenant.

Nicholas leva les yeux sur le ciel triste et risqua un pronostic :

— Je pense que cela va s'améliorer encore. (Il tira son gant sur sa main et revint à Élise.) Je suis là pour vous ramener, *vrouwelin.*

— Oh, mais c'est inutile, capitaine, assura-t-elle vivement, j'ai les jambes assez solides.

— Je ne voudrais pas que vous abîmiez votre robe dans la neige.

Un bruissement de feuilles se fit entendre derrière Nicholas, suivi d'un ébrouement étouffé. Élise fixa les arbres jusqu'à voir apparaître Maxim, tirant derrière lui Tourbillon. En l'apercevant, elle ressentit un soulagement qui témoignait de ses sentiments.

— Les hommes sont prêts pour le départ, annonça Maxim en réponse au regard interrogateur de Nicholas. Ils veulent savoir s'il leur faut marcher devant pour patrouiller le long de la route ou demeurer avec la voiture. Je crois qu'ils attendent vos ordres.

Frustré, Nicholas se tourna vers Élise. Il ne pouvait plus prétendre la ramener dans ses bras, compte tenu de la présence de Maxim. Aussi dut-il céder quand celui-ci s'offrit à faire monter la jeune femme sur Tourbillon.

— Nous chevaucherons un moment à côté de la voiture, lança Maxim par-dessus son épaule en installant Élise sur sa large selle confortable.

L'animal caracola un instant, contraignant le capitaine à une retraite prudente. Il garda le silence, tentant de calmer son irritation croissante et se rendant compte que s'il invitait la jeune femme à partir avec lui, il montrerait une nature par trop possessive. Néanmoins, quand Maxim pressa du talon les flancs de son cheval pour le lancer au petit galop, il se sentit outragé car Élise se laissait un peu trop aller contre la large poitrine du cavalier qui la retenait de ses bras protecteurs.

Quand ils eurent disparu dans les arbres, Maxim resserra son étreinte et souffla à l'oreille d'Élise :

— J'étais malade de jalousie à la pensée qu'un autre allait vous prendre dans ses bras, même pour vous ramener à la voiture. Il a fallu que je revienne.

— Nicholas est devenu pour moi un bon ami. Je ne voudrais pas lui faire de peine, lui dit Élise, tentée de lui avouer son soulagement.

— Si vous l'aimez, dites-le-moi et je m'effacerai. Sans qu'il soit utile de vous justifier. Mais si ce que je ressens est vrai, si quelque chose est en train de naître entre nous, mieux vaut lui dire une parole aimable maintenant que lui faire des excuses trop tardives.

17

La Trave et les remparts bâtis par les bourgeois de la Hanse au cours des siècles avaient fait de Lübeck un port facile à défendre. Devant la ville gardée par ses murailles, les deux solides tours jumelles de la Porte de Holsten se dressaient, leurs canons bien visibles, prêts à relever le défi de quelque ennemi osant s'approcher. Sous le ciel enflammé par le soleil couchant, la ville étincelait comme un bijou serti de pierres précieuses, ses toits colorés aux pentes abruptes et les cloches de ses églises reflétant la lumière qui baissait.

— Lübeck ! *Unser aller Haupt!* s'exclama Nicholas en approchant des portes. Notre mère à tous ! La reine de la Hanse ! (Il adressa un sourire à Élise qui chevauchait à côté de lui.) C'est un joyau, ne trouvez-vous pas, *vrouwelin* ?

— En effet, dit Élise, pleine d'admiration.

Une fois passé la Holstentor, Nicholas les conduisit à travers un dédale de rues pour finalement s'arrêter devant une grande maison soutenue par des poutres. A l'intérieur, un jeune homme guettait par une fenêtre. Il arbora un grand sourire en voyant arriver l'équipage et disparut aussitôt. Un instant plus tard retentissait un concert de cris joyeux, la porte d'entrée s'ouvrit et apparurent le jeune homme et deux femmes, faisant des signes et souhaitant bruyamment la bienvenue aux arrivants.

Nicholas descendit de sa monture et répondit tout aussi bruyamment. Les deux femmes se précipitèrent comme des enfants excités et se jetèrent dans ses bras tandis que leur jeune compagnon donnait de grandes claques dans le dos du capitaine. Pendant un instant, Nicholas parut perdu dans un véritable enchevêtrement de bras et de mains.

— La famille de Nicholas semble aussi exubérante que lui, observa Maxim en riant, faisant descendre Élise de sa jument.

Il la déposa à terre et la couva longuement d'un regard dont elle ressentit toute la chaleur. Elle se sentit envahie d'une faiblesse qui menaçait de lui couper les jambes. Elle pourrait, si tel était son caprice, l'entraîner dans son lit et en finir avec ces craintes puériles qui la laissaient insatisfaite. Il lui enseignerait enfin tout ce qu'il y avait à savoir sur...

Elle se reprit, consternée de voir où ses pensées l'entraînaient. Avec de telles idées en tête, elle aurait du mal à lui résister, ses défenses s'écrouleraient comme châteaux de sable et la passion s'emparerait d'elle.

Chassant pareilles pensées, Élise prit dignement le bras que lui offrait Maxim. Quand elle songeait qu'Arabella avait refusé les faveurs de cet homme pour épouser un balourd de rustre, elle se demandait si sa cousine n'était pas faite de pierre.

— Arabella a été idiote, souffla-t-elle, sans bien se rendre compte qu'elle avait exprimé sa pensée à haute voix.

— Madame ? demanda Maxim. Qu'est-ce qui vous fait penser à Arabella ?

— Je ne crois pas que vous comprendriez, milord, soupira Élise. Seule une femme le pourrait.

— Voilà qui est très évasif.

— Ainsi sont les femmes. C'est notre seule défense.

— Je ne saurai probablement jamais ce qui se passe dans votre jolie tête, dit Maxim avec un regard qui empourpra les joues d'Élise. Peut-être ne partagez-vous pas pleinement ce que je ressens pour vous... mais je pourrais vous apprendre bien des choses...

Élise en sursauta de surprise. Il avait si rapidement rejoint ses propres pensées qu'elle craignit qu'il ne lise dans son esprit. Elle fut soulagée de voir arriver à leur rencontre, arborant un grand sourire, une jeune femme blonde d'une vingtaine d'années.

— Vous devez être Lord Seymour, dit-elle à Maxim dans un excellent anglais. Nicholas m'a tellement parlé de vous qu'il me tardait de vous connaître. Je suis sa cousine, Katarina Hamilton... (Elle s'arrêta, hocha la tête, se mit à rire et rectifia :) En fait, nos mères étaient de lointaines cousines, ce qui fait que nous sommes à peine parents.

— Tout le plaisir est pour moi, *Fräulein* Hamilton, dit Maxim en s'inclinant avec élégance.

— Et voici Élise sans doute, reprit Katarina qui, devant la beauté de la jeune femme, comprit pourquoi le capitaine en était tombé amoureux. Nicholas a écrit pour nous dire qu'il viendrait avec vous. Avez-vous fait bon voyage ?

— Très bon, merci, répondit aimablement Élise. Je suis bien heureuse de pouvoir bavarder avec quelqu'un. Je craignais de ne pouvoir comprendre un seul mot de ce qui se dirait.

— Il doit être difficile de vivre dans un pays étranger quand on n'en comprend pas la langue, mais cela ne paraît pas vous avoir gênée. Nicholas et Lord Seymour ont manifestement bien veillé sur vous.

— J'ai même eu l'impression, parfois, que l'on veillait sur moi de trop près, lança Élise avec un coup d'œil sur Maxim qui accusa la pointe d'un hochement de tête tandis que Katarina paraissait surprise. (Pour éviter d'en dire trop, Élise se hâta de demander :) Mais comment se fait-il que vous parliez si bien l'anglais ?

— Mon père était anglais et il a choisi de rester ici après avoir épousé ma mère, expliqua Katarina. Mon frère Justin et moi étions encore des enfants quand ma mère est morte. Lorsque notre père est décédé, bien plus tard, la mère de Nicholas nous a recueillis et élevés comme ses enfants. La vie a été bien triste depuis le départ de Nicholas. Je dois avouer que je vous ai beaucoup enviée.

— Moi ? demanda Élise, surprise à son tour. Comment cela ?

— Eh bien, toute femme rêve d'avoir autour d'elle

des hommes aussi séduisants. Je quitterais Lübeck sur l'heure avec une telle cour, mais, voyez-vous, je ne suis qu'une vieille fille.

— Katarina ! Que va penser de toi Lord Seymour ? fit la dame rondelette aux cheveux blancs qui tenait le bras de Nicholas. *Nein ! Nein !* dit-elle avec un grand geste de la main. Il ne faut pas prendre au sérieux ce que raconte Katarina, *mein Herr.*

— Pourtant Katarina a toujours parfaitement su ce qu'elle disait, coupa Nicholas.

— Et toi, n'as-tu pas honte de l'encourager ! gronda la vieille dame en le tirant par la manche. Tu lui as mis de drôles d'idées en tête depuis que son pauvre *Vater* est mort et qu'elle est venue vivre avec nous. Si tu n'étais pas mon fils, je te refuserais la porte de cette maison !

Ce fut au tour de Justin de taquiner la mère du capitaine.

— *Ja,* sans le cousin Nicholas, Katarina et moi serions de petits saints. C'est lui qui nous dissipe.

— Bah ! s'exclama la vieille dame, tu n'as guère besoin de quelqu'un d'autre pour cela, Justin Hamilton. Tu y parviens bien tout seul.

— Tu seras toujours notre conscience, tante Therese, surtout que tes yeux lancent des éclairs quand tu es en colère !

— Attention à toi, jeune homme. Tu n'es pas si grand que je ne puisse te coller en travers de mes genoux.

Nicholas passa un bras autour des épaules de sa mère et la serra contre lui.

— *Meine Mutter! Es ist Wonne, sehen Sie,* lui dit-il en posant un baiser sur ses cheveux blancs. *Ach,* mais j'oublie nos hôtes. Mère, voici mes très bons amis, madame Élise Radborne, et Lord Maxim Seymour.

— Comme c'est gentil à vous de nous rendre visite, dit Therese, tapotant la main d'Élise. Bienvenue chez nous, *Fräulein... mein Herr. Bitte, kommen Sie ans Feuer... Kommen Sie !* Venez vous réchauffer près du feu.

Elle souleva sa robe et leur montra le chemin, demandant à une servante de les débarrasser de leurs vêtements puis frappant dans les mains pour indiquer à une autre qu'il convenait de servir un repas.

Katarina tira sur la manche de Nicholas quand il passa devant elle. Le capitaine s'arrêta, indécis. Devait-il prendre la place de Maxim qui aidait Élise à retirer ses bottes ou relever le malicieux défi de sa cousine ? Il renonça provisoirement à Élise. Retirant son manteau d'un grand geste, il en couvrit Katarina et le couloir retentit de rires bruyants, de cris et de menaces étouffées. La jeune fille tenta de se libérer, mais Nicholas la cueillit, la porta sur son épaule et, se tournant vers Élise, lui demanda :

— Vous souvenez-vous de notre première rencontre, *vrouwelin* ?

— Je crois que je ne l'oublierai jamais, répondit Élise, dansant sur un pied, appuyée sur l'épaule de Maxim qui lui passait une de ses chaussures.

Therese, qui s'était arrêtée derrière le couple, se joignit à la mêlée. Elle prit un balai des mains d'une servante et l'abattit sur le derrière de son fils qui feignit un hurlement de douleur.

— *Du Scheusal ! Du Schuft !* gronda-t-elle, et pour le cas où Nicholas aurait oublié sa langue maternelle au cours de ses voyages, elle répéta, en anglais : Espèce de monstre ! Voyou ! Lâche-la ou tu vas croire que tu as des charbons ardents dans tes chausses !

Nicholas s'éloigna à prudente distance et déposa sa cousine qui le poursuivit après s'être débarrassée du manteau. Il passa entre deux servantes, tourna autour d'un pilier et se retrouva soudain face à Katarina. Avec un rire tonitruant, il ouvrit les bras pour l'attraper. La jeune fille poussa un cri et s'esquiva dans une envolée de robe. Nicholas la poursuivit et Katarina heurta Élise qui allait passer l'autre chaussure que lui présentait Maxim.

Celui-ci, accroupi devant elle, regardait la poursuite par-dessus son épaule, mais en entendant le petit cri de Katarina, il leva les yeux juste à temps pour voir Élise qui tombait sur lui, le renversant. Il tenta de la rattraper mais trop tard : elle était là, étalée sur lui, entre ses jambes, dévoilant son jupon et ses bas sous l'œil intéressé des hommes. Elle se redressa sur un coude et se retrouva face au sourire amusé de Maxim.

— Ma chère, je suis renversé par vos ardentes attentions, souffla-t-il, feignant la surprise.

Bien qu'il eût à peine murmuré, Élise eut l'impression qu'il avait crié. Soudain paniquée, elle se débattit pour tenter de se relever, trop consciente de sa suggestive posture et du tour que reprenaient ses impudiques pensées. Dans sa hâte, elle heurta de sa hanche Maxim à l'entrejambe.

— Attention, madame ! lui dit-il, riant doucement. Vous compromettez notre avenir.

— Oh, chut ! supplia-t-elle en un murmure effrayé. On va vous entendre !

Nicholas qui n'était pas moins désireux qu'Élise de mettre fin à cette situation arriva à la rescousse. Il prit la jeune femme par la taille, de ses deux mains, et la releva comme si elle eût été une poupée. Élise arrangea vivement ses jupes avec un regard furtif sur Maxim dont les yeux étaient bien éloquents.

— Pardonnez-moi, Élise, demanda presque timidement Katarina. Je ne voulais pas vous renverser.

— Non, bien sûr, assura la jeune femme dont seule la dignité avait souffert. C'était de ma faute, je le crains. Je bloquais le couloir.

— Oh, non ! protesta Katarina, rougissante. J'ai été très étourdie... mais, vous savez, nous avons toujours eu tendance à nous comporter comme une tribu de sauvages.

— Je me sens offensé ! lança Justin, feignant la vertu outragée. C'est toi et ton renégat de cousin qui êtes responsables, ma chère. *Moi*, je n'y suis pour rien. Je ne suis pas un sauvage.

Il dut bien vite abandonner son attitude solennelle pour éviter le balai de Therese.

— C'est bien toi le pire ! déclara celle-ci.

Nicholas se mit à rire et aida son ami à se relever.

— Je devrais m'excuser pour cette façon de nous conduire. Comme vous le voyez, nous sommes un peu outranciers.

— J'ai trouvé l'incident très... euh... instructif. Mon seul regret est que nous ayons eu autant de témoins. J'aurais davantage apprécié l'aventure avec moins de spectateurs.

— C'est bien ce que je craignais, dit Nicholas avec un sourire contrit.

— Je suis certaine que nos voyageurs ont faim, coupa Therese. Voulez-vous que nous passions à table, *ja* ?

Maxim regarda autour de lui et demanda à Nicholas :

— Ne pourrais-je faire un brin de toilette ? Après avoir voyagé toute une journée, je ne me sens pas très présentable.

— *Ja*, je vais vous montrer vos chambres. Les domestiques monteront vos bagages pendant que nous dînerons.

— Peut-être *Fräulein* Élise aimerait-elle en faire autant ? proposa Therese.

— Oui, en effet, répondit Élise qui sentait encore ses joues brûler.

— Nicholas va vous montrer la chambre d'ami. (Therese se tourna vers son fils et demanda :) Je donne la chambre d'ami à *Fräulein* Élise. D'accord ?

Le capitaine cacha sa déception et acquiesça d'un signe de tête. Soulever une objection à la présence d'Élise et de Maxim au même étage eût témoigné d'un manque de confiance qu'il répugnait à exprimer.

Ils grimpèrent donc tous les trois, Nicholas en tête. Ils traversèrent un vaste couloir dont le parquet, fraîchement ciré, brillait. Maxim jeta un coup d'œil sur l'extrémité du couloir pour voir sur quoi donnait la fenêtre et s'arrêta avec Nicholas devant une lourde porte. Le capitaine ouvrit, sans s'apercevoir de la curiosité manifestée par son hôte, et s'effaça pour laisser entrer Élise dans la pièce.

— Je reviens vous chercher dans un moment, *vrouwelin.*

Élise entra, referma la porte et poussa un long soupir. Si, jusque-là, elle était parvenue à maîtriser la rougeur de ses joues en grimpant les escaliers, elle se sentait maintenant envahie par une chaleur qui lui brûlait la peau. Bien que sachant son obsession ridicule, elle ne pouvait s'empêcher de la ressasser : y avait-il eu, dans cette posture où ils s'étaient trouvés, une intimité, un rapprochement que les autres avaient pu deviner ?

Nicholas conduisit Maxim au bout du couloir où il

le fit entrer dans une enfilade de pièces richement meublées. Sur les murs d'un petit boudoir, des rayonnages étaient chargés d'un grand nombre d'ouvrages reliés de cuir. Un grand bureau et un fauteuil imposant, de style espagnol, se dressaient devant une armoire finement sculptée.

— C'étaient les appartements de mon père, l'informa Nicholas. Justin les a pris quand il a vu qu'aucun de nous ne voulait grimper jusque-là. Il aime bien l'intimité des lieux et, bien sûr, les livres et les cartes laissés par mon père. Peut-être deviendra-t-il un grand savant un jour. Mais assez parlé. Ces pièces sont à votre disposition. Justin dormira dans une petite chambre à côté de la cuisine.

— Je n'ai pas besoin de quelque chose d'aussi luxueux, protesta Maxim. (Car si la proximité d'Élise le comblait, il était bien conscient des tentations auxquelles il serait confronté et préférait les éviter plutôt que de faire injure à l'hospitalité des Von Reijn.) Une petite chambre me suffirait amplement, ajouta-t-il.

— Non, mon ami. Ma mère serait fâchée si j'installais un ami dans cette pièce minuscule. Justin la connaît bien et il n'est pas gêné de l'occuper à l'occasion, considérant qu'il a pour lui les chambres les plus grandes le reste du temps.

Maxim haussa les épaules, accepta tacitement les risques de la proximité d'Élise et fit diversion dans son esprit en se concentrant sur des sujets moins exaltants mais tout aussi importants pour lui.

Il alla jusqu'à la fenêtre, souleva le rideau et regarda la nuit.

— Il faut que je règle quelques affaires pendant mon séjour à Lübeck, Nicholas, dit-il à son ami. Est-ce que je dérangerais vos parents si j'allais et venais à ma guise ?

Nicholas fronça légèrement les sourcils, se demandant ce que cet Anglais pouvait bien avoir à faire à Lübeck.

— Vous êtes libre, Maxim, mais soyez prudent. On se perd facilement dans cette ville. Si vous souhaitez vous aventurer dans le dédale des rues, il vous faut un guide. Sans quoi nous pourrions bien ne plus vous revoir.

— Je serai prudent, assura Maxim avec un petit rire.

— Si je puis vous accompagner quelque part... commença le capitaine, attendant une réaction de son ami.

— Je suis sûr que vous avez vos propres affaires. Et les miennes ne sont pas si importantes. Il s'agit surtout d'une curiosité pour la ville.

Si la réponse ne satisfaisait pas pleinement Nicholas, il pouvait difficilement garder Maxim prisonnier. En outre, Élise serait peut-être davantage disponible en son absence.

— Serez-vous bientôt prêt pour descendre dîner ? demanda-t-il. Je meurs de faim.

— Je fais un brin de toilette et je descends.

Nicholas gagna la porte, s'y arrêta et se tourna vers Maxim. Après plusieurs tentatives infructueuses pour lui faire part de son inquiétude, il finit par se décider.

— Vous ne seriez pas assez fou pour tenter de voir Karr Hilliard pendant votre séjour, non ?

— Oh, fit Maxim, songeur, je pourrais l'envisager. Je serais curieux de connaître le bonhomme.

Nicholas eut un geste de désespoir.

— Karr Hilliard est dangereux, Maxim. Des hommes bien plus riches que moi le craignent. Je vous en prie ! N'entrez pas en contact avec lui si vous tenez à votre vie.

— Je n'ai pas l'intention de me faire tuer. Croyez-moi, j'ai de nombreuses et merveilleuses raisons de vivre.

— Vous prenez trop de risques, dit Nicholas, maussade. On ne peut en vouloir à Arabella de n'avoir pas attendu confirmation de votre mort avant d'en épouser un autre. Il était trop facile d'y croire.

Sur quoi le capitaine sortit et claqua la porte derrière lui.

Tout en songeant à ce que venait de lui dire Nicholas, Maxim gagna un petit cabinet où il avait vu un broc et une cuvette et il entreprit de se laver les mains. Quand il n'entendit plus de voix dans le couloir ni de bruits de pas dans les escaliers, il saisit une chandelle et retourna à la fenêtre. Il ouvrit les tentures et promena sa chandelle devant la vitre plusieurs fois avant de la souffler. Il attendit, fixant la nuit, que la réponse arrive, venant d'un toit lointain.

Quand il redescendit, Therese s'avança pour conduire ses hôtes dans la salle à manger.

— Katarina, montre donc sa place à Nicholas et assieds-toi à côté de lui pendant que je fais la connaissance de nos invités. Je voudrais bien entendre ce que *Fräulein* Élise et Herr Seymour ont appris de leurs voyages.

Prenant le bras de Katarina, Nicholas s'approcha d'Élise avec un grand sourire.

— Si par miracle il existe au monde de meilleurs cuisiniers que Herr Dietrich, *vrouwelin*, ils sont là, chez ma mère. Vous ne pouvez imaginer quelles sensations vous allez connaître, dit-il.

— Quelque chose comme l'expérience du gui ? demanda-t-elle avec un petit rire. Je dois me montrer prudente, capitaine. Je crains de ne plus pouvoir vous faire confiance.

— Je vais vous donner un bon conseil, confia Therese. Ne faites jamais confiance à Nicholas. Katarina vous le confirmera. C'est un mauvais garçon.

— S'il vous plaît, *vrouwelin*, pria le capitaine. Ne prêtez pas attention à ce que disent ces femmes. Comme vous le voyez, elles adorent me torturer et me feraient volontiers rôtir au-dessus d'un bon feu.

— L'idée est intéressante et je serais assez tentée de l'essayer un jour.

— Quelle idée ai-je eue de vous amener ici, gémit Nicholas, feignant la douleur.

— Vous m'avez éclairée, capitaine, lui répondit-elle avec le plus charmant des sourires. Désormais, je ne vous représenterai plus comme un formidable capitaine de la Ligue hanséatique séparé à jamais des siens. Je constate, ici, que vous les portez dans votre cœur.

Le regard de Therese brilla de plaisir et elle opina avec enthousiasme.

— *Ja*, c'est bien vrai. Nicholas ne nous oublie jamais, où qu'il aille.

18

A l'approche de minuit, la lune brillait au plus haut dans le ciel d'ébène semé d'étoiles. Une petite brume chargée de neige, balayée par l'air froid, arrivait de la Baltique et venait recouvrir la ville d'un manteau blanc chargé de sel. Maxim sortit de la demeure des Von Reijn, s'arrêta devant la porte et scruta soigneusement les rues désertes. Il remonta le capuchon de son manteau et se mit en route d'un pas décidé. Il parcourut plusieurs pâtés de maisons, tourna à angle droit et se glissa dans la ruelle la plus proche, l'oreille aux aguets. Quand il fut certain qu'il n'était pas suivi, il reprit son chemin à grandes enjambées. Un instant plus tard, il s'arrêta dans l'ombre d'une autre ruelle étroite et examina les lieux. En face se dressait la Löwentatze, haute et sombre sur la lisière floue des quais. Une enseigne usée par les intempéries, accrochée à une potence de fer, indiquait que c'était bien là l'auberge qu'il cherchait, avec son nom inscrit en lettres rouges au-dessus d'une unique patte de lion.

Maxim jeta un nouveau regard prudent sur la rue, s'assura qu'elle était déserte et traversa rapidement. Il s'arrêta à la porte, écouta un instant, mais n'entendit rien. Il entra, demeurant dans l'obscurité. Seules quelques chandelles éclairaient la salle commune, où un jeune homme chétif passait avec conviction un balai de paille sur le plancher. Plongé dans son travail, il ne parut pas avoir remarqué la présence de Maxim.

Celui-ci tira le cordon d'une petite cloche de navire en cuivre suspendue à une poutre près de l'entrée. Le bruit métallique se répercuta dans le silence, sans troubler pour autant le garçon qui continua à pousser son tas de détritus sur le plancher. Maxim sonna de nouveau et cette fois une voix lui répondit, depuis l'étage.

— *Ja! Ja! Ich kommen!*

Un bruit de pas traînants se fit entendre puis apparut au fond de la salle un énorme bonhomme voûté. Il regarda vers l'entrée, avança encore de quelques pas puis s'arrêta, examinant l'intrus.

— *Bitte, kommen Sie näher,* dit-il, faisant signe à Maxim d'approcher. *Wir haben leider sehr selten Gäste bei uns.*

— En fait, je ne suis pas un client, répondit Maxim qui lut une soudaine circonspection et de l'inquiétude dans le regard de l'homme.

Il tira une pièce de sa poche et, d'une pichenette, envoya le souverain d'or sur une table voisine.

— *Sprechen Sie deutsch ?* demanda l'homme, toujours aussi circonspect et sans le moindre geste pour ramasser la pièce.

— On m'a dit que vous parliez anglais.

L'aubergiste lui jeta un regard furtif sous ses sourcils broussailleux, comme espérant lire ce que Maxim avait dans l'esprit, mais sans répondre.

— *Ist jemand da, der englisch spricht ?* insista Maxim, cherchant autour de lui quelqu'un d'autre susceptible de parler anglais.

— *Wie heissen Sie ?* demanda enfin le gros bonhomme.

— Seymour... Maxim Seymour.

L'homme avança jusqu'à la table, ramassa la pièce et l'inspecta soigneusement pour s'assurer que l'une des faces représentait bien la reine d'Angleterre. Avec un sourire, il relança la pièce vers Maxim qui l'attrapa au vol et la reglissa dans sa poche.

— Parfait, milord ! Je crois que c'est bien vous, lui dit l'aubergiste, rassuré. Je m'appelle Tobie.

— Et lui ? demanda Maxim, montrant le gamin.

— Oh, ne vous inquiétez pas pour lui. Il est sourd et c'est un simple d'esprit. C'est plus sûr ainsi.

— Et les hommes que je dois rencontrer ?

— Maître Kenneth et son frère sont arrivés de Hambourg voilà environ une semaine et ils ont dit qu'un troisième gentilhomme n'allait pas tarder. Quand j'ai vu votre signal, je les ai envoyé chercher. Ils sont là-haut et ils vous attendent.

— Et vos autres clients ?

— Oh, il y en a bien peu. Et aucun pour se soucier de ce qu'on peut faire ici. Ce sont plus ou moins des amis.

— *Sie sprechen sehr gut deutsch*, Tobie. Comment parlez-vous l'allemand si bien et l'anglais avec un tel accent ?

Tobie passa ses doigts dans sa ceinture de corde et se balança sur les talons, réfléchissant à la question.

— Eh bien, milord, je pense qu'il est plus prudent de laisser croire que je suis un pauvre bougre. Un grand seigneur comme vous risque sûrement sa tête, mais moi ? Je ne crois pas qu'on ferait un exemple avec moi... si vous voyez ce que je veux dire, milord. Comme je dis, mieux vaut être un peu prudent que complètement mort.

— Vous pouvez toujours jouer les frustes si cela vous chante, l'ami, mais si le pire arrive, je doute qu'on prenne le temps de nous trier par classe. Nous serons mis à mort aussi vite que peut s'abattre la hache du bourreau.

Tobie grimaça et se passa la main sur la gorge.

— Ce que vous me dites là n'est pas rassurant, milord.

— La vérité l'est rarement.

Maxim rentra discrètement chez les Von Reijn et grimpa silencieusement les escaliers. Il s'arrêta un instant devant la porte ouverte de sa chambre avec le sentiment de quelque chose d'insolite. Lentement, il fouilla l'antichambre du regard, scrutant l'obscurité. Le feu avait baissé dans la cheminée et les bûches n'étaient plus que des débris de bois calciné rougeoyant vaguement sur un lit de cendres grises. Dans l'obscurité de la pièce, les meubles n'étaient que des formes fantomatiques vaguement inquiétantes. Seul se devinait, devant la cheminée, un canapé à haut dossier, qui se découpait nettement sur le fond rougeoyant de l'âtre. Maxim ne vit rien d'anormal mais il avait le sentiment de ne pas être seul.

Il referma la porte, retira son manteau et le prit sur le bras puis gagna la chambre. Tout comme dans l'antichambre, il ne restait du feu que quelques braises.

Maxim jeta le manteau sur le dos d'une chaise, s'approcha de l'imposant lit à baldaquin et battit un briquet à amadou pour allumer la chandelle de la table de nuit. La flamme monta, éclairant la pièce, et Maxim regarda un instant son lit, goûtant à l'avance le plaisir qu'il trouverait entre le matelas de plume et les édredons duveteux. On avait rabattu le couvre-lit, révélant des draps blancs séchés au soleil et bordés de dentelle faite à la main. Ce fut leur parfum frais qui lui rappela Élise telle qu'il l'avait vue, étendant un drap sur un arbuste dans la cour de Faulder. D'autres images plus plaisantes lui vinrent à l'esprit, mais il les chassa, de crainte qu'elles ne l'empêchent de dormir.

Il soupira, se laissa tomber sur le bord du lit et commença par retirer ses hautes bottes. Quand il se releva, il s'était dépouillé de son pourpoint et de sa chemise pour ne garder que les bas collants, montant jusqu'à la taille, qu'il portait parfois au lieu d'un haut-de-chausse. Il frissonna sous l'air glacé qui lui caressa le dos et lui rappela le feu qui se mourait et ne dispensait plus guère de chaleur.

Bientôt, il le fit flamber de nouveau dans l'âtre et en goûta la tiédeur qui envahit la pièce. Il scruta de nouveau chaque coin de la chambre et n'y trouva rien pour justifier son sentiment de malaise. Il retourna dans l'antichambre et se livra à la même tâche ; il s'agenouilla devant la cheminée, rassembla les braises, y posa du petit bois et des bûches qui ne tardèrent pas à flamber et à pétiller.

Il se redressa et resta un moment à regarder les flammes et à goûter la chaleur tout en songeant aux renseignements glanés tout à l'heure et aux projets échafaudés avec les deux hommes rencontrés. Il n'aurait guère le temps de faire la cour à Élise pendant leur séjour à Lübeck, et cela ne l'enchantait guère car Nicholas pourrait prendre avantage de son absence.

Un long soupir vint le tirer de ses pensées et il se retourna, surpris, se demandant qui avait pénétré dans la pièce. Ses yeux fouillèrent l'ombre près de la porte, n'y découvrant personne. Et puis un léger mouvement attira son attention et son regard se posa sur le canapé. Là, endormie, blottie sous une fourrure, il découvrit celle qui peuplait ses rêves, le visage à demi masqué, les cheveux épars. Ses lèvres, entrouvertes et tentantes, laissaient passer une respiration régulière. Elle remua, se tourna, présenta son profil tandis qu'un bras sortait de sous la fourrure et que s'ouvrait sa robe de chambre pour révéler des seins exquis. Le décolleté plongeant menaçait de glisser complètement sur la peau crémeuse et de découvrir au regard avide de Maxim les roses mamelons. Bien que ce spectacle lui fît bouillir le sang, enflammant ses ardeurs, il ne pouvait se convaincre qu'elle était là pour lui, pour une rencontre amoureuse. Sans doute était-elle venue pour lui parler de son père.

Comme répondant à ses réflexions, les longs cils battirent et quand elle tourna la tête sur le petit oreiller, Maxim plongea son regard dans les profondeurs des yeux de saphir. Élise le fixait calmement, pleinement éveillée.

— Je voulais vous parler... alors j'ai attendu... dit-elle. (Ses yeux descendirent lentement sur la poitrine nue de Maxim puis sur le sous-vêtement collant qui, audacieusement, révélait son émotion. Il ne fit rien pour la dissimuler, ce qui fit comprendre à Élise ce qui avait pu la provoquer. Les joues empourprées, elle se drapa vivement dans sa robe de chambre et expliqua :) J'ai dû m'endormir.

Elle se releva, s'assit sur le canapé et aurait filé si Maxim ne s'était retourné pour jeter une autre bûche dans le feu.

— Pourquoi êtes-vous venue ? demanda-t-il par-dessus son épaule.

— Nicholas m'a dit que vous pourriez m'aider à retrouver mon père, répondit-elle d'une voix timide.

Maxim eut un petit rire.

— Nicholas sait esquiver les questions en les renvoyant à d'autres. Il ne faut pas croire tout ce qu'il dit.

— Je sais qu'il prenait tout cela à la légère, avoua Élise en se tordant les doigts, mal à l'aise.

Que devait penser Maxim de l'avoir trouvée dans sa chambre ainsi vêtue ? Elle aurait dû moins se précipiter pour demander son aide et accorder un peu plus d'attention à son déshabillé. Maintenant, il ne pouvait montrer que du mépris pour son apparente audace.

— Je n'aurais pas dû venir, murmura-t-elle, craintive. Mais j'ai pensé que vous seul pourriez m'aider.

— En fait... commença Maxim, qui se demanda s'il devait poursuivre et lui donner de l'espoir. J'ai parlé à un homme, il y a peu... peut-être s'est-il trompé... mais il pense avoir vu un homme qui pourrait être votre père.

— Où ? lança Élise qui se dressa, retrouvant son courage et ses espoirs.

Maxim eut un geste vague de la main et alla se servir un peu de vin doux.

— Je ne crois pas qu'il faille accorder trop d'importance à la chose, Élise. L'homme n'était pas certain qu'il s'agissait bien de votre père.

Vivement, elle vint jusqu'à lui et posa la main sur son bras.

— Mais c'était peut-être lui, Maxim. C'était peut-être lui.

— Je continuerai à me renseigner...

— L'a-t-on vu à Lübeck ? demanda-t-elle, anxieuse.

Maxim avala une gorgée de vin.

— L'homme à qui j'ai parlé m'a dit qu'il se trouvait sur les quais un matin quand il a vu un Anglais amené à bord d'un navire de la Hanse. Il était... enchaîné.

— Dans ce cas, Nicholas pourrait nous aider à trouver...

— Non ! répliqua fermement Maxim en la regardant,

comme pour bien lui faire comprendre qu'il fallait le laisser en dehors de cette affaire. On ne peut mêler Nicholas à cela.

— Le mêler ? répéta-t-elle, confuse. Voulez-vous dire qu'on ne peut lui faire confiance pour nous aider ?

Non, fit Maxim de la tête, ne sachant trop comment s'expliquer. Il ne voulait surtout pas faire passer le capitaine pour un scélérat ou un traître aux yeux d'Élise. Laisser entendre qu'il était capable d'une telle chose reviendrait à délibérément le diffamer, précisément au moment où il attendait une décision de la jeune fille.

Posant son gobelet, Maxim prit la main d'Élise dans les siennes, essayant de lui faire comprendre.

— Nicholas est mon ami, Élise. Il est également membre de la Hanse... tout comme son père avant lui. Quoi qu'il en dise, les règles de la ligue sont devenues ses règles de vie. S'il devait choisir entre ses loyautés, je ne sais de quel côté il pencherait. Je pense qu'il vaut mieux ne pas l'y contraindre. Si nous nous confiions à lui, nous pourrions le regretter. Si nous le laissons dans l'ignorance, il ne sera pas tenté de nous trahir.

— Dans ce cas, comment savoir si c'est bien mon père qu'on a vu ?

— Laissez-moi le temps, Élise, et je vous promets de faire tout ce que je pourrai pour vous.

Elle eut un doux sourire et lui fit une réponse surprenante, qu'il n'avait pas osé espérer.

— C'est curieux qu'il m'ait fallu partir si loin de chez moi pour trouver ceux que j'aime.

Maxim chercha son regard pour y lire une confirmation de ce qu'il avait compris et ce fut d'une voix presque hésitante qu'il demanda :

— Dois-je tirer un encouragement de ce que vous venez de dire ?

— Je vous laisse penser ce que vous jugerez bon, milord.

Maxim se pencha sur elle et la pressa de s'expliquer.

— Vous ouvrez toutes grandes les portes de mon imagination, madame, et je suis déjà un homme tourmenté par ses désirs. Que voulez-vous dire, avez-vous une réponse à me donner ?

— Pour apaiser mes propres tourments, milord, répondit-elle avec une franchise désarmante, je crois que le mariage serait un moindre mal.

Souriant soudain, Maxim lui prit la taille et l'attira à lui, son audace ne connaissant plus de bornes tandis qu'il lui caressait les reins et la pressait contre son ventre. Élise retint son souffle, pleinement consciente de son désir.

— Je brûle d'envie d'apaiser votre curiosité, madame, lui dit-il.

Il l'aurait enlevée dans ses bras, mais Élise posa sa main sur sa poitrine et le repoussa doucement.

— Considérez où nous nous trouvons, je vous en prie, supplia-t-elle. Ce ne serait pas bien que je me donne à vous sous le propre toit de Nicholas et de sa mère.

— Cette passion qui nous unit est trop intense, Élise, souffla Maxim d'une voix rauque. Comment pourrais-je me refréner quand le désir me submerge ?

— Promettez-le-moi, soupira Élise en tremblant.

Maxim glissa les doigts dans les cheveux de la jeune femme, lui prit la nuque dans ses mains tandis que son regard plongeait dans les yeux de saphir. Puis ses lèvres entrouvertes descendirent sur celles d'Élise avec une passion qui lui coupa le souffle. Jamais elle n'avait connu un tel feu, une telle chaleur dans un baiser. C'était farouche et délicieusement impudique. Ce baiser la dépouillait de l'innocence de ses rêves de jeune fille et semait en elle les prémices d'un plaisir sensuel. La bouche de Maxim glissait sur la sienne, s'emparant avidement de ce qu'elle voulait donner, et elle donnait tout, ne retenait rien. Il la plaquait contre lui, contre son corps presque nu et elle sentit une chaleur brûlante qui naissait tout au fond d'elle, éveillant des désirs qui lui étaient étrangers. Elle avait également conscience de ressentir contre elle son désir d'homme et elle voulait se presser davantage encore. Ses seins appelaient la caresse. Au contact de la solide poitrine de Maxim, leurs pointes se dressaient tandis que le corsage s'ouvrait. La passion de cet homme allumait en elle une flamme qui menaçait de la consumer. Impossible de s'arrêter maintenant...

Ce fut Maxim qui, fidèle à sa parole, se détacha finalement avec un gémissement de frustration, les narines frémissantes, brûlant de la reprendre dans ses bras.

Tourmenté par son désir, il la regarda mettre de l'ordre dans sa tenue, timide maintenant, hésitante.

— Je ne peux me contenter de ce baiser, murmura-t-il. Il ne fait qu'attiser ma passion qui désire bien davantage. Je ne puis supporter d'être là, seul avec vous, et de ne pas vous faire l'amour. Je dois vous prier de partir avant que mes sages résolutions ne volent en éclats.

Élise s'éloigna en silence, suivie par le regard de Maxim. Quand la porte se referma derrière elle, il se détourna, les mâchoires crispées, pour fixer le feu. Dès le matin, il saurait quoi faire. Aucun doute à cet égard.

19

Depuis son arrivée à Lübeck, Nicholas luttait contre un étrange pressentiment. Quelque chose se tramait à la Hanse, il le sentait, entre Karr Hilliard et sa petite bande de fidèles. Sous l'autorité de cet homme qui atteignait aux rangs les plus élevés de l'ordre, la ligue tout entière pouvait être influencée et manœuvrée pour satisfaire ses propres ambitions. Qui, alors, pourrait s'opposer à son pouvoir ?

Un messager était venu chez les Von Reijn, demandant à Nicholas de se rendre à une convocation de Karr Hilliard. Cela avait inquiété le capitaine, car il se doutait que la question concernait Seymour. Hilliard ne faisait pas grand mystère de son aversion pour la reine d'Angleterre, et il ferait tout ce qui était en son pouvoir pour entraîner sa chute ou même sa mort. L'intérêt qu'il portait à Maxim, d'autre part, témoignait de son espoir de gagner l'Anglais à sa cause. Si Maxim refusait la proposition d'Hilliard, il serait facile de le renvoyer, pour qu'Élisabeth en dispose, peut-être. Si les deux hommes parvenaient à un accord, Maxim deviendrait le bouc émissaire de toutes les mauvaises actions contre la reine. Dans l'un et l'autre cas, Maxim y laisserait sa vie et, contre cela, que pouvait faire son ami ?

Les tours de briques vernissées du Rathaus semblaient percer le ciel tout là-haut au-dessus de Nicholas quand il franchit ses voûtes. Il grimpa rapidement les escaliers conduisant aux appartements que Karr Hilliard, à l'occasion, considérait comme les siens. Il remit sa toque et son manteau à Gustave, un homme de taille moyenne mais à la forte poitrine, bien connu des gens de la Hanse comme un des domestiques personnels de Hilliard, chargé de toutes sortes de besognes. Rajustant son vêtement, Nicholas pénétra dans la pièce où l'attendait le chef de son ordre.

— *Guten Morgen, Kapitän,* lança Hilliard en venant l'accueillir.

Grand, corpulent, Hilliard se déplaçait avec la démarche ondulante d'un marin. Compte tenu de son tour de taille, on pouvait difficilement l'imaginer marchant autrement. Il avait le cheveu terne et filasse, un peu plus clair que le cuir brun de ses bottes, et des yeux gris pâle sous d'épais sourcils saillants. Les poches qui soulignaient ses yeux ne flattaient guère son visage, pas plus que ses bajoues pendantes qui semblaient se balancer au rythme de ses mouvements. Si certains pouvaient douter de l'agilité ou de la force de Hilliard, ce n'était pas le cas de Nicholas qui l'avait vu régler leur compte à deux matelots qui discutaient son autorité. L'homme avait posé ses mains énormes sur leurs deux têtes et les avait cognées l'une contre l'autre avec assez de force pour briser les crânes.

— *Guten Morgen,* Herr Hilliard, répondit Nicholas.

Un sourire carnassier découvrit des dents jaunies et mal plantées, dont beaucoup manquaient.

— Content de vous voir arriver si vite, fit Hilliard.

— Votre message paraissait urgent.

— De fait, je souhaitais discuter avec vous d'une certaine question. (L'homme de la Hanse avança jusqu'à la cheminée pour y prendre une bouilloire fumante, demandant à Nicholas :) Du thé, *Kapitän* ?

— Volontiers, *mein Herr.*

Remerciant d'un signe de tête, le capitaine accepta le rafraîchissement épicé, le goûta et apprécia qu'on y ait ajouté de l'hydromel.

En revanche, il goûtait beaucoup moins son interlocuteur. Il ne devait rien à Karr Hilliard. Celui-ci se rassit et croisa les mains sur son ventre imposant, regardant longuement Nicholas. Il le connaissait depuis un certain temps et n'avait aucune raison de douter de lui, mais il affichait une désinvolte nonchalance et ne semblait nullement intimidé. Hilliard eut un froncement de sourcils menaçant. Imprudent était l'homme qui ignorait l'importance de ses supérieurs.

— Que savez-vous du marquis de Bradbury ? demanda-t-il.

— Il n'y a *pas* de marquis de Bradbury pour l'instant, répondit Nicholas avant de boire une gorgée de son gobelet qu'il savoura un instant dans sa bouche. Celui qui portait ce titre en a été dépouillé, *mein Herr*. Et l'on n'a pas nommé d'autre marquis. La couronne d'Angleterre est notoirement lente pour ce genre de choses.

— Ne jouez pas sur les mots avec moi, Nicholas. Vous savez parfaitement que je parle de Maxim Seymour. C'est un de vos amis, je crois.

— Oh, Seymour, fit Nicholas qui se lécha les lèvres en remplissant de nouveau son gobelet. C'est mon ami depuis de nombreuses années. J'allais lui rendre visite chez lui et il a souvent voyagé sur mon navire. Nous avons vidé bien des barils ensemble.

— N'est-ce pas vous qui l'avez ramené en Allemagne ?

— Oui, c'est à bord de mon navire qu'il s'est enfui. Il ne tenait pas à faire l'objet des attentions des bourreaux de la reine.

— On m'a dit que l'homme avait été accusé de trahison.

— *Ja, mein Herr,* dit Nicholas avant de souffler sur son thé pour le refroidir. On l'a accusé de conspiration avec Marie Stuart, la reine d'Écosse, et d'avoir tué un agent de la couronne.

— Et on dit qu'il a échappé à une troupe de gardes royaux qui l'emmenaient à la Tour, ajouta Hilliard d'un ton qui trahissait son scepticisme.

— *Ja,* se borna à répondre Nicholas avec un petit sourire.

— Un homme qui sait se battre, donc ?

— Certainement, oui. Mais pas dans des duels de dandies. C'est au combat qu'il a appris à se battre, et il est rapide avec sa lame. Il a même commandé un navire, ajouta Nicholas qui haussa les épaules, avala une gorgée de son thé et précisa: S'il avait eu la mer dans le sang, peut-être eût-il rivalisé avec Drake lui-même.

Hilliard fit entendre un grognement sourd.

— En voilà un fou furieux ! lança-t-il avec un regard lointain de ses yeux gris, se disant que ce qu'il venait d'entendre confirmait ce qu'il savait déjà. (Il ajouta enfin, révélant ce qui l'intéressait vraiment :) Et quelle fidélité, quelle allégeance témoigne encore Seymour à son Élisabeth ?

Ce fut au tour de Nicholas de se montrer circonspect et songeur. Il avala lentement une nouvelle gorgée, reposa son gobelet et croisa les mains sur son ventre.

— J'hésite à vous répondre, commença-t-il prudemment. Je vous dirai ce que je sais. Maxim Seymour n'est pas un homme léger dans ses fidélités. Bien au contraire, il serait prêt à mourir pour ceux qu'il considère comme ses amis, mais pas stupidement. Je ne doute pas qu'il en entraînerait plus d'un avec lui. Comme ennemi, je le respecterais. Comme ami, je l'adore. Et on l'a grandement lésé... dans ses biens, son honneur, sa dignité... dans son esprit, enfin. Il brûle de se venger et il a besoin d'argent. Il a songé à louer ses talents à Guillaume de Hesse. En tant qu'officier, il demanderait un traitement royal. Et le mériterait bien.

— Vous pensez donc qu'il se louerait comme mercenaire ? demanda Hilliard, une lueur dans le regard.

— C'est son idée. Il a bien quelque argent... des placements à l'abri de l'Angleterre, mais qui fondent rapidement. Je crois cependant qu'il brûle de rentrer chez lui, et si Élisabeth devait tomber, il retournerait dans sa patrie.

Maxim escalada les marches trois par trois et, arrivé au deuxième étage, gagna rapidement la porte d'Élise, retira sa toque et ses gants et frappa légèrement. Une voix le pria d'attendre un instant et la porte s'ouvrit bientôt sur Élise, vêtue d'une robe bleu nuit et se débattant pour attacher une manchette. Maxim eut un long regard d'admiration qui mit le rouge aux joues de la jeune femme.

— Belle dame, votre beauté a l'éclat du soleil qui

réchauffe et illumine cette terre glacée, déclara-t-il, la main sur le cœur et s'inclinant galamment.

Bien que discrète dans ses parures, la robe était à la fois royale et éblouissante. Les manches bouffantes se composaient de bandes de velours bleu nuit alternant avec d'étroites dentelles de soie dont les iridescences passaient du bleu sombre au bleu argenté. Le volume des manches diminuait aux poignets, où elles se terminaient par des manchettes de dentelles. La ceinture ruchée rehaussait la finesse de la taille et la jupe ample était rendue bouffante par un vertugadin. Sous un chapeau à plume coquettement posé, la chevelure auburn se dressait, haute et élégante.

— Enfin ! s'exclama Élise avec un sourire de triomphe en parvenant à attacher sa manchette. (Elle tourna sur elle-même en une petite pirouette destinée à montrer sa robe à Maxim, puis elle se dressa sur la pointe des pieds et lui posa un baiser léger sur la joue.) Oh, Maxim, je me sens si merveilleusement vivante ce matin !

— Effectivement, mon amour, convint-il en l'attirant à lui, vous me paraissez merveilleusement vivante dans mes bras.

Elle eut un rire plein de gaieté puis redevint sérieuse, se lovant contre la poitrine de Maxim.

— Madame Von Reijn m'a bien dit que vous alliez m'emmener quelque part, mais je ne sais où. Avez-vous eu des nouvelles de mon père ? Allons-nous rencontrer quelqu'un qui aurait des renseignements sur lui ?

— Vous paraît-il impossible, ma charmante petite oie, que je souhaite passer un moment avec vous seule ? Bien qu'aucun sacrement ne nous ait encore unis, vous êtes maintenant ma fiancée, ma future épouse. Je désire être avec vous et savoir que vous êtes bien mienne.

Élise ne répondit pas, se bornant à sourire, mais son regard était éloquent.

— Toutefois, poursuivit Maxim, je me suis débrouillé pour que vous rencontriez un certain Sheffield Thomas, un Anglais qui se trouvait ici à l'époque où l'on a pris votre père. Quand vous lui aurez parlé, vous saurez peut-être enfin si c'est bien votre père qu'il a vu. Je dois aller le chercher plus tard dans la soirée, mais en attendant j'ai l'intention de passer tout l'après-midi avec vous.

— Mais où allons-nous ?

Maxim croisa les mains derrière la taille d'Élise et, penchant la tête, la regarda un long moment avant de répondre par une autre question.

— Et si je vous disais que je vous emmène en un lieu où il vous faudra prendre une décision ?

Élise se montrait aussi curieuse qu'un jeune enfant.

— Quel genre de décision ?

— Cela, belle dame, vous le saurez bientôt.

Il posa ses lèvres sur celles d'Élise qui ne se déroba pas. Le baiser devint rapidement plus intense et aurait sans doute conduit à d'autres plaisirs si Maxim ne s'était redressé avec un sourire, regrettant que l'instant et la sagesse s'y opposent.

— Si nous nous attardons davantage, murmura-t-il, je vais boucler la porte et vous prendre ici même.

Elle lui posa doucement le dos de la main sur la joue.

— Vous me trouverez bien consentante, milord. Il me tarde qu'arrive le jour des noces où je serai votre femme.

— Ce sera un jour merveilleux, murmura-t-il. Et même si le vent glace vos doigts et vous rougit le nez, nous connaîtrons les plus agréables des heures. Maintenant, prenez votre manteau et partons d'ici avant que je mette ma menace à exécution.

Il l'aida à passer la cape doublée de fourrure qu'elle portait sur le navire de Nicholas, lui prit le bras et ils descendirent. Élise se sentait pleine de fierté à ses côtés. Même vêtu sans recherche, Maxim était un homme des plus séduisants, c'était indiscutable, mais ce matin il était particulièrement élégant avec son pourpoint de velours couleur taupe, sa culotte bouffante de même teinte et son manteau lie-de-vin somptueusement brodé de fils d'or autour du col haut et raide. Doublé de fourrure, le vêtement rivalisait avec la garde-robe de Nicholas.

Therese se tenait à la porte pour leur dire au revoir et, malgré son sourire, un léger froncement de sourcils trahissait son souci.

— Faites bien attention de ne pas vous perdre dans les rues, leur dit-elle.

Sentant qu'elle avait bien d'autres sujets d'inquiétude, Maxim lui prit les mains et lui sourit en la regardant dans ses yeux pâles.

— Ne vous inquiétez pas, *Frau* Von Reijn. Je penserai également à Nicholas.

Therese hocha lentement la tête, comme acceptant l'augure des paroles de Maxim. Elle joignit les mains et les regarda partir.

Les chevaux, sellés, attendaient. Maxim aida Élise à monter en selle puis la drapa soigneusement dans sa cape avant d'enfourcher Tourbillon et de se mettre en route à petite allure sur la rue pavée.

L'air était frais et vif et le vent d'hiver mettait le rose aux joues d'Élise. Un peu plus tard, ils s'arrêtèrent devant une modeste église et Maxim descendit de cheval. Il pria Élise de l'attendre, pénétra dans l'édifice et revint un instant plus tard. Il ôta son chapeau, s'arrêta à côté de la jeune femme, aussi timide qu'un garçon devant sa première amourette.

— Élise... commença-t-il en un souffle, paraissant avoir du mal à poursuivre.

— Qu'y a-t-il, Maxim ?

— Hier soir... je vous ai demandé de me donner une réponse... et pour ma plus grande joie vous avez dit oui. (Il tourna son chapeau dans ses mains gantées, hésitant.) Élise, je voudrais savoir si c'est bien vrai... car il y a là à l'intérieur un prêtre qui consent à nous marier à l'instant... si vous le voulez bien.

Élise fut stupéfaite de le voir ainsi troublé. Maxim était si fort, si décidé, toujours si plein d'assurance que jamais elle n'aurait cru qu'il pût se montrer si hésitant avec elle. D'autant qu'elle lui avait déjà donné son accord. Peut-être leur union représentait-elle pour lui plus qu'elle ne l'avait réalisé.

Un sourire fut sa réponse et elle posa les mains sur les épaules de Maxim pour qu'il l'aide à descendre. Il la prit contre lui, la serra dans ses bras, goûtant l'amour qu'il lisait dans le regard d'Élise, puis la joie. Il la posa à terre, lui prit la main et ils se hâtèrent de pénétrer dans l'église où un moine leur fit un accueil jovial avant de les conduire dans une chapelle très dépouillée.

Élise suivit, indifférente au décor mais attentive à ce qui allait se passer et plus encore à l'homme qui s'agenouillait à côté d'elle. Lors de l'échange des vœux qui les unit, les longs doigts de Maxim serrèrent les siens en une communion muette. Fascinée, elle regardait le jeu de ses muscles sur le dos de sa main où un fin duvet doré brillait à la douce lueur des chandelles. Sa main à elle paraissait toute pâle et minuscule dans celle de Maxim et elle se jura que cela demeurerait comme un symbole de sa confiance.

Le prêtre les déclara mariés et leur présenta un parchemin à signer. Élise se tenait toute tremblante tandis que Maxim traçait son nom d'une plume hardie. L'instant lui parut à la fois merveilleux et curieusement excitant. En songeant aux circonstances qui avaient conduit à cet événement, elle avait du mal à croire que Maxim et elle étaient maintenant mari et femme. Naguère, elle avait été convaincue de le détester.

— Si jamais je retourne en Angleterre, lui souffla Élise, il faudra que je parle à la reine. Il n'est pas juste qu'elle vous juge coupable de tous les crimes dont on vous accuse.

Son visage rayonnant témoignait de sa confiance en son mari et en son avenir avec lui. Peut-être s'était-il montré égoïste en la prenant pour femme alors que tant de choses demeuraient incertaines, mais il ne pouvait risquer de la perdre. La cour de plus en plus pressante de Nicholas avait fait comprendre à Maxim à quel point il la voulait pour lui.

— Élisabeth vous dira sans doute, madame, que vous êtes aveugle aux fautes de votre mari.

— Je lui prouverai le contraire, je crois. Mon père a gagné quelque mérite au service de la reine. Ne prêtera-t-elle pas l'oreille à ce que lui dira la fille de l'un de ses plus loyaux sujets ?

Maxim la prit par les épaules et l'attira contre lui.

— Elle le fera, mon amour. Et je crois que nul mieux que vous ne pourrait le lui dire.

Il la laissa s'approcher du haut pupitre pour signer le parchemin. Les lettres jaillirent au bout de la plume, dessinant un gracieux paraphe qui témoignait de l'allégresse des nouveaux époux. Leurs regards se croisèrent, se fixèrent avec une telle intensité qu'ils remarquèrent à peine le moine qui séchait l'encre avec du sable avant de rouler le parchemin. Maxim posa ses lèvres sur celles de sa femme afin de sceller leur union par un baiser.

Après quelques mots de remerciement et d'adieu, ils sortirent dans le vent glacé. Maxim aida Élise à remonter en selle et la drapa dans sa cape.

— Il y a une auberge toute proche, lui dit-il, où nous pourrions dîner et... passer quelques instants ensemble.

Élise sourit, incapable de répondre tant son cœur battait d'un émoi nouveau. Jamais elle n'aurait osé espérer ces moments d'intimité alors qu'ils se trouvaient à Lübeck, mais elle aurait dû savoir que Maxim ferait tout pour qu'ils se produisent. Et c'était le genre d'homme à réussir.

Un peu plus tard, ils pénétraient dans un établissement petit mais bien tenu et Maxim demanda une chambre. L'aubergiste, surpris et plein de respect pour des hôtes aussi richement vêtus, les pria d'attendre, le temps que l'on prépare un appartement convenable. Une servante se hâta de disposer un repas sur la table indiquée par Maxim, une petite table sur tréteaux avec des bancs solides dont les hauts dossiers les protégeraient des regards curieux.

— A notre mariage, murmura-t-il, levant son gobelet de vin pour un toast.

Avec un sourire rayonnant, Élise leva son verre et croisa son gobelet avec celui de Maxim.

— Puisse-t-il être béni par l'amour...

— ... et de nombreux enfants.

Les yeux dans les yeux, ils burent leur vin avant d'échanger un long baiser. Maxim soupira et se dégagea.

— Je suis impatient de faire de vous ma femme, dit-il.

— Encore quelques instants, souffla-t-elle, rougissante.

— Alors que chaque instant me semble une éternité, il est difficile d'attendre, milady.

— Milady ? répéta Élise, ravie.

— Oui. Lady Élise Seymour et, si je devais jamais retrouver mon titre, la très ravissante marquise de Bradbury. Et en attendant, ajouta-t-il, portant la main d'Élise à ses lèvres, mon amour.

— C'est ce dernier titre que je préfère, milord... votre amour... milord mon mari. Jamais je n'aurais imaginé, lorsqu'on m'a si rudement enlevée d'Angleterre, que je bénirais ce jour.

— Jamais je n'aurais imaginé, quand vous avez jeté sur moi ce seau d'eau glacée, que je serais heureux qu'on vous ait confondue avec Arabella. Ce matin-là, le désir qui me brûlait de porter la main sur vous ne devait rien à l'amour mais plutôt à la vengeance.

Les yeux étincelants, Élise se dressa pour poser un baiser sur les lèvres de Maxim.

— Vous le méritiez bien, milord. Votre projet d'enlever Arabella n'était pas très galant.

— Il semble qu'une main plus sage que la mienne ait guidé les événements de cette nuit.

— Et dire que je vous ai détesté.

— Et maintenant, belle dame ?

— Je crois, milord, que j'ai fini par bien vous aimer.

— Est-ce là tout ce que je vois dans vos yeux ? demanda Maxim, sceptique. Ou y a-t-il davantage ? Quelle autre passion fait battre votre cœur ? Dois-je vérifier par moi-même ?

Sous la cape qui la couvrait, il glissa une main audacieuse sur la cuisse d'Élise et feignit la surprise.

— Comme tous les hommes, madame, je suis perplexe en voyant jusqu'où peut aller une femme pour protéger sa vertu d'un regard avide et d'une main vagabonde. Je suis un jeune marié tout bouillant et voilà que je trouve mon épouse gardée par bien trop de jupons.

— Peut-être devriez-vous limiter vos appétits à notre lit et vous garder de me lutiner en public ? demanda Élise en riant.

Maxim lui caressa le nez du bout du doigt et sourit.

— Vous avez bien des choses à apprendre concernant votre époux, madame, et notamment l'instant où le désir l'anime. Le lit est parfait, mais il existe d'autres lieux où trouver la béatitude. Par exemple, je m'imagine très bien en train de vous faire l'amour sous les vastes frondaisons d'un arbre, en regardant dans vos yeux le reflet du ciel.

Les émotions d'Élise se lisaient maintenant dans son regard ; c'était le regard d'adoration d'une femme amoureuse.

— Milord, j'accueillerai vos attentions avec plaisir, que ce soit dans un bouge, un château ou un champ. Et, comme bien vous le pensez, je vous aime à un point tel que mon cœur se briserait certainement si jamais vous me rejetiez.

Maxim porta la main d'Élise à ses lèvres et lui baisa les doigts.

— Vous n'avez rien à craindre, mon amour. Cela n'arrivera jamais.

La porte de l'auberge s'ouvrit brusquement, et Maxim se pencha pour voir quels étaient les auteurs de cette intrusion bruyante. Bien qu'il y eût plusieurs hommes, il n'eut d'yeux que pour le premier.

— Ainsi vous êtes là ! tonna Nicholas, faisant sursauter Élise qui faillit s'étouffer avec son vin. Elle porta un mouchoir à sa bouche, horrifiée, et regarda son mari qui jurait dans sa barbe.

— Comment nous a-t-il trouvés ? souffla-t-elle.

— Je ne sais pas, grogna Maxim entre ses dents.

Nicholas s'arrêta pour retirer ses gants et son manteau qu'il accrocha à une patère avant de s'approcher.

— Ce grand mufle de Tourbillon refusait de se laisser conduire à l'écurie, glousa Nicholas, comme répondant à la question d'Élise, et je me suis dit : « Ah, ah ! Mon ami est en train de se restaurer et je vais me joindre à lui et partager sa solitude... »

Élise se sentit prise par l'envie de disparaître sous la table en entendant approcher Nicholas, et elle demeura un instant sans avoir le courage de lever les yeux sur lui. Que n'avait-elle eu la présence d'esprit de s'écarter de Maxim pour atténuer devant Nicholas le choc de leur découverte. Mais il était trop tard. Elle ne pouvait que se décider à croiser ses yeux bleus qui lançaient des éclairs.

— Je pense que vous n'êtes pas si seul après tout, mon ami, observa le capitaine.

— Voulez-vous vous joindre à nous ? proposa tranquillement Maxim.

Nicholas s'installa en face d'eux, rembruni, jetant un regard mécontent sur le marquis qui ne fit pas le moindre effort pour sourire.

Ce n'était pas le moment idéal pour annoncer leur mariage, mais il semblait qu'il n'y ait rien d'autre à faire. Maxim s'y apprêtait quand il vit le léger signe de tête d'Élise qui l'en dissuadait. Ce fut alors qu'il remarqua que s'installaient à une table voisine les hommes qui les avaient escortés jusqu'à Lübeck. Ils étaient bien une demi-douzaine, tous compatriotes du bon capitaine, et on savait où irait leur sympathie si une dispute éclatait. Maxim ne les craignait pas, malgré leur nombre, mais il devait penser à protéger sa jeune épouse.

Les hommes regardaient avec intérêt le capitaine appuyer ses bras sur la table, fixer son ami et lui demander :

— Voulez-vous, s'il vous plaît, me dire ce que vous faites ici avec Élise ?

— N'est-ce pas évident ? répondit Maxim avec un geste en direction des mets sur la table. Nous partageons un repas.

Nicholas eut un petit rire méprisant, montrant qu'il n'était pas satisfait de la réponse.

— Et que vouliez-vous partager d'autre ? Un lit ?

Le regard de Maxim devint dur comme l'acier.

— Voilà qui est fort offensant pour la dame, mon ami, et je ne puis admettre une telle injure. C'est moi qui ai demandé à Élise de m'accompagner, et c'est donc à moi de la défendre. (Il sentit sur sa cuisse la main légère de sa femme, vit son menton se relever et son regard qui le suppliait de la laisser s'expliquer.) Il n'y a rien là que de très honorable, continua-t-il. Je vous rappelle de prendre garde à la réputation d'Élise et de modérer vos accusations, au moins jusqu'à ce que je la raccompagne chez votre mère et que je règle cela avec vous en privé.

— Je la raccompagnerai moi-même chez moi. J'y vais de ce pas. Quant à vous... mon ami (il insista sur le mot avec un petit ricanement), vous pourrez vous rendre à votre rendez-vous avec Karr Hilliard, et que Dieu ait pitié de votre âme téméraire.

— Karr Hilliard ?

— Il m'a demandé de vous envoyer à lui, répondit Nicholas, glacial. S'il ne vous tue pas (il ignora le petit cri étouffé d'Élise et poursuivit), je tenterai de le faire moi-même. Je n'ai pas besoin d'eux, ajouta-t-il, avec un geste de la main vers ses hommes.

— Voulez-vous m'indiquer votre heure ? fit Maxim, presque cordialement. Je ne voudrais pas rater cela.

— Si vous sortez vivant de votre rencontre avec Hilliard, nous pourrions nous retrouver demain matin...

— Pourquoi si tard ? Pourquoi ne pas régler cela aujourd'hui ?

— J'ai une réunion au *Kontor*, répondit sèchement Nicholas. Sans quoi ce serait avec plaisir.

— Et ce rendez-vous avec Hilliard ? C'est pour quelle heure ?

— Quatre heures.

Maxim se frotta pensivement le menton.

— Je devais rencontrer un homme cet après-midi. Qui pouvait avoir des renseignements sur le père d'Élise. Y a-t-il une possibilité de remettre le rendez-vous avec Hilliard ?

— Hilliard n'attend personne. Ou vous allez à son rendez-vous, ou l'occasion est perdue.

Maxim poussa un soupir résigné.

— Et où dois-je le rencontrer ?

— A ses entrepôts, près des quais. (Nicholas lui tendit un petit morceau de parchemin où il avait griffonné un plan.) C'est là.

Maxim examina rapidement le dessin et ramassa ses gants posés sur la table.

— J'ai juste le temps de raccompagner la dame avant de repartir.

Furieux, Nicholas abattit son poing sur la table.

— *Vous ne la ramènerez pas!*

Si Élise pâlit sous l'éclat du capitaine, Maxim se borna à sourire, tout en enfilant ses gants et en se levant.

— Je crains qu'il ne vous faille ordonner à vos hommes de m'en empêcher, mon ami. C'est moi qui ai amené cette dame ici et je veux bien être damné si je ne la ramène pas.

Il fit un signe à Élise et, quand elle fut levée, il drapa sa cape sur ses épaules. Elle jeta un regard inquiet à Nicholas, craignant sa réaction, et fut heureuse de voir qu'à part des grognements et des jurons étouffés, il décidait de ne pas aller plus loin.

Maxim entraîna Élise jusqu'à la porte et s'arrêta un instant devant l'aubergiste qui avait sagement gardé le silence. Il lui glissa quelques pièces dans la main, lui dit quelques mots en allemand et sortit avec sa femme.

— Il faut nous hâter, murmura-t-il, passant un bras autour des épaules d'Élise en gagnant rapidement l'écurie. Je dois aller rencontrer Hilliard.

— Il y a danger, Maxim, lui dit-elle avec un regard suppliant tandis qu'il s'arrêtait et lui prenait les mains. Vous risquez d'être tué. Devez-vous vraiment rencontrer Hilliard ?

— Je n'ai pas le choix, mon amour. Croyez-moi, j'aurais souhaité que le jour de notre mariage fût différent. J'avais prévu de passer cet après-midi seul avec vous. Il semble que le sort en ait décidé autrement. Je ne puis que vous demander de prendre patience et de garder l'assurance qu'on ne me refusera pas longtemps le bonheur de faire de vous ma femme.

Il se pencha pour lui baiser les lèvres, ne se souciant guère de qui pouvait les voir, puis il lui prit la main et repartit vers l'écurie.

Il serra la sangle de la selle d'Élise et l'aida à s'installer sur la jument, mais à l'instant où elle prenait les rênes il lui posa un baiser sur les doigts, priant en lui-même pour qu'il revienne tenir sa promesse.

20

Maxim s'arrêta dans l'ombre au bas des escaliers et scruta les alentours. Les marches, qui le conduiraient bien près du danger, menaient à un petit escalier d'où partait un autre escalier et d'autres encore. Il s'appuya au mur et respira longuement, profondément, pour calmer ses nerfs. L'homme qu'il allait rencontrer concentrait sur lui toute la puissance de la Ligue hanséatique, du moins jusqu'à la prochaine réunion de la Diète au printemps. Et à moins que ne surgisse quelque événement imprévu, il n'existait aucune raison d'espérer que ses pairs remplaceraient Hilliard cette année. Par leurs querelles et leur silence, les électeurs sanctionnaient l'autorité de leur représentant, approuvant tacitement ses méthodes brutales. Hilliard disposait d'un pouvoir absolu, ne répondant que devant la Diète.

Une main sur la garde de son épée, Maxim escalada les escaliers. Il avait passé des vêtements plus ordinaires en ramenant Élise, et il avait pris son épée, s'attendant au pire. Si son mariage devait se terminer par sa mort avant la fin de la nuit, du moins était-il bien décidé à vendre chèrement sa peau.

Arrivé à l'étage, il en grimpa un autre, puis un autre. Sans s'arrêter, il traversa le dernier palier et tourna la poignée de la seule porte qu'il trouva en face de lui.

Dans la pièce, un gros homme solidement bâti s'arrêta de ranger des cartes dans une armoire profonde et se tourna à demi. En voyant Maxim, il referma le cabinet et s'essuya les mains.

— Vous désirez quelque chose ? demanda-t-il d'une voix douce, presque efféminée, mais que démentait la puissance de ses épaules et de ses énormes bras.

— Maxim Seymour, à votre service. Je crois que Herr Hilliard m'attend, dit Maxim, tirant de sa poche le sceau et le tendant négligemment à l'homme. Celui-ci l'examina attentivement et, lorsque le regard bleu se releva, la curiosité avait cédé la place au respect, en apparence du moins.

— Je suis Gustave, le... secrétaire particulier de Herr Hilliard. (L'homme n'avait marqué qu'une légère hésitation, mais suffisante pour laisser penser que l'éventail de ses attributions était très ouvert.) Entrez, je vous prie.

Maxim passa ses gants à sa ceinture et entra, jetant un bref coup d'œil aux solides mains musculeuses. On pouvait aisément imaginer qu'elles feraient bon marché de la vie d'un homme.

— Puis-je vous débarrasser de votre manteau ?

Maxim préféra conserver son manteau sur le bras. S'il devait filer en vitesse, mieux valait être prêt à une longue course dans le froid glacial. Devant le froncement de sourcils de Gustave, il s'en expliqua par une excuse :

— Je le garde, si vous permettez. J'ai pris froid en venant.

— Je vais dire à *mein Herr* que vous êtes arrivé.

Gustave traversa le cabinet et, ouvrant à peine une porte derrière un comptoir, s'y glissa sans que Maxim puisse jeter un regard dans la pièce voisine.

Maxim se tourna lentement pour examiner les lieux : une pièce toute simple mais curieusement en désordre. Des piles de manifestes et de connaissements s'empilaient sur une commode aux tiroirs probablement déjà pleins. Malgré le fouillis apparent, Maxim était convaincu que l'on remarquerait aussitôt tout document qui ne serait plus à sa place.

Des pas lourds se firent entendre, la porte s'ouvrit et Gustave reparut.

— *Mein Herr* demande que vous l'attendiez ici, dit celui-ci, l'introduisant et indiquant un fauteuil.

Maxim y jeta son manteau, s'installa et posa son épée à côté de lui. Gustave disparut et referma la porte. Maxim guetta le bruit d'une clé qu'on aurait tournée mais n'entendit rien. Il faillit pousser un soupir de soulagement mais il savait qu'il était fou de se réjouir prématurément. La confrontation n'avait pas encore commencé et il faudrait attendre la fin de l'entretien pour savoir s'il pourrait partir tranquillement ou s'il devrait s'enfuir pour sauver sa vie.

Maxim appuya sa tête au dos du fauteuil et, les yeux mi-clos, examina le luxe qui l'entourait, mais il demeurait sur le qui-vive, se sentant lui-même observé.

La pièce où il se trouvait contrastait totalement avec la première. Partout, l'œil se posait sur de riches souvenirs d'une vie de voyages. Chaque meuble, chaque tenture, chaque tapis ou coussin était de la meilleure qualité et témoignait de la position et de la fortune de son propriétaire. Un feu pétillait dans une cheminée au manteau de marbre ouvragé. A côté, un gros fauteuil recouvert de cuir noir trônait derrière un immense bureau de riche bois satiné. C'était là, manifestement, la pièce d'un homme à l'opulence indiscutable, son luxe rivalisant avec celui du cabinet d'un roi.

Après un long moment, la porte s'ouvrit sans un bruit et Karr Hilliard daigna paraître.

— Ah, Lord Seymour ! Je suis si heureux de vous voir ! dit-il en s'avançant d'un pas pesant pour saluer son hôte.

— Heureux d'avoir répondu à votre invitation, Herr Hilliard, répondit Maxim qui se leva.

Le petit rire de l'homme sembla faire trembler son énorme masse.

— Je me demandais si vous vous souviendriez de moi.

— Comment aurais-je pu vous oublier ? N'êtes-vous pas le maître de la Hanse ?

On pouvait interpréter la grimace de Maxim comme un sourire, mais lui seul savait la dérision qu'elle cachait.

— Vous me faites grand honneur, Lord Seymour, mais je ne suis pas un souverain. Je suis un simple rustre, comme vous dites en Angleterre.

Hilliard s'arrêta un instant, semblant attendre quelque dénégation, et parut déçu de ne pas l'entendre.

— Je ne suis qu'un serviteur de la ligue, ajouta-t-il avec un soupir.

— Un serviteur qui a gagné le respect de tous.

— C'est vrai. Je suis un des représentants les plus influents de la Diète.

— Nul n'oserait en douter, dit Maxim, bien conscient de naviguer dans les limites étroites séparant la sincérité de l'injure.

Son orgueil apaisé, Hilliard eut un rire plein de bonne humeur et fit signe à Maxim de s'asseoir. Celui-ci reprit place dans son énorme fauteuil aux bras sculptés tandis qu'Hilliard traversait la pièce jusqu'à une espèce de placard construit dans l'embrasure d'une fenêtre. A l'intérieur reposait un fût de bière, encagé derrière une grille en bois, comme celles qui fermaient les écoutilles de navire. Le placard, ainsi ouvert au froid de l'extérieur, permettait de rafraîchir le fût ainsi que les choses posées à côté. Une fois bien fermées, les portes empêchaient les courants d'air d'envahir la pièce tout en protégeant le tonneau de la chaleur.

Le Grand Maître, Roi des Marchands de la Hanse, comme devait se considérer Hilliard, revint de sa démarche dandinante jusqu'à Maxim, une chope à la main, givrée et pleine d'une bière mousseuse qu'il offrit à son hôte.

— Voulez-vous boire une bière avec moi, Herr Seymour ?

— Bien volontiers, Herr Hilliard. Merci.

Et Maxim avala une longue gorgée de sa bière qu'il trouva fort à son goût.

— J'ai rencontré le *Kapitän* Von Reijn ce matin, dit Hilliard en installant son imposante masse dans un solide fauteuil. Il m'a fait part de votre désir de vous faire engager comme... mercenaire ?

— Je l'ai envisagé, en effet, confirma Maxim.

Hilliard le considéra un long moment, comme

essayant de sonder la sincérité de son interlocuteur.
— Avez-vous décidé quelque chose de précis ?
Maxim ne répondit pas immédiatement. Il regarda Hilliard.
— Et si c'était le cas ? demanda-t-il.
Hilliard eut un petit rire qui secoua ses bajoues.
— Allons, Herr Seymour, j'ai une bonne raison de paraître indiscret. Il serait du plus grand intérêt pour moi de savoir à quel pays vous loueriez vos services.
— Simple logique. Au pays qui, bien sûr, offrirait la plus grosse bourse.
— Nicholas m'a fait part de vos besoins.
— Je ne suis pas encore indigent, aussi puis-je prendre mon temps.
Hilliard sentit qu'il avait piqué l'orgueil de l'homme. Peut-être Herr Seymour était-il plus proche de l'indigence qu'il ne voulait bien le faire paraître.
— Et si quelqu'un *était* intéressé par vos services et pouvait vous offrir beaucoup d'or, qu'en diriez-vous ? L'écouteriez-vous ?
— Je serais stupide de ne pas le faire.
— Vous importerait-il de servir tel pays... ou de vous tourner contre tel autre ?
— Si mon ami Nicholas ne vous a pas dit tout ce qu'il y avait à savoir à mon sujet, peut-être devrais-je vous éclairer, Herr Hilliard. Je suis un homme sans patrie et mes loyautés de naguère ont été bien mal récompensées. Je n'agis désormais plus que selon mon propre plaisir.
Les yeux gris et ternes s'étrécirent pour mieux sonder Maxim.
— Et Élisabeth ? Respectez-vous toujours votre serment d'allégeance ?
Maxim eut un petit rire moqueur.
— C'est elle qui m'a dépouillé de mon titre, de mes terres et de tous mes biens. Selon vous, à quelle loyauté suis-je tenu envers elle ?
— A aucune, selon moi.
— Exactement.
Hilliard promena pensivement un long doigt sale autour de son gobelet. La réponse du marquis était

sèche et directe. En considérant sa situation présente, on pouvait penser qu'il était devenu l'ennemi résolu de la reine d'Angleterre.

— Je vous poserai la question sans ambages, Herr Seymour. Vous plairait-il de retourner en Angleterre sous le règne de Marie Stuart ?

— Si elle devait me rendre mon titre et mes biens, oui, répondit prudemment Maxim.

Hilliard se pencha dans son fauteuil et choisit soigneusement ses mots.

— Avez-vous songé à aider la reine Marie à s'échapper ?

Maxim manifesta son scepticisme par un nouveau petit rire.

— Et par quel miracle ? Je suis un homme seul. Que pourrais-je faire ?

— Soyez assuré, Herr Seymour, que vous ne seriez pas seul. Nous avons en Angleterre des gens qui vous aideraient. Mais d'aucuns pensent qu'il serait plus facile de commencer par assassiner Élisabeth avant de libérer Marie.

— Que proposez-vous ? demanda sèchement Maxim. L'évasion de Marie ? Ou l'assassinat de la reine ?

Hilliard évita un moment les yeux de Maxim. Il paraissait réfléchir à la question de celui-ci et hésiter quant à sa réponse. Puis il se décida et, après un instant de réflexion, se leva lourdement de son fauteuil. Il s'approcha d'un des murs de la pièce, entièrement tapissé de rayonnages vitrés et chargés d'ouvrages de toutes tailles. Il s'arrêta et le regard qu'il jeta pardessus son épaule brillait d'un éclat nouveau où se lisait à la fois la cupidité et une curieuse malveillance.

— Venez, fit-il, ponctuant son ordre d'un signe de tête. Je voudrais vous montrer quelque chose.

Il manœuvra un loquet invisible et poussa un rayonnage qui, à la surprise de Maxim, glissa lentement et sans bruit. Apparut une porte à travers laquelle il suivit son hôte jusqu'à une passerelle haute et étroite protégée par une rampe grossièrement taillée. Des lanternes suspendues à des poutres créaient des îlots de lumière dans l'obscurité. La caverne secrète semblait s'étendre à l'infini et s'y empilaient des caisses, des ballots, des barriques. Des lumières mouvantes laissaient voir une ronde de gardiens armés de haches et de piques.

Hilliard attendit, laissant à Maxim le temps d'apprécier l'immensité des lieux. Quand celui-ci se tourna finalement vers le chef de la Hanse, le sourcil interrogateur, Hilliard sourit, ravi.

— Vous avez devant vous de quoi payer la rançon de plusieurs rois et même de quoi acheter plusieurs royaumes. Là, vous avez des épices, du thé et des soies du Cathay. Ici, des tapisseries, des tapis, des dattes confites achetés aux émirs, beys et sultans qui règnent au-delà de la mer Noire. Plus loin, nos récentes acquisitions de fourrures, ambre et miel des ports de l'Orient et de la Baltique. (Il se tourna vers Maxim et son sourire découvrit ses dents mal plantées.) Mes navires commercent avec tous les pays du monde... pour un honnête bénéfice, bien entendu. (Soudain, son visage se rembrunit.) Du moins quand ce salopard de Drake nous laisse tranquilles. C'est cela, la Hanse. Un simple groupement d'honnêtes marchands qui souhaitent faire un honnête profit.

Maxim suivit Hilliard qui regagnait ses appartements, songeant aux moyens employés et aux milliers de morts qu'avaient coûtés les bénéfices de ce maître de la Hanse.

— Et voilà maintenant que cette garce d'Élisabeth, continua Hilliard furieux, veut jouer les innocentes tout en lançant Drake et ses chiens de mer contre nous qui avons œuvré pour créer ce commerce.

Il se laissa tomber dans son fauteuil, les épaules voûtées, penché sur son énorme ventre. Sous les sourcils broussailleux, le regard se fit dur, mauvais.

— Mais dites-vous bien, reprit-il, que d'autres, tout aussi résolus, veulent mettre un terme à ses agissements. (Il se laissa aller dans son fauteuil, comme épuisé, et se fit presque suppliant.) J'ai été moi-même menacé. Je n'ose plus aller inspecter mes propres biens des Stilliards, de crainte d'être jeté en prison pour des crimes dont je suis innocent. Il n'y a pas la moindre justice dans le cœur noir d'Élisabeth.

Maxim reprit sa place dans son fauteuil, songeant que tout cela n'était qu'un tissu de mensonges.

— Si vous craignez la traîtrise d'Élisabeth, dit-il, posant un doigt sur la garde de son épée, pourquoi tolérer un Anglais armé auprès de vous ? Ne vous méfiez-vous pas de moi ? N'aurait-elle pas pu m'envoyer ?

Hilliard posa ses coudes sur les bras de son fauteuil et joignit ses doigts boudinés avec un sourire entendu.

— Le fait que vous ayez failli perdre la vie sur son ordre me rassure un peu. Je n'en suis pas moins un homme prudent, dit-il, levant la main en direction du mur auquel Maxim tournait le dos. Voulez-vous vous retourner ?

Maxim tourna la tête. On avait légèrement déplacé un grand tableau au cadre très orné, qui révéla une ouverture dans le mur. Il se souvint du meuble où Gustave était en train de ranger des cartes, à son arrivée, et se rendit compte qu'il était parfaitement situé pour permettre une surveillance de la pièce.

— Gustave tient entre ses genoux, depuis que vous êtes entré, une arbalète pointée dans votre dos. Si vous portiez la main à votre lame, jamais vos amis ne vous reverraient. (Hilliard hocha pensivement la tête et ajouta :) Même en hiver, le fleuve charrie bien des épaves à la mer.

— Et, bien sûr, Gustave est votre plus loyal serviteur.

— Je dirais plutôt « collaborateur », rectifia Hilliard avec un sourire suffisant. Il aime bien me débarrasser de mes ennemis. Vous comprenez, bien sûr.

— J'ai pris bonne note de vos précautions, Herr Hilliard, dit Maxim en se carrant de nouveau dans son fauteuil. Mais je n'ai toujours pas de réponse à ma question. S'agira-t-il d'un assassinat ou d'une évasion ?

— Ce qui sera le plus commode. (Une lueur passa dans les yeux gris.) Mais il y a certaines évidences, oserai-je dire. Même si Marie parvenait à s'échapper, elle ne pourrait devenir reine avant qu'on ait disposé de l'autre. Il serait certainement de votre intérêt qu'Élisabeth soit tuée.

— Oui, dit Maxim, sarcastique. Seulement, dès l'instant où je mettrai le pied dans un château où réside Élisabeth, je serai arrêté et conduit à la Tour pour y attendre mon exécution si longtemps remise. Pardonnez-moi, Herr Hilliard, je préfère garder ma tête que la perdre sur le billot. Un sac d'or n'est d'aucune utilité à un mort.

Hilliard demanda alors avec circonspection :

— Et si quelqu'un vous aidait à pénétrer au château en s'assurant que nul ne vous verrait ?

— Si vous disposez d'une telle personne dans la place, pourquoi avoir besoin de moi ? Votre homme pourrait tuer la reine et s'enfuir sans être pris.

Hilliard se cala dans son fauteuil avec un soupir de mauvaise humeur.

— C'est là le nœud de l'affaire. Une dame d'honneur ne saurait manier une épée d'homme.

— Non, mais elle pourrait verser le poison, répliqua Maxim qui se pencha et plongea son regard dans les yeux gris. Allons, Hilliard, si vous avez quelqu'un si proche de la reine, votre affaire est faite. Vous n'avez pas besoin de moi.

— J'aimerais que ce soit aussi simple, dit Hilliard avec un hochement de tête écœuré qui fit trembler ses bajoues. La dame ne le fera pas. Elle est loyale à la reine, et elle n'accepterait de vous faire entrer qu'en ignorant tout de vos intentions.

— Dans ce cas pourquoi me permettrait-elle de pénétrer dans les appartements de la reine ? Pourquoi me ferait-elle assez confiance pour m'introduire ?

— Ce n'est qu'un pion sans importance.

— Mais *pourquoi* me faire entrer ? insista Maxim.

Les lourdes épaules se soulevèrent.

— Elle n'est plus toute jeune et elle est amoureuse...

— *Et ?*

Pour la première fois de sa vie, Hilliard réalisait qu'il se trouvait face à un homme dont la volonté était aussi forte que la sienne. Il répondit d'une voix presque altérée :

— La femme a un amant...

Maxim se laissa de nouveau aller dans son fauteuil et joignit à son tour les doigts.

— Et, bien sûr, elle ne croirait pas son amant capable d'une aussi vile action. (Une lueur passa dans les yeux verts qui s'étrécirent.) Dites-moi donc, dans ce cas, pourquoi vous ne payez pas cet amant pour qu'il assassine la reine.

— Le bonhomme est précieux à sa manière, mais il n'en aurait pas le courage. Tuer sournoisement, d'accord, mais pas quand il y a danger.

— C'est donc un lâche, dit brutalement Maxim, utilisant le mot que l'autre répugnait à prononcer.

Sans se compromettre, Hilliard hocha la tête, faisant danser ses bajoues. Maxim le regarda attentivement et lança :

— Un Allemand devrait se montrer plus hardi.

— Un Allemand le ferait ! Mais ce n'est qu'une mauviette d'Anglais, cracha Hilliard avec une moue qui témoignait de son mépris.

Maxim le pressa.

— Et vous ne voulez pas le contrarier de crainte de perdre la possibilité d'atteindre la reine. Peut-être même le choyez-vous.

— Je l'ai fait, grogna Hilliard. Et cela m'a coûté une fortune en or. En fait, je ne saurai jamais combien j'ai perdu...

— L'or n'est pas facile à gagner. Il faut être fou pour s'en séparer.

Hilliard se pencha de nouveau, l'air abattu, chagriné.

— Je le tenais... ou presque, mais ce bâtard de fils de garce a menacé de rompre avec la dame. Je n'ai pu que céder à ses exigences.

— Manifestement vous avez besoin de lui pour que la dame se plie à vos projets. J'ai cependant le sentiment que vous n'auriez guère de chagrin s'il mourait.

Un ricanement retroussa les lèvres d'Hilliard et il tordit ses mains d'un geste vif.

— Si je le pouvais, siffla-t-il, je le tuerais moi-même.

Maxim suivit le geste et put presque imaginer le bruit que ferait son cou en se rompant dans pareil étau. Mais il lui fallait poursuivre son idée.

— Dites-moi, Herr Hilliard, avez-vous un plan bien

précis pour assassiner la reine ? Ou est-ce seulement un rêve qui jamais ne se réalisera ?

Une lueur de colère brilla fugitivement dans les yeux du chef de la Hanse. Il avait cru déceler une certaine raillerie dans le ton de l'Anglais.

— Ne craignez rien, Herr Seymour, j'ai mes plans et ils seront menés à bonne fin, sinon par vous, du moins par un autre.

— Et combien offrez-vous ?

Hilliard eut un sourire suffisant et rentra la tête dans les plis épais de ses épaules.

— Eh bien, vos terres, votre fortune, bien sûr. N'est-ce pas là une récompense suffisante ?

Maxim vida son gobelet et se leva. Il prit son manteau et regarda l'homme.

— Elle est suffisante si vous pouvez la garantir.

— Tuez cette garce de Tudor, sortez Marie Stuart de prison et vous aurez tout.

— Il me faudra, bien sûr, un petit viatique pour mon retour en Angleterre. Disons un témoignage de votre confiance.

Hilliard quitta la pièce de sa lourde démarche et revint avec un coffret cerclé de fer. Tirant une clé de sa poche, Hilliard ouvrit la serrure et sortit du coffre une petite bourse qu'il lança à son hôte. Après quoi il imprima son sceau dans un cachet de cire qu'il remit à Maxim.

— Voilà qui servira à vous identifier en cas de besoin, encore que rares sont ceux qui, en Angleterre, n'ont pas entendu parler du marquis de Bradbury.

— Votre homme prendra-t-il contact avec moi ou dois-je le faire ?

— Il prendra contact avec vous peu après votre arrivée.

Maxim gagna la porte où il s'arrêta un instant.

— Si Nicholas s'informait des résultats de notre entretien, il serait malvenu que vous lui parliez de notre affaire. Il se prend pour un expert en ce qui concerne Maxim Seymour. Je souhaiterais qu'il ignore tout.

— Je ne lui dirai rien.

Avec un petit signe de tête, Maxim prit congé, poussant un soupir de soulagement en quittant la compagnie de Karr Hilliard et de son fidèle Gustave.

21

Au couchant, le soleil perdit lentement de son éclat pour ne laisser subsister qu'une lueur rouge, découpant sur l'horizon les silhouettes de hautes flèches et de toits aux pentes abruptes. Une brise venue du nord apporta un froid vif qui dissipa les dernières tiédeurs de la journée. Le ciel passa du gris pâle au noir et une neige légère se mit à tomber. Sur toutes les vitres, le gel commença à former de complexes dessins de cristal.

Élise quitta la petite fenêtre de sa chambre et le givre eut tôt fait de recouvrir la surface qu'elle avait essuyée. Elle resta un instant à admirer la toile d'araignée qui se formait sous ses yeux, puis la vitre trembla sous une nouvelle rafale.

Élise soupira et se mit à arpenter sa chambre. Les menaçantes paroles de Nicholas à propos d'un homme qu'elle n'avait jamais vu l'avaient laissée pleine de crainte. Karr Hilliard, semblait-il, pouvait se débarrasser de Maxim comme bon lui semblerait. Seul son retour la rassurerait, et encore resterait-il à parler de Nicholas. Élise avait décidé d'annoncer elle-même leur mariage au capitaine, mais elle n'en avait guère eu l'occasion jusqu'alors, Nicholas n'étant pas rentré lui non plus.

Les volets claquaient sous chaque coup de vent qui semblait secouer jusqu'aux fondations de la maison. Et

Maxim ne revenait toujours pas ! Elle retourna à la fenêtre, grattant le givre pour guetter la haute silhouette qu'il lui tardait tant de revoir.

Un fracas se fit soudain entendre sur le toit, suivi par un silence puis par le bruit de quelque chose qui se brisait dans la rue. Une nouvelle rafale hurlante secoua la demeure et Élise fila au rez-de-chaussée où elle trouva Therese et Katarina occupées à leurs tapisseries. Justin arriva, presque derrière Élise.

— Le vent a dû arracher une tuile du toit, tante Therese, annonça-t-il.

— Le bruit a terrorisé cette pauvre Élise ! constata Therese après avoir soigneusement terminé son point. (Elle pressa une main sur son cœur, recouvra son calme et pointa son index sur Justin.) Demain, tu grimperas là-haut et tu veilleras à ce qu'il n'en tombe pas d'autres.

Therese se replongea dans son ouvrage et Justin s'approcha d'Élise qui s'était plantée devant la fenêtre et scrutait l'épais voile de neige qui enveloppait la rue.

— Il ne faut pas vous faire de souci pour Nicholas, Élise. Il connaît la ville aussi bien que son navire.

Bien que Justin se fût trompé sur l'identité de celui qu'elle attendait, Élise parvint à lui sourire. Certes elle se faisait également du souci pour Nicholas, mais les dangers que courait Maxim paraissaient autrement plus grands. Et son inquiétude plus insupportable avec les minutes qui passaient.

Justin s'approcha de la fenêtre et gratta le givre alors qu'une vague silhouette drapée dans un manteau s'approchait de la maison, glissant, dérapant et luttant contre les rafales de vent.

— Oh, je crois que nous allons avoir la visite de quelqu'un qui a bravé les éléments pour venir nous voir, observa Justin.

Il remarqua l'angoisse d'Élise, son front soucieux, et il retourna à la vitre pour mieux voir. Après quoi il haussa les épaules et annonça :

— Ce n'est qu'un inconnu, Élise.

Elle poussa un soupir et, les mains serrées, consulta la pendule sur la table. Il n'était pas loin de huit heures, suffisamment tard pour que Maxim en ait terminé avec Hilliard.

— Ouvre la porte, Justin, dit Therese, avant que le pauvre homme ne gèle.

Justin se hâta et ouvrit à l'instant où l'homme allait frapper à la porte. Surpris, celui-ci regarda le jeune homme, le poing encore levé et, quelque peu gêné, rejeta son capuchon couvert de neige et se présenta.

— Je m-m'appelle Sh-Sheffield Thomas, bégaya-t-il, les lèvres engourdies par le froid. Je voudrais parler à madame Élise Radborne. Lord Seymour m'a fait savoir qu'il avait une affaire importante à régler avec Hilliard. Je pensais qu'il allait me retrouver à l'auberge ensuite, mais il n'est pas venu. J'ai pensé que peut-être il se trouverait ici.

— Lord Seymour n'est pas là pour l'instant, mais madame Radborne oui. Voulez-vous entrer vous réchauffer près du feu pendant que je vais la chercher ?

L'homme entra et Justin le débarrassa de son manteau avant de l'introduire dans un petit salon où un feu brûlait dans la cheminée.

Sheffield tira de sa poche un grand mouchoir et y enfouit son gros nez rouge. En entendant des pas, il leva ses yeux embués sur la porte par où apparut une jeune femme d'une rare beauté.

— Notre invitée, madame Radborne, annonça Justin.

— Enchanté, madame. Tout à fait enchanté !

— Vous avez des renseignements à me communiquer, monsieur ? demanda doucement Élise.

Sa voix, malgré une nervosité sensible, rappela à Sheffield un coin d'Angleterre proche de chez lui où un petit ruisseau coulait mélodieusement sur un lit de cailloux au fond d'un vallon moussu. Il devait rêver.

— Oui, madame. Lord Seymour m'a demandé de vous entretenir d'un incident dont j'ai été le témoin il y a quelques mois. Il n'est pas là, m'a-t-on dit.

— Il a été retenu, murmura Élise, luttant pour ne pas laisser paraître ses craintes.

L'inconnu pouvait savoir quelque chose concernant son père.

Justin referma la porte et invita l'homme à s'asseoir.

— Madame Radborne m'a demandé de rester. Y consentez-vous, monsieur ? demanda-t-il.

— Certainement, répondit Sheffield qui refusa le siège et s'approcha davantage du feu, se tournant vers Élise et Justin.

Les mains derrière le dos pour mieux les réchauffer, il commença son récit.

— Je suis anglais et commerçant. Il y a quelque temps, j'ai conduit mon navire à Brême puis continué sur Nuremberg et les foires de Leipzig pour y négocier des marchandises de pays lointains. Karr Hilliard m'a ensuite demandé de venir à Lübeck afin de voir ses précieuses denrées avant mon retour en Angleterre. Je suis ainsi arrivé à Lübeck il y a plus de quatre mois. Je possédais une riche cargaison et des trésors que des rois se seraient disputés. J'étais convaincu qu'Hilliard et moi allions faire des affaires, mais hélas mon navire brûla au mouillage la nuit même après que j'eus montré à cet homme quelques échantillons de ma cargaison. J'ai perdu mon capitaine et une bonne douzaine de marins demeurés à bord pour garder le navire. Au matin, il ne restait que les débris calcinés d'un mât émergeant de l'eau. Le capitaine du port a dû le faire tirer de là et arracher la coque par morceaux avec des grappins pour dégager le mouillage. (L'homme eut un petit rire de dérision et poursuivit, cognant de l'index dans la paume de son autre main pour bien insister :) Je n'ai pas reconnu un seul morceau de bois ; et on n'a jamais retrouvé la plus petite partie de ma cargaison depuis. Comme si les bandits avaient volé mon navire et brûlé une vieille coque à sa place.

Soudain perdu dans ses pensées, Sheffield se tourna pour fixer le feu et avancer ses mains vers la cheminée, avant de reprendre son récit.

— Le lendemain matin, le reste de l'équipage s'est réveillé d'une sévère cuite dans une sordide taverne et ne se rappelait plus de rien. Quand j'ai voulu en savoir davantage auprès du bourgmestre de Lübeck, il m'a débité ses excuses à une vitesse telle que j'en ai eu la tête qui tournait. Il a prétendu avoir fait une enquête, mais qui n'aurait pas révélé la moindre trace de mon navire ni de mes hommes. Depuis, j'ai appris à mieux parler la langue et j'ai entendu des histoires de marins anglais enchaînés et emmenés à bord des navires d'Hilliard. (Il haussa les épaules et son regard se fit de nouveau lointain.) Quand j'essaie de me renseigner, tout le monde se défile et se tait.

— Je suis navrée pour vous, maître Thomas, dit Élise, compatissante. Mais quel rapport avec mon père ?

Au moment de répondre, Thomas se mit à tousser et, s'adressant à Justin, lui demanda :

— S'il vous plaît, monsieur, j'ai la gorge sèche et douloureuse. N'auriez-vous pas un petit quelque chose à boire ?

— Mais bien sûr, dit Justin qui quitta sa place derrière la chaise d'Élise pour aller agiter une clochette posée sur un buffet.

Un instant plus tard une servante apporta sur un grand plateau une théière et trois tasses. Justin sourit en remarquant la déception de l'homme et, après avoir rempli une des tasses à demi, il y rajouta une bonne rasade d'un flacon tiré du buffet.

Sheffield se hâta de l'accepter, huma la tasse et avala une longue gorgée de breuvage.

— Ahhh, fit-il. Le chaud, c'est souverain pour la gorge. (Il vida sa tasse, la reposa sur le plateau et continua, après avoir de nouveau manifesté son plaisir :) Il y a quelques semaines, j'ai eu l'idée de surveiller les navires d'Hilliard qui entraient au port ou embarquaient des marchandises, pour le cas où je découvrirais quelque chose m'appartenant. J'ai alors vu un manège bizarre et j'ai d'abord été persuadé qu'il s'agissait d'un de mes hommes.

Élise avala son thé, essayant de ne pas penser à Maxim aux prises avec un homme tel qu'Hilliard. Ce que disait Sheffield ne la rassurait guère.

— Le *Grau Falke*, un grand navire appartenant à Hilliard, venait juste d'arriver des Stilliards, à Londres, reprit Sheffield. Je l'ai observé et j'ai vu qu'on débarquait un homme enchaîné.

— Et cet homme était anglais ? demanda Élise.

— Oui, madame.

— Comment le savez-vous ?

— Plus tard, dans une taverne, j'ai reconnu l'un de ses gardiens. Je lui ai payé quelques bières et je l'ai fait parler, expliqua Sheffield, riant à ce souvenir. Je lui ai dit : « On raconte que vous avez eu une mutinerie à bord. » Et le bonhomme m'a jeté un regard noir. « C'est des racontars », répondit-il. « Vous avez bien descendu un de ces types pour qu'on le pende... à ce qu'on m'a raconté », lui ai-je dit, ne voulant pas avouer que j'espionnais le navire. « Z'avez mal entendu, protesta-t-il avec son drôle d'accent. Pas de mutinerie sur un navire de la Hanse. Il n'y en a jamais eu, il n'y en aura jamais ! C'était simplement un Anglais qu'Hilliard a coincé aux Stilliards en train d'espionner. » Et je lui ai fait remarquer : « Drake et ses chiens de mer vont vous tomber dessus pour avoir enlevé un Anglais chez lui. » « Bah ! m'a-t-il répondu, ils ne le sauront jamais. » Et il n'a rien voulu me dire d'autre.

— Avez-vous remarqué un détail concernant cet homme ? demanda Élise, vivement intéressée. Était-il grand ? Maigre ? Brun ? Avec des traits fins ? (A chacune des questions, Sheffield confirmait d'un signe de tête, et les espoirs d'Élise se précisèrent.) Dites-moi, auriez-vous par hasard remarqué s'il portait une grosse bague d'or et d'onyx à l'index ?

Sheffield réfléchit un instant avant de secouer lentement la tête.

— Ça, je ne peux pas le dire, madame. Il avait les mains enchaînées devant lui, mais pour autant que je me souvienne, il n'avait pas de bague.

Les épaules d'Élise s'affaissèrent un peu et elle lutta contre sa déception. La bague aurait identifié son père avec certitude, mais maintenant elle n'était plus sûre de rien.

— On la lui aura certainement enlevée, fit observer Justin.

— Sans doute, convint Sheffield, désireux de revoir la lueur d'espoir dans les yeux de saphir d'Élise.

— Si mon père est bien ici... et s'il est encore vivant, dit lentement la jeune femme qui tentait de chasser son doute et son incertitude, il ne peut être qu'emprisonné quelque part dans les donjons de la Hanse.

— Nicholas pourrait aider à le retrouver, dit Justin.

Élise baissa prudemment les yeux. Maxim l'avait mise en garde contre toute implication de Nicholas, et il fallait jouer serré pour ne pas encourager Justin dans cette voie.

— Y a-t-il autre chose que vous pourriez me dire, maître Thomas ? demanda-t-elle.

— Non, madame, répondit Sheffield, le cœur brisé de la décevoir. J'aimerais pouvoir, mais je crains de ne pas vous avoir rapporté grand-chose.

— J'ai poursuivi mes recherches dans une douzaine de directions différentes, sans résultat, dit Élise. M'en donnez-vous une nouvelle ? Je ne me sens certainement pas plus mal qu'hier et vous m'apportez quelque espoir qu'il ne soit pas loin. (Elle glissa une main sous les plis de sa robe puis la ressortit, fermée sur quelque chose qu'elle tendit à Sheffield, surpris.) Tenez, prenez, l'encouragea-t-elle, ouvrant les doigts. C'est pour votre temps et votre peine.

Le souverain d'or paraissait énorme dans la petite main d'Élise.

— Oh, non, madame. Vous me blessez. Ce serait mal de prendre ne serait-ce qu'un quart de penny de la main d'une fille qui cherche son père. Je ne vous ai donné qu'un bien mince espoir. Vous m'avez laissé me chauffer et j'ai entendu l'anglais le plus doux depuis la disparition de ma chère femme. Je vous souhaite le bonsoir, madame et monsieur. Je me retire.

Justin le raccompagna et revint s'appuyer au chambranle de la porte. Élise fixait le feu, ne paraissant pas consciente de sa présence. Il la regarda mordiller sa lèvre inférieure et rester les mains jointes, un pouce frottant l'autre. De toute évidence, elle luttait contre la déception qui la gagnait

— A quoi pensez-vous, Élise ? demanda-t-il doucement, souhaitant voir heureuse la jeune femme qu'il avait appris à aimer depuis son arrivée.

Élise leva les yeux et découvrit pour la première fois, sous sa façade de gaieté insouciante, un jeune homme qui s'inquiétait pour elle. Elle s'efforça de rire, voulant cacher ses propres inquiétudes.

— Parfois, Justin, une femme doit garder ses pensées pour elle.

Justin continua à l'observer. Il savait qu'elle analysait, un à un, les renseignements fournis par Sheffield Thomas. « Une fois encore, se dit-il, la réputation d'Hilliard est exécrable... trafic, vol et piraterie. Comment un tel homme peut-il dire du mal d'un Drake ? Ce que Drake a gagné au combat en haute mer, Hilliard s'en est emparé par la traîtrise et le meurtre. »

Sheffield Thomas avait découvert, comme d'autres victimes avant lui, qu'Hilliard détenait influence et pouvoir sur les officiels de Lübeck. Il était inutile de tenter d'obtenir justice par ce canal. Justin le savait depuis longtemps et en souffrait. Chaque jour se faisait plus pressant en lui le désir de voir les lourdes bajoues d'Hilliard trembler de peur quand il enfoncerait sa lame dans son cœur noir. Ces pensées le ramenèrent brutalement aux événements de ces derniers jours. Il se tourna vers Élise et lui demanda, apparemment désinvolte :

— Pourquoi pensez-vous que Maxim soit allé voir Karr Hilliard ? Serait-ce pour s'informer à propos de votre père ?

Élise croisa son regard et haussa les épaules, voulant jouer elle aussi les innocentes alors qu'elle s'efforçait de ne pas laisser percer sa méfiance.

— Peut-être, mais je ne saurais l'affirmer. Il ne m'en a rien dit et je n'ai pas cru devoir le lui demander.

Justin la regarda faire une légère moue et fixer le dos de sa main en un reproche silencieux. Il sourit, comprenant qu'il avait touché une corde sensible.

— Je vous demande pardon, Élise, ce n'était pas méchant. C'est simplement qu'Hilliard ne gaspille pas son temps et ses faveurs avec quelqu'un dont il ne peut tirer profit. Que peut-il espérer de Maxim ?

— Pas grand-chose, j'imagine, répondit-elle prudemment. Maxim n'a ni biens ni fortune. Il est virtuellement sans le sou et, pour autant que je le sache, il n'a d'autre but que de retrouver son honneur.

— Et cependant Hilliard a demandé à le voir. Cela ne ressemble guère au bonhomme d'inviter Maxim dans son repaire au seul motif de répondre à des questions concernant votre père. Non, il doit y avoir autre chose.

Élise fronça les sourcils, piquée. S'il voulait laisser supposer que Maxim pouvait avoir quelque complicité avec un tel homme, elle allait remettre à sa place l'impertinent gamin.

— Peut-être allez-vous m'éclairer, milord Justin. Vous semblez très bien connaître Karr Hilliard vous-même. Pour quelle raison, d'après vous, aurait-il prié Maxim de venir le voir ?

Justin s'installa dans un fauteuil en face d'Élise, posa ses bras sur les accoudoirs et croisa les doigts. Il observa un instant la jeune femme et son air circonspect avant de se décider.

— Depuis quelque temps, Hilliard fulmine contre Drake qui coule ou s'empare de ses navires pratiquement sur les ordres d'Élisabeth. Et voilà maintenant que ce même Hilliard convoque chez lui un Anglais. Certes, il s'agit d'un lord qui a perdu son titre... mais il connaît bien la cour d'Angleterre. Je vous le demande à mon tour, Élise, que pensez-vous de cette entrevue ?

Élise releva le menton, prenant ombrage du raisonnement de Justin.

— Comment se fait-il que vous connaissiez si bien Karr Hilliard, Justin ? s'enquit-elle. Comment pouvez-vous tirer de telles conclusions si vous n'êtes pas un de ses familiers ?

Justin, bien conscient du mépris croissant de la jeune femme, eut un sourire aimable. Dès le début, il avait été impressionné, pour ne pas dire plus, par la beauté d'Élise, mais il avait également deviné tout ce qui la liait au marquis. Sa présente réaction le confirmait, d'ailleurs, mais les questions demeuraient. Cet homme, que l'on tenait pour un traître, était-il impliqué dans quelque chose de bien pis qu'Élise et lui pouvaient l'imaginer ?

— Je connais bien Karr Hilliard pour l'avoir observé depuis des années, répondit-il enfin. Il est lié à la mort de mon père. En fait, je crois que lui-même ou Gustave, son homme de main, est directement responsable du meurtre de mon père.

La muraille qu'Élise avait dressée contre les questions du jeune homme commença à s'écrouler.

— Dans ce cas, vous comprenez mes inquiétudes.

— Parfaitement, dit Justin, fixant le sol et sentant une boule dans sa gorge au souvenir de la disparition de son père. Hilliard n'a que faire d'Anglais vivants. Quelles que soient les intentions de Maxim, il s'avance en terrain dangereux.

Élise ne cachait plus son inquiétude, maintenant. Elle se tordait les mains, imaginant le pire.

— Vous voulez dire qu'il pourrait être déjà mort ?

— On a retrouvé mon père dans une cuve à vin, répondit Justin. Pourquoi Maxim s'intéressait-il à Hilliard et en quoi intéressait-il le maître de la Hanse ? Sheffield Thomas pourrait bien se retrouver dans la même situation s'il ne se montre pas plus prudent, ajouta-t-il.

— Cela suffit ! s'écria Élise en se levant brusquement et en le regardant, les larmes aux yeux. Prenez-vous plaisir à m'effrayer alors que j'ignore où se trouvent ceux que j'aime ? C'est insupportable !

— Je vous en prie, Élise, pardonnez-moi. Je ne voulais pas me montrer cruel, lui dit Justin qui lui passa un bras protecteur autour des épaules.

— Que vais-je faire ? sanglota Élise en se dégageant. Nicholas m'a dit que les gens de la Hanse devaient se réunir ce soir. Hilliard s'y trouvera certainement et il a dû en terminer avec Maxim maintenant.

Justin laissa retomber son bras et s'approcha du feu, piqué par le reproche muet de la jeune femme. Ce Maxim se montrait hardi avec la dame, mais à quoi jouait-il exactement ? A part ce que lui avait appris Nicholas au hasard de conversations, il ignorait tout de cet homme et il se sentit assailli par la jalousie devant l'inébranlable confiance d'Élise. Une autre pensée lui vint à l'esprit. Hilliard réunissait souvent ses hommes au *Kontor*, sans autre raison, apparemment, que son propre plaisir. Il aimait se voir en souverain tout-puissant, régnant sur les maîtres de la Hanse comme sur ses sujets. Ces réunions étaient aussi pour lui le moyen d'obtenir l'approbation tacite des maîtres locaux en flattant leur ego et en cachant habilement ses véritables intentions. Si des protestations s'élevaient plus tard à la suite de quelque mauvaise action, il pouvait toujours dire qu'il n'avait agi que comme simple exécutant de la Hanse. Telle d'ailleurs était peut-être son intention ce soir: il invoquerait quelque excuse devant la Hanse pour s'être assuré les services de l'Anglais.

— Voulez-vous m'excuser, Élise ? Il faut que je sorte, dit Justin, s'inclinant brièvement devant elle.

— Mais où allez-vous ? s'inquiéta Élise, qui se demandait pourquoi son hôte s'apprêtait à s'aventurer dehors par une telle nuit.

Justin se demanda ce qu'il pourrait bien lui répondre. Certainement pas qu'il avait décidé de pénétrer dans le *Kontor* pour savoir ce que voulait Maxim. Il se tira d'affaire avec une pirouette déjà utilisée par Élise.

— Il est des choses, ma chère Élise, qu'un homme ne doit pas dire à une femme.

Élise l'écouta s'éloigner dans le couloir et gagner sa chambre, puis elle se tourna pour fixer les flammes, le front rembruni. Elle avait le sentiment que le départ du jeune homme ne vaudrait rien de bon à Maxim. Il n'avait pas caché sa méfiance pour son mari. Peut-être même lui voulait-il du mal.

Elle sortit de la pièce, ramassa ses jupes et se précipita dans les escaliers. Elle savait ce qu'elle allait faire, et rien ne l'arrêterait. Peut-être se trompait-elle au sujet de Justin, mais elle n'avait d'autre choix que de le suivre et de découvrir ses intentions. Elle avait découvert un coffre de vieux vêtements lui appartenant dans la chambre qu'occupait Maxim et elle était bien décidée à s'en servir.

Elle se déshabilla rapidement et cacha ses vêtements dans le coffre. Elle s'aplatit la poitrine le plus possible en la serrant sous une large bande de tissu puis passa une chemise ample et une tunique de laine par-dessus. Deux paires de bas épais et des culottes larges estomperaient ses formes féminines tout en la protégeant du froid. Elle dissimula ses cheveux sous un chapeau de cuir dont elle noua les attaches sous son menton. Ses vieilles bottes de cuir feraient parfaitement l'affaire, une fois bourrées de chiffons de laine qui lui tiendraient les pieds chauds et assourdiraient ses pas.

Soudain, elle entendit s'ouvrir la porte de l'antichambre et elle se figea tandis que des pas prudents faisaient légèrement craquer le parquet. Ce ne pouvait être Maxim, se dit-elle. Il n'avait aucune raison de se glisser furtivement dans sa propre chambre.

Elle avança sans bruit jusqu'à la porte séparant les deux pièces et l'ouvrit juste assez pour jeter un coup d'œil. Le souffle coupé, elle vit un vieil homme dont les cheveux gris et raides dépassaient sous une toque. Quand il se tourna et alluma une chandelle sur la table, elle reconnut le profil de Justin. Une tache lie-de-vin couvrait le côté gauche de son visage, de la tempe à la mâchoire, avec des touffes de poils gris. Une légère barbe semblait ombrer maintenant le menton et la lèvre supérieure, retroussée en un perpétuel rictus. En outre, Justin se déplaçait avec une légère claudication de la jambe gauche. Il n'avait plus rien du jeune homme exubérant sous ce déguisement qui le vieillissait.

Il tira un petit coffret de l'armoire, l'ouvrit avec une clé qu'il portait sur lui et en sortit un sceau de bronze accroché à un mince cordonnet. Il le regarda un instant, le lança en l'air, le rattrapa puis, avec un grand geste, jeta un manteau de laine sur ses épaules et quitta la pièce.

Élise s'empara d'un manteau et se hâta de le suivre. Elle gagna le palier sur la pointe des pieds et vit Justin qui descendait les escaliers. Entendant un murmure de voix dans la chambre de Therese, elle recula vivement dans l'ombre au moment où Katarina sortait de la pièce et traversait le couloir jusqu'à sa chambre. Élise poussa un soupir de soulagement et se pencha par-dessus la rampe juste à temps pour voir Justin se glisser sans bruit au-dehors.

Élise descendit à son tour et gagna doucement la porte. Elle l'ouvrit et se retrouva dans l'obscurité de la rue qu'elle scruta un instant. Le vent était tombé et Justin avait disparu, laissant ses traces de pas dans la neige.

Elle s'était suffisamment aventurée dans Alsatia et les Stilliards pour savoir passer inaperçue dans les ruelles sombres d'une ville. Elle suivit, légère comme un elfe, ses vieilles bottes de cuir restant silencieuses dans la neige molle. Craignant d'être vue, elle avançait prudemment, s'arrêtant aux angles des rues et jetant chaque fois un coup d'œil avant de poursuivre. Justin, qui semblait toujours très loin devant, ne laissait subsister de son passage que les traces de ses pas dans la neige. Elle le vit enfin au bout d'une rue, qui s'arrêtait et regardait autour de lui avant de se glisser dans une autre ruelle. Élise se figea, compta lentement jusqu'à cinq et courut à sa poursuite.

Au bout d'un moment de ce manège, Élise ne savait plus quelle distance ils avaient parcourue. Ils devaient être assez loin, pensa-t-elle. Elle ignorait où ils se trouvaient et pourquoi Justin avait pris cette direction, mais elle ne pouvait risquer de le perdre maintenant car elle serait elle-même perdue à jamais dans la nuit de cette ville.

Ses pires craintes semblèrent se réaliser quand, débouchant de l'obscurité d'une allée, elle vit que les traces de pas avaient disparu. Soudain paniquée, elle regarda autour d'elle, se demandant où était passé Justin. On aurait cru qu'il s'était évaporé.

Son cœur s'arrêta quand elle découvrit trois ombres qui entraient dans la ruelle, lui coupant la retraite. Elle recula en trébuchant, cherchant un endroit où se cacher, lorsqu'une main jaillit soudain, se plaqua sur sa bouche et qu'un bras autoritaire la tira en arrière, dans un recoin obscur. Elle lutta pour se débattre, mais une voix lui intima à l'oreille :

— Pas de bruit ! Il y a danger pour nous ici.

La voix de Justin. Elle cessa de trembler et se détendit contre lui. Les trois ombres approchaient tandis que Justin et Élise demeuraient figés, n'osant pas bouger de crainte d'être découverts. L'homme de tête s'arrêta au milieu de la ruelle, les poings sur les hanches, magnifique et inquiétante silhouette sur fond de lumière lointaine. Ses vêtements et ceux des hommes qui l'accompagnaient n'étaient guère familiers à Élise : long manteau en peau de mouton rasée, serré à la taille par une large ceinture où pendait une épée dans son fourreau, col relevé haut sur la nuque, tunique de couleur sombre sous la peau de mouton. Une bande de cuir d'agneau garnissait le bas du chapeau dont le haut, en laine, était rabattu sur un côté et retenu par une boucle parée de pierres. Le manteau, légèrement évasé, arrivait à mi-mollet et couvrait de volumineux pantalons glissés dans de hautes bottes noires. On ne distinguait pas les traits de l'homme, mais Élise crut voir l'ombre d'une moustache noire tombante et une cicatrice sur la joue.

L'homme parut écouter un instant puis continua d'avancer. Élise retint son souffle quand il passa devant le recoin où Justin et elle étaient accroupis. Ses poumons étaient avides d'air, mais elle demeura aussi immobile qu'une souris attendant le départ du chat.

L'homme atteignit le bout de la ruelle et s'arrêta, attendant que les autres le rejoignent. Puis ils continuèrent, en direction d'une rue plus large. Dans le silence qui suivit, Justin poussa un long soupir de soulagement.

— Des gens de l'Est, de Novgorod, souffla-t-il. On dit qu'ils sont ici toute une bande, arrivée il y a plusieurs semaines. Je n'en ai vu que deux ou trois, au *Kontor*. Ce sont des hommes farouches, qui restent le plus souvent entre eux. Même Hilliard craint de les approcher. On dit que ce sont des boyards, exilés de Novgorod par Ivan quand il s'est emparé de la ville il y a quelques années. Depuis la mort du tsar, l'an dernier, ils cherchent ouvertement à rétablir leur pouvoir à Novgorod. Les ports de la Baltique sont désireux de reprendre le commerce avec eux et nous nous gardons bien de les offenser. Je serais surpris que celui-ci ne soit pas un prince. Il paraît fort capable de s'être sorti de Novgorod par la force.

— Où vont-ils maintenant ?

— A la salle commune du *Kontor*... certainement pour observer et écouter.

— C'est là que vous vous rendez ? demanda Élise.

— J'en ai l'intention, dit Justin en l'aidant à se relever, mais je ne puis vous laisser seule et je n'ai pas le temps de vous ramener. Que vais-je faire de vous ?

— Ne puis-je venir avec vous... ? Ou alors laissez-moi continuer à vous suivre.

— Jamais vous ne pénétrerez seule dans le *kontor*, on vous prendrait pour un espion, expliqua Justin qui se passa une main sur le front, hésitant. (Mais l'idée faisait son chemin. Auprès de qui pourrait-elle mieux apprendre ce que tramait Maxim, sinon Hilliard lui-même ? Il se décida :) Je crois que je n'ai pas le choix, dit-il. Venez.

Ils coururent jusqu'au bout de la ruelle où ils s'accroupirent de nouveau pour observer les trois Orientaux s'approcher d'une massive construction d'aspect austère, devant laquelle un solide garde se tenait en faction. Même d'où elle se trouvait, Élise décela le respect presque craintif qu'il témoigna au grand Oriental qui grimpait les marches le premier, car il se redressa vivement et fit signe à l'homme et à ses compagnons d'entrer après seulement un bref coup d'œil sur le sceau qu'ils produisirent.

— Le garde est d'ordinaire beaucoup plus consciencieux quand il vérifie mon sceau, dit amèrement Justin. Si quelqu'un vous pose la question, dites que vous êtes l'apprenti de Du Volstad, mais gardez la tête couverte et les yeux baissés quand on vous regardera. Vous n'êtes pas très convaincante en garçon.

Élise releva le nez, avec une pointe de mépris. Elle pourrait bien lui donner des leçons en matière de déguisement. Celui qu'il avait adopté, par exemple, était sans doute efficace pour modifier son aspect, mais franchement repoussant et, de ce fait, propre à lui aliéner bien des gens.

Justin souhaitait surtout que le garde ne voie pas de près le visage d'Élise, beaucoup trop féminin pour supporter un examen attentif. Aussi joua-t-il toute une comédie en présentant son sceau. Quand la jeune femme tenta de regarder dans la salle par l'entrebâillement de la porte, il la calotta, l'invectiva en un allemand furieux et lui botta le derrière, la projetant presque à l'intérieur, la tête la première, sous le hochement de tête approbateur du garde. Celui-ci fit à peine attention au sceau et moins encore à Élise, raillant la qualité de la nouvelle génération d'apprentis.

Se frottant le bas du dos, Élise suivit Justin à travers la foule qui peuplait la salle éclairée par des lanternes. Des odeurs de viandes rôties, de fumée, de transpiration et de bière forte l'assaillirent. Osant à peine jeter des coups d'œil furtifs, elle gardait les épaules basses et collait à Justin. On mangeait et on buvait beaucoup, aux tables, tandis que d'autres hommes se rassemblaient en petits comités plus calmes.

Sur une estrade, un autre groupe d'hommes corpulents étaient assis autour d'un repas. Bien qu'elle n'eût jamais vu Karr Hilliard, Élise le reconnut aussitôt, trônant dans le plus grand fauteuil. Il proclamait son rang, son pouvoir et son autorité avec une arrogance désinvolte. A son cou pendait une massive chaîne d'or portant les insignes de sa charge, les armes de la Ligue hanséatique. Un peu plus loin, un homme au torse massif semblait ne pas se mêler aux réjouissances et surveillait la salle, ayant manifestement autorité pour décourager les intrus et veiller sur Karr Hilliard. Il portait une épée au côté et sa main reposait sur un poignard courbe passé à sa ceinture.

L'attention d'Élise fut attirée par un bruit de cymbales, de gros rires et des cris de brutes. Elle se dressa sur la pointe des pieds pour voir par-dessus de larges épaules un jeune garçon de son âge environ qui avançait péniblement entre deux rangées de braillards brandissant des fouets courts à plusieurs lanières. Tandis que le garçon progressait en titubant, les maîtres lui cinglaient le dos avec énergie en hurlant leur joie.

Élise détourna le regard de la chemise déchirée et ensanglantée, comprenant qu'il s'agissait d'un rituel destiné à prouver la valeur de l'apprenti. Elle pria avec ferveur de ne pas se retrouver dans la même situation, ce qui mettrait à rude épreuve bien plus que sa résistance.

Craignant d'être découverte, elle se fit aussi petite

que possible. Elle eut un moment de panique en se rendant compte qu'elle avait perdu Justin. Elle chercha autour d'elle et tomba sur Nicholas, plongé dans une conversation sérieuse avec un groupe de ses pairs. Il semblait songeur, fâché même, et elle se demanda si elle n'en était pas la cause. Un instant plus tard, un large dos le lui dissimula et elle tourna son regard dans une autre direction.

Malgré la pénombre et la fumée, elle aperçut le grand Oriental à l'autre bout de la pièce, assis avec ses compagnons. Il avait retiré son manteau mais gardé son chapeau. La tunique sombre qu'il portait était serrée à la taille par une ceinture enchâssée de pierres d'ambre qui retenait son épée. L'homme se tenait bien droit, comme un prince. Élise ne put s'empêcher de le regarder. La longue moustache tombante, les yeux légèrement bridés et la peau basanée faisaient penser à un Mongol. Pas tout à fait cependant. Elle n'aurait su dire exactement quoi, mais quelque chose dans l'allure de cet homme lui parut familier. Peut-être un souvenir de ses rêves de fillette.

Élise ressentit quelque inquiétude sous la pression croissante de ces corps en sueur qui s'agitaient autour d'elle. Elle s'aperçut bientôt qu'elle était bloquée de partout par des hommes bien plus grands qu'elle. Elle posa une main tremblante sur son cœur, se demandant quelle folie l'avait amenée ici et souhaitant ardemment pouvoir s'échapper. Si elle en réchappait, elle renoncerait à jamais à ces déguisements pour se cantonner dans le rôle d'une épouse aimante et pleine de bonnes manières.

Un coup de coude dans le dos lui fit pousser un gémissement de douleur et la projeta violemment contre l'homme qui se trouvait devant elle. Il trébucha un peu, se retourna en grognant et lui appliqua une solide calotte. Élise repartit en titubant.

— *Ach! Dummkopf!*

A peine ces mots avaient retenti à ses oreilles, qu'une main de fer lui saisit le bras. Elle tenta de se libérer, ce qui rendit l'homme plus furieux encore. Grommelant quelque chose en une langue qu'elle ne comprit pas, il la fit tourner autour de lui avant de la lâcher en riant et de l'envoyer dans un petit groupe de maîtres. Un homme d'une soixantaine d'années la prit sous les épaules pour la relever et elle crut qu'il allait la sauver de ce mufle brutal. Hélas, il se contenta de la rejeter dans les bras de son tourmenteur. Celui-ci éclata d'un rire tonitruant et agita au-dessus de sa tête un fouet à plusieurs lanières tout en tenant Élise par le cou et la secouant sans ménagements. Aussitôt, la tunique de laine céda et la chemise, dessous, se déchira. Retentit alors dans la salle le plus horrible cri de femme que la Ligue hanséatique eût sans doute jamais entendu. Ce fut soudain le silence et tous les visages se tournèrent vers Élise. Elle se débattait pour empêcher ses vêtements de glisser, mais la peau nacrée de ses épaules parut capter tous les reflets du maigre éclairage. Tout à coup, Élise se retrouva face au regard bleu de Nicholas Von Reijn. Les yeux ronds, bouche bée, il la reconnut. Le visage, même sous le cuir de la coiffe, lui était trop familier; cependant confus, troublé, il cherchait frénétiquement la raison de la présence de la jeune femme en ce lieu. Pourquoi Élise était-elle ainsi vêtue ? Et pourquoi ici, grand Dieu ? Une partie de lui-même voulait voler à son secours, mais il se désolidariserait ainsi de la Hanse. Il demeura figé, incapable de tout mouvement, luttant avec sa conscience.

Le solide maître la prit de nouveau par les bras et la tourna pour l'examiner de son regard perçant. De sa main libre, il arracha la coiffe de cuir, libérant une abondante chevelure auburn. Stupéfait, il lui brailla aux oreilles :

— *Was ist das ? Ein junges Mädchen.*

Karr Hilliard se dressa sur ses pieds, se pencha sur la table, le haut de son corps appuyé sur ses énormes bras.

— *Ein Fräulein ?* fit-il, son visage frisant l'apoplexie. (Puis, le doigt pointé vers Élise, il lança un ordre :) *Ergreifen Sie !*

Pressés d'intervenir contre cette intrusion dans leur domaine, les hommes se précipitèrent pour se saisir d'Élise. Horrifiée, elle sentit qu'on la tirait de toute part. Douloureusement consciente de sa solitude au milieu de cette foule, elle serra les dents contre le tremblement qui l'agitait et fit face, se refusant à céder sans lutter. Elle lança son pied dans le ventre de l'homme qui la tenait et se libéra tandis qu'il se pliait de douleur. Projetant son bras en arrière, elle en frappa un autre à la gorge, se débattant dans un effort frénétique pour échapper à ceux qui s'accrochaient à elle. Par morceaux qui se déchiraient, elle abandonna sa chemise et sa tunique à des mains plus fortes et il ne lui resta bientôt plus que quelques lambeaux pour cacher sa poitrine. Elle se rendit vaguement compte que Justin, armé d'un gourdin, attaquait à un autre endroit de la mêlée, mais contre le nombre il ne parvint pas jusqu'à elle. Elle faillit sangloter quand des doigts griffèrent douloureusement son épaule nue avant de lui enserrer le bras dans un étau. Elle fut arrachée, tirée et elle ne vit plus qu'un énorme visage bouffi devant elle. Soudain, un éclair passa dans ses yeux et des gouttelettes de sang maculèrent la joue de l'homme. Il réagit lentement, sembla-t-il, les yeux ronds, poussant un long cri de douleur.

La pointe de la rapière surgit de nouveau et on put la voir, cette fois, appuyer, menaçante, dans les plis épais de la gorge de l'homme qui cherchait du coin de l'œil celui qui tenait l'arme. Élise vit qu'au bout de la lame d'acier se dressait le grand Oriental et elle étouffa un cri en reconnaissant les yeux verts. C'était Maxim ! Il ordonna à l'homme de la lâcher s'il tenait à sa vie.

L'homme s'exécuta, avec un regard inquiet sur la lame, immobile, craignant de faire le plus petit geste. Il vit son adversaire faire un signe de la main à la jeune femme qui alla se placer derrière lui, protégée par les épées de ses deux compagnons.

Les maîtres de la Hanse se précipitèrent, mais bon nombre furent mis hors de combat ou contraints de reculer sous les coups d'épée des défenseurs d'Élise.

Regardant la mêlée, Nicholas se maudit de n'avoir rien fait pour porter secours à la jeune femme, bien décidé maintenant à ne pas la laisser enlever par les Orientaux. Il se fraya un chemin au milieu des maîtres de la Hanse, les empoignant, les rejetant de côté. Il saisit l'épée de l'un d'eux, prêt à parer l'attaque du grand Oriental, quand il s'arrêta, stupéfait.

— Maxim !

— Alors, Nicholas, vous voulez me tuer, vous aussi ?

— Le diable vous emporte ! grogna Nicholas, vexé, comprenant qu'il avait perdu Élise contre plus fort que lui. Faites-la sortir d'ici ! lança-t-il, brandissant son épée.

Maxim para le coup que fit semblant de lui porter Nicholas et le désarma. Les maîtres de la Hanse reculèrent, mais l'énorme silhouette de Gustave s'avança. Il claqua les talons et salua Maxim de son épée à deux tranchants.

— Comme on se retrouve, Herr Seymour, railla-t-il. Je suis sûr qu'Herr Hilliard sera intéressé d'apprendre votre présence. (Il eut un sourire confiant en zébrant l'air de sa longue lame.) C'était folie que de vous exposer pour la *Fräulein*, ajouta-t-il. Je vais vous tuer.

Les épées se croisèrent, les lames tintèrent, et Élise étouffa un cri d'effroi en voyant Maxim reculer d'un pas en trébuchant sous l'assaut de Gustave. Les maîtres de la Hanse se poussaient du coude et ricanaient, amusés, élargissant le cercle pour laisser davantage de place à Gustave. Ils savaient tous qu'il était un escrimeur redoutable. Ils ne doutaient pas qu'il allait facilement disposer de son adversaire.

Tremblante en voyant Gustave frapper d'estoc et de taille, Élise se demandait si Maxim pourrait se défendre longtemps. Sa lame semblait toujours parer, éviter, contrer, mais serait-ce suffisant contre les attaques forcenées de Gustave ? L'homme continuait à frapper avec une arrogance hautaine, faisant davantage reculer Maxim. Les maîtres, avides de suivre le combat, se pressaient tout en dégageant un espace qui pourrait favoriser la retraite éventuelle de Maxim.

Élise remarqua qu'un peu plus loin Nicholas prenait Justin par le bras, lui murmurait quelque chose et lui montrait la porte. Le jeune homme sembla retrouver son enthousiasme et gagna doucement la sortie. Il décrocha leurs manteaux et ceux des gens de Novgorod pendus à une patère et passa la porte. Nicholas regarda les deux hommes qui encadraient Élise et leur fit un signe de tête. Élise comprit. Ils devaient filer avec elle. Tout de suite !

— Non ! gémit-elle, alors que l'un d'eux lui prenait le bras. Je ne peux pas partir sans Maxim !

— Je vous en prie, madame, lui souffla un autre à l'oreille, pressant. Il nous faut filer immédiatement... pour votre mari !

— Non, je ne viendrai pas, sanglota Élise. Je ne peux l'abandonner !

Soudain, Maxim lui lança sèchement un ordre par-dessus son épaule.

— Filez, madame ! Sortez d'ici !

Élise ne discuta plus et laissa les deux hommes l'entraîner vers la porte.

Gustave grimaça un petit sourire satisfait tout en portant plusieurs bottes, faisant encore reculer son adversaire.

— Votre *Liebchen* peut fuir, Herr Seymour, mais elle ne nous échappera pas. Ni vous. Votre fin est proche, très proche.

— Peut-être, Herr Gustave. Ou peut-être pas.

Après un coup d'œil derrière lui pour s'assurer que ses compagnons avaient bien gagné la sortie, Maxim cessa de reculer et se campa solidement sur ses jambes. Avec une aisance et une finesse qu'on ne lui avait pas vues jusque-là, il porta son attaque. Il ne se contentait plus, désormais, de parer les coups. Sa lame se faisait menaçante. C'était Gustave qui, surpris, esquivait les bottes. Il devait se montrer de plus en plus rapide pour parvenir à se protéger. Il tarda une fraction de seconde sur un coup qui arriva comme l'éclair et la lame de Maxim lui fendit la joue.

— Ce n'est qu'un petit souvenir, Gustave. Il n'y a pas de quoi vous inquiéter, l'assura Maxim.

Élise, qui s'était arrêtée un instant sur le seuil, fut frappée par le tour nouveau que venait de prendre le duel. Maxim était désormais maître de la situation, jouant avec son adversaire comme un chat avec une souris. Sa retraite, semblait-il, n'avait été qu'une manœuvre pour permettre à ses compagnons de gagner la porte, et si Élise avait été lente à comprendre, Nicholas et les autres avaient saisi le manège.

— Madame, je dois vous presser, entendit Élise alors qu'on lui prenait le bras. Lord Seymour ne souhaiterait pas que vous voyiez cela.

Élise frissonna en passant la porte, sachant bien que Gustave ne survivrait pas au combat. Justin était déjà sur les escaliers après s'être débarrassé du garde assoupi. Quand Élise descendit, il lui jeta un manteau sur les épaules.

A l'intérieur, la sueur mouillait le front de Gustave et la lame qui le menaçait devenait floue, perçant sa défense, le touchant douloureusement. Ses vêtements étaient déchirés et tachés de sang et sa résistance faiblissait rapidement. Il espéra une ouverture au moment où Maxim allait encore attaquer et, avec un grondement hargneux, il leva le bras et abattit son épée de toute sa force. Dans un bruit d'acier entrechoqué qui se répercuta dans toute la salle, sa lame fut bloquée et il lut un petit sourire sur le visage de Maxim avant que son épée glisse sur la sienne et lui frappe la poitrine. Il crut d'abord à une blessure légère, mais une douleur plus vive lui fit comprendre que la lame s'était enfoncée profondément, très profondément.

Maxim recula, la moitié de son épée rougie de sang. Gustave recula en titubant. Il ne pouvait plus respirer, semblait-il. Il leva sa lame mais demeura figé. Un murmure parcourut la salle et, à la lumière vacillante, il vit son adversaire faire demi-tour, son épée levée contre qui voudrait l'empêcher de sortir. Gustave retrouva son souffle qui s'échappa de sa poitrine en sifflant. Ses doigts gourds lâchèrent l'arme, il eut un dernier regard pour la haute silhouette princièrement vêtue, puis ses yeux se voilèrent et il s'écroula sur le sol.

Maxim battit rapidement en retraite tandis que la foule stupéfaite regardait son champion vaincu. D'un dernier bond, il franchit le seuil et claqua la lourde porte derrière lui. Il rabattit et coinça le moraillon, bien conscient qu'il ne retiendrait pas longtemps ses poursuivants, mais du moins ses compagnons et lui pourraient prendre une légère avance.

Justin lui faisait signe de se hâter, mais Maxim n'avait nul besoin d'un encouragement. Il rentra sa rapière dans son fourreau et descendit les marches trois à trois. Il rejoignit bientôt ses compagnons, attrapa le manteau en peau de mouton que lui lança Justin et l'enfila sans cesser de courir. Il saisit au passage la main d'Élise qui eut l'impression de voler à ses côtés.

Alors qu'ils s'enfonçaient dans l'obscurité d'une ruelle, le craquement sourd de la porte du *Kontor* qui cédait déchira la nuit. Des cris retentirent et les membres de la ligue dévalèrent les escaliers pour s'égailler dans diverses directions.

— Par là ! souffla Justin. Nous les perdrons plus rapidement en prenant par là.

L'obscurité se fit plus dense alors qu'ils laissaient derrière eux les alentours du *Kontor* éclairé par des torches. Ils filèrent tous les cinq à travers la nuit, silhouettes silencieuses se glissant parmi les ombres, avec pour seul bruit celui de leurs pas écrasant la neige gelée. Ils traversèrent Lübeck jusqu'à un endroit que seul Justin connaissait. Élise tenta bien de suivre la cadence des hommes, mais fut bientôt incapable d'aller plus loin. Dans l'obscurité d'une ruelle, elle fit quelques pas titubants et s'appuya lourdement à un mur de pierre pour reprendre son souffle. Justin s'arrêta un peu plus loin, accroupi, les bras autour des genoux, haletant lui aussi. Maxim continua jusqu'au bout de la ruelle pour tenter de voir où elle donnait puis revint à côté d'Élise.

— Eh bien, Sir Kenneth, demanda-t-il à l'un des hommes. Savez-vous où nous sommes ?

— Je le sais, milord. Et je crois, comme vous, qu'il vaut mieux nous séparer.

— Dans ce cas, partez avec Sherbourne. J'ai besoin de Justin pour sortir d'ici. Je vous retrouverai au château.

Sir Kenneth s'avança et serra Maxim dans ses bras.

— Si l'un de nous ne devait pas arriver au château,

sachez que c'est pour moi un honneur que d'être à vos côtés. Bonne nuit à vous, ajouta-t-il, portant sa main à son front pour saluer Élise. J'ai eu grand plaisir, madame. Je vous souhaite longue vie ainsi qu'à Lord Seymour.

— Merci... pour tout, murmura Élise, et, en regardant les deux hommes disparaître, elle soupira, se disant qu'elle avait provoqué un beau gâchis.

Justin n'avait rien perdu des adieux, fort surpris des paroles de Sir Kenneth et souhaitant maintenant une explication.

Maxim ne lui laissa guère le temps d'en demander. Il prit le bras d'Élise et s'enfonça un peu plus loin dans la ruelle.

— Pourquoi êtes-vous venue ? demanda-t-il, glissant un bras derrière la tête de sa femme qui s'appuyait de nouveau au mur. Qu'est-ce qui vous a poussée à vous habiller ainsi et à vous introduire dans le *Kontor* ? Ignoriez-vous le danger ? Hilliard méprise les femmes, surtout les Anglaises.

Élise regarda en direction de Justin puis baissa les yeux, se sentant sotte et honteuse. Sa présence avait mis en danger sa vie et celle de ses compagnons, et toute explication semblait maintenant bien dérisoire.

— J'étais inquiète pour vous. Je voulais m'assurer que tout allait bien et que nul n'allait vous faire du mal.

— Mon amour, lui murmura-t-il doucement à l'oreille, je vous jure que l'image de votre visage ne m'a pas quitté. Mon seul désir était de revenir dans vos bras et de passer cette nuit avec vous pour devenir enfin votre mari. (Il se redressa, retira son manteau et le lui tendit.) Tenez cela un instant, que je vous donne ma chemise.

Élise caressa la peau de mouton, craignant de lui demander pourquoi il s'était lui-même ainsi vêtu.

— J'ai failli ne pas vous reconnaître, dit-elle.

Maxim fit entendre un petit rire en enlevant sa chemise.

— Madame, j'ai bien failli ne pas vous reconnaître.

Il jeta un regard vers Justin et, sentant la curiosité du jeune homme, se plaça devant Élise pour la masquer tandis qu'elle retirait son manteau. Frissonnant de froid, elle enfila vivement la chemise, tout imprégnée de l'odeur de son mari, puis elle remit son manteau, et, alors seulement, Maxim fit signe à Justin de les rejoindre.

— Il faut partir, pressa-t-il. Hilliard n'aura de cesse qu'il ne nous ait retrouvés.

— Mais où aller ? demanda Élise. Nous ne pouvons retourner chez les Von Reijn. Ce serait les mettre en danger, et Hilliard ne va-t-il pas faire fouiller les auberges et les tavernes pour nous rechercher ?

— Je connais un endroit où vous pourrez vous cacher en toute sécurité, dit Justin, leur faisant signe de le suivre. Venez, je vous y emmène. Nul ne pensera à aller vous chercher là.

Maxim se demanda s'il pouvait faire confiance au jeune homme et à son sourire rusé, mais il suivit, ne voulant pas refuser sans savoir.

Le brouillard s'épaissit quand ils approchèrent des quais et le silence de la nuit fut troublé par le craquement des hauts mâts et des coques protégées de la glace par de lourdes poutres accrochées à hauteur de la ligne de flottaison. Ils avancèrent prudemment sur la jetée, regardant autour d'eux tandis que Justin les pressait. Il s'accroupit dans l'ombre sous le plus gros des navires et montra du doigt son nom. C'était le *Grau Falke* d'Hilliard !

22

Ils se retrouvèrent dans un monde qui leur parut bien différent du monde réel, figé par le temps et les éléments, où les vergues et les mâts se couvraient d'étranges sculptures façonnées par les embruns gelés portés par le vent du nord. Sur le pont du quatre-mâts, une fine poussière de neige masquait traîtreusement une couche de glace plus épaisse. Leur racine plantée bien au-dessous, de hauts mâts jaillissaient dans la nuit, leur sommet perdu dans la brume et l'obscurité. De longues pointes de glace hérissées pendaient aux vergues, aux espars et au gréement, certaines tintant sous la brise qui en caressait le cristal. Le son perçait le silence comme les griffes gelées de quelque bête tapie sur le pont. Se mêlant à cette inquiétante mélodie, arrivait depuis le fleuve le léger craquement de l'eau libre qui rencontrait la glace.

Maxim traversa le pont avec précaution, suivi d'Élise et de Justin qui fermait la marche. Il fallait se montrer prudent sur cette surface glissante où tout faux pas pouvait se traduire par une chute dangereuse. Comme pour les rassurer, la brise légère soufflait son haleine glacée sur le pont, promettant d'effacer les traces de leur passage. En arrivant à l'escalier descendant aux cabines, Maxim prit la main d'Élise pour la guider dans l'obscurité. Ils avançaient avec d'infinies précautions, mais le froid qui régnait rendait peu vraisemblable la présence à bord de quiconque, même d'un gardien.

Ils continuèrent leur progression dans le noir et s'arrêtèrent brusquement quand la tête de Maxim heurta une lanterne accrochée aux poutres. Pestant contre la taille des architectes de marine, Maxim décrocha la lanterne et sourit malgré lui en entendant la réflexion d'Élise derrière lui.

— Vous êtes manifestement le seul à être gêné par cela, milord. Personnellement, ça ne me dérange pas.

— Je puis vous assurer, madame, que ce fut pour moi une bonne raison de renoncer à courir les mers, dit Maxim, fouillant à l'intérieur de la lanterne pour en tirer la chandelle.

Il parvint finalement à l'allumer et la petite flamme vacilla sous le courant d'air jusqu'à ce qu'il referme la lanterne.

— Vous plaisantez, bien sûr, chuchota Justin, amusé. Je rêve de naviguer depuis toujours, mais pas avec la Hanse.

— J'ai passé quelques années en mer, dit Maxim, désinvolte. En fait, j'ai même commandé un temps un petit galion. Hélas ! la marine de Sa Majesté n'est pas pour moi. Mes parents ont été très heureux ensemble et, comme mon père, j'ai l'intention de passer le plus de temps possible avec mon épouse.

Son regard plongea dans les yeux d'Élise où se reflétait la petite flamme de la lanterne. Mais il y vit aussi tout l'éclat de son amour.

Maxim leva la lanterne tandis qu'ils progressaient dans la coursive. Il s'arrêta devant une porte sur sa gauche, l'ouvrit avec précaution et pénétra dans ce qui lui parut être une petite cuisine précédant la cabine du capitaine. A une barre, au-dessus d'une table, étaient accrochés tous les ustensiles nécessaires à un cuisinier. Tout au bout de la pièce se dressait une immense cheminée composée de trois parois et d'un sol de brique. Une grosse bouilloire était suspendue à une crémaillère. Au-dessus, une grille, fermée pour l'instant par une écoutille, permettait à la fumée de s'échapper. A l'intérieur du foyer, dans la paroi la plus proche de la cabine, apparaissait une porte de fer. Maxim l'ouvrit et ils continuèrent leur progression. La porte de la cabine grinça légèrement quand Maxim la poussa. Même sans l'aide de la lanterne, les fenêtres de la poupe dispensaient assez de lumière pour qu'on se rende compte que la pièce était déserte. Pour s'assurer qu'aucune lueur ne filtrerait à l'extérieur, les deux hommes se hâtèrent de tirer les lourdes tentures de velours.

Frissonnante, Élise regarda le luxe qui l'entourait. La cabine était spacieuse et richement meublée, mais le froid avait pénétré si profondément dans le navire qu'on aurait dit une tombe glaciale.

— Apparemment, Hilliard n'a pas peur des voleurs ! commenta Justin.

— Oui, dit Maxim. Si l'un d'eux osait, je ne doute pas que la justice des bourgeois de Lübeck s'abattrait bien vite sur lui.

— Je les entends d'ici : « Que l'on pende ce *Schuft* à une vergue ! » railla Justin. Comme j'aimerais entendre cela ! Mais c'est Hilliard que j'aimerais voir se balancer au bout d'une corde, en haut du grand mât !

— Cela pourrait bien lui arriver un jour. Ou, mieux encore, ce serait la hache du bourreau, dit Maxim.

Songeur, il jeta un regard sur la couchette où de riches fourrures promettaient un agréable confort et une protection contre le froid. Mais la présence du jeune homme lui ôtait tout espoir de consommer son mariage.

— Manifestement vous ne travaillez pas pour Hilliard, déclara Justin. Êtes-vous un espion ?

— A la solde de qui ? Je vous en prie, n'allez pas broder sur ce que j'ai fait ! Je suis un homme sans patrie.

Et Maxim évita d'autres questions en allant examiner la cloison à droite de la porte par laquelle ils étaient entrés. Des lambris recouvraient les murs de la cabine, à l'exception d'une surface d'une longueur d'un bras environ. Là, une sorte de plinthe en fer protégeait le plancher sous une petite porte noire scellée dans la brique. Maxim l'ouvrit et eut la confirmation qu'elle donnait sur l'intérieur de la cheminée.

— Un malin, cet Hilliard, dit-il. Il a prévu une petite cuisine toute proche pour satisfaire sa gloutonnerie et il a même pensé à un moyen de nous chauffer pendant que nous profiterons de ses somptueuses installations.

— Vous croyez qu'il serait prudent de faire du feu ? demanda Justin.

— N-nous ne p-pouvons nous en passer, bégaya Élise en claquant des dents. Je suis gelée.

— Si nous partons avant le jour, je doute qu'on le remarque depuis le quai, dit Maxim. Je ne vois aucune raison de rester davantage dans l'inconfort.

— Il faut que je vous laisse, annonça Justin. Quand Hilliard va se rendre compte que c'est vous qui avez tué Gustave, vous pouvez être sûr qu'il va faire fouiller la ville jusqu'à ce qu'on vous retrouve. Je vais retourner chez ma tante et faire vos bagages pour qu'au matin vous ayez laissé Lübeck loin derrière vous. Dites-moi où se trouvent vos deux amis et je leur dirai de tenir le traîneau prêt à la sortie de la ville. Je vous amènerai vos montures et vous y conduirai.

Maxim, les poings sur les hanches, le regarda attentivement et demanda :

— On peut donc vous faire confiance ?

Justin se redressa de toute sa hauteur et, avec une lueur de colère dans les yeux, posa la main sur la garde de son poignard.

— Cela fait un moment que je dupe les gens de la Hanse, dit-il, blême de fureur. J'ai parcouru cette ville sous une douzaine de déguisements et trompé les maîtres plus de vingt fois. Je ne supporterai pas qu'on mette mon honneur en doute.

— Du calme, fit Maxim. La colère est mauvaise conseillère.

— Vous ai-je si mal servi ce soir que vous doutiez encore de moi ?

— Vous nous avez tous fort bien servis. Mais vous avez beaucoup à apprendre en matière de responsabilités...

— *Vraiment !* Comment cela ?

— Par exemple en introduisant Élise dans cette salle alors que vous saviez que c'était dangereux. Le diable vous emporte ! Si quelque chose lui était arrivé, je vous en aurais demandé raison...

— Maxim, écoutez, je vous en prie, intervint Élise. C'était ma faute. Je l'ai suivi, et s'il avait refusé de m'aider j'aurais essayé de pénétrer seule dans cette salle.

— Oui, madame, mais vous n'auriez même pas franchi le seuil sans un sceau de la Hanse, que Justin possède certainement...

— Et vous ? Comment êtes-vous donc entré ? demanda le jeune homme, fixant Maxim.

Le marquis lui retourna un regard tranquille. Il ne voyait aucune raison de le lui dire, mais tout cela étant passé, il pouvait aussi bien satisfaire la curiosité de Justin.

— J'ai dit au garde que nous étions des marchands de Novgorod, invités personnels de Karr Hilliard. En outre, et cela a beaucoup aidé, j'ai montré à l'homme un document portant le sceau d'Hilliard lui-même.

— Ah ! C'est donc pour cela que vous êtes ainsi vêtu. Vous saviez que les gardes vous croiraient sans mal car Hilliard aurait parfaitement pu faire une telle chose pour pouvoir commercer avec les Orientaux. Mais comment vous êtes-vous procuré les vêtements ?

— Je me suis fait quelques amis au cours de mes voyages. Et comme ils détestent aussi Hilliard, ils ont bien voulu m'aider.

— A vous voir ainsi vêtu, je suppose qu'il y avait un prince parmi eux. Je présume que vous parlez leur langue ?

Justin espérait sans doute obtenir d'autres renseignements, mais un brusque froncement de sourcils de Maxim lui apprit qu'il n'en dirait pas plus.

— Vous avez le choix, dit le jeune homme. Vous pouvez me considérer comme un ami, ou bien attendre que les hommes d'Hilliard vous découvrent. Si vous retournez à la maison, vous allez mettre en danger tous ceux qui s'y trouvent, et je ne le permettrai pas. Mieux vaut apprendre à me faire confiance comme je l'ai fait moi-même cette nuit. Je n'ai aucune intention d'être agréable à celui qui a assassiné mon père, et si Hilliard ne l'a pas tué lui-même, il en a donné l'ordre.

— Je crois qu'on peut lui faire confiance, Maxim, dit Élise en posant la main sur le bras de son mari.

Justin eut un hochement de tête et un petit sourire à son adresse.

— C'est très aimable à vous, Élise.

Maxim regarda le jeune homme encore un instant comme pour se faire sa propre opinion, puis il se décida.

— Je vais suivre l'avis d'Élise et vous faire confiance, mais si vous ne vous en montrez pas digne, je vous jure que vous ne tarderez pas à le regretter.

— Je comprends parfaitement, milord. Je dois avouer que je n'avais pas moi-même grande estime pour vous il y a quelques heures, avoua Justin avec un sourire. J'espère que vous avez de quoi loger un autre hôte dans votre château. Il va vous falloir le plus d'hommes possible pour le défendre contre Hilliard. Et je n'ai pas l'intention de rater cela !

Maxim gagna la table, prit une plume et rédigea un mot sur un morceau de parchemin.

— Vous connaissez la Löwentatze ? demanda-t-il en le tendant à Justin qui confirma d'un signe de tête. Ils y sont et attendent de mes nouvelles. (Il tira une petite pièce de sa poche et la remit également au jeune homme.) Vous leur montrerez ceci et ils vous feront confiance.

— Je ne vous décevrai pas, promit Justin en empochant la pièce.

— Parfait !

Maxim savait qu'il devait se montrer prudent, tout comme Kenneth et Sherbourne. Ils seraient pratiquement seuls jusqu'à ce que la fonte des glaces libère les ports au printemps, et ils avaient tout à craindre si Hilliard l'emportait.

Justin gagna la porte et annonça d'un ton léger :

— Je vais retirer l'écoutille et vous allumer un feu dans la cuisine avant de partir. (Et, avec une lueur espiègle dans le regard, il ajouta :) Ce sera mon cadeau de mariage à tous les deux.

— Comment avez-vous su ? demanda Élise, stupéfaite.

— Je crois que ce sont quelques mots de Sir Kenneth qui m'ont mis la puce à l'oreille. Et puis j'ai deviné le reste en venant ici. Peut-on savoir quand les vœux ont été prononcés ?

— Ce matin seulement, murmura Élise, rassurée de sentir le bras de Maxim autour de ses épaules.

— Manifestement vous n'en avez rien dit à Nicholas, n'est-ce pas ? (Élise hocha la tête et Justin reprit :) Eh bien, soyez assurée, belle dame, que je ne lui dirai rien non plus. (Il passa la porte mais se retourna pour ajouter :) Vous savez, bien sûr, que vous ne cesserez d'être en danger dans ce pays tant qu'Hilliard conservera son pouvoir. Vous devriez prendre vos dispositions pour partir à la première occasion, dès que les navires pourront de nouveau sortir. Je vais peut-être en parler à Nicholas. Il doit m'attendre pour me poser des questions. Quant à Hilliard, soyez assuré qu'il n'aura de cesse qu'il ne se soit vengé. J'ignore ce que vous aviez à voir avec lui, mais il n'aime guère être joué, notamment par des espions.

Justin sourit devant le froncement de sourcils de Maxim.

— Quoi que vous en disiez, milord, je ne vois pas d'autre explication, mais je saurai me taire, soyez tranquille. Je voudrais également vous mettre en garde : Hilliard a ses fidèles. *Ses* espions sont partout.

— Je serai prudent. Et merci pour nous avoir amenés ici.

— Je pourrais vous répondre que ce fut un plaisir, milord, mais en vérité je crois que le plaisir sera pour vous.

Après un soupir où l'on devinait sa déception, Justin les salua et referma la porte derrière lui. Maxim la verrouilla et glissa dans la cheminée une bouilloire emplie de petits morceaux de glace pour les faire fondre. Il prépara la couchette alors que résonnaient les pas de Justin, à côté. Il retira sa moustache et se débarrassa, à l'aide d'alcool, des traces de colle au-dessus de sa lèvre. Quelques minutes plus tard, un bon feu brûlait dans la cheminée de la cuisine. Le silence retomba quand Justin quitta le navire, mais Élise et Maxim, dans les bras l'un de l'autre, le remarquèrent à peine. Bien que la chaleur fût lente à chasser le froid de la cabine, ils commencèrent à se déshabiller.

Élise eut un petit rire en sentant les restes de l'alcool sur les lèvres de son mari.

— Il faut que je me méfie. Ce pourrait être une ruse pour me griser.

— Certainement pas, mon amour, souffla Maxim en lui effleurant les lèvres. Peut-être le ferais-je si vous vous refusiez à moi, mais j'ai l'intention de pleinement goûter votre réaction au moment où ne feront plus qu'un nos cœurs et nos corps.

Élise se dressa sur la pointe des pieds, passa les bras autour de ses épaules nues et lui dit avec un sourire timide, pour le taquiner :

— Peut-être devriez-vous vous débarrasser du noir de vos cheveux et de cette teinture brune sur votre peau, sans quoi je pourrais imaginer que c'est quelque étranger qui me fait l'amour.

— Après, murmura-t-il, glissant les mains sous la chemise d'Élise et détachant la large bande de toile qui lui enserrait la poitrine.

Un petit cri étouffé lui répondit quand il prit possession de ses seins. Avec un regard passionné, Élise se blottit dans ses bras.

— Tout compte fait, souffla-t-elle, les lèvres contre la joue de Maxim, je ne crois pas que vous ayez l'intention de me laisser le moindre doute.

La bouche de Maxim chercha la sienne avec une ardeur passionnée, et il s'écoula une éternité, sembla-t-il, avant qu'il ne la libère, le souffle court. Comme livrant quelque bataille intérieure, il releva la tête et contempla la flamme qui brûlait dans les yeux de saphir d'Élise.

— Je pourrais me perdre dans ces lacs, madame, et je brûle d'aller vers d'autres découvertes. J'ai bien du mal à vous garder dans mes bras, tendre et patient, alors que la faim que j'ai de vous m'a amené au bord de l'inanition.

— Milord, considérez donc que je ne suis pas une rose. Vous pourriez difficilement me froisser ou m'écraser en me serrant contre vous ou en me caressant. Je puis vous assurer que je suis solide. Et très curieuse. N'imaginez-vous pas, mon amour, que j'attends avec autant d'impatience que vous ce qui doit arriver ? Je voudrais vous être agréable mais je suis bien ignorante. Est-il acceptable qu'une femme veuille être agréable à un homme ?

— Mais bien sûr !

— Dans ce cas, apprenez-moi à vous faire l'amour. Faites-moi connaître ce qui est agréable à un homme. Laissez-moi être votre maîtresse et chasser de votre esprit l'image de toute autre que vous avez pu chérir.

Lentement, avec un regard plein de promesses, elle défit la lourde ceinture qui lui enserrait la taille. Quand elle l'eut rejetée, elle passa doucement ses deux mains sur la poitrine nue de Maxim, fascinée par ses muscles saillants. Il devait goûter ce jeu, se dit-elle, devant l'immobilité de son mari et la lueur qui brillait dans ses yeux. Encouragée, elle se fit plus audacieuse et fit courir ses doigts sur ses côtes, sur ses reins, se pressant davantage encore contre lui.

Maxim lui dénuda les épaules et sa chemise tomba à terre tandis que les lèvres de son mari descendaient sur sa gorge. Les seins ronds prenaient une teinte dorée à la lueur du feu et Maxim, redressant un instant la tête, en admira la perfection. Il les prit doucement dans ses paumes, les caressa de sa bouche, s'attardant sur leur douce tiédeur. Élise, la tête rejetée en arrière, sentait brûler au fond d'elle-même un feu qui la gagnait tout entière. Elle haletait, consumée par le plaisir qui embrasait chaque fibre de son être, pour la laisser frissonnante. Jamais, même dans ses rêves les plus fous, elle n'avait imaginé à quels sommets pourraient la porter les caresses d'un amant. Quand Maxim lui retira ses derniers vêtements, la fièvre s'empara d'elle et leurs doigts se mêlèrent jusqu'à ce que, enfin, elle soit nue devant lui. De ses doigts maladroits, elle défit les lacets retenant les chausses, plaquant ses seins contre la poitrine de Maxim tandis que ses mains descendaient.

Maxim l'entraîna vers la couchette. Il s'assit au bord, retira ses bottes et se débarrassa de ses chausses. La surprise coupa un instant le souffle d'Élise qui, soudain plus timide, releva les yeux.

— Tu as peur ?

Songeuse, Élise le contempla avec plus d'audace cette fois, puis elle croisa de nouveau son regard et murmura, avec un petit sourire de défi :

— Je suis seulement curieuse, peut-être.

Depuis leur première rencontre, Maxim n'avait cessé d'être surpris et fasciné par cet attrayant mélange d'innocence et d'effronterie qu'il avait découvert chez la jeune femme. Et jamais, autant qu'à cet instant, il n'avait pris conscience de l'intensité de son amour.

Il glissa une main sur son épaule nue, puis derrière sa nuque, l'attira à lui et parcourut ses lèvres de baisers légers.

— Si quelque curiosité vous pousse, il faut la satisfaire, lui souffla-t-il. Je suis solide et guère douillet.

Élise se dressa sur la pointe des pieds et lui passa les bras autour du cou. Maxim la serra contre lui, descendit au bord de la couchette et la prit sur lui, caressant tout son corps, leurs bouches mêlées. Sous ses baisers et ses caresses, sous la pression du ventre de Maxim, le souffle d'Élise s'accéléra, son cœur se mit à battre à tout rompre, une chaleur nouvelle l'envahit.

Une étrange frénésie la gagna et elle sentit à peine la douleur de la pénétration. Maxim se laissa aller en arrière sur les coussins, caressant sa poitrine de ses lèvres, doucement, avec révérence presque, prenant ses hanches. Il lui souffla un mot à l'oreille et elle commença à se mouvoir, allant au-devant de ses coups de reins tandis que le plaisir naissait, s'épanouissait, promettant d'atteindre d'autres sommets. Les mains de Maxim remontèrent, lui prirent les seins et elle rejeta la tête en arrière, répandant ses longs cheveux sur son dos, alors qu'elle se cambrait et lui faisait l'amour avec tout son cœur, toute son âme, tout son corps. Dans le silence de la cabine, elle pouvait l'entendre haleter. Et puis le monde parut basculer, lui échapper quand elle sentit éclater en elle une extase, un ravissement inconnu. Elle était femme ; il était homme. Elle était dame ; il était seigneur. Elle était épouse, il était son époux. Elle était Élise ; il était Maxim. A jamais fondus en un seul, soudés par la chaleur de leurs reins, par l'amour de leurs cœurs.

Un long soupir s'échappa des lèvres d'Élise et elle glissa doucement sur la poitrine de son mari. Pendant un long, un merveilleux moment, il la garda contre lui, baisant son front, caressant ses cheveux, murmurant des mots d'amour. Et puis le froid commença à la gagner et elle frissonna. Maxim tira la fourrure du lit, l'en enveloppa et roula sur elle. Il sourit, croisa son regard, sentant le désir s'éveiller à nouveau en lui.

— Votre curiosité est-elle satisfaite, madame ?

Sous la chaleur qui revenait, Élise s'agitait doucement sous lui, attisant délibérément le désir de Maxim, lui passant les bras autour du cou et lui soufflant :

— Avez-vous d'autres choses à me faire découvrir, milord ?

— Tu n'as pas trop mal ?

— Je suis totalement à votre merci, milord, lui dit Élise avec un sourire plein de séduction.

Ils partagèrent une nouvelle extase et une éternité s'écoula avant que Maxim ne quitte la couchette à contrecœur. Il versa dans une cuvette de l'eau humide de la petite bouilloire, leva les bras et s'étira sous le regard admiratif de sa femme. Il ôta de son visage la teinture et de son corps quelques taches de sang. Enfin, il se débarrassa du noir de ses cheveux et se sécha, revenant vers la couchette. Élise se couvrit la tête en riant tandis qu'il projetait sur elle des gouttelettes de ses cheveux.

— Avez-vous laissé un peu d'eau pour moi ? demanda-t-elle, sortant la tête de sous la fourrure en sentant le poids de Maxim sur le matelas.

— Certainement, madame. Je ne voudrais pas me priver du plaisir de vous voir à votre toilette.

Elle se couvrit la poitrine des fourrures, se redressa et glissa plusieurs coussins dans son dos.

— Milord, je voudrais parler un instant sérieusement avec vous... Je ne puis faire ma toilette en votre présence, déclara-t-elle d'une voix timide. Ce ne serait pas convenable.

— Oh ! mais je vous ai déjà vue dans votre bain. Refuseriez-vous à votre époux le droit d'admirer sa femme ?

— Non, milord. Le plaisir sera partagé... quand j'aurai davantage l'habitude... de tout.

Maxim se mit à rire et se pencha pour lui baiser les lèvres.

— Il faut alimenter le feu, ma douce. Je reviendrai quand vous en aurez terminé.

Il enfila ses chausses et sa chemise et sortit de la cabine. Élise versa l'eau que Maxim lui avait préparée et, une fois ses ablutions terminées, passa une robe de chambre et se mit à fouiller les tiroirs à la recherche d'un peigne. Soudain, son regard s'arrêta sur une petite pochette de cuir, tout au fond, qui portait les initiales *RR*, celles de son père. Elle prit la bourse et la tâta. Ce n'était pas des pièces qu'elle sentait sous sa main mais...

Élise en fit vivement tomber le contenu dans sa paume et regarda, stupéfaite, frissonnante, la grosse bague et sa pierre d'onyx sertie dans l'or finement ciselé. Tremblante, maintenant, elle s'approcha de la lanterne pour l'examiner de plus près. Impossible de s'y tromper, c'était bien la bague de son père.

On frappa légèrement et la porte s'ouvrit sur Maxim.

— Maxim, regardez ! La bague de mon père ! Ce devait bien être lui qu'a vu Sheffield. Mais pourquoi ? Pourquoi Hilliard aurait-il enlevé mon père ? Dans quel but ? Pour s'emparer de l'or ? Hilliard en a certainement bien assez.

— L'homme ignore le mot « assez », ma douce. Sa cupidité ne connaît pas de bornes.

— Voilà qui prouve que mon père est retenu ici.

— Non, mon amour. Je crois qu'on l'aura ramené en Angleterre.

— Vous voulez dire qu'on l'a libéré ? Est-il en sécurité là-bas alors que je suis ici à m'inquiéter pour lui ? demanda-t-elle, les mains jointes devant elle, comme priant pour qu'il en soit bien ainsi. Ô Maxim, si c'était vrai !

— Je crains qu'il n'en soit rien, Élise.

Maxim eut de la peine pour elle en voyant sur son visage la déception remplacer l'espoir. Elle le regarda à travers ses larmes, attendant une explication. Il soupira et, la prenant sur ses genoux comme une enfant, la berça doucement.

— Si vous voulez me dire qu'il est mort... par Dieu, Maxim, je ne l'accepterai pas. Je m'y refuserai tant que je n'aurai pas vu son corps de mes propres yeux.

— Élise, lui dit-il doucement, je crois sincèrement qu'il vit toujours, mais je ne pense pas qu'on l'ait libéré. Si Ramsey commettait l'erreur de dire à ses ravisseurs où se trouve le trésor, ce pourrait être sa fin. Sa seule protection est de garder le silence.

— Jamais il ne parlera, déclara Élise avec conviction en ravalant ses larmes. Jamais il ne cédera. Ils peuvent toujours le torturer, il est fort et avisé.

— Dans ce cas, espérons que nous arriverons en Angleterre à temps pour le libérer.

Élise leva les yeux et regarda son mari, pleine d'admiration.

— Vous oseriez retourner là-bas, mon amour ?

— Je n'oserai pas rester ici après le début du printemps. Justin a raison. Hilliard va savoir qui a tué Gustave, s'il ne le sait déjà, et il viendra nous chercher avec une armée.

— Il n'est peut-être pas prudent de retourner à Faulder.

— Nous n'avons nul autre endroit où aller, mais soyez assurée que j'ai prévu de quoi défendre le château, jusqu'à un certain point du moins. Hilliard n'aura pas la vengeance facile et, si Dieu le veut, nous le battrons.

Élise se nicha de nouveau contre son épaule.

— Je vous confie ma vie, Maxim, et bien que jamais je n'aie pensé le dire, je suis heureuse de retourner à Faulder.

Maxim déposa un baiser sur ses lèvres et se leva, tout en la gardant dans ses bras. Il repoussa les fourrures et la coucha dans la tiédeur du lit. Puis il se déshabilla rapidement et se glissa à côté d'elle. Blottis dans les bras l'un de l'autre, peu leur importait ce qui se passait au-delà du *Grau Falke*.

Quelque part, au fond de son subconscient, Élise sentait la présence de Maxim et était merveilleusement bien dans la tiédeur de ce corps si fort blotti contre elle. Il avait glissé ses cuisses longues et musclées sous celles d'Élise et la tenait serrée contre lui, une main sur son sein. Elle pouvait sentir la poitrine de Maxim contre son dos, son souffle sur sa nuque. Tout était merveilleux dans son univers.

Avec un soupir de satisfaction, elle se nicha davantage encore contre lui et sombra dans le sommeil jusqu'à ce que l'éveillent une légère caresse sur la pointe de son sein et un baiser sur son épaule. Elle se tourna pour plonger son regard dans les yeux verts. Ils n'échangèrent pas une parole, mais à la lueur du feu leurs regards se dirent tout leur amour, toutes leurs pensées les plus intimes. Maxim se souleva sur un coude et baisa longuement la bouche avide d'Élise, réveillant son désir sous l'audace de ses caresses et la chaleur de son corps nu. Elle sentit ses lèvres descendre sur sa gorge, sur sa poitrine.

Un bruit lointain se répercuta dans le silence de la cabine. Maxim leva la tête, aussitôt aux aguets. Le bruit sourd se fit de nouveau entendre, un bruit qui ressemblait fort à celui de pas pesants sur le pont verglacé. Maxim rejeta les fourrures et enfila ses chausses. Il dégaina son épée et gagna la porte au moment où l'on y frappait.

— Ami ou ennemi ?

— C'est Nicholas, répondit la voix familière. Justin attend avec les chevaux. Je suis venu vous chercher.

Maxim tira le verrou, baissa son épée et ouvrit la porte puis recula prudemment quand le capitaine entra à grands pas. Soudain, le visage de Nicholas s'empourpra quand il découvrit Élise assise sur la couchette, serrant une fourrure sur son sein nu, les cheveux épars sur les épaules. Il fouilla la cabine des yeux mais ne découvrit nul autre endroit où Maxim aurait pu dormir. D'ailleurs, le rose de l'amour colorait encore les joues d'Élise.

— Espèce de salopard ! gronda Nicholas, se tournant vers Maxim et lui envoyant son poing dans la figure, avant que le marquis ait eu le temps de s'expliquer.

Maxim, touché au menton, partit en arrière. Élise poussa un cri à l'instant où son mari s'écroulait sur le sol de la cabine. Fou de rage et de jalousie, Nicholas la vit se lever et se pencher sur l'homme étendu tout en essayant de se draper davantage dans sa fourrure. Il était manifeste que c'était surtout de ses regards qu'elle préservait sa nudité. Maxim se redressa sur un coude ; Nicholas s'approcha et grogna :

— Debout. Vous allez avoir ce que vous méritez.

Élise se détendit et avec un cri de fureur lança son poing qui atteignit Nicholas au bas-ventre. Celui-ci partit en arrière en titubant, stupéfait par la force du coup de cette frêle jeune femme. Tandis que Maxim se relevait, elle se serra dans sa fourrure et fit face à Nicholas, le regard mauvais.

— Comment osez-vous faire irruption ici comme un cerf en rut, braillant et bramant ! Vous vous mêlez de ce qui ne vous regarde pas, Nicholas. J'avais l'intention de vous l'annoncer autrement, mais votre grossièreté a lassé ma patience. Hier matin, Maxim et moi nous sommes mariés. (Elle ignora l'exclamation étouffée de Nicholas et poursuivit :) Nous n'avions pas l'intention de vous faire du mal et nous n'avions pas prévu que nous tomberions amoureux, mais... c'est ainsi. Et si vous pensez que Maxim a profité de la situation, je puis vous assurer que je sais ce que je fais et ce que je veux. Je suis parfaitement heureuse de l'avoir choisi et je ferai tout pour être une bonne épouse... comme je l'aurais fait avec vous si vous aviez été mon mari. (Elle s'arrêta un instant et reprit, plus calme :) Je vous dois des excuses pour avoir tardé à vous dire que mon amour était ailleurs. Maxim m'avait demandé de vous l'annoncer plus tôt, mais je craignais de vous faire de la peine. Je vois que j'ai eu tort car je vous ai blessé davantage encore et j'en suis désolée. Je vous le dis du fond du cœur, Nicholas, je suis *vraiment* désolée.

Nicholas poussa un long soupir.

— J'aurais dû deviner ce qui s'est passé, murmura-t-il. Vous étiez toujours ensemble, mais j'ai cru pouvoir l'emporter. (Il leva la main, montra la porte d'un grand geste.) Justin a apporté des vêtements pour vous deux. Je vais aller les chercher et ensuite nous partirons. Je vous accompagnerai jusqu'aux limites de la ville et je vous ferai mes adieux. Je dois m'assurer que ma mère et Katarina sont en sûreté avant de quitter Hambourg. Justin m'a convaincu qu'il vous fallait sortir du pays au plus tôt. Je prendrai toutes dispositions pour appareiller dès que les glaces nous le permettront. Quand je serai prêt, je vous enverrai un messager pour vous en avertir.

— Allez-vous vraiment nous aider à fuir, Nicholas ? demanda Élise, inquiète. Et votre loyauté à l'égard de la Hanse ?

— Peut-être, ma chère Élise, faut-il qu'un changement intervienne dans le cœur des maîtres. Jadis, nous nous liguions pour nous protéger des pirates. Il semble maintenant que nous protégions un pirate en notre sein. Il va falloir du temps pour régler cela. Peut-être, trop soucieux de mon propre confort, ai-je fermé les yeux sur les agissements d'Hilliard. Il était plus simple de ne pas m'en mêler.

Avec une grimace, Maxim se redressa tandis qu'Élise lui posait un linge humide sur le visage.

— Vous avez failli me briser la mâchoire, lança-t-il à son ami par-dessus son épaule.

— C'était bien mon intention, répliqua Nicholas avec un sourire amusé. Maintenant nous sommes quittes. Jamais je n'aurais pu vous battre dans un duel. Gustave a été fou de croire qu'il le pourrait. Je savais parfaitement ce que vous faisiez et j'ai jugé inutile d'intervenir.

— J'avais remarqué ! Quand vous m'avez reconnu, vous ne vous êtes pas compromis, dit Maxim. Je commençais à croire que vous étiez passé de l'autre côté.

— Le diable vous emporte ! Si je n'avais pas aidé vos stupides acolytes à sortir, vous y seriez encore, à essayer de leur faire gagner la porte !

— Qui traitez-vous de stupides acolytes ? lança Élise, feignant de s'en offenser. Mesurez vos paroles, espèce de filou, ou vous aurez affaire à moi.

Nicholas eut un petit rire et sortit, les laissant heureux que tout se soit arrangé entre eux.

Il revint avec un gros ballot qu'il lança à Maxim et lui dit qu'il attendrait dehors qu'ils soient prêts. Élise accueillit avec joie les vêtements féminins et bénit Katarina et Therese qui avaient eu la présence d'esprit de lui faire parvenir de quoi s'habiller.

— Il semble, milord, que vous n'ignoriez rien des dessous féminins, observa-t-elle alors qu'il laçait son corset. Dois-je en déduire que c'est là le fruit d'une longue pratique ?

Maxim rit et posa un baiser sur son épaule nue.

— Si vous saviez, madame, le nombre de fois où je vous ai déshabillée... en pensée.

— Vil débauché ! lui lança-t-elle avec un sourire plein de coquetterie.

— Oui, madame, quand il s'agit de vous.

Il noua les lacets de son corset puis la retourna, la gardant dans ses bras.

— Maintenant, donnez un baiser à votre époux pour le voyage de retour.

Ce fut un baiser long et passionné qui les laissa avides de davantage encore. Avec un soupir, Maxim ramassa la robe de velours de sa femme posée sur une chaise voisine et l'aida à la passer. Élise, les bras levés, frissonna en sentant la caresse de ses mains sur ses épaules puis, brièvement, sur un sein. Elle s'appuya contre lui, le poussant à continuer. Le bras libre de Maxim remonta et il lui prit l'autre sein par-dessus l'étoffe du corsage.

— Il me tarde d'arriver à Faulder, lui souffla-t-il à l'oreille. Nous pourrons prendre tout notre temps.

— Je crois que je ne cesserai de désirer vos caresses, sachant quel ravissement elles m'apportent.

— Nicholas nous attend et nous n'avons que trop tardé. Prenez la bague de votre père et filons d'ici. Plus tôt nous partirons, plus tôt nous serons rendus, si Dieu le veut.

Ils gagnèrent le quai où Nicholas et Justin attendaient avec les chevaux. Maxim hissa sa femme sur le dos de la jument et, prétextant avoir oublié quelque chose, remonta sur le navire après leur avoir demandé de se mettre en route avec Élise. Celle-ci, inquiète, le regarda partir tandis que Justin entraînait la jument.

Rapidement, Maxim retourna à la cuisine du navire et, à l'aide d'une longue pelle, sortit du feu une bûche qu'il fit glisser sur le plancher de bois. Il en tira une autre dans l'escalier et la lança par une écoutille qui s'ouvrait au-dessus d'une cale où s'entassaient des haussières, cordes et espars brisés. Il sourit en regagnant la porte. Si Hilliard n'avait d'autre motif de venir au château de Faulder, l'incendie de son navire l'amènerait à bride abattue pour mettre la main sur le responsable. Si tout se passait bien, la reine d'Angleterre aurait sa revanche.

23

De lourds nuages gris défilaient au-dessus de la colline où se dressait le château de Faulder et des rafales de vent chargées de neige balayaient le chemin. Les chevaux avançaient péniblement à travers les congères, tirant derrière eux le long traîneau où Élise avait trouvé refuge. Un coup d'œil à l'extérieur lui apprit qu'on approchait des douves et, malgré le manteau blanc presque impénétrable, elle devina l'ombre de la herse qu'on remontait lentement. Le bruit sourd des sabots des chevaux sur les planches du pont fut suivi un instant plus tard par la voix de Maxim qui, chevauchant Tourbillon, arrivait dans la cour à la tête des hommes. Fitch et Spence étaient là pour arrêter l'attelage et, tandis que Sherbourne et Justin descendaient de leurs montures, Kenneth allait aider les serviteurs à conduire les chevaux à l'écurie. Les hommes étaient presque aveuglés par les rafales et devaient crier pour se faire entendre.

Élise ouvrit la portière et vit que Maxim était déjà là, des flocons de neige accrochés à sa barbe de deux jours, les sourcils et les cils blanchis par le givre, les dents serrées, le visage pâle. Il ne put lui dire un mot alors qu'il l'aidait à descendre. Élise sentit qu'il avait besoin de chaleur et elle lui passa un bras autour de la taille et le laissa s'appuyer sur elle pour gagner la porte du château. Suivirent les silhouettes de Sherbourne et Justin, serrés l'un contre l'autre pour se protéger du vent et de la neige qui les aveuglaient.

Maxim ouvrit la porte qu'un coup de vent envoya heurter le mur. Un tourbillon de flocons pénétra jusque dans la grande salle et poussa les arrivants à l'intérieur. La porte refermée, Élise se tourna, inquiète, vers Maxim, silencieux et glacé, qui s'appuyait au mur. Doucement, elle lui retira ses gants gelés et lui frotta les mains pour y ramener la circulation. Regardant autour d'elle, elle aperçut la silhouette bovine de Frau Hanz.

Celle-ci s'était figée à leur entrée et contemplait, fort fâchée, les manteaux qui laissaient dégouliner de la neige fondue sur son sol propre. Elle n'osa cependant pas se plaindre, se souvenant des remontrances de sa maîtresse avant son départ. Les mains croisées devant elle, elle resta là à grommeler dans sa barbe.

— Herr Dietrich ne comprend pas assez bien l'anglais pour que je lui dise ce que je veux, lui lança Élise, pressante. Allez donc lui demander de préparer des plateaux à monter dans les chambres. Ces hommes ont besoin de repos et ils sont transis. Dites-lui aussi de faire chauffer beaucoup d'eau pour les bains. Sa Seigneurie se baignera dans ma chambre. Les autres pourront prendre ses anciens appartements.

— *Ja, Fräulein*, répondit Frau Hanz qui se mettait en route quand Élise lui donna d'autres instructions.

— Et quand Spence et Fitch entreront, dites-leur de transporter dans ma chambre les vêtements et les coffres de Sa Seigneurie. Nos hôtes se partageront les appartements du haut. Veillez à ce que l'on apporte des écuries des paillasses et des matelas frais.

— Mais où dormira Sa Seigneurie ? demanda la femme avec un haussement de sourcils.

— Mais, avec moi, bien sûr, répondit Élise qui, sans autre explication, se tourna vers son mari.

Nombre d'épithètes défilèrent dans l'esprit de Frau Hanz pour qualifier Élise. Elle l'avait toujours su ! La catin anglaise jouait habilement de ses faveurs pour soutirer ce qu'elle pouvait à Sa Seigneurie. Elle ne méritait pas le moindre respect. Si ce n'était pour le marquis, la petite garce verrait à quel point elle la méprisait.

Ses soupçons désormais confirmés, Frau Hanz se sentit une supériorité nouvelle face à cette courtisane. Cette fille n'avait aucune légitimité dans une grande maison et ne pouvait faire une maîtresse convenable pour des serviteurs qui la jugeraient par trop commune. Et ils ne manqueraient pas d'apprendre à quoi cette fille était bonne, se jura Frau Hanz.

Élise, tout absorbée par Maxim, ne remarqua pas les troubles qui agitaient la cuisine. Frau Hanz s'attaqua au cuisinier et lui donna ses ordres comme si elle était la maîtresse de maison légitime. Elle avait décidé que l'homme devait lui témoigner davantage de respect et elle dispensait ses directives avec autorité.

— Montons, Maxim, dit Élise à son mari. Vous pourrez vous réchauffer au coin du feu pendant qu'on prépare un bain et un repas.

Une rafale de vent s'engouffra dans la pièce à l'entrée de Fitch et de Sir Kenneth qui luttèrent un instant pour refermer la porte.

— Fitch, demanda Élise, voulez-vous conduire ces messieurs à la chambre de Sa Seigneurie ? Et assurez-vous qu'il y a là-haut assez de bois. Ils vont vouloir se réchauffer, prendre un bain et se restaurer avant de s'installer.

— Suivez-moi, dit Fitch, toujours désireux de se rendre utile. Nous allons vous installer comme l'a demandé la maîtresse.

Le serviteur se précipita dans les escaliers, mais les hommes suivirent beaucoup plus péniblement. Le vent s'était levé dès midi, la neige s'était mise à tomber de plus en plus dru, les rafales à souffler plus fort et plus glaciales. Ils étaient complètement épuisés et si engourdis par le froid qu'ils pouvaient à peine marcher.

Maxim monta lentement les escaliers, aidé par Élise. Arrivé dans la chambre, il s'installa avec précaution dans un fauteuil près de la cheminée, frissonnant, et aussitôt Élise fut là pour lui envelopper les épaules dans une fourrure. Elle s'agenouilla devant lui et il grimaça quand elle lui retira ses bottes.

Élise ôta les vêtements trempés de neige de son mari puis frotta doucement sa peau glacée, avec de temps à autre un baiser sur sa poitrine, son bras, sa main, jusqu'à ce qu'il finisse par réagir. Elle le drapa de nouveau dans la fourrure et alla emplir un gobelet d'une boisson forte dans laquelle elle plongea un fer rouge pour la chauffer. Elle jeta un coup d'œil sur Maxim et vit qu'il avait repris quelque couleur.

— Vous devez vous sentir mieux.

— La tempête m'a épuisé, dit-il, incapable de réprimer un frisson. Sur la fin, je me suis demandé si nous y arriverions.

— Hilliard aura du mal à nous suivre.

— Oui. Si la tempête continue, il ne pourra pas passer avant le printemps.

— J'en tremble d'effroi.

— J'ai bien l'intention d'être prêt pour le recevoir, mon amour. Je ne voudrais pas faire de vous une veuve avant bien longtemps.

Élise parvint à esquisser un sourire et lui tendit le gobelet.

— Je commence à comprendre ce que ressent Justin, dit-elle.

Maxim se passa la main sur le menton. Il était si las qu'il pouvait à peine lever les bras.

— Ce n'est pas sous cette apparence qu'une jeune épousée doit voir son mari. Je dois vous paraître dans un triste état.

— Je vous aime, murmura-t-elle, se laissant tomber à genoux devant lui. Et je me moque de votre aspect. Je m'inquiète seulement pour vous. Je ne pourrais supporter de vous perdre.

Maxim se dit que cette femme qu'il avait prise pour épouse était une perle rare. Elle pouvait se montrer tendre et timide, farouche et impudique, sérieuse et grave, heureuse et optimiste, autant que pouvait l'être une femme aimante. Comme il avait eu de la chance que Fitch et Spence n'aient su faire la différence entre une chevelure rousse et une chevelure brune !

Sans un mot, il défit le ruban qui retenait la coiffure d'Élise et lui caressa les cheveux. Comme fasciné, il regarda les boucles brillantes s'enrouler autour de ses doigts. Il le savait déjà, mais se le répéta : il la chérissait et l'aimait plus que lui-même.

On frappa légèrement à la porte et le charme fut rompu. Élise se dégagea tandis que Fitch entrait avec deux seaux d'eau bouillante. Il jeta un bref regard sur Maxim et Élise alors que celle-ci se préparait à raser son maître, mais il conserva un visage impassible. Quand il eut vidé les seaux dans la baignoire de cuivre, il s'arrêta devant Sa Seigneurie.

— Vous serez heureux d'apprendre, milord, que Spence et moi nous sommes bien tenus en votre absence. Bien sûr, je ne dirais pas que nous n'avons pas eu une prise de bec ou deux avec cette grosse oie de Frau Hanz. Comment cela s'est-il passé pour vous et la dame ? Pour vous dire le vrai, nous ne vous attendions pas si tôt, et moi et Spence nous nous demandions si vous n'aviez pas eu d'ennuis.

— Des ennuis ! Le mot est faible. Mais pour ce qui est de la dame et moi, nous nous sommes mariés il y a quelques jours à Lübeck.

Le visage de Fitch rayonna de plaisir.

— Quelle heureuse nouvelle, milord, dit-il, songeant que c'était là ce qui était arrivé de mieux à Sa Seigneurie depuis longtemps, et que s'il en avait perdu ses biens et son titre, la dame en valait le prix. Je ne l'aurais pas cru, milord, ajouta-t-il, mais c'est le plus heureux des choix.

— Merci, Fitch, lui lança Élise par-dessus son épaule.

— C'est un plaisir de vous servir, madame, lui dit-il avec un sourire timide et en s'inclinant. Je vais annoncer la nouvelle à Spence. Dès que je vous aurai apporté d'autres seaux d'eau, milord.

Il referma la porte derrière lui et l'on entendit ses pas dans le silence de la demeure.

— Il semblerait que Fitch approuve notre décision, observa Maxim en attirant son épouse contre lui pour lui baiser les lèvres.

— Il est probablement ravi de ne plus nous voir nous quereller.

Fitch apporta d'autres seaux et, au dernier, Maxim se leva et suivit Élise jusqu'à la baignoire où elle rajouta de l'eau froide et brassa le tout. Il se débarrassa de sa fourrure, entra dans le bain chaud et commença à se détendre. Élise, avec un broc, laissa cascader l'eau du bain sur le dos musclé.

Elle se tourna vers la porte en entendant Frau Hanz se racler bruyamment la gorge, un plateau sur les bras. La servante ne put s'empêcher de faire entendre un petit ricanement quand Élise lui indiqua la cheminée d'un signe de tête.

— Laissez cela près du feu. Sa Seigneurie et moi dînerons après son bain.

— J'ignorais que vous vouliez dîner avec Sa Seigneurie, *Fräulein*, observa Frau Hanz qui demeura comme vissée au sol.

Elle jugeait particulièrement indécente l'idée qu'une femme pût assister au bain de son amant sous les yeux de quelqu'un d'autre. Et peut-être elle-même aurait-elle l'occasion de mieux voir cet homme nu. En attendant, elle se réjouit de laisser entendre que la place d'Élise n'était pas là.

— Je pensais que vous voudriez prendre votre repas en bas à la cuisine, ajouta-t-elle.

— Vous vous trompiez, Frau Hanz, répondit sèchement Élise que l'arrogance de cette femme commençait à exaspérer.

— Dans ce cas, *Fräulein*, voulez-vous que je monte un autre plateau ?

— Evidemment ! Et faites vite. Oh, et dites à Herr Dietrich de faire encore chauffer de l'eau. Je prendrai un bain après dîner.

— Inutile d'attendre, mon amour. Il y a bien assez d'eau pour que nous la partagions, proposa Maxim.

Frau Hanz en sursauta, étouffa un petit cri, alla poser le plateau sur la table la plus proche et se retira, offusquée par une telle débauche. Grommelant dans sa barbe, elle redescendit de son pas pesant.

Fitch, qui avait assisté à la scène, avait bien du mal à garder son sérieux.

— Vous avez choqué la pauvre femme, Maxim,

gronda Élise qui semblait se soucier de tout autre chose.

— Je vais me retirer, annonça soudain Fitch sous le froncement de sourcils du marquis qui savait se faire comprendre d'un regard.

Il sortit et referma soigneusement la porte derrière lui.

— Maintenant, madame, commença Maxim, posant les bras sur le bord de la baignoire et se laissant aller en arrière, nous avons tout notre temps et nous n'avons pas à craindre une longue nuit glaciale. Alors, venez donc illuminer de votre présence le bain de votre mari. Mon sang est en train de vivement s'échauffer.

Avec un sourire charmeur, Élise leva les bras et renoua ses cheveux. Elle alla verrouiller la porte et posa le plateau près du feu, remarquant que le repas était assez copieux pour deux. Elle s'assit ensuite sur le bord du lit pour ôter ses chaussures et releva ses jupes, laissant à Maxim le loisir d'admirer ses cuisses et ses mollets alors qu'elle roulait ses bas. Lentement, un vêtement après l'autre, elle lui révéla son corps jusqu'à ce qu'elle enjambe la baignoire. Le regard brûlant de Maxim caressa sa nudité quand elle se dressa devant lui avant de se laisser glisser dans ses bras. Goûtant le contact de leurs corps mouillés, il la couvrit lentement de baisers, comme un homme disposant de tout son temps.

On frappa de nouveau à la porte et Maxim leva la tête avec un froncement de sourcils impatient.

— Qui est là ?

— *Mein Herr*, j'apporte un autre plateau, répondit la voix de Frau Hanz. *Fräulein* Radborne le désire-t-elle maintenant ?

— Filez. Nous sommes occupés.

— Mais *Fräulein* Radborne m'a dit...

— C'est *Frau* Seymour, désormais, corrigea sèchement Maxim.

De l'autre côté de la porte, Frau Hanz porta une main grassouillette à sa gorge, sous le choc. Sa Seigneurie avait sans doute assez de bon sens pour ne pas avoir épousé cette fille de vile extraction ! Souhaitant confirmation, elle osa braver la patience de Maxim.

— *Mein Herr*, voulez-vous dire que *Fräulein* Radborne... est devenue... Frau Seymour ?

— Comment vous le dire plus clairement ? Elle est maintenant Lady Seymour ! Maintenant filez et fichez-nous la paix !

— Comme vous voudrez, milord, dit Frau Hanz d'une voix qui chevrotait légèrement.

Triste journée, que celle où un noble seigneur s'abaissait à donner son nom à une fille des rues.

— Lady Seymour, répéta Élise avec un soupir rêveur, passant ses bras autour du cou de son mari. J'aime bien entendre cela.

— Madame, souffla Maxim en lui caressant la gorge de sa bouche, nulle autre femme ne pourrait porter ce nom aussi bien.

— Pas même Arabella ?

— C'est vous que j'aime, Élise, et nulle autre, affirma-t-il, et il fut récompensé par le regard rayonnant qu'il lut dans ses yeux.

Une brume épaisse masquait l'aube tandis que la tempête continuait à faire rage. Mais dans la tiédeur et la sécurité de ce qui était maintenant la chambre des maîtres, Élise et Maxim se souciaient peu de la tempête. Couchés dans le lit, ils s'abandonnaient au calme du matin. Il leur semblait qu'une éternité s'était écoulée depuis qu'ils partageaient leur intimité. A voix basse, la tête sur le même oreiller, ils parlaient de mille choses : de leurs espoirs, de leurs rêves, de leurs désirs, du passé, du présent et de l'avenir. Blotti sous les couvertures, Maxim était allongé sur le côté, un bras sous la tête, tandis qu'Élise, couchée sur le dos, avait posé les jambes sur les cuisses solides glissées sous les siennes. La main dans celle de sa femme, Maxim lui baisait les doigts tandis qu'elle le regardait, les yeux brillant d'amour. C'était le début d'un mariage, la pose d'une fondation solide, cimentée par les plaisirs de la vie et capable de résister aux orages et aux épreuves qui ne manqueraient pas de s'abattre. C'étaient deux vies qui se fondaient en une seule.

Il était près de midi quand Maxim descendit avec son

épouse et traversa la grande pièce pour rejoindre ses hôtes sous le regard boudeur de Frau Hanz.

— Bienvenue dans mon humble château, lança Maxim qui se mit à rire quand des huées lui répondirent.

— Sur ma foi, je jure qu'il rivalise en splendeur avec tous les palais de la reine d'Angleterre, gloussa Sir Kenneth.

Élise s'avança jusqu'à la table où l'on avait disposé un fort appétissant repas. Pour appeler l'attention des hommes, elle cogna avec un couteau sur un gobelet d'étain.

— Mes nobles gentilshommes, écoutez-moi. Soyez bons pour ce vieux château. Peut-être un jour serez-vous bien vieux vous aussi et peut-être vous raillera-t-on. Ne pensez plus à ces ruines croulantes, oubliez les contrevents qui battent, les gonds qui grincent. Venez plutôt partager notre repas et vous réjouir le palais. Que ce matin soit gai car nous avons tiré la moustache de Karr Hilliard...

Elle s'arrêta sous un bruit soudain qui se répercuta dans la pièce et regarda, surprise, Frau Hanz qui fixait la bouilloire qu'elle venait de laisser tomber. L'ustensile roula sur le sol de pierre et finit par s'immobiliser. La grosse femme sortit de sa transe et se baissa pour ramasser la bouilloire sans oser croiser les regards fixés sur elle.

— Où en étais-je ! reprit Élise. Oh, bien sûr ! Karr Hilliard ! Nous lui avons tiré la moustache et, en outre, cette tempête nous a apporté assez de neige pour nous mettre à l'abri de ses poursuites. Réjouissez-vous, mes bons amis. Nous disposons de tout le reste de l'hiver pour apprécier notre compagnie et la délicieuse cuisine de Herr Dietrich. (Elle eut un geste gracieux vers le cuisinier qui arborait un grand sourire et poursuivit, fièrement :) Ses talents nous vaudraient l'envie de la reine d'Angleterre elle-même.

— Écoutez ! lança Sir Kenneth qui commença par avaler une longue gorgée de vin puis essuya sa grosse moustache avant d'y aller de son petit discours. Nous nous sommes aventurés assez près des portes du paradis pour voir le plus ravissant des anges sur lequel le regard se soit jamais posé. (Il leva son gobelet pour un toast :) A la toute charmante Lady Seymour qui, bien que faible femme, a osé tirer les moustaches des maîtres de la Hanse !

Sous les vivats, Élise répondit :

— Et à ceux qui lui ont porté secours. Longue vie à tous... et qu'ils puissent défier et vaincre bien d'autres dragons !

Frau Hanz considéra avec mépris la joyeuse assemblée, mais elle savait tenir sa langue. Son heure viendrait, et elle veillerait à ce que ces pauvres et frêles Anglais connaissent la revanche de Karr Hilliard.

24

La tempête fit rage pendant près d'une semaine. Le septième jour, l'aube se leva, claire et glaciale. Si un aigle, bravant le froid, s'était élevé au-dessus du château de Faulder, il aurait eu du mal à distinguer autre chose que les panaches de fumée noire qui semblaient monter des hauteurs enneigées. A plusieurs lieues au nord, la cité libre de Lübeck s'agitait depuis plusieurs jours pour retrouver les ignobles assassins qui avaient semé la mort et la perturbation dans ses murs. Quand Hilliard avait appris que son navire était en feu à son mouillage hivernal, il s'était précipité sur le quai, hurlant de rage en voyant la coque embrasée se libérer, dans un dernier frisson, des glaces qui l'emprisonnaient. Le meurtre dans les yeux, il avait vu son navire s'enfoncer dans le fleuve. Seuls les restes fumants de ses mâts pointaient au-dessus des eaux noires, triste souvenir de ce qui avait été naguère un vaisseau rapide et puissant. Hilliard, ivre de rage, s'était juré de voir les responsables capturés et mis à mort.

Bien après la dissipation des énormes nuages de fumée, une brume épaisse et noire était demeurée sur la ville, mais deux semaines plus tard Lübeck avait presque oublié les coupables pour retourner à ses affaires. Partout retentissaient les coups de gueule furieux de Karr Hilliard maudissant le sort, le temps, la neige, la glace, le vent, passant sa colère sur quiconque arrivait à portée de voix. Les maîtres et marchands qui venaient à ses bureaux y entraient discrètement et se hâtaient d'en partir car le maître de la Hanse avait tôt fait de cingler de ses paroles ou d'assommer de son poing tous ceux qu'il pouvait atteindre par la voix ou le geste. Gare à ceux qui étaient soupçonnés de la plus légère provocation !

L'hiver s'écoulait lentement, immobilisant toujours les hommes de la ligue. On regardait passer chaque semaine, chaque jour, chaque heure même, en scrutant les eaux qui se libéraient avec une lenteur désespérante. Mais au château de Faulder cerné par la neige, les jours défilaient, rapides, pour ses occupants parfaitement heureux. Les délicieux effluves de la cuisine de Herr Dietrich flottaient dans la demeure pleine de chaleur et de rires. Les jours semblaient s'écouler plus vite dans le bon esprit et l'amitié de tous — à l'exception d'une seule — et si l'on était conscient de l'arrivée du conflit, on n'en entretenait pas moins des rapports agréables.

Nul ne doutait de la venue d'Hilliard. L'homme n'allait pas laisser passer l'injure sans vouloir se venger et, dans cette attente, on discutait tactiques de défense, on essayait les arbalètes, on affûtait épées et dagues et l'on proposait la construction d'armes nouvelles. Tandis que le temps demeurait inclément, les hommes joutaient les uns contre les autres pour exercer leur adresse et la grande salle du bas retentissait du bruit des lames et des cris de ces jeux martiaux. A distance prudente, Élise observait avec un vif intérêt, ajoutant ses rires aux clameurs. Sa présence semblait stimuler les combattants et les plus jeunes étaient les plus désireux d'entendre ses louanges. Maxim ne s'inquiétait guère de voir Justin et Sherbourne rivaliser d'amabilités auprès d'elle car il savait qu'elle était totalement sienne. Souvent, Justin faisait les frais des plaisanteries de Kenneth dans leur compétition, surtout du fait de sa jeunesse, mais il acceptait de bon gré ces taquineries et savait rendre la pareille.

C'était d'ordinaire dans le calme du soir que les hommes mettaient au point défense et stratégie, à l'abri des oreilles indiscrètes de Frau Hanz. Élise avait pris l'habitude de monter alors dans sa chambre en attendant son époux et on l'entendait parfois chanter tandis qu'elle raccommodait les vêtements des hommes. La voix d'Élise semblait les calmer et ils se parlaient en chuchotant pour ne pas rompre le charme. Maxim ne remarquait pas que cette même voix mélodieuse irritait fortement Frau Hanz. Souvent, les sourcils froncés, elle marmonnait, ruminant quelque projet de vengeance.

Herr Dietrich, au contraire, se montrait d'humeur joviale et accompagnait Élise à voix basse. Quand la mélodie était légère et vive, il marquait la cadence avec une cuillère sur un couvercle ou esquissait un pas de danse. Il croisait parfois le regard amusé de Maxim et lui adressait un grand sourire.

Quand le vent se fut enfin apaisé et que la neige aveuglante eut cessé de tomber, les hommes dégagèrent à la pelle des passages dans les congères pour pouvoir accéder plus facilement au mur d'enceinte, à l'écurie et aux ruines des communs et du magasin. Ils fouillèrent dans les décombres pour trouver de quoi fabriquer d'autres armes. Ils arrachèrent des planches pour les empiler à l'abri, où elles sécheraient. On emplit des tonneaux de débris de fer que l'on rangea à côté des barils de poudre.

On découvrit dans la cave du magasin des pots de saindoux que l'on vida dans de grandes cuves au milieu de la cour. On les suspendit à des supports métalliques fabriqués par Spence, au-dessus de feux destinés à faire fondre leur contenu. Une fois les récipients refroidis, on les ferma de nouveau par de lourds couvercles pour empêcher la moisissure. Et on les remit à chauffer une journée.

Spence jouait les forgerons à l'écurie et fabriquait des fers de lance, des pointes de flèche et des carreaux d'arbalète. Il avait également fait plusieurs voyages à Hambourg, pendant que le maître était à Lübeck, pour en rapporter du fourrage et du foin pour les bêtes qui avaient pu ainsi rester au chaud à l'écurie tandis que la tempête faisait rage. Chaque soir, maintenant, les bruits de marteau et le grondement de la forge berçaient les animaux et le garçon qui s'occupait d'eux.

Jamais, dans ses rêves de jeune fille, Élise n'avait imaginé qu'un lointain château, bâti sur une falaise désolée et pris dans un hiver glacial, pouvait devenir un havre de bonheur. Souvent, le soir, elle se blottissait dans les bras de Maxim assis dans un fauteuil devant la cheminée. Drapés tous les deux dans une épaisse fourrure, ils refaisaient le monde à voix basse, avec de longs moments de silence. Quand le feu baissait et que le froid les chassait, ils se glissaient au fond du lit et passaient des nuits que n'aurait pas imaginées une innocente jeune fille.

Les jours s'écoulaient, les semaines, les mois, et une autre saison arrivait. Élise se désolait de ne pouvoir figer le temps. Pour la première fois de sa vie, elle craignait l'arrivée du printemps.

Deux autres semaines passèrent et le château demeura à l'abri de toute attaque. Au-delà de ses murs, sur le monde blanc et glacé, le silence régnait, comme si ce lointain paysage et tous ses habitants retenaient leur souffle dans l'attente du déchaînement qui se préparait. Une brise agitait de temps à autre les branches, libérant une fine poussière de neige qui lançait ses iridescences sous les rayons du soleil filtrant à travers les arbres dépouillés. De petits oiseaux y voletaient, à la recherche de graines ou de baies gelées. Un écureuil se tenait à la fourche d'un arbre tandis qu'au-dessus de lui un cerf solitaire approchait prudemment le filet d'eau qui marquait le début du dégel de la rivière.

Peu à peu, les journées se faisaient plus tièdes sous le soleil qui grimpait plus haut tandis que l'hiver s'estompait. Un frisson parcourut Élise qui regardait les grains de poussière danser un lent ballet dans le soleil qui filtrait à travers les vitres inégales des fenêtres. On avait tiré les rideaux et ouvert tout grands les volets. Maxim avait monté le feu dans la cheminée avant qu'on apporte de l'eau chaude pour un bain qu'il partagea avec Élise. Puis il se sécha et s'habilla pendant que son épouse goûtait plus longtemps la tiédeur de l'eau. Après un long baiser et un dernier regard à Élise dans son bain, il sortit, sous prétexte de donner un peu d'exercice à Tourbillon. Bien qu'elle n'eût pas froid, Élise frissonna, l'estomac soudain noué par l'appréhension. Elle avait parfaitement compris que commençaient les patrouilles aux alentours du château.

Elle poussa un long soupir en se laissant glisser dans l'eau avec un regard mélancolique sur la chambre, tout en songeant aux événements de ces derniers mois. Depuis son départ d'Angleterre, elle était devenue femme à plus d'un titre. Son cœur était plein d'amour. Maxim était pour elle un époux prévenant mais débordant aussi d'une sensualité passionnée. D'un regard, il pouvait faire battre son cœur plus fort et elle s'enflammait de désir rien qu'à la vue de son corps puissant.

Elle appuya sa tête contre le rebord de la baignoire et sourit en évoquant ces larges épaules, ce torse musclé, ces hanches étroites et ces longues jambes. Quand un homme était aussi bien bâti, il était difficile pour une jeune épouse de ne pas l'admirer. Lorsque le regard de Maxim croisait le sien, il s'approchait, avec dans les yeux une lueur significative, et c'était alors un tourbillon de passion frénétique.

Soudain, Élise se redressa, sortit la main de l'eau, compta lentement sur ses doigts. Était-ce possible ? Elle compta de nouveau. Était-ce bien vrai ?

Comment pouvait-elle en douter ! Se méfier du lit et des appétits d'un homme, conseillaient bien des mères à leurs filles innocentes. Mais quand l'amour était là, on trouvait plaisir en toutes choses... même en cette minuscule vie qui allait s'épanouir.

De nouveau elle sourit en songeant à toutes ces nuits qui avaient pu être à l'origine de ce miracle. Laquelle avait porté son fruit, elle n'aurait su le dire avec certitude, mais peu importait. Elle chérissait chacun de ces souvenirs.

Une autre semaine s'écoula, tout aussi idyllique. Avec les jours qui allongeaient, les hommes sortaient davantage pour patrouiller à travers la campagne ou chasser. On prit le soin de placer une sentinelle à la grille et Fitch et Spence s'assuraient à tour de rôle que les lieux étaient bien protégés.

Un matin, très tôt, Élise descendit à la cuisine et vit que les hommes avaient déjà déjeuné et étaient sortis dans la cour. Elle buvait son thé devant la cheminée quand la porte s'ouvrit et qu'un bruit de pas lui fit lever les yeux. Devant son regard inquiet, Sir Kenneth se figea sur place.

— Mille pardons, madame, je... euh... commença-t-il, bégayant de confusion. Je ne voulais pas vous déranger. Je voulais seulement prendre mon bouclier et mon épée.

L'angoisse envahit Élise qui songea immédiatement à Hilliard.

— Que se passe-t-il ? Est-ce que... quelqu'un arrive ? demanda-t-elle, ne voulant pas prononcer le nom abhorré.

— Il n'y a pas lieu de vous inquiéter, madame. Ce n'est rien de grave. Il manque l'un des petits chevaux et Frau Hanz a disparu. Sa Seigneurie selle nos montures. Nous voulons seulement suivre les traces pour voir... eh bien, pour voir dans quel état sont les routes.

Élise devina bien davantage que ne voulait en dire le chevalier.

— S'attend-on à des ennuis après le départ de Frau Hanz ?

Sir Kenneth se racla la gorge et répondit sans se compromettre :

— Mieux vaut se montrer prudent, madame.

— Certes. Et il y a quelque raison de se méfier de Frau Hanz. Je crains qu'elle n'ait jamais été des nôtres.

— C'est tout à fait le sentiment de Sa Seigneurie, madame. Il s'attendait à ce départ, je crois.

Élise songea que certaines choses n'avaient pas échappé à son époux. Avant leur départ pour Lübeck, il n'avait guère prêté attention à la femme... mais il avait commencé à se méfier d'elle à son retour. Chaque fois que Frau Hanz se trouvait assez proche pour entendre ce qui se disait, il avait aussitôt parlé d'autre chose ou gardé le silence jusqu'à ce qu'elle quitte la pièce. Et il avait pris l'habitude, quand il réunissait les hommes dans sa chambre, de poster Fitch ou Spence devant sa porte pour se prémunir contre des oreilles indiscrètes.

Élise avait appris, au cours des quelques mois de sa vie commune avec Maxim, qu'il n'était pas homme à se laisser prendre au dépourvu. Son duel avec Gustave avait clairement montré avec quelle rapidité et avec quelle intelligence il réagissait. Compte tenu de ces qualités, se dit Élise avec une certaine fierté, peut-être convenait-il davantage de plaindre les insensés qui voulaient le défier.

— Il ne faut pas vous inquiéter en ce qui concerne Hilliard, madame, dit Sir Kenneth, comme s'il avait lu dans ses pensées. Il en faudrait bien d'autres pour se montrer plus malins que votre mari. Vous pouvez m'en croire, madame.

Une telle assurance fit naître un sourire de gratitude sur les lèvres d'Élise.

— Je serai très heureuse de vous croire, Sir Kenneth. Et merci.

— Tout à votre service, madame.

Il la quitta et grimpa les escaliers quatre à quatre, puis redescendit et sortit. Le bruit des sabots des chevaux sur le pont et celui des chaînes de la herse indiquèrent bientôt que les hommes venaient de quitter la cour.

Dans le silence de la grande salle, Élise se sentit moins tendue. Il était plutôt agréable de penser qu'elle n'aurait plus à supporter le visage hostile et les humeurs de Frau Hanz. Un peu plus tard, elle s'enveloppa dans un chaud manteau et enfila ses vieilles bottes. Sherbourne, à la porte du château, voulut la dissuader de sortir, mais devant la douce voix d'Élise et sa résolution, il céda et leva la lourde herse de fer.

Passé le pont, Élise longea le mur est où le soleil avait dégagé un étroit sentier dans la neige. Une légère brise venant du sud lui apportait un vague parfum de printemps et elle rejeta son capuchon pour laisser la douce tiédeur lui caresser le visage. Elle resta un instant immobile et allait reprendre sa marche quand elle remarqua une tache de couleur au pied du mur. De petites feuilles vertes avaient jailli d'une fissure, à la fois abritées et réchauffées par le soleil. Et au milieu de cette verdure... Élise s'agenouilla pour mieux voir. Oui !

C'était bien une fleur blanche, si minuscule qu'elle semblait s'excuser de son effronterie. Élise retira son gant et la cueillit délicatement.

Un jour, il y avait bien longtemps de cela, elle avait cueilli des fleurs sauvages et avait tressé une couronne pour son père. De douces images lui revinrent, d'un autre temps et d'un autre lieu : une plage étroite, dominée par des falaises creusées de grottes, des vagues se brisant sur la plage. Elle se sentit envahie d'un exaltant sentiment de liberté : elle se revoyait, enfant, courant pieds nus sur le sable tandis que son père la poursuivait. D'autres souvenirs resurgirent : la lande brumeuse et les crêtes boisées, une grande maison au toit de chaume, les ruines où son père et elle s'asseyaient pour regarder défiler les nuages. Il avait adoré cet endroit, et bien des fois il l'avait encouragée à y retourner, simplement pour flâner sur la lande, pour explorer les grottes de son enfance, pour goûter la caresse humide du vent sur sa peau et pour s'asseoir sur les pierres. Curieusement, au cours des quelques mois qui avaient précédé son enlèvement, son père avait plus vivement ressenti le désir de retourner là-bas. Il avait même fait promettre à Élise de s'y rendre, à sa mort, pour récupérer le portrait de sa mère, accroché depuis des années au mur du cottage.

Elle releva la tête en entendant une voix du passé qui venait comme un écho. Retourne. Retourne. Retourne...

Un cri lui arriva, lancé depuis la tour et auquel répondit un autre cri, au loin. S'abritant les yeux des reflets du soleil sur la neige, elle scruta la route et aperçut bientôt deux cavaliers au galop. Le cœur battant, elle reconnut la silhouette de Maxim sur son coursier. Elle souleva ses jupes et fila en courant le long de la muraille. Le sourd martèlement des sabots se répercuta sur le pont de bois et jusque dans la poitrine d'Élise qui, tout excitée, passa elle aussi le pont pour aller rejoindre les hommes dans la cour.

Maxim, descendu de cheval, entendit les pas légers derrière lui et fut surpris de voir arriver sa femme. Sa première réaction fut de réprimander Sherbourne pour l'avoir laissée sortir seule. Mais à la vue d'Élise, les joues roses, essoufflée, ses cheveux cascadant glorieusement dans son dos, son cœur bondit. Il ne pouvait se montrer sévère face à un tel spectacle.

Maxim retira son casque, le laissa tomber tandis qu'Élise se précipitait dans ses bras. Il la serra contre lui, la souleva, la fit tournoyer et elle eut un rire joyeux. Il chercha ses lèvres, ne se souciant guère de la présence des autres, et ils restèrent ainsi un long moment, immobiles.

Sir Kenneth releva sa visière et s'essuya la bouche d'un revers de gant. A la fois envieux et amusé, il ne put s'empêcher de penser que malgré la perte de son titre et de ses biens, le marquis était un homme des plus fortunés.

Maxim lâcha sa femme dont les bras quittèrent son cou. Il lut de la tristesse dans ses yeux tandis qu'elle ouvrait sa main pour lui montrer la petite fleur blanche. Et de la crainte.

— Le printemps est arrivé, murmura-t-elle tristement. La bête est-elle bien loin derrière nous ?

Maxim retira son gant de cuir et lui caressa la joue du dos de la main, effleurant ses lèvres de son pouce.

— Nous étions sur le terrain d'Hilliard à Lübeck, mon amour, et nous avons tout de même gagné. Ici, dit-il, montrant de la tête la route étroite, il doit venir sur le nôtre.

25

La brise du sud-est balayait les froidures du nord et apportait au château de Faulder une douce promesse de printemps. Deux jours passèrent et un orage balaya les collines. Même après la tombée de la nuit, le tonnerre continua à gronder au loin. De temps à autre, un éclair illuminait la campagne. La nuit était pleine de violence et de menaces, et Élise, qui se brossait les cheveux près de la cheminée, sursauta soudain quand un éclair aveuglant traversa la chambre. Aussitôt après, un terrifiant craquement brisa le silence, la faisant bondir de sa chaise. Inquiète, elle se demanda si la route serait encore praticable. Fitch et Spence avaient réussi à emmener une charrette chargée de leurs malles à Hambourg, où Nicholas préparait son navire pour le départ. Mais depuis leur retour il semblait que le ciel eût ouvert ses vannes pour laisser s'abattre un véritable torrent sur la terre. Une fois encore, les occupants du château se trouvaient prisonniers des éléments, car la pluie menaçait de balayer les imprudents qui oseraient s'aventurer au milieu des ornières de la route. Ils pouvaient toujours se consoler en se disant que si la pluie les empêchait de sortir, elle empêchait également Hilliard d'arriver.

L'attente devenait pesante pour tous et les nerfs étaient tendus. Maxim se tourmentait de voir les jours s'écouler sans que cessent la pluie et les orages. Il regardait passer les heures et voyait diminuer les chances de faire fuir sa femme.

Finalement, le soleil se leva dans un ciel sans nuages et sa chaleur sembla pousser les hommes à une frénésie d'activités. Si Élise avait cru qu'ils attendaient seulement que la route fût sèche, elle constata qu'ils se souciaient plutôt de préparer l'enceinte et le château à l'attaque qu'ils attendaient. Le bois que l'on avait mis à sécher fut empilé tout le long du mur extérieur. On prépara des fagots sous les chaudrons de saindoux et l'on apporta jusqu'à la muraille défensive flèches, carreaux d'arbalète, boulets de canon, barils de poudre et tonneaux de mitraille. On referma soigneusement les grilles extérieures récemment réparées que l'on renforça avant de baisser les herses.

Élise se trouvait dans sa chambre quand une soudaine et violente explosion fit trembler les vitres. Le cœur battant, elle se précipita à la fenêtre pour ouvrir les volets, s'attendant presque à voir Hilliard et ses cavaliers charger sur le sentier. Mais elle n'aperçut qu'un geyser de boue et de débris au faîte de la colline. Et elle vit Maxim accroupi sur le mur à côté d'un petit canon. Procédant à une visée, il indiquait à Justin et aux deux chevaliers les modifications à apporter à la position de l'cngin. Ils déplacèrent progressivement la pièce jusqu'à être satisfaits du pointage puis la rechargèrent et tirèrent. Le canon gronda de nouveau et le geyser jaillit cette fois en plein milieu de l'étroit sentier.

Les hommes le saluèrent par des cris de joie et chargèrent une nouvelle fois la pièce. Maxim se baissa pour pointer et l'on essaya la nouvelle position. Le manège se poursuivit jusqu'à ce que la route soit creusée, tous les vingt pas environ, de larges traces boueuses jusqu'à l'extrémité du pont. Enfin satisfaits, les hommes passèrent de l'autre côté de l'entrée, pour faire de même avec le second canon.

Élise songea à tous les efforts déployés depuis le départ de Frau Hanz et se dit qu'ils étaient davantage destinés à fortifier et à défendre la place qu'à préparer leur départ. On ne semblait plus tellement s'inquiéter de la fuite.

Plus tard dans la soirée, en attendant Maxim dans leur chambre, elle sentit l'angoisse la gagner. Bien que n'ayant aperçu Hilliard que dans la salle du *Kontor*, elle en avait assez entendu de la part de son mari et des autres pour savoir que l'homme n'aurait de cesse qu'il ne les ait tous massacrés, même s'il devait arracher jusqu'à la dernière pierre du château. Élise était maintenant en proie à la panique à l'idée que leur petite troupe devrait tenir bon et faire face à l'assaut.

Pour lutter contre sa peur, elle se mit à virevolter dans la pièce, faisant voler ses jupes, s'arrêtant soudain avec un petit cri étouffé en découvrant son mari tout souriant. Le dos à la porte, il regardait depuis quelques instants les jambes d'Élise, découvertes jusqu'aux cuisses.

Maxim tira le verrou derrière lui et vint prendre sa femme dans ses bras pour lui donner un long baiser qui la laissa sans force. Puis il lui prit les mains et se recula. Il la regarda longuement, comme voulant graver dans sa mémoire chaque détail de la beauté d'Élise. Enfin, il soupira et la lâcha, se retourna pour revenir presque aussitôt, avec un curieux air de tristesse sur le visage.

— Je voudrais vous entretenir d'une question grave et importante, mon amour, dit-il d'une voix rauque.

Élise le regarda, surprise, sentant que l'affaire devait être des plus sérieuses.

— Je vous écoute, Maxim. Qu'est-ce qui vous ennuie à ce point ?

Devant la difficulté de lui dire les faits dans toute leur brutalité, il détourna les yeux, se passant la main sur le menton. Comment atténuer le choc ? se demandait-il.

— Mon amour, commença-t-il presque timidement, il faut me croire quand je vous dis que mon intention était de vous faire embarquer à bord du navire de Nicholas et de vous envoyer en Angleterre, où vous auriez été en sécurité.

— De m'envoyer ? Vous vous êtes trompé si vous avez cru que l'on pouvait me séparer de vous, dit-elle d'une voix qui trahissait son désarroi. Comment pourrais-je vous laisser quand vous êtes ma seule raison de vivre ?

Maxim vit les larmes dans les yeux de sa femme et lui prit le menton.

— Cela me brise le cœur de vous voir pleurer, mon amour. Et plus encore de vous dire qu'il n'est plus temps de fuir. Si nous sortons maintenant, Hilliard nous prendra sur la route et nous ne pourrons nous défendre. C'est à lui de venir livrer bataille sur notre terrain.

— Comment allez-vous résister à un si grand nombre ? Nous savons maintenant par Nicholas qu'Hilliard a quitté Lübeck à la tête de plus de quatre-vingts mercenaires. Qu'allons-nous faire ?

— De fait, nous aurions bien peu de chances de l'emporter s'ils étaient aussi nombreux à pénétrer dans la cour, mais, si j'ai bien conçu mon plan, Hilliard devra perdre le plus gros de ses forces pour atteindre le mur. C'est là toute la question. J'avais prévu que vous seriez loin d'ici et en sécurité, mais il y a désormais trop de risques. Il vous faut donc rester derrière ces murs et je dois vous en demander pardon.

Élise le regarda, commençant à comprendre ce qu'il craignait pour elle.

— C'est donc cela qui vous chagrine tant ? Que je reste ?

— Je croyais avoir suffisamment bien prévu les choses pour que vous ne soyez plus là maintenant, mon amour. J'ai grand-peine de voir que j'ai échoué.

— *Échoué ?* Et la pluie ? Les orages ? Êtes-vous Dieu pour pouvoir les retenir ? En vérité, vous n'y pouviez rien, dit-elle, se serrant contre lui, la tête sur sa poitrine, écoutant le rythme rassurant de son cœur. Ne savez-vous pas combien je vous aime, Maxim ? Jamais je n'accepterai de vous laisser, malgré toutes les menaces qui pèsent sur nous.

Maxim lui souleva le menton et se pencha sur elle.

— J'ignorais tout de l'amour avant que vous n'entriez dans ma vie, souffla-t-il contre ses lèvres. Maintenant, tout mon être en est illuminé et je suis émerveillé de ce que vous m'avez fait. Vous êtes ma vie, madame.

Il lui donna un baiser plein de douceur et de tendresse, mais alors qu'il s'attardait, leurs émotions prirent un tour différent. Une lente chaleur commença à les envahir et Hilliard était bien loin de leurs pensées quand la robe de velours glissa au sol.

L'aurore se leva avec des teintes cramoisies au-dessus des lambeaux de nuages et le soleil étendit sa tiédeur sur le paysage, chassant les derniers reliefs de la brume matinale dans les creux les plus profonds où ils finiraient par se dissiper. Et dans le calme du petit matin retentit l'alarme lancée depuis la tour, faisant bondir sur leurs pieds les occupants du château.

— *Hilliard arrive!*

Élise étouffa un cri tandis que Maxim quittait la table de la cuisine pour se précipiter dehors. Elle monta vivement dans sa chambre où elle ouvrit une fenêtre pour voir ce qui se passait. Presque au milieu du chemin, Hilliard était immobile, juché sur un énorme cheval. De part et d'autre, sur deux rangs, ses hommes se préparaient à l'attaque. Fitch et Spence se hâtèrent d'aller allumer le feu sous les chaudrons de saindoux tandis que Maxim traversait la cour et grimpait sur le mur où attendait un canon. Sir Kenneth se trouvait déjà à la deuxième pièce, assisté par Sherbourne, et Justin arrivait en courant pour aider Maxim.

Hilliard hissa un drapeau blanc et, accompagné de deux cavaliers, s'avança à portée de voix.

— *Lord Seymour!* lança-t-il. Assez de folies ! Nous sommes bien plus nombreux et vous ne pouvez espérer nous tenir tête ! J'ai quatre-vingts hommes derrière moi ! Et vous ? Une poignée en comptant la fille ? Rendez-vous et je laisserai partir les autres.

— Humph ! railla Justin. Cette canaille nous taillerait en pièces jusqu'au dernier dès l'ouverture des portes.

— *Nous vous avons battus à Lübeck!* répondit Maxim. *Combien étiez-vous alors ? Je pense que vous n'êtes pas assez nombreux!*

Les lourdes bajoues d'Hilliard virèrent au rouge sous la fureur et il se jura à nouveau d'écraser le visage de

Maxim Seymour sous le talon de sa botte. Il éperonna sa monture et fit demi-tour, rejoignant le gros de la troupe. Il leva le bras et lança un ordre. Il s'écoula un long moment pendant lequel il goûta toute sa puissance, puis il baissa le bras avec un rugissement et lança ses forces en avant. Sa monture piaffa d'impatience, mais il la retint, regardant les deux lignes qui s'avançaient vers le château.

Sir Kenneth attendit qu'ils arrivent presque au premier repère et alluma la mèche. Une sourde explosion projeta une volée de mitraille qui fit jaillir de la terre, de la boue et des corps déchiquetés. Le chevalier brandit un poing triomphant, comptant quatre ou cinq ennemis hors de combat. Un seul survivant, tenant son côté blessé, battit en retraite vers la crête en traînant la jambe. Sherbourne aida rapidement Kenneth à recharger tandis que Maxim mettait à feu son canon. Il fit un petit saut de côté à l'instant où la pièce aboyait et reculait sur son affût. Justin bondit pour passer l'écouvillon et recharger avant que la fumée ne se fût dissipée. Maxim put alors apprécier les résultats. On aurait dit qu'une immense main avait balayé la ligne des attaquants, y laissant un grand vide. Un des hommes s'agita un instant dans la boue puis se figea. Tous les attaquants avaient décroché dans la plus grande confusion. Ils s'étaient attendus à un combat à la lance et à l'épée mais pas au bombardement de canons soigneusement pointés. La seconde pièce aboya de nouveau et cette fois un boulet projeta en l'air de la boue, des pierres et des cadavres. Suivit une autre mitraille qui faucha encore plusieurs soldats. Des cris s'élevèrent devant les pertes. La ligne hésita puis se rompit. Tournant les talons, les hommes repassèrent la crête, hurlant de frayeur.

Hilliard chargea au milieu de cette débandade, cinglant de son fouet tout ce qui lui tombait sous la main. Sir Kenneth, de son côté, voulait hâter la déroute. Il mit une nouvelle fois sa pièce à feu et le canon tonna, lançant un boulet qui fit jaillir la boue et le sang au milieu de cris de panique. Les survivants se débandèrent.

Un éclat de mitraille, ricochant, vint frapper la monture d'Hilliard à l'épaule. Déjà terrifié par le vacarme assourdissant, l'animal se cabra sous le choc et tenta de désarçonner son cavalier. Il se mit à ruer, les jambes raidies, et Hilliard vida les étriers pour aller atterrir dans une flaque de boue à quelques pieds de là, déchaînant les quolibets et les rires des défenseurs du mur. Avec sa robuste constitution, il se releva bientôt en titubant, mais si furieux que ses hommes comprirent qu'ils avaient autant à redouter de sa part que des assiégés. Ils ne doutèrent pas un instant, en le voyant lever son mousquet, qu'il abattrait le premier qui s'enfuirait.

Il s'ensuivit un bref répit pour les défenseurs de Faulder. Ce Maxim Seymour était bien tel que Nicholas l'avait décrit à Hilliard, et sans doute plus encore. Seul un sot le mésestimerait une nouvelle fois.

Des archers se rassemblèrent au faîte de la colline pour envoyer une pluie de flèches sur la cour du château. On apporta rapidement des boucliers pour protéger les servants des canons tandis que les hommes d'Hilliard lançaient un nouvel assaut. Mais ils avançaient cette fois bien séparés les uns des autres et portaient des échelles pour escalader le mur. Justin et Sherbourne en abattirent plusieurs de leurs flèches, mais chaque fois qu'un homme tombait, un autre prenait sa place.

Les canons tonnaient, ne fauchant plus, maintenant, qu'un ou deux assaillants. Ceux-ci approchaient de plus en plus du mur et même Hilliard quitta l'abri de la crête et suivit avec plusieurs de ses laquais de la Hanse. Ils continuèrent à progresser jusqu'à ce que le tir des canons devienne trop long pour les atteindre. Maxim fit abandonner les pièces pour défendre le mur. Le déluge de flèches cessa depuis le camp d'Hilliard pour permettre aux assaillants d'escalader la muraille, mais Fitch, Spence, Dietrich et le garçon d'écurie arrivèrent avec les chaudrons d'huile bouillante pour les repousser. Quand les hommes d'Hilliard parvenaient à dresser leurs échelles contre le parapet et se mettaient à grimper, ils étaient accueillis par des cascades de saindoux bouillant. On entendait des cris de douleur et les brûlés retombaient, sans être davantage à l'abri sous les échelles car aussitôt les flammes montèrent le long du mur, des torches ayant enflammé les piles de bois sec maintenant bien arrosées de graisse fondue. Les soldats se mirent à hurler, leurs vêtements en feu, et s'enfuirent, attisant les flammes davantage encore dans leur course.

La présence menaçante d'Hilliard ne les dissuadait plus de fuir car leur souffrance était telle qu'ils en accueillaient presque avec soulagement ses balles de mousquet. L'homme de la Hanse voyait ses forces se désagréger autour de lui, mais il comprit que s'il ne mettait pas un terme moins brutal à leur panique, ce serait la déroute. Il fit battre en retraite au-delà de la crête et les canons recommencèrent à tonner, frappant où ils pouvaient causer le plus de pertes.

Hilliard entreprit de rallier ses troupes, insufflant un nouveau courage aux survivants par la promesse de plus grandes récompenses, bien qu'il se sentît lui-même abattu par l'importance des pertes. Arrivé avec plus de quatre-vingts combattants il n'en avait maintenant guère plus d'une vingtaine en état de continuer la lutte. En outre, la rapidité avec laquelle ils avaient été mis hors de combat était démoralisante. Il s'en voulait d'avoir écouté Frau Hanz qui avait follement sous-estimé les ressources et la détermination des défenseurs du château. Elle avait été manifestement abusée par plus malin qu'elle. Quant à lui, il n'avait été qu'un bouffon de la croire.

Élise profita de la trêve pour s'assurer que nul n'était sérieusement blessé. Le plus atteint était Sherbourne, avec sa joue égratignée par une flèche. Elle nettoya la plaie et y posa un emplâtre, disant au blessé qu'une cicatrice aussi élégante ne manquerait pas d'intriguer les dames en Angleterre. Dietrich apporta de quoi manger ainsi que du thé, du lait et de l'eau pour apaiser la faim et la soif des combattants qui prenaient un peu de repos en attendant une nouvelle attaque.

Au début de l'après-midi, les feux s'éteignirent au bas des murs noircis où gisaient parmi les cendres les corps calcinés de soldats qui n'avaient pu fuir assez rapidement et qui offraient un spectacle peu encourageant pour ceux qui projetaient d'escalader le mur. Ils ne pouvaient que se demander ce que ce diable d'Anglais leur réservait maintenant.

Et de nouveau les attaquants s'avancèrent. Mais cette fois, ils étaient si loin les uns des autres que Maxim et Sir Kenneth jugèrent inutile de faire donner les canons. Les quatre hommes s'armèrent d'arbalètes, qui devinrent également inefficaces quand l'ennemi arriva tout près du mur et dressa ses échelles dans des angles morts pour commencer l'escalade.

Les premiers arrivés furent accueillis par des lances. Maxim frappait de tous côtés mais il savait déjà que dans un combat au corps à corps ils seraient dépassés par le nombre. Il ordonna à ses compagnons de se replier à l'intérieur du château et se fraya un chemin de son épée pour les suivre. Il sauta du mur, traversa vivement la cour et franchit la porte que l'on referma derrière lui et dont on assura la solidité avec la barre.

Maxim se saisit d'un arc, ouvrit le volet d'une meurtrière et parvint à abattre trois assaillants avant que les autres ne masquent l'ouverture en y enclouant une planche. Il aperçut plusieurs hommes qui remontaient la herse et sut qu'Hilliard serait bientôt dans la cour et qu'un bélier ne tarderait pas à enfoncer la porte.

— Ils vont bientôt envahir la pièce, annonça Maxim. Il faut battre en retraite tout en haut. Courage, nous ne sommes pas encore à bout de ressources.

Il fit signe à Sir Kenneth de faire rentrer de l'écurie le garçon et le cuisinier puis il prit Élise dans ses bras pour la rassurer.

— Hilliard n'a pas encore vu ce que je lui réserve. N'ayez aucune crainte, lui dit-il.

— Je ne crains rien quand vous êtes auprès de moi, lui répondit Élise en lui caressant une joue maculée de noir.

— Nous allons bientôt servir son dû à Hilliard. Montez avec le gamin et attendez-nous. Nous ne serons pas longs.

Rassemblant son courage, Élise obéit et monta avec le jeune homme tandis que les autres se préparaient à faire face à l'ennemi. Dietrich saisit un lourd poêlon et prit la garde au pied de l'escalier tandis que Justin, armé d'une hache, se plaçait aux côtés de Maxim. Sherbourne, Kenneth, Fitch et Spence encochèrent des flèches à leurs arcs, près de la porte.

On entendit la grosse voix d'Hilliard qui ordonnait à ses cavaliers d'apporter un bélier. Presque aussitôt, ils commencèrent à enfoncer le portail. Au quatrième assaut, la barre céda et tout un panneau s'abattit. Des flèches se mirent à pleuvoir sur les premiers qui passèrent l'ouverture. Les suivants bondirent aussitôt pardessus les corps de leurs compagnons et ce fut un combat à l'épée, à la hache et au poêlon. Maxim recula, face à trois assaillants. Le plus audacieux s'écroula à genoux sous un coup de pied au bas-ventre avant d'être percé par l'épée du marquis qui para une botte et s'escrima vaillamment contre les deux autres. L'un d'eux émit bientôt un bruit de gorge et s'effondra, les mains crispées sur le manche d'une pique plantée dans sa poitrine. Maxim n'eut guère le temps de remercier Sir Kenneth car d'autres assaillants arrivaient.

Malgré les pertes qu'ils provoquaient dans les rangs ennemis, Maxim et ses compagnons devaient sans cesse reculer vers l'escalier. Hilliard, derrière la mêlée, hurlait des ordres et des encouragements. Quand un de ses hommes s'enfuit en hurlant, blessé au ventre par une hache, Hilliard l'arrêta d'un solide coup de l'énorme masse qu'il tenait dans sa main droite. Puis il se débarrassa de la forme inerte en la balayant de la double longueur de chaîne serrée dans sa main gauche. Ainsi manifestait-il clairement qu'il n'admettait aucun recul.

A cet instant Justin bondit avec un cri de rage. Personne n'était là pour garder Hilliard qui reçut l'attaque les deux bras ouverts. Mais l'agent de la Hanse, bien protégé par une cuirasse, broncha à peine sous le coup de hache. Avec une grimace de mépris il repoussa Justin du bras. La masse s'abattit, et le jeune homme l'évita d'un saut de côté avant de frapper Hilliard au ventre. Le cuir protecteur et son rembourrage se fendirent sous le choc, mais la hache s'arrêta sur la cotte de mailles.

Justin continua à frapper avec toute la fougue de sa jeunesse, mais la masse ou la chaîne arrêtaient chaque fois ses coups. Hilliard, exaspéré, passa furieusement à l'attaque. Quand Justin cogna de toute sa force, croyant voir une ouverture, Hilliard balança sa chaîne qui se noua sur le manche de la hache, juste sous le fer. Il tira et arracha l'arme de la main de Justin qui, déséquilibré, partit en avant en trébuchant. Hilliard, une lueur de triomphe dans les yeux, abattit sa masse et laboura l'épaule du jeune homme qui tomba à la renverse contre le mur de pierre. Il poussa un cri de douleur, mais au moment où l'homme de la Hanse s'avançait pour l'achever, il fut arrêté par la forme inerte d'un de ses hommes qui s'écroulait, victime de la lame du marquis.

— Espèce de lâche mollusque ! lui lança Maxim. Quand allez-vous avancer et vous battre comme un homme ? Vous vous abritez derrière vos soldats et vous n'avez pas le courage que vous exigez d'eux.

Hilliard en oublia Justin et celui-ci, tenant son épaule blessée, gagna les escaliers en titubant. L'homme de la Hanse ne quittait pas des yeux celui qui, depuis quelques mois, était devenu pour lui une source de sérieux ennuis. Il lui fallait mettre Maxim en pièces et, aveuglé par son désir de vengeance, il repoussa ses hommes et avança, perdant toute prudence.

D'un petit saut en arrière, Maxim évita la masse qui s'abattait mais comprit qu'il devait affronter non seulement Hilliard mais aussi cinq de ses compatriotes. Sa lame frappait comme l'éclair tandis qu'il reculait vers l'escalier. Il fut soulagé de voir que Sir Kenneth et Sherbourne venaient lui prêter main-forte. Il sentit que le talon de sa botte heurtait la première marche et leva le pied pour y grimper. Pendant ce temps, Kenneth empoigna le haut chandelier qui se trouvait au pied de l'escalier et le fit tournoyer, frappant les casques les plus proches avant de le projeter, comme un bélier, sur l'énorme silhouette de Karr Hilliard. Celui-ci partit en arrière, entraînant avec lui plusieurs de ses hommes qui s'écroulèrent dans une mêlée confuse. Les défenseurs du château en profitèrent pour gagner le haut de l'escalier.

Arrivés à l'étage, ils se précipitèrent dans le couloir pour aller rejoindre les autres dans la chambre. On referma la porte, on la bloqua avec sa barre et l'on se regarda, plein d'inquiétude : ils étaient coincés... Ils allaient être des proies faciles pour Hilliard et ses mercenaires. Nul n'exprima ses craintes, mais chacun imaginait le sort qui les attendait... sauf Maxim qui resta l'oreille collée à la porte jusqu'à ce qu'il entende les bruits de pas dans l'escalier. Il se tourna alors vers ses amis, un doigt sur les lèvres pour leur demander de faire silence, puis gagna rapidement le panneau secret. On entendit des soupirs de soulagement quand s'ouvrit la porte cachée. On alluma une chandelle et Maxim fit signe à Kenneth d'escorter Élise dans l'escalier. Déjà, les hommes de la Hanse attaquaient la porte à la hache, mais Maxim prit le temps d'ouvrir fenêtres et volets, pour tromper l'ennemi, avant de rejoindre ses compagnons. Il ferma et verrouilla le panneau secret derrière lui et descendit rapidement jusqu'à la porte de l'étage inférieur où Élise attendait avec Kenneth. Celui-ci eut un geste en direction de la chambre, de l'autre côté. Maxim colla son oreille à la porte et entendit quelqu'un dans la pièce. Veillant à ne pas faire le moindre bruit, il ouvrit et aperçut le large dos de l'un des mercenaires penché sur un coffre. L'homme y fouillait, jetant son contenu çà et là avant de s'arrêter sur un pourpoint de cuir qu'il passa. Puis il se figea et tira son épée au moment où celle de Maxim lui perçait la poitrine.

On ferma la porte, on la verrouilla et on se compta. Tout le monde avait survécu, jusque-là tout au moins.

On entendit un cri, au-dessus, puis une cavalcade de pieds annonçant qu'on attaquait la porte. Et le hurlement de rage et de frustration poussé par Hilliard, témoignant que la porte n'avait pas encore cédé.

— Elle devrait les retenir quelques instants encore, commenta Maxim en souriant. Elle a été rebâtie pour résister aux assauts d'une mégère furieuse.

Son regard s'assombrit quand il se tourna vers Élise. Il lui prit les mains et plongea ses yeux dans les siens.

— Je n'ai pas le temps de vous expliquer, mon amour, mais quand nous serons dans la cour il faudra filer à cheval avec Fitch et Spence. Dietrich et le garçon d'écurie partiront avec vous pendant que nous retiendrons Hilliard et ses hommes.

— Maxim ! Que dites-vous là ? Je ne vous laisserai pas ! Je ne peux vous laisser !

Il étouffa les protestations d'Élise sous un baiser, clignant les yeux sous les larmes. Leur baiser se prolongea, puis Maxim releva la tête et serra Élise contre lui.

— Je ne peux partir avec vous maintenant, Élise. Je vous en prie, essayez de comprendre. Il faut partir avec Nicholas. J'arriverai plus tard par un autre navire.

Élise s'accrocha à lui, les joues ruisselantes de larmes.

— Mais comment quitterez-vous l'Allemagne si ce n'est avec le navire de Nicholas ? Aucun capitaine de la Hanse ne vous prendra à son bord.

— N'en dites rien, mon amour, mais un navire anglais va descendre l'Elbe pour nous emmener.

— Si c'est bien vrai, lui dit Élise, le regard suppliant, pourquoi ne puis-je venir avec vous ?

— Ce serait trop dangereux et je veux vous savoir en sûreté pour le cas où Hilliard l'emporterait ici.

— Ô Maxim, je ne peux vous laisser ! gémit Élise, lui passant les bras autour du cou dans une tentative désespérée de lui faire changer d'avis. Je vous en prie, ne m'y forcez pas.

— Il le faut, mon amour. Si nous sortons d'ici victorieux aujourd'hui, il reste la marche jusqu'au fleuve, et si nous sommes attaqués en rase campagne, nous n'avons aucune défense. Je vous en prie, partez pour que je ne m'inquiète pas pour vous.

Élise finit par accepter, la mort dans l'âme, et Maxim se tourna vers Sir Kenneth qui attendait à la porte. Il lui fit un signe de tête et le chevalier ôta la barre et ouvrit. Il regarda à droite et à gauche et s'avança dans le couloir, suivi par Sherbourne qui resta en arrière pendant que les autres sortaient en silence. Les bruits sourds qui arrivaient du rez-de-chaussée couvrirent leurs pas. Arrivés dans la cour, Kenneth et Sherbourne se précipitèrent sur le mur et retournèrent les canons, les pointant sur l'entrée. Les serviteurs foncèrent aux écuries et en ressortirent bientôt avec les chevaux sellés. Herr Dietrich grimpa sur Tourbillon et aida le garçon d'écurie à le rejoindre. Spence arriva avec la jument d'Élise et Maxim vint serrer sa femme dans ses bras.

— Promettez-moi de me revenir sain et sauf, lui demanda-t-elle à travers ses larmes.

— Vous pouvez me croire, madame, j'ai bien l'intention de regagner l'Angleterre, dit-il, lui prenant les mains, jointes comme en une prière. Si tout se passe comme je le souhaite, mon amour, je ramènerai Hilliard avec moi.

Un cri émanant de la fenêtre de l'étage leur indiqua que les hommes de la Hanse avaient réussi à pénétrer dans la chambre. En levant la tête, Maxim et ceux qui se tenaient dans la cour virent, penchés à la fenêtre, Hilliard et quelques-uns de ses hommes. Ils lançaient des questions confuses, se demandant comment le petit groupe avait réussi à descendre de si haut et n'y comprenant rien. Les dents serrées, Hilliard quitta la pièce avec ses sbires et descendit l'escalier. Il était prêt à admettre que des ailes avaient poussé à l'Anglais et à son groupe.

Maxim mit Élise en selle et claqua la croupe de la jument pour la faire partir au galop. Il courut jusqu'au mur pour suivre des yeux la fuite de sa femme et de ses compagnons puis se tourna pour charger le petit canon. Il n'eut guère le temps de s'appesantir sur sa peine car l'instant d'après Hilliard et sa troupe passaient la porte pour être balayés par la mitraille des deux canons. Ce ne fut que longtemps plus tard qu'Hilliard consentit enfin à lever un bâton noueux où il avait accroché un drapeau blanc.

26

Le navire filait, ses voiles gonflées par le vent du large. Bien que lourdement chargée de cuivre, d'argent, de morue séchée et de bière de Hambourg, sa coque solide glissait à bonne allure sur une mer grise et agitée. Se confondant presque avec ses voiles, d'épais nuages noirs défilaient, chassés par un fort vent du nord. De temps à autre, quelques gouttes de pluie tombaient sur le pont, bien vite balayées par les embruns projetés par-dessus la proue. Des mouettes planaient, toutes ailes étendues, le suivant à travers les îles de la Frise. Les huniers claquèrent comme un coup de canon quand il déboucha au vent, passant le dernier abri des îles. Le timonier maintint fermement sa barre tandis que l'équipage s'activait pour envoyer davantage de voile. Les maîtres de manœuvre aboyaient des ordres que seules pouvaient saisir les oreilles exercées des marins au milieu de cette cacophonie. Lentement, les Pays-Bas s'estompèrent à la poupe et l'eau se fit plus profonde sous l'étrave qui fendait la mer du Nord. Les cris des mouettes cessèrent, les volatiles abandonnant leur vaine quête autour du navire pour aller chercher leur pâture dans les eaux du littoral.

Élise frissonna sous le vent glacé qui cinglait son lourd manteau de laine et pénétrait sous son capuchon. Elle avait passé des vêtements chauds et pratiques, préférant garder pour d'autres circonstances ses meilleures robes et son manteau doublé de fourrure. Sage décision, se dit-elle en sentant les embruns lui cingler le visage alors qu'accoudée à la lisse elle regardait l'horizon. L'Angleterre se trouvait quelque part au-delà de ce vague flou grisâtre où le ciel se mêlait à la mer, mais elle ne ressentait aucune joie à l'idée de rentrer au pays alors qu'elle avait laissé son cœur derrière elle. Elle n'avait nulle assurance que Maxim fût vivant et le souvenir d'un Hilliard bouillant de rage lui faisait craindre pour son mari qu'elle imaginait mort aux pieds de la brute bovine. Si elle avait cédé à ses angoisses au lieu de lutter, elle serait devenue folle. Sans cesse elle se contraignait à garder à l'esprit les prouesses de Maxim au combat et sa mystérieuse capacité à triompher de toutes les épreuves.

Cherchant un endroit où elle serait à l'abri, Élise grimpa sur le gaillard d'arrière où Nicholas et l'homme de barre gardaient un œil attentif sur le compas. Elle prit bien soin de demeurer assez loin du capitaine qui, pour une fois, ne la remarqua guère. Il veillait au cap de son navire, donnant ses ordres d'une voix calme au timonier attentif à ses directives.

Manifestement, ses hommes le respectaient, et s'il s'était montré plutôt réservé depuis leur départ de Hambourg, il n'en avait pas moins témoigné à Élise beaucoup de gentillesse et de sollicitude. En outre, l'argent confié à Nicholas s'était révélé un excellent investissement, la somme ayant triplé. Mais la véritable récompense, pour Élise, était d'avoir connu un homme doté d'un aussi heureux caractère et qui goûtait si pleinement les joies de la vie.

Cette fois encore, il avait été assez aimable pour lui céder sa cabine et, chaque fois que l'occasion s'en présentait, il avait partagé les délicieux repas préparés par Herr Dietrich, bavardant et plaisantant tout en évitant d'évoquer ce qui aurait pu être entre eux. Parfois, Élise le surprenait qui l'observait, comme s'il partageait ses craintes pour Maxim. D'autres fois, il semblait lutter contre lui-même, comme au cours de leur premier voyage. Elle appartenait à un autre et il n'avait nulle intention de l'oublier, bien qu'il eût tenu à elle plus qu'à toute autre femme, au point d'avoir voulu l'épouser. Il semblait maintenant souhaiter que des cendres du passé naisse une solide amitié.

— *Segelschiff! Viertel Stevenbord!* lança une voix depuis tout là-haut dans les mâts, et quand Élise leva les yeux elle aperçut l'homme de vigie qui, dans son nid-de-pie, pointait le doigt vers la mince ligne de terre qu'on distinguait encore à l'horizon. Un petit point blanc semblait se détacher sur ce fond plus sombre et, bien qu'Élise n'ait pu comprendre ce que l'homme avait dit, elle sut ce qu'était cette tache blanche : les voiles d'un autre navire !

Nicholas prit la lunette et se tourna face à la poupe pour regarder. Il resta un long moment à observer puis baissa la longue-vue, le front soucieux. Il lança des ordres brusques en un allemand rapide, puis revint à la lisse pour regarder à nouveau dans sa lunette.

— Un navire anglais, dit-il à Élise par-dessus son épaule. Arrivant de Hollande.

— Est-ce que... c'est un des navires de Drake ? demanda Élise, hésitante, sachant ce qu'une confrontation avec Drake signifierait pour Nicholas.

Il avait lui-même reconnu ne pas être aussi riche qu'Hilliard et la perte de son navire et de sa cargaison serait pour lui une catastrophe.

— Ce démon insaisissable. Qui sait où il est maintenant ! Il pille les richesses de l'Espagne depuis qu'Élisabeth l'a autorisé à reprendre la mer. Depuis les ports basques l'été dernier jusqu'aux îles du Cap-Vert et aux Caraïbes cette année, il passe comme un diable. Santiago ! Hispaniola ! Carthagène ! Toutes sont tombées sous ses canons ! Il va faire de Philippe un roi ruiné ! Et ruiner aussi tous ceux qui font commerce avec l'Espagne. Quelle ironie ce serait de tomber sur lui !

— Mais il vous laisserait certainement repartir en voyant que vous avez à bord un sujet anglais.

— Drake est avide ! Il ne s'arrêtera pas pour poser des questions.

Nicholas lança d'autres ordres et ses marins grimpèrent dans la mâture pour envoyer d'autres voiles. Il savait l'importance de donner à son navire toute sa vitesse. L'homme de vigie hurla autre chose et tous se tournèrent pour découvrir un autre navire par tribord avant, qui s'était glissé là pendant que les yeux étaient braqués sur l'arrière. Un petit nuage de fumée jaillit de sa proue, bientôt balayé par le vent, et un geyser s'éleva à plusieurs milles du navire de Nicholas, mais le message était clair : il fallait mettre en panne ! Nicholas n'avait d'autre choix que de réduire ses voiles et d'obéir car il ne disposait pas de canons pour se défendre.

Bientôt, les galions anglais vinrent encadrer le navire. Le plus gros des deux remonta et lança des grappins pour amener les deux navires bord à bord. Le capitaine de la Hanse attendit, les mâchoires serrées, qu'un petit groupe d'Anglais arrive à son bord.

Le commandant, un homme plutôt grand et assez séduisant, se présenta comme Andrew Sinclair et salua presque gaiement un Nicholas muet et furieux.

— Pardonnez-moi de vous retarder, capitaine, mais je viens juste de quitter les Pays-Bas et je me demandais si votre navire n'était pas un de ceux qui avaient ravitaillé les troupes espagnoles du duc de Parme. (Devant le regard outré de Nicholas, il continua, aimablement :) Car si c'est le cas, je dois vous aviser qu'il me faut saisir votre navire. Lord Leicester serait fort fâché si je ne vous punissais pas.

Nicholas n'appréciait nullement l'humour de l'Anglais.

— Vous n'aurez pas manqué de remarquer que mon navire est chargé jusqu'à la ligne de flottaison. Bien que sachant vos soupçons non fondés, vous avez sans doute l'intention de vous en emparer sous quelque inepte prétexte. Dans ce cas, *Kapitän*, laissez-moi vous montrer ce que nous transportons.

Il dit un mot à son second qui se trouvait à ses côtés, lequel fit signe à l'un des marins de le suivre. En attendant leur retour, Élise sentit que l'Anglais ne la quittait pas des yeux et lorsqu'elle osa croiser son regard il lui adressa un grand sourire.

L'œil bleu de Nicholas se fit glacial. D'accord pour ce qui était de Maxim, mais il voulait bien être pendu s'il laissait cette espèce de roué des mers continuer à dévisager ainsi la jeune femme.

Andrew Sinclair se racla la gorge et détourna les yeux pour les porter sur le pavillon rouge frappé des trois tours qui flottait au mât.

— Vous êtes de Hambourg, capitaine ? s'enquit-il.

— Vous avez l'œil, *Kapitän,* observa Nicholas, quelque peu surpris que l'homme connaisse les pavillons de la Hanse.

— Nous avons déjà eu affaire à des vaisseaux de la Hanse. J'ai appris à reconnaître leurs pavillons. Je m'intéresse tout particulièrement aux rouge et blanc de Lübeck qui semblent bien facilement entrer dans les ports espagnols et en sortir. Si vous ne venez pas des Pays-Bas et que vous ne vous rendiez pas en Espagne, où allez-vous donc, capitaine ?

— En Angleterre, répondit sèchement Nicholas. Et plus loin !

Le regard de Sinclair revint sur Élise dont la beauté le fascinait à un point tel qu'il ne souhaitait pas quitter le navire avant de la connaître ou, au moins, d'apprendre où il pourrait la retrouver.

— Et la dame ? Est-ce votre épouse ?

— La dame est anglaise et rentre chez elle. J'ai le plaisir de l'y accompagner.

— Vraiment ? J'aimerais lui être présenté.

Nicholas se demanda s'il pouvait révéler les liens d'Élise avec Maxim. En Angleterre, on devait raconter bien des histoires de complots contre la reine et de crimes perpétrés par les traîtres. Et, compte tenu de l'attirance de cet homme pour la jeune femme, on pouvait imaginer qu'il saisirait la moindre occasion de l'emmener. Nicholas doutait que le nom du père d'Élise fût aussi connu du capitaine que celui de Maxim, mais il le lança tout de même, espérant calmer le zèle de l'autre.

— Madame est Élise Radborne, la fille de Sir Ramsey Radborne.

Sinclair reconnut le nom immédiatement.

— Pourrait-il s'agir de cette même Élise Radborne qui a été enlevée de chez son oncle par le marquis de Bradbury ?

Nicholas se rembrunit et noua ses mains dans son dos, se refusant à satisfaire la curiosité de l'homme. Manifestement, l'enlèvement d'Élise avait fait beaucoup de bruit.

Le second et le marin reparurent, portant un lourd tonneau. Le capitaine anglais s'approcha pour y jeter un coup d'œil quand ils l'ouvrirent. Même d'où elle se trouvait, Élise sut que les hommes préparaient quelque chose. Elle vit le second adresser à Nicholas un clin d'œil et un sourire et comprit aussitôt quand il tira du tonneau un morceau de morue séchée qu'il brandit sous le nez de l'Anglais. Celui-ci recula, écœuré, provoquant les rires des marins de la Hanse.

— Nous avons également des fûts de bière de Hambourg, *Kapitän*, si cela vous tente, proposa Nicholas qui ajouta, montrant les chevaux dans leur box improvisé : Nous transportons même une paire de canassons, comme vous pouvez le voir.

— Vous pouvez garder votre poisson, capitaine, ainsi que votre bière, répondit Sinclair, prétendant ne pas voir qu'on s'était moqué de lui, mais sachant comment effacer les sourires et peut-être même profiter de la compagnie de la belle dame Radborne. Je ne voudrais pas oublier de vous remercier pour votre hospitalité, ajouta-t-il, et j'ai le regret de vous informer que vous êtes en état d'arrestation.

— *Quoi ?* lança Nicholas au visage de l'autre. Vous n'avez pas autorité pour saisir mon navire, pas légalement du moins ! Je me fiche de savoir si vous avez une lettre de la reine. Nous ne sommes pas en Angleterre ! S'il s'agit d'un acte de piraterie, dites-le donc !

Andrew eut un petit sourire suffisant.

— Vous avez à votre bord une marchandise de valeur... une dame anglaise dont on sait qu'elle a été enlevée par un traître à la couronne. Comment elle se trouve avec vous, je ne l'imagine même pas, mais je sais que son oncle a demandé à la reine qu'on se montre impitoyable avec ses ravisseurs. Et je ne laisserai pas madame Radborne disparaître sous mon nez. Aussi, je dois vous confirmer votre arrestation. Je vais faire monter un équipage à bord de votre navire tandis que vous et vos hommes serez mis aux fers sur mon vaisseau jusqu'à votre arrivée en Angleterre.

— C'est une violation de toutes les lois de la mer... ! protesta Nicholas. Je ramène la dame chez elle ! Je ne l'enlève pas !

— Il n'y a pas un mot de vrai dans ce que vous dites, ajouta Élise, furieuse qu'Andrew Sinclair puisse prendre prétexte de sa présence pour arrêter Nicholas. J'ai prié le capitaine Von Reijn de me ramener chez moi. Doit-on le punir d'avoir accepté ?

— Si tel est le cas, madame, je serai heureux de vous escorter jusqu'à mon navire et le capitaine Von Reijn pourra poursuivre sa route.

— *Damnation!* tonna Nicholas. *Je ne le permettrai pas! Je préfère qu'on m'arrête que la laisser partir avec des gens comme vous!*

— Nicholas, je vous en prie... commença Élise, tentant de le calmer.

— Vous avez été placée sous ma responsabilité, Élise, et je ne tolérerai pas qu'on vous enlève en échange de ma libération. (Il baissa la voix pour lui murmurer :) J'ai manqué une fois à mes engagements envers vous, je ne le supporterai pas une autre fois.

— Ne vous inquiétez pas, Nicholas. Je suis capable de veiller sur moi...

Nicholas secoua vigoureusement la tête.

— Vous en avez été incapable au *kontor*; vous ne le pouvez ici. Si le capitaine Sinclair décide qu'il vous veut, vous ne pourrez l'en empêcher ! Qui peut dire s'il est vraiment un gentilhomme ?

— Spence et Fitch viendraient avec moi...

Le capitaine de la Hanse eut un petit rire de dérision en regardant les deux hommes qui avaient trouvé refuge près du box de Tourbillon, le teint pâle, virant au vert, le regard triste. Ils avaient bien du mal à lutter contre le mal de mer et paraissaient incapables de s'occuper d'eux-mêmes et moins encore d'Élise.

— Je suis responsable de votre sécurité, Élise, et je ne puis la confier à un autre. Quant à ces deux-là, avant même que nous levions l'ancre ils étaient penchés pardessus bord.

Le regard de Nicholas se durcit quand il revint à l'Anglais et c'est d'un ton caustique qu'il lui dit :

— Puisque ma destination est l'Angleterre, *Kapitän* Sinclair, je n'ai pas d'objection à ce que vous m'y accompagniez, mais si votre intention est de nous emprisonner, mes hommes et moi, avant notre arrivée... ou d'emmener Lady Élise à votre bord, je devrai m'y opposer... par tous les moyens. (Sinclair ouvrit la bouche pour protester, mais Nicholas l'arrêta d'un geste.) Considérez que vos navires peuvent nous rattraper et que vous disposez de canons pour nous arrêter. Il serait fou de ma part de tenter de m'échapper. Il est facile de se laisser escorter jusqu'en Angleterre ; il est plus délicat et plus coûteux de faire réparer un navire.

— Bien vu, admit Sinclair devant la résolution du capitaine de la Hanse, sachant qu'il risquait un combat sanglant qu'il pourrait difficilement justifier avec Élise comme témoin. J'accepte votre parole. Je me tiendrai au vent par votre travers avec une bordée prête jusqu'à la Tamise. Après quoi je vous suivrai.

Il adressa un bref salut à Nicholas et s'inclina profondément devant Élise.

— Au revoir, Lady Radborne, dit-il.

Les poings sur les hanches, bien campé sur ses pieds, Nicholas regarda les Anglais se retirer. Il attendit que l'on eût ôté les grappins puis il avança sur le pont, lançant des ordres à ses hommes pour remettre le navire en route. Il savait ce qui les attendait en Angleterre, mais c'était pour lui une question d'honneur. Il fallait montrer à ce prétentieux d'Anglais qu'on ne pouvait ainsi le menacer ou l'arrêter.

27

Londres était une ville en pleine agitation. Du moins après qu'on eut arrêté et emprisonné à Newgate le capitaine de la Hanse et ses hommes. Et, sinon toute la ville, du moins le quai où Élise remettait à sa place Andrew Sinclair, lui témoignant son vif mécontentement devant l'injustice commise pour sa prétendue protection.

— Vous n'êtes pas chargé de veiller sur moi et je vous dénie tout droit ! Vous vous êtes conduit en véritable spoliateur d'honnêtes gens ! Je n'aurai de cesse que le capitaine Von Reijn et ses hommes ne soient libérés, et avec vos excuses ! Vous pouvez me croire ! J'ai bien l'intention d'en référer directement à la reine, et d'y consacrer jusqu'à mon dernier souffle s'il le faut !

Furieuse, Élise se dégagea du bras de Sinclair qui voulait l'aider à prendre place dans une embarcation qui attendait.

— Je n'accepterai rien de vous que la libération du capitaine Von Reijn et de ses hommes. Lâchez-moi ! lui lança-t-elle.

Ne sachant quoi dire pour apaiser ce courroux, Sinclair confia Élise aux soins des marins de l'embarcation et attendit, confus et silencieux, que Spence paie l'un des hommes pour conduire Tourbillon et la jument jusqu'à Bradbury pendant que Fitch faisait descendre les bagages d'Élise. Les deux hommes allèrent s'installer à l'avant, avec un ou deux coups d'œil sur le capitaine, ruminant sur la façon dont il s'était conduit et sur ce qui serait advenu s'il était tombé sur le marquis. C'était une chance, se disaient-ils, que Lord Seymour n'eût pas fait la traversée avec eux car on l'aurait vivement arrêté et conduit à la Tour.

Il fallut assez longtemps à l'embarcation pour arriver jusqu'au débarcadère du manoir de Sir Ramsey Radborne. On déchargea les bagages, on paya le batelier et l'on transporta les coffres jusqu'à l'entrée. Le capitaine Sinclair avait pu faire savoir à Élise que son oncle résidait au manoir avec sa famille. Elle était demeurée impassible en apprenant la nouvelle, mais s'était bien promis d'intervenir auprès de la reine pour que Maxim retrouve son honneur et les lieux qu'il aimait.

Elle se sentit prise d'une certaine anxiété en approchant de la demeure d'où elle s'était naguère enfuie sous la peur. Les souvenirs plus récents de sa captivité assombrissaient ceux de temps plus heureux où elle vivait là en sécurité avec son père. Si elle n'avait dû demander audience à Élisabeth, elle aurait volontiers continué jusqu'à Bradbury. Sans s'arrêter au presbytère. Malgré la protection de Fitch et de Spence, elle ne voulait pas donner à Cassandra l'occasion de s'emparer de nouveau d'elle.

La grande pièce était abondamment éclairée et un murmure assourdi de conversation arrivait jusqu'à Élise. Elle reconnut la voix de son oncle mais ne put saisir ce qu'il disait.

— Dieu du Ciel ! C'est la maîtresse qui revient ! lança une vieille servante depuis le haut des escaliers, annonçant ainsi l'arrivée d'Élise.

D'autres serviteurs arrivèrent de partout puis s'arrêtèrent, hésitants, regardant Élise presque craintivement. Plus d'un était troublé par sa présence et certains hochaient la tête, inquiets. Aucun n'osait s'approcher et, devant leur réticence, Élise s'avança dans le silence qui s'était abattu. On s'était tu dans la grande salle et elle sentait que chacun l'observait. Finalement, ce fut

Clara, la gouvernante, qui s'avança pour lui souhaiter la bienvenue.

Soulagée, Élise lui ouvrit les bras, n'ayant pas oublié que c'était cette frêle petite femme qui avait plusieurs fois risqué sa vie pour lui venir en aide sous le règne de terreur de Cassandra.

— Est-ce qu'il m'est poussé des cornes et une queue écailleuse ? demanda Élise. Qu'est-ce qu'ils ont tous ?

— C'est votre tante Cassandra, chuchota Clara. Elle vit maintenant ici avec votre oncle... qu'elle a épousé.

Stupéfaite, Élise se recula pour regarder le visage ridé de la vieille servante, espérant avoir mal compris. Même Edward Stamford ne serait pas assez fou pour épouser Cassandra.

— Dis-moi que ce n'est pas vrai, Clara.

— Oh, si, madame. Votre oncle Edward et votre tante se sont mariés peu après votre enlèvement. Monsieur est venu s'installer ici quand il est allé voir la reine pour accuser le marquis de Bradbury et presser pour qu'on l'arrête. Cassandra avait probablement un œil sur les lieux. Elle est venue rendre visite à votre oncle et, après s'être rendu compte de sa richesse, elle s'est mis dans l'idée de se faire épouser, ce qui n'a pas tardé.

Plus que bien d'autres, peut-être, Élise connaissait les multiples visages de Cassandra à qui il n'avait pas dû être bien difficile de jouer de son charme auprès du bonhomme vieillissant. Elle était encore assez belle pour intéresser des hommes bien plus jeunes et un veuf solitaire n'avait pas dû être long à succomber.

Élise se raidit en entendant un petit rire derrière elle et elle se tourna pour apercevoir la mince et agréable silhouette de sa tante dans l'encadrement voûté de la porte de la grande pièce. Et, dans l'ombre derrière elle, les visages moqueurs de ses fils et le regard noir de Forsworth Radborne.

— Mon Dieu, mais c'est notre petite Élise, railla Cassandra sans un geste pour s'approcher de sa nièce. Es-tu venue nous rendre visite ?

Face à ses adversaires, Élise eut l'impression qu'on

venait de la frapper brutalement à la poitrine tant elle avait du mal à retrouver son souffle. Tous les effrayants souvenirs de l'année précédente lui revenaient et elle tremblait de peur à l'idée que cela pût recommencer.

Cassandra arborait un petit sourire suffisant, bien consciente de son pouvoir sur la jeune femme et sur les domestiques. Élise ne pouvait manifestement attendre le moindre soutien, comme l'avaient déjà montré les serviteurs timorés de Bradbury. Après quoi ils s'étaient inclinés devant l'autorité de Cassandra. Face à leur absence de réaction maintenant, elle avait tout lieu de croire qu'ils céderaient encore devant ses ordres et ceux de ses fils. Ce n'était plus qu'une question de temps avant qu'elle n'arrache à Élise le lieu où se cachait le trésor et qu'elle ne s'empare des biens de Ramsey Radborne.

Élise fit appel à tout son courage et à sa détermination. Elle devait déloger cette femme de chez elle au plus tôt. Pour le bien de tous.

Elle se tourna vers Fitch et Spence, qui n'avaient pas encore compris ce qui se passait, et leur ordonna de demeurer à ses côtés. Puis elle demanda à Clara d'aller leur faire préparer un repas à tous les trois. Tandis que Cassandra regardait tout cela avec une condescendance amusée, elle pria deux domestiques de monter ses bagages dans sa chambre.

— Mais elle est occupée par M. Forsworth, se hâta de lui dire une jeune femme de chambre, comme si cette nouvelle allait tout changer.

Élise leva un regard interrogateur sur la jeune beauté qui, se dit-elle, devait avoir plus d'une raison de savoir où couchait Forsworth. Connaissant son cousin, elle se doutait de ses rapports avec la fille.

— Dans ce cas, dit-elle sèchement, défaites le lit et sortez ses affaires.

— Mais... mais... pour les mettre où ? bégaya la jeune femme avec un regard vers Forsworth, espérant qu'il la sortirait de ce dilemme.

Elle ne travaillait que depuis peu pour Cassandra et ignorait tout de l'autorité d'Élise.

— Pour l'instant, sortez seulement tout cela de ma chambre, dit celle-ci, impatiente. Pour le reste, nous ne tarderons pas à régler la question.

Cassandra eut un petit rire méprisant.

— Et qui es-tu pour dire où mon fils ira ou n'ira pas ? C'est à lui qu'il appartient de décider, pas à toi.

Élise ne jeta qu'un bref regard à la femme et lui répondit d'un ton égal :

— Peut-être niez-vous mon autorité ici, Cassandra, mais je suis la seule maîtresse des lieux et l'on obéira à mes ordres. Je n'ai que faire de votre approbation. Est-ce bien clair ? (Elle se tourna alors vers la femme de chambre et durcit le ton :) Maintenant, allez et faites ce que je vous dis. Et vite !

N'osant poser d'autre question, la fille fit une rapide révérence et se hâta de filer, soufflant aux autres, au passage, d'en faire autant. Ceux-ci, prévoyant une confrontation entre leur maîtresse et sa tante, ne voulaient pas se trouver là quand elle éclaterait.

Élise se tourna de nouveau vers Cassandra, calmement, attendant une discussion, mais celle-ci et ses fils s'effacèrent pour laisser passer un Edward qui se traînait. Élise en resta frappée. Comment croire que cet homme douloureusement maigre, à la chevelure en désordre, était l'oncle robuste et bravache qu'elle avait connu toute sa vie ? Comme il avait dépéri en son absence !

— Oncle Edward ? demanda-t-elle, comme attendant une confirmation.

Il lui fit un petit signe de tête et elle prit la main décharnée de l'homme dans les siennes. Elle ne trouva rien d'autre à lui dire en regardant son visage. Disparus les joues rondes et les traits enrobés de naguère. Les yeux ternes étaient enfoncés dans son visage squelettique et soulignés par de profonds cernes bleuâtres, contrastant avec la pâleur de la peau.

— Élise, ma fille... commença-t-il, essayant bravement de sourire. Je suis heureux de te voir de retour. Arabella aura besoin de toi. Elle est veuve maintenant.

La nouvelle stupéfia de nouveau Élise. Pleine de compassion, elle prit doucement dans ses bras son oncle qui étouffa un sanglot devant cette démonstration d'affection.

— J'en suis très peinée, oncle Edward, souffla Élise. Je l'ignorais. Pauvre Arabella... elle doit être bien malheureuse.

Edward soupira et tenta de recouvrer son calme pour relater le malheur.

— On a trouvé Reland dans le fleuve il y a environ un mois. Il était sorti se promener à cheval, vois-tu. Je pense que l'animal a dû prendre peur et le désarçonner. Et Reland a dû se blesser à la tête puis tomber à l'eau et se noyer avant de reprendre connaissance.

— Où est Arabella maintenant ? J'aimerais la voir.

— Elle est chez une comtesse de ses amies, répondit Cassandra depuis la porte. Elle ne rentrera que bien plus tard. Elles sont très liées et passent leur temps en bavardages.

Edward se crispa soudain sous une douleur et il porta la main à son ventre, le visage inondé de sueur. Élise se précipita pour l'aider à gagner une chaise mais il refusa d'un signe de tête et au bout d'un instant la douleur passa. Finalement, avec beaucoup de mal, il se redressa.

— Je monte me coucher. Je n'ai pas beaucoup dormi et je suis horriblement fatigué.

— Mon oncle... je dois vous demander... commença Élise.

Elle craignait de poursuivre car Edward pourrait bien confirmer ses soupçons, ramenant les horreurs du passé à la surface comme un cadavre que l'on déterre. Cassandra lui avait fait beaucoup de mal, mais des histoires de son enfance revenaient à la mémoire d'Élise, des histoires auprès desquelles sa captivité était presque une plaisanterie. Elle avait chassé tout cela de son esprit, n'osant même pas l'évoquer. Elle poursuivit cependant :

— Qu'est-ce qui vous a rendu malade ? Quand je vous ai vu, la dernière fois, vous étiez en parfaite santé. Que disent les médecins ?

— Humph ! fit Edward. Ils se grattent le nez et

essaient de comprendre. Cette douleur déchirante, dans mon ventre... cela m'a pris quelques semaines après ton enlèvement. Ma douce Cassandra s'occupe de moi depuis lors. Les médecins m'ont donné une horrible potion à prendre, et ma chère femme assure que cela va me faire du bien... mais je deviens plus faible...

Il quitta la pièce en traînant les pieds, voûté et frissonnant.

— Ma pauvre enfant, ce doit être pour toi un terrible choc de voir à quel point Edward a décliné, dit Cassandra, s'avançant enfin pour caresser la joue d'Élise qui se recula. Nous nous sommes tous fait beaucoup de souci pour lui, ajouta-t-elle, se retournant pour quêter l'approbation de ses rejetons. Nous avons fait de notre mieux pour lui venir en aide.

— Tout ce que nous pouvions, confirma Forsworth avec un sourire sournois, une épaule appuyée au chambranle de la porte. On ne peut rien nous reprocher.

— Il ne passera sans doute pas l'année, ajouta Cassandra avec un haussement d'épaules désinvolte.

— Je suis persuadée que vous avez déjà pris des dispositions, dit Élise.

— Mais certainement. Edward a signé un contrat quand nous nous sommes mariés. Il a accepté de régler toutes mes dettes à la date du mariage et de me laisser sa fortune et ses biens à sa mort. Je serais une femme riche si le pauvre homme venait à disparaître.

— Et vous ne manquerez sans doute pas de vous en réjouir, observa Élise.

— J'en aurai le cœur brisé.

— Je n'en doute pas !

Cassandra pencha la tête, regardant sa nièce.

— Eh bien, ma chère Élise, comme tu as changé ! Je dirais même que tu es devenue plus belle. Ou est-ce seulement que tu as mûri ?

— Je suis, heureusement, devenue plus avisée en ce qui vous concerne.

— On a raconté de telles horreurs sur cette canaille de Seymour, continua Cassandra comme si elle n'avait pas entendu. Espérons qu'il ne t'a pas fait de mal. Si l'on s'en tient à sa réputation, je serais tentée de croire qu'il a abusé de ta captivité. (Elle sourit en voyant rougir Élise et insista :) Un tel homme, aussi viril, avec une jeune fille... Ma foi, on ne peut croire qu'il ne s'est rien passé.

Élise recouvra son calme et riposta aussitôt :

— J'ignorais que vous fréquentiez les mêmes milieux que Lord Seymour et que vous le connaissiez si bien. J'ai entendu dire, moi, qu'il se montrait très pointilleux quant à ses fréquentations et ses amitiés et qu'il ne se liait jamais avec des voleurs et des assassins.

— Hum ! On aurait dû le pendre voilà bien longtemps pour ses crimes. Je suis convaincue que la reine va offrir une récompense pour sa tête. Croyez-moi, ma chère, on le pendra.

— Je n'apprécie guère vos convictions, Cassandra. Elles me froissent.

— Je parlais seulement du marquis, dit Cassandra, feignant l'innocence. De tels hommes ne méritent aucune pitié.

— J'ai été traitée avec une infinie délicatesse sous la protection de Lord Seymour, observa Élise qui fit quelques pas, songeuse, puis se tourna vers son adversaire avec un regard éloquent. Mais je me souviens d'un temps où, dans cette même demeure, j'avais de bonnes raisons de craindre pour ma vie.

— Vraiment, Élise, vous devriez vous montrer plus stricte avec vos domestiques. Leurs maladresses continuelles ont de quoi inquiéter, je vous l'accorde.

Élise savait depuis longtemps combien il était futile de discuter avec cette femme. Cassandra avait l'art de tourner tout à son avantage et de rejeter ses fautes sur les autres avec désinvolture.

Élise changea de ton en se tournant vers Fitch et Spence pour leur dire, assez fort pour que sa tante l'entende :

— Prenez toutes les armes que vous jugerez utiles et veillez sur ma personne à tous les instants tant que cette femme et les siens se trouveront dans *ma* maison.

— *Ta* maison ? Ma chère Élise, dois-je te rappeler que tu n'es qu'une fille et que tu ne peux hériter de ton père sans l'accord de la reine ? Comme il n'existe rien de tel, mes fils sont les seuls héritiers légitimes des biens des Radborne. Ils ont parfaitement le droit de revendiquer tout ce que tu vois autour de toi et qui deviendra certainement leur propriété. En fait, ma chère, tu n'es qu'une pauvre indigente... sans pouvoir prétendre à quoi que ce soit.

Élise eut un vague sourire mais son regard conserva toute sa dureté alors qu'elle tirait de la bourse suspendue à sa ceinture la bague de son père qu'elle montra à Cassandra.

— La reconnaissez-vous ? demanda-t-elle, attendant que sa tante confirme d'un signe de tête hésitant et se préparant à jouer un jeu qui lui apprendrait sûrement ce que cette femme savait de la disparition de Ramsey. Dans ce cas, poursuivit-elle, vous vous souvenez sans doute que mon père ne la quittait jamais. (Nouveau signe de tête de Cassandra et Élise continua :) C'est donc la preuve que je sais où il est. Et mon père est *vivant* !

La consternation et la confusion qu'elle lut sur le visage de Cassandra témoignaient de son innocence, du moins pour ce qui était de la disparition de Ramsey.

— Et vous pouvez être assurée, reprit Élise, qu'il ne tolérera pas que vous ou vos fils vous empariez de ses biens. Je suggère donc que vous alliez chercher un autre lieu où résider... au plus tôt.

— C'est une ruse ! s'écria Forsworth, s'avançant avec un regard furieux sur Élise à qui il n'avait pardonné ni le coup sur la tête ni les vexations de son orgueil. Elle ment ! Sans quoi l'oncle Ramsey serait avec elle !

— Tu as toujours eu l'esprit un peu lent, Forsworth, répliqua Élise avec un petit sourire. Pourquoi ne pas attendre l'arrivée de mon père ? Je suis sûre qu'il te donnera la correction que tu mérites.

Les yeux sombres de Forsworth étincelaient de fureur.

— Sale menteuse, qui vas traîner Dieu sait où pour le plaisir d'un traître ! Tu as toujours voulu un homme avec un titre. Là, tu t'es surpassée. Un traître à la Couronne ! Une marquise, rien de moins ! ricana-t-il, méprisant, ignorant la fureur glaciale des yeux bleus. Et tu portes sans doute le bâtard qu'il t'a fait !

La gifle résonna dans toute la pièce et pendant un instant Forsworth ne vit qu'un vague brouillard devant ses yeux. Il secoua la tête pour reprendre ses esprits et avança sur Élise, écumant, le bras levé. Pour se retrouver soudain nez à nez avec Spence qui avait interposé sa solide carcasse.

— Vous ne la toucherez pas, dit-il calmement. Ou vous le regretterez.

— *Tu oses me menacer!* rugit Forsworth, outré qu'un serviteur puisse intervenir. *Ôte-toi de mon chemin!*

Spence secoua lentement la tête. Sa Seigneurie lui avait donné l'ordre de veiller sur sa dame et il allait obéir jusqu'à son dernier souffle.

— Mon maître m'a fait répondre sur ma vie de la sécurité de la dame. Et vous ne la toucherez pas tant que je serai là.

— Qui t'a chargé d'une telle folie ? demanda Forsworth, reculant d'un pas tandis que Spence avançait d'autant, bombant le torse, le faisant trébucher et perdre beaucoup de sa superbe. Un manant oserait-il se dresser contre un seigneur ?

— Un seigneur ! railla Élise. Si tu es un seigneur, je suis la cousine de la reine.

— Espèce de... gronda Forsworth, brandissant un doigt menaçant. Tu vas avoir ce que tu mérites !

— Oh, comme tu es brave avec les femmes ! répliqua Élise, singeant le ton douceâtre de Cassandra et poursuivant, sarcastique, malgré le regard furieux de Forsworth : Eh bien, tout d'abord je ne supporterai plus d'être maltraitée par toi. Tu m'entends ? Terminés les tortures, les privations, les coups ! Je suis ici chez mon père et vous allez sortir ! *Tout de suite!*

De nouveau, Forsworth leva le poing et s'apprêta à frapper, mais à sa surprise il sentit son poignet saisi par plus fort que lui. Ce n'était pas assez d'être ainsi maltraité par un serviteur, mais à un pas derrière celui-là s'avançait le plus gros.

— Ma maîtresse vous a dit de filer sur-le-champ, et il est préférable de faire ce qu'elle vous demande, dit Spence, prenant le pistolet que lui tendit Fitch en voyant les frères de Forsworth qui arrivaient à la rescousse.

Le gros serviteur avait eu la présence d'esprit, avant de quitter le navire, de glisser deux pistolets sous son manteau... à toutes fins utiles. Spence pointa donc l'arme sur les trois frères et leur déclara :

— Je tire sur le premier qui fait un pas de plus. Je me fiche de savoir lequel.

Cassandra essaya de s'approcher, mais le canon du pistolet se braqua sur elle.

— Gardez vos distances, milady, je vous prie. Je ne voudrais pas tacher de sang les tapis de ma maîtresse, prévint-il plaisamment.

— C'est un outrage ! lança Cassandra qui s'étranglait de fureur et en appela à Élise : Je suis ta tante ! Vas-tu laisser ces hommes me menacer ?

Élise eut un sourire ironique.

— Il me semble me souvenir d'un temps où vous laissiez vos fils me maltraiter. Vous n'êtes rien pour moi, et si vous étiez ma parente, je souhaiterais l'ignorer. Je laisse à ces hommes toute autorité pour me protéger de vous et de vos fils. Je ne sais par quel artifice vous avez convaincu mon oncle de vous épouser, mais son état de santé est manifestement très sérieux maintenant... et puisque vous ne faites pas mystère de vos buts, je ne peux qu'imaginer le pire. J'ai entendu, quand j'étais jeune, les serviteurs chuchoter d'étranges histoires. Une vieille femme, que l'on disait gâteuse, répétait sans cesse qu'elle vous avait vue empoisonner ma mère, puis votre mari. (Élise vit Cassandra sursauter et son visage trahir sa peur.) Et c'est maintenant Edward qui paraît souffrir de vos attentions. Pour ce que vous avez fait, je vous ferai traîner devant la justice de ce pays et poursuivre pour meurtre.

— Je ne resterai pas un instant de plus dans une maison où l'on m'accuse d'aussi horribles forfaits ! C'est une offense que je ne tolérerai pas !

— Oui ! Filez, c'est préférable, railla Élise, soulagée à cette idée. Filez pour protéger votre vie car je vais lâcher les chiens sur vos talons et ils vont vous traquer comme une bête ! Dehors ! Sortez d'ici !

Hébétée, Cassandra se retourna, titubant presque, et fit signe à ses fils de la suivre. Elle avait perdu sa morgue et voulait fuir les menaces de cette furie qui avait trouvé on ne savait où une fermeté nouvelle et se révélait un adversaire déterminé et dangereux.

Dans le bruit et la fureur, les Radborne jetèrent leurs affaires dans des coffres et vidèrent les lieux. La maison retrouva alors son calme, comme si un grand souffle avait chassé ses maux de tous ses recoins. Les serviteurs, soulagés, accueillirent leur maîtresse comme il convenait et se hâtèrent d'aller préparer ses appartements et défaire ses bagages.

Épuisée par tant d'émotions, Élise ne trouva pas le courage d'aller prendre son repas dans la salle à manger. Elle monta dans sa chambre et se laissa tomber sur le lit. Clara lui apporta un plateau et l'aida à se dévêtir, mais Élise ne put lui dire que quelques mots avant de pousser un profond soupir et de se glisser dans le confort du lit. On souffla les chandelles et elle resta un moment à contempler le jeu des flammes de la cheminée sur le plafond, puis ses yeux se fermèrent. Des rêves de Maxim vinrent bercer son sommeil et l'apaiser.

Elle ne s'éveilla que beaucoup plus tard, aux petites heures de la matinée. Elle demeura un instant à écouter, se demandant ce qui avait pu la tirer de son sommeil, mais tout était silencieux dans la maison.

Elle se leva, passa une robe de chambre et traversa le couloir jusqu'aux pièces qu'Arabella s'était réservées. Elle frappa à la porte et, n'obtenant pas de réponse, entra pour voir si sa cousine était rentrée et simplement endormie. Des rayons de lune filtraient à travers les dentelles des fenêtres, illuminant le sol et des vêtements jetés au hasard: une robe de satin, puis des jupons et un vertugadin un peu plus loin. Près du lit, c'étaient des chausses de futaine blanche et des bas de soie. Le lit lui-même était découvert et chiffonné, tandis que les deux oreillers portaient encore la trace de deux têtes. L'occupant de la chambre n'avait donc pas été seul.

Élise se sentit envahie par des images d'un passé

récent et par une certaine appréhension devant la pénombre de la pièce. Plusieurs mois avaient passé et elle n'était pas dans la même maison, mais elle ne pouvait s'empêcher de songer aux similitudes. Une fois, déjà, elle avait pénétré dans la chambre d'Arabella, s'attendant à y trouver sa cousine qui n'y était pas. Cette fois, aucun ravisseur ne jaillit de l'ombre pour se saisir d'elle, mais Élise n'en demeurait pas moins hantée par le souvenir et par l'absence de sa cousine. Sauf que maintenant l'état du lit laissait présumer le passage d'un visiteur.

Songeuse, Élise regagna sa chambre et allait retirer sa robe quand elle s'arrêta en entendant un hennissement. Pleine d'appréhension, elle se précipita à la porte du balcon. Cela ressemblerait assez à Forsworth et à ses frères de revenir pour nuire aux occupants de la maison. Elle poussa doucement la porte et se glissa par le balcon, avançant silencieusement dans l'ombre jusqu'à ce que la lune sorte d'un nuage. Elle s'arrêta alors, le souffle coupé. Là, au-dessous d'elle dans la cour, nimbée par le clair de lune, se tenait Arabella, uniquement vêtue d'une robe de chambre transparente. Et, à cheval à côté d'elle, un homme tout habillé, les traits dissimulés par le capuchon de son manteau. Il se pencha sur la femme qui lui tendait les bras et l'embrassa longuement. Quand il se redressa enfin, il remonta son manteau d'un grand geste et posa un poing sur sa cuisse. Élise se sentit envahie par la peur. L'extravagance des manières ne lui rappelait que trop Forsworth Radborne. Elle le vit caresser la joue d'Arabella puis éperonner son cheval qui partit au galop.

Doucement, Élise recula dans l'obscurité tandis qu'Arabella gagnait les escaliers. Craignant d'être découverte si elle bougeait, Élise demeura figée, osant à peine respirer alors que sa cousine montait les marches. Elle laissa échapper un long soupir de soulagement quand la porte se fut refermée derrière Arabella.

Élise fut stupéfaite, au matin, quand Arabella descendit prendre son petit déjeuner et joua les veuves éplorées. Ce qu'elle semblait bien être avec ses yeux rouges, cernés, ses joues pâles et ses traits tirés. Mais, après la scène qu'elle avait surprise dans la cour, Élise se demanda pourquoi Arabella se donnait même la peine de jouer ce rôle. Et elle fut bien étonnée quand sa cousine vint pleurer sur son épaule, se lamentant sur la perte de Reland.

— Ne t'avais-je pas dit que j'étais maudite ? sanglota Arabella. Que le malheur était sur moi ?

Élise lui donnait de petites tapes dans le dos, ne sachant comment réagir.

— On m'a dit que Reland était sorti à cheval, murmura-t-elle. Était-il seul ?

Arabella renifla et se recula pour porter un mouchoir à son nez.

— Nous étions sortis ensemble, mais il est parti au galop, comme il en avait l'habitude, et je suis rentrée seule.

— Où cela s'est-il passé ?

— Près de Bradbury.

— Il y a un mois ?

Arabella confirma, d'un signe de tête timide, et porta la main à son cœur, menaçant à nouveau de fondre en larmes. Le regard d'Élise se figea sur le collier de sa cousine. Ce collier avait été le sien, elle ne pouvait s'y tromper.

— Il me faisait tellement penser à toi, expliqua Arabella qui avait remarqué ce regard, que je devais le porter. (Elle retira le bijou, le passa au cou d'Élise et continua à renifler et à pleurer.) Quand je suis revenue dans ma chambre, le soir de mon mariage, j'ai trouvé le collier brisé et les perles éparpillées. J'ai failli mourir en comprenant qu'on t'avait enlevée. J'ignorais si tu vivais encore, et j'ai fait réparer le collier que j'ai porté en souvenir de toi.

— Merci de l'avoir fait réparer.

Les pleurs recommencèrent. Élise commençait à se lasser de toutes ces lamentations et souhaitait être seule. Arabella s'essuya les yeux et lui jeta un regard en coin.

— Comme cela a dû être horrible pour toi d'être ainsi enlevée, lui dit-elle. Bien sûr, tout le monde se demande ce qui s'est passé.

— En fait, ce fut plutôt merveilleux... et tout à fait romanesque.

Arabella ressentit un choc en remarquant le regard lointain des yeux bleus. On aurait dit que sa cousine regrettait un amour perdu.

— Je me suis demandé qui, exactement, les hommes de Maxim voulaient enlever... et puisqu'ils t'ont trouvée dans ma chambre, je pense qu'ils se sont trompés en te prenant. C'est bien cela ?

Élise vit qu'Arabella attendait sa réponse avec une avidité qui démentait son chagrin.

— Ses hommes ont été responsables de l'erreur.

— Je le savais, bien sûr. Maxim a toujours été si follement amoureux de moi. Je ne doutais pas qu'il reviendrait pour m'enlever. Je suppose qu'il a été terriblement déçu quand il a vu qu'on t'avait prise à la place de sa bien-aimée. (Arabella poussa un profond soupir, comme partageant une telle douleur.) Le connaissant comme je le connais, je pense qu'il devait être furieux.

Incapable de la détromper, Élise détourna le regard pour cacher une douleur qu'elle ne pouvait avouer. Peut-être était-elle trop sensible à la vérité, mais en voyant l'enthousiasme d'Arabella elle se dit que celle-ci devait tirer grande satisfaction à l'idée que c'était elle que Maxim avait décidé d'enlever.

— Maxim projette sans doute de revenir pour réparer ses torts. A-t-il dit quand il serait de retour ?

— Maxim a été condamné comme traître, rappela Élise. S'il revient, il sera toujours sous la menace d'une exécution, à moins que la reine ne lui pardonne.

— Et si cela arrivait, murmura Arabella, souriant à une telle idée, j'accepterais sa demande en mariage.

Élise allait tout lui dire, mais elle se ravisa, prise par le doute. Son orgueil froissé se refusait à prétendre que Maxim était sien sans s'assurer d'abord que tel était bien le cas. En retrouvant Arabella, peut-être retrouverait-il aussi son amour pour elle et regretterait-il son mariage de Lübeck.

— Si Maxim est vivant, il a bien l'intention de revenir en Angleterre, se borna-t-elle à dire, d'une petite voix.

— Est-il en danger ? demanda Arabella, pressant une main tremblante sur son cœur.

— Quand n'a-t-il pas été en danger ?

— Dis-moi qu'il est sauf ! souffla Arabella. Il le faut !

Élise eut un petit sourire triste.

— Je ne peux t'assurer de rien, Arabella, et moins encore qu'il est en vie.

28

Le palais de Whitehall était une formidable construction, avec un millier de pièces ou presque, mais les immenses jardins, les vergers, courts de tennis et terrains de joutes datant du défunt roi apparaissaient tout aussi magnifiques sous les couleurs du printemps. Élise s'arrêta un instant pour goûter l'enivrant parfum des fleurs avant de monter les marches qui s'élevaient depuis le fleuve, mais ce n'était pas un jour où elle pouvait goûter bien longtemps quoi que ce fût. La reine allait la recevoir dans un moment et si Élise luttait pour retrouver sa sérénité, le trouble qui l'agitait ne devait rien à la joie. Un millier de fois elle s'était répété ce qu'elle allait dire, mais elle craignait l'instant où, peut-être, elle allait bafouiller.

Elle avait choisi ses vêtements avec beaucoup de soin car on disait qu'Élisabeth détestait qu'une femme fût mieux habillée qu'elle. Aussi Élise avait-elle choisi une robe de velours noir toute simple avec une fraise de dentelle blanche et elle ne portait pour tout bijou que les rangs de perles avec leur fermoir incrusté de rubis. Elle avait posé sur ses cheveux soigneusement tirés une coiffe qui lui conférait une élégance discrète.

Près d'une semaine s'était écoulée depuis sa demande d'audience à la reine et elle se sentait anxieuse, agitée, s'interrogeant sur le lieu où se trouvait Maxim tandis qu'elle savait trop bien où Nicholas était détenu.

On l'accompagna à travers un long couloir où elle passa des portes voûtées presque deux fois plus hautes qu'elle pour arriver enfin dans l'antichambre de la reine. Lord Burghley, le Premier ministre, vint s'enquérir de l'objet de sa visite qu'Élise exposa, la voix tremblante. Satisfait, l'homme sortit et quelques instants plus tard une dame d'honneur vint la chercher. On l'introduisit auprès de la reine et elle plongea dans une profonde révérence tandis que la souveraine congédiait son entourage à l'exception de Blanche Parry, au service d'Élisabeth depuis son enfance.

— Relevez-vous que je puisse vous voir, ordonna la reine.

Élise obéit et se retrouva sous l'examen attentif des yeux gris-noir. La souveraine était assise dans un grand fauteuil sculpté, près des fenêtres dont la lumière soulignait l'éclat des diamants et autres pierres ornant la perruque rouge feu qui contrastait avec la blancheur de la peau. Le front était celui d'une femme de cinquante-deux ans, mais haut, fier et presque lisse. Le nez était long et aquilin et le regard pénétrant.

— Vous êtes la fille de Sir Ramsey Radborne, dit enfin Élisabeth avec un sourire aimable qui mit la jeune femme plus à l'aise.

— Je suis Élise Madselin Radborne, madame, l'unique enfant de Sir Ramsey.

— Vous vous demandez sans doute pourquoi je vous reçois dans mes appartements privés... (Élisabeth s'arrêta un instant pour attendre une confirmation polie puis expliqua :) Vous êtes devenue une sorte de curiosité parmi mes conseillers et à la cour. Je préfère parfois les laisser dans l'ignorance sur tel ou tel de mes sujets tout en me tenant personnellement informée. On dit que vous avez été enlevée par Maxim Seymour, le marquis de Bradbury, amenée à Hambourg et retenue en otage.

Les longs doigts, chargés de nombreuses bagues, pianotèrent sur les accoudoirs du fauteuil royal, témoignant de l'ennui que causait cette affaire à la reine.

— Ce gredin, reprit Élisabeth, je serais enchantée de l'entendre essayer de se justifier.

Élise conserva sagement le silence sur son mariage, connaissant par ouï-dire les représailles de la souveraine contre les nobles qui avaient osé se marier sans son consentement. N'avait-elle pas envoyé à la Tour Lady Katherine Grey Seymour pour s'être mariée sans sa permission et laissé mourir la jeune mère sans lui avoir pardonné ? Si la reine avait condamné Maxim à mort, Élise espérait toujours que quelque indulgence, quelque regret la fasse revenir sur sa décision. Il serait fou de compromettre cet espoir en révélant son mariage avec Maxim. Et si celui-ci décidait qu'il préférait Arabella, il serait plus facile d'en obtenir l'annulation si Élisabeth ignorait tout de cette union.

— En fait, madame, mon enlèvement a été le résultat d'une erreur commise par les serviteurs de Lord Seymour.

La fine main frappa l'accoudoir tandis que la reine faisait entendre un rire moqueur.

— Et vous voudriez me faire croire cela ? Vous devez être toquée de cet homme pour chercher à excuser ses crimes.

— Toute femme serait attirée par un homme aussi séduisant, dit Élise, et la reine hocha la tête, confirmant le fait et appréciant cette franchise. Quoi qu'il en soit, mon oncle Edward Stamford pourra confirmer mes dires. Il se trouvait là le soir où Lord Seymour est venu le railler pour lui avoir pris ses biens grâce à un mensonge.

— J'ai entendu les protestations du marquis. A ce jour, je n'ai aucune preuve de son innocence, mais Edward Stamford m'a bien souvent rappelé ses viles actions.

— Edward a beaucoup gagné en l'accusant, madame, et actuellement je ne puis dire si Lord Seymour est vivant ou mort. Je ne sais donc s'il pourra vous apporter les preuves de son innocence, mais je sais qu'il n'est pas coupable.

— S'il est mort, dit la reine en soupirant, son secret a disparu avec lui et son nom sera rayé de ma mémoire.

— J'espère qu'il est vivant, madame, murmura calmement Élise.

Les sourcils presque totalement épilés se soulevèrent et Élisabeth présenta un instant son profil aquilin à la jeune femme tout en examinant une manchette brodée d'or.

— On me dit que vous êtes également venue demander la libération du capitaine de la Hanse dont on a saisi le navire. Est-ce exact ?

— Oui, madame, répondit Élise toujours aussi calmement, ressentant le mépris de la reine.

— Comment pouvez-vous plaider en faveur de la Hanse alors qu'on prétend que la ligue est responsable de l'enlèvement de votre père ?

— Le capitaine Von Reijn tient en haute estime ses amis anglais et il n'est coupable d'aucun crime contre eux. C'est Karr Hilliard qui a enlevé mon père.

— Êtes-vous amoureuse du capitaine Von Reijn ?

— Non, madame, ce n'est qu'un ami, répondit Élise qui croisa les mains et inclina légèrement la tête.

— On dit que le capitaine Von Reijn était également un ami de Lord Seymour. Est-ce exact ?

Élise n'hésita que brièvement sous le regard pénétrant de la reine qui semblait lire dans ses pensées et n'osa pas la provoquer en lui cachant la vérité.

— On vous a bien informée, madame.

— Sachez, jeune fille, que je le suis toujours ! lança Élisabeth dont l'éclat fit sursauter Élise.

Elle attendit que se calme l'irritation de la souveraine et se trouva de nouveau sous le regard scrutateur des yeux gris-noir.

— Qu'est-ce que vous portez là autour du cou ? demanda Élisabeth.

Espérant que les perles ne constituaient pas une offense qu'elle ne tarderait pas à regretter, Élise expliqua :

— C'est un collier et une miniature que l'on a découverts en même temps que ma mère quand elle a été abandonnée, tout enfant.

Élisabeh fit signe à Élise d'approcher et souleva la miniature émaillée pour l'examiner. Puis elle se tourna et demanda à Blanche Parry d'approcher également. Élise comprit alors, en voyant la vieille dame se tenir devant la reine, qu'elle était presque aveugle.

— La comtesse douairière Rutherford est-elle actuellement à la cour ? lui demanda la souveraine.

— Non, madame.

Élisabeth croisa les mains sur ses genoux et dit à la vieille dame :

— Dans ce cas, priez Lord Burghley d'envoyer un messager pour demander à Anne de venir au château. Je suis sûre qu'elle apprendra avec le plus vif intérêt que son arrière-petite-fille vit au manoir de Sir Ramsey.

— La comtesse Rutherford ? Comment cela se peut-il ? demanda Élise, stupéfaite.

— La fille d'Anne, ainsi que sa petite-fille... sans doute votre mère... ont été enlevées et les ravisseurs ont demandé une rançon. Que la comtesse Rutherford a versée. Peu après, sa fille a été libérée... mais sans l'enfant. Elles avaient été séparées, semble-t-il, et la femme chargée de s'occuper du bébé a été frappée par la fièvre. Elle est morte sans pouvoir dire où elle avait emmené l'enfant, indiquant seulement qu'on pourrait l'identifier grâce au collier de sa mère. Quelques années plus tard, la comtesse Rutherford tenta de retrouver sa petite-fille. Il y a des années de cela et je pense qu'il s'agissait de votre mère. Cette miniature que vous portez au cou a été peinte d'après un portrait de la comtesse Rutherford qui se trouve actuellement chez elle. Je l'ai vu et je puis affirmer que la miniature en est bien la copie.

« Je demanderai à la comtesse de vous rendre visite dès que possible, continua Élisabeth. Elle est aussi âgée que ma Blanche ici présente, mais son cœur est bon et vaillant. Je suis sûre qu'elle sera vivement désireuse de faire votre connaissance. Elle est seule, sans parents. Elle sera ravie.

— Je serai moi-même très heureuse de connaître mon arrière-grand-mère, murmura Élise, la voix marquée par l'émotion, envahie par la joie à l'idée de retrouver des parents qui lui témoigneraient davantage de bonté et d'affection que ceux qu'elle connaissait.

On frappa doucement à la porte et Blanche Parry alla ouvrir à un gentilhomme grand, barbu, aux cheveux bruns, qui se hâta de traverser la pièce. Il manifesta tout son respect à Élisabeth puis lui dit quelques mots à voix basse tandis qu'Élise s'éloignait poliment. Quand elle en eut terminé, la reine lui fit signe d'approcher de nouveau et s'adressa à l'homme.

— Sir Francis Walsingham, vous serez intéressé d'apprendre que vous avez devant vous la fille de Sir Ramsey Radborne. Élise est venue me demander la libération de ce capitaine de la Hanse récemment capturé.

— J'ai personnellement connu votre père... dit l'homme, sincèrement désolé, en se tournant vers Élise.

— Sir Francis, je crois qu'il est toujours vivant... du moins je continue à l'espérer. Je ne puis supporter d'entendre parler de lui comme s'il n'était plus.

— Pardonnez-moi, mon enfant, dit Sir Francis qui vint prendre les mains d'Élise dans les siennes. Sa longue absence nous désespère et nous avons fini par douter de la pitié de ses ravisseurs. Je ne voulais pas me montrer cruel.

— Sir Francis m'est très précieux comme secrétaire d'État, expliqua la reine avec un petit sourire. Sa passion est de découvrir des complots contre ma vie... et je suis toujours surprise par ses découvertes. On prétendait que ces complots étaient tramés dans les *Kontors* des Stilliards. Votre père était chargé d'en découvrir l'origine quand on l'a pris.

Élise en fut stupéfaite.

— On m'a dit qu'il s'y trouvait pour vendre ses biens.

— Ce n'était qu'un prétexte pour lui permettre de s'introduire dans les *Kontors*, mon enfant. J'ai entendu parler de ce prétendu trésor, mais je doute fort de son existence. (Sir Francis, les mains au dos, alla jusqu'à la fenêtre où il demeura songeur un instant.) Je viens d'apprendre qu'il y avait bien un complot contre Sa Majesté, ourdi aux Stilliards. Je vous demanderai donc de renoncer à défendre ce capitaine dont je pense qu'il ne mérite guère votre bienveillance.

— Si quelques membres de la Hanse ont comploté, cela ne signifie pas que les capitaines et marchands soient complices, observa Élise, en appelant au sens de la justice du secrétaire d'État. Le capitaine Von Reijn nous a aidés à fuir de Lübeck quand Karr Hilliard et les siens cherchaient à nous tuer. C'est un ami sincère des Anglais. Si je le laissais exécuter ou pourrir à Newgate sans tenter de le faire libérer, je ne me le pardonnerais jamais. Je me trouvais à bord de son navire et c'est là son seul crime. Et la seule raison pour laquelle le capitaine Sinclair l'a capturé ainsi que le navire. Pardonnez-moi, Sir Francis, mais je ne puis moins faire que de plaider sa cause. Je suis convaincue que le capitaine Von Reijn a été injustement arrêté et qu'il est maintenant injustement détenu.

— L'homme qui attend dans l'antichambre pourra peut-être éclaircir cette affaire. Je suis certain que vous le connaissez bien et que vous serez heureuse d'apprendre qu'il est vivant. (Sir Francis se tourna vers Élisabeth.) Le gentilhomme attend votre permission, madame. J'ai pensé que vous souhaiteriez le voir en privé... pour décider de son sort.

— Ainsi le gredin ose venir poser le cou sur ma lame et attendre mon jugement... Ou espère-t-il le pardon ? Faites entrer cette canaille que je l'entende demander grâce !

Sir Francis s'inclina et retourna à la porte. Il l'ouvrit toute grande et annonça :

— Le marquis de Bradbury, Majesté.

Élise sentit son cœur bondir sous la joie. Bouleversée, elle fit quelques pas hésitants vers la porte puis, en entendant le bruit hardi des pas qui approchaient, elle se contraignit à demeurer où elle se trouvait, craignant que la reine puisse prendre offense de son accueil. Seule la peur pour la vie de son mari l'empêcha de se précipiter dans ses bras quand il entra, car jamais elle n'avait vu un homme aussi merveilleusement vivant ni aussi séduisant. Il portait une culotte et des chausses noires, des bas, des chaussures basses et un riche pourpoint de velours de même couleur souligné par des manchettes et une fraise blanches. Sur ses épaules, il avait jeté une cape noire brodée de fils de soie au col et à l'ourlet. Sa peau avait pris une couleur dorée qui faisait davantage encore ressortir ses yeux. Il découvrit Élise, surpris, muet, et elle se sentit rassurée par la chaleur de son regard.

— Majesté ! dit-il en s'inclinant profondément devant la reine.

Élisabeth pianota de ses doigts et haussa les sourcils, le regard noir, étincelant. Il aurait fallu être aveugle pour ne pas avoir remarqué l'échange muet entre les deux jeunes gens, et, bien qu'en ignorant la véritable signification, elle n'allait pas l'oublier. Elle aurait sa réponse plus tard. Pour l'instant, elle avait plus important à régler avec cet homme.

— Ainsi vous voilà, vaurien ! Vous êtes revenu comme vous l'aviez dit.

— Oui, madame, et mieux encore que je ne l'avais dit. Je vous ai ramené de Lübeck le responsable du complot contre Votre Majesté. Karr Hilliard se trouve maintenant bouclé à la prison de Newgate, attendant votre décision.

— A-t-il avoué avoir ordonné le meurtre de mon agent ?

— Non, madame, et il n'est pas lui-même coupable de ce meurtre. L'assassin est un Anglais dont j'ignore le nom, et qui est l'amant d'une de vos dames d'honneur.

— Comment ? lança la reine, indignée. Nous allons bien voir ce que mes dames ont à en dire ! Je ne tolérerai pas une telle impudeur dans ma suite !

— L'homme sera découvert, promit Walsingham. Et emprisonné.

— Malheureusement, c'est également lui qui retient captif Sir Ramsey... annonça Maxim.

— Dans ce cas il faut nous montrer plus prudents, dit Élisabeth, songeuse, portant deux doigts minces à son menton et regardant Maxim. Avez-vous quelque chose à proposer ?

— Si vous parlez à vos dames, Majesté, vous risquez

d'alerter l'homme. Je crois cependant que cette femme ignore qu'on l'utilise.

— Si tel est le cas, je suis sûre que lorsqu'on lui aura exposé la situation elle nous donnera volontiers le renseignement. Je brûle de connaître l'identité du traître.

— Si elle est vraiment innocente, madame, elle sera furieuse contre cet homme pour avoir été jouée. Et si elle ne peut dissimuler son ressentiment, elle risque de l'alerter involontairement.

— Dois-je donc emprisonner mes dames ? demanda sincèrement Élisabeth. Que suggérez-vous ?

— Faites-leur répandre un bruit qui attirera l'homme dans notre piège. Glissez dans leurs oreilles délicates quelque chose qui éveillera l'intérêt de ce brigand, mais sans qu'elles s'en doutent. Le renseignement doit lui arriver comme fortuitement. On rapportera à l'homme une conversation.

— Et quel bruit dois-je répandre ?

— Je pense que l'homme détient Sir Ramsey pour essayer d'apprendre où se trouve son prétendu trésor. S'il lui vient aux oreilles que je sais où se trouve l'or, il sera tenté de venir me proposer la libération de Sir Ramsey contre rançon.

— Et s'il soupçonne que vous savez, observa Élise, cela ne nuira-t-il pas à la cause de mon père au lieu de la servir ?

Le regard de Maxim s'adoucit de nouveau en se posant sur sa femme et on y lisait l'assurance de son amour.

— Comment cela pourrait-il lui nuire, madame ?

Élise hésita, ses joues s'empourprant. Comment dissimuler un amour dont son cœur débordait ?

— Si le ravisseur croit que vous savez, il pourrait décider qu'il n'a plus besoin de mon père et se débarrasser de lui.

— L'homme ne se pressera pas trop, répondit Maxim qui y avait songé, car il voudra d'abord s'assurer que je suis au courant.

— Puis-je émettre l'hypothèse que Sir Ramsey leur a peut-être déjà dit ce qu'ils veulent savoir et qu'on l'a tué ? dit Sir Francis.

— Si le ravisseur ne peut apporter la preuve que Sir Ramsey vit toujours, expliqua Maxim, nous obtiendrons son nom de la dame et le ferons arrêter. Mais si Sir Ramsey est vivant et que le bandit pense recueillir un important trésor, je crois qu'il souhaitera lui conserver la vie. Je dirai que nous sommes prêts à payer rançon. Je suis convaincu que Sir Ramsey ne risque rien tant qu'existe pour le ravisseur l'espoir d'une récompense.

— L'homme voudra cacher son identité, objecta Sir Francis.

— Ma tâche sera de la découvrir.

— Serez-vous en danger vous-même ? demanda Élisabeth à Maxim.

— Je ferai tout mon possible pour garder ma florissante santé, madame, répondit Maxim en souriant.

— Je suis certaine que rien ne vous fera plus plaisir que de mettre la main sur l'homme qui vous a fait souffrir à sa place. Faites comme vous l'avez dit. Je vais faire répandre le bruit parmi mes dames.

— Et que faisons-nous pour le capitaine Von Reijn ? demanda Sir Francis à la reine.

— Le capitaine Von Reijn ? s'enquit aussitôt Maxim. Que lui est-il arrivé ?

— Il semblerait que le capitaine et son équipage aient été arrêtés et jetés à la prison de Newgate, expliqua Sir Francis. Le capitaine Sinclair prétend que l'homme aurait pu ravitailler les troupes de Parme aux Pays-Bas et aurait peut-être quelque chose à voir avec l'enlèvement de la fille de Sir Ramsey ici présente.

— C'est moi le seul coupable ! déclara Maxim.

— Voilà qui est curieux, observa ironiquement Élisabeth. Madame Radborne prétend que vos hommes l'ont enlevée par erreur.

Faisant fi de l'avertissement lancé par les sourcils froncés de Walsingham, Maxim exposa les faits.

— Ils se sont bien trompés, madame. Mon intention était d'enlever mon ancienne fiancée de sa chambre avant que Reland Huxford ne scelle leur mariage. Ainsi que vous le savez, avant qu'Edward Stamford ne vienne m'accuser de meurtre, je devais épouser sa fille.

Maxim ne trouvait guère plaisant d'exposer ainsi la vérité. Il se sentait en mauvaise position car il allait sans doute s'attirer la colère d'Élisabeth alors qu'il avait été près de l'apaiser, mais Nicholas était son ami depuis des années et sa sécurité passait avant tout.

— J'ai envoyé mes hommes enlever Arabella, expliqua-t-il, mais c'est Lady Radborne que l'on a prise à sa place. Plus tard, au cours de cette même semaine, j'ai prié Sir Francis de plaider ma cause pour que je puisse obtenir une audience afin de prouver que je n'étais pas le traître qu'on m'accusait d'être.

Élisabeth se dressa et s'avança vers Maxim, le regard étincelant de colère.

— Vous êtes venu plaider votre innocence alors que vous êtes coupable de ce vil enlèvement ?

— Je croyais être amoureux d'Arabella, répondit calmement Maxim qui connaissait bien le caractère violent de la reine et ce qu'on risquait à la contrarier. Comme j'étais innocent des crimes dont on m'accusait, j'espérais rentrer dans vos bonnes grâces. Depuis lors, j'ai beaucoup réfléchi et compris que je visais surtout Edward pour les mensonges qu'il avait déversés sur mon compte.

— Ce qui signifie ? railla Élisabeth en se laissant retomber dans son fauteuil.

— Ce qui signifie que je me suis trompé en croyant que j'étais amoureux d'Arabella.

Élise n'eut guère le temps de goûter la joie et le soulagement que lui apportait cette réponse, car la reine répondit d'un ton brusque :

— Insensé que vous êtes ! Vous êtes indigne de mon pardon ! Vous avez fait arracher cette enfant de chez elle, vous avez souillé son nom...

— Je vous demande pardon, madame, dit Élise, osant l'interrompre. Si Lord Seymour ne m'avait pas enlevée, peut-être ne serais-je pas vivante aujourd'hui.

Les yeux gris-noir se durcirent en se tournant vers la jeune femme. La reine ne tolérerait pas qu'une quelconque excuse interrompe sa réprimande.

— Expliquez-vous.

— Certains de mes parents pensaient pouvoir me

contraindre à dire où se trouvait le trésor de mon père. Je leur ai échappé après avoir subi leurs incessantes questions et leurs tortures. J'ai appris depuis lors que l'un d'eux au moins était coupable de meurtre, et si les hommes de Lord Seymour ne m'avaient pas enlevée, j'aurais sans doute été reprise par ma tante et retenue jusqu'à mon dernier souffle.

— Un crime n'excuse pas l'autre. Lord Seymour n'a pas fait le moindre effort pour vous ramener ni vous rendre votre honneur.

— Bien au contraire, madame, il l'a fait, dit Élise d'une voix tremblante, sachant bien qu'elle lassait la patience d'Élisabeth et risquait de se retrouver à la Tour. Il m'a donné l'honneur et la protection de son nom et risqué de nombreuses fois sa vie pour défendre la mienne. Je lui suis reconnaissante de l'erreur de ses serviteurs, considérant que mon enlèvement fut une bénédiction divine.

— Hum ! Il est évident, sotte enfant, que vous êtes amoureuse de ce gredin et que vous diriez n'importe quoi pour sa défense.

Élisabeth se tourna alors vers Maxim à l'instant où celui-ci lançait un tendre regard à Élise. La reine était fatiguée de prendre des décisions. Si elle n'avait craint que l'Espagne ne se retourne contre l'Angleterre après avoir écrasé les vaillantes forces des Pays-Bas, elle aurait bien laissé faire Philippe ! Elle avait retardé sa décision jusqu'à ce qu'on lui force la main. Maintenant qu'il s'agissait d'une affaire bien plus simple que la guerre, c'était le ressentiment qui la guidait. Lord Seymour n'avait pas jugé nécessaire de lui demander la permission de se marier. Mais si l'on considérait qu'il s'était trouvé trop loin pour le faire, elle pouvait être portée à l'indulgence. D'ailleurs, il se devait d'épouser cette jeune fille pour réparer les torts qu'il lui avait faits. D'un autre côté, sa désinvolture ne méritait pas le pardon.

— Qu'est pour vous cette jeune fille, Bradbury ? demanda-t-elle, laissant tomber ses bras sur les accoudoirs du fauteuil.

— Elle est mon épouse, Majesté, confirma Maxim.

— Vous vous êtes marié sans demander mon consentement. Quels sont vos sentiments pour elle ?

— Je l'aime, déclara-t-il tranquillement, bien conscient de ce que pourrait lui coûter son aveu.

Walsingham roula les yeux, convaincu qu'il venait d'entendre sonner le glas pour cet homme.

— Vous *l'aimez* ! railla Élisabeth. Que savez-vous de l'amour ? Un instant vous adorez une femme, l'instant suivant une autre ? Je vous préférais célibataire !

Walsingham dissimula un petit sourire derrière son poing. On savait qu'Élisabeth s'était longtemps plu dans l'entourage de nobles et séduisants gentilshommes de la cour, et bien qu'elle prît de l'âge elle demeurait sensible à la beauté d'hommes comme Seymour. Elle était hostile, par principe, à tout mariage de ses courtisans.

— Si j'ai risqué de nombreuses fois ma vie à votre service, madame, cela ne témoigne-t-il pas de mon honneur et de ma dévotion pour Votre Majesté ? Et si je suis prêt à donner ma vie pour sauver Élise de ceux qui lui veulent du mal, cela ne montre-t-il pas mon amour pour elle ?

— Vous avez été un bon serviteur, reconnut Élisabeth. Et j'ai eu grande peine à la pensée de votre trahison. (Elle poussa un gros soupir et se décida enfin :) J'annule ma précédente décision, Bradbury. Vos titres et vos biens vous sont rendus, et vous pouvez aller avec ma bénédiction.

Élise poussa un petit cri de joie et se serait précipitée dans les bras de Maxim, mais elle le vit hésiter et comprit que tout n'était pas dit. Elle trembla devant l'audace de son mari, car il resta là à attendre tandis que la souveraine soupirait et se laissait aller dans son fauteuil, fermant un instant les yeux et se massant les tempes du bout des doigts. Puis elle ouvrit de nouveau les yeux et son regard perçant se posa sur Maxim.

— Eh bien ! Qu'attendez-vous encore de moi ? Ne vous ai-je pas assez accordé ?

— Et le capitaine Von Reijn, Majesté ? demanda-t-il doucement.

Le regard d'Élisabeth s'enflamma puis se radoucit et elle fit entendre un petit rire.

— Quand nous en aurons terminé, ma réputation de sagesse sera ruinée à jamais. Votre ténacité vous a encore fait obtenir ce que vous désiriez, Bradbury. J'accorde mon pardon à votre ami. On lui rendra son navire et sa cargaison. Maintenant, laissez-moi. Je suis lasse.

29

Élise, le souffle court, demanda à Maxim, entre deux éclats de rire, de ralentir alors qu'il l'entraînait d'un pas vif à travers les vastes pelouses soigneusement entretenues de Whitehall. Quand ils arrivèrent à l'escalier descendant jusqu'au fleuve, Fitch et Spence se précipitèrent pour accueillir leur maître avec des cris de joie et de soulagement. Après qu'on se fut congratulé et félicité, Maxim prit Élise dans ses bras, descendit les marches et grimpa dans la barque qui les attendait. Il gagna la proue et, étreignant sa femme, se laissa tomber en riant sur les coussins. Les petits cris qu'il déclencha en taquinant du nez l'oreille d'Élise provoquèrent un haussement de sourcils intéressé de la part du jeune aide du batelier qui resta bouche bée devant ce couple séduisant. Le batelier, davantage habitué aux diverses excentricités de ses riches clients, rappela vivement le gamin à ses devoirs. Fitch et Spence s'installèrent derrière leur maître et, après avoir détaché l'amarre, se mirent à pousser vigoureusement pour amener le lourd esquif dans le courant. Là, Maxim prit lui-même la barre tandis que le gamin se débattait pour hisser l'unique voile triangulaire. Bientôt, l'embarcation remonta le courant à belle allure.

Maxim céda au désir qui le tenaillait depuis son arrivée dans les appartements de la reine. Sans se soucier de ceux qui se trouvaient là, et notamment du fort curieux jeune homme, il prit sa femme dans ses bras et l'embrassa avec passion.

Élise se sentit grisée sous l'enivrant baiser et il lui sembla que son univers tournait follement sous la nuit étoilée.

— Votre accueil a fait éclater mon cœur tremblant, souffla-t-elle à son mari, mais je l'ai si désespérément attendu.

Le souffle de Maxim était tiède sur la bouche d'Élise qu'il parcourait de baisers rapides.

— Je revis, murmura-t-il. En votre absence je me sens figé, sourd, muet, comme frappé par un sort. Je croyais que mon cœur avait cessé de battre.

— Si vous pouviez sentir le mien maintenant, mon amour, vous verriez comme il s'emballe.

Elle arrêta la main de Maxim qui s'avançait pour se rendre compte et sourit devant son regard brillant.

— Plus tard, mon amour, quand nous serons seuls, promit-elle.

— Ils ne peuvent voir où se porte ma main, assura Maxim.

— Oh, mais ils entendront mes soupirs ! Je ne pourrais m'en empêcher. Quand vous me caressez, je deviens une femme possédée et mon délire ne peut s'apaiser que quand nous ne faisons qu'un.

— J'attendrai donc que nous soyons seuls, dit-il d'une voix rauque, et je vous promets alors une fête amoureuse comme vous n'en avez jamais connu.

— Je brûle d'impatience.

Maxim se redressa, s'adossa aux coussins et attira Élise contre sa poitrine, lui ôta son chapeau et le posa plus loin.

— Edward peut quitter Bradbury ou demeurer, comme il vous plaira, madame. Je ne souhaite récupérer que mon ancienne chambre qui sera la nôtre.

— Edward est mourant, Maxim. Il est à Londres, chez mon père, près des médecins qui le soignent. Je crois que ce n'est plus qu'une question de temps.

— Mais l'homme me semblait tout à fait bien-portant la dernière fois que je l'ai vu. Que lui est-il arrivé ?

— Je crois que le seul fait d'épouser Cassandra est fatal à tout homme, dit Élise. Le bruit a couru jadis, parmi les domestiques de mon père, que Cassandra avait empoisonné ma mère et, plus tard, son mari, Bardolf Radborne. Comme j'étais enfant, je n'ai pas compris, et plus tard j'ai cru qu'il s'agissait de radotages de vieilles servantes ayant un peu perdu l'esprit. Je suis maintenant convaincue que ces bruits étaient fondés. Et je crois aussi qu'avant même d'épouser Edward Cassandra avait l'intention de l'empoisonner. Elle lui a fait signer un contrat la désignant comme seule héritière à sa mort. Edward n'a jamais su très bien lire. Il laissait à Arabella le soin de le conseiller, mais je doute qu'elle soit au courant. Il est difficile de croire que Cassandra ait obtenu de telles concessions d'un Edward pleinement conscient de ce qu'il faisait. Il devait être complètement grisé, sans quoi il aurait exigé qu'Arabella lise le document.

— La décision de la reine de me rendre mes biens va ôter à Cassandra toute possibilité de s'en emparer.

— Cassandra connaît parfaitement l'importance d'un document officiel, observa sombrement Élise. Mon père n'en a laissé aucun qui me garantisse la propriété de ses biens, du moins n'en a-t-on retrouvé aucun, et depuis sa disparition Cassandra tente de se les faire attribuer ainsi qu'à ses fils, prétendant qu'il est mort. Si c'était le cas, je crains qu'elle ne gagne. Elle a toujours su flairer l'argent et se l'approprier.

— Je vais demander un mandat signé par la reine pour qu'on l'arrête.

— On dit qu'elle a fui. Peut-être devrais-je en être soulagée, mais je crains qu'elle ne revienne un jour pour nous nuire.

— Si elle et ses fils essaient, ils devront m'en rendre raison. Et si quelque chose devait m'arriver, mon amour, sachez que j'ai remis à Walsingham un document faisant de vous mon héritière et la marquise douairière de Bradbury.

— Je me moque de vos biens. Tout ce qui m'importe, c'est vous... et notre enfant.

— Notre enfant ? dit Maxim, se reculant un peu pour voir le visage de sa femme. Que dites-vous là ?

Élise croisa son regard, les yeux pleins d'amour.

— Je suis heureuse de porter votre enfant, milord.

Maxim l'attira contre lui et la drapa sous un léger tissu de laine pour la protéger de la fraîcheur de la nuit.

— Rien ne me sera plus cher que de vivre pour vous et notre enfant, mon cher amour. Il reste une autre tête de l'hydre à trancher, mais il me faut d'abord la trouver et vous rendre votre père.

Ils se turent, heureux, tandis que l'embarcation glissait sur le fleuve. Dans le ciel étoilé, un mince croissant de lune apparut au-dessus des toits. Tout était pour le mieux dans le monde d'Élise, bien en sûreté dans les bras de son mari. Elle sentait battre le cœur de Maxim et goûtait une félicité qu'elle n'avait plus connue depuis leur séparation.

Beaucoup plus tard, ils remontèrent main dans la main jusqu'au manoir des Radborne. La nouvelle de l'arrivée de la maîtresse avec son mari, le très célèbre Lord Seymour, se répandit très vite. Le moindre recoin semblait abriter un regard curieux pour les voir traverser le couloir. Pour la première fois, on apercevait le marquis. Les jeunes servantes se sentirent tout émoustillées à l'idée que le manoir allait abriter si hardi et séduisant seigneur, mais leur sourire s'effaça quand on apprit que Sa Seigneurie allait emmener sa dame dans sa résidence de campagne dès le lendemain matin.

Maxim luttait encore contre sa colère et son ressentiment pour Edward en montant lentement l'escalier avec Élise à son côté. Mais, en pénétrant dans la chambre de l'homme qui dormait et en découvrant la frêle silhouette de celui qui naguère avait été son ennemi, toute sa colère s'évanouit pour céder place à la pitié. Gagné par la compassion, Maxim se sentit libéré de toute l'amertume accumulée depuis si longtemps. Il prit conscience du bonheur que lui avait apporté la fourberie de son ennemi. Sans les accusations d'Edward, sa vie serait demeurée vide du bonheur qu'il connaissait avec Élise.

Maxim passa un bras autour des épaules de sa femme et lui souleva le menton, plongeant dans son regard où il lisait tout son amour.

— Tout compte fait, je dois admettre qu'Edward m'a rendu un grand service. J'ai découvert un trésor qu'il ne pouvait soupçonner... une femme digne de toutes mes aspirations... la réalisation de mes rêves les plus fous.

— Seymour ?

Le nom, à peine murmuré, arriva du lit et ils se tournèrent vers Edward qui tenta de se redresser mais n'y parvint pas, tant il était faible. Avec un soupir résigné il se laissa retomber et fut bien surpris de voir Maxim le soulever et glisser plusieurs oreillers dans son dos.

— J'ai prié pour que vous veniez... souffla l'homme épuisé.

— Pourquoi auriez-vous prié pour mon retour, Edward ?

— Il me faut... libérer ma conscience... vite, murmura le vieil homme. Je vous ai accusé... pour cacher mes propres agissements. C'est moi le responsable de la mort de l'agent de la reine.

— Savez-vous bien ce que vous dites, Edward ? demanda Maxim qui ne s'attendait pas à cela. Comment l'avez-vous tué ?

— Écoutez-moi ! Je ne l'ai pas tué, mais je suis responsable de sa mort. Sans moi, on ne l'aurait peut-être pas assassiné.

— Expliquez-vous, pressa Maxim. Que s'est-il passé cette nuit-là ?

Les paupières bleuâtres se relevèrent sur un regard terne et Edward fit appel à toutes ses forces. Sa voix nasale, monocorde, était presque un gémissement.

— Je suivais Ramsey... pour voir ce qui l'occupait. J'avais entendu dire qu'il avait amassé toute sa fortune et je voulais voir ce qu'il allait en faire, mais je tremblais à l'idée de me rendre dans ces Stilliards puants. Alors j'ai attendu qu'il revienne à sa barque... avec un coffre.

Il y eut un instant d'angoisse tandis qu'Edward

essayait d'emplir ses poumons d'air. Il parut à son dernier souffle ; Maxim le souleva pour l'aider à respirer et porta un verre d'eau à ses lèvres blêmes. Edward le remercia d'un signe de tête et se laissa retomber sur les coussins. Il reprit :

— L'agent de la reine avait remarqué mon manège et plus tard, quand il est venu à Bradbury pour s'entretenir avec vous, il m'a reconnu. Il m'a alors accusé de faire partie de la conspiration visant à assassiner la reine. Dieu sait qu'il se trompait, mais il n'a rien voulu entendre. Il m'a pris par le bras et m'a tiré. Je l'ai repoussé, son talon s'est pris dans un tapis et il est tombé lourdement, sa tête portant contre la cheminée. Il saignait comme un porc qu'on égorge et c'est alors que je vous ai entendu arriver, Seymour. Et je me suis glissé sur la terrasse.

Edward s'arrêta, le regard fixé sur ses pieds, ne voulant pas croiser les yeux de Maxim et d'Élise.

— Oui, c'est moi qui ai été la cause de ce qui est arrivé, ajouta-t-il.

— L'homme était vivant quand je me suis penché sur lui, observa Maxim. Pourquoi dites-vous que vous êtes responsable ?

— Si nous ne nous étions pas battus, ou si je n'avais pas fui quand vous m'avez entendu sur la terrasse, on ne l'aurait peut-être pas poignardé plus tard. Il paraissait homme à savoir se défendre... et ensuite... si vous aviez été là... il n'aurait pas été tué. Oui, c'est moi le responsable.

— Si c'est l'absolution que vous souhaitez pour ce meurtre, Edward, le péché n'est pas vôtre. Vous avez menti et vous m'avez accusé pour vous disculper, mais le mal que vous vouliez me faire est devenu un bien, et je vous pardonne. Je crois seulement qu'une main plus sage que la mienne ou la vôtre a guidé les événements, et je serai toujours reconnaissant de ce qui est arrivé.

— Qu'allez-vous faire maintenant ?

— La reine m'a rétabli dans mon titre et mes biens et je retourne à Bradbury demain matin.

— Il semble que je n'aurai pas vécu assez longtemps

pour en profiter, de toute façon, soupira Edward, soulagé d'avoir libéré sa conscience. (Il grimaça alors et porta ses deux mains à son ventre.) Ô Cassy... Cassy ! dit-il, se tordant de douleur. Où est ma douce Cassandra ? Pourquoi ne l'ai-je pas vue depuis quelques jours ?

— Oncle Edward, demanda Élise, posant une main légère sur son bras, savez-vous ce qu'elle vous a fait ?

— Oh, oui que je le sais ! dit Edward, dégoulinant de sueur, passant une main décharnée sur son front. J'ai posé ma tête sur son ventre si doux quand les couteaux de l'enfer me fouaillaient les entrailles. Elle a calmé ma douleur et m'a même apporté une bonne potion. Oui ! La potion ! Passe-moi la potion, fillette.

De son bras osseux, il montra une petite fiole remplie d'un liquide vert foncé, sur la table de nuit.

Élise la prit, la mira à la lumière et regarda l'espèce d'humeur jaunâtre qui y dansait. Elle retira le bouchon et sentit avec précaution puis éloigna le flacon de son nez avec une grimace de dégoût. Maxim approcha, prit la fiole de la main d'Élise, posa un doigt sur l'ouverture, frotta puis regarda la tache sur son index. Il porta très légèrement le doigt à sa langue et grimaça à son tour. Il rendit le flacon à sa femme et s'essuya les lèvres et la langue avec un linge. Après quoi il se pencha sur le visage pâle d'Edward, remarquant les cernes bleuâtres autour des yeux, retrouvant ensuite cette même coloration sur les mains et au bout des doigts.

— Que vous ayez ou non étudié Aristote et Pline l'Ancien, Edward, cela n'aurait rien changé. Je doute que vous auriez su ce que contient ce flacon. On trouve les cristaux qui lui donnent ce goût amer dans les mines de fer en Allemagne. J'ai entendu dire que certaines femmes boivent cette concoction pour avoir le teint pâle, mais c'est un dangereux poison qui entraîne la mort.

— Le diable vous emporte ! Ma douce Cassandra n'aurait jamais... D'ailleurs, elle disait qu'elle avait donné ce même tonique à son premier ma... (Edward s'arrêta brusquement en songeant au sort de ce premier époux. Même un esprit simple comme le sien commençait à comprendre.) Mais pourquoi ? ajouta-t-il.

Élise posa une main douce sur le bras de son oncle qu'elle caressa.

— Vous rappelez-vous avoir signé un contrat de mariage le jour de vos noces ?

— Je me souviens vaguement avoir signé mon nom sur le registre, mais il n'y avait pas de contrat entre nous.

— Cassandra prétend qu'elle détient un tel document, lui dit Élise. Vous l'aurez signé sans vous en rendre compte.

— Que peut-il bien prévoir ? demanda Edward, douloureusement conscient de s'être parfois réveillé le lendemain de solides beuveries sans bien se souvenir de ce qu'il avait fait.

— Il fait de Cassandra l'héritière de tous vos biens.

— Par Dieu, non ! s'exclama Edward qui prit le bras d'Élise et tenta de se redresser. Je n'accepterai pas une telle tromperie.

Maxim le repoussa doucement dans ses oreillers.

— Mieux vaut que vous conserviez vos forces pour Arabella, Edward. Il va vous falloir rédiger un document l'instituant seule et unique héritière de vos biens.

— Qu'on m'envoie un homme de loi, et vite, supplia faiblement Edward avant de froncer les sourcils, un instant pensif, et d'ajouter : Je n'aurai pas un sou à laisser à ma fille quand vous aurez repris ce qui vous appartient. Mais je n'ai pas à m'inquiéter. Elle a du bien. Reland lui a légué toutes ses propriétés et sa fortune. Pour cela, il a bien fait.

Maxim et Élise se retirèrent dans leur chambre dont ils verrouillèrent la porte. Maxim s'y adossa, attira Élise contre lui et l'embrassa avec toute la ferveur de sa passion. Il détacha sa chevelure et les boucles de soie tombèrent sur les épaules d'Élise. Bientôt tombèrent également sa robe et ses jupons et elle leva les bras avec un sourire de feinte timidité et se recula. Maxim se débarrassa vivement de ses vêtements tout en la contemplant d'un regard avide, admirant le galbe de ses cuisses alors qu'elle s'approchait doucement de la lampe.

— Ne la soufflez pas, demanda-t-il. Je désire me rafraîchir la mémoire.

— Avez-vous donc tant oublié ? le taquina Élise avec un regard provocant tout en sortant le bras de la bretelle de dentelle de sa chemise.

— Votre image est à jamais gravée en moi, madame. Ne craignez pas que je l'oublie jamais.

Maxim se débarrassa de ses chausses sous le regard brillant d'Élise et il s'avança vers elle. Il la contempla encore un long instant puis fit glisser l'autre bretelle, promena ses lèvres sur ses épaules, descendant lentement sur la poitrine. Élise poussa un soupir de plaisir. Le vêtement tomba au sol et, le souffle court, elle sentit la tiédeur humide de la bouche de Maxim passer sur la douceur d'un mamelon. Et son mari l'emporta dans ses bras jusqu'au lit où il s'allongea à côté d'elle avant de la pénétrer de sa tiédeur à laquelle elle réagit avec toute l'ardeur d'une femme passionnée. Et la nuit fut pleine de ces félicités.

Quand Élise s'éveilla, aux premières lueurs du matin, elle enfouit sa tête sous un oreiller et refusa de répondre aux coups légers qu'on frappait à la porte.

— Madame ? Êtes-vous levée ? Vous m'avez demandé de vous réveiller de bonne heure pour gagner Bradbury avec le maître avant la fin de la matinée. Je vous ai apporté de quoi manger.

Élise poussa un grognement peu enthousiaste et Maxim eut un petit rire en jetant un édredon sur elle. Il passa une robe de chambre, alla ouvrir, prit le plateau des mains de la servante et referma la porte d'un coup d'épaule.

— Allons, mon amour. Il me tarde de rentrer chez nous. Vous pourrez dormir dans la barque.

Il vint tapoter les couvertures sous lesquelles se dessinaient les rondeurs d'Élise et sourit au souvenir des heures écoulées. Alors que bien des femmes se détournaient de leur devoir conjugal, Élise se montrait tout aussi avide que lui de goûter les plaisirs de l'amour, parfaitement à l'aise dans leur intimité, faisant même parfois montre d'une audace qui augmentait encore le désir et le plaisir de Maxim. Aucune maîtresse n'aurait pu s'assurer aussi pleinement, aussi certainement de son cœur. Il était follement amoureux de sa jeune épouse.

— Venez donc, lui dit-il. Il faut vous restaurer après une telle nuit. Nous avons du saumon mariné, du lait caillé, de la crème et des gâteaux.

Il se pencha, souleva un coin de l'oreiller et découvrit un œil qui le regardait au milieu de cheveux fous. Il se mit à rire tandis qu'Élise grognait de nouveau et se blottissait plus profondément sous les couvertures.

— Après une telle nuit, monsieur, je n'ai plus la force de déjeuner, de m'habiller et de partir d'ici. Je vous en prie, ne soyez pas cruel. Laissez-moi dormir encore quelques instants. Est-ce que je ne porte pas votre enfant ? Cela ne mérite-t-il pas quelque considération ?

Maxim caressa de nouveau les rondeurs sous l'édredon et sourit.

— Je cède à vos arguments, dit-il. Et c'est avec grand plaisir que je vais vous laisser dormir pendant que je m'habille. Cela vous fâcherait-il que je demande un bain ?

— J'aurais plaisir à en prendre un, grogna Élise qui tira l'oreiller sur son visage pour se protéger de la lumière.

Maxim posa le plateau, préférant attendre de partager le repas avec elle. Il referma les rideaux du lit pour laisser plus d'intimité à son épouse et demanda qu'on lui monte de l'eau pour son bain.

Élise finit par sortir du lit pour s'avancer, tout endormie encore, vers la baignoire en dégageant les longues boucles qui lui retombaient sur le front. Maxim se figea, contemplant la beauté de ce corps nu nimbé par la lumière du matin, et, quand elle s'arrêta près de lui pour poser un baiser léger sur ses lèvres, il passa un bras mouillé autour de sa taille et l'attira à lui pour un baiser plus passionné.

Soudain, la porte s'ouvrit brutalement et une Arabella tout excitée fit irruption dans la pièce, noyant les deux époux sous un flot de paroles.

— Élise, je viens juste d'apprendre la nouvelle. On me l'a annoncée au petit matin, Maxim est de retour...

Elle s'arrêta, découvrant Élise et Maxim, abasourdie par la scène qu'elle avait sous les yeux. Élise était trop surprise pour faire le moindre geste, et Maxim se borna à observer, piteusement :

— Je crois que j'aurais dû veiller à mieux fermer la porte.

— Que se passe-t-il ici ? lança Arabella.

— Ne le voyez-vous pas ? répondit Maxim avec un grand geste de la main. Je prends un bain et ma femme va me rejoindre.

— Votre *femme* ! hurla presque Arabella. Mais c'est moi que vous aimiez ! N'êtes-vous pas venu pour m'enlever l'an dernier ?

— Certes, confirma Maxim. Mais mes hommes ont enlevé Élise par erreur.

Gauchement, Arabella tira sur sa poitrine le haut de sa robe de chambre, car le corps nu d'Élise lui rappela soudain sa propre minceur qui avait tourné à la maigreur au cours de ces derniers mois. Elle ne pouvait nier la beauté de sa rivale et se sentit soulagée quand Élise passa un vêtement.

Mais elle se refusait à accepter le fait que l'amour de Maxim s'était évanoui à cause d'une stupide erreur.

— Je sais bien ce qui s'est passé, mais je pensais que vous m'auriez gardé votre amour et me seriez resté fidèle au lieu de prendre cette... cette...

— Attention à vos paroles, Arabella, avertit Maxim, le regard noir. C'est moi qui suis fautif et je ne tolérerai pas qu'on dise du mal d'Élise. Elle était innocente de tout cela.

— *Innocente !* railla Arabella qui s'avança, furieuse. Eh bien, il semble que l'innocente petite garce soit assez volontairement tombée dans votre lit !

Son regard passa sur les larges épaules pour plonger audacieusement dans l'eau car il lui apparaissait soudain que comparé à son défunt mari Maxim ressemblait à un dieu.

Maxim haussa les sourcils, masqua de ses mains la partie la plus intéressante de sa nudité et railla à son tour :

— Tout ce que vous pourrez découvrir, Arabella, appartient déjà à Élise.

Ce qui sembla rendre Arabella plus furieuse encore. Elle tourna vers sa cousine un regard accusateur.

— C'est un vol ! Elle a pris ma place ! Elle n'avait pas le droit !

— Quel droit avez-vous de rester là à nous accuser ? tonna Maxim, exaspéré par un tel raisonnement.

Et il saisit une serviette dont il se drapa les hanches pour se dissimuler au regard scrutateur d'Arabella.

— Mais j'étais votre fiancée !

— Comme vous l'avez vite oublié, comtesse ! répliqua Maxim, lui jetant ce titre avec mépris. Vous êtes maintenant la veuve de Reland Huxford. En l'épousant, vous avez mis fin à tout ce qui pouvait nous lier. Vous m'avez pleuré moins d'une journée, et une semaine plus tard vous étiez fiancée à lui !

— Votre mort n'était qu'un des nombreux chagrins que j'ai connus. Je suis une femme que poursuit le malheur ! Tous mes prétendants m'ont été enlevés par des tragédies et c'est maintenant mon père qui est mourant.

Maxim la regarda longuement. Il découvrait un nouvel aspect de cette femme. Il se souvint de toutes les fois où il avait songé au nombre insolite de tragédies qui l'avaient frappée. Toujours elle avait rappelé tous ces drames, théâtralement, quand on lui exprimait sa sympathie. Souvent, également, elle avait obtenu de son père ce qu'elle voulait en feignant un malaise dont elle était toujours sortie dans un état de fraîcheur surprenant.

— Je crois plutôt que vous vous complaisez dans ces tragédies, dit-il enfin, ou du moins dans l'attention qu'on vous porte de ce fait. Jamais je ne vous ai vue plus heureuse qu'alors. Vous avez un étrange besoin que l'on s'intéresse à vous, mais ne comptez plus sur moi pour cela.

Il prit Élise dans ses bras et ajouta calmement :

— Quoi qu'il y ait eu entre nous, Arabella, c'est désormais fini. Élise est la seule femme que j'ai promis d'aimer jusqu'à ce que la mort nous sépare. Ce qui est facile avec elle. Elle sera la mère de mes enfants et je l'honorerai chaque jour de ma vie.

Comme hébétée, Arabella quitta la pièce et descendit, laissant Maxim fermer doucement la porte derrière elle. Il hocha la tête, car même maintenant il ressentait de la peine pour cette femme. De fait, elle faisait montre dans sa vie d'une soif insatiable qu'aucun homme ne pourrait apaiser.

30

Le printemps avait paré Bradbury Hall d'une multitude de fleurs. Elles couvraient chaque jardin, bordaient chaque allée, déployant un jeu impressionnant de couleurs sur les vastes pelouses et les parterres soigneusement entretenus de la cour. Élise se trouvait à Bradbury depuis six jours et elle ressentait toujours le même plaisir à admirer la beauté de la maison et des jardins. Bien que le manoir eût ouvert ses portes à Nicholas, Justin, Sherbourne et Kenneth, elle trouvait toujours une heure chaque matin pour sortir jardiner ou se livrer à d'autres tâches. Elle portait des jupes et des corsages lacés, comme les paysannes, mais ces vêtements, malgré leur simplicité, étaient aussi des bouquets de couleurs raffinées. Des chapeaux à large bord, agrémentés de longs rubans, encadraient son visage tout en protégeant du soleil son teint délicat. Et elle attirait ainsi davantage de regards admiratifs que les fleurs dont elle s'occupait.

Maxim se libérait lentement des tensions qui l'avaient oppressé. Il riait désormais plus volontiers et plus souvent. Il se plaisait en la compagnie de ses amis, au milieu des attentions de sa femme et dans la joie de se retrouver simplement chez lui. Souvent il allait se promener dans les jardins avec Élise. D'ordinaire, quand il était là, Élise n'était pas bien loin. Et quand par hasard quelque affaire l'appelait à l'extérieur, il se hâtait de rentrer au grand galop avec Tourbillon. N'ayant jamais connu un tel amour, il se montrait toujours impatient de se retrouver avec son épouse dans leur chambre.

Un mercredi matin, une voiture attelée de quatre chevaux remonta l'allée, escortée de deux cavaliers. Élise cueillait des fleurs qu'elle mettait dans un panier pour en faire un bouquet quand cet équipage s'arrêta devant le manoir. Un valet, ouvrant la portière, aida une vieille dame à descendre. Frêle, petite, les cheveux blancs, elle s'aidait d'une canne pour marcher, mais elle avait l'élégance d'une femme beaucoup plus jeune. Une fraise bordée de dentelle agrémentait sa robe vert foncé et un coquet chapeau était cavalièrement posé sur une charmante coiffure. Son regard bleu et vif se posa sur Élise et s'attarda.

— Je suis Anne Hall, comtesse de Rutherford, ma chère enfant, et vous êtes...

Élise fit une rapide révérence et se présenta :

— Élise Seymour, marquise de Bradbury.

Le regard bleu s'illumina de nouveau.

— On m'a dit que vous possédiez un collier que je devrais reconnaître. Puis-je le voir ?

— Certainement, madame. Voulez-vous entrer ?

— J'en serais ravie.

Élise grimpa les deux marches et ouvrit la porte à la vieille dame qui suivit, appuyée sur sa canne. Elle s'arrêta à côté d'Élise, sourit en admirant l'ovale du visage et manifesta son plaisir avec un hochement de tête.

— Il y a dans votre visage quelque chose d'aussi radieux qu'un rayon de soleil à travers les branches d'un bosquet. Je gagerais que vous apportez joie et lumière à ceux qui vous entourent. Vous devez rendre votre mari très heureux.

Le rose délicat des joues d'Élise se fit plus vif sous le compliment et elle répondit, avec un sourire timide :

— Je l'espère, madame.

— On voit que vous l'aimez beaucoup, dit la vieille dame à qui le plaisir d'Élise n'avait pas échappé.

— Oui, beaucoup.

— Je n'ai pas besoin de demander si vous êtes heureuse, mon enfant. On le lit sur votre visage.

— Je le suis, madame.

— Appelez-moi donc Anne.

Élise fit entrer la comtesse dans la grande salle et demanda à une servante d'apporter le thé et des rafraîchissements, puis elle monta dans sa chambre chercher le collier. C'était en redescendant tout aussi vite ces mêmes escaliers qu'elle avait reconnu Maxim la première fois et elle s'arrêta un instant pour que sa tête cesse de tourner. Jamais elle ne comprendrait comment faisait son mari pour grimper ou descendre ce colimaçon à toute vitesse sans que son souffle s'accélère ou sans être pris de vertige. Il escaladait les marches avec une intrépidité qui la faisait serrer davantage son cou quand il l'emportait dans ses bras.

Le léger vertige ressenti se dissipa peu à peu mais pas la pâleur de ses joues. A son retour dans la grande salle, la vieille dame s'en inquiéta et s'apprêta à se lever, mais avec un petit sourire Élise lui fit signe de ne pas bouger.

— Ce n'est rien qu'un léger malaise. J'ai voulu descendre trop vite.

— Vous allez bien, sans cela ? demanda Anne, inquiète.

Élise la rassura et lui montra le collier. Anne eut un petit cri étouffé et, appuyant sa canne contre sa jambe, elle prit doucement le bijou. Les doigts tremblants, elle tira de son sac un face-à-main et examina la miniature. Après un instant elle serra le collier sur son cœur et leva les yeux, le visage envahi par une immense joie.

— Enfin ! souffla-t-elle, les larmes ruisselant sur ses joues. Vous dites que votre mère a été trouvée avec ce collier alors qu'elle n'était qu'un bébé ?

— C'est ce qu'on m'a dit. On l'avait abandonnée dans un panier, dans une chapelle de la ferme de Stamford.

— Ce collier appartenait à ma fille. Vous lui ressemblez, et je crois que vous êtes la fille de ma petite-fille qui nous a été enlevée il y a des années.

Un grand sourire illumina le visage d'Élise.

— Mon père a conservé un portrait de ma mère dans

une maison que nous possédons assez loin d'ici. J'ai déjà demandé qu'on aille le chercher. L'homme ne devrait pas tarder à être de retour. On m'avait dit que vous alliez venir et j'ai pensé que vous aimeriez voir à quoi ressemblait Deirdre, votre petite-fille.

— Est-ce ainsi que l'on appelait votre mère ? Pour nous c'était Catherine.

— J'espère que vous pourrez rester avec nous, dit Élise. Aussi longtemps que vous le voudrez.

— Je serai heureuse de rester quelque temps, ma chère enfant. J'aimerais mieux vous connaître, et il faut du temps. Nous avons bien des choses à nous dire.

Élise entendit un bruit de pas qui arrivaient et elle se leva, annonçant, tout heureuse :

— Voici mon mari. Je voudrais vous le présenter.

Anne eut un petit rire joyeux, montrant d'un geste le portrait de Maxim qui était maintenant accroché à côté de la cheminée.

— Aucune femme qui a vécu à la cour ne voudrait se priver de rencontrer un homme aussi séduisant que Lord Seymour, et je ne suis pas si vieille que je ne puisse admirer l'un de ces galants gentilshommes dont Élisabeth aime bien s'entourer. Elle a l'œil pour les élégants courtisans, savez-vous.

On entendit le rire de Maxim qui venait d'arriver et se tenait à la porte.

— Je suis heureux de vous revoir, madame.

— Ainsi, espèce de vaurien, vous avez épousé mon arrière-petite-fille ! Qu'avez-vous à dire pour votre défense ?

— Que je suis un homme très fortuné. Je comprends maintenant d'où elle tient sa beauté.

Anne lui jeta un regard en coin.

— Et que faites-vous pour maintenir la tradition familiale et nous donner de jolis bébés ? demanda-t-elle.

Maxim rejeta la tête en arrière et se mit à rire. Anne se tourna vers Élise qui rougit, gênée, avec un petit sourire timide, et la vieille dame comprit que son vœu était en voie d'être exaucé.

— L'escalier, hein ? plaisanta gentiment Anne. J'ai une préférence pour les filles.

— Il nous faudra au moins un garçon pour protéger les filles de tous les roués qui ne tarderont pas à leur tourner autour, observa Maxim.

— Un ou deux, au moins, dit Anne avec un petit haussement d'épaules.

Élise alla se blottir dans les bras de Maxim et le regarda en souriant.

— Si nous voulons mener à bien d'aussi ambitieux projets familiaux, milord, il vous faudra demeurer auprès de moi.

— C'est bien mon intention, madame.

Spence revint le lendemain avec le portrait de Deirdre et, à la demande d'Élise, le porta dans l'alcôve de la grande chambre. Élise avait décidé de l'accrocher au-dessus de la cheminée et, alors que Spence s'y préparait, Maxim rentra quelque peu poussiéreux d'une course à cheval à travers ses terres. Il s'essuya le front d'un revers de manche et rit en voyant la poussière qui maculait sa chemise.

— Je vais devoir me laver avant de vous embrasser.

— Je n'ai jamais pensé qu'un peu de poussière pourrait me faire du mal, dit Élise.

Maxim s'approcha et embrassa longuement sa femme qui leva les yeux sur Spence, debout sur la cheminée.

— Tu as quelque chose à faire ici ? demanda Maxim d'un ton sans réplique.

Élise se mit à rire et congédia Spence d'un geste de la main.

— Dites aux servantes d'apporter de l'eau pour le bain de Sa Seigneurie. Lord Seymour va m'aider à accrocher le tableau.

— Bien, madame, répondit Spence qui se hâta de filer.

— Vous êtes un ogre, dit Élise à son mari en riant. Je crois que vous prenez plaisir à terroriser votre monde.

— Cela me permet de chasser les importuns de ma chambre quand j'ai d'autres pensées en tête.

— Quoi, par exemple ? demanda Élise, faussement innocente, avec un regard aguichant.

— Vous le savez parfaitement. Avez-vous quelque objection, mon amour ?

— Pas la moindre, milord, dit Élise qui se haussa sur la pointe des pieds pour l'embrasser à nouveau. Je vous demanderai seulement un instant, après votre bain. Je vais accrocher le portrait de ma mère et le montrer à Anne.

— Laissez-moi d'abord me débarrasser de cette poussière.

Maxim retira son pourpoint de cuir et sa chemise, et passa dans la chambre. Il versa de l'eau dans une cuvette et, plongeant le savon dans l'eau, se lava le visage, le cou et les bras puis se baissa pour se rincer. Alors qu'il prenait une serviette derrière lui, il sentit la présence d'Élise qui s'était approchée. Tandis qu'il s'essuyait, les baisers de sa femme suivaient la serviette sur sa peau. Il se tourna vers elle, vit son regard brûlant. Il n'eut besoin d'aucune autre invitation et l'attira contre lui pour un long baiser passionné. Il lui souleva les jupes avec un sourire malicieux et, assis sur le tabouret, l'attira sur ses genoux.

— Les servantes vont arriver avec l'eau de votre bain, murmura Élise, le souffle court.

— Je le sais, soupira Maxim. Voulez-vous vous joindre à moi ?

— C'est tout à fait possible, milord.

Les lèvres d'Élise s'ouvrirent de nouveau sous la bouche de Maxim et il s'écoula un long moment avant qu'elle ne repense au portrait de sa mère. La raison reprit le dessus et ils retournèrent à regret dans l'alcôve. Pendant que Maxim préparait l'endroit, au-dessus de la cheminée, où le tableau serait accroché, Élise débarrassait le portrait de sa toile protectrice. Elle aperçut aussitôt un paquet de parchemins roulés et fixés derrière le cadre.

— Que croyez-vous que ce soit ? demanda-t-elle, s'asseyant sur une banquette et défaisant le nœud qui les retenait.

Maxim se pencha au-dessus de son épaule et feuilleta les documents. Puis il les prit et les examina plus soigneusement, remarquant que chacun concernait un bien ou une propriété différente.

— Élise, avez-vous une idée de ce que cela peut être ?

— Je ne les ai jamais vus de ma vie, Maxim. De quoi s'agit-il ?

— Eh bien, mon très cher amour, ces documents font de vous l'héritière de tous les biens de votre père.

Élise le regarda, surprise. On n'avait rien découvert d'aussi important depuis la disparition de son père.

— Maxim, Cassandra et ses fils ont fouillé ciel et terre pour les retrouver. Avec l'intention de les détruire.

— Ont-ils fouillé la maison où vous avez envoyé Spence ?

— Ils en ignorent même l'existence. Mon père préférait qu'il en soit ainsi.

— C'est manifestement pour cela qu'il a choisi de les y cacher. Il a pensé qu'ils y seraient davantage en sécurité.

— Mais pourquoi ne m'a-t-il pas laissé quelque indice quant à leur cachette ?

— Êtes-vous bien sûre qu'il n'en a rien fait ?

Élise réfléchit, songeant que son père lui avait demandé de façon pressante de retourner à la maisonnette, après sa mort, et d'y prendre le portrait.

— Peut-être l'a-t-il fait, Maxim, et je ne l'avais pas compris. Mais êtes-vous certain que c'est bien ce que vous dites ?

— Tout à fait certain. J'ignore si votre père est vivant ou mort, mais ces documents, signés par la reine elle-même, l'autorisent à vous léguer tous ses biens s'il venait à disparaître dans l'exercice de ses fonctions. Je suis convaincu que Walsingham y est pour quelque chose puisque Ramsey travaillait directement pour lui.

— Probablement, dit Élise, songeuse, frappée par la façon dont son père avait mis les documents en sécurité. Peut-être s'était-il méfié de Cassandra plus qu'elle ne l'avait cru.

— Tenez, regardez cela, fit Maxim. Selon ce document, Ramsey disposait encore de tous ses biens à l'époque de sa disparition : une maison à Bath, son hôtel particulier à Londres ainsi que les terres où se trouve le cottage.

— Mais qu'est-ce que mon père est allé vendre aux Stilliards ? On prétend l'avoir vu avec des coffres d'or. Même l'oncle Edward le disait.

— Je n'en suis pas convaincu. Walsingham savait ce que faisait Ramsey. Il est évident maintenant que votre père souhaitait vous voir hériter de tout cela. Et il a obtenu l'accord de la reine. Je comprends parfaitement que vous étiez la lumière de sa vie et qu'il voulait vous protéger de Cassandra, de ses fils et de tous ceux qui vous voudraient du mal. Je n'en ferai pas moins pour ma fille, ajouta-t-il en posant la main sur le ventre d'Élise.

— Par trois fois j'ai été bénie dans ma vie, Maxim, dit celle-ci, la joue contre le bras de son mari. Il y a eu d'abord mon père, puis Anne maintenant, et surtout mon mari. Si l'avenir me réserve autant de bonheur, j'accueillerai avec joie chaque jour nouveau.

Le vendredi suivant, Maxim fut appelé à Londres par la reine. Une des dames d'honneur, semblait-il, avait été trouvée morte au pied d'un escalier. Il n'existait aucun témoin pour dire qu'il s'agissait d'un accident, mais on avait relevé sur sa gorge des contusions sans doute provoquées par des doigts. La femme était âgée de quarante-trois ans et ses servantes en pleurs révélèrent que depuis un an environ elle allait secrètement rejoindre un amant.

Plus tard, on apprit à Maxim qu'Hilliard avait également connu une fin tragique à la prison de Newgate. Il semblait qu'on lui eût tranché la gorge aux petites heures du matin. On ignorait qui était le coupable car les détenus se trouvaient dans une cellule commune et chacun jurait de l'innocence de l'autre. Néanmoins, certains disposaient de davantage d'or pour corrompre les gardiens et on disait qu'avant le crime un riche avocat, dont nul ne put préciser le nom, était venu rendre visite à un prisonnier à propos de l'héritage qu'un oncle aurait laissé à ce brigand. Peu après la mort d'Hilliard, le montant intégral de ce legs avait été versé, faisant taire les langues de ceux qui étaient prêts à parler.

Élise demeura à Bradbury, pensant que Maxim serait de retour dans les deux jours. La présence d'Anne lui fut d'un grand réconfort, car des liens s'étaient rapidement tissés entre les deux femmes. Après avoir vu le portrait de la mère d'Élise, Anne n'avait plus le moindre doute : c'était bien sa petite-fille qui avait été enlevée. La ressemblance était trop grande et le collier apportait la preuve indéniable de leur parenté. Élise en était enchantée. Elle avait finalement retrouvé sa filiation tandis qu'Anne était heureuse de voir s'épanouir sa descendance.

Nicholas, Kenneth et les deux autres hommes s'excusèrent quelques jours après le départ de Maxim. Ils devaient prendre congé pour des destinations différentes. Nicholas et Justin regagnaient le navire du capitaine pour veiller au chargement d'une nouvelle cargaison tandis que Kenneth et Sherbourne retournaient chez eux. Chacun redonna à Élise l'assurance que si elle avait besoin d'eux il lui suffirait de le leur faire savoir : ils reviendraient aussitôt, où qu'ils se trouvent. Elle les vit partir avec tristesse, sachant qu'elle ne reverrait que brièvement Nicholas et Justin avant qu'ils ne gagnent quelque autre port, et peut-être un peu plus longuement les deux chevaliers avant qu'ils ne retournent à leurs occupations.

En leur absence, Élise consacra davantage de temps au jardin, en compagnie d'Anne. Les deux femmes riaient et bavardaient, échangeant parfois des confidences ou parlant plus simplement du temps ou autres banalités.

En début d'après-midi, le quatrième jour après le départ de Maxim, Élise mit ses ciseaux dans un panier et sortit dans le jardin avec Anne pour le débarrasser de ses fleurs fanées et en cueillir des fraîches pour la maison. Vers le milieu de l'après-midi, elle s'arrêta, ôta son chapeau et ses gants et s'installa à une table dans la cour où les deux femmes prirent le thé avec des gâteaux. Après quelques instants, elles cessèrent de bavarder pour écouter des jappements plaintifs et persistants.

— On dirait un chiot, fit remarquer Anne. Que pourrait bien faire un chien à Bradbury ?

— Je l'ignore, mais on dirait que cela provient du massif d'arbustes, près du bassin. Maxim m'a montré l'endroit avant son départ. Je vais aller voir, dit Élise, qui posa sa serviette et se leva.

— Prenez vos ciseaux, mon enfant. La pauvre petite bête est peut-être prise dans un fourré.

Élise glissa les lourds ciseaux dans la poche de son tablier, franchit la haie qui bordait l'extrémité de la cour et avança vers le bosquet d'où semblaient émaner les gémissements. Elle suivit un sentier étroit et, tout au bout, découvrit un jeune chiot. Dès qu'il la vit, il se précipita vers elle, remuant la queue, mais il fut vivement tiré en arrière par une laisse attachée à son collier et dont l'autre extrémité était prise quelque part dans le fourré. Malgré tous ses efforts, le petit animal ne parvenait pas à se libérer. Il s'assit et remua la queue d'un air suppliant.

— Qu'est-ce que tu fais là, tout seul ? demanda Élise, riant et s'approchant.

Le chiot pencha la tête, d'un côté puis de l'autre, comme s'il essayait de comprendre, et Élise le caressa derrière les oreilles.

— Ne t'en fais donc pas. Nous allons t'emmener à la maison où tu pourras t'ébattre, libre comme l'air.

Elle se baissa pour le libérer et vit qu'on avait attaché la laisse à un tronc au pied du buisson. Surprise, elle se demanda pourquoi on avait amené un chiot à Bradbury.

— Tu as toujours aimé ces petites bêtes, lança une voix derrière elle.

Avec un cri de surprise, Élise se redressa, se retourna, et eut soudain l'impression que son cœur cessait de battre. Elle ne connaissait que trop bien cette voix qu'elle avait appris à craindre et à haïr.

— Forsworth !

— Mais c'est la cousine Élise ! s'exclama-t-il, moqueur. Et si loin de chez elle. J'aurais pensé que ton mari aurait élevé un haut mur de pierre tout autour de la demeure pour te garder à l'abri.

Élise, consciente du danger, ne perdit pas un instant. Elle se retourna pour fuir mais trébucha sur le chien qui, joyeux, lui sautait dans les jambes.

Forsworth, qui arrivait à un pas derrière, l'empoigna par le bras et la tourna vers lui, ricanant puis lui frappant la joue d'un revers de main.

— Tu ne m'échapperas plus, garce !

Élise tituba, aveuglée par la douleur, figée un instant comme dans un brouillard avant de reprendre ses esprits, de jeter à son cousin un regard de mépris tout en passant une main tremblante sur sa lèvre ensanglantée. Elle fut tentée de rétorquer sur le même ton mais n'en fit rien, consciente de se trouver en terrain dangereux. Elle n'avait aucune chance. Forsworth l'avait délibérément attirée loin de la maison en utilisant le chiot comme appât. Et, à en juger par la poussière couvrant son pourpoint de cuir et ses bottes, il avait longtemps chevauché pour arriver jusqu'à elle.

— Que veux-tu, Forsworth ? demanda-t-elle d'un ton qui ne cachait pas son dégoût.

L'homme eut un petit sourire suffisant.

— As-tu déjà oublié, Élise ? Je veux seulement que tu me dises où se trouve le trésor.

— Combien de fois faut-il te le répéter ? J'ignore où il est ! Mon père ne m'a pas dit où il l'avait caché ! D'ailleurs, il n'existe peut-être même pas !

— Alors ça va recommencer ? soupira-t-il, fâché. Toi et moi. A discuter et à nous disputer. Tu sais que ce ne sera pas facile pour toi cette fois. Je serai beaucoup moins gentil.

— Gentil ! Tu es aussi venimeux qu'une vipère, Forsworth. Tout le monde doit se méfier quand tu sors de ton trou visqueux.

— Une vipère, hein ? Je vais te montrer ! cracha-t-il en plantant ses longs doigts dans le bras d'Élise.

Le chiot fila sous le buisson en glapissant de peur, sentant bien que tout n'allait pas pour le mieux entre ces deux-là.

Forsworth se mit à gifler Élise qui lutta pour garder ses esprits sous l'avalanche de coups. Elle sentait le goût du sang dans sa bouche. Elle serra les dents et la main continua de s'abattre. Elle sut qu'elle n'allait pas tarder à perdre connaissance. Avec un nouvel effort, elle glissa sa main libre dans la poche de son tablier, saisit les ciseaux et les planta avec force dans le bras qui la retenait prisonnière. Forsworth recula avec un hurlement, se tenant le bras, fixant d'un regard horrifié la paire de ciseaux qui saillait de sa chemise où s'étalait rapidement une tache de sang. Il arracha l'arme improvisée avec un grand cri de douleur.

Élise ramassa ses jupes et fila, faisant appel à toutes ses forces. Elle entendait les pas lourds de son ennemi derrière elle, bien consciente que sans sa blessure il l'aurait déjà rattrapée. Les menaces qu'il lui lançait poussaient Élise davantage encore car elle imaginait bien ce qui arriverait s'il se saisissait d'elle.

Elle tourna à un coin et sentit son souffle l'abandonner quand elle percuta, la tête la première, une solide silhouette qui barrait le sentier. Paniquée, elle se mit à crier et à lutter aveuglément pour se libérer, entendant Forsworth qui arrivait.

— Élise ?

Cette fois encore elle reconnut la voix et leva la tête pour se trouver face à face avec Quentin.

— Qu'est-ce qui s'est passé ? demanda-t-il, fâché, passant le dos de sa main sur la joue meurtrie d'Élise.

— Lâche-la ! ordonna Forsworth qui empoigna la jeune femme par le bras. Elle est à moi !

Quentin abattit vivement sa main sur le bras de son frère, l'obligeant à lâcher Élise qui s'échappa. Forsworth tenta de la suivre, mais Quentin le repoussa.

— Bas les pattes ! Tu ne la toucheras plus !

— Je vais en faire de la bouillie ! J'en ai assez de cette garce ! Regarde ce qu'elle m'a fait ! aboya Forsworth, qui avança son bras, projetant du sang sur le pourpoint de velours de son frère.

Quentin eut une moue écœurée devant les taches qu'il essuya d'un revers de main.

— Si j'en juge d'après son visage, Forsworth, tu ne l'as pas volé. Et je ne puis blâmer Élise de s'être défendue. Tes manières sont celles d'un vieux porc. On jurerait que mère ne t'a jamais rien appris.

— Assez de bavardages, Quentin ! Et laisse-moi cette mégère !

— Dois-je te rappeler, mon cher frère, que cette mégère, comme tu l'appelles, est notre cousine ? Et je suis stupéfait de voir comme tu la traites. En toute conscience je ne pourrais te la remettre, sachant ce que tu ferais d'elle. Maintenant, assez d'idioties et file d'ici !

Forsworth s'apprêta à envoyer son poing dans la figure de son frère, mais d'un geste rapide Quentin tira une dague de son fourreau et en appuya la pointe sur le pourpoint de cuir de l'autre.

— Méfie-toi, Forsworth. Tu pourrais bien verser davantage de sang et tu l'aurais bien cherché. Pas de ça avec moi !

— Vas-tu me la remettre ? insista Forsworth.

— Je crois bien qu'Élise t'a fait perdre l'esprit en te cognant sur la tête. Ou a-t-elle raison en disant que tu étais déjà idiot ? demanda Quentin, posant la main sur l'épaule de son frère comme pour lui faire la leçon. Retourne d'où tu viens et vois si tu peux arrêter ce sang. Je n'ai pas l'intention de te laisser Élise. Elle est sous ma protection et tu sais ce que tu risques si tu essaies de me l'arracher de force. Je jure que je t'ouvrirai le ventre.

Forsworth se dégagea d'un mouvement brusque.

— Ôte tes mains de moi, espèce de Judas. Et je reviendrai la prendre, je te préviens.

— Comme tu voudras, Forsworth. Je n'ai pas pour toi grande affection et je ne te pleurerai pas longtemps. J'ai toujours pensé, d'ailleurs, que nous n'étions que demi-frères.

— Qu'est-ce que cela signifie ?

— Je pense que tu es un bâtard, Forsworth, et que ton père n'est pas Bardolf Radborne.

— Le diable t'emporte ! Tu traites notre mère de traînée ?

Quentin eut un haussement d'épaules désinvolte.

— J'ai toujours pensé que tu avais hérité ta simplicité d'esprit de quelque stupide maraud.

— Si Bardolf était si malin, pourquoi s'est-il laissé empoisonner ? ricana Forsworth.

— Qu'est-ce que tu veux dire ?

— Demande-le-lui, répondit Forsworth, montrant Élise.

Quentin tourna lentement la tête pour regarder sa cousine par-dessus son épaule.

— Que raconte-t-il là ?

Élise se tordait les mains, sachant que Quentin avait beaucoup aimé et estimé son père.

— *Dis-moi !* insista-t-il.

Élise sursauta et révéla à regret ce qu'elle savait :

— On disait chez mon père, il y a bien longtemps, que Cassandra avait empoisonné ma mère et ton père.

— *La garce ! Je la tuerai !*

Forsworth eut un rire moqueur et son frère l'empoigna par le devant de son pourpoint avec une telle force qu'il faillit le faire tomber. Crachant sa fureur au visage de Forsworth, Quentin continuait à le secouer, au point de lui faire entrechoquer les dents.

— Espèce de bâtard, je vais te traîner par la peau du cou d'un bout de ce chemin à l'autre si tu ne cesses pas immédiatement !

— Je ne suis pas un bâtard !

— Tu n'es pas mon frère ! lança Quentin, le repoussant avec dégoût. File d'ici !

— Pas sans Élise.

— *File d'ici !*

Le plus jeune des deux frères en sursauta. Et, regardant Élise, il la menaça :

— Je te ferai regretter d'être venue au monde, espèce de traînée.

Élise ne tenta pas de cacher sa répugnance.

— J'ai toujours regretté que nous soyons parents. Et je garde l'espoir que cela ne soit pas, tu peux en être assuré.

— Tu ne perds rien pour attendre. Je reviendrai.

— Méfie-toi, railla Quentin. Elle pourrait bien t'avoir d'abord.

— Ne t'inquiète pas pour moi. Je ne laisserai pas à cette garce une autre occasion de planter ses griffes, dit Forsworth qui s'éloigna avec un dernier ricanement.

Élise eut un soupir de soulagement quand Quentin se tourna vers elle, mais elle comprit à son regard qu'il souffrait.

— Je suis désolée pour Cassandra et l'oncle Bardolf.

— J'aurais dû m'en douter. J'ai parfois souhaité qu'elle ne soit pas ma mère.

Élise lui posa sa main sur le bras et lui dit sa gratitude.

— Merci pour t'être trouvé là quand j'avais besoin de toi.

— Tout le plaisir a été pour moi, madame, dit Quentin en s'inclinant.

— Mais que faisais-tu ici ? Comment m'as-tu trouvée ?

— Je suis allé à la maison et l'on m'a dit que tu étais dans le jardin. Je suis sorti te chercher et j'ai entendu le chien. On dirait que Forsworth t'a laissé un présent, observa Quentin en montrant l'animal. Crois-tu qu'il l'ait apporté pour se faire pardonner ?

— Certainement pas, répondit Élise qui, après s'être essuyé la joue à l'aide de son tablier, alla détacher le chiot.

L'animal remua frénétiquement la queue et, une fois libre, se mit à gambader dans ses jambes.

— Forsworth voulait offrir le chien à la reine, expliqua Quentin, souriant, mais il n'a jamais pu obtenir qu'elle le reçoive. Il espérait que pour lui montrer sa reconnaissance elle lui accorderait un titre.

— La reine s'est montrée très sage en lui refusant de paraître à la cour. Es-tu venu me rendre visite ?

Le sourire de Quentin s'effaça et il redevint sérieux.

— Je suis venu te dire que j'avais découvert où ton père était retenu prisonnier.

— Où ? le pressa Élise.

— Il faudra que je te conduise, je le crains. C'est trop difficile à expliquer.

— Maxim est absent et il m'a fait promettre de ne pas sortir sans escorte.

— Le bruit court que les ravisseurs s'apprêteraient à emmener Ramsey ailleurs, peut-être à l'étranger de nouveau. Le temps joue contre nous. Il est peut-être même en route vers un navire. Si tu attends de te faire accompagner il sera peut-être trop tard. J'ai envoyé un message à Lord Seymour, à Londres, lui rendant compte de ce qui se passe.

— Mais comment Maxim saura-t-il où nous sommes ?

— Il connaît le pays assez bien pour trouver l'endroit où il doit nous rejoindre. Ensuite, je le conduirai.

— Mais à quoi servira ma présence ? Comment pourrai-je aider mon père ?

— Tu pourras dire aux ravisseurs que le trésor est en route, que ton mari va l'apporter pour payer la liberté de ton père.

Élise sentit un frisson lui parcourir le dos. Elle entendit Anne qui l'appelait.

— Pourquoi Maxim apporterait-il le trésor ? demanda-t-elle.

— Il sait où il se trouve, à ce que j'ai entendu dire. Il paraît donc normal qu'il s'en serve pour payer la rançon de Ramsey.

Élise avait jugé impossible que Quentin fût le ravisseur, mais voilà qu'elle se reposait la question avec acuité. Comment pouvait-il en être autrement ? Comment aurait-il eu ce renseignement concernant Maxim et le trésor sinon par la dame d'honneur de la reine ?

— J'entends Anne qui m'appelle. Je vais lui dire que tout va bien. En outre, il faut que je me change et fasse seller ma monture. Je te retrouverai à la maison.

Quentin ne la quitta pas.

— J'ai pris la liberté de faire seller ta jument. Elle est là tout près, avec mon cheval. Il faut que tu viennes tout de suite ou tout est perdu.

— Non, vraiment, Quentin. Il faut que je me change, insista Élise, réprimant le tremblement de sa voix. Anne va s'inquiéter.

Il lui posa une main amicale sur l'épaule et le cœur d'Élise se mit à battre follement.

— J'insiste, Élise. Il faut que tu viennes.

Elle partit en courant, surprenant Quentin. Celui-ci ne tarda pas à la rattraper, la saisit par la taille puis lui colla une main sur la bouche et lui souffla à l'oreille :

— Que tu le veuilles ou non, tu viens avec moi. Il faut que je fasse entendre raison à ton père. Il est beaucoup trop entêté.

La réponse d'Élise se perdit derrière la main de Quentin. Elle luttait de toutes ses forces, ressentant douloureusement la trahison de son cousin. Comment pouvait-il être le ravisseur détesté ? Elle l'aimait bien et sa déception n'en était que plus cruelle.

31

Si, naguère, Maxim avait pu penser que la belle Élise était une épine dans son flanc, Quentin devait la considérer comme une pique acérée. Il lui fallut toute sa force et toute sa résolution pour parvenir à la maîtriser sans qu'elle donne l'alarme à Bradbury Hall. Il retira vivement la main qu'il avait plaquée sur la bouche d'Élise et regarda la marque des dents laissée dans sa paume. Elle allait se mettre à crier et Quentin imaginait déjà la horde qui allait s'abattre sur lui depuis la maison. Élise secouait la tête et mordait, mais il parvint tout de même à la bâillonner d'un mouchoir. Après quoi il lui immobilisa bras et jambes avec son tablier pour l'empêcher de griffer et de donner des coups de pied. A l'aide d'un petit couteau, il tailla une longue bande dans le tablier pour assurer le bâillon.

Il l'emporta alors dans ses bras à travers les buissons tandis qu'elle continuait à gigoter et à se débattre.

— Bon Dieu, Élise, ça suffit ! lança-t-il, manquant de la laisser tomber.

Elle agita follement la tête et grommela quelque chose. Quentin sut qu'il perdait son temps à tenter de la raisonner. Ses hommes le regardèrent, les yeux ronds, en le voyant déboucher des fourrés et en l'entendant jurer d'une voix éraillée après avoir reçu le bras d'Élise en travers de la gorge. Toussant et haletant, il se demanda s'il avait été bien sage d'aller seul cueillir la jeune femme. Il ne tarda pas à se rendre compte qu'il était tout aussi difficile de la hisser sur un cheval. A l'instant où il se retournait pour prendre une corde avec laquelle la ligoter, elle se laissa tomber de la monture. Quentin tenta de la rattraper mais elle se glissa sous l'encolure du cheval et fila aussi vite que le lui permettaient ses liens, au grand amusement des hommes. Il parvint à la récupérer et reçut cette fois un solide coup de coude à la mâchoire qui le laissa un instant hébété. Il la remit en selle et lui ficela les jambes dans ses jupes, la privant presque de tout mouvement. Puis il passa la corde autour de la taille d'Élise et la fixa au pommeau. Le regard de la jeune femme lançait des éclairs et promettait mille vengeances.

Quentin prit les rênes dans sa main et mettait le pied à l'étrier quand Élise frappa sa monture du talon. La jument, surprise, fit un brusque écart et manqua de faire choir Quentin. Il reprit son équilibre et se mit en selle puis approcha son cheval de l'innocente jument et lui cingla le nez de sa cravache.

La chevauchée fut longue et le soleil commença à descendre derrière les nuages, nimbant le couchant d'une lueur rougeâtre. Élise savait seulement qu'ils se dirigeaient vers l'ouest. Ils établirent un camp à l'abri d'un bouquet d'arbres et repartirent bien avant l'aube. Il fallut attendre le soir de cette nouvelle journée pour qu'ils franchissent une longue crête surplombant une étroite vallée jonchée de rochers. Non loin se dressaient un tertre et les ruines d'un château abandonné qui rappela à Élise le château de Faulder, bien que ce dernier eût possédé une certaine grandeur en comparaison de cette unique tour délabrée et de ces murailles croulantes.

Le crépuscule était déjà tombé quand ils passèrent entre deux piles de décombres, ruines de ce qui avait jadis été une porte. Deux gardiens sortirent de leur abri et braquèrent leurs arbalètes sur les arrivants. Quentin ôta la capuche qui le recouvrait pour se faire reconnaître et passa fièrement, le poing sur la cuisse, apparemment satisfait de la vigilance de ses hommes. En le regardant, Élise eut le sentiment de l'avoir déjà vu dans une telle attitude, mais l'impression demeurait vague et elle se tourna pour découvrir une poignée d'hommes autour d'un feu. Quentin leur lança un ordre et ils se hâtèrent d'étouffer les flammes et de piétiner les braises.

Quentin descendit de cheval et lança les rênes à l'un de ses complices avant de venir libérer Élise des liens qui la retenaient à sa selle. Il la souleva et la posa sur le sol, mais les genoux de la jeune femme se dérobèrent sous elle. Il la rattrapa et l'aurait enlevée dans ses bras si elle n'avait grogné son refus à travers son bâillon. Elle se dégagea des mains de Quentin pour s'appuyer contre la jument.

— Du calme, maintenant, lui dit Quentin en lui retirant son bâillon. Je n'ai pas l'intention de te faire du mal. Je souhaite seulement que tu restes avec nous jusqu'à ce que ton père me remette le trésor.

— Où est mon père ? demanda-t-elle, la bouche sèche.

— Il n'est pas loin. Tu n'as pas à te faire de souci. Il est... euh... en assez bonne santé.

— Je ne sais ce qui t'a poussé à faire cette horrible chose, Quentin. Et dire que tu étais mon cousin préféré. J'ai maintenant l'impression de n'avoir pas été très bon juge.

— Tu sais que moi aussi j'ai toujours eu un faible pour toi, dit-il avec un haussement d'épaules désinvolte sous le regard sceptique d'Élise. Sans moi, Hilliard aurait tué ton père quand on l'a pris en train d'espionner aux Stilliards. Lorsque j'ai fait observer que mieux valait le laisser en vie à cause du trésor, on l'a embarqué sur un des navires d'Hilliard et on l'a emmené à Lübeck. Si je n'avais menacé de renoncer au complot contre la reine, il y serait probablement encore... ou il serait mort. Hilliard n'était pas très patient. Ramsey n'aurait pas supporté ses tortures bien longtemps.

— S'il est vrai que tu as sauvé la vie de mon père, je t'en suis reconnaissante, lui dit sèchement Élise. Mais en le gardant prisonnier et en m'enlevant, tu t'es mis dans une mauvaise situation.

— Je connais la réputation de ton mari. Il fallait un homme comme lui pour arracher Hilliard à son repaire bien gardé, mais je ne m'inquiète pas. Je n'ai nulle intention de lui faire savoir qui je suis ni où je me trouve.

— Il le découvrira, tu peux en être sûr.

— Dans ce cas, le jeu deviendra dangereux pour nous deux. Il a ce que je veux et... je détiens ce qu'il désire, dit Quentin avec un petit sourire. Un échange semble s'imposer. Sans quoi les innocents souffriront et je n'ai aucun goût pour cela.

— Aucun goût pour le meurtre ? railla-t-elle, haussant ses délicats sourcils. Et ta maîtresse ? Et Hilliard ?

Quentin poussa un gros soupir.

— Quand ma vie est menacée, il me faut prendre certaines mesures pour assurer ma sécurité, bien que cela ne soit pas dans ma nature. Tout de même, je répugnerais à te faire ce que j'ai fait aux autres.

— Mais tu me tuerais tout de même s'il le fallait.

— Allons, viens, coupa-t-il, tirant légèrement sur la corde. J'ai assez répondu à tes questions.

— Tu ne t'en tireras pas, Quentin. Si tu fais du mal à mon père, on te poursuivra, on te prendra...

Quentin tira plus vivement sur la corde, faisant trébucher Élise avant de l'entraîner avec lui dans la tour.

— Vraiment, Élise, toutes ces menaces ne te serviront à rien. Et elles me lassent.

Il s'arrêta à l'entrée de la tour et prit une torche plantée dans son support. Il la leva, éclairant un escalier circulaire.

— Suis-moi et fais attention. Tu pourrais tomber et te faire mal, dit-il.

Il passa devant et descendit lentement, levant la torche pour éclairer le chemin. Les marches humides et moussues étaient dangereuses pour Élise dont l'équilibre était rendu plus précaire encore du fait de ses liens. Ils s'enfoncèrent dans les profondeurs de la tour éclairées par des torches, franchirent une grille puis passèrent devant quelques gardes attablés autour de plateaux sales.

L'un des hommes repoussa de son bras les reliefs de repas et railla, au passage de Quentin :

— Cette saleté me fait mal aux tripes. Qu'est-ce que

je ne donnerais pas pour me mettre autre chose sous la dent ! Il nous faudrait un cuisinier ici. (Il donna un coup de coude à son voisin et ajouta, à l'intention d'Élise :) Peut-être que Sa Grâce pourrait nous faire la cuisine.

— J'en doute, répliqua Quentin dont le regard glacial arrêta le rire de l'homme. Et attention à tes manières avec la dame, ou tu auras affaire à moi.

— C'est ton nouveau béguin ? lança un audacieux.

— Attends-moi ici, dit Quentin à sa cousine en lâchant la corde.

Ne voyant pas où elle pourrait fuir, Élise obéit et se tourna un peu pour suivre du regard Quentin qui allait soigneusement choisir un gourdin sur un tas de bois. Il le frappa dans sa paume et revint sur l'imprudent. Celui-ci, grand et fort, paraissait tout à fait confiant et sourit en voyant Quentin s'arrêter devant lui. Puis, sous le regard dur des yeux noirs, il finit par hausser les épaules et retourner à sa bière. Il allait porter le gobelet à ses lèvres quand le gourdin s'abattit dessus, l'arrachant de sa main, pour aller terminer sa course sur le bras de l'homme qui poussa un cri de douleur.

— La prochaine fois, lui dit presque aimablement Quentin, fais attention à tes manières ou tu n'auras plus de bras pour lever le coude. Compris ?

L'homme se hâta d'acquiescer d'un vigoureux signe de tête et, tandis que Quentin s'éloignait, il essuya la bière qui dégoulinait sur ses chausses. Élise comprit le message que Quentin venait de délivrer à ses troupes. Même en son absence, on ne devait pas approcher la jeune femme. De cela au moins, elle pouvait lui être reconnaissante.

En revenant, Quentin s'arrêta pour glisser la torche dans un support et fit signe à Élise de le suivre. Ils descendirent deux larges marches de pierre et arrivèrent à un mur garni de solides barreaux qui séparait une cellule obscure du reste de la pièce. Quentin tourna une lourde clé dans la serrure, souleva une barre massive et ouvrit la porte.

— Vos appartements, madame.

Élise passa la porte avec précaution, ignorant ce qu'elle allait trouver dans cette obscurité. Elle se tourna vers Quentin qui lui détacha les mains avant de refermer.

— Ton père ne devrait pas tarder à se réveiller, lui dit-il à travers les barreaux, montrant le coin de la cellule plongé dans l'obscurité où Élise ne distingua que l'extrémité d'une paillasse.

Elle s'y précipita avec un petit cri, tâtonna à l'aveuglette et tomba sur une longue forme maigre... son père !

— Une chandelle, Quentin, je t'en prie, supplia-t-elle en sanglotant.

— A votre service, madame, dit-il en prenant la torche qu'il planta dans le support le plus proche.

Élise se pencha sur la paillasse, regardant le visage barbu de l'homme endormi. Même sous la barbe hirsute, on ne pouvait s'y tromper. Les joues ruisselantes de larmes, elle fixait le visage émacié, les mains décharnées, la poitrine que soulevait à peine un faible souffle. Doucement, craintivement presque, elle secoua le bras de son père qui ne réagit guère.

Par-dessus son épaule, Quentin demanda à l'un de ses hommes d'apporter un pichet d'eau et un chiffon. L'homme se hâta d'obéir et pénétra un instant dans la cellule pour apporter ce qu'on lui demandait.

— Tenez, m'dame, dit le bonhomme, posant le pichet sur une table de fortune à côté de la paillasse. Voilà de quoi tirer le gentilhomme de son sommeil.

Élise plongea aussitôt le linge dans l'eau, le tordit et entreprit de le passer sur le visage barbu. Lentement, son père reprit vaguement ses esprits, roulant la tête un long moment, scrutant sa fille du regard, comme si son esprit cherchait à émerger des ténèbres. Ses yeux se fixèrent sur Élise, ses lèvres sèches remuèrent. Elle se pencha davantage encore.

— Élise ?

— Ô papa !

Ce nom fut comme une tendre caresse qui apaisa Ramsey.

— Mon Élise, souffla-t-il alors que ses yeux s'emplissaient de larmes.

32

Le bureau du grand chancelier de l'Ordre de la Jarretière et premier secrétaire de la reine n'était pas petit, mais si plein de hauts et puissants personnages qu'on semblait y manquer d'air. Il y avait là des chevaliers avec leur plastron de cuirasse en argent, des ducs en manteau bordé d'hermine, des comtes en pourpoint brodé. Auprès d'eux, les vêtements de Maxim, bien qu'élégants, semblaient les plus simples si l'on exceptait le noir sévère du secrétaire. Celui-ci, après son repas de midi, souhaitait rencontrer tous ces gens avant de passer à ses occupations de l'après-midi. Il avait choisi de voir Maxim qui possédait assez d'expérience et de sagesse pour ne pas être tenté de lancer d'ambitieuses petites réflexions ou de glisser d'habiles insinuations contre un rival. Désireux de savoir où en était son enquête, Sir Francis examinait avec lui ce que l'on avait pu découvrir concernant les deux meurtres.

— Nous avons le signalement de l'avocat venu rendre visite à un prisonnier à Newgate, lui dit Maxim. Et nous avons pu interroger une des dames d'honneur de la reine qui a vu la victime avec son amant quelques semaines avant le crime. La description qu'elle a donnée de l'homme correspond à celle des gardiens de la prison : grand, brun, yeux noirs, élégant. Pour moi il s'agit du même individu. J'aurais peut-être également un nom. La dame d'honneur de la reine nous a permis de retrouver un page qui, deux ou trois fois, a remis à la femme assassinée des messages d'un homme. Et ce page aime bien connaître les noms des gens de la cour et de ceux qu'ils fréquentent. Nous pouvons affirmer qu'il s'agit du même homme.

— Pourquoi a-t-on assassiné Hilliard ? demanda Sir Francis.

— Hilliard, tout comme la maîtresse de l'homme, connaissait l'assassin. Hilliard se trouvant en prison et bien près de finir à Saint-Giles-des-Champs, l'homme avait de bonnes raisons de craindre que l'agent de la Hanse ne révèle son nom avant de quitter ce monde.

Sir Francis, les mains dans le dos, hocha pensivement la tête et regarda ceux qui se trouvaient dans la pièce. Outre Maxim, il employait personnellement plus de cinquante agents, aussi bien en Angleterre qu'auprès des cours étrangères. Et d'autres encore dont il était le seul à connaître la fonction exacte. Son homme de confiance, Gilbert Gifford, lui avait apporté la preuve du complot ourdi par Babington et ses complices pour libérer Marie et assassiner Élisabeth. Ses espions se montraient particulièrement efficaces et le marquis de Bradbury était l'un des meilleurs. Le secrétaire poussa un gros soupir.

— J'aimerais que la reine apprécie davantage nos efforts pour garantir sa sécurité. Ma bourse devient chaque jour plus plate et il faut sans cesse que je demande à Cecil d'intervenir en mon nom pour obtenir de quoi financer ces missions.

— Lord Burghley connaît la reine beaucoup mieux qu'aucun de nous, observa Maxim. Je crois qu'il est le mieux placé pour vous obtenir des crédits.

— En attendant, je suis votre débiteur. Je sais les frais que vous avez dû engager pour retrouver Hilliard et le ramener ici.

— N'y pensez plus. Je suis heureux d'avoir retrouvé mon honneur.

— Oui, j'ai cru avoir perdu un de mes meilleurs hommes, quand Stamford est venu vous accuser devant la reine, mais cela a permis d'attirer Hilliard. Tout s'est parfaitement arrangé.

— J'ai failli y laisser la vie.

— C'est indiscutable. Il n'y avait nul stratagème et votre fuite à Hambourg n'en a été que plus convaincante. Si vous n'étiez venu me trouver, la nuit de votre retour en Angleterre, pour me demander de vous laisser prouver votre innocence, vous seriez encore une offense pour Sa Majesté... un homme condamné.

— Je suis heureux que l'on ait pu prouver ma loyauté envers la reine. Ainsi, mes enfants n'auront pas à souffrir sa défaveur. Élise attend notre premier enfant.

— Voilà une bonne nouvelle! dit Sir Francis. Pouvons-nous porter un toast à votre continuelle bonne fortune... ?

Un jeune lieutenant vint timidement les interrompre:

— Votre Seigneurie... Lord Seymour? fit-il, se raclant nerveusement la gorge quand Maxim se tourna vers lui et vers l'homme mal rasé et pauvrement vêtu qui se tenait sur ses talons.

— Qu'y a-t-il? demanda Maxim, amusé par l'hésitation du messager.

L'officier rattrapa par le col l'homme qui l'accompagnait et qui voulait s'avancer. Mais le paysan était bien décidé et entraîna presque le lieutenant avec lui. Furieux, le jeune officier le saisit vigoureusement par le bras et lui ordonna d'attendre.

— Je vous demande pardon, mais cet homme prétend avoir un important message...

— Mon nom c'est William Hanks, milord, l'interrompit l'impatient, tirant de sous sa tunique un parchemin scellé d'un cachet de cire rouge qu'il remit à Maxim. J'ai juré de remettre cette lettre en main propre et on m'a promis que vous me donneriez un souverain d'or pour vous l'avoir apportée.

— C'est un voleur! s'exclama le lieutenant.

Maxim tira une pièce de sa bourse et la montra à l'homme.

— Voici de quoi payer ta course, mais il vaut mieux pour toi que la lettre en vaille le prix.

L'homme empocha la pièce et adressa un regard triomphant au lieutenant.

— Qui t'a remis cela ? demanda Maxim en lisant son nom et son titre sur le document.

— Je saurais pas dire. L'homme avait un capuchon sur les yeux et il faisait noir quand il est venu cogner à ma porte. J'ai fait un bon bout de chemin pour arriver jusqu'ici, et Sa Seigneurie me donne à peine de quoi payer le batelier. Si on m'avait pas assuré que je serais bien récompensé, je serais même pas venu. On m'a dit que vous deviez lire la lettre tout de suite.

Maxim brisa le cachet et leva la lettre à la lumière. Son visage refléta une telle horreur, à la lecture, que le secrétaire en fut inquiet. Maxim froissa la lettre en grondant, furieux maintenant.

— Quelque chose de grave ? demanda Sir Francis.

Maxim eut l'impression que les mots lui arrivaient de très loin, du bout d'un long tunnel.

— Élise a été prise en otage, répondit-il, tendant la lettre à Walsingham. Son ravisseur demande une rançon pour la libérer.

— Ça valait pas un souverain d'or ? demanda le messager, inquiet, doutant de pouvoir conserver sa pièce à en juger par l'expression qu'il lut sur le visage du gentilhomme.

— Garde-le et file ! lança Sir Francis par-dessus son épaule. (Puis, au lieutenant :) Demandez au capitaine Reed de faire suivre cet homme.

Quand le secrétaire se retourna vers Maxim, celui-ci passait la porte. Sir Francis resta à fixer le vide un long moment tout en caressant sa barbe du dos de la main. Après quoi il fit signe à un major du Quatrième Dragons Montés de le suivre dans ses appartements.

Élisabeth se trouvait en conseil avec un petit groupe de seigneurs du Nord quand lui fut remis un message de son premier secrétaire. Elle le lut, les sourcils froncés, et, l'audience terminée, le lut à nouveau. Elle griffonna un mot rapide à Lord Burghley puis fit appeler le colonel du Troisième Fusiliers et le chef de ses agents.

Le capitaine Von Reijn était plongé dans une pile de manifestes et de connaissements quand Justin fit irruption dans la pièce, sans même prendre le temps de frapper. Il posa une lettre sur le bureau de Nicholas et annonça, avant que celui-ci ne la lise :

— C'est de Maxim ! Élise a été enlevée.

Nicholas bondit sur ses pieds et reposa la liasse de documents qu'il était en train de parcourir. Il jura, puis les deux hommes se lancèrent dans une frénésie d'activités qui excita la curiosité de Herr Dietrich. Bien que l'après-midi fût bien avancé, Nicholas et Justin étaient prêts à partir une heure plus tard, accompagnés du cuisinier qui insista pour les suivre.

Sir Kenneth se trouvait sur ses terres au nord de Londres, plongé dans une multitude d'affaires négligées jusqu'alors, quand arriva le messager de Maxim. Il brisa le cachet de la lettre, en prit connaissance et envoya un mot à Sherbourne par même courrier. Après quoi il grimpa les marches quatre à quatre jusqu'à sa chambre où il choisit les vêtements et les armes qu'il allait emporter.

Edward Stamford fut le seul, au manoir des Radborne, à trouver l'apaisement dans ses rêves après que Maxim fut revenu s'équiper pour son voyage et qu'on eut appris le nouvel enlèvement d'Élise.

Cassandra, deux fois mariée, une fois veuve, se livrait à ce qui était devenu son passe-temps favori : réprimander ses fils. Elle était convaincue qu'Élise ou Arabella étaient allées solliciter des officiers de la cour un mandat d'arrêt contre elle et elle n'osait trop s'aventurer au-dehors de crainte d'être reconnue et emmenée. Son confinement lui pesait et elle souhaitait vivement retrouver le genre de vie auquel elle s'était habituée. Aussi passait-elle son humeur sur ses rejetons.

Chacun fut heureux de voir arriver un messager hirsute qui, lentement, péniblement, répéta les paroles qu'un Forsworth quasiment illettré l'avait chargé de rapporter. Quand il eut terminé, Cassandra se leva de son canapé élimé et se mit à aller et venir. L'homme leva le doigt pour appeler son attention.

— Euh... mande pardon, m'lady, mais Sa Seigneurie

a été assez bonne pour me promettre un penny ou deux pour ma peine.

Cassandra regarda un instant l'audacieux rustre et sourit, lui répondant suavement :

— Eh bien, c'est parfait. La prochaine fois que vous verrez *Lord* Forsworth, rappelez-le-lui.

Ses deux fils ricanèrent et le messager déçu se retira.

— Écoutez-moi bien, lança Cassandra à ses fils. Ce misérable Quentin s'est mis dans l'idée de conserver notre trésor pour lui seul ! Forsworth dit qu'il a suivi Quentin et sa bande et qu'il est certain qu'ils ont emmené Madame l'Arrogante au château de Kensington...

— Cette vieille ruine ? railla l'un des fils. Ils auront du mal à s'y abriter de la pluie.

— Quoi qu'il en soit, reprit Cassandra, c'est là qu'ils sont allés.

— Pourquoi Élise a-t-elle suivi Quentin ? demanda l'autre fils. Qu'est-ce qu'il a que nous n'avons pas ?

Les yeux de Cassandra se réduisirent à une simple fente à travers laquelle elle jeta un regard de mépris à celui qui avait posé une question aussi stupide.

— Idiot ! Elle n'y est pas allée de son propre gré ! Il l'a enlevée ! Entraînée de force avec l'aide de sa bande de brigands !

— Oooh ! Elle doit être furieuse ! gloussa le plus jeune.

— Pourquoi Quentin aurait-il emmené Élise à Kensington alors qu'il nous a réprimandés pour l'avoir enlevée ? demanda l'aîné. Il a dit lui-même qu'elle ignorait probablement où se trouvait le trésor. Si c'est là ce qu'il croit, qu'espère-t-il gagner ?

Dans le silence qui suivit, Cassandra réfléchit à la question et finit par claquer des doigts, prise d'une soudaine illumination.

— C'est lui qui détenait Ramsey ! C'est lui qui l'a enlevé ! C'est certain ! Et maintenant, grâce à mon excellent fils Forsworth, c'est nous qui allons l'avoir.

— Que va-t-on faire ?

— Allez chercher des mousquets et préparez-vous à partir.

Les deux hommes reprirent leurs esprits, tâche assez rude pour eux, et le moins sot osa demander :
— Où allons-nous trouver des chevaux ?
— Volez-les s'il le faut, mais trouvez-les ! lança Cassandra, les congédiant d'un geste de la main.

On sut qu'Élise avait été enlevée en voyant arriver le chiot, répondant aux appels d'Anne. Il aboya et gémit jusqu'à ce qu'Anne demande qu'on fouille les alentours. On eut tôt fait de retrouver les ciseaux ensanglantés dans le sentier. En les reconnaissant, la vieille dame perdit connaissance.

Aussitôt, Fitch et Spence sautèrent à cheval pour suivre les traces des ravisseurs. Les deux hommes portaient un carquois plein de flèches et de longs arcs robustes. Spence avait une masse à son côté et une paire de mousquets glissés dans sa ceinture tandis que Fitch avait choisi une hache à long manche et une paire de pistolets. Ils étaient prêts à tout et leur regard disait assez leur désir de tirer vengeance de qui oserait faire du mal à leur maîtresse.

Maxim arriva à Bradbury un peu après minuit et s'arrêta juste pour s'équiper et seller Tourbillon. Après quoi il partit au galop, ne voulant pas s'attarder dans la chambre qu'il avait partagée avec sa femme. Le poids, sur sa poitrine, était trop grand, sa douleur trop vive.

Il filait comme une ombre vengeresse à travers le brouillard, deux mousquets à la ceinture, sa longue et fidèle épée à deux tranchants à son côté et, dans le dos, sous son pourpoint, une fine dague.

Il ne s'arrêta que peu après le lever du soleil, près d'un puits, pour laisser reposer Tourbillon. Il se trouvait là quand trois cavaliers passèrent la colline. Maxim, la main sur la garde de son épée, s'apprêta à la tirer. Et puis il reconnut la chevelure blonde de Nicholas Von Reijn et les deux hommes qui l'accompagnaient.

— Holà, Maxim ! lança le capitaine, arrêtant son cheval qui se mit à tourner nerveusement. Par où allons-nous ?

— Vers l'ouest ! répondit Maxim en sautant en selle.

Les villageois s'écartèrent, inquiets, devant le tonnerre des sabots et suivirent des yeux les quatre hommes qui escaladaient la colline, manteau au vent, soulevant un nuage de poussière derrière eux.

Peu après midi, ils s'arrêtèrent au sommet d'une autre colline pour scruter la campagne où avançaient deux cavaliers qu'ils reconnurent vite comme étant Fitch et Spence. Maxim leur cria d'arrêter et ils attendirent que les quatre autres les rejoignent. Désormais, ils étaient six à chevaucher dans le même but.

A la tombée de la nuit, ils atteignirent la lisière d'une forêt qui couronnait une crête. Ils y installèrent leur camp en attendant le lever du jour. Une heure plus tard, Fitch, qui avait pris la première garde, réveilla ses compagnons.

— Quelqu'un vient. Peut-être deux cavaliers.

Maxim jeta un coup d'œil rapide sur le ciel nocturne. Un vent de noroît s'était levé et agitait la cime des chênes. Un bouclier de nuages masquait la lune. Maxim boucla sa ceinture et envoya ses compagnons de part et d'autre du sentier.

Peu après arrivèrent deux cavaliers, et Maxim, reconnaissant la voix de l'un d'eux, se planta au milieu du chemin, les poings sur les hanches.

— Holà ! Sir Kenneth !

Le pur-sang du chevalier, surpris par l'apparition, faillit le désarçonner. Kenneth jura et parvint à calmer l'animal effrayé.

Sherbourne eut un petit rire et, pressant sa monture, s'approcha et donna une tape dans le dos de son ami.

— Encore une bonne raison de hongrer cet étalon. Un jour il va vous briser le crâne, dit-il.

— Pas avant que je lui aie brisé le sien, grommela Sir Kenneth en mettant pied à terre.

Sherbourne descendit de cheval avec davantage de grâce et rejoignit Maxim.

— Nous sommes venus aussitôt que nous avons pu. Savez-vous où on la retient ? Avez-vous un plan ?

— Non aux deux questions, soupira Maxim, mais

quand j'aurai la réponse à la première nous saurons comment aborder la seconde.

Des gouttes d'une pluie froide se mirent à tomber et les hommes trouvèrent refuge sous une saillie rocheuse. Kenneth fit un feu sur lequel Dietrich prépara un rapide repas devant lequel on tint conseil.

33

Le lieu de la rencontre avait été soigneusement choisi : une large vallée dégagée où serpentait un petit cours d'eau. Un étroit pont de pierre permettait de traverser, mais au-delà du bosquet bordant les flancs du coteau, on ne voyait pas le moindre fourré où se dissimuler entre ces arbres et le bord de l'eau. Impossible d'approcher du pont sans être repéré de loin. Et il eût fallu être intrépide ou inconscient pour s'aventurer sur les planches du pont, pourries et parsemées d'énormes trous où s'étaient éboulées les pierres des piliers.

Le soleil marquait l'heure de la rencontre, mais Maxim attendait toujours, sur la crête à l'ombre des arbres. Ses compagnons restaient dissimulés dans les fourrés d'où ils pourraient observer cette première rencontre. Le regard vert de Maxim passait d'un bout de la vallée à l'autre, cherchant quelque trace des ravisseurs. Onze cavaliers apparurent enfin au loin, longeant la crête jusqu'à ce que l'un d'eux, enveloppé d'un manteau et le capuchon rabattu sur le visage, se détache et descende dans la vallée. Maxim dévala la colline, monté sur Tourbillon, et s'arrêta près du pont. Son adversaire approcha de l'autre extrémité, fit tourner son cheval pour fouiller les lointaines collines du regard puis immobilisa sa monture.

— Eh bien, nous nous rencontrons enfin, Lord Seymour, lança Quentin presque plaisamment.

— Je suis là sur votre demande, répondit Maxim, regardant la crête où attendaient les cavaliers. Je crois que vous avez pris quelqu'un qui m'appartient. Où est-elle ?

— En sûreté... pour l'instant, dit Quentin qui tira sur son capuchon pour garder son visage soigneusement dissimulé tout en remarquant le regard dur, glacial, des yeux verts. (Il connaissait le marquis de réputation.) Avez-vous le trésor ? demanda-t-il.

— Il faudra deux jours environ pour qu'il arrive. Et, bien sûr, vous n'aurez pas les coffres tant que ma femme ne me sera pas rendue... saine et sauve. Maintenant, comment avez-vous l'intention de conduire l'échange à notre satisfaction réciproque ?

Quentin scruta la crête boisée derrière Maxim et n'y vit rien qui indiquât qu'on l'avait accompagné. Mais il n'allait pas pour autant sous-estimer un homme d'une telle réputation.

— Je vous livrerai le père, expliqua-t-il, revenant à Maxim. Il sera attaché à ce pont, ligoté et bâillonné. Vous lui demanderez si sa fille vit toujours et s'il sait où elle se trouve. Il pourra vous répondre d'un signe de tête. Vous ouvrirez le coffre d'or et montrerez son contenu, puis vous le refermerez et passerez une corde autour. Mes hommes auront leurs mousquets braqués sur vous pendant que vous lancerez la corde à travers le pont. Si vous tentez de traverser ou de libérer Sir Ramsey avant que j'aie examiné le trésor et que mes hommes et moi ayons atteint la crête, vous serez abattus l'un et l'autre. Votre femme est à peine à deux heures de cheval d'ici. Le temps que vous y arriviez, je serai loin.

Maxim eut un rire de dérision devant cette proposition.

— Comment saurai-je que vous n'allez pas tuer ma femme puis son père pour qu'on ne sache pas qui vous êtes ?

— Je pars pour l'Espagne. Je doute que vous m'y suiviez, dit Quentin, les mains croisées sur le pommeau de sa selle. Nous nous retrouverons après-demain à la même heure. Venez avec le trésor.

— Je veux voir ma femme ici avant que vous ne voyiez une seule pièce du trésor. Amenez-la ici, ensuite je pourrai aller chercher Ramsey quand je serai certain qu'elle n'a rien.

Quentin eut un petit rire de mépris.

— Si j'acceptais, milord, vous pourriez tenter de sauver votre femme et de garder le trésor. J'ai besoin de temps pour me mettre à l'abri. En vous laissant Ramsey, je suis assuré que vous vous hâterez de retrouver Élise. Vous n'avez pas le choix.

— Vous appelez ma femme par son prénom, dit Maxim, fouillant le visage masqué par le capuchon. Comme si vous la connaissiez depuis longtemps.

— Que vous importe ma façon de la nommer ? Elle ne sera pas libérée tant que je n'aurai pas le trésor.

— Vous êtes Quentin, n'est-ce pas ?

La surprise ébranla le ravisseur :

— Comment avez-vous su ?

— Vous ne vous êtes pas montré aussi rusé que vous l'avez cru. Et certains ont été assez malins pour découvrir qui vous étiez.

Quentin ôta le capuchon qui lui dissimulait le visage, ne voyant pas l'utilité de se cacher davantage.

— Si j'étais vous, milord, je serais prudent... si vous tenez vraiment à votre femme.

— Et si j'étais vous, Quentin, je serais prudent quant à la façon de traiter ma femme. Je n'en dirai pas plus. Sachez seulement que je pourrais bien vous suivre jusqu'en Espagne pour me venger.

Sur quoi, Maxim tira sur les rênes de Tourbillon et repartit au galop vers la crête. Il s'enfonça dans les fourrés et s'arrêta tandis que ses compagnons sortaient de leur cachette. Il eut une vision d'Élise gisant sur un lit de pierre : ses yeux bleus étaient fixes et pas un souffle ne franchissait ses lèvres. Maxim s'essuya le front d'une main tremblante pour chasser ce cauchemar, mais son cœur tremblait de peur.

Sherbourne avança pour poser la main sur le genou de Maxim et le regarda, inquiet.

— Tout va bien pour Élise ? demanda-t-il.

— Son ravisseur m'en a donné l'assurance, soupira

Maxim. Pour l'instant, a-t-il dit. Mais il espère un trésor et je doute qu'il se satisfasse du peu que je puis lui offrir en un aussi court délai. Pour autant que je le sache, il n'y a pas de trésor. J'ai gagné du temps, peut-être un jour ou deux, mais c'est tout. Il nous faut trouver l'endroit où ils la retiennent avant après-demain.

Les hommes de Quentin chevauchèrent à vive allure pendant environ une demi-heure puis se séparèrent, chacun prenant un sentier différent. La plupart devaient suivre un chemin détourné et attendre la nuit avant de retourner au château. Quentin, lui, prit au sud et trouva bientôt un épais bosquet où se dissimuler. Il descendit de cheval, attacha sa monture et s'allongea sur un lit de mousse où il dormit deux heures. Finalement assuré que personne ne le suivait, il se remit en route.

Chevauchant rapidement, il fut bientôt en vue de Kensington. Après avoir fait un détour prudent, il approcha de la crête. Il se sentait las des longues heures passées en selle et s'étira pour soulager son dos en quittant le couvert de la forêt. Alors qu'il approchait de l'édifice en ruine, il entendit une voix de femme qui s'élevait, furieuse. Il cingla les flancs de son cheval et arriva au galop dans la cour où il trouva sa mère et ses frères entourés par une grande partie de ses hommes.

— Le voilà ! Quentin, mon bon fils ! Où étais-tu ? Dis à ces bouffons que je suis ta mère et que ces messieurs sont tes frères.

— Des demi-frères ! grogna Quentin en descendant de cheval.

— Que dis-tu ? Parle, Quentin ! Combien de fois ne t'ai-je pas...

— *Que diable faites-vous ici ?* hurla Quentin. (Puis, se maîtrisant, il demanda d'une voix plus calme :) Comment m'avez-vous trouvé ?

— Forsworth m'a dit que tu lui avais soufflé Élise. Et, bien sûr, sachant combien tu voulais nous aider... commença Cassandra qui s'arrêta en voyant la lueur de colère dans les yeux de son fils.

— Et, bien sûr, continua Quentin, imitant le ton geignard de sa mère, vous vouliez votre part du trésor !

— Voyons, Quentin, dit Cassandra, la mine déconfite, nous voulions seulement...

— Hors d'ici ! Hors de ma vue avant que je ne fasse un carnage !

— Quentin ! Il fait presque noir et les nuits sont froides. Peut-être y a-t-il des loups dans les environs... et nous n'avons rien à manger...

— N'avez-vous pas entendu, *ma mère* ? Je vous ai dit de filer d'ici.

La voix furieuse de Quentin se répercuta en écho tandis que, le bras pointé, il montrait la porte. Ne pouvant plus ignorer son ordre, sa mère et ses frères remontèrent sur leurs chevaux fatigués et quittèrent les lieux.

Quentin les regarda partir et allait se retirer dans le donjon quand il tomba sur la solide silhouette d'un de ses hommes qui lui barrait le chemin. Il le regarda, remarquant que sa barbe portait encore les traces d'un récent repas. L'homme avait quelque chose à lui dire, semblait-il.

— *Alors ?*

— Il y en a une autre, milord. Elle dit qu'elle vous connaît.

— Une autre ? répéta Quentin qui avait du mal à en croire ses oreilles.

— Oui, milord. Une belle dame, je dirais. Elle est arrivée juste avant les autres.

Quentin jura silencieusement contre la qualité des hommes de main que l'on trouvait en ces temps, avant de gémir, la voix plaintive :

— Oh, triste sort ! Je viens me cacher en un lieu secret, sans un mot à quiconque, et je me retrouve envahi par... des parents ? Quelque fille inconnue ? Mes ennemis n'ont qu'à suivre mes traces pour me retrouver ! Comment cela se peut-il ?

— Je ne sais pas.

Quentin gagna la porte de la tour d'un pas alourdi par la boue. Il entra et tomba sur un autre garde appuyé sur une longue lance et lorgnant une mince silhouette blottie avec élégance sur un banc de pierre. La tête était recouverte d'un châle étroitement retenu dans un petit poing sous le menton. Quentin s'avança et se pencha pour voir le visage de la femme.

— Arabella ?

Elle se leva, aussitôt soulagée, et lui jeta les bras autour du cou.

— Ô Quentin ! J'ai cru que vous ne viendriez jamais !

— Quoi... ? Comment diable... ? Que faites-vous ici ?

— Ô Quentin chéri ! Il fallait que je vienne vous parler, expliqua Arabella qui se recula juste assez pour regarder le visage rembruni et intrigué de Quentin. Vous n'étiez pas chez vous... Et je me suis souvenue que vous aviez parlé de ce château, une fois, disant que nous pourrions nous y cacher de mon père. J'ai appris qu'Élise avait été enlevée et, sachant votre penchant pour elle, je me demandais si vous aviez décidé de fuir avec elle.

— Ma chère Arabella, dit Quentin d'une voix douce, en lui passant le bras autour des épaules et en la poussant vers l'escalier, il faut que vous sachiez que jamais je ne vous quitterai. Ne sommes-nous pas ensemble depuis plusieurs années ? Et maintenant que Reland est mort, j'allais vous demander de m'épouser.

— Vraiment ? fit Arabella en levant son regard sur lui.

— Bien sûr. (Il lui pressa l'épaule, rassurant, alors qu'ils descendaient les marches mal éclairées.) Vous souvenez-vous comme je me suis précipité pour vous défendre quand Reland nous a surpris dans l'écurie ? Je vous ai dit que je serais toujours là pour vous protéger.

— Quel horrible souvenir, dit Arabella qui se tordit les mains comme si le cauchemar revenait. Je le revois encore en train de me fixer, alors que j'étais dans la paille. Si seulement il n'était pas rentré si vite de sa promenade ! Il était si furieux qu'il aurait pu me tuer si vous ne l'aviez pas frappé à la tête avec votre pistolet. Quand il s'est écroulé à mes pieds et que j'ai vu le sang, j'ai eu peine à admettre qu'il était mort comme vous me le disiez. C'était si horrible ! Mais vous aviez raison. Mieux valait laisser croire à tous qu'il avait fait une chute de cheval. Nous n'avions pas l'intention de le tuer. Jamais tout cela ne serait arrivé s'il ne nous avait pas surpris.

Sa confiance envers Quentin était soutenue par son adoration pour l'homme. Elle le suivit jusqu'à la porte de la cellule qu'éclairaient maintenant plusieurs torches et une paire de lanternes. Élise se leva de la paillasse où elle reposait à côté de son père et s'approcha des barreaux. Quentin lui fit signe de reculer et glissa la clé dans la serrure.

— Voyez par vous-même, ma chère. Élise est ma prisonnière et je n'ai aucune intention de fuir avec elle, dit-il, prenant Arabella par le bras pour lui faire franchir la porte entrouverte. Pourquoi ne pas aller la voir un moment et satisfaire votre curiosité ? Elle pourra vous dire que je veux seulement le trésor de son père pour que nous puissions nous enfuir ensemble.

Il referma la porte derrière la trop confiante Arabella et tourna la clé dans la serrure. Puis son regard se posa, à l'intérieur de la cellule, sur un bol de bois qu'on avait laissé sur la table, encore plein de gruau graisseux, intact.

— C'est cela que vous appelez de la « nourriture » ? lança Élise.

— Je veillerai à ce que vous ayez quelque chose de décent, répondit Quentin en regagnant l'escalier.

— Quentin ? fit la voix plaintive d'Arabella qui se répercuta en écho dans la cellule. Revenez vite, mon amour. Je n'aime pas cet endroit.

— Bientôt, mon amour. Dès que j'en aurai terminé.

— Quentin ?

Sans répondre, cette fois, il grimpa les marches et disparut dans l'obscurité.

Arabella se tourna vers Élise et ne vit pas le regard accusateur qu'elle s'attendait à découvrir. Il y avait de la pitié dans les yeux bleus, une pitié qui piqua la conscience d'Arabella. Elle se laissa tomber sur le lit de fortune pour réfléchir. Trop longtemps elle s'était abritée derrière ses illusions. Peut-être était-il temps de regarder la réalité en face.

La nuit tombait et Maxim désespérait de trouver une piste. Quand l'obscurité eut enveloppé le paysage, bien des lieues avaient défilé sous les sabots de Tourbillon. Mais, malgré sa vaillance, la fatigue se faisait sentir et par deux fois il trébucha. Maxim dut reconnaître son échec. Il arrêta l'animal épuisé et attendit que les autres le rejoignent. Une petite éminence, plus avant dans la forêt, offrait un lieu sûr et sec pour établir le camp et Maxim y conduisit ses compagnons également bien las.

Les hommes partagèrent un repas froid que même Nicholas et Herr Dietrich avalèrent sans se plaindre. Après quoi ils étendirent leurs manteaux sur la mousse et s'installèrent pour la nuit. Tous sauf Maxim qui, après s'être agité pendant une heure, se leva pour aller examiner les alentours. Il s'arrêta, appuyé contre un arbre, observant dans une petite clairière baignée par la lune une biche et son faon en train de paître dans cette paix idyllique. Il quitta ce spectacle des yeux, mais partout où se posait son regard il revoyait Élise. Élise qu'il ne parvenait pas à retrouver alors qu'il restait si peu de temps. Il s'en voulut d'avoir laissé croire qu'il savait où se trouvait le trésor. Sans cela, Élise n'aurait pas été enlevée.

Soudain, la biche leva la tête et dressa les oreilles. Maxim fut alerté par le bruit d'une branche frottant sur du cuir. Il gagna doucement l'ombre d'un arbre, la main sur la garde de son épée.

— Du calme, Maxim. C'est moi, souffla Sir Kenneth.

— Hmmm, fit Maxim à mi-voix avant de retourner à ses rêveries.

La clairière était déserte maintenant. Les deux hommes restèrent longtemps silencieux, savourant les odeurs et les bruits de la nuit. Ce fut Maxim qui, finalement, rompit le silence :

— Le feu permet de chasser le froid...

— Que voulez-vous dire ? Nous n'avons pas fait de feu.

— Pas nous. Quelqu'un d'autre, répondit Maxim, humant l'air.

— Vous avez raison, dit le chevalier, humant à son tour.

— Ce ne peut être bien loin. Réveillez les autres et allons chercher à pied.

Cassandra et ses fils s'étaient éloignés du château de Kensington juste assez pour se mettre à l'abri, tant ils étaient las. Assise sur une souche pourrissante, drapée dans son manteau, Cassandra admonestait ses rejetons de sa voix de crécelle tandis qu'ils essayaient d'attiser le feu et de procurer à leur mère assez de confort pour qu'elle les laisse en paix.

— Si seulement vous aviez emporté de quoi manger, gémit-elle. Je meurs de faim.

— Vous ne nous avez pas parlé de nourriture, grogna le plus jeune. Vous nous avez seulement dit de prendre des mousquets et de trouver des chevaux.

— Faut-il que je pense à *tout* ? Aaah ! fit-elle soudain, toussant, agitant une main furieuse devant elle alors qu'elle se trouvait prise dans un nuage de fumée dégagé par le bois humide.

— Quentin n'est pas tellement plus à l'aise, observa l'autre fils. J'ai vu qu'ils faisaient cuire du gruau. Plutôt mourir de faim que manger cette saleté !

— Je veux mourir ! Là, tout de suite ! brailla Cassandra de sa voix perçante. Par votre bêtise ou dévorée par quelque bête sauvage !

Les trois fils se turent et fouillèrent la nuit du regard, inquiets, pour tenter de voir si quelque créature n'était pas tapie dans l'ombre. Ils se rapprochèrent du feu et scrutèrent l'obscurité. Un oiseau de nuit battit des ailes, tout près, et le cadet gémit. Ce fut ensuite le hululement d'une chouette et Forsworth tripota la poignée de son épée.

— Prenez un peu de repos ! leur conseilla Cassandra.

Ils en sursautèrent tous les trois et finirent par reprendre leurs esprits. Le silence retomba sur le campement et tout le monde s'endormit quand le lointain hululement de la chouette réveilla Forsworth qui frissonna. Cette fois, Cassandra bondit sur ses pieds et se mit à danser en criant quand une petite braise tomba dans son chausson.

— *Des loups !* hurla le plus jeune des fils en entendant un bruit dans les arbres.

Chacun se précipita sur sa monture dans un beau désordre. Sans se soucier de vérifier si leur selle était bien fixée, ils sortirent de la forêt au galop. Bien ou mal accueillis, les Radborne allaient essayer de trouver refuge au château de Kensington.

Dans le silence qui s'ensuivit, Sir Kenneth se frappa sur la cuisse et se mit à rire de bon cœur.

— Je n'ai jamais vu personne filer aussi vite ! Ces chevaux vont être crevés avant une demi-heure. Si Sherbourne avait mieux encore imité le loup, ils seraient morts de peur.

Maxim, souriant, leva la main pour donner à son petit groupe le signal du départ. Ils étaient retournés à leur campement chercher leurs montures et suivaient maintenant les cavaliers terrorisés.

Un peu plus tard, après avoir observé l'arrivée de Cassandra et de ses fils à Kensington depuis la crête, Fitch et Spence revinrent à bride abattue. Sir Kenneth avait aperçu une compagnie de fusiliers avant de rejoindre Maxim et les autres et, maintenant qu'ils savaient où ils devaient se rendre, quelqu'un devait retourner auprès des soldats pour les guider. De toute évidence, il allait falloir des renforts pour remporter la victoire.

Justin, Sherbourne et Herr Dietrich partirent dans l'autre direction pour gagner avant le matin la ville la plus proche où ils pourraient se ravitailler et s'équiper en vue de leur arrivée à Kensington. Quant aux trois autres, ils rassemblèrent leurs armes et ce qui leur serait nécessaire pour pénétrer les défenses de Quentin.

34

Un curieux fracas de ferraille arrivait depuis la vallée, persistant et plus bruyant au fur et à mesure qu'on approchait du tertre où se dressait le château de Kensington. Les occupants de la tour, pour satisfaire leur curiosité, se massèrent près des murailles croulantes et aperçurent bientôt trois hommes à cheval. Quentin ne pouvait plus supporter l'incertitude quant à l'identité des arrivants. Il était déjà de fort méchante humeur pour avoir été tiré de son sommeil par le retour de sa mère et de ses frères. Cette fois, leur ténacité avait eu raison de sa résistance et il avait finalement cédé. Jurant et pestant, il sauta en selle pour aller à la rencontre des trois hommes. Il ne tarda pas à découvrir l'origine de ce tintamarre : la solide monture du dernier des cavaliers était chargée de toutes sortes d'ustensiles de cuisine. Le conducteur de la voiture était un vieux bonhomme ridé, aux cheveux en bataille, voûté et les épaules tombantes. En approchant davantage, Quentin vit que l'homme était affligé d'un tic qui le faisait loucher de l'œil droit. Le deuxième cavalier, plus robuste et plus jeune, avait les yeux recouverts d'un bandeau et c'était le vieux qui traînait son cheval.

— Le bonjour à vous, milord, lança le vieux bonhomme.

— Que faites-vous par ici ? demanda Quentin qui eut tôt fait de se convaincre que ces gens en guenilles n'avaient rien de commun avec les hommes de Maxim. Il fallait cependant demeurer prudent car il pouvait s'agir de voleurs.

— On passe, c'est tout, répondit le plus vieux, haussant ses épaules voûtées. Y a pas de mal à ça, non ?

— Vous passez ? Sans intention de vous arrêter au château de Kensington ?

— Je vois pas pourquoi on s'arrêterait.

— Qui êtes-vous ? D'où venez-vous ?

— Ben, ça, c'est mon petit-fils, répondit le vieux avec un geste par-dessus son épaule. Le pauvre gars est aveugle depuis quelques mois à la suite d'une bagarre avec un foutu Irlandais. Et ça, c'est mon neveu. Mais il est un peu demeuré, précisa l'homme en se frappant la tempe de l'index. Il est muet. Mais c'est un bon cuisinier, pour ça oui !

— *Un cuisinier!* Est-ce qu'il cherche du travail ? demanda Quentin, convaincu lui aussi qu'il leur fallait avaler quelque chose de mangeable.

— P't-être bien, milord... c'est-à-dire si vous nous laissiez quelques jours avec lui, moi et mon fils, pour qu'on lui dise ce que vous voulez. Il ne comprend que mes gestes.

— C'est d'accord. Mais si vous m'avez menti sur ses qualités de cuisinier, vous serez tous jetés dehors à coups de botte avant la nuit. Mes hommes ne sont pas d'humeur à plaisanter et pourraient bien vous mettre en pièces si vous ne tenez pas vos promesses. C'est compris ?

— Marché conclu, milord. Vous verrez ce que sait faire le vieux Deat.

— Et vous, comment vous appelle-t-on ?

— En général, on m'appelle simplement Justin. Et mon fils, c'est Sherb.

— Entrez, dit Quentin avec un geste en direction de la tour. Un de mes hommes va vous montrer où est la cuisine. Vous vous en contenterez, nous n'avons rien de mieux.

— Le vieux Deat n'a pas besoin de grand-chose, milord. Vous verrez.

Quentin les regarda rentrer puis alla parcourir les

environs, tout autour, pour s'assurer que les trois hommes ne constituaient pas l'avant-garde d'une troupe plus importante de bandits dissimulés sous les arbres. Satisfait, il rentra et fut agréablement surpris par l'odeur délicieuse qui l'accueillit. Il en salivait en pénétrant dans la tour où il découvrit deux des hommes en plein travail, cuisinant et nettoyant les tables. L'aveugle était assis devant le feu, se chauffant, un gobelet à la main.

— Un peu de thé épicé, milord ? proposa Justin. Nous en avons apporté.

Quentin accepta un gobelet qu'il huma longuement avant de savourer le chaud breuvage. Il remercia le cuisinier d'un signe de tête quand celui-ci lui tendit une tranche de pain rôtie dans une marmite de graisse. Quentin s'en régala : ayant renoncé au gruau insipide et graisseux qui constituait leur ordinaire, il était affamé.

— Excellent ! déclara Quentin, enthousiaste pour la première fois depuis plusieurs jours.

Le vieux bonhomme gloussa, joyeux, et lui adressa un clin d'œil.

— Simple aperçu avant qu'on cause des gages de Deat.

— Dites votre prix, et s'il est honnête c'est d'accord, dit Quentin, magnanime, songeant qu'il était bon de satisfaire un bon cuisinier... (Avant de lui payer ses gages, il serait sur le chemin de l'Espagne avec le trésor. Et pour l'instant, avec quelqu'un pour s'occuper des repas, il n'aurait pas à craindre une mutinerie.) Vous pourrez dormir tous les trois dans la cuisine, leur dit Quentin qui, remarquant une longue boîte que les nouveaux venus avaient déposée près de la cheminée, demanda : Qu'est-ce que vous avez là ?

— Oh, euh... les couteaux de Deat, milord, répondit Justin. (Il trotta jusqu'à la boîte, souleva le couvercle et montra toute une série de couteaux bien rangés, sur le dessus.) C'est pour le travail de boucherie, précisa-t-il.

Quentin se lécha les doigts, ne voyant aucune raison d'aller inspecter ce qui se trouvait dans les plateaux de dessous. Après tout, qu'était un cuisinier sans ses couteaux ?

— J'ai des invités, en bas, qui seraient heureux d'avaler quelque chose de mangeable. Je vous y conduirai quand ce sera prêt. Ce sont des prisonniers de la Couronne, expliqua Quentin pour couper court à toute question. On les garde ici jusqu'à ce que les hommes de la reine viennent les chercher. Ne tentez donc pas de les libérer si vous tenez à la vie. Quant à cela, ajouta-t-il en faisant sauter la clé dans sa main, c'est la seule clé de la cellule et personne n'y entre ou n'en sort si je ne suis pas là pour ouvrir.

— C'est pas mes affaires de savoir qui vous tenez bouclé, déclara Justin. Je suis là pour installer mon bon neveu comme cuisinier pour vous.

— Parfait ! Je vois que nous nous comprenons.

— Quentin ! appela une voix plaintive depuis la petite chambre, au-dessus. Où es-tu, mon fils ? J'ai faim !

Quentin leva les yeux comme pour en appeler au Ciel puis il pointa un doigt presque fâché sur Justin et ordonna :

— Dites à votre neveu de préparer assez à manger pour gaver cette bande de braillards là-haut. Vous les trouverez dans mes appartements, et Dieu vous protège si vous tardez !

Un peu plus tard, quand Justin arriva avec un plateau, Cassandra et les trois Radborne se jetèrent gloutonnement dessus, déchirant la volaille des mains et des dents. Justin songea à des loups qu'il avait vus en train de dévorer une biche, une fois.

On était un peu plus calme, chez les prisonniers du donjon. Élise dormait à côté de son père quand elle fut réveillée par un bruit de pas. Elle cligna les yeux quand on glissa la clé dans la serrure et elle vit entrer un homme aux cheveux gris qui déposa un plateau sur la table puis lui jeta un regard en coin en essuyant une goutte tombée sur le bois. Puis il lui fit un clin d'œil et Élise, confuse, le regarda mieux, reconnaissant enfin l'homme sous son déguisement. Il ressortit et disparut dans l'escalier, mais elle avait compris ce que signifiait sa présence. Maxim savait où elle et son père se trouvaient et il avait déjà infiltré le camp ennemi pour s'assurer de leur sécurité.

Arabella s'approcha de la grille que l'on refermait.

— Quentin ! Pourquoi refermez-vous ? Vous n'avez pas répondu à mes pleurs et à mes supplications. Et voilà que vous continuez à me garder prisonnière.

— Je vous protège seulement de mes hommes. Vous imaginez ce qu'ils feraient de vous dès que j'aurais le dos tourné.

— Ah, non ! Vous m'avez enfermée et je commence à comprendre ce que je suis pour vous.

— Des jérémiades ! Je n'entends que jérémiades ! grogna Quentin. Regardez ! Je vous ai apporté de quoi manger. Goûtez donc ! Cela vous calmera peut-être.

— J'en doute. Et dire que je vous ai laissé diriger ma vie pendant toutes ces années. Mon père avait raison. Vous ne vous intéressiez qu'à ma fortune et...

— *Votre* fortune ? dit Quentin avec un rire de dérision. J'ai fait beaucoup plus que vous-même pour *votre* fortune.

— Que voulez-vous dire ? C'est mon père lui-même qui arrangeait mes fiançailles.

— Ce bouffon ! Il se serait contenté de beaucoup moins que ce que vous possédez maintenant. Je savais qu'avec votre beauté vous pouviez prétendre à un comte, ou même à un duc.

— Vous vouliez que j'épouse quelqu'un d'autre ? Mais je pensais que vous détestiez tous mes soupirants.

— Je les détestais ! Du moins les premiers. Ils n'étaient pas très fortunés et Edward, avec sa cupidité, les aurait acceptés car ils étaient plus riches que lui. Vous devriez m'être reconnaissante, Arabella. J'ai arrangé pour vous de bien plus profitables fiançailles.

— Je ne comprends pas, dit Arabella.

Quentin, les mains sur les hanches, expliqua :

— Ma chère, croyez-vous vraiment que vous étiez maudite ? Non, ma jolie. Vos soupirants ont été enlevés par une main plus forte que celle du destin, sauf peut-être un ou deux qui ont été frappés avant que je ne leur rende ce service. Je dois dire que je jugeais Seymour suffisamment fortuné, mais l'agent de la reine m'avait démasqué comme conspirateur et il m'a fallu faire accuser le marquis du meurtre à ma place.

— Vous avez tué l'agent de la reine ? lança Élise, stupéfaite, se tournant vers son père qui posa une main apaisante sur son bras et expliqua, d'une voix faible :

— C'est Quentin qui a révélé à la Hanse que je les espionnais. Je l'ai appris par Hilliard lui-même. Cela l'amusait qu'un Anglais puisse livrer son oncle à la torture.

Élise se tourna lentement et fixa son cousin.

— Vous ne valez pas mieux que Forsworth, Quentin. Vous vous vautrez dans la même fange.

Ce qui parut amuser Quentin.

— Je puis difficilement prétendre à l'innocence devant si noble dame. Je vous jure que votre mépris me brise le cœur, ma chère Élise, et je suis navré de vous décevoir, mais ma mère a enseigné à ses fils à se débrouiller seuls.

— Et c'est bien ce que vous faites.

— Vous vous êtes servi de moi ! lança Arabella à Quentin. Vous n'avez cessé de vous servir de moi !

Quentin lui jeta un regard las.

— Je vous aurais épousée, Arabella. Je vous l'ai dit. J'en avais l'intention, une fois que vous auriez hérité la fortune d'Huxford.

— Combien de temps après m'auriez-vous tuée pour vous emparer de ma fortune ? railla Arabella.

Il pinça les lèvres, songeur, et haussa les sourcils.

— En fait, vous auriez fait une épouse tout à fait convenable, et j'appréciais plutôt nos petits intermèdes. Je ne l'aurais pas fait tout de suite, ma chère.

— Et dire que je vous ai aidé à tuer mon mari !

Élise sursauta et fixa Arabella, stupéfaite.

— Tu l'as aidé à tuer Reland ?

— Pas exactement, corrigea Quentin avec un petit rire qui donna la chair de poule à Élise. Reland vivait toujours quand je l'ai sorti de l'écurie, mais vous m'avez cru quand je vous ai dit qu'il était mort. En fait, il était inconscient, ce qui m'a permis d'aller le noyer sans qu'il se débatte.

— Vous êtes répugnant ! lui lança Arabella.

— Ça suffit ! J'en ai assez de vos injures, répliqua Quentin qui s'éloigna rapidement dans un bruit de bottes frappant le sol de pierre.

— Quelle idiote j'ai été, gémit Arabella. Pendant toutes ces années j'ai cru qu'il m'aimait autant que je l'aimais.

Élise n'eut aucun mot de réconfort pour sa cousine car déjà elle cherchait comment aider son mari quand il viendrait à leur secours.

35

La lumière de cette fin d'après-midi avait été obscurcie par une petite pluie fine. Maxim avait recherché un sentier encaissé par lequel ils pourraient s'approcher du château à pied, sans être vus. Les trois hommes portaient une corde, des épées, des pistolets et des dagues. Maxim avança le premier, suivi de Nicholas et de Sir Kenneth. Ils trouvèrent un bon abri au pied du tertre, où ils attendirent en examinant les remparts et le mur de pierre croulant. Ils ne virent aucun garde et conclurent que les hommes de Quentin devaient tous se trouver dans la tour, à l'exception des deux qui surveillaient les abords.

A travers la pluie, Maxim et ses compagnons sautèrent le tertre et le mur de la tour pour tenter d'y découvrir une ouverture, une niche ou une crevasse qui leur permettrait d'entrer dans la place. Au ras de la muraille, ils virent une traînée couleur de rouille qui maculait le mur.

Nicholas, qui savait ce qu'étaient les dalots et autres systèmes d'écoulement, la montra du doigt.

— Cela vient probablement de l'étage inférieur. Des donjons, peut-être.

— Allons jeter un coup d'œil, proposa Maxim.

— Allons-y ! dit Kenneth.

Une demi-heure plus tard, les trois hommes se retrouvaient sous une large ouverture fermée par une grille de fer rouillée. Un mince filet d'eau de couleur ocre suintait du bord inférieur. Les hommes grimpèrent avec précaution, s'accrochant à la moindre prise dans la pierre, et se retrouvèrent sous la grille. Nicholas passa l'extrémité de la corde à un barreau rouillé, attrapa la grille de ses grosses mains, s'arc-bouta et poussa. La grille bougea à peine. Sir Kenneth et Maxim firent de même de leur côté et, lentement, sortirent la grille de son logement. Quand elle fut totalement dégagée, on la descendit doucement au bout de la corde que Nicholas récupéra et passa à son épaule.

Maxim avait déjà pénétré dans l'étroit canal d'évacuation et fit signe à Kenneth, qui hissait sa solide carcasse, de ne pas faire de bruit. Plus loin, une faible lumière perçait à travers deux grilles dans le plafond. L'une se trouvait à un mètre à peine et l'autre un peu plus loin. A travers la plus proche, Maxim put distinguer des barreaux et une grille de fer. En avançant encore jusqu'à la deuxième ouverture il vit les bottes d'un gardien qui semblait assis sur un banc et qui ronflait comme un sonneur. Sans bruit, Maxim revint à la première ouverture.

Elle était retenue par un épaulement taillé dans le sol de pierre, mais les trois hommes, poussant ensemble, réussirent à la dégager. Le métal rouillé fit entendre un léger grincement et tous se figèrent pour écouter. Les ronflements continuaient, réguliers, et l'on poussa encore. La grille était maintenant libérée de son logement et ils purent la repousser. Maxim sortit la tête avec précaution pour jeter un coup d'œil au ras du sol. Rien ne bougeait. Le garde, adossé au mur, dormait toujours. Fouillant la pénombre du regard, Maxim aperçut trois formes allongées dans l'ombre de la cellule.

Silencieusement, il se hissa hors du trou avec ses compagnons et, tandis que Maxim examinait la massive serrure, Kenneth alla surveiller les escaliers et Nicholas s'approcha du garde. Il lui coinça les jambes et l'assomma de la crosse de son pistolet. De la main gauche, il retint l'homme pour qu'il ne s'écroule pas et le remit dans sa pose d'origine avant de lui lier les jambes et les mains avec la corde dont il passa une boucle sous le banc.

Maxim tira une balle en plomb d'un petit sac et la fit rouler sur le sol de la cellule vers la paillasse d'où débordait une masse de cheveux auburn. Élise, aussitôt réveillée, se redressa et reconnut la silhouette familière qui se trouvait de l'autre côté des barreaux. Elle étouffa un cri de surprise en voyant Maxim qui, un doigt sur les lèvres, lui faisait signe de garder le silence. Elle réveilla l'homme qui se trouvait à ses côtés et lui montra Maxim. Pour la première fois depuis des mois, le visage du père d'Élise s'éclaira d'un sourire.

Maxim posa un doigt sur la serrure, demandant silencieusement où était la clé, mais Élise secoua la tête et souffla le nom de Quentin. Elle fit le geste de glisser une clé dans un pourpoint et s'approcha de la grille pour prendre la main de son mari. Malgré les barreaux, leurs lèvres se joignirent brièvement. Quand ils se séparèrent, Maxim adressa un sourire à sa femme et, du pouce, lui essuya une tache sur la joue.

D'un signe de tête, Élise montra l'autre forme allongée et articula en silence: « Arabella. »

Nicholas longea toute la rangée des barreaux de la cellule et tapa légèrement dessus avec un gourdin qu'il avait trouvé. Tout au bout, il tomba sur plusieurs barreaux qui rendirent un son creux. Il fit signe à Kenneth d'approcher et, ensemble, les deux hommes, les genoux fléchis, les dents serrées, soulevèrent et tirèrent. L'un des barreaux fit entendre un grincement de métal qui cède puis se bloqua tandis que l'autre extrémité, rouillée, cassait et laissait un espace de deux largeurs de main.

Un bruit de bottes et un bâillement arrivèrent de l'escalier, annonçant qu'un garde venait relever son compagnon. Un instant plus tard, il découvrait, ébahi, trois hommes qui le regardaient. Avant qu'il puisse lever son mousquet, le gourdin projeté par Nicholas vint lui frapper le bras, faisant tomber l'arme. Le garde lança un cri d'alarme, tira son épée et bondit sur le sol du donjon où Kenneth l'attendait, sa rapière à la main. Au-dessus, on entendit un bruit de pas qui dégringolaient les escaliers.

Maxim s'éloigna des barreaux de la cellule et baissa

son pistolet. Le premier arrivant prit une balle dans la poitrine et s'écroula. Un autre coup de pistolet abattit le suivant qui tomba sur son compagnon. Maxim remit les armes à sa ceinture et tira son épée tandis qu'une dizaine de gardes déboulaient dans l'escalier. Élise étouffa un cri en voyant son mari aux prises avec quatre hommes, alors que Nicholas et Kenneth tentaient de repousser les autres avec leurs épées.

On entendit soudain des hurlements, au-dessus, et un instant plus tard des ruisseaux de graisse bouillante cascadaient le long des marches. Des gardes glissèrent et s'écroulèrent, écartant de leur corps leurs vêtements trempés d'huile brûlante, sans oser porter la main aux éclaboussures sur leur visage.

A l'étage supérieur, Justin ouvrait la longue boîte et en retirait le compartiment du dessus. Sherbourne arrachait son bandeau. Justin prit une hache et le chevalier tira de la boîte une masse et une épée. Dietrich choisit un couteau moitié moins long qu'une épée mais tout aussi mortel. Il repoussa du ventre un solide garde et lança un méchant coup de couteau. L'autre vit la lame arriver et recula sur la pointe des pieds, l'évitant de justesse, mais pour s'écrouler, frappé à la tête par un énorme maillet.

Quentin se trouvait dans la chambre du haut, demandant à sa mère et à ses frères de quitter le château au petit jour, quand il entendit ce vacarme.

— Voyons si vous êtes capables de défendre ma peau, lança-t-il à ses frères. Sans moi, pas de trésor.

Cassandra bondit aussitôt, passa les épées à ses fils, pointa un index sur la porte et ordonna :

— Allez ! Courez combattre la racaille qui ose attaquer votre frère !

Quentin eut un petit sourire en quittant la chambre en courant. Cette fois, sa famille lui servirait peut-être à quelque chose.

Dans les donjons, au-dessous, Maxim était acculé contre le mur par les gardes. Il n'en semblait pas moins sortir victorieux du combat, frappant de son épée un homme qui tomba à genoux tandis qu'un autre tentait de parer la lame menaçante mais finissait par succomber, le flanc percé.

— *Arrêtez!*

Maxim leva les yeux et son cœur se figea. Quentin braquait le canon d'un mousquet sur la tête d'Élise. Derrière lui, ses frères se pressaient. Maxim baissa son épée et Nicholas lâcha la tête de son adversaire qui s'écroula. Au-dessus, la lutte continuait, ponctuée par le cliquetis des lames et le bruit sourd d'une hache qu'on abat.

— Ne bougez pas ! ordonna Quentin, le chien de son arme tout prêt, le doigt tremblant sur la détente. Je vous préviens ! Élise sera la première et mes hommes vont arriver.

Au même instant, on entendit le miaulement d'une balle qui ricochait, arrivant de l'extérieur, suivi d'une salve de mousquets.

— Ce doit être la compagnie de fusiliers, dit Maxim répondant à la question inexprimée qu'il lut sur le visage des frères Radborne.

Nul ne bougea, bien que les bandits parussent trembler de peur maintenant. Et puis tout se décida. Le premier garde, que Nicholas avait assommé et ligoté, sortit de son hébétude et, avec un grand cri, bondit sur ses pieds. Ou du moins essaya. Retenu par la corde, il se plia comme un arc au moment où le banc vint lui heurter les jambes par-derrière, à hauteur des genoux, l'envoyant au sol.

Ramsey avait profité d'un instant d'inattention pour arracher, avec l'aide de sa fille, une partie des fers qui le retenaient prisonnier. Il balança le morceau de chaîne autour du canon de l'arme de Quentin et repoussa Élise en dehors de la trajectoire. Il cala son pied contre les barreaux et tira. Si sa force n'était pas bien grande, la surprise fut complète. Le mousquet vint heurter les barreaux, le coup partit et la balle alla se perdre quelque part dans l'ombre.

Quentin recula, en plein désarroi, frottant sa main endolorie et faisant face à Maxim sans grand enthousiasme. Celui-ci leva son épée en un rapide salut et attendit. Forsworth toucha le bras de son frère, lui offrit son arme et reçut un regard noir en remerciement.

— Je ne suis pas un spadassin, lança Quentin, terrorisé. Vous allez me tuer comme un enfant sans défense.

— Vous n'avez laissé aucune chance à l'agent de la reine, chez moi, lui rappela Maxim. Vous n'avez pas eu pitié de votre maîtresse, à la cour. Vous êtes très fort contre les femmes et les hommes sans défense.

— Sa maîtresse ? fit Arabella qui secoua lentement la tête et se laissa retomber sur son lit. N'y a-t-il aucune borne à sa vilenie ?

Maxim passa son épée à Nicholas, tira les pistolets de sa ceinture et les donna à Ramsey avec le sac de balles et la poire à poudre.

— Vous préférez cela ? Un homme désarmé ? Ou doit-on me trousser comme une volaille pour attendre votre coup ? Quelle sorte de lâche êtes-vous, Quentin ?

Les yeux noirs s'étrécirent lorsque Quentin crut voir sa chance. Il saisit l'épée de Forsworth mais sa hâte le rendit maladroit et il laissa tomber l'arme. Il se précipita pour la récupérer et se retrouva face à face avec Maxim, poitrine contre poitrine. Dépité, furieux, Quentin lança son bras et la lourde chevalière qu'il portait vint entailler la joue de Maxim.

Celui-ci put enfin donner libre cours à sa vengeance. Un coup de poing envoya Quentin en arrière, un autre le fit tituber. Il se reprit, chargea comme un taureau, empoignant Maxim tandis que son genou se levait pour frapper entre les jambes. Maxim le repoussa et il alla cogner contre les barreaux. Il frotta son épaule endolorie et regarda son ennemi, mais sans tenter de se relever.

— Je pensais m'être débarrassé de vous, grogna Quentin.

— Je suis revenu reprendre ce qui m'appartenait, tout comme maintenant.

— Vous n'avez jamais eu le trésor, observa Quentin, comprenant enfin et essuyant d'un revers de main sa bouche sanglante. Jamais vous n'avez eu l'intention de le donner pour rançon.

— Il n'y a *pas* de trésor, Quentin, dit Ramsey depuis la cellule. Je n'ai mis en sûreté, pour ma fille, que des documents lui conférant le droit d'hériter de mes biens.

— Mais les coffres que vous avez sortis des Stilliards ? demanda Quentin, cherchant une explication. Qu'avez-vous négocié aux Stilliards que vous avez dû emporter dans des coffres ?

— Simplement quelques coffres vides achetés pour ma fille. C'est tout.

— *C'est tout !* s'exclama Quentin en se relevant péniblement. Pourquoi ne pas me l'avoir dit plus tôt ? Pourquoi m'avoir laissé croire qu'il existait un trésor ?

— Si je vous avais dit la vérité, vous m'auriez tué. Après avoir commis l'erreur de me capturer, jamais vous ne m'auriez libéré puisque je savais qui vous étiez.

— Tout ce temps ! Tout cela pour rien !

— La clé, maintenant, coupa Maxim. Donnez-la-moi.

Avec un sourire mauvais, Quentin glissa la main dans son pourpoint, en tira la clé et l'agita sous les yeux de Maxim. Et puis, d'un geste brusque, il la lança vers le canal d'évacuation. Élise poussa un petit cri étouffé tandis que Maxim plongeait pour rattraper la clé. Un cri d'Élise l'alerta et il roula sur le côté au moment où l'épée de Quentin s'abattait tout près de sa tête. Maxim lança la clé dans la cellule et se tourna, prenant son épée des mains de Nicholas.

— Nous allons régler cela avec quelque honneur, dit-il d'une voix douce tandis que Quentin se ramassait et le regardait avec haine. Allons, venez ! Nous verrons qui va l'emporter. Peut-être même me battrez-vous.

Quentin baissa les yeux sur sa lame. Et soudain il bondit par-dessus l'homme ligoté et se précipita dans l'escalier glissant, tentant de cingler de son épée Nicholas qui se ruait pour l'arrêter. Maxim suivit, après s'être assuré d'un coup d'œil que son ami n'avait pas été touché. Kenneth alla aider les prisonniers à se libérer et suivit Nicholas, parti derrière Maxim.

Quentin traversa la pièce jonchée de cadavres. Il franchit la porte et se précipita dans la cour pour s'arrêter aussitôt, voyant sa fuite barrée par une double colonne de dragons montés et une ligne de fusiliers. Il jeta un regard fou autour de lui et vit que s'avançaient Justin, naguère un vieillard, Sherb qui n'était plus aveugle, ainsi que le solide cuisinier. Maxim déboucha en trombe de la porte, bientôt suivi par Nicholas, Kenneth et les trois prisonniers. Quentin recula vers un mur éboulé, au bord de la falaise, cherchant par où s'échapper. Maxim s'approcha lentement, l'épée à la main.

— Vous avez perdu, Quentin. C'en est fini. Battez-vous ou rendez-vous !

— Je choisis *ma façon* ! hurla Quentin, se précipitant, l'épée au poing.

Maxim l'évita mais vit que Quentin tirait un pistolet de son pourpoint.

— *Le diable vous emporte, Seymour ! C'est la dernière fois que vous me traquez !*

Quentin braqua le pistolet sur Maxim qui sursauta sous la détonation. Il ne ressentit aucune blessure mais vit Quentin qui se figeait, bouche bée, un petit trou noir au milieu du front. Et, comme un pantin au bout de ses ficelles, il se tourna de côté. Le rocher sur lequel il se tenait céda et pivota avec lui. Ses yeux vides se levèrent vers le ciel, son bras eut un dernier spasme et la balle de son pistolet alla se perdre dans les nuages. Le rocher se détacha et Quentin disparut dans le vide. On entendit le bruit du rocher qui dégringolait puis s'arrêtait.

Une rafale de vent cingla le château silencieux, comme pour effacer le souvenir de ses derniers occupants. Maxim remit son épée au fourreau et se retourna pour voir Arabella figée, comme hébétée, derrière lui. Sur ses joues, les larmes se mêlaient à la pluie.

— Je suis désolée, Maxim, dit-elle. Désolée pour tout.

Élise s'approcha, lui retira le pistolet des mains et le tendit à Maxim. Elle ramena sa cousine à la tour tandis que Kenneth faisait signe aux soldats d'approcher rapidement. Peu après, on arrêtait Cassandra, ses fils et ce qui restait des hommes de Quentin.

Maxim regarda, surpris, la voiture de la comtesse Anne approcher de ce qui restait de la grille du château, suivie d'une autre voiture avec une douzaine environ d'hommes de Bradbury armés de longs couteaux, de vieilles épées, de piques et même de quelques faux. Lady Anne Hall descendit et, quand Maxim lui montra la tour, sans un mot, elle se précipita pour s'assurer que son arrière-petite-fille était sauve. Arrivée dans la chambre, elle serra dans ses bras, en sanglotant, Élise et son père.

— Je ne m'attendais pas qu'on lève une telle armée pour venir à notre aide, dit Maxim à Sir Kenneth.

— On dirait que Lady Élise sait se concilier les sympathies, observa le chevalier, souriant.

Maxim lui retourna son sourire et leva la tête, offrant son visage à la pluie pour qu'elle chasse toute la peur et la fureur qu'il venait de connaître. Il détacha son épée et sa ceinture, les remit à Kenneth et partit vers la tour, donnant au passage une claque amicale dans le dos de Nicholas. Dans la tour, il demeura un long moment à la porte à regarder Élise et les siens. Elle leva les yeux et il lut tout son amour dans son regard. Elle vint lui prendre la main pour le conduire à son père.

— Papa, je te présente mon mari.

Ramsey se leva et les deux hommes s'étreignirent. Quand il se dégagea, souriant à son gendre, il avait les larmes aux yeux.

— Dieu a exaucé mes prières et envoyé à ma fille un protecteur. Bien plus noble que je ne l'aurais jamais rêvé.

Élise vint enlacer son père, avec un regard plein d'affection.

— Jamais aucune femme n'a trouvé protecteur plus digne de son amour et plus noble. Une fois encore vous avez vaillamment combattu pour me défendre et une fois encore vous l'avez emporté. J'en suis pleine d'admiration. Vous êtes mon champion, Maxim Seymour, et l'amour de ma vie.

Aventures et Passions

Quand l'amour s'aventure très loin, il devient passion.
Quand les passions se libèrent, quand elles déchirent des êtres prêts à tout pour les vivre, au cœur d'aventures riches et multiples, elles sont dans la collection Aventures et Passions.

BLAKE Jennifer	**Sérénade en Louisiane** 3169/**5**
(voir ci-dessus)	**Les chaînes de l'amour** 3240/**5**
	Un éden sauvage 3347/**6**
	Le vengeur créole 3415/**5**
BRANDEWYNE Rebecca	**La lande sauvage** 3018/**5**
	Duel sur la lande 3055/**4**
	Pour l'amour d'un comanchero 3159/**7**
	La passion du conquistador 3285/**5**
	Les amants hors la loi 3397/**6**
BUSBEE Shirley	**Le quiproquo de minuit** 2930/**5**
	Au-delà du pardon 2957/**5**
	L'appel de la passion 3056/**8**
	Lady Vixen 3143/**8**
	Sous le sceau de l'amour 3287/**7**
COPELAND Lori	**Hannah l'indomptable** 3260/**4**
DAILEY Janet	**Le solitaire** 1580/**4**

DEVERAUX Jude

La saga des Montgomery :
- **Les yeux de velours** 2927/**5**
- **Un teint de velours** 3003/**5**
- **Une mélodie de velours** 3049/**4**
- **Un ange de velours** 3127/**4**

Les dames de Virginie :
- **Kidnappée par erreur** 3180/**5**
- **La fiancée délaissée** 3181/**4**
- **Mariage forcé** 3182/**5**
- **Le pays enchanté** 3372/**5**
- **Duel de femmes** 3447/**4**

FEATHER Jane	**La favorite du sérail** 3448/**6**
GARWOOD Julie	**Sur ordre du roi** 3019/**5**
	Un ange diabolique 3092/**5**
	Un cadeau empoisonné 3219/**5**
	Désir rebelle 3286/**5**
	La fiancée offerte 3346/**5**
	Le secret de Judith 3467/**5**
HAGAN Patricia	**Violences et passions** 3201/**6**
	Folies et passions 3272/**5**
	Gloires et passions 3326/**6**
	Fureurs et passions 3398/**5**
HENLEY Virginia	**La colombe et le faucon** 3259/**5**
	La fleur et le faucon 3416/**6**
JOYCE Brenda	**Le fier conquérant** 3222/**5**
	Des feux sombres 3371/**5**
LANDIS Jill Marie	**L'héritage de Jade** 3449/**6**
LINDSEY Johanna	**Samantha** 2533/**3**
	Esclave et châtelaine 2925/**4**

	La révoltée du harem 2956/**6**
	La fiancée captive 3035/**4**
	Les feux du désir 3091/**5**
	La Viking insoumise 3115/**5**
	Un si doux orage 3200/**4**
	Un cœur si sauvage 3258/**4**
	Epouse ou maîtresse 3304/**3**
	Captifs du désir 3430/**4**
MATTHEWS Patricia	La maîtresse de Malvern 1056/**4**
	L'écume des passions 2116/**4**
	La promesse sauvage 2987/**5**
	Les trois amours de Rachel 3160/**6**
	Le déchaînement des passions 3348/**5**
McKINNEY Meagan	L'enchanteresse perverse 3239/**5**
	L'ange de la vengeance 3373/**5**
McNAUGHT Judith	Les machinations du destin 3399/**7**
O'BANYON Constance	L'amante masquée 3428/**6**
O'GREEN Jennifer	Prisonnière du roi 2981/**5**
POTTER Patricia	Le flambeur du Mississippi 3468/**6**
REDD Joanne	La fiancée du désert 2926/**4**
	Le rêve chimère 2980/**5**
	L'aventurière de Fort Alamo 3328/**5**
	Danse avec le feu 3429/**4**
ROBARDS Karen	Désirs fous 2928/**5**
	La lune voilée 2979/**5**
	Mississippi belle 3070/**4**
	Le brigand aux yeux d'or 3142/**5**
	Promise au bûcher 3221/**5**
	Esclave de personne 3327/**5**
	Les sortilèges de Ceylan 3466/**5**
ROGERS Rosemary	Le grand amour de Virginia 1457/**4**
	Le métis 2392/**5**
	Esclave du désir 2463/**5**
	Le désir et la haine 2577/**7**
RYAN Nan	Esclave de soie 2929/**5**
	Le prince aztèque 3071/**5**
	La légende de l'amour 3247/**5**
WEYRICH Becky Lee	Le vent brûlant de Bombay 3036/**5**
	Le chardon et la rose 3110/**6**
	La proie du pirate 3158/**5**
	Lune gitane 3202/**5**
	Le bal masqué de Géorgie 3303/**5**
WOODIWISS Kathleen E.	Cendres dans le vent 2421/**7**
	Qui es-tu, belle captive ? 2998/**6**

Romans sentimentaux

AMIEL Joseph	Les droits du sang 2966/8
BÉARN Myriam et Gaston de	L'or de Brice Bartrès 2514/4
BENZONI Juliette	Marianne, une étoile pour Napoléon 2743/7
	Marianne et l'inconnu de Toscane 2744/5
	Marianne - Jason des quatre mers 2745/5
	Toi, Marianne 2746/5
	Marianne - Les lauriers de flammes 2747/8
BIALOT Joseph	Elisabeth ou le vent du sud 3088/5
	Le vent du sud - 2 Judith 3098/5
BRISKIN Jacqueline	Les vies mêlées 2714/6
	Le cœur à nu 2813/6
	Paloverde 2831/8
BUSBEE Shirlee	La rose d'Espagne 2732/4
	Le Lys et la Rose 2830/4
CASATI MODIGNANI Sveva	Désespérement, Julia 2871/4
CHARLES Theresa	Le chirurgien de Saint-Chad 873/3
	Inez, infirmière de Saint-Chad 874/3
	Un amour à Saint-Chad 945/3
	Crise à Saint-Chad 994/2
	Pour un seul week end 1080/3
	Lune de miel à Saint-Chad 1112/2
	Les mal-aimés de Fercombe 1146/3
	Le château de la haine 1190/2
	Les rebelles de Saint-Chad 1495/3
COOKSON Catherine	L'orpheline 1886/5
	La fille sans nom 1992/4
	L'homme qui pleurait 2048/4
	Le mariage de Tilly 2219/4
	Le destin de Tilly Trotter 2273/3
	Le long corridor 2334/3
	La passion de Christine Winter 2403/3
	L'éveil à l'amour 2587/4
	15e Rue 2846/3
	La maison des flammes 2997/5
DAILEY Janet	*La saga des Calder :*
	- La dynastie Calder 1659/4
	- Le ranch Calder 2029/4
	- Le dernier des Calder 2161/4
	Le cavalier de l'aurore 1701/4
	La Texane 1777/4
	Le mal-aimé 1900/4
	Prisonniers du bonheur 2101/4
	Les ailes d'argent 2258/5
	Pour l'honneur de Hannah Wade 2366/3
	Le triomphe de l'amour 2430/5
	Les grandes solitudes 2566/6

DALLAYRAC *Dominique*	*Et le bonheur maman ?* 1051/**3**
DAVENPORT *Marcia*	*Le fleuve qui tout emporta* 2775/**4**
	Paul et Mary 3197/**5**
DESMAREST *Marie-Anne*	*Torrents* 970/**3**
	Jan Yvarsen 1024/**2**
	Jan et Thérèse 1112/3
	Le fils de Jan 1148/**3**
	Le destin des Yvarsen 1230/**2**
EBERT *Alan*	*Traditions* 2947/**8**
FORSYTHE HAILEY *Elizabeth*	*Le mari de Joanna et la femme de David* 2855/**5**
GOLON *Anne et Serge*	*Angélique, marquise des Anges* 2488/**7**
	Angélique. le chemin de Versailles 2489/**7**
	Angélique et le Roy 2490/**7**
	Indomptable Angélique 2491/**7**
	Angélique se révolte 2492/**7**
	Angélique et son amour 2493/**7**
	Angélique et le Nouveau Monde 2494/**7**
	La tentation d'Angélique 2495/**7**
	Angélique et la Démone 2496/**7**
	Le complot des ombres 2497/**5**
	Angélique à Québec 2498/**5** & 2499/**5**
	Angélique La route de l'espoir 2500/**7**
	La victoire d'Angélique 2501/**7**
HEAVEN *Constance*	*La maison Kouraguine* 812/**3**
	Interroge le vent 869/**3**
	Comme un feu dévorant 3216/**8**
HEIM *Peter*	*La clinique de la Forêt-Noire* 2752/**4**
	Mariage à la clinique de la Forêt-Noire 3107/**5**
	Hommes et destins à la clinique de la Forêt-Noire 3177/**5**
HOLT *Victoria*	*La maison aux mille lanternes* 834/**4**
	La porte du rêve 899/**4**
	Le galop du Diable 1113/**4**
	La nuit de la septième lune 1160/**4**
	Le masque de l'enchanteresse 1643/**4**
	La légende de la septième vierge 1702/**3**
	Sables mouvants 1764/**3**
	Les sortilèges du tombeau égyptien 2778/**3**
HULL *E.M.*	*Le Cheik* 1135/**2**
	Le fils du Cheik 1216/**2**
IBBOTSON *Eva*	*Une comtesse à l'office* 1931/**4**
KEVERNE *Gloria*	*Demeure mon âme à Suseshi* 2546/**6**
LAKER *Rosalind*	*Reflets d'amour* 2129/**4**
	La femme de Brighton 2190/**4**
	Le sentier d'émeraudes 2351/**5**
	Splendeur dorée 2549/**4**
	Les neiges de Norvège 2687/**4**
	Le sceau d'argent 3032/**5**
LINDSEY *Johanna*	*Le vent sauvage* 2241/**3**
	Un si cher ennemi 2382/**3**
McBAIN *Laurie*	*Les larmes d'or* 1644/**4**
	Lune trouble 1673/**4**

Barbara Cartland

Reine incontestée du roman sentimental, traduite en plus de 20 langues, elle est l'auteur contemporain le plus lu dans le monde. Les éditions J'ai lu ont déjà vendu plus de 24 millions d'exemplaires de ses livres.

Les belles amazones 727/**3**
Une trop jolie gouvernante 804/**3**
Le fantôme de Monte-Carlo 854/**2**
L'amour vient quand il veut 868/**2**
Le printemps d'Aurélia 878/**3**
Le retour de la belle inconnue 883/**3**
Cléona et son double 908/**2**
La révolte de lady Corinna 964/**3**
L'amour au bout du chemin 965/**2**
Les roses de Lahore 1069/**2**
Le message de l'orchidée 1072/**2**
Quand l'amour triomphe 1076/**2**
La flamme d'amour 1110/**2**
Les beaux messieurs 1134/**2**
Comtesse Natacha 1145/**2**
La splendeur de Ventura 1155/**2**
Mon beau capitaine 1167/**2**
L'enchantement du désir 1188/**2**
La première étreinte 1189/**2**
La revanche de lord Ravenscar 1321/**2**
Les deux cousines 1384/**3**
Un amour de légende 1747/**2**
Ola et le marquis 1775/**2**
Le festin secret 1776/**2**
Un souhait d'amour 1792/**2**
L'amour est un songe 1843/**2**
Splendeurs impériales 1859/**2**
Les colombes de l'amour 1871/**2**
Les violons de l'amour 1883/**2**
Le portrait de l'amour 2367/**2**
L'irrésistible charme d'Helga 2429/**2**
La trahison diabolique 2516/**2**
L'amour est un jeu 2872/**2**
Aime-moi pour toujours 2890/**3**
La course à l'amour 2903/**3**
Un mal caché 2904/**2**
Une folle lune de miel 2949/**2**
Ah, l'adorable menteuse ! 3048/**2**
Coup de foudre à Penang 3058/**2**
Idylle au Ritz 3068/**2**
Tendre Lydia 3069/**2**
Le caroussel de l'amour 3089/**2**
La découverte du bonheur 3090/**2**
Les ailes de l'amour 3108/**4**
La sérénité d'un amour 3109/**2**
Une fuite éperdue 3125/**3**
Le lien magique 3126/**2**
L'amour tombé du ciel 3140/**2**
Etranges amazones 3141/**2**
La tigresse apprivoisée 3157/**2**
L'espoir perdu 3178/**4**
Le baiser d'un étranger 3179/**2**
Trois jeunes filles à Londres 3198/**3**
Sincère ou tricheuse ? 3199/**2**
Je marcherai vers toi 3217/**4**
Rolfe et Zarina 3218/**2**
Lady Toria 3236/**4**
Quand vient l'amour 3237/**2**
L'amour aux mille couleurs 3256/**2**
Aucun cœur n'est libre 3257/**4**
Un tel enchantement 3271/**3**
Double jeu pour Taryna 3283/**3**
La dynastie de l'amour 3284/**2**
Un amour en Hongrie 3305/**2**
Comme une blonde fée 3306/**2**
Cœur volé 3324/**3**
Effrayée... 3325/**2**
N'oublie jamais l'amour 3344/**2**
Du feu sur la neige 3345/**3**

NOUVEAUTÉS 93
Mélodie pour un amour 3376/**2**
L'aube de la passion 3377/**2**
Trop précieuse pour la perdre 3400/**2**
La revanche de l'amour 3401/**3**
L'amour n'a pas de loi 3420/**2**
Livrez-moi votre cœur 3421/**2**
Un cœur qui chante 3433/**2**
La princesse endormie 3434/**2**
Le château des rêves 3452/**2**
La clé du bonheur 3453/**2**
Paris magique 3469/**2**
Passion diabolique 3470/**2**

Amour et Destin

Quand l'amour donne aux femmes le choix de leur destin.

Les romans de la collection Amour et Destin présentent des femmes exceptionnelles qui découvrent dans l'amour le sens de leur vie. Elles vont jusqu'au bout de leur quête quel qu'en soit le prix et sont appelées à vivre de grands destins romanesques riches en émotions et en rebondissements.

BLAKE Jennifer	**Les secrets du passé** 3323/**6**
BRISKIN Jacqueline	**C'est écrit dans le ciel** 3139/**7**
	Cœurs trahis 3431/**7**
BROWN Sandra	**Texas ! - Lucky** 3282/**3**
	Texas ! - Rocky 3432/**3**
	French Silk 3472/**7**
COOKSON Catherine	**Le bonheur secret d'Emma** 3343/**5**
DEJONG Linda Renée	**Illusions brisées** 3395/**6**
DELINSKY Barbara	**Une femme trahie** 3396/**7**
	La quête de Chelsea Kane 3450/**6**
GOLDREICH Gloria	**Rencontre** 3471/**5**
JAGGER Brenda	**L'amour revient toujours** 3390/**5**
LAROSA Linda	**Princesse Alexandra** 3358/**7**
PEARSON Michael	**Une femme d'argent** 3359/**5**
SELINKO Annemarie	**Désirée** 3374/**5** & 3375/**5**
SIMPSON Pamela	**Fortune's child** 3451/**7**
THOMAS Rosie	**Célébration** 3357/**5**

Littérature extrait du catalogue

Cette collection est d'abord marquée par sa diversité : classiques, grands romans contemporains, témoignages. A chacun son livre, à chacun son plaisir : Henri Troyat, Bernard Clavel, Guy des Cars, Frison-Roche, Djian, Belletto mais aussi des écrivains étrangers tels que Virginia Andrews, Nina Berberova, Colleen McCullough ou Konsalik.

Les classiques tels que Stendhal, Maupassant, Flaubert, Zola, Balzac, etc. sont publiés en texte intégral au prix le plus bas de toute l'édition. Chaque volume est complété par un cahier illustré sur la vie et l'œuvre de l'auteur.

BAILLY Othilie	L'enfant dans le placard 3029/2
BALZAC Honoré de	Le père Goriot 1988/2
BANCQUART Marie-Claire	Photos de famille 3015/3
BAPTISTE-MARREY	Les papiers de Walter Jonas 3441/9
BARBELIVIEN Didier	Rouge cabriolet 3299/2
BARRIE James M.	Peter Pan 3174/2
BAUDELAIRE Charles	Les Fleurs du mal 1939/2
BÉARN Myriam et Gaston de	Gaston Phébus :
	1 - Le lion des Pyrénées 2772/6
	2 - Les créneaux de feu 2773/6
	3 - Landry des Bandouliers 2774/5
BEART Guy	L'espérance folle 2695/5
BELLEMARE Pierre	Les dossiers d'Interpol 2844/4 & 2845/4
BELLEMARE P. et ANTOINE J.	Les dossiers extraordinaires 2820/4 & 2821/4
BELLETTO René	Le revenant 2841/5
	Sur la terre comme au ciel 2943/5
	La machine 3080/6
	L'Enfer 3150/5
BELLONCI Maria	Renaissance privée 2637/6 Inédit
BENZONI Juliette	Le Gerfaut des Brumes :
	- Le Gerfaut 2206/6
	- Haute Savane 2209/5
BERBEROVA Nina	Le laquais et la putain 2850/2
	Astachev à Paris 2941/2
	La résurrection de Mozart 3064/1
	C'est moi qui souligne 3190/8
	L'accompagnatrice 3362/4
	De cape et de larmes 3426/1
BERG Jean de	L'image 1686/1
BERGER Thomas	Little Big Man 3281/8
BERTRAND Jacques A.	Tristesse de la Balance... 2711/1
BEYALA Calixthe	C'est le soleil qui m'a brûlée 2512/2
BISIAUX M. et JAJOLET C.	Chat plume (60 écrivains...) 2545/5
BLAKE Michael	Danse avec les loups 2958/4
BOGGIO Philippe	Coluche 3268/7
BORGEN Johan	Lillelord 3082/7
BORY Jean-Louis	Mon village à l'heure allemande 81/4
BOULET Marc	Dans la peau d'un Chinois 2789/7 Illustré
BRAVO Christine	Avenida B. 3044/3
	Les petites bêtes 3104/2
BROOKS Terry	Hook 3298/4
BRUNELIN André	Gabin 2680/5 & 2681/5
BURON Nicole de	Les saintes chéries 248/3
	Vas-y maman 1031/2
	Dix-jours-de-rêve 1481/3
	Qui c'est, ce garçon ? 2043/3
	C'est quoi, ce petit boulot ? 2880/4
	Où sont mes lunettes ? 3297/4
CARDELLA Lara	Je voulais des pantalons 2968/2
CARREL Dany	L'Annamite 3459/7